BASTEI
LÜBBE
Paperback

Norman Spinrad

Kind des Glücks

BASTEI LÜBBE
Paperback

BASTEI-LÜBBE-PAPERBACK
Band 28161

Erste Auflage: Januar 1988

Deutsche Lizenzausgabe 1988
Bastei-Verlag Gustav H. Lübbe GmbH & Co., Bergisch Gladbach
Originaltitel: Child of Fortune
Ins Deutsche übertragen von Jürgen Langowski
Lektorat: Reinhard Rohn/Dr. Helmut Pesch
Titelillustration: Patrick Woodroffe
Umschlaggestaltung: Quadro Grafik, Bensberg
Satz: Fotosetzerei Schell, Bad Iburg
Druck und Verarbeitung: Clausen & Bosse, Leck
Printed in Germany
ISBN 3-404-28161-6

Der Preis dieses Bandes versteht sich einschließlich
der gesetzlichen Mehrwertsteuer.

Für Philip K. Dick

Manche stehen auf den Schultern von Giganten
manche lugen einem Freund durchs Herz
manche Leben sind Geschichten
deren Geist und Atem nie vergeht

Einführung

Und so wage ich es hiermit endlich, nach einem halben Lebensalter und einem guten Dutzend *histoires,* die die ewige Geschichte in allen ihren zeitgebundenen Inkarnationen erzählen, die Geschichte meines eigenen Wanderjahrs aus den Erinnerungen meines Herzens zu berichten.

Wandernder Kesselflicker und herrenloser Samurai, Troubadour und Hippie, Zigeuner und Arkie, Zen-Einsiedler und Cowboy – unzählige Inkarnationen des archetypischen Wanderers sind der Zauberstraße gefolgt, die ewig durch Zeit und Raum führt – von den Dörfern und Wäldern der prähistorischen Erde zu den San Franciscos und Samarkands der Mythen und der Geschichte, mit den ersten Arkologien, die das Sternenmeer im Unterlichtflug meisterten, und weiter zu den himmlischen Städten der weitverstreuten Menschenwelten.

Die Sänger und die Avatare vergehen, doch das Lied bleibt immer gleich, denn die Geschichte ist stets dieselbe: Sie erzählt vom Wanderjahr, von der ewigen Reise von der Kindheit zur Reife durch das wunderbare und schreckliche Chaos, das dazwischen liegt.

Auch dies ist eine *histoire* dieses Archetyps, wie er sich in unserer eigenen Ära verkörpert: das Kind des Glücks, das wir alle waren oder sein werden. Im folgenden jedoch wird die distanzierte Beobachterin jede Vorspiegelung von Objektivität ablegen, denn dies ist *meine* Namensgeschichte, dies ist das Lied *meines* Wanderjahrs.

In dieser modernen Version der zeitlosen *histoire* beginnt unsere naive Heldin die Geschichte als die kleine Moussa auf Glade, und die Zauberstraße, der sie folgt, wird von Planet zu Planet führen; und sie reist nicht mit Pferd oder Motorrad, sondern mit dem Sprungschiff. In dieser Geschichte – wie in allen meinen anderen – werden Sie den Inkarnationen der großen und ewigen Reise der Jugend zur Reife begegnen, des Geistes in die Kultur, des Gegenstücks zum Übergang vom Erträumten zu dem, was uns zu sein bestimmt ist.

Aber hier werden Sie ihnen so begegnen, wie sie dieses Kind unseres Zweiten Raumfahrenden Zeitalters sah: als Freunde und Geliebte, als Freidiener und Geschichtenerzähler, als Ladersüchtige, Geehrte Passagiere, Domos und Wissenschaftler – und als die wandernden Kinder aller Menschenwelten, die wir waren.

So ist diese Geschichte meines Wanderjahrs auch die Geschichte jener Reise, die über und unter die historischen Annalen hinausgeht. Im Zweiten Raumfahrenden Zeitalter nennen wir diese Reise wie in einer anderen Ära weit in der Vergangenheit das Wanderjahr, obwohl es für manche nur nach Wochen und für andere nach Lebensaltern zählt. Wie auch immer dieser Übergang genannt wurde – Wanderjahr, Liebessommer, die Suche nach dem Heiligen Gral, die *voyage d'arc* –, bis ich den Eigennamen Wendi annahm und meine *histoires* aufzuschreiben begann, war es eine Erzählung, die von dem, was wir »Geschichte« nennen, geflissentlich ignoriert worden war.

Denn »Geschichte« ist die Geschichte von den Taten jener, die die Evolution der menschlichen Rasse geformt haben – von dem namenlosen Hominiden, der das erste Werkzeug schuf, zu den Erfindern des Feuers und des Rades, zu den Organisationen, die die ersten Menschen in den Weltraum und auf den Erdmond schickten, zu den Erbauern der Arkologien, die die Menschen zu den Sternen brachten, bis zu jenen, die den Sprungantrieb aus den geheimnisvollen Artefakten entwickelten, die von den »Vorgängern« hinterlassen wurden und auf diese Weise unser Zweites Raumfahrendes Zeitalter aus der Taufe hoben. Die, deren Namen der »Geschichte« bekannt sind, waren Wissenschaftler und Forscher und Politiker und Generäle und Künstler. Sie haben die Naturgesetze erhellt, wundervolle Geräte erfunden, Nationen aufgebaut, Kriege gewagt, neue bewohnbare Welten entdeckt, überdauernde Kunstwerke geschaffen, und in der Tat waren sie es selbst, die die »Geschichte« niederschrieben. Denn »Geschichte« ist die zeitgebundene Geschichte der Evolution bestimmter menschlicher Gesellschaften.

Doch neben der »Geschichte« gibt es eine ebenso alte Geschichte – die Geschichte dessen, das immer draußen und drinnen existiert hat, das nicht selten im Gegensatz zur »Gesellschaft« steht und das dennoch in einem anderen und tieferen Sinn den wahren menschlichen Geist bis zum heutigen Tag getragen hat.

Verschiedene Kulturen gaben ihm verschiedene Namen. Die Romany Road. Bohème. Subkultur. Die Kosmokultur. Der Underground. Der Funke der Arkies. Demimonde. Auch seine Angehörigen bekamen viele Namen; die meisten herabsetzend. Ronin. Zigeuner. Freaks. Glücksritter. Landstreicher. Arkies.

Bis zum Zweiten Raumfahrenden Zeitalter konnte diese Halbwelt nur durch das definiert werden, was sie nicht war. Eine »Kultur« bestand im Grunde aus den sozialen, politischen, wirtschaftlichen, kulinarischen, linguistischen, technischen und ästhetischen Konventionen, an denen ihre Bürger teilhaben; auf einer tieferen Ebene war es die Übereinstimmung in bezug auf die Realität, die Bewußtseinsart, die ein »Volk« *definierte.* Folglich war die Demimonde die psychische Heimat jener, die durch Wahl oder Zufall innerhalb der räumlichen Grenzen einer Kultur existierten, ohne jedoch mit deren Realitätsauffassung übereinzustimmen. So standen sie außerhalb von »Gesetz« und »Geschichte«.

Hier konnten die Kriminellen und sozial Ausgestoßenen gefunden werden, die Verrückten und Abartigen, die Betreiber sozial geächteter Laster und die Anhänger von Göttern, die nicht vom jeweiligen Hauptstamm angebetet wurden. Doch hier gab es auch die Visionäre, die außerhalb ihrer eigenen Zeit geboren wurden, die Künstler, die neue Bewußtseinsebenen *erschufen,* die Sucher und die Träumer – im Grunde alle, deren Geist nicht von den Parametern der vereinbarten Realität ihres gegebenen sozialen Gefüges umfaßt werden konnte. Hier war die Heimat des Chaos in seiner ewigen Dialektik mit der Ordnung, des Chaos, aus dem alle neue Kultur und somit die Geschichte selbst immer wieder hervorgegangen ist. Hier war, mit anderen Worten, die innere Heimat des Abenteuergeistes der Jugend.

Zur *demimonde* fühlten sich gleichermaßen die Besten und die Schlechtesten der Jugend einer Kultur hingezogen – die Träumer und die Rebellen, die Idealisten und die Psychopathen, die Künstler und die Arbeitsscheuen, die Sucher des Lasters und die Sucher der Erleuchtung.

Einige reisten eine Weile im Reich des Chaos und tauchten wieder auf als Former und Gestalter der Geschichte. Einige durchlebten ihr Wanderjahr und wurden nur alt. Einige blieben für immer verschollen. Ein paar blieben ewig jung, bis zum Tag, an dem sie starben.

Doch sehr viele Heranwachsende in sehr vielen Kulturen gingen nie durchs Chaos. Sie wurden geboren, wurden akkulturiert, wurden beschult, durchliefen die Stationen des Erwachsenenlebens, erlebten eine schlecht definierte Spanne der Angst im mittleren Lebensabschnitt, erklärten sich resigniert für alt und starben, ohne je einen Fuß auf die Zauberstraße gesetzt zu haben, ohne überhaupt zu verstehen, was es war, das sie in ihrem Leben verpaßt hatten.

So blieb es ungeschrieben, bis ich begann, meine *histoires* zu erschaffen, und nun ist auch dies eine neue Art von Geschichte, in dem Sinne, daß es eine Geschichte der menschlichen Vergangenheit ist.

Heute, im Zweiten Raumfahrenden Zeitalter, ist dieses alte Konzept der »Kultur« als Gefängnis des individuellen Bewußtseins selig verschieden. Denn wie jeder seinen eigenen Lingo-Dialekt spricht, so ist auch jedes menschliche Bewußtsein seine eigene, selbst erschaffene Realität, einzigartig und doch Teil der unendlich komplexen *vie humaine*.

Denn jeder von uns durchlebt als Kind des Glücks ein Wanderjahr; und es ist selten, daß ein Kind unseres Zeitalters zum Mann oder zur Frau wird, ohne den Zwischenbereich erfahren zu haben.

Was ist der größte Ruhm und die größte Errungenschaft des Zweiten Raumfahrenden Zeitalters? Der Sprungantrieb, der unsere Sprungschiffe in die Lage versetzt, die großen, leeren Räume zwischen den Sternen zu durchmessen, so daß sich unsere Art über Hunderte von Welten ausbreiten kann? Die Tatsache, daß die Menschheit endlich den Krieg und den Chauvinismus hinter sich gelassen hat? Unser umfassendes Wissen um die Zusammenhänge zwischen Masse und Energie?

Ich behaupte, daß die größte Errungenschaft des Zweiten Raumfahrenden Zeitalters, die uns von allen früheren Zivilisationen abhebt und uns über sie stellt – nicht nur im Gegenständlichen, sondern im Bewußtsein –, die Tatsache ist, daß *unsere* Zivilisation als einzige die Weisheit hatte, für alle das Wanderjahr zur Pflicht zu machen. Denn es mögen zwar einige von uns Geschichten erschaffen und einige von uns Raumkapitäne oder Wissenschaftler oder politische Führer und so weiter sein, aber *alle* von uns waren einmal *Kinder des Glücks*.

Ist denn nicht die Wahl des Eigennamens zugleich die Erklärung des kommenden Lebenswerks, und wird der Eigenname nicht am Ende des Wanderjahrs gewählt, und ist das Wanderjahr nicht genau der Prozeß, durch den wir Kinder des Glücks unsere Bestimmung und uns selbst finden?

Außerdem – da jeder von uns die Freiheit und die Gefahren eines Kinds des Glücks geschmeckt hat, da jeder von uns ein Kind des Glücks bleibt, bis er sich am Leben sattgegessen hat, suchen wir im Gegensatz zu den Eltern früherer Zeiten nicht das Kind an die Wiege, den kleinen Adler ans Nest zu ketten, beneiden wir nicht unsere Kinder um den goldenen Sommer, den wir doch selbst erfahren haben und freiwillig erst aufgaben, als wir unseren wahren Namen gefunden hatten.

Und hier ist meine Geschichte, die erzählt, wie die kleine Moussa sich in Wendi Shasta Leonardo verwandelte, die jetzt dies erzählt, die Geschichte ihres Wanderjahrs.

Es war einmal zu unserer Zeit auf einem gar nicht so weit entfernten Planeten …

1

Ich wurde auf Glade geboren, wie die meisten der weitverstreuten Menschenwelten ein Planet ohne besonderen Ruhm in der Überlieferung der Sternenfahrer, der im interstellaren Maßstab keine besondere wirtschaftliche Bedeutung besaß. Wie die meisten Menschenwelten ist Glade eine fast völlig autarke ökonomische Einheit, was heißen soll, daß seine Ebenen, Flüsse und Meere genug hergeben, um eine gesunde menschliche Bevölkerung von etwa 300 Millionen am Leben zu halten, ohne daß es nötig wäre, größere Mengen Spurenelemente aus anderen Sonnensystemen zu importieren. Der Reichtum an Bodenschätzen, der von den vereinzelten Asteroiden geliefert wird, stellt eine ausreichende Grundlage an Rohmaterialien für die industrialisierte Wirtschaft dar.

Verdad, im Rückblick kann ich ganz nüchtern feststellen, daß ich auf einer ganz gewöhnlichen Welt geboren und aufgezogen wurde, nicht unähnlich Hunderten solcher Welten, die von Sonnen vom G-Typ erwärmt werden. Doch meine mädchenhafte Wahrnehmung meiner Heimat als zentraler Punkt in großen Dingen war eine ganz andere Sache, denn ich wurde als Kind von Nouvelle Orlean geboren und erzogen, einem Ort, der auf ganz Glade als das Juwel unseres Planeten gilt – ganz zu schweigen von den Einwohnern der Stadt selbst.

Wie die legendäre Namensvetterin auf der Erde wurde auch Nouvelle Orlean im Delta eines großen, den Kontinent entwässernden Flußsystems errichtet – aber natürlich hatten die ersten Siedler in einer Zeit des Lufttransports diese Stelle nicht wegen ihrer geographischen Bedeutung als idealen Verknüpfungspunkt zwischen Fluß- und Seehandel ausgewählt. Vielmehr hatten die Siedler von Glade den Standort für die Metropole unseres Planeten mit Vorbedacht nach ästhetischen und vielleicht sogar spirituellen Kriterien erwählt.

An den menschlichen genetischen Vorgaben gemessen, ist Glade eine recht kühle Welt – große, gebirgige Eiskappen an beiden Polen, während in mittleren Breiten nicht sehr anheimelnde Halbtundren vorherrschen, so daß die Tropen die beliebteste Zone für menschliche Besiedlung sind, wo deshalb auch der größte Teil der Bevölkerung zu finden ist. In dieser besten Klimazone liegen Teile von drei Kontinenten. Und von diesen Ländern ist Süd-Arbolique zweifellos die geographische Heimat des menschlichen Geistes auf diesem Planeten.

Arbolique ist in mehr als einer Hinsicht der mächtigste Kontinent Glades. Er erstreckt sich von der nördlichen Eiskappe fast bis zum Äquator, und sein südlichster Punkt ist die Spitze der Culebra-Halbinsel. Das Große Massiv beginnt unter dem Polareis, erhebt sich zu gewaltigen Kordilleren aus schneebedeckten und moosbewachsenen Felsen, um sich dann in eine östliche und westliche Gebirgskette zu gabeln, die sich bis fast zu den Küsten des tropischen Meeres hinunterziehen.

Zwischen diesen Gebirgsketten liegt das Große Tal, ein breites und fruchtbares Zentraltal, das von niedrigeren Gebirgsketten und Hügeln weiter unterteilt wird – insgesamt wirkt es eher wie eine gigantische Bergwiese und nicht so sehr wie eine flache Ebene. Es beginnt im Norden in einer Höhe von etwa dreitausend Metern und erreicht erst an der Deltamündung des Rio Royale das Meeresniveau. Dieser mächtige zentrale Fluß, der aus unzähligen Schmelzwasserströmen der Polkappe gespeist wird, schäumt und donnert über gewaltige Wasserfälle und Stromschnellen durch die Pässe der hohen Kordilleren, bis er sich schließlich durch das Delta als breiter Strom aus klarem, blauem Süßwasser ins Meer ergießt, dessen Kontrast im grünen Meereswasser noch viele Meilen vor der Küste aus der Luft zu erkennen ist.

Nouvelle Orlean liegt ein Stück stromauf von den Marschen und Niederungen des eigentlichen Deltas des Rio Royale, an einem Punkt, wo der breite, ruhige Strom durch einen flachen Canyon fließt, den er in die niedrigen Küstenberge gewaschen hat. Hier gibt es zu beiden Seiten des Royale Flußmarschen, und direkt hinter ihnen erheben sich Hügel und Klippen, die mit den knorrigen, verwachsenen Bäumen des Bittersüßdschungels überwuchert sind; der Dschungel ist ein dichtes Gewirr von Lianenpilzen, Kriechranken und Safrolblumen, die sich gleich strahlenden, vielfarbigen Girlanden zu gewaltigen grünen Hügeln erheben. Hier gibt es auch Inseln im Strom, die meisten bloße schlammige Sandbänke, die vom Unterholz zusammengehalten werden, doch einige groß genug, um ganze Stadtbezirke aufzunehmen.

Nouvelle Orlean breitet sich zu beiden Seiten des Flusses aus, auf den Inseln dazwischen – natürlichen wie auch künstlichen –, und einige Leute haben ihre Häuser in den vom Dschungel überwucherten Anhöhen über der Stadt errichtet. Hinter den Klippen am Flußufer erheben sich Hochhäuser, die überwiegend in zart schattiertem Spiegelglas gehalten sind, und zwischen ihnen und dem Fluß erstrecken sich an beiden Ufern baumbestandene Esplanaden mit Kiosken, Restaurants und Pavillons. Über und hinter dem Ost- und dem Westviertel winden sich die Straßen zu den vom Dschungel beschatteten Häusern der Oberstädte hinauf.

Doch Rioville ist für alle, die sich für echte Orleaner halten, das Herz und sogar die Seele der Stadt – die magische Inselgruppe, die sich auf dem Royale ausbreitet und die Stadtteile, die sonst eine Doppelstadt wären, zu einem Ganzen vereint. Hier stehen die Gebäude niedrig und wirr durcheinander, in Harmonie mit dem Dschungel und den bewaldeten Parks, die den größten Teil des Geländes einnehmen – sowohl aus ästhetischen Gründen als auch um die Inseln zusammenzubinden, damit der Fluß sie nicht fortspült. Die Architektur von Rioville beruht auf Holz, Ziegeln und Stein oder zumindest auf hervorragenden Ersatzstoffen der natürlichen Baumaterialien – allerdings ohne weite Glasflächen an jedem Aussichtspunkt auszuschließen. Veranden, Laubengänge, Sommerhäuser, offene Pavillons und Innenräume, deren Wände sich ganz der Natur öffnen und die Vegetation eindringen lassen, entsprechen genau dem Wohnstil von Rioville. Und ebenso die Hunderte von Fußgängerbrücken, die die kleineren Kanäle überspannen, und die Tausende von Booten jeden Typs und jeden Aussehens, die der Stadt die Atmosphäre des sagenhaften alten Venedig verleihen – nicht ohne eine bewußte Hommage an die Geister der alten Dogen.

Eher durch die moralische Kraft der Gewohnheit als durch Gesetze sind die Bezirke Riovilles völlig dem Reich der Kunst, des Müßiggangs, des kulturellen Genusses, der Freude und dem Tantra überlassen, und die meisten Betreiber dieser Gewerbe wohnen auch in diesen Bezirken, genau wie Menschen mit eher prosaischen Berufungen, die den Wunsch und das Kleingeld haben, in dieser Atmosphäre einer ewigen Fiesta zu leben.

Meine Eltern hatten am nördlichen Rand von Rioville auf der niedrigen Kuppe einer kleinen Insel ein weitläufiges Haus gebaut, ganz in der Nähe der Flußmitte, und während meiner ersten achtzehn Lebensjahre verbrachte ich viele Spätnachmittage und frühe Abende auf der Veranda im ersten Stock damit, dem Sonnenuntergang hinter der westlichen Oberstadt zuzuschauen, während die Lichter der Häuser in den Einschnitten des tief im Schatten liegenden Dschungels aufblinkten und die Sterne langsam im purpurnen Himmel erschienen und die spiegelnden Gebäude am Ostufer tieforange aufblitzten, wenn sie den Sonnenuntergang reflektierend wie eine Flammenzunge über die Inseln und das Wasser warfen.

Von meinem kleinen Horst aus konnte ich nach Norden den Fluß hinaufblicken, wie er sich durch jene Klamm ergoß, die bis zum eisbedeckten Norden des Kontinents hinauflief, und manchmal wehte ein duftender Wind, schwer von den Gerüchen der Dschungelpflanzen und der heraufziehenden Nacht, von den Gipfeln herunter, die mir damals wie das Dach und das Geheimnis der Welt erschienen, und ich konnte tief einatmen und mir vorstellen, daß ich den Geist des Planeten aufnahm. An anderen Abenden trieb eine Nebelbank vom Meer heran, umhüllte Rioville mit duftenden, verträumten Schleiern, verwandelte die Lichter der Stadt in märchenhafte Fakkeln einer Armee, die gespenstisch und triumphierend aus den Nebeln emporstieg.

Und immer, wenn die Nacht schließlich gekommen war und sich der Baldachin der Sterne voll entfaltet hatte, bis man kaum noch unterscheiden konnte, wo die Sternbilder endeten und die Lichter der Oberstadt begannen, ging ich zum anderen Ende der Veranda und blickte über die Inseln nach Rioville selbst hinaus, das wie ein Teppich aus vielfarbigen Juwelen übers Wasser gebreitet lag: ein strahlendes Spinnennetz aus beleuchteten Brücken, die Positionslichter Tausender Boote, die in der Strömung tanzten, und vom Seewind zu mir herübergetrieben die leise, weit entfernte Musik der Zauberstadt, komponiert aus Gelächter, Seufzen und unzähligen Stimmen, dem Klang von Instrumenten, Fiestas und Lustbarkeiten. In diesen Augenblicken machte mich das berauschende Aroma von Nouvelle Orlean selbst benommen; ein starkes Gebräu aus Dutzenden von Kochstilen, die von Hunderten von Restaurants gepflegt wurden, aus dem Duft von Liebenden, von Drogen, Weihrauch, Holzspänen, Ölbildern, Leder und dem überwältigenden nächtlichen Duft tropischer Blumen.

Kann man unter diesen Umständen dem jungen Mädchen, das ich damals war, nicht verzeihen, daß sie glaubte, vom Schicksal begünstigt und vom Glück gesegnet zu sein, eine Bürgerin Xanadus und der Liebling des Schicksals?

Und als ich aus meinem relativ unschuldigen Jungmädchendasein zu früher pubertärer Blüte erwachte, als die sozialen Gegebenheiten der Gesellschaft von Nouvelle Orlean mein Bewußtsein in Unruhe versetzten, wurde mein Gefühl für Bescheidenheit kaum durch das Wissen gefördert, daß meine Eltern alles andere als gewöhnliche Bürger der Stadt waren, sondern recht bekannte örtliche Größen, wenn auch nicht ganz die führenden Berühmtheiten des *haut monde,* als die ich sie meinen Schulkameraden schilderte.

Meine Mutter, Shasta Suki Davide, wurde in Nouvelle Orlean geboren, und nachdem sie ihr Wanderjahr mit der Erforschung des Weges einer erotischen Abenteurerin verbracht hatte, hatte sie zwei Jahre an der *Academie Tantrique* auf Dravida studiert, wo sie zur Meisterschülerin in der tantrischen Heil- und Liebeskunst ausgebildet wurde. Ihren Eigennamen Shasta hatte sie, nachdem sie ihre Studien abgeschlossen hatte, zu Ehren von Nicole Shasta gewählt – ein zu ihrer Zeit recht umstrittener Mann, der als erster die Phänomene von Masse und Energie, die den alten metaphorischen und metaphysischen tantrischen Prinzipien zugrunde liegen, erhellt und damit die Wissenschaft begründet hatte, die meine Mutter studierte.

Mein Vater, Leonardo Vanya Hana, wurde auf Flor del Cielo geboren und hatte nur eine relativ kurze Zeit als wanderndes Kind des Glücks verbracht, denn er war einer dieser seltenen Menschen, die fast schon von Geburt an zu wissen scheinen, was sie werden wollen – nämlich ein Erfinder und Hersteller von Geräten zur Persönlichkeitsverstärkung, von denen er einige bereits während seiner Schulzeit schuf.

Naturellement befand er sich zum Abschluß seines Wanderjahrs auf Diana, dem für die Produktion solcher Persönlichkeitsverstärker vielleicht berühmtesten Planeten, wo er in einer der führenden Fabriken als Künstler und manchmal auch als Designer eine Anstellung fand. Seinen Eigennamen Leonardo hatte er etwas übertrieben zu Ehren von Leonardo da Vinci gewählt, einem Künstler und Erfinder des alten terrestrischen Zeitalters, dem legendären Archetypus der Verbindung von Ästhetik und Technik, dem unser Zweites Raumfahrendes Zeitalter allgemein und mein Vater im besonderen immer nacheiferten.

Meine Eltern lernten sich auf Diana kennen, wo meine Mutter als wandernde tantrische Künstlerin und manchmal auch als Heilerin wirkte, nachdem sie bereits einige andere Planeten besucht hatte. Sie hatte bereits begonnen, immer liebevoller an ein Heim in Nouvelle Orlean zu denken, als sie eine pheromonische Anziehung für Leonardo überkam, deren Wechselseitigkeit durch die Kraft ihrer erotischen Kunst noch verstärkt wurde; und nach der Erkenntnis, daß eine Ehe zwischen tantrischer Wissenschaft und elektronischer Persönlichkeitsverstärkung für die Vertiefung und Entwicklung ihrer jeweiligen Künste ebensoviel zu bieten hatte, wie sie ihre persönliche Sphären bereichern konnte, hatte sie kaum Mühe, Leonardo zu überzeugen, daß die Chancen, der Größe seines Eigennamens entsprechend zu leben, auf Glade viel besser stünden als auf Diana. Und dies ganz besonders in Nouvelle Orlean, einer Stadt, deren Zauber nur noch von ihrem Sinn für ihre eigene Kultiviertheit übertroffen wurde und wo ein Individualverstärkungszauberer von Diana beträchtlichen Ruf genießen würde, egal wie bescheiden seine frühere Position auf jenem Planeten gewesen war, und wo der

Stand der Kunst ihm gewiß eine hervorragende Stellung verschaffen würde.

So steht es geschrieben, und so sollte es geschehen. Kurz nach ihrer Ankunft in Nouvelle Orlean konnte Leonardo potentiellen Investoren drei auf Glade völlig neue Persönlichkeitsverstärker vorführen; sie lehnten sich ein wenig an theoretische Überlegungen an, die in der Designabteilung auf Diana angestellt worden waren.

Ein Gerät hieß die »Stimme«. Es stellte eine elektronische Schleife zwischen bestimmten Gehirnzentren und dem Kehlkopf her, so daß der Benutzer durch einen Willensakt und bewußte Einflußnahme beim Singen oder Sprechen unhörbare Schallwellen aussenden konnte, die über den Gehörsinn direkt auf das Bewußtsein des Publikums einwirkten, so daß die künstlerische Wirkung des Sängers oder Schauspielers erheblich verstärkt wurde; dieses Gerät war auch für Handelsvertreter nicht ohne Wert. Ein anderes war das »Argusauge« – winzige Linsen aus geronnenem Gel, die über den Pupillen getragen und elektronisch mit dem Sehzentrum verbunden wurden, so daß der Träger die optischen Eigenschaften in einem weiten Schärfe- und Wellenbereich einstellen konnte, was ihn in die Lage versetzte, mikroskopische Bereiche, astronomische Phänomene und den Infrarot- und Ultraviolettbereich unmittelbar zu erfassen, ganz zu schweigen von entfernten Schlafgemächern, in denen sich Interessantes abspielen mochte. Dem am wenigsten geheimnisvollen und verspieltesten Gerät, das zugleich den schlechtesten Ruf hatte, gab Leonardo den Namen »Gourmand's Delight«. Mit seiner Hilfe konnte ein Vielfraß willentlich seinen Stoffwechsel so umstellen, daß er einen ganzen Abend enorme Mengen essen und trinken konnte, ohne am nächsten Morgen unter Übelkeit oder Kater zu leiden.

Diese Geräte besaßen nicht nur einen offensichtlichen Marktwert, sondern verhalfen auch Leonardo Vanya Hana zum Ruf, ein Künstler zu sein, von dem noch größere Wunder zu erwarten waren, und so hatte mein Vater keinen Mangel an Investoren, die bereit waren, seine Boutique zu sehr vorteilhaften Bedingungen zu finanzieren. Er wäre ohne weiteres in der Lage gewesen, eine Fabrik aufzubauen, mit deren Ausstoß er den Planeten mit Replikaten zu bescheidenen Preisen hätte überschwemmen können. Dies tat er jedoch aus persönlichen, ethischen Gründen nicht; er zog es vor, Handwerker und Künstler zu bleiben, der lieber jedes Gerät nach den Wünschen und Vorlieben einzelner Kunden herstellte, statt ein Industriemagnat zu werden. Außerdem konnte er, indem er die Waren persönlich herstellte und seine eigene Arbeitskraft hineinsteckte, die Preise hoch halten, wie es eben für Kunstgegenstände angebracht ist – ebenso, wie sich ein Maler oder Bildhauer weigert, Lizenzproduktionen zuzulassen, und Galeriepreise für seine Originale verlangt.

Meine Mutter gab unterdessen hin und wieder in Freudenpalästen tantrische Vorstellungen, doch meist konzentrierte sie ihre Aufmerksamkeit und Energie darauf, ihre Fähigkeit und ihren Ruf als tantrische Heilerin zu entwickeln, wobei ihr die Wissenschaft meines Vaters und seine Kenntnis der Bioelektrizität des menschlichen Nervensystems eine große Hilfe waren.

Als sie nach einiger Zeit genug Kapital angesammelt hatten, beschlossen meine Eltern, ihre beruflichen Niederlassungen und ihren Hausstand zusammenzulegen und eine kleine Insel zu kaufen, auf der sie ein Haus bauten, in dem ich aufwachsen sollte. Das Erdgeschoß des Hauses nahmen Leonardos Boutique und Shastas Tantra-Studio ein, jedes Geschäft mit der Vorderfront zu einer anderen Seite der Insel, doch im Innern durch Lager- und Arbeitsräume und einen Gang verbunden. Der erste Stock mit seiner großen Aussichtsterrasse war unsere Wohnung, die man durch eine eigene Treppe von einem der Öffentlichkeit nicht zugänglichen Garten aus betreten konnte. Der Garten wurde von einer Hecke aus Purple Cloud begrenzt, die entsprechend der Mode der Saison zu verschiedenen Formen zugeschnitten wurde. An meinem fünften Geburtstag, als eine Rückzugsmöglichkeit in eigene Gemächer für meine Entwicklung nötig schien, wurde ein prächtiges Spielhaus in einem Dschungelflecken im untersten Teil des Gartens errichtet.

Als junges Mädchen verbrachte ich dort viele Stunden mit meinen Spielgefährten und viele weitere mit keiner anderen Gesellschaft als den Moussas, die ich bald mit Krümeln und Brosamen vom Frühstückstisch anzulocken lernte. Von allen einheimischen Lebewesen von Glade haben sich diese gewitzten kleinen Säugetiere, klein genug, sich von einer Kinderhand umschließen zu lassen, und für die kleinste Bestechung auch bereit, dortzubleiben, tiefer in die Herzen der Menschen geschmeichelt als jedes andere Tier, denn sie sind sehr verbreitete Streicheltiere für Kinder.

Doch in Wirklichkeit sind vielleicht die kleinen Menschenkinder die Streicheltiere der Moussas, denn diese goldpelzigen, smaragdäugigen, affenschwänzigen, segelohrigen, primatenähnlichen Nager überleben nicht in einem Käfig oder als gezähmte Haustiere, sondern hungern sich in jeder Art von Gefangenschaft stumpfsinnig zu Tode. Und wie verbreitet sie in Nouvelle Orlean und der Umgebung auch sind und obwohl sie mitten zwischen den menschlichen Behausungen leben, werden sie sich nie herablassen, von ihren Bäumen herabzusteigen und mit den riesigen und tolpatschigen Erwachsenen zu spielen, nicht einmal, wenn sie mit den köstlichsten Leckerbissen gelockt werden. Doch setzen Sie ein Kind mit ein paar Brotkrumen oder Beeren in den Garten, und die Moussas werden bald auf Zuruf kommen. Sogar wenn ich vergessen hatte, etwas mitzubringen, und mit leeren Händen kam, kletterten die Moussas herunter und spielten mit mir, wenn sie mich auch mit ihren Pfiffen für meinen gedankenlosen Mangel an Gastfreundschaft zu schelten schienen.

Und wie ein Moussa tauchte ich auch selbst am Spätnachmittag oder am frühen Abend aus meinem Garten auf und spielte für die Kunden und Freunde meiner Eltern das verhätschelte und kluge Kind. Wie die Kinder von Glade sich vorstellen, daß die Moussas zu ihrem Vergnügen herumschnatterten und tollten, so glaubten zweifellos die Erwachsenen im Salon meiner Eltern, das feenhafte Wesen, das bald alle »die kleine Moussa« nannten, käme zu ihrem Vergnügen in ihren Bereich.

Doch von dem Augenblick an, als die kleine Moussa überhaupt etwas wußte, wußte ich auch – wie die Moussas im Garten – sehr genau, daß diese gewaltigen und wundervollen Wesen mit ihren extravaganten Kleidern und unverständlichen Geschichten, mit ihren seltsamen und geheimnisvollen Düften, daß der Fluß und die Myriaden von wundersamen Anblicken und Geräuschen und Gerüchen von Nouvelle Orlean, daß all das und die ganze Welt nur da waren, um *mich* zu amüsieren.

2

So tollte die kleine Moussa mit den Wesen im Garten, den Kunden ihrer Eltern und den lieben Kindern dieser Bürger des *haut monde* von Nouvelle Orlean durch ihre Kindheit. *Naturellement* konnte ich die seltene, erlesene Atmosphäre im Wohnzimmer meiner Eltern erst genießen, als meine Schulbildung schon ein gutes Stück gediehen war und ich als alt genug galt, um allein zur Akademie zu reisen und mich mit meinen Spielgefährten in die Stadt zu wagen.

In diesem Augenblick wurde natürlich mein Bewußtsein für die Bedeutung meines Platzes im Lauf der Dinge schärfer als die Realität selbst. Während ich mich für die größere Welt um mich herum zu interessieren begann und Wortkristalle abhörte und lernte, sie zu lesen, um sie noch schneller abzuspulen, während ich die Grundbegriffe der Ethik lernte und mit der Geschichte unserer Stadt und unseres Planeten und unserer Rasse bekannt wurde, als meine Lehrer mich in die Wissenschaften einführten, in die zahllosen Arten des menschlichen Lingo, in die Grundprinzipien der Mathematik und so weiter, begann ich zu bemerken, daß die Vorträge, die mir *chez mama* und *papa* um die Ohren geschwirrt waren, wie das Geschnatter der Moussas, zum guten Teil nichts anderes waren als hochtrabende und verfeinerte Versionen der Vorträge meiner Lehrer in der Akademie.

Das war ein etwas übereiltes Satori für ein junges Mädchen von acht oder neun Jahren und außerdem einer bescheidenen Haltung im Klassenzimmer nicht besonders förderlich. Während meine Lehrer sich über verschiedene Themen auf jenem Niveau ausließen, das von den *maestros* der Erziehungswissenschaft für angemessen erachtet wurde, und deshalb meiner Aufmerksamkeit recht einfache Texte empfahlen, diskutierten daheim die wahren Meister der Künste und Wissenschaften, gegen die erstere eben nur Pädagogen waren, die esoterischen Aspekte eben jener Klassenzimmerthemen, während sie auf die Zuwendung meiner Mutter warteten oder von meinem Vater ausgerüstet wurden oder während sie einfach bei Wein und Leckereien mit meinen Eltern und mir plauderten.

Als ich dann allein oder mit Klassenkameraden durch die sagenhaften Bezirke Riovilles zu streifen begann, schlich sich der Gedanke an Ruhm und Berühmtheit in meine bis dato naive und völlig egalitäre Weltanschauung. Wenn ich in eine Galerie schlenderte, um mich müßig in Gemälde oder Holos oder Weltblasen zu vertiefen, entdeckte ich oft, daß die Schöpferin *dieses* Werkes mich auf ihrem

Knie hatte hüpfen lassen; diese Ari Baum Gondor zum Beispiel, die die winzigen Ökosphären geschaffen hatte, die all das Erstaunen hervorriefen, war dieselbe Ari, die ich immer als Quelle meiner liebsten Süßigkeiten betrachtet hatte. Bei einem Konzert oder einem Liederabend oder einem Tanz genoß ich oft die Darbietungen von Künstlern, die zu meinem privaten Vergnügen gesungen und gespielt hatten, seit ich mich erinnern konnte. Die Bibliotheken waren mit Wortkristallen vollgestopft, die von meinen *tios* und Tanten stammten, und ich konnte jederzeit in einem kulinarischen Treffpunkt speisen, dessen *chef maestro* am Tisch meiner Eltern gesessen hatte.

Kurz gesagt wuchs ich in dem Bewußtsein auf, daß die Menschheit in zwei Untergruppen zerfällt: die Berühmten und die Anonymen, die Schöpfer von Kunst, Musik, Literatur und Wissenschaften und die Konsumenten derselben, die Elite des *haut monde* und die Masse der gewöhnlichen Sterblichen. Und ich, wie meine eigenen Augen und Ohren so deutlich demonstrierten, war ein Kind der ersteren, per Geburtsrecht ein Lieblingswesen des Schicksals.

Was nicht heißen soll, daß ich ein größeres Ego-Monster wurde als jeder durchschnittliche Zehnjährige, denn der Kreis meiner Spielgefährten, mit denen ich reiste, gehörte zum gleichen Umfeld; viele ihrer Eltern waren eben die *maestros* und Berühmtheiten, deren behagliche Intimität meinen geheimen Stolz nährte, und *naturellement* wurde ich in dieser erwachsenen Sphäre des *haut monde* als Kind geduldet und nicht als Gleichgestellte akzeptiert.

Selbst im Reich der Bildung hatte diese innere Vorstellung über meinen wahren Platz in der Welt seine Schattenseiten. Einerseits erodierte mein Respekt für die Lehrer durch meinen freien und lokkeren Umgang mit den ihnen intellektuell und sozial übergeordneten Meistern; ich war mir nicht zu schade, sie ab und zu mit Redewendungen zu reizen, die ich bei Tisch aufgeschnappt hatte und für überlegenes Wissen hielt. Andererseits hatte ich fast von Geburt an intellektuelle *haute cuisine* genossen und viel Wissen durch eine Art Osmose aufgenommen; außerdem lag das bißchen Ehrgeiz, das ich hatte, eher darin, von den Besuchern meiner Eltern als Gleichgestellte akzeptiert zu werden, und so war ich wenigstens motiviert, die öffentliche intellektuelle Schmach eines unvorbereiteten Schülers zu vermeiden.

Alles in allem war das Ergebnis, daß ich eine begabte, allerdings schlecht motivierte und nicht sehr eifrige Schülerin war, der jegliche Begeisterung für schulische Dinge abging und die zufrieden war, mit einem Mindestmaß an Aufwand durchs Studium zu eilen, während meine Vorstellung des Reifeprozesses als Bestandteil von spirituellen, intellektuellen oder karmischen Prozessen gleich Null war.

Und so, wenn ich damals ob dieser Verallgemeinerung auch höchst beleidigt gewesen wäre, war ich doch typisch für das vorpubertäre Stadium unserer Rasse, denn die biologische Matrix der Leidenschaft – ob sie intellektuell, künstlerisch, politisch, spirituell oder sexuell ist – kann von einem vorpubertären Stoffwechsel einfach nicht erzeugt werden. Deshalb die Weisheit, das Wanderjahr zu durchlaufen, ehe man sich jener tieferen Bildung zuwendet, die von leidenschaftlicher Hinwendung zu einem Lebensziel begleitet sein muß und die von der sozialen und spirituellen bis zur molekularen Ebene alle Bereiche erfassen muß.

Und aus diesem Grund löst die Pubertät auch tumultartige psychische Veränderungen aus, die dem Genuß mächtiger psychogener Drogen sehr ähnlich sind. Während die früheste und offensichtlichste soziale und psychologische Manifestation dieser biochemischen Revolution das Erwachen der ältesten menschlichen Leidenschaft ist, nämlich der sexuellen Lust, sucht dieser molekulare Hunger nach Neuheiten, nach körperlicher Erregung und nach Abenteuern des Geistes seine vielgesichtige Erfüllung in jedem denkbaren Bereich, nachdem sich die biochemische Matrix der Leidenschaft in der Physiologie eines jungen Mädchens entwickelt hat.

Biochemisch gesehen ist die Pubertät ein Verlust endokriner Unschuld, der den menschlichen Geist für all jene Möglichkeiten und Gefahren leidenschaftlicher Motivation öffnet, die dem kindlichen Metabolismus nicht zugänglich sind. Doch zugleich gibt es keinen vollkommeneren Naiven als den pubertierenden Menschen, der plötzlich die Welt mit Augen, Ohren, Nase und einem Geist wahrnimmt, der durch diese psychochemische Verstärkung des kindlichen Bewußtseins umfassend angeregt und verändert wird.

In vielen primitiven irdischen Kulturen – bevor die Psychosomatik eine entwickelte Wissenschaft war und bevor die bioelektrische Grundlage des Tantra erhellt wurde – entstanden allerlei bizarre und völlig unproduktive soziale Mechanismen, die darauf abzielten, entweder diese jugendlichen Leidenschaften – im Sinne der Erwachsenen – »an die Kandare« zu nehmen und ihre Manifestationen zu unterdrücken oder, noch schlimmer, ihre Energien einzufangen, zu kanalisieren und im Dienste theokratischer Dogmen, territorialer Aggressionen oder des Staates zu pervertieren. Da die früheste, einfachste und somatisch stärkste jugendliche Leidenschaft natürlich die sexuelle Lust ist, drehten sich viele dieser verhängnisvollen sozialen Kontrollmechanismen um den Aufschub, die Sublimierung oder gar die völlige Unterdrückung ihres natürlichen erotischen Ausdrucks.

Die Ergebnisse sahen natürlich genauso aus, wie die moderne Psychosomatik sie vorhersagen würde: vielfältige jugendliche Rebellionen gegen die Autorität der Erwachsenen, gewalttätige, separatistische jugendliche Subkulturen, maßloser und wahlloser Gebrauch von psychoaktiven Substanzen ohne vorheriges gründliches Studium ihrer Wirkungen, Neurosen, Depressionen, Hysterie, die romantische Verklärung des Selbstmords, Militarismus, Tiermißhandlungen und eine verächtliche Haltung gegenüber wissenschaftlichen Zielen.

Glücklicherweise hat unser Zweites Raumfahrendes Zeitalter schon lange diese Folter der Unschuldigen überwunden, und so wurden meine frühesten Experimente mit der Befriedigung dieses neuen körperlichen Hungers angemessen und ästhetisch annehmbar im Spielhaus im Garten meiner Eltern durchgeführt.

Natürlich betrachtete ich mich kaum als ungeschichte junge Experimentatorin in Liebesdingen – nicht einmal bei meinem ersten *pas de deux* in diesem immergrünen Boudoir. Denn war ich nicht die Tochter von Shasta Suki Davide, der Tantra-Meisterin? Und hatte ich nicht aus kindlicher Neugier, lange bevor die Abbildungen etwas anderes als theoretisches Interesse erregten, die Kataloge mit den Stellungen durchgeblättert?

Nun, das war ich, und das hatte ich. Außerdem war ich nicht so verschlossen gegenüber der Wohltat motivierter Forschung, daß ich es versäumte, mich tiefer in die Texte zu versenken, als die Motivation für solche Studien auf eine gewisse angenehme Art erforderlich wurde. Ich versäumte es auch nicht, meine Mutter nach anekdotischen Erfahrungen zu fragen oder meinen Vater zu überzeugen, mir sein Wissen über das menschliche Nervensystem und darüber, wie Männer im allgemeinen zu behandeln sind, zu offenbaren.

Wirklich, ich muß gestehen, daß ich entschlossen war, den beneidenswerten Ruf einer *femme fatale* zu erwerben, während ich noch unschuldig war, denn eine solche Reputation würde nicht nur das Bewußtsein meiner Wichtigkeit unter meinen Altersgenossen verstärken, sondern es würde auch sicherstellen, daß mir praktisch jeder Junge zur Verfügung stand, der mein Interesse weckte.

Als ich das erste Mal meine Gunst verschenken wollte, entschied ich mich etwas berechnend für einen hübschen vierzehnjährigen Jungen namens Robi; sein schlanker und fast haarloser Körper und die großen blauen Augen erzeugten nicht nur die rechte Stimmung in meinen Lenden, sondern er war, obwohl ein Jahr älter als ich, immer noch bezaubernd schüchtern mit Mädchen, wenn auch zur Kompensation bei seinen Freunden leider etwas angeberisch.

Es entging mir nicht, daß eine wahrhaft beeindruckende tantrische Vorführung für Robi – besonders wenn er, wie ich vermutete, noch unschuldig war – unter den Jungs, die wir gemeinsam kannten, rasch ein wichtiges Gesprächsthema werden würde, was mir vom ersten Auftritt an einen Ruf als unvergleichliche Geliebte einbringen würde.

Robi in mein Boudoir zu locken war kein Problem – ich lud ihn unverfänglich in Gegenwart seiner Kameraden ein; doch sobald wir uns in meine Liebeslaube zurückgezogen hatten, war seine Schüchternheit trotz eines Wortschwalls nicht zu übersehen.

Unbeeindruckt von diesem Phänomen, das in den Wortkristallen, die ich zur Vorbereitung durchgearbeitet hatte, häufig erwähnt wurde, verordnete ich ihm eine einfache Folge taktiler und oraler Heilmittel, die den armen Kleinen mit ihrer zweifellos unerwarteten tantrischen Vollkommenheit ganz aus dem Häuschen brachten, die jedoch bald genug seine Aufmerksamkeit von den Unsicherheiten der jungfräulichen Psyche auf die natürliche, feste Entschlossenheit des jugendlichen Lingams lenkten.

Als der Mann in Robi angemessen erregt war, verwandelte er sich in einen begeisterten, wenn auch ziemlich hastigen und tolpatschigen Mitstreiter, der seine Befriedigung schon in der einfachsten tantrischen Stellung allzuleicht erreichte, um dann zufrieden anzunehmen, daß die Darbietung einen ästhetisch befriedigenden Abschluß gefunden hätte.

Natürlich war dem nicht so; es hatte gerade erst begonnen, und ich war entschlossen, nicht weniger als ein Dutzend Grundstellungen, jede mit mehreren Varianten, zu versuchen und dabei selbst einige tantrische Höhepunkte zu genießen; ich wollte nicht nachlassen, bis ich völlig sicher war, daß er gründlich, absolut und ein für alle Mal so erledigt war, daß er nicht hoffen konnte, noch einmal erregt zu werden.

Wenn ich auch irgendwann nach den ersten vier oder fünf Takten der tantrischen Symphonie die Übersicht verlor und wahrscheinlich nicht einmal das erste meiner künstlerischen Ziele erreichte, und obwohl mein unreifer Körper alles andere als einen Plateau-Orgasmus zuließ, gab es keinen Zweifel, daß der arme Junge völlig am Ende war, denn ich lenkte erst ein, als sein freudiges Stöhnen sich schon lange in ein Flehen um Milde verwandelt hatte und seine

Männlichkeit sich offensichtlich weigerte, sich weiterer Erregung zu stellen.

Es wäre sicherlich übertrieben zu sagen, daß Robi nach unserer erotischen Begegnung auf den Brustwarzen nach Hause kroch, aber tatsächlich taumelte er nicht gerade triumphierend durch unseren Garten; allerdings schloß ich aus einigen nachfolgenden Ereignissen, daß seine Version der Geschichte beim Erzählen einiges an Männlichkeit gewonnen hatte.

Denn ich war bald der strahlende Mittelpunkt vielfältigen männlichen Werbens; aus diesem reichhaltigen Sortiment möglicher Liebhaber wählte ich mit Bedacht und wagte es nicht, meine tantrischen Fähigkeiten älteren, erfahreneren und daher kritischeren Kennern der Kunst anzubieten, ehe mein Ruf gut gefestigt und mein Erfahrungsschatz groß genug war, um sicherzustellen, daß er für eine Begegnung mit den Jungen ausreichte, deren Streben nach Meisterschaft in der tantrischen Kunst ebenso ernst und von Eifer beseelt war wie mein eigenes.

Dann schließlich konnte ich mich auf Liebschaften einlassen, in denen die Freude, die ich suchte und oft auch bekam, jener entsprach, die ich im Gefolge meiner beständigen Selbstüberschätzung zu geben vermochte, und so blühte schließlich echte gegenseitige Zuneigung auf dem Baum der Leidenschaft, wenn ich auch noch viel zu sehr in meinen Ruf als Tantra-Schülerin verliebt war und immer noch viel zu hungrig auf neue Erfahrungen, um je auf die Idee zu kommen, mich auf Pakte mit unsterblicher Liebe oder sexueller Exklusivität einzulassen.

So trat männliche Gesellschaft durch das Reich der Sexualität in mein Leben ein und mit ihr die gemeinsame Erforschung der Möglichkeiten von Abenteuern und Leidenschaften jenseits des Schlafgemachs, denn auch der sinnenfreudigste und kräftigste Liebhaber kann kaum mehr als ein paar Stunden täglich in einer Umarmung verbringen, so daß der leidenschaftliche jugendliche Geist seinen Wirkungskreis und seinen Hunger nach Neuem und Abenteuern nicht allein auf das Reich der Erotik beschränken kann.

Auf diese Weise öffnete sich die Schlafzimmertür in die weite Welt um mich, denn jeder Geliebte war auch ein ganzer Mensch, ausgefüllt mit Interessen, Leidenschaften und sogar Besessenheiten, die über sein amouröses Verlangen hinausgingen, und sie waren mehr als bereit, sie mit einer abenteuerhungrigen Freundin zu teilen.

Und so war die kleine Moussa, ohne selbst die Veränderung zu bemerken, kein Kind mehr, das zufrieden in einer heilen Kinderwelt umhertobte; sie wurde hingegen eine echte Heranwachsende, deren Wirkungsfeld nicht mehr der elterliche Garten, sondern ganz Nouvelle Orlean und das Hinterland bildeten.

Mit Genji begann ich die Abwechslung der verschiedenen Cuisine-Stile zu schätzen, die man in Rioville finden kann, und ich lernte die Meisterwerke wahrer *chef maestros* von gewöhnlicher Cuisine zu unterscheiden; außerdem erwarb ich ein bescheidenes Wissen über die Produkte der Weinbauerkunst. Pallo war musikbesessen, und mit ihm besuchte ich hundert oder mehr Konzerthallen, Tavernen, Open Air-Veranstaltungen und so weiter. Meine Zeit mit Cort war kurz und schwermütig, und meine Eltern waren ganz und gar nicht unangenehm berührt, als ich seiner Gesellschaft müde wurde, denn er war ein Anhänger psychoaktiver Chemikalien – eher mit Begeisterung und rücksichtslosem Mut als mit genauem Wissen und klarer Unterscheidung. Ali flog mit Adlern – das sind große heliumgefüllte Gleitflügel aus feiner Gaze, die uns mit der zauberhaften Erregung antriebslosen Flugs über Land, See und Fluß trugen, wenn auch nicht ganz ohne Gefahr für Leib und Leben. Der Liebhaber, den meine Eltern mit den mißtrauischsten Blicken bedachten, war vielleicht Franco, der mich auf Expeditionen in den Bittersüßdschungel mitnahm, manchmal gleich für drei oder vier Tage, wo wir nur nur zu Fuß weiterkamen, wo wir Betäubungspistolen zum Schutz vor der gefräßigeren Fauna brauchten und einfache Decken auf einem Moosbett als Lager dienten.

Nun kann man nicht sagen, daß ich der bloße Spiegel der Leidenschaften meiner Geliebten wurde, denn auch ich hatte eigene Interessen, die ich mit ihnen teilte, wenn auch keins von ihnen das Ausmaß einer übertriebenen Besessenheit erreichte. Mein Gefährte zu sein bedeutete, Galerien mit Grafiken zu besuchen und vertraut mit dem Stil der Weltblasen zu werden, hundert Kilometer und weiter mit Motorskiern den Rio Royale hinaufzufahren und dort den Bootsverkehr durcheinanderzubringen und endlos lange und ziemlich unerfahren Schach zu spielen.

Außerdem gab es in den Kreisen, in denen ich mich bewegte, häufig gegenseitige Befruchtungen jugendlicher Leidenschaften und Interessen, was heißen soll, daß Pallo sich kulinarisch bildete, indem er mit mir speiste, während Franco neue Psychochemikalien kennenlernte und sogar Cort sich verpflichtet sah, sich mit dem Segeln unter einem Adler zu versuchen. Kurz gesagt, als ich siebzehn wurde, war ich ein selbständiges Mitglied der Gesellschaft, hatte einen Kreis von Freunden, Geliebten, Rivalen, ehemaligen und zukünftigen Liebhabern, die in gewisser Weise soziale Zusammenhänge, veränderte Interessen und Beziehungen spiegelten, und ein Leben, das von der Wohnzimmergesellschaft meiner Eltern unabhängig war, wenn ich auch kaum die Ernsthaftigkeit, die künstlerische und wissenschaftliche Bildung oder die Tiefe des Wissens besaß, die dort zu finden waren.

Falls ich den Eindruck erweckt habe, daß Erotik, Drogen, Sport, Abenteuer und Unterhaltung in unserem Leben eine weit wichtigere Rolle spielten als unsere akademischen Studien, dann muß ich hinzufügen, daß die Forderungen letzterer – sowohl zeitlich als auch dem Aufwand nach – von den erfahrenen Lehrern der Akademie nach dem sechzehnten Geburtstag ihrer Schüler absichtlich stark zurückgenommen wurden. Denn die natürliche Neigung eines jugendlichen Geistes ist es, sich genau die Vergnügungen zu suchen, auf die wir den größten Teil unserer Aufmerksamkeit richteten, und die Flügel ans Nest mühsamer Studien zu binden würde nur die völlig nutzlose Lektion erteilen, daß Wissenschaft eine Plage ist und eine schreckliche Aufgabe, die einem von den Eltern und der Gesellschaft auferlegt wird – und keineswegs eine Freude und ein intellektuelles Abenteuer, dem man aus einem Herzenswunsch heraus nachgeht.

Mit sechzehn nähert sich der erste Teil der Ausbildung seinem Ende; man hat Lesen gelernt und Wortkristalle zusammenzustellen, man versteht die Grundlagen der Mathematik, hat einige Fähigkeiten darin erworben, sich fließend der unendlich vielfältigen Sprachen des menschlichen Lingo zu bedienen, ist mit der Geschichte der Rasse und mehreren Wissenschaften vertraut, wurde mit der Vielfalt möglicher spiritueller Disziplinen und den physischen Künsten, die zur individuellen Entwicklung zur Verfügung stehen, bekannt gemacht, und für den nicht von selbst motivierten Studenten bleibt kaum noch etwas von bleibendem Wert zu lernen. Man hat die Werkzeuge in der Hand, mit denen man Bewußtsein, Körper und Geist entwickeln kann, doch bis man sein eigenes inneres Licht findet, bis man sich ein eigenes Bild von dem macht, was man als erwachsener Angehöriger der Art werden will, bis man seine wahren intellektuellen Leidenschaften gefunden hat, bis zu diesem Punkt wäre das ernsthaftere und spezialisierte Lernen, würde es dem noch unreifen Geist auferlegt, dasselbe, als würfe man Perlen vor die Säue.

Was nicht heißen soll, daß meine Freunde und ich nicht langsam eine ebenso wichtige Lektion lernten, während unsere Schulzeit in einem endlosen Sommer des Vergnügens langsam verging. Einige lernten es schneller als andere, und ich sollte dieses Satori erst mit achtzehn begreifen – die Lektion, die unsere Eltern, unsere Lehrer und die ganze Gesellschaft so klug waren, uns selbst in unserer eigenen Zeit lernen zu lassen: Das schöne Leben eines Jugendlichen, voller Vergnügen, Drogen, Erotik, Sport und fröhlichen Abenteuern, frei von Arbeit, mühsamen Studien oder Schwierigkeiten, wird nach einiger Zeit genauso eintönig, als würde man sich ausschließlich von den Pasteten eines Meisterbäckers ernähren. Durch ein Zuviel dieses endlosen Vergnügens lernt man schließlich die *Langeweile* kennen, und sobald dieser karmische Zustand allein durch eigene Erfahrung erreicht ist, ist man bereit, den nächsten Quantensprung der spirituellen Entwicklung anzugehen: das Wanderjahr.

Natürlich hatte ich in der Akademie einiges über die Geschichte des Wanderjahrs gelernt, und ich hatte von frühester Kindheit an gewußt, daß auch ich eines Tages an der Reihe sein würde, das Leben eines Kindes des Glücks zu führen.

Die ersten eindeutigen Aufzeichnungen über das Wanderjahr als bewußte Etappe der menschlichen Entwicklung stammen aus dem Mittelalter Europas, wo die Studenten – damals leider nur Männer – zu Fuß auf den Straßen und Wegen wanderten, entweder als finanziell unabhängige Kinder des Glücks oder als Bettler, ehe sie sich für ihre Studien auf den Universitäten einschrieben. Einige Fachleute verweisen allerdings auf ältere und umfassendere Quellen wie zum Beispiel die Wandermönche von Hind und Han, die Namenssuche der angehenden Indianerkrieger, die Jahre, in denen die Massai-Jungen vor den Pubertätsriten von Stamm zu Stamm wandern, die Wanderschaft der Aborigines und so weiter.

Wie dem auch sei, das Wanderjahr schien mit dem Aufkommen des industriellen Zeitalters auf der Erde eine Weile zu verschwinden; damals wurde die spirituelle Erziehung Jugendlicher als lästige Zeitverschwendung im Lichte dessen betrachtet, was man für eine praktische ökonomische Notwendigkeit hielt, nämlich die arbeitsscheuen Jugendlichen in produktive Mitglieder der Arbeitswelt zu verwandeln, indem man sie so schnell wie möglich und ohne Unterbrechung durchs Klassenzimmer über die Universität an ihren Arbeitsplatz schleuste.

Trotzdem tauchte das lange unterdrückte Wanderjahr in der Morgendämmerung des Raumzeitalters in der ziemlich chaotischen Form der Jugendrebellion gegen eben dieses Konzept wieder auf. Leider erhielten *diese* Kinder des Glücks alles andere als eine von der Gesellschaft umsichtig gewährte Periode der Wanderschaft und der Freiheit zwischen der Schule und den ernsthaften Studien, als Möglichkeit, ihre Berufung und ihren Eigennamen zu entdecken; vielmehr flohen sie häufig in viel zu zartem Alter aus dem Haus ihrer Eltern oder hatten sich auf der anderen Seite bereits für ernsthafte Studien an der Universität eingeschrieben, ehe sie bemerkten, daß sie nicht wußten, wer sie waren, um dann in medias res in einer karmischen Krise und in großer Verwirrung abzubrechen.

Das unglückliche Resultat waren Unruhen, zornige Konflikte zwischen Jugendlichen und Erwachsenen, Konfrontationen in dem spirituellen und dem sozialen Bereich, Konflikte zwischen der universellen Suche nach spiritueller Identität und den Beschränkungen der institutionalisierten Bildung, zwischen endokrinen Zwängen und staatlicher Ordnung. Viele Ausbildungen wurden, nachdem sie mittendrin abgebrochen wurden, nie ordentlich zu Ende geführt; andere wurden nicht einmal aufgenommen, und jene, die gehindert wurden, je das Leben eines Kindes des Glücks zu führen, erwachten oft in ihren mittleren Jahren wie aus einer Trance und stellten fest, daß sie sich selbst völlig fremd waren.

Abermals wurde das Wanderjahr sozial geächtet, und die wichtige Lektion wurde nicht gelernt: Der jugendliche Geist wurde zu chaotischer Rebellion gezwungen, statt das Kind des Glücks zu fördern, aus dem ein spirituell selbständiger, sich selbst motivierender Erwachsener der Art werden sollte. Nur die Arkies trugen die Fackel weiter ins Erste Raumfahrende Zeitalter.

Doch als die Entwicklung des Sprungantriebs die Dauer interstellarer Reisen von Jahrzehnten und Generationen auf Wochen schrumpfen ließ, tauchte das Wanderjahr wieder als *rite de passage* auf dem Weg von der Jugend zur Reife auf.

Natürlich wandern in unserem Zweiten Raumfahrenden Zeitalter die Kinder des Glücks nicht zu Fuß von Stadt zu Stadt und auch nicht über die Kontinente und Meere nur eines einzigen Planeten, sondern zu allen weitverstreuten Menschenwelten im zeitlosen Schlaf der Dormodule der Sprungschiffe oder als Geehrte Passagiere in den Kosmokulturen, falls es das elterliche Portemonnaie erlaubt.

Denn die Kinder des Glücks *unseres* Zeitalters fliehen nicht in rebellischem Trotz vor Elternhaus und Staat; vielmehr ziehen sie mit dem Segen und dem nötigen Kleingeld versehen aus, denn jene, die ihnen eine gute Reise wünschen, haben selbst ihr Wanderjahr absolviert, bevor sie als Erwachsene, die sie dabei geworden waren, ihre Eigennamen wählten.

Wenn man als junger Student auf der Akademie diese soziohistorischen Tatsachen erfährt, sind sie natürlich eine Abstraktion, doch der Augenblick, in dem man erkennt, daß die Zeit gekommen ist, den Fuß auf den Weg des Wanderjahres zu setzen, ist ein Satori des Geistes, das weder willkürlich nach einer bestimmten Zeit provoziert noch dem Geist von außen aufgezwungen werden kann.

Dennoch fällt die Entscheidung fast immer zwischen dem sechzehnten und neunzehnten Lebensjahr, und es ist nicht zu leugnen, daß die Gesellschaft den Boden pflügt und düngt, auf dem der jugendliche Geist erblüht. Denn es ist die Politik der Gesellschaft, nach dem sechzehnten Jahr alle ernsthaften Studien zu unterbrechen, und es ist der darauf folgende endlose, müßige Sommer, der uns die Lektion lehrt, daß dieser Kindertraum vom perfekten Paradies nicht das Gelbe vom Ei für den menschlichen Geist ist, daß die Zeit kommen muß, da wir aus eigenem freien Willen weiterziehen.

Die erste Ahnung von dieser letzten Lektion, die wir lernen, empfand ich als Gereiztheit, ein lästiges Gefühl des Betrugs, als die älteren Angehörigen meines Kreises einer nach dem anderen erklärten, sie wollten unseren Garten jugendlicher Freude verlassen, um zu anderen Welten aufzubrechen. Als jene, deren Gesichter nicht mehr unter uns zu sehen waren, ein und mehr Jahre älter waren als ich, konnte ich die überheblichen Mienen und herablassenden Seufzer, mit denen sie Lebewohl sagten, noch als die Arroganz von Gleichaltrigen abtun, die sich plötzlich für ältere und weisere Wesen hielten und sich denen, die letzte Woche noch ihre Kameraden waren, überlegen fühlten.

Doch als schließlich einige derer, die gingen, an Jahren nicht älter waren als ich, konnte ich mich nicht mehr als die frühreife *femme fatale* betrachten, die von älteren Jungen begehrt wurde. Statt dessen lehnte ich diese unerwünschte Aufmerksamkeit ein für alle Mal ab; ich hielt sie immer mehr für unreife Jugendliche; mein Unbehagen richtete sich nach und nach immer weniger auf das verfallende soziale Leben draußen und immer mehr auf den wachsenden *mal d'esprit* im Innern.

Wie es die Ästhetik des Karma wollte, kam der Augenblick, da die spirituelle Krankheit zu satorischer Erleichterung kristallisierte, mit der Klarheit und Kraft eines klassischen Koans.

Ich lag mit Davi in meinem Gartenhaus; er war einige Monate jünger als ich; ich hatte erst vor drei Wochen begonnen, ihm meine kundige Gunst zu gewähren – eher aus Langeweile und einem Gefühl der Barmherzigkeit denn aus großer Leidenschaft.

Als wir uns in einem Augenblick, den ich für ein kurzes, stilles Zwischenspiel zwischen den Akten hielt, in den Armen lagen, spürte ich, wie er etwas distanziert wurde und sich in sich selbst zurückzog. Schließlich befreite er sich aus meiner Umarmung und setzte sich ein kleines, aber bedeutsames Stück von mir entfernt auf den gepolsterten Boden, schlug die Augen nieder und ließ die Schultern heruntersacken, als quälte er sich damit, mir die Existenz einer Rivalin zu gestehen.

»*Qué pasa?*« fragte ich vorsichtig, denn einerseits war meine Vorrangstellung in seinen Gefühlen eine Angelegenheit, die für alles außer meinen Stolz ohne Belang war, und andererseits wäre der Sache am besten gedient, wenn ich eine Haltung überlegener Gelassenheit annahm.

»*Verdad,* du bist die wundervollste Geliebte, die ich je hatte«, murmelte er töricht.

»*Verdad,* das bin ich«, erwiderte ich trocken, denn angesichts der Bescheidenheit seiner Erfahrung in dieser Kunst, verglichen mit unseren Altersgenossen, und seines nicht gerade überragenden tantrischen Geschicks, war dies eine Schmeichelei, die mein junges Herz nicht gerade Sprünge machen ließ.

»Mach es mir nicht noch schwerer ...« Er heulte fast, erwiderte meinen Blick mit einem Schmollmund, war offensichtlich erleichtert, sein schüchternes Unbehagen gegen einen Groll auf mich zu vertauschen.

»Nur die Ruhe, kleiner Davi«, sagte ich mit der ganz entgegengesetzten Absicht, »wenn du Angst hast, mich damit zu verletzen, daß du noch eine kleine Liebschaft hast, dann sei versichert, mein *pauvre petit,* daß ich selbst nicht unter einem Mangel an Liebhabern leide – nicht in der Vergangenheit, heute nicht und in der Zukunft nicht. Und deshalb werde ich kaum am Boden zerstört sein, wenn du mir eine kleine Sünde beichtest.«

Doch statt zusammenzuzucken, lächelte er mich dümmlich an; jedenfalls schien es mir so. »Ah, Moussa, ich *wußte,* daß du es verstehen würdest ...« Er stöhnte leise und erleichtert.

»Wer ist es denn – Andrea, Flor, Belinda?« fragte ich mit einer Nonchalance, die zugleich gespielt und echt war. Denn während die unsterbliche Treue dieses Geliebten, an den ich bereits in der Vergangenheitsform dachte, meinem gleichgültigen Herz in der Tat eine ermüdende Last gewesen wäre, erzeugte die andere Annahme – daß dieser Lausejunge die Gunst einer anderen meiner eigenen vorziehen konnte, wo doch der Beweis seiner jugendlichen Unfähigkeit als Liebhaber auf der Hand lag – dennoch einen Anfall von *lèse majeste,* den ich kaum mit belustigter Gelassenheit hinnehmen konnte. Nicht einmal vor mir selbst. *Besonders* nicht vor mir selbst.

Abermals stimmte jedoch meine Wahrnehmung der Situation nicht mit der Realität überein. »Es gibt keine andere, Moussa«, sagte er. »Wie sollte es auch sein? Von allen Frauen, die ich kenne, bist du die einzige, die mich in Versuchung bringt zu bleiben.«

»Die dich in Versuchung bringt zu bleiben?«

»Ja, du *bringst* mich in Versuchung zu bleiben, aber ...«

»Aber *was, cher idiot?* Was redest du da für einen Unsinn?«

Er sah mich an, als wäre *ich* diejenige, die nicht die Worte fand, um ihre Ansicht klarzumachen. »Aber ich beginne nächste Woche mit meinem Wanderjahr«, platzte er heraus. »Nächste Woche startet die *Ardent Eagle* nach Nova Roma, und ich werde an Bord sein. Meine Eltern haben schon das Ticket gekauft.«

Er strahlte mich an. Er glühte vor Begeisterung. »Phantastisch, was?« rief er aus. »Domo Athene Weng Sharon hat den Vorsitz im Grand Palais der *Ardent Eagle!* Meine Mutter ist einmal mit ihr gereist, und sie sagt, das Dekor sei wundervoll, die Unterhaltungen hervorragend, die Atmosphäre aufregend, und der *chef maestro* Tai Don Angelica gehörte zum besten halben Dutzend der ganzen Kosmokultur!«

»Du ... du gehst nächste Woche auf dein Wanderjahr ...?« stammelte ich. »Als Geehrter Passagier?« Warum schnitt mir diese unerwartete Enthüllung ins Fleisch, wie es kein Geständnis einer menschlichen Rivalin vermocht hätte? Was war Davi denn für mich, wenn nicht ein austauschbarer Geliebter, der schon fast abgelegt war? Warum der nicht zu verleugnende Wunsch, ihn hier bei mir zu halten, den ich aber trotzdem nicht verstehen konnte?

»Naturellement«, sagte er fröhlich, meine Worte völlig unbeeindruckt von ihrem Klang beantwortend. »Meine Eltern können sich es natürlich, wie dir sicher bewußt ist, ohne weiteres leisten, mir die Fahrt von Welt zu Welt auf angemessene Weise zu ermöglichen. Warum sollten sich mich wie ein Stück Fleisch ins Elektrokoma stekken, wenn sie es sich leisten können, mir den Zugang zu einer Kosmokultur zu kaufen, ohne daß sich auf ihren Konten etwas verändert? Deine eigene Mutter und dein Vater werden doch sicher nicht weniger für dich tun?«

»Natürlich nicht!« erkärte ich ihm, obwohl wir das Thema bisher noch nie angeschnitten hatten. »Aber warum diese Eile? Ist das Leben auf Glade denn so langweilig? Wirst du nicht traurig sein, Nouvelle Orlean zu verlassen?«

»Eile? Aber ich bin bald *achtzehn Standardjahre alt.* Viele unserer Freunde sind Kinder des Glücks geworden, ehe sie dieses fortgeschrittene Alter erreichten ...«

Dieses fortgeschrittene Alter? Aber dieser alberne Junge war jünger als ich! Mein ganzes junges Leben lang hatte ich gewünscht, nach

Jahren älter und reifer zu wirken, und jetzt auf einmal kam dieser … dieser Trottel daher und gab mir das Gefühl, mit meinen achtzehn Jahren eine alte Schachtel zu sein! Zum erstenmal in meinem Leben wünschte ich mir, wenigstens im Augenblick, *jünger* zu sein, als ich war; es gibt sicher Menschen, die behaupten würden, *n'est-ce pas,* daß dies genau der Augenblick ist, in dem ein Mädchen zur Frau wird.

»Und was Nouvelle Orlean angeht …« plapperte Davi, der meine Stimmung nicht bemerkte, der völlig blind gegenüber dem Gemetzel war, das sein Geschwätz in meinem Kopf anrichtete.

»Und was Nouvelle Orlean angeht?« fragte ich scharf.

Schließlich begann es Davi zu dämmern, daß seine Auslassungen nicht gerade mit lebhafter Begeisterung aufgenommen wurden, wenn auch der Gedanke, daß er die Ursache des nicht geringen Schmerzes war, nicht richtig in sein primitives Männerhirn vorzudringen schien. Er legte eine Hand an meine Wange, als wollte er ein Kind trösten.

»Was Nouvelle Orlean angeht«, sagte er, »nun, ich werde dich am meisten vermissen, Moussa. Ich hab' länger als ein Jahr davon geträumt, dein Geliebter zu werden. Wenn du nicht wärst, wäre ich vielleicht schon lange weg. *Verdad,* wenn wir noch nicht unsere Zeit zusammen verbracht hätten, würde ich vielleicht sogar noch etwas trödeln. Aber was den Rest angeht …«

Er lächelte, zuckte die Achseln, legte beide Hände auf meine Wangen und küßte mich wie ein richtiger Mann, und in diesem kurzen Augenblick wenigstens sah ich wieder den aufrichtigen, naiven Charme, der einmal einen kleinen Teil meines Herzens gewonnen hatte.

»Haben wir nicht gekostet, was zu kosten war, gesehen, was zu sehen war, sind wir nicht gewesen, was wir sein konnten als Kinder von Nouvelle Orlean – du und ich, Moussa?« sagte er. »Nouvelle Orlean ist die wundervollste Stadt auf unserer ganzen Welt, und wir wissen es beide und lieben sie. Aber nachdem wir sie nun ausgekostet haben und so gut kennen wie die Gärten unserer Eltern oder wie wir einander kennen, ist es da nicht an der Zeit weiterzuziehen?«

Ich betrachtete ihn schweigend, erblickte zum erstenmal den süßen, edlen Mann, zu dem dieser so geringschätzig betrachtete Geliebte einmal werden würde, und in diesem Augenblick des Abschieds war eine Tiefe in meinem Herzen berührt, die sich noch nie geregt hatte.

»Nächste Woche gehe ich auf mein Wanderjahr, und bald wirst du auch ein Kind des Glücks sein, *mi Moussa.* Hätte ich denn für immer hierbleiben können und nie die Geschichte meines Eigennamens erfahren können? Wärest du hier bei mir geblieben, bis wir beide alt geworden wären, ohne je eine andere Welt zu sehen?«

»Nein«, sagte ich leise.

»Können wir dann als Freunde scheiden? Denn von allem, das Glade mir bedeutet hat, was das schönste meine Zeit mir dir. Sollte nicht meine schönste Erinnerung an die Heimat auch die letzte sein?«

»Wahr und edel gesprochen, *cher* Davi«, erklärte ich mit einer Zuneigung, die aufrichtiger war als alles, was ich bisher in meinem unreifen jungen Herzen gefühlt hatte. »Wir wollen immer Freunde bleiben, Davi. Möge dein Weg aufsteigen und dir begegnen. *Bon voyage.*«

Und ich küßte ihn ein letztes Mal, ebenso um meine Tränen zu verbergen, wie um ihm Aufwiedersehen zu sagen. *Verdad,* meine schönste Erinnerung an alle Liebhaber, die ich auf meinem Geburtsplaneten hatte, war mein letzter Augenblick mit dem allerletzten.

Nachdem Davi fort war, ging ich in den Garten hinaus und saß eine Weile unter den überhängenden Bäumen, tief in formlosen Gedanken versunken. Der Himmel war wolkenlos, die Luft war still, und die Sonne schien warm, und bald hörte ich das Pfeifen der kleinen Moussas in den Baumwipfeln.

Lange Zeit saß ich dort, starrte in die Bäume hinauf, sah ab und zu kleine, goldene Schatten in den Bäumen herumhüpfen. Hin und wieder, jedenfalls schien es so, blickten winzige Smaragdaugen herab wie durch die wallenden grünen Nebel einer unschuldigen Vergangenheit. Ich war so dumm zu hoffen, daß die Spielgefährten meiner Kinderzeit ein letztes Mal herabkämen, um sich in meine Hände zu kuscheln, und sei es nur, um der Moussa, die es nicht mehr gab, einen Abschiedsgruß zu bringen.

Natürlich kamen sie nicht, nicht einmal, als ich Kuchenkrümel aus dem Gartenhaus holte und sie ihnen auf der flachen Hand anbot, wie ich es schon viele Jahre nicht mehr getan hatte.

Als der Sonnenuntergang den Himmel über dem Garten meiner Eltern verdunkelte und meine kleinen Freunde sich immer noch nicht herabließen, zu mir zu kommen, versuchte ich mich zu erinnern, wann die kleine Moussa zum letztenmal einen ihrer Namensvettern in den kindlichen Händen gehalten hatte. *Verdad,* wann ich das letztemal liebevoll an die Moussas im Garten gedacht hatte.

Es wollte mir nicht einfallen. Dieses Versagen zeigte mir, daß sich nicht die Moussas von mir getrennt hatten, sondern daß ich mich von ihnen getrennt hatte, während das kleine Mädchen zu dem Wesen heranwuchs, das Stunden zuvor dem letzten Geliebten ihrer Kindheit ein liebevolles und sanftes Lebewohl gesagt hatte.

Im Augenblick dieses sehnsüchtigen Satori hielt eine kleine, goldene Gestalt einen Augenblick in einer freien Stelle zwischen den Ästen inne; den Schwanz als Stütze um einen Zweig geschlungen, stand das Moussa halb aufrecht, als wollte es unsicher die Haltung eines kleinen Menschen versuchen.

Oder war es Zufall? Einen langen Augenblick schienen sich die großen grünen Augen des Moussa in meine zu senken, als erinnerte es sich an meine Kinderzeit. Als wollte es sagen: *Bon voyage,* alte Freundin, möge dein Weg aufsteigen und dir begegnen. Als wollte es sagen: Beklage nicht, was war, sondern grüße das Kommende mit frohem Herzen und wisse, daß wir aus dem Garten deiner Kindheit dir wünschen, daß sich dein Herzenswunsch erfüllt. Trauere nicht um die kleine Moussa der Vergangenheit, denke manchmal an uns, wenn du da draußen zwischen den Sternen bist, und halte die Erinnerung in einer Kinderhand.

Und dann verschwand es mit einem leisen Zwitschern zum Abschied und mit ihm das kleine Mädchen, das so gern im Garten ihrer Eltern bleiben wollte – denn in diesem Augenblick hatte das Wanderjahr meines Geistes begonnen.

3

An diesem Abend speisten meine Mutter, mein Vater und ich *en famille* auf der Veranda im ersten Stock, die Rioville überblickte, den Fluß und die spiegelnden Türme am Westufer und die Oberstadt, die sich über dem Ufer erhob. An das Fleisch und das Gemüse, an die Weine und Saucen und Desserts kann ich mich nicht erinnern, denn ich war mit mir selbst beschäftigt, völlig überwältigt von meiner plötzlichen Entschlossenheit und zugleich zitternd bei dem Gedanken, alles, was ich kannte, zu verlassen – und um die Wahrheit zu sagen, war ich mir der verschwenderischen Großzügigkeit meiner Eltern gar nicht so sicher, wie ich es Davi vorgemacht hatte. So dachte ich während der ersten Gänge über verschiedene Strategien nach, um möglichst viel herauszuholen, und probte im stillen die Erklärung, die kommen mußte, ehe die Süßigkeiten serviert wurden. Ich war so sehr vom Essen abgelenkt, daß ich mit verwunderten Blicken bedacht wurde.

Sin embargo – ich erinnere mich genau an den Anblick der Sonne, die hinter den Lichtern der Oberstadt in ein Nest purpurner Wolken sank, an die Sterne, die aus dem halb bedeckten Himmel lugten, während es dunkler wurde, an die Nebelbank, die von See her das Blinken und Blitzen Riovilles in einen leichten Schleier hüllte, an die tanzenden Boote, die durch die schäumenden kleinen Wellen stromauf fuhren, an die doppelte Spiegelung des Sonnenuntergangs auf dem Wasser – es sah aus, als wäre mir ein Holo der Szenerie für die Verkündung meiner Absicht in die Gehirnzellen gebrannt.

Und so verbinde ich bis heute mit dem Moschusduft des Dschungels, dem schweren Geruch eines Flußufers, dem Duft einer großen Stadt, der nachts über einer Nebelbank aufsteigt, die Erinnerung an meine innere Stimmung, die genaue sinnliche Erinnerung an das Gefühl, an jenem Abend in meinem Mädchenkörper zu stecken – die Ruhe in meinen gesättigten Lenden, die Spannung im Bauch, das Adrenalin, das durch meinen Kreislauf raste –, bis ich schließlich den Mut fand, meiner neuen Lebensanschauung eine Stimme zu verleihen.

»Ich habe etwas sehr Wichtiges mit euch … ich meine, ich glaube, daß es Zeit ist … mir geht da etwas im Kopf herum …«

»Das haben wir uns schon gedacht, als wir sahen, wie du an deinem Essen herumgestochert hast«, sagte meine Mutter, während sie einen belustigten Blick mit meinem Vater wechselte.

»Komm schon, raus damit, Moussa«, verlangte mein Vater. »Diese Zurückhaltung entspricht gar nicht deinem sonstigen Stil.«

»Ich bin jetzt schon achtzehn ...«

»Auch wir bemerken die Spuren der Zeit«, sagte Leonardo ironisch, während seine Augen amüsiert funkelten.

»Viele meiner Freunde haben schon ihr Wanderjahr begonnen ...«

»Und nächste Woche bricht Davi mit der *Ardent Eagle* auf«, sagte meine Mutter, und ich riß erstaunt die Augen auf.

Leonardo lachte. »Wir essen oft genug am Tisch seiner Eltern«, erklärte er. »Schließlich ist eine Angelegenheit von derart großer Bedeutung es wert, besprochen zu werden.«

»Davi ist drei Monate jünger als ich ...«

»Allerdings.«

»Und ...«

»Und ...?«

Plötzlich überspülte mein Zorn über dieses dumme Spiel jede Zurückhaltung, und meine Zerrissenheit zwischen meinem Unbehagen angesichts der Wichtigkeit meiner Ankündigung und dem Wunsch, meine Absicht klarzumachen, verflog. »Und deshalb ist es Zeit, daß ich auch mein Wanderjahr beginne!« rief ich ziemlich pikiert aus. »Ihr wußtet doch von Anfang an, was ich sagen wollte!«

Shasta lachte. »Wir hatten da so eine Ahnung«, räumte sie ein. »Aber natürlich ist das eine Erklärung, die jeder selbst abgeben muß. Es ist gewiß kein Geständnis, das man unsicheren Lippen entlockt wie das Geständnis eines Kindes mit einem schlechten Gewissen.«

»Ich *bin* kein Kind mehr!«

»Wirklich nicht, kleine Moussa?« sagte mein Vater väterlich lächelnd, um, wie mir schien, ein Gefühl des Verlustes zu überspielen.

»Und schon gar nicht deine kleine Moussa!« erklärte ich; plötzlich haßte ich das unschuldige, liebe Wort, das ich immer so liebevoll verstanden hatte, wie es gemeint gewesen war. »Ich bin mit der Schule fertig. Ich hatte meine Geliebten. Ich kann Motorski fahren wie kaum jemand. Ich kann Adler fliegen. Ich kenne mich mit Cuisine-Stilen und Weinen aus. Ich habe einige Nächte draußen im Bittersüßdschungel verbracht. Ich kann Wortkristalle komponieren und Schach spielen. Was soll ich noch in Nouvelle Orlean lernen, bevor ich bereit bin, ein Kind des Glücks zu werden?«

Darauf lachten mein Eltern so laut los, daß mir nichts anderes übrigblieb, als die Dummheit meiner Worte zu erkennen.

»Voilà, unsere kleine Moussa ist eine weltgewandte Frau geworden, erfahren in allen Dingen, mit denen man als unabhängiger Mensch unter gleichgültigen Fremden überleben kann«, erklärte Leonardo ironisch.

»Und nun, da du die Grundbegriffe der tantrischen Kunst und der hedonischen Wissenschaften gemeistert hast, betrachtest du dich als gebildete Tochter von Nouvelle Orlean und als bereit, die größeren Welten der Menschen zu erobern?« fragte meine Mutter; obwohl sie es sehr belustigt sagte, entging mir nicht ihre Ernsthaftigkeit, und ich fragte mich, ob ich nicht in Wirklichkeit völlig unfähig war, ohne elterliche Großzügigkeit zu leben.

Doch andererseits sagte ich mir, als sich dieser unangenehme Gedanke wie eine Wolke über den strahlend blauen Himmel meines jungen Geistes schob, daß das Fehlen elterlicher Großzügigkeit kaum das war, was ich im Sinn hatte.

So dämmerte es mir schießlich, daß mein Wunsch, als Kind des Glücks fortzuziehen, im Herzen meiner Eltern eine schon lange gewährte Bitte war und daß wir nun, ohne genau zu wissen, wie die Wandlung geschehen war, mit der Verhandlung der finanziellen Seite begonnen hatten.

Und in diesem Fall wäre es sicher besser, noch eine Weile ihre kleine Moussa zu bleiben, das kleine Mädchen, das Mutter und Vater ohne die schützende Macht von *beaucoup d'argent* im Meer des Schicksals zu verlieren fürchteten.

»Ich will die Welten nicht erobern, Mama«, sagte ich in einem noch kindlicheren Ton. »Und zweifellos hast du recht, Papa, ich habe noch nicht die Fähigkeiten erworben, die nötig sind, um als völlig unabhängiger Erwachsener unter Fremden meinen Lebensunterhalt zu verdienen. Aber wie soll ich lernen, zwischen den Welten meinen Weg zu machen, wenn ich es nicht versuche? Ihr wollt doch wohl nicht sagen, daß *Davi* besser für das Leben eines Kindes des Glücks geeignet ist als ich?«

Leonardo lachte. »Da hast du recht, Moussa«, sagte er. »Aber andererseits haben Davis Eltern die Freiheit seines Geistes mit einem Kreditchip erkauft, der ausreicht, ihm mehrere Jahre ein angenehmes, unbeschwertes Leben in den Kosmoskulturen und den Grand Hotels auch der extravagantesten Welten zu ermöglichen.«

Die Richtung, in die mein Vater abzielte, gefiel mir ganz und gar nicht. Überhaupt nicht. »Natürlich, Papa«, sagte ich mit einer einschmeichelnden Stimme, die ich seit Jahren nicht mehr benutzt hatte. »Wie du selbst gesagt hast und wie ich in aller Bescheidenheit zugeben muß, habe ich noch nicht die Fähigkeiten erworben, auf weit entfernten Welten meinen Lebensunterhalt selbst zu bestreiten. Keine Angst, Papa, wenn ich auch oft als dummes oder übermäßig stolzes Kind erschienen bin, so bin ich doch nicht so ein Egomonster, daß ich aus einer übertriebenen Einschätzung meiner Verdienstmöglichkeiten die Mittel ausschlagen würde, die mich in die Lage versetzen können, sicher und angenehm zu reisen und auf diese Weise deine Ängste um mein Wohlergehen zu besänftigen.«

Mutter kicherte. Vater runzelte die Stirn. »Gut gesprochen, meine kleine Moussa«, sagte er trocken. »Aber sei versichert, daß wir dir auf keinen Fall wegen unserer dummen Ängste die wahre Essenz des Wanderjahrs rauben wollen, wie Davis zitternde Eltern es mit ihrem Kind taten. Für *unsere* Tochter kommt der leere Ersatz eines reichen Touristen, der das Kind des Glücks nur *spielt,* nicht in Frage.«

»Die wahre Essenz des Wanderjahres ...?«

»In der Tat«, sagte Shasta. »Wir werden dir das *richtige Wanderjahr ermöglichen, das Leben eines echten* Kindes des Glücks, wie wir es selbst kannten und ohne selbstsüchtige Rücksicht auf unsere bösen Vorahnungen.«

»Das *richtige* Wanderjahr? Das Leben eines *echten* Kindes des Glücks?« Irgendwie bekam ich den Verdacht, daß die Großmut dieser Erklärung nicht ganz das war, als was sie erschien.

»Genau!« rief Leonardo begeistert. »Wir können nicht zulassen, daß du dein Wanderjahr aus liebevoller Rücksicht auf uns verschleuderst wie ein reicher Tourist. Denn was gibt es für den Geist zu lernen, der gelangweilt in den Kosmokulturen reist und schwerelos von Welt zu Welt eilt – isoliert und gehätschelt in Windeln aus väterlichem Geld. Was außer Überdruß und Langeweile?«

»*Verdad!*« stimmte Shasta zu. »Wir geben dir die Freiheit, das Leben eines wirklichen Kindes des Glücks zu leben, was heißen soll, daß du mit deinem Köpfchen und mit deiner Hände Arbeit überleben und dir die Überfahrt von Planet zu Planet mit Schweiß oder Schmeichelei verdienen sollst, so daß du tief in das Leben jedes Planeten eintauchst, den du besuchst, statt über eine geldgepflasterte Straße zu rasen. Für *dich,* meine Moussa, kommt nur das wahre Abenteuer des Geistes in Frage, das Wanderjahr, wie es ursprünglich gedacht war, das Leben des Kindes des Glücks mit allen Gefahren, Schwierigkeiten und ehrlich erworbenen Freuden!«

Mein Unterkiefer klappte herunter. Mir wurde schlecht vor Entsetzen. Doch ein unbändiger Zorn stieg in mir auf, und es platzte aus mir heraus: »Ihr ... ihr wollt mich *verhungern lassen?* Ich soll durch die Straßen einer weit entfernten Stadt auf einer völlig feindlichen Welt herumwandern, ohne einen Chip, um mir ein Zimmer zum Übernachten zu nehmen? Ich soll *jahrelang* dieselben Kleider tragen? Ihr wollt zulassen, daß ich an Hunger oder Erschöpfung zugrunde gehe, Dutzende Lichtjahre von zu Hause entfernt? Ihr wollt zulassen, daß eure eigene Tochter in fremden Straßen um Brotkrumen betteln muß?«

»Keine Angst, kleine Moussa«, sagte mein Vater. »Ganz so hart sind unsere Herzen nicht. Bevor du wütend wirst, höre an, welche Geschenke wir dir mit auf die Reise geben. Zuerst werden wir dir eine Überfahrt im Elektrokoma zu einer Welt deiner Wahl bezahlen. Zweitens geben wir dir einen Kreditchip für die Rückfahrt von einer beliebigen Menschenwelt nach Glade, so daß du jederzeit, wenn Hunger oder Entbehrung über deine Kräfte gehen, nach Hause zurückkehren kannst. Schließlich werden wir dir einen zweiten Chip geben, der ausreicht, um zwei Monate einigermaßen behaglich, wenn nicht sogar luxuriös, auf einem Planeten mit bescheidenem Lebensstandard zu leben.«

Ich sprang brüllend auf, warf ein Weinglas um.

»*Merde! Caga!* Gemeinheit! Im Elektrokoma! Was habe ich getan, um das zu verdienen? Wie könnt ihr eurer eigenen Tochter sowas antun?«

»Mit Weisheit und Rücksicht mehr auf die Entwicklung deines Geistes als auf deine Bequemlichkeit«, sagte meine Mutter überheblich.

»Pah!« spuckte ich. »Eher mit Rücksicht auf euer Schatzkästchen als auf euer eigen Fleisch und Blut, meinst du!« Ich breitete die Arme aus, wie um das luxuriöse Haus zu umfassen, ihre einträglichen Boutiquen, all die feinen Möbel und Kunstwerke, die Boote an unserer Landestelle, die Riesenmenge Geld, die sich hinter ihren Chips verbarg. »Ist dieses Haus denn armseliger als Davis? Steckt hinter euren Chips weniger Kredit, als seine Eltern haben? Aber *sie* haben *ihm* einen Chip gegeben, mit dem er als *Geehrter Passagier* zu so vielen Welten reisen kann, wie es ihm beliebt, um dort in einem Stil zu leben, der einem Kind von Nouvelle Orlean entspricht!«

Weder meine zornigen, bösen Worte, die mir hätten ernste Ermahnungen einbringen müssen, noch meine Vorwürfe, sie seien selbstsüchtig, was zumindest hätte ihren Stolz verletzen müssen, konnten meine Mutter und meinen Vater aus ihrer ruhigen, gelassenen Sicherheit bringen.

»Du hast es selbst gesagt, Moussa, in einem Stil, der zu einem wahren Kind von *Nouvelle Orlean* paßt und nicht zu einem wahren Kind des *Glücks*«, sagte mein Vater, während er sich köstlich damit amüsierte, meine Worte umzudrehen und gegen mich zu verwenden.

»Wenn du einfach mit niemals endenden Zerstreuungen fortfahren willst, ohne dich je Entbehrungen zu stellen, echter Gefahr oder der Verantwortung für dein eigenes Schicksal, dann werden wir dich weiterhin auf eine Weise unterstützen, die für ein echtes Kind von Nouvelle Orleans angemessen ist, *chère* Moussa, bis du genug davon hast«, warf meine Mutter ein, als hätten sie diesen Auftritt schon lange geprobt. »Aber dann hier auf Glade.«

»Wenn du andererseits das Leben eines echten Kindes des Glücks anstrebst, dann wirst du dies in dem Rahmen tun, den wir dir anbieten«, sagte Leonardo. »Wir haben lieber eine kleine Tochter, die uns für geizig und grausam hält, als uns später von einem reiferen Avatar vorwerfen zu lassen, wir hätten sein Wanderjahr durch ein Übermaß an Nachgiebigkeit ruiniert.«

Ich sank auf meinen Stuhl zurück, und mein Zorn kochte langsam von wildem Brodeln zu düsterem Schmollen herab, denn ich mußte einräumen, wenigstens vor mir selbst, daß mein Vorwurf, sie seien bösartig und knauserig, wahrscheinlich ungerecht war, denn selbst das enttäuschte Kind, das ich in diesem Augenblick war, konnte in etwa die Philosophie hinter dem erkennen, was wie eine Gemeinheit schien, wenn es mir auch nicht gefiel. Ich beschränkte mich darauf, meine wunde Seele mit verzogenen Lippen, eingesunkenen Schultern und zusammengezogenen Augenbrauen darzustellen, und als meine Eltern, nachdem ich den Salat gegessen hatte, ohne daß ein weiteres Wort über die Lippen ihrer kleinen Moussa gekommen wäre, die Vorzüge der Desserts auf dem Tisch zu diskutieren begannen, gab ich es für diesen Abend auf, zog mich in mein Zimmer zurück, um Pläne zu schmieden und zu brüten. Die Ablehnung der Süßspeisen war der letzte, vergebliche Ausdruck meines Zorns gewesen.

Über meine Versuche, sie während der nächsten Tage zu größerer Freigebigkeit zu bewegen, gibt es wenig zu berichten; ich kann nur sagen, daß sie bis zum Schluß völlig erfolglos blieben, bis mein Vater nachgab und mir ein weiteres Geschenk gab, das überhaupt nicht meinen Wünschen entsprach.

Ich schmollte hinter einer düsteren, verwundeten Maske oder spielte Daddys liebes kleines Mädchen. Ob ich denn nicht wenigstens als Geehrter Passagier reisen konnte oder, wenn das nicht ginge, einen Chip bekommen könnte, mit dem ich Elektrokoma-

Überfahrten zu mehreren Welten statt einer einzigen kaufen konnte? Nein, das konnte ich nicht.

Ich blieb die ganze Nacht aus und kam erst am nächsten Mittag von Drogen benebelt nach Hause.

Meine Unterstützung konnte doch sicher zu einem vollen Jahr aufgestockt werden, ohne die philosophische Reinheit ihrer weisen Absicht zu gefährden? *No.*

Kurz gesagt, während dieser Tage bestand das einzige Ergebnis meines Schmeichelns, meines Schmollens, meiner Vorwürfe und meiner schauspielerisch gelungenen Wutanfälle darin, daß ich Stück um Stück überzeugt wurde, daß ihre Bedingungen in Stein gemeißelt waren.

Während sich dieses böse, unangenehme Satori gegen meine Hoffnung und meinen Willen in mein Bewußtsein drängte, begann ich schließlich auch die Tatsache zu akzeptieren, daß ich aus fast dreihundert einen einzigen Planeten auswählen mußte, auf dem mein Wanderjahr beginnen sollte – was bedeutet, daß ich, als ich das gleichgültige und leider etwas oberflächliche Studium des Katalogs der Welten begann, im Grunde meines Herzens wußte, daß sie gewonnen hatten.

Erst als ich den Eintrag für Edoku las, erwachte mein Geist, mein Schritt wurde federnd, und meine Seele beschloß, daß ich meine vergebliche und trübsinnige Suche aufgeben und im Elektrokoma auf dem nächsten Sprungschiff, das starten würde, dorthin fliegen würde.

Edoku war einerseits die größte Stadt, die es auf allen Menschenwelten gab, andererseits war es nur ein kleiner Planet, doch sicherlich galt es als das beste Beispiel für die Kunst der Planetenformer. Selbst ich als gleichgültige Schülerin wußte, daß Edoku ein Xanadu unter den Menschenwelten war, doch als ich mich näher damit beschäftigte, geriet ich in eine Art Rausch.

Mitten im Ersten Raumfahrenden Zeitalter war es einer schwer beschädigten Arkologie gerade noch gelungen, ihre Bürger auf dem ziemlich großen Satelliten eines Gasriesen abzusetzen. Reich an Bodenschätzen, doch ohne jede Atmosphäre und jedes Leben, war dieser Trabant eine *tabula rasa,* auf der Generationen von Planetenformern, Landschaftsarchitekten, Gentechnikern und so weiter eine völlig künstliche Geographie, Ökosphäre und Stadtlandschaft geschaffen hatten, eine planetenweite Metropolis und einen Garten, in dem jeder Hügel und jeder Strom, jede Pflanze und jedes Wesen, auch das Klima, die Schwerkraft und die Eigenschaften des Lichtes, das bewußte Werk menschlicher Geschicklichkeit waren, und

Edoku als Ganzes – so sagten manche – stellte das größte Kunstwerk unserer Art dar.

Naturellement wurde eine so himmlische Stadt im Laufe der Jahrhunderte ein kulturellen, künstlerisches, wissenschaftliches und ökonomisches Zentrum der Menschenwelten – ein El Dorado der Reichen und Extravaganten, ein Rom, zu dem alle Straßen führten.

Einschließlich meiner eigenen, entschied ich, denn es liegt nicht in der Natur der Naiven und Unerfahrenen, ihre Abenteuer auf einem geringeren als dem hellsten Juwel zu beginnen, das ihren Blick einfängt, und wenn ich schon darauf beschränkt war, eine einzige Welt für meine Fahrt auszusuchen, dann gab es keine bessere als eine solche Welt der Wunder und Chancen, wo gewisse Straßen, wie man sagte, ganz wörtlich mit Gold gepflastert waren und wo deshalb ein kluges, entschlossenes und gewitztes Mädchen am besten und am leichtesten ein Vermögen machen konnte, um mit dessen Hilfe weiterzureisen.

Während meine Eltern über meinen Bewußtseinswandel sichtlich erfreut waren, als ich ihnen am Frühstückstisch meinen Entschluß mitteilte, ich sei bereit, ihre Bedingungen für mein Wanderjahr anzunehmen und sofort mit den Vorbereitungen für meine Abreise zu beginnen, nahmen sie die Wahl meiner Welt nicht gerade mit ungetrübter Freude auf.

»*Edoku?*« stöhnte meine Mutter. »Konntest du dir nicht eine weniger glitzernde Welt zum Erobern aussuchen?«

»Ohne weiteres«, entgegnete ich. »Denn wird nicht allgemein gesagt, daß Edoku ein Juwel unter den Menschenwelten sei, ein Planet reich an Wissen, Schönheit, Weisheit und Kunst und außerdem triefend vor Reichtum?«

»All das und noch mehr, wie ich hörte«, sagte Leonardo säuerlich. »Und als solcher ist er natürlich ein Magnet für die Kinder des Glücks, die das nämliche dort finden wollen; außerdem für Händler, Scharlatane und Diebe von allen Menschenwelten, die viel zu gut vorbereitet sind, als daß meine kleine Moussa in einer solchen Welt zwischen ihnen überleben, geschweige denn zu Wohlstand kommen könnte.«

»Ich glaube, du solltest eine bescheidenere Welt suchen, auf der du weit von zu Hause entfernt deine Reise beginnst«, sagte meine Mutter. »Eine Welt, auf der ein junges Mädchen, das ganz auf sich gestellt ist, eine bessere Möglichkeit findet, sich den Kredit zu verdienen –«

»Was gibt es besseres, um Geld anzusammeln, als eine Welt, auf der es so verbreitet ist wie Straßendreck auf Glade?« fragte ich. »Habt nicht ihr selbst, liebe Eltern, eure Großzügigkeit auf eine einzige Welt beschränkt? Eine Überfahrt zu *einer beliebigen Welt,* das waren eure Worte! Habt ihr mir nicht das wahre Leben des Kindes des Glücks mit allen Gefahren, Schwierigkeiten und ehrlich erworbenen Freuden auferlegt?«

Ich konnte kaum meine Schadenfreude verbergen, während sie sich ansahen und verstört und beunruhigt schwiegen, denn endlich hatte ich ihre eigenen Worte einmal gegen *sie* verwendet; *ich* war an der Reihe, behaglich auf eben jenem philosophischen Grund zu ruhen, auf dem sie so fest gestanden hatten, und *sie* waren an der Reihe, in einer logischen Sackgasse ohnmächtig zu schweigen.

»Ich habe die Fahrpläne der Sprungschiffe durchgesehen. In zehn Tagen fliegt die *Bird of the Night* von Glade über mehrere Zwischenstationen nach Edoku«, informierte ich sie. »Ich habe die Absicht, an Bord zu sein, es sei denn ...«

»Es sei denn?« sagten sie im Chor, klammerten sich an den Strohhalm, den ich ihnen neckisch hinhielt.

»Es sei denn, ihr könntet euch statt dessen entschließen, eure Bedingungen für mein Wanderjahr derart zu verändern, daß ich als Geehrter Passagier zu, sagen wir fünf Planeten meiner Wahl fliegen kann und außerdem eine Unterstützung bekomme, von der ich mit etwas Umsicht ein ganzes Jahr leben kann. In diesem Fall werde ich mit liebevoller Rücksicht auf eure Befürchtungen, so schwer es mir fällt, auf meinen Herzenswunsch verzichten, nach Edoku zu fliegen ...«

Nach diesem Vorschlag äußerte sich ihr Unbehagen in einem gewissen drohenden Unterton. »Wir werden bald noch einmal darüber sprechen«, sagte mein Vater, indem er vom Frühstückstisch aufstand. »Ich muß mich jetzt um meine Kunden kümmern.«

Ehe er das Zimmer verlassen hatte, faßte meine Mutter mit einem besorgten Gesichtsausdruck seinen Arm. »Wir müssen uns unter vier Augen unterhalten, Leonardo«, sagte sie ernst.

Das taten sie denn auch während der folgenden Tage. Sie versuchten es mit genau dem Charme, den Schmeicheleien und dem Schmollen, mit denen ich so erfolglos versucht hatte, sie umzustimmen, als die Dinge noch anders gestanden hatten, wenngleich sie sich auch im Gegensatz zu mir nicht soweit gehenließen, daß sie Wutanfälle bekamen oder unter Drogeneinwirkung schauspielerische Glanzleistungen darboten.

Der Kern ihrer Bemühungen bestand darin, mich davon zu überzeugen, daß ein naives Mädchen wie ich von einem Planeten wie Glade – den sie jetzt als kaum mehr als einen Vorposten darstellten, der ausschließlich von Dorftrotteln bewohnt wurde – kaum eine Chance hätte, unter den vielen erfahrenen Konkurrenten auf Edoku, die genau dasselbe wollten, viel Geld zu verdienen. Darauf erwiderte ich unweigerlich, daß ich ein gebildetes Kind des mächtigen Nouvelle Orlean sei, das kaum mit einer Bauerngesellschaft, die in groben Holzhütten lebte, in Verbindung gebracht werden könne, und daß ich fest entschlossen sei, ihrem eigenen weisen Rat zu folgen und das Leben eines wahren Kindes des Glücks bis zum äußersten auszukosten.

Ich muß ihnen zugute halten, daß es ihnen ihr Ehrgefühl verbot, mir die Überfahrt zum einzigen Planeten meiner Wahl – die sie mir ja versprochen hatten – zu verweigern oder mich durch Bestechung von meinem gewählten Weg abzubringen, indem sie mir großzügigere finanzielle Bedingungen für mein Wanderjahr gewährten. Vielleicht muß ich auch mir selbst etwas zugute halten: Als drei Tage vor dem Abflug die Zeit kam, mein Ticket für die *Bird of Night* zu kaufen, hätte mich eine solche Bestechung wahrscheinlich gar nicht mehr von dem Entschluß abbringen können, auf den goldenen Straßen Edokus mein Glück zu machen, denn die Notwendigkeit war die Mutter des Wunsches gewesen, und inzwischen war ich völlig überzeugt, daß ich diesen Weg ganz aus eigenem Antrieb eingeschlagen hatte.

Und so fiel schließlich der Würfel meines Glücks, die Überfahrt wurde gebucht, und meine Eltern fügten sich, wie die Ereignisse des nächsten Morgens zeigen sollten, ins Unvermeidliche – wenigstens soweit, daß sie mir, vielleicht um meine Überlebenschancen auf Edoku zu verbessern und angeregt durch das Schutzbedürfnis meines Vaters, das letzte Wunder von Leonardos Kunst mit auf den Weg gaben.

Nach dem Frühstück und ehe er seine Boutique öffnete, drängte Leonardo mich mit Shasta im Schlepp in die Werkstatt und zog aus einem Kästchen einen schlichten, sogar billig aussehenden Ring, wie man ihn in den bescheidensten Straßenbasaren auf den ärmsten Planeten kaufen konnte. Ein schlichtes goldenes Band – auf den zweiten Blick sogar nur ein nicht sehr gekonnter Goldüberzug auf Plastik –, das geschmückt war, wenn das das richtige Wort ist, mit einem einzelnen, übergroßen künstlichen Stein, der vielleicht einen Dreijährigen davon überzeugt hätte, daß es ein Saphir war.

Dieses häßliche und offensichtlich wertlose Schmuckstück schob mir mein Vater über den rechten Ringfinger – wichtig und stolz, als wäre es ein unbezahlbares Einzelstück aus den Kronjuwelen eines alten Kaisers, während ich mit unverhohlenem Mißfallen die Lippen schürzte.

»Nach langen Diskussionen haben deine Mutter und ich beschlossen, daß du – da du dich nicht von deiner Absicht abbringen läßt – auf Edoku wenigstens außer Klugheit und Schweiß noch ein weiteres Hilfsmittel zum Überleben haben sollst«, sagte er.

Ich blickte von ihm zum Ring an meinem Finger, dann zu meiner Mutter und dachte, sie wären beide verrückt geworden. »Dieser Ring bringt mir vielleicht in einer billigen Taverne ein Glas Wein und ein Stück Brot ein ...«

Leonardo lachte. »Ich habe die Fassung so gestaltet, daß genau dieser Eindruck entsteht, um Diebe abzuschrecken«, erklärte er mir. »In Wirklichkeit ist dies das neueste und vielleicht sogar wirkungsvollste Produkt meiner Kunst, das außerdem unter Mithilfe der Wissenschaft deiner Mutter entwickelt wurde ...«

Der Fühler, wie er ihn nannte, war eigens für mich erfunden worden und würde erst für sein Geschäft dupliziert werden, wenn ich meine Erlaubnis gab. Im Stein war eine Energiepille, und der Ring selbst enthielt Schaltkreise, die nach einem Daumendruck Impulse direkt in mein Nervensystem schickten, was meine Kundalini-Energie so weit verstärken sollte, daß ich Chakras und Nervenzentren manipulieren konnte; diese Energien sollten durch die Finger meiner rechten Hand gelenkt werden.

Als ich gestand, immer noch nicht zu verstehen, wie mir dieser Ring beim alltäglichen Überleben helfen könne, legte Shasta das Ding selbst an, aktivierte es mit dem Daumen und berührte schelmisch lächelnd mit der Fingerspitze ganz leicht meine rechte Brustwarze, die durch meine Bluse zu sehen war.

Sofort fuhr ein derartiger Blitz des Kundalini-Feuers durch meine Brust und geradewegs hinunter in meine Lenden, daß ich knallrot wurde und vor Scham fast umkam. Shasta legte erbarmunglos einen Finger auf das Chakra an der Wurzel meiner Wirbelsäule, direkt über den Beckenschalen, und die orgasmische Explosion warf mich fast von den Beinen.

Shasta lachte schallend und ließ den Ring in meine zitternde Hand gleiten. »Natürlich wird der Effekt auf ein Lingam recht dramatisch sein, doch du kannst feinere Wirkungen erzielen, wenn du auf der

Wirbelsäule spielst, als wäre sie eine Flöte«, sagte sie. »Zumindest wird dir der Fühler im Notfall die Möglichkeit geben, als tantrische Künstlerin mit übernatürlichen Kräften zu arbeiten, wenn auch nicht als wirkliche Künstlerin, denn diese Fähigkeiten lernt man nur nach langen Studien. Außerdem kann der Fühler in Verbindung mit ernsthaften Studien des inneren Reiches, für das du bisher leider wenig Interesse gezeigt hast, die heilerischen Aspekte der tantrischen Wissenschaften verstärken.«

»Und schließlich«, sagte Leonardo, »gibt es auch einen umgekehrten Effekt, doch die Klugheit gebietet, ihn nicht zu benutzen, wenn es nicht unbedingt nötig ist – das Gegenteil der Freude ist ein gleichermaßen einzigartiger, lähmender Schmerz.« Aus einem zweiten Kästchen zog er eine einfache Schemazeichnung des menschlichen Körpers – die Sorte, die man den Studenten der Kriegskünste gibt und auf denen das Nervensystem eingezeichnet ist. Die Nervenzentren waren rot markiert.

»Eine einfache Berührung an jedem der bekannten Zentren wird auch den mächtigsten Angreifer völlig hilflos machen«, sagte er, »ob er nun in den Kriegskünsten ausgebildet ist oder nicht.«

So wurde ich am Vorabend meines Wanderjahrs nicht mit finanzieller Großzügigkeit, sondern wenigstens mit einem Unterpfand bedacht, das eine höchst wirkungsvolle Vereinigung von Yin und Yang darstellte, eine Vereinigung zwischen den Künsten meiner Eltern.

Am nächsten Tag saß ich schließlich, nachdem ich meinen Eltern und Freunden Lebewohl gesagt hatte, mit einem Rucksack, zwei bescheidenen Kreditchips und einem Ring am Finger in der Fähre, die zum Rendezvous mit dem Sprungschiff in den Orbit stieg – das Sprungschiff, das mich von allem forttragen würde, das ich kannte und gewesen war; der erste Teil der Reise zu dem, was die Erzählerin dieser Geschichte geworden ist.

Jenseits des Flughafens und unter der Fähre schrumpfte Nouvelle Orlean rasch zu einem Gewirr winziger Gebäude an der Mündung des mächtigen Rio Royale, und ebenso schnell wurde der Fluß eine gewundene blaue Ader, die sich durch das Zentrum des buntschekkigen, grünbraunen Großen Tals schlängelte, und dann war das Große Tal selbst nur noch ein Anhängsel des Großen Massivs, das wiederum zu einem Haufen brauner Felsen geschrumpft am Fuß einer glänzenden weißen Eisfläche lag. Doch selbst deren Großartigkeit verlor sich, als der Horizont sich krümmte und der Himmel schwarz wurde, und ich erblickte den ganzen Kontinent Arbolique, eine Insel mit getupften Wolken darüber in einem strahlend grünen Meer.

An diesem Punkt würden gewisse literarische Gepflogenheiten erwarten, daß ich in Nostalgie schwelgte, in süßer Tristesse einen Monolog hielt, die junge Moussa einen letzten, liebevoll bedauernden Blick zurück werfen ließ, ihre tiefen philosophischen Gedankengänge wiedergebe, die ausgelöst wurden von dem Planeten, auf dem sie geboren wurde, dem einzigen, den sie bisher kannte, während die Welt unter ihr in der endlosen Leere der interstellaren Nacht zu einer wundervollen Abstraktion schrumpfte.

Tatsächlich mögen solche Gefühle einen Augenblick lang wie eine zarte Wolke über den Himmel meines Bewußtseins geschwebt sein, wie um die Schönheit eines strahlend blauen Sommertages zu unterstreichen, doch ich würde der Bedeutung des Augenblicks nicht gerecht, wenn ich ihnen besondere Aufmerksamkeit schenkte, denn in dem Augenblick, als die Zukunft in Form von Milliarden heller Sterne, die wie Juwelen auf dem dunklen Tuch des Himmels ausgebreitet lagen, sichtbar wurde, verwandelte ich mich in ein echtes Kind des Glücks. Ich blickte nach vorn, dachte an mein Wanderjahr zwischen diesen unbekannten Sternen-Welten und verwendete kaum einen Gedanken auf einen philosophischen Rückblick.

Und dann, als die Fähre in die Kreisbahn einschwenkte, nachdem sie den Planeten zu einem Viertel umkreist hatte, sah ich etwas, das von hier aus wie eine Röhre aus Silberfiligran erschien, deutlich abgehoben vor der Schwärze, in der sie trieb wie das Nest einer Spinnenmotte – vor der Nacht des Dschungels grell das Sternenlicht reflektierend.

Als mein Wissen mir ein Gefühl für die Dimensionen gab, das das Auge nicht bieten konnte, durchlief mich ein erregender Schauer, denn ich wußte, daß dies Glades Flinger sein mußte; es war alles andere als ein aus der Nähe gesehenes kleines Spinnennetz, sondern ein gewaltiges Gitterwerk aus kältefestem Draht mit einem halben Kilometer Durchmesser, einhundert Kilometer lang und deshalb noch sehr weit entfernt.

Ich war nicht nur durch seine riesige Größe beeindruckt, denn der Flinger eines Planeten ist sein Tor zu den anderen Menschenwelten. Der Sprungantrieb versetzt ein Sprungschiff zwar in die Lage, in einem kurzen Augenblick Lichtjahre zu überwinden, doch für die letzte Annäherung an die Kreisbahn braucht es einen konventionellem Antrieb. Um die nötige relativistische Geschwindigkeit aus relativem Stillstand im Raum zu erreichen, braucht man entweder eine gewaltige Reaktionsmasse an Bord oder viele Wochen Zeit oder beides. Glücklicherweise taucht ein Sprungschiff mit der Geschwindigkeit aus dem Sprung auf, mit der es eintrat, und so ist der Flinger das Kennzeichen dafür, daß eine Vorpostenwelt gereift ist und mit den anderen Menschenwelten Handel treibt.

Der Kältedraht steht unter Strom; das Sprungschiff, das am Boden der Röhre liegt wie ein Pfeil im Blasrohr, ist von einer entgegengesetzten magnetischen Ladung umgeben, und dadurch wird es durch das Flinger-Feld elektromagnetisch beschleunigt und durch den hundert Kilometer langen Tunnel mit beinahe Lichtgeschwindigkeit in die Leere geschleudert.

Meine Aufregung, als ich zum erstenmal diese Anlage sah, die bald die *Bird of the Night* aus Glades Sonnensystem und auf den Weg zu fernen Sternen schleudern würde, wurde nur von dem Wissen verdunkelt, daß mir das Erlebnis dieses magischen Augenblicks verwehrt blieb. Während die Geehrten Passagiere feierten und im Grand Salon auf den Beginn der Reise anstießen, würde ich gefühllos als menschliche Fracht in einem Dormodul liegen.

Doch selbst dieser Zorn, den ich in mir gespürt hatte, seit ich erfahren hatte, daß ich nicht als Geehrter Passagier in der Kosmokultur reisen würde, verblaßte zu nichts weiter als einem leisen Bedauern, als die Fähre den Planeten umrundete und ich endlich die *Bird of the Night* selbst sah, silbern und großartig vor dem sternenübersäten Dunkel.

Sie schwebte dort, eine Vision barocker Kompliziertheit, funkelnd und glitzernd im Licht unserer Sonne, die sich gerade um Glades Rand schob. Die *Bird of the Night* war wie alle Sprungschiffe ein modulares Gebilde, das um eine lange Zentralröhre angeordnet war. Die Röhre selbst entsprang der ellipsenförmigen Bugkapsel, in der die Brücke und der Sprungantrieb untergebracht waren, so daß der Kern aussah wie eine gewaltige, geißelförmige Mikrobe – oder, dachte ich mit leichter Verwunderung über die verschlungenen Wege meines Bewußtseins, wie eine gewaltige silberne Samenzelle. Am unbeweglichen Schweif der Samenzelle waren, wie um die Metapher zu verbergen, Zylinder verschiedener Größen befestigt, anscheinend nach Gutdünken und asymmetrisch wie Würste und Salamis.

Doch irgendwie strahlte das Ganze eine Größe und sogar Schönheit aus, die nicht ganz mit der scheinbar willkürlichen Anordnung seiner Einzelteile erklärt werden konnte. Sogar das Bild, das dieses Ding hervorgerufen hatte, schien seinem wirklichen Wesen zu entsprechen, wenn auch nicht ohne einen gewissen obszönen Humor.

Denn war nicht das Sprungschiff wirklich die Samenzelle unserer Art, und waren nicht die Dormodule für die menschliche Fracht, die an dieses gewaltige Symbol des befruchtenden, hinausstoßenden Prinzips des alles durchdringenden Yang gekettet waren, die Behälter der vielfältigen Gene unserer Art, ausgeschickt, um die Menschenwelten, die es gab, und die Menschenwelten, die es geben wird, zu befruchten?

Nun, diese blumigen Grübeleien hin oder her – sobald die Fähre an die *Bird of the Night* angedockt hatte, befand ich mich in einer viel prosaischeren Umgebung, nämlich in dem langgestreckten, rein funktionellen Zentralgang, durch den mich der Maestro der medizinischen Crew hinunterschob, ohne daß ich auch nur einen Blick auf die Quartiere der Geehrten Passagiere werfen konnte; und doch quälte mich der Anblick einiger dieser edel und extravagant ausstaffierten Paradiesvögel, die zwischen ihren Luxuskabinen und dem Eingang des Grand Palais hin- und herschlenderten; letzterer übrigens in meinen plebejischen Augen eine schlichte Tür wie alle anderen, die den Korridor säumten, aus der allerdings Musik drang, Unterhaltungen und Gelächter, die Düfte feiner Küche, exotischer Räucherstäbchen und von Drogen, die abermals den Wunsch in mir weckten, zu diesem endlosen Fest eingelassen zu werden.

Und so legte sich wieder eine etwas brütende und schmollende Stimmung über mich, während ich mit einzigartigem Mangel an Feierlichkeit nicht etwa in die fröhliche Gesellschaft der Kosmokultur, sondern in eine kahle, unfreundliche Kammer geführt wurde, die völlig zu meinem Geisteszustand paßte, wenn sie auch kaum meine ohnmächtige Wut lindern konnte.

Wirklich, meine Laune verschlechterte sich noch, als ich das ekelhafte Ding sah, in dem ich von Welt zu Welt reisen sollte. Lange Reihen sarggroßer Glaskästen waren zu beiden Seiten des Mittelflurs des Dormoduls vom Boden bis zur Decke aufgestapelt. Die oberen Etagen konnten nur über in gleichmäßigen Abständen gesetzte metallene Leitern erreicht werden. Vielleicht die Hälfte dieser Kammern war frei, doch in den anderen sah ich menschliche Gestalten, die voll bekleidet und reglos lagen wie die Leichen alter Politiker im Museum oder wie das Zeug, das man in Automatenrestaurants bekommt.

Es lief mir kalt den Rücken herunter, als wäre dies tatsächlich eins der alten Kühlhäuser des Ersten Raumfahrenden Zeitalters, in dem die Lebensprozesse durch die eisige Kälte des Weltraums selbst und nicht, wie heute üblich, durch die viel sichereren Methoden elektrobionischer Kontrolle verlangsamt wurden. In den höheren Gehirnzentren meines Geistes kannte ich die Theorie ganz gut, doch das alte reptilische Kleinhirn schnatterte seine endokrine Furcht vor dem Zustand heraus, der nur mit einer gewissen Spitzfindigkeit vom Tod unterschieden werden konnte.

Der Med Crew Maestro drückte auf einen Knopf, und drei Reihen hoch auf der linken Seite glitt die Tür eines Verschlags auf. Ich blieb vor Angst gebannt stehen, starrte diese Einladung zu einem Schlaf jenseits des Schlafes an, ein Koma, das nur um Haaresbreite vom Tod entfernt ist, ein traumloses Nichts, das die ganzen sieben Wochen andauern würde, die die *Bird of the Night* für die Reise von Glade nach Edoku brauchen würde. Mein Vertrauen war gefordert, ein Vertrauensbeweis in die Maschinerie der ...

»Worauf wartest du, mein Kind?« fragte der Med Crew Maestro ungehalten. »Glaubst du denn, ich hätte nichts anderes zu tun? Nun mach schon!«

Ich sah ihm in die gleichgültigen grauen Augen, suchte eine menschliche Regung, eine warme Sicherheit vor der grausamen Kälte. Was ich wahrnahm, war nichts weiter als der eulenhafte Blick eines gehetzten Angestellten, für den dies nichts weiter war als ein Teil seiner endlosen Routine.

»Ich hab' noch nie ... das ist mein erster ...«

»Ah«, seufzte er, und in diesem Augenblick schien hinter der Maske ein menschlicher Funke aufzublitzen. »Keine Angst«, sagte er freundlicher. »Dir kann nichts passieren. Ich hab' noch nie einen Passagier verloren. Du schläfst, dann wachst du auf, *c'est tout*, und das hast du ja in jeder Nacht in deinem Leben gemacht, nicht wahr? Hinauf, hinauf, meine Kleine! Gleich werden sich deine Ängste im Schlaf auflösen.«

Mich schauderte. Ich lächelte unsicher, holte tief Luft und sang im Geiste ein stilles Mantra, um meine Angst zu zügeln. Dann stieg ich Stufe um Stufe die Leiter hinauf, während jeder Schritt bedeutsam schien wie das feierliche Schlagen der Totenglocke, während jede Metallstrebe einen Ton zu einer ermutigenden Symphonie beitrug, die nur ich hören konnte, und schob mich in den Verschlag, als legte ich mich in mein eigenes Grab.

Ich lag auf einer gepolsterten Unterlage mit einem Helm in der Form eines Spinnennetzes hinter dem Kopf. »Schlaf gut«, rief aus scheinbar großer Entfernung eine Stimme herauf.

Dann glitt die Tür mit einem fast unhörbaren Surren zu; ich war allein mit der klaustrophobischen Angst, die einen stillen Schrekkensschrei in meinem Hals aufsteigen ließ, den ich jedoch mit einer letzten heroischen Willensanstrengung herunterschluckte.

Irgendwo summten verborgene Maschinen, dann kam eine kalte, metallische Liebkosung über meinen Kopf, als hätte mir der Tod seine eisige Hand auf den Schädel gelegt, und dann –

4

– erwachte ich.

Das war so etwa das Ausmaß der subjektiven Erfahrung meiner ersten Reise von Welt zu Welt: Ich verlor in einer versiegelten Kabine völlig verängstigt das Bewußtsein und erwachte aus einem traumlosen Schlaf mit einem starken Gefühl der Erleichterung, denn das erste, was meine Augen wahrnahmen, war die bereits wieder aufgleitende Kabinentür, um mich aus meinem Grab zu entlassen.

Es ist wohl überflüssig zu sagen, daß ich ohne Verzögerung aus der Kammer die Leiter hinunterkletterte, und erst als meine Füße fest auf dem Deck standen, erwachte mein Geist ganz und gewahrte irgendwie, daß ich wirklich die Leere durchmessen hatte.

Es gab keine physischen Symptome, die mir sagten, daß meine Lebensprozesse für etwa sieben Wochen unterbrochen worden waren, und kein Molekül des Dormoduls schien verändert, doch in der Luft lag eine Spannung, ein Wechsel der Sphärenmusik, der irgendwie meine skeptischen Instinkte überzeugte, daß die *Bird of the Night* jetzt um eine andere Welt kreiste. Die Schläfer kletterten aus ihren Kästen, Schweber mit unserem Gepäck fuhren vorbei, und ein Schiffsansager sang ein wundervolles Mantra der Vorfreude: »Passagiere mit Ziel Edoku bitte zum Fährendock … *Passagiere* mit Ziel *Edoku,* bitte begeben Sie sich zum Fährendock …«

Weitere Instruktionen waren nicht nötig, denn ein Strom von Passagieren drängte sich bereits durch den Zentralgang des Schiffes – gewöhnliche Leute wie ich, die Rucksäcke trugen oder von einem oder zwei Schwebern begleitet wurden, und die Leute, die anscheinend die Geehrten Passagiere waren, die von ganzen Konvois von Schwebern umgeben waren; und alles, was man tun mußte, war, eine Lücke in diesem Tumult zu finden und sich im Strom treiben zu lassen.

Bald darauf saß ich in einer der Fähren, in die wir alle ohne Rücksicht auf unseren vorherigen Status recht unsanft gedrängt wurden, und einen Augenblick später konnte ich durch ein Bullauge den ersten Blick auf Edoku werfen.

Mein Mund stand offen. Ich keuchte. Es dauerte sicher mehrere Minuten, bis mein Bewußtsein fähig war, den Informationen, die auf meine Netzhäute einhämmerten, ein zusammenhängendes Bild zu entnehmen, denn die Fähre war bereits unterwegs, ehe ich auch nur andeutungsweise verstehen konnte, wohin es ging, und selbst dann –

Ich sah nicht die sternenübersäte Schwärze des Himmels, sondern einen endlosen Vorhang aus gasförmigem Chaos, Wirbel in Wirbeln, Strudel in Strudeln, magenta, orange, braun, rot, purpur, und diese brodelnden Wirbel und Strudel organisierten sich zu bandförmigen, höheren Mustern, und das Ganze schien mitten in der Bewegung erstarrt zu sein wie ein Standbild aus einem Holofilm.

Als die Fähre ihre Lage veränderte, trieb von unten die Krümmung eines Planeten ins Blickfeld, und darüber waren willkürlich Hunderte, sogar Tausende strahlender Lichtscheiben verstreut, von denen Strahlen hinabglitten, sich bewegten, sich verlagerten und im Farbton wechselten, als tanzten tausend Tänzer eine Pavane auf einer gewaltigen Bühne und als würde jeder Darsteller von einem besonderen Scheinwerfer verfolgt und angestrahlt.

Dann schlingerte die Fähre etwas, während sie weiter sank, und am Rande meines Gesichtsfeldes erschien ein Stück schwarzer Raum, der dem chaotischen Mahlstrom der Farben einen fein geschwungenen Rand gab. Schließlich begann ich in dem, was ich sah, einen Sinn zu erkennen und brachte endlich die sensorischen Daten mit meinem astronomischen Wissen in Verbindung.

Edoku war eigentlich kein Planet, sondern der Satellit eines großen Gasriesen, und es war die Oberfläche *jener* gewaltigen Welt, oder besser der Tumult in ihrer Atmosphäre aus so kurzer Entfernung gesehen, daß das Auge sie nicht ganz erfassen konnte. Sie lieferte den Hintergrund, vor dem Edoku zu sehen war. Also waren die leuchtenden Scheiben die Lichtwandler in den Kreisbahnen, von denen jeder einen kleinen Teil von Edokus Oberfläche beschien.

Und wirklich war die heranrasende Oberfläche des Planeten facettiert wie das Juwelenauge eines Insekts oder ein Mosaikfenster aus farbigen Glassplittern; jede Facette, jede Glaskachel, jeder Bereich wurde von oben so beleuchtet, wie es gewünscht wurde, in jeder Farbe und nach jeder Stunde des »Tageslichts« – Mittag, Abenddämmerung, Sonnenaufgang, bleicher Mondschein und so weiter –, und das Ganze schimmerte und waberte, während die Lichtwandler langsame Veränderungen durchliefen wie ein Waldboden, der unter einem winddurchwehten Dschungeldach Tausende von Farben annimmt.

Während die Fähre rasch aus dem Orbit hinunterglitt, wurde der Anblick noch verwirrender und blendender, denn wir flogen mit der Geschwindigkeit eines stroboskopischen Flackerns durch Sonnenaufgänge, Sonnenuntergänge, Mittagshelle, Inseln der Nacht. Berge, Plazas, große und kleine Bauwerke, Flüsse, Wüsten, alles verschwamm ineinander zu einer pointillistischen Landschaft, in der sich die organischen Färbungen des Naturreichs und die grelleren und unterschiedlichen Tönungen der Menschenwerke so vermischten, überlagerten und unterlegten, daß das Ganze *en passant* wie ein einziges formloses, farbloses Durcheinander wirkte, in dem dennoch alle denkbaren Spielarten von Farbe und Form, alle denkbaren Verwandlungen des Organischen und Künstlichen enthalten waren.

So warf ich den ersten Blick auf das große Edoku: Ich starrte mit überwältigten Sinnen aus dem Bullauge, mein Geist war gespalten, als hätte ich Gift genommen und sähe das ganze Universum im formlosen Chaos einer einzigen Flamme gespiegelt!

Mein erster Blick auf Edokus Oberfläche sollte mir noch mehr von diesen Phänomenen zeigen, und wenn meiner Beschreibung hier ein gewisser Zusammenhang und Rahmen fehlen sollte, *vraiment*, so gibt der Bericht mit dem klareren und reiferen Auge des Rückblicks dennoch mehr wieder, als das junge Mädchen, das ich damals war, im Augenblick der wahrhaft überwältigenden Konfrontation mit dem Schauspiel der Realität selbst begreifen konnte.

Unsere Fähre landete und entließ die Passagiere auf einer mittäglichen Wiese, die sich dicht unter den Gipfel eines kleinen, bewaldeten Berges schmiegte – jedenfalls schien es in diesem Augenblick so –, und auf dieser Alpenwiese ruhte noch ein halbes Dutzend ähnlicher Fahrzeuge, von denen drei ebenfalls Reisende ausspuckten. Von diesem Aussichtspunkt aus gesehen lag Edoku vor mir ausgebreitet, erstreckte sich in die Ferne und löste sich am Horizont in einem Bogen von fast dreihundert Grad auf.

Was ich von dieser stillen Wiese aus sah, war ein Chaos, das mir nicht nur den psychischen Atem nahm, sondern sich weigerte, seine barocke Detailfülle zu einer zusammenhängenden, übergreifenden Realität aufzulösen – egal, wie lange ich starrte und blinzelte.

Denn was ich sah, schien nicht so sehr der Ausblick auf irgendeinen Planeten zu sein, den ich mir hätte vorstellen können, sondern ein gewaltiges Holo, geschaffen von einem Künstler, der sich an die Surrealität der inneren Visionen des Unbewußten gehalten hatte.

Mehr als der halbe Himmel wurde von der mächtigen Sphäre von Edokus Hauptplaneten, dem Gasriesen, eingenommen, und der Rest war die sternenbesetzte Schwärze des Weltraums. Doch die illuminierte Luft über der Landschaft unter mir schien völlig vom Himmel gelöst, als sähe ich ein Diorama, erleuchtet und angestrahlt von gefiltertem Licht, das durch Löcher aus einer bemalten Zimmerdecke fiel. Von Horizont zu Horizont glühte und schimmerte die Landschaft, hellte sich auf und verdunkelte sich unter einem kompliziert gewobenen Lichterteppich; Mittag, Sonnenuntergang, Dunkelheit, Sonnenaufgang, Winter, Frühling, Sommer und Herbst lagen in langsam ziehenden Mustern auf dem Land, als tanzten sie zur unhörbaren Musik völlig berauschter Götter.

Außerdem ist es völlig unzutreffend, von dem, was unter diesem Kaleidoskop von Stunden und Jahreszeiten lag, wie von einer *Landschaft* in normalem Sinne zu sprechen, denn die Berge, Gebäude, Seen, Pavillons, Ströme, die Flora, die Standbilder, Wüsten und so weiter waren allesamt auf eine Weise zusammengewürfelt und verwoben, daß jeder Sinn für das Natürliche und das Städtische und sogar jedes Gefühl für Maßstäbe verlorenging.

Stellen Sie sich, wenn Sie wollen, einen Planeten vor, der als Ganzes geformt, bepflanzt und gepflegt ist wie ein strenger, abstrakter Garten im Nihonjin-Stil, vollgestopft mit schneebedeckten Bergen, donnernden Flüssen, öden Wüsten, grünen Wäldern, spiegelnden Seen und nackten Steinmassiven; doch kein Detail ragte besonders aus der Geographie heraus, und die Maßstäbe der Geologie wechselten allenthalben. So konnte es einen Wald geben, dessen Laubdach einen Berggipfel in der Nähe überragte, dort einen Fluß, der eine Insel aus Wüstendünen umkreiste, an einem anderen Ort einen Dschungelsumpf auf einem schroffen Gipfel, von dem sich ein gewaltiger Wasserfall ergoß, der gegenüber dem stillen Lilienteich an seinem Fuß zwergenhaft erschien.

Und nun setzen Sie in diesen willkürlich zusammengewürfelten Garten eine endlose Stadt, gebaut aus einer Mischung jedes denkbaren Architekturstils und in einem Maßstab, der sich keineswegs an den Bestandteilen des Gartens orientierte, aus dem die Gebäude wie bizarre Pilze sprossen. So diente ein Berggipfel vielleicht als Mittelpunkt eines öffentlichen Platzes, Bäume erhoben sich höher als der Turm einer Pagode in der Nähe, während ein Wald in einem anderen Bezirk aus denselben Pflanzen zu bestehen schien wie die Hecke einer Promenade am Seeufer. In einer Gegend brüllte und schäumte ein Wasserfall hinter einer Straße mit Holzhäusern, während an einem anderen Ort eine ebensogroße Kaskade ein bloßes Rinnsal an der Mauer eines flachen Gebäudes war.

Weder eine planetenweite, großzügig angelegte Stadt noch ein weltumspannender, mit Gebäuden durchsetzter Garten, verband die Oberfläche Edokus die Elemente von beidem, ohne die Bereiche zu trennen und ohne einen durchgängigen Maßstab – abgesehen davon, daß die geologischen Elemente, vor denen die Menschenwerke hätten winzig erscheinen müssen – Berge und Flüsse, Wüsten und Seen –, ihrerseits vor den Menschenwerken klein erschienen, während im Gegensatz dazu Bäume und sogar einzelne Blumen die Türme aus Silber und Glas überragen konnten. Um die städtische und natürliche Umgebung weiter zu verschmelzen und die nicht existierende Trennlinie zwischen ihnen noch irrealer werden zu lassen, waren vielleicht in mächtigen Bäumen die Fenster eines Hauses zu sehen, während sich eine Wendeltreppe zu einem schneebedeckten Gipfel hinaufwand und auf dem Dach eines Hauses ein ganzer Wald stand.

Und alles breitete sich unter mir aus – nicht im Licht einer einzigen fremden Sonne, sondern beleuchtet von einem verrückten Flickenteppich aus Tag und Nacht, Sonnenaufgang und Mittag, blassem Winterlicht und lohendem Sommer unter einem unpassenden Himmel aus sternübersätem Schwarz, dominiert vom trägen Brodeln auf der Oberfläche des Gasriesen.

Und was wichtig ist, oder vielleicht auch nicht: Dieser schwindelerregende Ausblick bot leider einen besseren Überblick über Edoku als jeder andere Aussichtspunkt, denn wie ich erfuhr, ist die Landestelle so angelegt, daß der Ausländer psychisch möglichst leicht Zugang zu Edoku findet, wogegen die Ästhetik des Planeten selbst ausschließlich dem Gefallen der Edojin selbst dienen soll; diese sind der festen philosophischen Überzeugung, daß *jeder* Überblick sowohl falsch als auch hoffnungslos unbefriedigend sei, daß »die Realität« nichts weiter sei als ein örtlicher künstlerischer Stil, daß beständiges Eintauchen in die sich ständig wandelnden Details des Chaos die einzig angemesse Grundlage für ein zivilisiertes Leben sei und daß das volle Verständnis Edokus gleichermaßen bedeute, eine unendliche Langeweile und eine existentiell beängstigende Vision der völlig unnatürlichen und künstlichen Natur ihres Lebens und ihrer Welt zu erfahren – eine Erfahrung, welche die besten Geister der menschlichen Rasse, nämlich bescheidenerweise sie selbst, mit mehr als tausendjähriger Geschichte und Handwerkskunst zu transzendieren suchen.

Naturellement blieb dem Mädchen, das vom ersten Anblick ihrer Welt völlig überwältigt dastand, eine derartige Einsicht in die Weltanschauung und den *esprit de vie* der Edojin verwehrt. Und ebensowenig half es ihr, die Fassung zurückzugewinnen, als der Boden unter ihren Füßen wegstürzte.

Genaugenommen nicht ganz unter meinen Füßen, obwohl der psychische Eindruck dem nicht unähnlich war; in dem, was ich für den festen Boden einer Bergwiese gehalten hatte, öffnete sich plötzlich ein großes rundes Loch; meine Mitreisenden von der *Bird of the Night* begannen ganz ungezwungen, gefolgt von ihren Schwebern mit dem Gepäck, über den Rand zu treten und verschwanden im Innern des Berges.

»*Quelle chose!*« rief ich, als die Leute einer nach dem anderen in den Abgrund sprangen, als wäre es das Natürlichste der Welt, was es, wie ich lernen sollte, auf *dieser* Welt tatsächlich war.

Ein großer dunkler Mann, der ganz in roten Samt gekleidet war, wandte sich mitleidig an mich, als ich dort stand, zu ängstlich, um wenigstens über die Kante zu blicken. »*C'est nada*«, sagte er, indem er meine Hand nahm. »Fallrohr mit Null g, man schwebt wie eine Feder. Geronimo!«

Dann sprang er über den Rand und zog mich mit, und ich kreischte.

Ich stürzte jedoch nicht wie ein Stein in die dunklen Tiefen der Erde hinunter, sondern trieb fast gewichtslos durch ein gewaltiges, helles und luftiges Atrium hinab und in den Berg hinein, der gar kein Berg war.

Welche Fülle von Geräuschen und Farben und Menschen! Der große Hohlraum, durch den ich und zahllose andere trieben wie Staubkörnchen in einem goldenen Sonnenstrahl, der sich vom fernen Boden zu erheben schien, war von Balkonreihen umgeben. Einige waren Gartenpromenaden mit üppigem Grün, andere Wandelhallen mit Restaurants, Tavernen und Boutiquen, wieder andere die Schauplätze von anscheinend spontanen Festlichkeiten, schauspielerischen Darbietungen, Konzerten und anderen Vergnügungen, die mir völlig unverständlich waren. Ein Dutzend Musikstile verschmolzen zu einem nicht unangenehmen Mißklang, die Luft summte im Geplapper zahlloser Stimmen, und mir lief das Wasser im Mund zusammen, als ich langsam durch verschiedene Bereiche mit Speisedüften hinabglitt.

Es ist praktisch unmöglich, die Edojin, die diesen umgekehrten Turm bevölkerten, nach Kleidungsmode, Aufmachung oder genetischem Stil einheitlich zu beschreiben, denn sie schienen in Kleidungsstil und kosmetischen Eigenarten ebenso überspannt und eigenartig und surreal zu sein wie in ihrer planetenformerischen Kunst. Während keiner sich deutlich aus der allgemeinen Bandbreite von Größe und Umfang unserer Art herauszuheben schien und alle die angemessene Anzahl und Anordnung von Gliedern und Sinnesorganen besaßen, schienen sämtliche feineren Details ausschließlich die Sache persönlicher Launen zu sein. Die Hautfarben umfaßten, ebenso wie die Haartönungen, das ganze sichtbare

Spektrum, und die Frisuren der Männer und Frauen schlossen alles ein – von kurzgeschnittenem Gestrüpp bis zu riesigen Türmen, getrimmt und gestaltet zu abstrakten oder sogar gegenständlichen, skurrilen Gebüschen aus Haar, und die Kleidung konnte nur aus Körperfarbe oder aus alles verhüllenden, vielschichtigen Roben aus Dutzenden von Farben und allen möglichen Zwischenstadien bestehen, und Ohren, Nasen, Glieder und Körper waren nach jeder denkbaren Mode reich mit Juwelen geschmückt oder blieben völlig unverziert.

Ich trieb langsam in dieses Wunderland hinab, in einem ekstatisch verwirrten Zustand, der sich zur Grundstimmung meines Bewußtseins zu entwickeln schien, seit ich den ersten Blick auf Edoku geworfen hatte; ich bemerkte kaum, daß mein Ritter mit der roten Samtrüstung schon lange meine Hand losgelassen hatte und vogelgleich auf einem der vorbeiziehenden Balkone gelandet war. Erst als ich spürte, wie die wirkliche Oberfläche Edokus meine Fußsohlen küßte, bemerkte ich, daß die schwindelerregende Fahrt vorbei war.

Soweit jedenfalls, wie irgend etwas, das man auf Edoku unter den Füßen hat, als die wahre *terra firma* bezeichnet werden kann, denn der Grund, auf dem ich landete, erschien den Augen als golden leuchtender, durchsichtiger Sand und dem Gefühl wie ein flauschiger Teppich, während die Schwerkraft der eines kleinen Asteroiden zu entsprechen schien.

Was von der Wiese aus wie ein massiver Berg und während meiner Abfahrt durch den hohlen Kern als großes Gebäude erschienen war, mutete von meinem jetzigen Standort aus eher an wie eine schwebende Modenschau, denn das Gebäude endete gut zwanzig Meter über dem Boden und wurde anscheinend von denselben Schwerkraftapparaten in der Luft gehalten, die es mir ermöglicht hatten, wie eine Staubflocke herabzugleiten, und die nun meiner Motorik sagten, daß ich nicht mehr wog als die Moussas, die ich als Kind in der Hand gehalten hatte.

Ich stand benommen da, über mir das gewaltige Gebäude wie ein riesiger Sonnenschirm, während sich rundherum die nächste Umgebung erstreckte, deren vier Hauptrichtungen jeweils einer eigenen Tageszeit und Jahreszeit unterworfen schienen und mir die Illusion eingaben, ich befände mich im Knotenpunkt von Raum und Zeit, wenn ich auch trotz meines augenblicklichen psychischen Zustandes genau wußte, daß hier auf Edoku nichts weiter von der Wahrheit entfernt sein konnte.

Zu meiner Rechten lud mich eine Art Wohnbezirk aus kleinen Häusern, die sich auf den Flanken sanfter Hügel ausbreiteten, zum Eintreten ein. Dazwischen waren nur wenige Menschen unterwegs, um die Morgendämmerung zu begrüßen. Ein paar Grad weiter befand sich eine Parklandschaft mit einem See voller kleiner Boote und Sonnenanbetern auf einer Wiese, wo sich die sportlicheren Edojin mit seltsamen Sportarten und *al fresco amour* beschäftigten. Ich konnte mich auch in die schmalen, mitternächtlich düsteren Straßen eines Vergnügungsviertels wagen, in denen sich Nachtschwärmer zwischen hohen und grell beleuchteten Geschäften drängten. Ich konnte zwischen den gewaltigen Sukkulenten und kleinen Sommerhäusern wandern, die im Licht eines Sonnenuntergangs in der Wüste verstreut lagen, oder ich konnte zum Kamm eines Miniaturgebirges aufsteigen, das Gebäude umringte, die ebensogut Wohnhäuser wie Fabriken sein konnten.

In Wirklichkeit wußte ich nicht, wo ich beginnen sollte und was ich beginnen sollte, und ich hatte weder einen Führer noch das Wissen und nicht den Hauch einer Ahnung, wie ich mich in diesem Chaos orientieren sollte. Benommen und überwältigt wie ich war, mit wachsendem Unbehagen angesichts meiner Entschlußlosigkeit und dem psychischen Druck des Gebirges über meinem Kopf, beschloß ich, das Schicksal entscheiden zu lassen, und wirbelte mit geschlossenen Augen herum, bis mir wirklich schwindlig wurde. Dann hielt ich inne und hüpfte munter in die Vergnügungsstraßen und die Mitternacht hinein, die jetzt in meiner Blickrichtung lagen.

Wie lange wanderte ich benebelt in Edoku herum? Wie kann man eine Zeitspanne messen, wenn die Mitternacht nur wenige Schritte von der Dämmerung entfernt ist und man in ein oder zwei Minuten vom Frühling in den Herbst schlendern kann? *Naturellement,* man kann die eigene Uhr zu Rate ziehen, aber welcher Geist verläßt sich schon im Märchenland auf eine Digitalanzeige? Gewiß nicht der Geist des unschuldigen Kindes des Glücks, das ich war – hingerissen von einer endlosen Abfolge wundervoller, chaotischer und gelegentlich auch beängstigender Realitäten, wie Cort und ich sie im alltäglichen Nouvelle Orlean auch während der längsten und intensivsten Séancen mit den psychoaktiven Drogen nicht in unserem Bewußtsein hervorrufen konnten.

Doch von allem Wissen, allen Fähigkeiten und allem Geschick, das ich während meiner vorangegangenen Inkarnation auf Glade erworben hatte, war es in Wirklichkeit ausgerechnet meine Erfahrung mit einer Vielzahl chemisch beeinflußter psychischer Zustände, die mir bei meinen ersten Streifzügen durch Edoku den größten Halt gab.

Während mit Cort zusammen die Wahrnehmung einer völlig fragmentarischen und unzusammenhängenden Folge bizarrer und unvorhersehbarer Realitäten nur das Ergebnis einer Veränderung im biochemischen Zustand des sie wahrnehmenden Bewußtseins war, wogegen es auf Edoku die Umgebung selbst war, die sich veränderte, so war doch der dadurch hervorgerufene Bewußtseinszustand derselbe, nämlich ein völlig zersplittertes Gewahrsein, das völlig in den Augenblick versunken durch den Fluß der sich verändernden Details des Chaos streifte, ohne einen übergeordneten Bezugspunkt in Zeit und Raum zu besitzen.

Aus dem vergoldeten Pflaster der mitternächtlichen Straßen erhoben sich Tische aus lebendem Holz, mächtige Türme aus Glas und Stein standen zwischen Miniaturgebirgen auf Prachtstraßen, die im kühlen Morgenlicht mit geschäftlichem Verkehr verstopft waren, ein Tanzpavillon im Zwielicht neben einem kühlen Wasserfall, in dem nackte Gestalten schwerelos in der Luft eine erotische Pavane aufführten, eine Oase in greller Mittagssonne unter der Schwerkraft eines großen Planeten, Promenaden mit Tavernen und Speiserestaurants auf weitgespannten Brücken über wilden Katarakten, Cafés hoch in den Ästen der Bäume, Freiluftartisten auf smaragdgrünen Wiesen im Zentrum weiter Plätze, Gebäude in der Form von Bergen auf Felseninseln in klaren, blauen Seen, die wiederum in Canyonklippen eingelassen waren, und alle Sorten und Größen von Bäumen, Flüssen, Wasserfällen, girlandengeschmückte Türme und Pavillons …

Durch all dies wanderte ich wie ein zielloses, der Brownschen Bewegung unterworfenes Molekül, und *vraiment,* der Zufall beschränkte sich nicht auf die Geographie, denn Mittag und Mitternacht, Sonnenaufgang und Sonnenuntergang, der Wechsel der Jahreszeiten, waren ebenso von Launen der jeweiligen Gegend abhängig wie das Gewicht meines Körpers, das von Augenblick zu Augenblick, von Bereich zu Bereich entweder schwer zu Boden gedrückt wurde oder leicht war wie ein Moussa in den Baumwipfeln meiner Heimat, völlig gewichtslos oder jeden Zwischenzustand einnahm. Ebenso wechselten Geruch, Duft und Aroma und *vraiment,* Gestank, die verführerisch, quälend, hinreißend und ekelhaft in meine Nase drangen, ohne daß eine ursächliche Verbindung zu ihren vermeintlichen Quellen auszumachen war. Aus einem Speiseraum wehte Blumenduft, ein Blumenstrauß roch nach Gebratenem, ein wundervoller Garten stank nach Verfall, Gebäude aus Glas und Stahl rochen nach Gebirgsschlucht.

Auch die Aktivitäten, zivilisierte oder andere, die sich in dieser chaotischen Umgebung abspielten, waren so kompliziert und fremdartig, daß sie selbst einer gebildeten Bürgerin von Nouvelle Orlean weitgehend unverständlich blieben. Ich konnte ein Restaurant kaum von einem Vergnügungspalast unterscheiden, denn alle Arten von Geschäften in jedem architektonischen Stil schienen sowohl Speisen als auch zum Beispiel tantrische Vorstellungen anzubieten – oder Kleidung, Schmuck, Maschinen und Kunstgegenstände. Besuchte die aufgeregt gestikulierende Menge in einer Glaskuppel eine Theatervorstellung, war es ein Irrenhaus, oder ließ die Anzeigetafel vermuten, daß es sich um eine Börse handelte?

Jeder Edojin, der in dem farbenfrohen Gewimmel der planetenweiten Stadt zu sehen war, schien fest entschlossen, alle anderen auszustechen mit seiner ausgefallenen Kleidung, seiner eigenwilligen Hautfarbe und Frisur, mit der Lebhaftigkeit seiner Gesten und der allgemeinen Haltung, tief Luft zu holen und hochgestochener Selbstbespiegelung nachzugehen. Die Sprache der Edojin schien eine Mischung der exotischsten, unverständlichsten Lingos zu sein, die ich je gehört hatte, und alle außer mir – so glaubte ich jedenfalls – schienen eifrig Geschäften von kosmischer Bedeutung oder barocker Dekadenz oder beidem nachzugehen, die mein ausländisches Begriffsvermögen weit überstiegen.

Mein Bewußtseinszustand, als ich in diesen ersten Stunden herumwanderte, war kaum von jenem zu unterscheiden, der durch die Einnahme psychedelischer Drogen hervorgerufen wurde. Und so befreite auch hier der Verlust sequentieller Erfahrung und linearer Logik – der organisierenden Prinzipien meines psychischen Lebens – jenes höhere und doch primitivere Wesen, das egolos mit dem Fluß dessen, was ist, verschmilzt, nicht mehr ist und nicht weniger als das Jetzt, das Gleiten durch Realitäten, genau wie der vollkommene Sänger zu seinem Lied wird.

Aus dieser Perspektive oder besser aus dieser Auslöschung jeder individuellen Perspektive heraus begann ich teilweise zu verstehen; wenn auch nicht die individuelle Bedeutung dieser chaotischen Anblicke, Geräusche, Gerüche und Gefühle Edokus, so zumindest doch auf eine vage und unscharfe Art und Weise das Wesen dieses Ortes, die ästhetische Weltanschauung der Edojin, die höhere Logik hinter dem willkürlichen Chaos, in dem sie lebten.

Denken Sie an die Geschichte dieses Planeten. Vor Tausenden von Jahren, nach einer generationenlangen Reise in der einfachen, begrenzten und völlig künstlichen Realität ihrer Arkologie, fanden sich die ersten Siedler Edokus nicht auf einem Planeten gestrandet, auf dem die offene Kompliziertheit einer entwickelten Ökosphäre wimmelte, sondern auf einer kahlen, leblosen *tabula rasa* aus totem Stein und absolutem Vakuum. So standen sie vor der ästhetischen Herausforderung und der spirituellen Notwendigkeit, eine ganze Welt zu erschaffen, eine ganze Realität sogar – aus nichts weiter als Masse, Energie und ihren eigenen inneren Landschaften, was heißen soll, daß es keine Überraschung, kein Chaos und kein beseeltes Wesen gab, das nicht ihrer eigenen bewußten Hand entsprang.

So erschufen sie über die Jahrhunderte eine Welt, in der sich Künstliches auf Künstliches türmte, in der eine künstliche Ordnung auf die andere einwirkte, in der die Teile willkürlich so geschaffen waren, daß sie keine einheitliche Beziehung zu einem Ganzen verband, in der das »Natürliche« und das »Menschenwerk« bedeutungslose Begriffe waren, in der Tag und Nacht, Winter, Sommer, Frühling und Herbst, Schwerkraft und Gelände, Flora und Fauna aus der Notwendigkeit heraus menschliche Schöpfungen waren, die dem willkürlichen Diktat des menschlichen Gutdünkens und der surrealistischen Ästhetik der grenzenlosen Phantasie unterworfen waren und nicht mehr den Naturgesetzen der Geographie, Meteorologie, Biologie oder der Zeit unterlagen. Und so rettete die Menschheit mit ihrer Geschicklichkeit selbst ihren Geist aus dem toten, seelenlosen Determinismus einer völlig vom rationalen Geist gezimmerten Realität, und so wurde durch einen transzendenten Willensakt das Chaos aus der Ordnung neu erschaffen.

Edoku war im Grunde eine Welt aus Treibsand, geschaffen, um den Geist ihrer Bewohner in eben jenem Zustand ständiger Überraschung zu erhalten, im Bewußtsein des ewigen Flusses des einen Unvorhersagbaren in ein anderes, dieser immerwährenden Illusion eines komplizierten, unbegreifbaren organischen Chaos, das ich so beunruhigend und beängstigend fand.

Naturellement ist das oben Gesagte ebenso geprägt durch die größere Weisheit des Rückblicks wie durch ein gründliches Studium der entsprechenden Texte; alles, was ich damals langsam wahrzunehmen begann, war, daß ein orientierender Überblick sehr gut genau das sein konnte, das Edoku verhindern sollte, und gewiß konnte ich ihn auch durch noch so ausgedehntes, richtungsloses Wandern nicht bekommen. Deshalb bestand meine einzige Möglichkeit darin, meine intellektuellen Versuche, in diesem Chaos eine Ordnung zu erkennen, aufzugeben und statt dessen hineinzustürzen und ihm die Struktur meiner eigenen Wünsche aufzuerlegen.

Nachdem ich diesen satorischen Zustand erreicht hatte, schälte sich eine gewisse Klarheit in Wahrnehmung und Absicht aus dem Dunst.

Während ich keinen Begriff von der tatsächlich verstrichenen Zeit hatte, wußte ich mit Sicherheit, daß meine Fußsohlen wund waren, daß das Gewicht meines Rucksacks meine Schultern beugte, daß mein Magen nach Nahrung zu verlangen begann und daß meine Blase sich mit recht dringlichen Impulsen meldete.

Kurz gesagt flossen biologische Notwendigkeiten und die Unterwerfung unter das Wissen, daß weitere ziellose Wanderungen nichts anderes als weitere Verwirrung erzeugen würden, schließlich in einem Motivationsschub zusammen, was heißen soll, daß ich fand, es sei an der Zeit, endlich zu finden, was in diesem seltsamen Land die Funktion eines Hotels erfüllte.

In Nouvelle Orlean kannte ich den Ruf jedes Hotels in der Stadt; und in jeder anderen menschlichen Siedlung, von der ich gehört oder die ich mir vorgestellt hatte, betrat man einfach jenes typische Viertel, in dem die Hotels zu finden waren, und suchte sich nach dem äußeren Eindruck ein passendes aus. Doch hier auf Edoku hatte ich keine Vorstellung, wo ein solcher Bezirk zu finden war; vermutlich hätte ich ihn nicht einmal erkannt, wenn ich in seinem Zentrum gestanden hätte, denn ich konnte anhand des architektonischen Stils kaum ein Hotel von einem Vergnügungspalast oder einem Krankenhaus unterscheiden.

Deshalb war ich darauf angewiesen, meinen Mut zusammenzunehmen und Fremde anzusprechen.

»Entschuldigen Sie, mein Herr, ich bin gerade auf Edoku eingetroffen und suche ein gutes Hotel –«

»Gutes Hotel, *jai nai ici* soweit ich weiß, und ich stimme zu, daß es eine Schande für unsere *ciudad grande* ist, aber so ist's nun mal, *bonne chance* und *buena suerte!*«

»Entschuldigen Sie, aber würden Sie –«

»Gewiß nicht! Ruegelt für die Kinder des Glücks *arimasen!*«

»Entschuldigen Sie, aber ich bin gerade erst auf Edoku –«

»*Y yo,* ich sehe alt aus, *no? Vraiment,* ich *wußte,* daß mir diese Hautfarbe nicht steht, aber so was von einem dreisten Ausländer zu hören!«

»Wissen Sie vielleicht, ob es in der Nähe ein gutes Hotel gibt?«

»Weiß ich vielleicht, ob es in der Nähe ein gutes Hotel gibt? *C'est possible.* Aber *primero,* definieren Sie *gut* und *in der Nähe,* denn dies sind subjektive Begriffe, wogegen das Wort *Hotel* in den meisten Dialekten ein objektiver –«

Und so weiter, und so weiter.

Schließlich – als ich vor Frustration fast weinte und vor Müdigkeit und nicht gerade kleinem Groll angesichts dessen, was in Edoku anscheinend als gutes Benehmen in der Öffentlichkeit galt – erwischte ich drei Edojin auf einer Wiese vor einem Wasserfall, in einem Garten, in dem überall Cafétische standen. Die drei schienen vom Inhalt einer Weinflasche, die sie herumgehen ließen, so weit benebelt, daß sie nicht fliehen konnten, und so ließ ich das auf sie los, was ich mir als persönliche Version des örtlichen Konversationsstils zurechtgelegt hatte.

»*Merde! Caga!* Warum, glauben Sie, hat Edoku sich blamiert?«

Die drei – eine silberhäutige Frau in einem schwarzweißen Harlekin-Hemdchen, ein orangener Typ, der nur eine enge grüne Hose trug, und ein völlig nackter Mann mit einer Regenbogenhaut und ebensolchen Haaren – wechselten belustigte und amüsierte Blicke.

»*Porqué* Edoku hat *no restaurante razonable* im Magyar-Stil?« fragte die Frau.

»*Parce qu'* Edoku *nikulturni?*« sagte der nackte Mann.

»Ich glaube, daß Edoku sich blamiert hat, weil auf Ihr Koan niemand eine kluge Antwort weiß, *babaij!*« erklärte der orangene Typ triumphierend. »Kennste den von Diogenes und dem Ehrenmann?«

»Ganz falsch, ganz falsch!« sagte ich ihnen. »Edoku hat sich blamiert, weil es in der ganzen Stadt nicht *ein* gutes Hotel gibt!«

Darauf herrschte allgemeine Entrüstung. Dann klatschte der Orangene in die Hände und lachte. »Ah, *je comprends!*« rief er. »In Edoku gibt es nicht *ein* gutes Hotel, weil es überall *viele* gute Hotels gibt!«

»Wirklich? Warum können Sie mir dann nicht sagen, wo ich in der Nähe eins finde?«

»*Très facile!* Wir können Ihnen nicht *ein* gutes Hotel in der Nähe nennen, weil es in der Nähe *mehrere* gibt!«

»Welches davon ist dann das *beste?*«

»Etwas mehr *précision,* bitte«, sagte die Frau. »Das *beste* ist ein subjektives vergleichendes Adjektiv, nicht wahr, das das Maximum einer gewissen *Qualität* meint. Das beste extravagante? Das beste ausgeflippte? Das mit den besten Grünanlagen? Das beste große? Das beste kleine?«

»Wie wär's mit dem billigsten?« fragte ich. »Oder, um genauer zu sein, mit dem *preiswertesten.*«

»*Then you are* doch kein wandernder Koanschüler«, sagte der orangene Mann. »Nur eine grüne Ausländerin mit einem bescheidenen Kreditchip, die ein preiswertes Hotel sucht?«

»Ihre Findigkeit überwältigt mich«, räumte ich ein.

»Warum hast du das nicht gleich gesagt?«

»Weil ich annahm, daß eine solche direkte Frage mich auf dem großartigen Edoku als Tölpel und Nervensäge kennzeichnen würde ...?« entgegnete ich.

Sie brachen in Gelächter aus. »Gut gesagt!« rief der orangene Mann. *»Bienvenidos a Edoku!* Solche Rücksicht auf die Annehmlichkeiten eines zivilisierten Austausches verdient eine Belohnung. *I commend therefore* das Yggdrasil. Direkt durch die Mitternacht, an den Sonnenuntergangsklippen *à gauche,* den Mittagsbrunnen umrunden, und *voilà,* da liegt es im Wäldchen!«

»Sie können es nicht verfehlen«, sagte die Frau. »Es ist das einzige Gebäude in der Nähe, das wie ein Baum aussieht.«

Ich verfehlte es nicht. Und es sah wirklich so aus.

Ziemlich erfreut darüber, daß ich meine erste mehr oder weniger zusammenhängende Unterhaltung auf Edoku erfolgreich überstanden hatte, folgte ich den Anweisungen, die ich so mühelos bekommen hatte. Ich begann die Art und Weise, mit der Edokus bizarre Mischung von Architektur und Landschaft allenthalben unverwechselbare Orientierungspunkte bot, zu schätzen. *Vraiment,* jeder Ausblick bestand aus nichts anderem als einer endlosen Folge unvergleichlicher Bilder!

Das Hotel Yggdrasil bildete keine Ausnahme.

Im Zentrum des kleinen Waldes, in den man mich gewiesen hatte, war ein klarer blauer See, kaum mehr als ein dekorativer Burggraben um eine zentrale Insel, die nur zu existieren schien, um die Regenbogenbrücke, die sich elegant darüberschwang, ästhetisch zu rechtfertigen. Auf der Insel erhob sich, sie mit einem Gewirr überdachter Wandelgänge – den »Luftwurzeln« – völlig überwuchernd, ein riesiger Silberbaum.

Er war bis zur Krone gut zweihundert Meter hoch, der Stamm vielleicht vierzig Meter dick, und bis heute kann ich nicht sagen, ob das Yggdrasil ein Gebäude oder ein genmanipuliertes Gewächs war. *Vraiment,* der Stamm und die herausragenden Äste waren zweifellos aus Metall, ihre Oberflächen waren kunstvoll dem Aussehen einer natürlicher Borke nachgebildet, doch das alles überragende grüne Gewirr, das aus ihnen sproß, war zweifellos organisch. Die oberen Hauptäste waren überdachte Wandelgänge mit Geländern, auf denen ich Hotelgäste spazieren sah, leichtfüßig wie die Moussas auf Glade. Von den Ästen hingen ein paar Dutzend verschiedenfarbige, meist eiförmige »Früchte« herab, die etwa die Größe kleiner Bungalows hatten.

Begeistert und ehrfürchtig tanzte ich über die Regenbogenbrücke, auf der es so gut wie keine Schwerkraft gab, durch das Ganggewirr der Wurzeln, wo die Gäste an Tischen saßen und tranken oder in Gartenhäuschen speisten, in die Haupthalle. Hier war die Schwerkraft so eingestellt worden, daß man ein wuchtiges, fast bedrückendes Gefühl von Stabilität und Gewicht bekam, das gut zum Dekor paßte, denn die Lobby im Baumstamm erweckte den Eindruck einer weiten untermeerischen Grotte; irdene Wände waren von den Linien gewaltiger, knorriger Wurzeln durchzogen, es gab blakende Fackeln in metallenen Leuchtern, Sitzgelegenheiten in Form grellbunter, gewaltiger Pilze, und die kühle, irgendwie feuchte Luft roch nach nassem Lehm.

An der hinteren Wand, hinter einer Theke aus grob behauenem grauem Stein, saß ein steif aussehender Mann, dessen Haut so bemalt – vielleicht sogar biogeformt – war, daß sie die Farbe und Beschaffenheit alten Holzes nachahmte. Er trug das etwas lächerliche grüne Gewand eines Elfen aus alten Sagen.

Ich näherte mich diesem würdigen Mann und trug ihm etwas unsicher meinen Wunsch vor, ein Zimmer zu mieten. Er schien mich zweifelnd zu mustern, als wäre mir »Ausländer« und »mittellos« auf die Stirn geschrieben.

»Wirklich«, sagte er, ziemlich hoheitsvoll für jemand, der wie zum Maskenball gekleidet war. »Da das Yggdrasil ein Hotel ist und da Sie Gepäck bei sich haben, fiel es mir nicht schwer, auf ihre Absicht zu schließen. Allerdings erheben sich wichtige Fragen: *primero,* welche Klasse von Zimmer wollen Sie, *segundo,* für wie lange, *tertiero,* können Sie es sich leisten?«

Diese überhebliche Unfreundlichkeit schüchterte mich nicht etwa weiter ein, sondern erinnerte mich vielmehr daran, daß ich ein Kind von Nouvelle Orlean war, völlig ungewohnt an derart flegelhafte Manieren in einem Unternehmen, das ich mit meinem Besuch ehrte.

»*Erstens* will ich ein normales Zimmer der mittleren Preisgruppe, *zweitens* wird die Dauer meines Aufenthaltes davon abhängen, inwieweit Ihr Hotel meinen Wünschen entspricht, und *drittens, voilà!«* sagte ich in einem Ton, der seiner Überheblichkeit entsprach, indem ich ihm meinen Chip gab, der, wie ich genau wußte, genug Mittel verkörperte, um zwei ganze Monate alle meine Ausgaben bei galaktisch mittelmäßigem Lebensstandard zu decken.

Der Portier des Yggdrasil befingerte einen Augenblick nachdenklich die Plastikscheibe, als wollte er das in den Schaltkreisen gespeicherte Guthaben allein durch die Berührung ablesen. Dann gab er nach, schob sie in seine Buchungsmaschine, las den Ausdruck, hob eine Augenbraue, zuckte die Achseln, buchte einen Betrag ab und gab sie mir zurück.

»Die Miete für eine Übernachtung ist damit bezahlt«, sagte er in einem, wie mir schien, etwas respektvolleren Ton. »Da Sie auf unbestimmte Zeit bleiben wollen, müssen Sie jeweils für einen Tag im voraus bezahlen.« Er beugte sich herüber und schenkte mir ein Lächeln. »Es sei denn, natürlich, Sie wollen gleich für eine oder zwei Wochen im voraus bezahlen ...?«

»*Quelle chose!* Da ich Ihre Räume noch nicht gesehen habe, werde ich mich hüten, mich sofort für eine Woche festzulegen.«

»Wie Sie wünschen«, sagte er mit einem gleichgültigen Achselzucken. »Ein Hüpfer wird Sie zu Ihrem Zimmer bringen, damit Sie es auch sicher finden. Die Schwerkraftkontrolle ist auf dem rechten Nachttisch, Transparenzkontrolle links.«

Eine Glocke erklang. Irgendwo hinter der Theke, vielleicht aus einer versteckten Zuführung, sprang das verrückteste kleine Wesen hervor. Etwa einen Meter groß, ein gewaltiger Hintern und zwei krumme Beine, ein knallroter, weiß durchsetzter Pelz, zwei riesige Menschenaugen und ein Mund, den die Genzauberer zur bizarren Nachahmung eines permanenten menschlichen Grinsens geformt hatten.

Er lud mit seinen langen, gelenkigen Armen meinen Rucksack auf einen Schweber und hüpfte nach einer kleinen Verbeugung durch die Halle voraus. Er fühlte mich durch eine höhlenartige Öffnung in einen hell erleuchteten Schacht, dessen negative Schwerkraft uns im Stamm des Hotels bis zu einem Absatz emportrug, der direkt in einen hohen Ast des Yggdrasil mündete. Obwohl mich die Höhe hätte benommen machen müssen, beruhigten mich die niedrige Schwerkraft, die stabilen Geländer und das wuchernde Blattwerk, das den direkten Blick auf den Boden abschirmte und milderte, während ich dem Hüpfer über den Wandelgang auf dem Ast folgte.

Das Wesen blieb vor einer hellgelben »Frucht« stehen, die direkt unter uns am Ast hing. Er nahm meine vergleichsweise riesige Pranke in die zarte Hand und drückte meine Handfläche gegen einen gelben Fleck auf dem silbernen Ast, worauf sich direkt vor mir ein Loch öffnete.

Ich stieg – oder besser, ich schwebte, denn die Schwerkraft war fast auf Null eingestellt – eine leiterähnliche Treppe aus dunklem

Holz hinunter und stand in einem wunderschönen Zimmer. Das Sonnenlicht fiel in hellen Punkten durch das Netzwerk der grünen Ranken, die Wände und Decken überzogen, in den Raum. Der Boden war ein tiefes Lager aus einem moosähnlichen Material, das Bett ein gelgefülltes Ding, geformt wie eine große, alles umarmende Lavendelblüte, die beiden Nachttische, die Schränke, die Tische und der Kleiderschrank bestanden aus bemaltem weißlichem Holz mit eingravierten Blumenmotiven.

Es gab drei weiche Stühle und eine Couch, die ebenfalls wie große Blumen gestaltet waren, und durch eine offene Verbindungstür sah ich eine Toilette aus rauhem, grauem Stein, so gut poliert, daß sie wie Marmor glänzte, und mit zahlreichen goldenen Installationen versehen.

Die Ranken, die sich um die Wände zogen, waren mit einfachen, kleinen weißen Blüten durchsetzt, und zwischen diesen flatterten vielleicht ein Dutzend bunte und leise singende Vögel umher, von denen keiner größer war als mein Daumen.

Während ich verzaubert im Raum stand, lief der Hüpfer die Treppe herunter zum rechten Nachttisch, um mir die Bandbreite der Schwerkraftregelung vorzuführen, was meinem Magen ein leichtes Unbehagen bereitete, um dann den Knopf auf dem anderen Nachttisch zu drehen.

Dieser Knopf kontrollierte den Lichteinfall, doch die Beleuchtung veränderte sich nicht nur in der Quantität, sondern auch in der Qualität. Eine volle Drehung am Kontrollknopf ließ das Licht einen ganzen Tageszyklus durchlaufen – von der Helligkeit eines Mittags in einer Laube über sanft gedämpftes Nachmittagslicht zu einem satten, orangefarbenen Sonnenuntergang; dann kam fahles Mondlicht, tiefste Dunkelheit, frühes Morgenlicht und schließlich der helle Morgen. Um das Wunder zu vervollkommen: durch ein zauberhaftes Mittel, das ich bis heute nicht ergründen kann, verstummten die Vögel sofort, wenn der Knopf auf den späten Abend gestellt wurde, und begannen beim Licht der künstlichen Morgendämmerung erneut zu singen.

Der Hüpfer warf mir einen fragenden Blick zu, als wollte er sich vergewissern, ob die Unterkunft meine Billigung fand. Ich nickte zustimmend und fügte eine kleine Geste hinzu, um mein Entzücken zu unterstreichen, und das Wesen verschwand und überließ es mir, das Ende meines ersten Tages auf Edoku allein zu genießen.

Nachdem ich mich in der Toilette erleichtert und erfrischt hatte, erkannte ich, daß ich viel zu erschöpft war, um mich um etwas Eßbares zu kümmern, zu erschöpft sogar, um auch nur daran zu denken, die Stille meines gemütlichen Zaubernestes zu verlassen und mich in das schreckliche Chaos draußen zu stürzen.

So stellte ich den Schwerkraftregler eine Winzigkeit über Null, damit ich nicht herumtrieb, wählte den frühen Abend und machte es mir in meiner Blume bequem mit dem Gefühl, etwas erreicht zu haben, indem ich diesen sicheren Hafen angelaufen hatte. Zum Wiegenlied der Vögel schlief ich rasch ein.

5

Während der nächsten zwei Wochen diente mir das Yggdrasil als sichere und beruhigende Heimatbasis für meine immer noch sehr zögernden Erkundungen Edokus; hier hatte ich Schutz und ein Bad zur Verfügung, und oben im Speisesaal konnte man sich Essen bestellen und sogar aufs Zimmer liefern lassen, ohne die Standorte oder Speisekarten der zahlreichen, doch ziemlich ausgeflippten und nicht selten gut getarnten Restaurants der Stadt zu kennen.

Ich sage die Restaurants der *Stadt* und nicht des *Planeten*, weil ich schon nach den ersten Tagen meines Aufenthalts und obwohl eine unerfahrene Ausländerin die Wahrnehmungsweise der Edojin übernahm und Edoku eher als riesige Stadt denn als kleinen Planeten betrachtete.

Denn es war eine Tatsache, daß Ekodu nur wenige Merkmale eines Planeten hatte. Es gab keine Kontinente, keine Meere, keine charakteristische Schwerkraft, keine Skala für geographische Entfernungen. Nach ein oder zwei Tagen begann ich zu erkennen, daß der Horizont immer viel näher war, als es den Anschein hatte, denn die künstlichen geographischen Eigenheiten waren, während sie untereinander keinen gemeinsamen Maßstab besaßen, insgesamt jedoch in Miniaturform gebaut, um die Illusion eines viel größeren Planeten zu erwecken. Die völlig widersinnige Vielfalt von Schwerkraftzonen war außerdem ein notwendiger Teil dieses perspektivischen Schwindels, denn astronomisch gesehen war Edoku ein mittelgroßer Mond, dessen natürliche Schwerkraft nur etwa 0,2 g betragen hätte – eine fühlbare Tatsache, die sofort die optische Täuschung des weiter entfernten Horizonts einer viel größeren Welt zerstört hätte.

Irgendwie machte das Durchschauen dieses Tricks Edoku etwas weniger beängstigend – zumindest, was die Bewegung und teils auch die Ortsbestimmung anging –, und als ich etwas über das öffentliche Transportsystem erfuhr, veränderte sich meine Wahrnehmung völlig.

Auf einem Planeten, auf dem die Schwerkraft etwa jeden Kilometer abrupt wechselt, war der Lufttransport dicht über dem Boden viel zu gefährlich, als daß ihn selbst die Edojin in Betracht gezogen hätten, und so verlegte man sich auf suborbitale ballistische Shuttles; doch diese schrecklichen Dinger, merkwürdigerweise von vorsintflutlichen Raketen getrieben, die unter betäubendem Lärm Flammen und Qualm spuckten, schienen eher um des dramatischen

Effekts willen als wegen praktischer Überlegungen zu existieren. Stärker benutzt wurden Boote, Kähne, Barkassen, Kanus und so weiter, die man auf jedem einigermaßen befahrbaren Wasser mieten konnte.

Die seltenen kleinen Fahrzeuge – mit Rädern, Beinen oder Schwerkraftantrieb –, die in den Bezirken zu sehen waren, in denen es ein Straßensystem gab, waren vielleicht praktisch für die Fortbewegung innerhalb der Bezirke, doch für Reisen über größere Entfernungen waren sie nutzlos. Und jene Edojin, die auf einer verwirrenden Vielfalt von Pferden herumritten, von denen nicht zwei offenkundige genetische Gemeinsamkeiten besaßen – diese Leute waren, wenn es nach mir ging, Kandidaten für die Klapsmühle.

Während der ersten Tage unterlagen meine bescheidenen Wanderungen gewissen Beschränkungen; einmal wegen der Entfernung, die ich zu Fuß überwinden konnte, und zweitens wegen der Notwendigkeit, das Hotel Yggdrasil entweder ständig im Blick zu haben oder mich wenigstens nicht weiter als bis zu gut erkennbaren Orientierungspunkten zu bewegen.

Erst als ich meinen Mut zusammennahm und den Portier des Hotels fragte, wie ein mit der Stadt völlig unvertrauter Ausländer sich jenseits fußläufiger Entfernung umsehen könne, ohne sich hoffnungslos zu verlaufen, wurde ich etwas väterlich über die Existenz des Rapides informiert.

Ich hatte bisher noch nichts davon gehört; es war ein Tunnelsystem, das sich unter der ganzen Oberfläche Edokus entlangzog, mit Stationen in fast jedem wichtigen Gebäude und aus ästhetischen Gründen geschickt in einer Überfülle geographischer Formen versteckt. Die Stationen waren nicht gekennzeichnet, und man mußte sich ihre Position merken oder am Ort nachfragen.

Sobald man jedoch einen Zugang zum Rapid gefunden hatte, fand man das System so angelegt, daß es auch von einer unerfahrenen Fremden wie mir relativ mühelos benutzt werden konnte. In jeder Rapid-Station stand ein guter Vorrat von Blasen bereit; das waren einfache, auf Schwebern montierte Sitze, die von demselben Vakuumschutzfeld umgeben waren, das man für die Inspektion der Außenhülle von Sprungschiffen benutzte. Jede Blase war mit einem Schlitz für die Chips und einem Bildschirm ausgerüstet.

Es gab zwei Arten der Steuerung. Wenn der Name eines bestimmten Ziels ausgesprochen wurde, zog der Rapid die entsprechende Summe vom Chip ab und brachte einen dort hin. Wenn man verschiedene Ziele wie »Hotels«, »Restaurants«, »Berge«, »Freudenpaläste« und so weiter nannte, dann rollte eine vollständige, alphabetisch geordnete Liste über den Bildschirm, bis man seine Wahl getroffen hatte.

Entfernung war kein Problem, denn die Tunnels des Rapides standen unter Vakuum und waren einem trägheitslosen Null-G-Feld ausgesetzt, so daß man ohne Unbequemlichkeit große Beschleunigungen erreichen konnte. Sobald man das Ziel genannt hatte, wurde man mit gewaltiger, wenn auch nicht wahrnehmbarer Geschwindigkeit durch die glücklicherweise einheitlich dunklen Tunnels gejagt; mit dem Rapid war kein Punkt auf Edoku weiter als zwanzig Minuten vom anderen entfernt.

So wurde Edoku, sobald ich mit dem Rapid vertraut war, sowohl in praktischer Hinsicht als auch in meiner psychischen Perspektive, eine endlose und willkürlich zugängliche Folge möglicher Umgebungen, die zusammenhanglos durch Namen oder Kategorie aufgerufen werden konnten und untereinander keine geographische oder zeitliche Beziehung besaßen. Das Restaurant, in dem ich speiste, war vielleicht nur ein paar Minuten Fußmarsch von dem Berg entfernt, auf dem ich meinen Verdauungsspaziergang machte – oder es lag auf der anderen Seite des Planeten. Außerdem spielte es keine Rolle, wo ich mich befand, wenn ich müde wurde. Ich mußte nur meinen Chip in den Schlitz schieben und seinen Namen aussprechen, um binnen weniger Minuten wohlbehalten ins Hotel Yggdrasil zurückzukehren.

Während mir der Rapid zwar willkürlichen Zugang jeder Stelle auf dem Planeten erlaubte und gleichzeitig meine Wahrnehmung Edokus von der einer chaotischen, planetengroßen Weite auf eine unendliche Abfolge von Wundern und Bizarrheiten reduzierte, die allesamt benachbart waren, kann man kaum sagen, daß dieses Transportmittel mir half, meine psychische Orientierung wiederzugewinnen.

Au contraire – obwohl ich nun beliebig auf ganz Edoku umherstreifen konnte, waren meine Wahrnehmung seiner Realitäten sowie das Bewußtsein, das ich über sie hatte, jetzt eher noch fragmentarischer. Ich durchlebte den selbstgestalteten Kreislauf der Stunden und Tage nicht nur gelöst von jedem Zeitablauf – abgesehen von der Folge von Hunger, Müdigkeit und Schlaf –, sondern ebenso ohne irgendeine Art topographischer Karte des Gebietes.

Darüber hinaus wählte ich die Restaurants, Freudenpaläste, Unterhaltungen, Aussichtspunkte und so weiter völlig durch willkürliche Auswahl aus den Listen, die mir die Datenbank des Rapides anbot, und diese Listen – jedenfalls schien es mir so – waren ebenfalls mit nicht geringer Willkür zusammengestellt.

Vraiment, ich konnte sicher sein, daß ich in jedem Unternehmen, das als »Restaurant« aufgeführt war, etwas zu essen bekam, doch der Stil der Küche und die Aufmachung standen auf einem anderen Blatt.

Ich genoß ein Bankett im Han-Stil auf einer großen Barke, die in einem halbdunklen Canyon einen Fluß hinuntertrieb; fand mich verwirrt in einem Baumwipfel wieder, wo es nur Backwaren gab, die von vogelähnlichen Wesen mit auf dem Kopf befestigten Platten herumgereicht wurden; wandte mich angewidert von einem Frühstück ab, das aus Leckerbissen aus rohem Fleisch und Fisch bestehen sollte und im Verlauf einer hervorragenden tantrischen Vorstellung serviert wurde; hockte angeekelt in einer von Feuern beleuchteten Höhle, wo die Gäste, nachdem sie ihre Kleidung abgelegt hatten, aufgefordert wurden, kleine, gebratene Tiere und Geflügel mit den Fingern auseinanderzureißen; war völlig bestürzt über eine Kochkunst, die bizarre, lebende, genmanipulierte Vögel und Tiere benutzte, die gurgelten und zwitscherten, wenn sie gegessen wurden; mir wurde schlecht vom stechenden, beißenden Geschmack vielfarbiger Würfel, die in einem mit strahlend weißen Kacheln ausgekleideten Lokal serviert wurden.

Gleichermaßen landete ich nach willkürlichen Entscheidungen unter der Rubrik »Freudenpaläste« in Lokalen, die mehr oder weniger alltägliche sexuelle Szenarios anboten, wenn sie auch häufig in bizarr dekorierten Umgebungen stattfanden.

Doch ebenso oft sah ich mich einer Auswahl riesiger und hirnloser Kreaturen gegenüber, deren Phalli, Münder, Hände, Tentakel und Bewegungsapparate durch Genmanipulation für die Darbietung tantrischer Figuren, die sogar meine Mutter in Erstaunen versetzt hätten, geformt worden waren. Und während ich ein paar dieser grotesken Figuren mit Wesen ausprobierte, die nur Lingam waren oder sogar mit zahlreichen, übermenschlich potenten Phalli versehen waren, und während ich mich in sexueller Hinsicht nie als Erzreaktionärin verstanden habe, fand ich dennoch diese Erfahrungen psychisch unendlich abstoßend, obwohl ich eine Vielfalt von Orgasmen genoß, wenn diese Bezeichnung dafür zutreffend ist.

»Theater« und »Holocines« boten mit einiger Sicherheit mehr oder weniger das, was man vermuten konnte, nämlich Aufführungen von Schauspielen auf der einen und Vorstellungen holographischer Filme auf der anderen Seite, doch »Unterhaltung« nahm auf Edoku ein breites Spektrum von kunstvollen, bizarren, langweiligen, unverständlichen und üblen Beschäftigungen ein! Selbst jetzt noch sind meine Erinnerungen ein kaleidoskopisches Gewirr von Bildern,

Geräuschen, Gerüchen, Erfahrungen und Gefühlen, deren Zersplitterung mehr an der Art der Realitäten selbst als an den Drogen liegt, die ich einnahm, um meine Wahrnehmung zu verstärken oder in machen Fällen auch zu dämpfen.

Es gab Schwebetänze unter Null g, bei denen die ungeschickten Gäste eingeladen wurden, sich den Künstlern anzuschließen; Zeitlupentänze von gemischten Truppen aus Menschen und genmanipulierten saurierartigen Kolossen unter erdrückender Schwerkraft in einer Kulisse, die die Oberfläche eines Gasgiganten simulieren sollte.

Es gab Darbietungen von – hoffentlich gespielten – Folterungen und Hinrichtungen in düsteren Steinverliesen und auf öffentlichen Plätzen sowie eine Vielzahl nachgestellter Schlachten zwischen menschlichen Kriegern aus verschiedenen historischen Perioden und genmanipulierten Kreaturen, die phantasievoll erfundene, intelligente Außerirdische oder Monster aus Literatur und Mythen darstellten.

In einem weiten Amphitheater unter bleichem Mondlicht wurden mehrere Stunden lang zur Unterhaltung des Publikums farbenprächtige, ohrenbetäubende Explosionen inszeniert. Eine andere »Symphonie« bestand ganz aus fugenähnlichen Sätzen von Gerüchen – feine, merkwürdige, widerliche –, die schwerelos in völliger Stille und Dunkelheit wahrgenommen wurden.

Daneben gab es natürlich alltäglichere Musik jeden Stils und jeder Periode, vermischt und verflochten mit den bereits erwähnten Stilmitteln, doch ebenso dargeboten in feierlicher Einsamkeit auf Berggipfeln, zwischen Wüstendünen, auf treibenden Booten, sogar in Nachbildungen alter irdischer Konzerthallen, wo das Publikum herausgeputzt in steifer, unbequemer, schwarzer und weißer Kleidung saß und bei drückender Schwüle ausharren mußte.

Wenn ich den Eindruck erwecke, daß ich diese ersten beiden Wochen auf Edoku sozusagen mit aufgerissenen Augen und ohne jedes Urteilsvermögen verbrachte, daß ich sinnliche Eindrücke aufsaugte und aufnahm ohne den analytischen Versuch, sie in den Zeitablauf meines Geistes einzuordnen, und bewußtlos jede Erfahrung einfach speicherte – nun, wenn das möglich ist, war ich eher in einer noch tieferen Trance, als bisher angeklungen ist.

Es ist seltsam zu sagen – oder vielleicht doch nicht so seltsam –, daß ich in dieser Zeit keine Freunde fand, nicht einmal Bekannte; doch ich hatte keine psychische Energie frei – nicht einmal für die alltäglichsten menschlichen Kontakte, von einer intensiven Beziehung mit den fremden, rätselhaften Edojin ganz zu schweigen.

Denn in jedem wachen Augenblick mußte ich meine ganze Energie dafür einsetzen, mit der Überladung aller meiner Sinne durch einen Mahlstrom von fragmentarischen, neuen und völlig desorientierenden Erlebnissen zurechtzukommen.

Was nicht heißen soll, daß dieser ausschließlich auf Erfahrung gerichtete Bewußtseinszustand unangenehm war – nicht einmal in den Augenblicken, wenn die surreale Landschaft, durch die ich wanderte, verwirrend, geschmacklos oder gar beängstigend wurde. *Au contraire,* für den Geist eines Kindes von Nouvelle Orlean, das die beiden letzten Jahre damit verbracht hatte, eben diesen ekstatischen Bewußtseinszustand zu erlangen, der nun von satorischen Augenblicken des transzendenten Neuen erzeugt wurde, war dieser Zustand beständiger und immer gegenwärtiger Vertrautheit mit dem Wundervollen die gesegnete Vervollkommnung von allem, was ich mir in meinen wildesten Träumen vom Leben eines Kindes des Glücks erhofft hatte.

Es ist deshalb im nachhinein nicht so überraschend, daß mein Bewußtsein keinen Platz dafür hatte, mir über Möglichkeiten des Broterwerbs Gedanken zu machen. Ebensowenig erstaunt es, daß ein Mädchen, das völlig berauscht war von dieser Wunderwelt, das außerdem nie darauf achten mußte, welchen Geldwert die Dinge besaßen, kaum im geeigneten Zustand war, einen Gedanken darauf zu verschwenden, was der Wein in Xanadu kostete.

Ich wurde schließlich durch ein grausames, karmisches Satori aus dieser Trance geweckt.

Eines Tages, nachdem ich erwacht war und mich ein wenig zurechtgemacht hatte, blieb ich an dem Thresen in der Lobby des Yggdrasil stehen, wie ich es mir inzwischen angewöhnt hatte, um die Miete für den folgenden Tag von meinem Chip abbuchen zu lassen. Wie üblich steckte der Domo des Hotels ihn in seine Abbuchungsmaschine.

Doch nun erklang ein unangenehmes Geräusch, ein wenig wie ein lautes Brummen, ein wenig wie eine Tracht Prügel.

Ich sprang bei diesem gemeinen und beleidigenden Krach zurück, doch der Domo, alles andere als verblüfft über diesen Vorfall, nahm eine überlegene, wissende und geringschätzige Haltung ein und deutete nicht auf seinen defekten Apparat, sondern auf mich.

»*Quelle chose?*« fragte ich.

»*Quelle chose? Voilà, my little,* Ihr Kreditguthaben hat die mathematische Perfektion von absolut Null erreicht.«

»Unmöglich!« schrie ich. »Mein Vater hat mir versichert, daß der Chip auf einem Planeten mit mittlerem galaktischen Lebensstandard *zwei Monate* für alle meine Ausgaben reicht!«

»Tatsächlich?« sagte der Domo, indem er mir einen Ausdruck mit allen meinen Abbuchungen reichte. »Und Sie glauben wirklich, *Edoku* sei ein Planet, auf dem ein Schnäppchen zu machen ist? Vielleicht hat Ihr *cher papa* trotz seiner Großzügigkeit die siebenundneunzig Fahrten mit dem Rapid, die vier Dutzend Mahlzeiten der allerfeinsten Küche vergessen, ganz zu schweigen von dieser wahrhaft beeindruckenden Zahl von Freudenpalästen, Theatervorstellungen, Holocines, Konzerten und verschiedenen Darbietungen und Vergnügungen? Darüber hinaus ist das Yggdrasil alles andere als ein primitiver Landgasthof auf einem Außenplaneten. Sie können die Zahlen selbst nachrechnen, *naturellement*, aber das würde mehrere Stunden in Anspruch nehmen ...«

Ich überflog das schrecklich lange Dokument. Es war mehr als genug, um mir einen gräßlichen Schreck einzujagen, eine gewisse Wut und kein kleines Bedauern über meine eigene Verschwendungssucht, während es mich zugleich überzeugte, daß es nichts bringen würde, die paar hundert Buchungen nachzurechnen. Es war alles aufgeführt; zweifellos hatte ich all diese Rapid-Fahrten gemacht, all diese Gerichte gegessen, all diese Vergnügungsstätten besucht und so weiter. Die bittere Wahrheit war, daß ich mich nie nach dem Preis dieser Dinge erkundigt hatte, und erst jetzt im nachhinein erfuhr ich, wie außerordentlich teuer alles auf Edoku war. Ich bezweifelte nicht, daß ich es geschafft hatte, den Gegenwert von zwei vollen Monaten unter bescheideneren Umständen in zwei kurzen Wochen zu verjubeln.

»Aber ... aber was soll ich jetzt tun?« stammelte ich.

»Sofort ausziehen«, wurde mir erklärt. »Ein Hüpfer holt gerade Ihr Gepäck herunter.«

»Aber ... aber ich habe überhaupt kein Geld mehr! Wo soll ich schlafen? Was soll ich essen?«

»Sie werden Ihr Köpfchen bemühen müssen, falls Sie eins haben. Jede Handelsgesellschaft wird Ihren Kreditchip gegen Ruegelt wieder auffüllen.«

»*Ruegelt?*«

»Ruegelt«, bestätigte der Domo, indem er mir zur Erklärung drei kleine Scheiben aus silbernem Metall zeigte. »Jede ›Münze‹, so heißen sie, stellt eine Krediteinheit dar.«

»Aber wie kann ich dieses *Ruegelt* bekommen?«

Der Domo zuckte die Achseln. »Auf die normale Art und Weise«, sagte er.

»Die normale Art und Weise?«

»*Vraiment*«, sagte er etwas gereizt. »Bezahlte Arbeit, Bettelei oder Diebstahl. Eine andere kenne ich nicht.«

Während ich dastand, vor tiefer Verzweiflung und Angst zitternd, traf ein Hüpfer ein und gab mir meinen Rucksack. Ich fühlte mich so verloren und hilflos, daß ich glaubte, sogar dieses kleine Wesen betrachtete mich mit verächtlicher Belustigung.

Verzweifelt und ohne über die Dummheit des Versuchs nachzudenken, gab ich dem Domo meinen zweiten Chip. »Ich kann damit bezahlen«, sagte ich.

»So?« Er schob den Chip in den Abbuchungsautomat, las den Ausdruck und gab ihn mir mit einem bedauernden Grunzen zurück. »Gültig nur für die Fahrt nach Glade für eine gewisse Moussa Shasta Leonardo. Ungültig auf der Oberfläche aller Planeten.« Sein Ausdruck wurde etwas milder. »*Naturellement*, Sie können ihn jetzt benutzen, um nach Hause zurückzukehren, ohne das Leben eines mittellosen Kindes des Glücks zu wagen ...«, schlug er vor.

Diese Bemerkung reichte, um meinen eingeschüchterten, hilflos verzweifelten Geist so weit aufzurütteln, daß ich rief: »Niemals!«

»*Niemals?*«

»Nun, wenigstens nicht, ohne es zu versuchen ...«, sagte ich halblaut.

»Gut gesprochen, Kind«, erwiderte der Domo. »*Bonne chance, buena suerte, good luck*, viel Glück und so weiter. Aber nun müssen Sie *tout de suite* unser Gebäude verlassen.«

Also blieb mir nichts anderes übrig, als mir den Rucksack auf den Rücken zu schlingen und aus der Lobby des Yggdrasil zu schleichen, durch die Wandelgänge, in denen sich glücklichere Menschen ausruhten, über die Regenbogenbrücke, die aus der Sicherheit und Gewißheit des verlorenen Paradieses in die harte, unbekannte Welt der Mühe und der Arbeit führte, und wenn es auch keine Engel gab, um mir mit Flammenschwertern den Rückweg zu verwehren, so wußte ich doch, daß ich von nun an auf Straßen reisen mußte, die ich mir selbst erbaute.

6

Ich weiß nicht, wie lange ich in betäubter Angst und formlosem, düsterem Zorn herumwanderte; auch nicht, ob ich vom Yggdrasil eine große Entfernung zurücklegte oder in Kreisen umherwanderte, denn dies war *Edoku*, wo die Tagesstunde an einem bestimmten Ort keinen Hinweis auf das Verstreichen der Zeit gab, und die willkürliche Landschaft gab keine Hinweise auf die Richtungen. Außerdem hatte Edoku mich völlig verängstigt, ehe ich das Yggdrasil gefunden hatte; es war mir unmöglich erschienen, diese Welt auf eine zusammenhängende Weise zu erfahren, bevor ich den Rapid entdeckt hatte. Nun aber war ich noch schlimmer dran als die naive Fremde, die das erste Mal einen Fuß auf den Planeten setzte, denn ich war verflucht mit dem Wissen dessen, was ich verloren hatte; und während das kleine Mädchen, das ich gewesen war, über die exorbitanten Preise, die ihr Untergang waren, geschimpft hätte, konnte sich das werdende Kind des Glücks nicht ganz vor der Einsicht verschließen, daß sie dieses Desaster niemand außer sich selbst vorwerfen konnte.

Vraiment, welche Katastrophe! Sofort nachdem man mich aus dem Yggdrasil geworfen hatte, schien mir die Tatsache, daß ich kein Geld für Essen und Unterkunft mehr hatte – schrecklich für ein Mädchen, das noch nie in ihrem Leben ein Essen ausgelassen hatte –, das Dilemma in seinem vollen Umfang zu beschreiben. Doch als ich automatisch auf die nächste mir bekannte Rapid-Station zusteuerte, fiel mir ein, daß ich nicht einmal mehr die Fahrt bezahlen konnte, und es dämmerte mir, daß das Leben einer völlig Mittellosen in einer Umgebung wie Edoku außer Hunger und Obdachlosigkeit noch weit größere Schwierigkeiten zu bieten hatte.

Einmal war mein Operationsradius jetzt auf die Entfernung beschränkt, die ich zu Fuß überwinden konnte, und was noch schlimmer war, ich hatte keine Vorstellung, wie ich irgendeinen bekannten Ort durch den ermüdenden Vorgang, einen Fuß vor den anderen zu setzen, erreichen konnte, denn ich hatte bei allen meine Erkundungen in der Stadt den Rapid benutzt, und deshalb hatte ich keine Ahnung, wie das Gelände beschaffen war.

Mein einziger Trost in dieser Erkenntnis war die Tatsache, daß mir eine Erinnerung an die Gegend ohnehin nicht geholfen hätte, denn ich hatte keine Möglichkeit, mir aus den Lokalen, die ich vorher besucht hatte, etwas zu essen zu beschaffen – falls ich sie überhaupt fand.

Auch die magische Fähigkeit, mich mit einem Willensakt an jeden beliebigen Ort zu versetzen, hätte mir nicht helfen können, mit der Suche nach bezahlter Beschäftigung zu beginnen. Denn statt mir über das finanzielle Auf und Ab Gedanken zu machen, hatte ich mich ausschließlich damit beschäftigt, die vielfältigen Möglichkeiten des Geldausgebens zu erforschen, und nicht den kleinsten Gedanken darauf verwendet, etwas zu verdienen.

Während ich erregt und deprimiert und mit einem unangenehmen Gefühl im leeren Bauch, ziellos durch die Straßen und Parks, die Plätze und Bezirke eines Geschäftsviertels wanderte, während ich die extravagant gekleideten Edojin sah, die Wein tranken, Drogen inhalierten und gemächlich in ihren teuren Gerichten herumstocherten, erkannte ich, daß ich, obwohl jeder in der Stadt äußerst wohlhabend schien, nie daran gedacht hatte, wie all diese Reichtümer erworben wurden.

Oder besser, wie *ich* mich in den Arbeitsmarkt einbringen konnte. Ich wußte, daß Edoku ein Zentrum der Künste, der Wissenschaften und des Handels war, die zusammen zweifellos die Grundlage für den allgemeinen Wohlstand der Bevölkerung bildeten, doch in diesen Unternehmensbereichen waren meine Kenntnisse im besten Fall die einer urteilsfähigen Genießerin. *Vraiment*, ich konnte in meinem Repertoire keine einzige Fähigkeit entdecken, die mir bei der einfachsten Beschäftigung etwas eingebracht hätte; ich konnte nicht einmal die primitivsten Gerichte zubereiten, ich wußte nichts über die Kunst, Speisen zu servieren, und mein Unwissen über die Grundzüge des Handels hatte ich soeben demonstriert. Ich hätte irgendwann in Erwägung ziehen können, mich zu erniedrigen und um Almosen zu betteln, wenn ich nur die Schliche und Techniken des Bettlergewerbes gekannt hätte; und Diebstahl, wenn auch nicht durch moralische Einwände ausgeschlossen, schien völlig jenseits meiner Fähigkeiten, denn ich konnte mir kaum vorstellen, ein Opfer zu überwältigen und mich mit dem Ruegelt, das seine Börse enthalten mochte, aus dem Staub zu machen.

Natürlich besaß ich noch den Fühler, den mein Vater mir gegeben hatte, und auf einem weniger extravaganten Planeten als Edoku hätte es mir die Verstärkung meiner tantrischen Fähigkeiten zusammen mit meinen – wie ich sie beurteilt hatte – recht ansehnlichen Erfahrungen beim Liebesspiel leicht ermöglicht, dem Plan meiner Eltern entsprechend als tantrische Künstlerin Geld zu verdienen. Doch *hier*, wo genmanipulierte Kreaturen bei Vorstellungen in Freudenpalästen auftraten, wo die sinnlichen Künste zum Entzücken der verwöhntesten Kenner so weit verfeinert waren, daß sie weit über mein Begriffsvermögen gingen, schien es mir, selbst mit der Kunst meines Vaters im Rücken, daß ich genausoviele Chancen hatte, erfolgreich als tantrische Künstlerin zu arbeiten wie ein ungeschulter Tölpel von einer Vorpostenwelt sie in Nouvelle Orlean gehabt hätte.

Schließlich wurden diese wichtigen Betrachtungen über meine ökonomische Zukunft und sogar der nagende Hunger in meinem Bauch von einer noch viel dringlicheren Angelegenheit überlagert, die ich bisher noch gar nicht berücksichtigt hatte, die sich aber verstohlen in mein Bewußtsein geschlichen hatte, bis ein Punkt erreicht war, an dem sie eine alarmierende Vorrangstellung bekam. Anders gesagt, nach vielen Stunden des Umherirrens war meine Blase so voll, daß sie fast zu platzen schien, und ich *mußte* mich jetzt aus meiner Trübsal reißen und meinen ersten praktischen Überlebensschritt tun. Ich mußte sofort eine Toilette finden.

Leichter gesagt als getan. Ich wußte, daß es in jedem Hotel und jedem Restaurant, in jeder Taverne und Vergnügungsstätte auf Edoku Toiletten gab, und *naturellement* hatte ich sie häufig genug benutzt. Leider verlangten alle diese Lokale einen gültigen Kreditchip als Sicherheit, ehe sie einen überhaupt einließen, und ich mußte mit beträchtlicher Wut erfahren, daß die Toiletten anderen als den zahlenden Gästen nicht zugänglich waren.

Als ich genug Mut für einen sechsten Versuch, in eine Toilette eingelassen zu werden, gesammelt hatte, nachdem ich fünfmal kurz und äußerst mürrisch abgewiesen worden war – mein Ziel war eine bescheidene Taverne, die in einen Miniaturberg in einer Wüste gehauen war –, wand ich mich schon vor Qual, und die Wahrung einer würdevollen Haltung war nicht einmal mehr ein flüchtiger Gedanke, so daß ich mich fast heulend an den Domo der Taverne wandte.

»*Please!* Bitte! *Por favor!* Ihre Toilette, guter Mann! Ich hab' kein Geld, aber ich platze gleich! Ich bitte Sie …«

»Ungeheuerlich!« rief er aus, ein dünner grüner Mann in safranfarbener Robe. »Taverna *ici! Pas pour* Öffentlichkeit!«

»Was?«

»Die öffentliche Bedürfnisanstalt jenseits des Flusses im Wald! *Ici*, nein! Welche Unverschämtheit!«

»Wovon *reden* Sie?« schrie ich.

»Wovon ich rede? Wovon reden *Sie?* Gewiß wird doch ein Kind des Glücks den feinen Unterschied zwischen einer Taverne und einer öffentlichen Bedürfnisanstalt erkennen können!«

»Bitte, guter Mann, *please*, haben Sie Nachsicht mit meiner Unwissenheit«, bat ich. »Das ist mir völlig neu. Ich hab' keine Ahnung, was Sie mit einer öffentlichen Bedürfnisanstalt meinen!«

Das Gesicht des Domos wurde etwas weicher, zumindest betrachtete er mich als unwissende Landpomeranze in Nöten und nicht mehr als absichtlich unverschämtes Gör. »*Nouvelle* Kind des Glücks, Ausländerin, *no? Wakaru. Attends,* Kind: Edoku ist ein Magnet für arme Kinder des Glücks, nicht wahr, und deshalb wollen wir ihnen nicht mit zuviel öffentlicher Großzügigkeit entgegenkommen, *no*, damit das, was schon eine Sturmflut ist, nicht zu einem Tsunami wird. *Voilà,* die öffentlichen Bedürfnisanstalten, wo Sie alles Notwendige zum Überleben finden können, am Rande physischer Unbequemlichkeit, aber nicht mehr.«

Ich dankte ihm überschwenglicher, als dieser bescheidenen Hilfe zukam, und eilte – genaugenommen rannte ich – zu der Gegend, die er beschrieben hatte, und dort im Wäldchen, vor zufälligen Blikken durch hohe Hecken verborgen, fand ich das erste unästhetische Gebäude, das ich auf Edoku gesehen hatte. *Vraiment,* wie im Kontrast zu jedem anderen Gebäude in der Stadt schien die öffentliche Bedürfnisanstalt – oder besser, die Anstalten, denn im Stadtgebiet waren Hunderte identischer Stationen versteckt – entworfen, um allen Vorstellungen von Ästhetik zu spotten. Es war ein einstöckiger, fensterloser Kasten aus einem glatten grauen Material, und die vollkommene Gleichförmigkeit seiner Fassade wurde nur durch eine rechteckiges, türloses Portal gebrochen.

Drinnen wirkte die Bedürfnisanstalt kaum weniger freundlich. Alle Innenflächen bestanden aus derselben grauen Substanz, waren völlig ungeschmückt, und die Beleuchtung kam unheimlich blauweiß und grell aus nackten Birnen von der Decke. Der zentrale Bereich des einzigen Raums war Bänken und Tischen vorbehalten, die nahtlos aus dem grauen Material des Bodens wuchsen; auf diesen saßen etwa ein Dutzend Menschen in mehr oder weniger meinem Alter. Am hinteren Ende des Raumes befanden sich Duschkabinen, deren Türen nur wenig verbargen, denn ich konnte unter ihnen die Unterschenkel der Benutzer sehen. Rechts vom Eingang stand eine Theke mit einem gelangweilten Alten dahinter, ein langes Regal mit ein paar Dutzend grauen Kleidern, eine Reihe Wasserkräne und ein langer schmaler Tisch, auf dem seltsame, gummiartige graue Blöcke aufgetürmt waren.

Ich nahm die Einrichtung sozusagen *en pissant* wahr, denn an der linken Wand waren die Toiletten, und ich eilte sofort zur nächsten freien Kabine, nachdem ich einem jungen Mann in einem einzigartig abstoßenden grauen Gewand nur kurz zugenickt hatte. Er wies mir mit einer völlig überflüssigen Geste freundlich und belustigt die Richtung.

Nachdem ich mich sowohl von meinen Stoffwechselabfällen als auch vom Kummer über mein nicht gerade anmutiges Eintreten befreit hatte, verließ ich die Kabine, um mein Debüt als Angehörige der Gesellschaft in den öffentlichen Bedürfnisanstalten zu versuchen und mich über die Natur der Einrichtungen und Dienste zu informieren, die Edoku in seiner Großzügigkeit den mittellosen Kindern des Glücks wie mir gewährte.

Da ich nun die dringendste Angelegenheit erledigt hatte, konnte ich mich etwas gelassener um meinen Durst und meinen Hunger kümmern. So wandte ich mich zuerst zu einem der Wasserkräne, wo ich mich mit Wasser sättigte, das lauwarm und so geschmacklos war, daß die Vollkommenheit dieses Nichts schon wieder bemerkenswert schien.

Essen schien es allerdings nirgends zu geben, und so stellte ich mich zwei Jungen und einem Mädchen vor, die zusammen am nächsten Tisch saßen. »Hallo, ich bin Moussa Shasta Leonardo. Meine Mutter, Shasta Suki Davide ...«

Der jüngere der Burschen, die beide wie das Mädchen in das häßliche graue Gewand gekleidet waren, hob die Hand, um meine Namensgeschichte zu unterbrechen. »Neu, was?« sagte er. »Wir erzählen uns hier keine Namensgeschichten, weil wir gerade begonnen haben, die Geschichte unserer Eigennamen zu leben. Alles, was wir haben, sind die Kindernamen, die uns jemand anders gab, und die Vaternamen und Mutternamen bedeuten dem *wirklichen* Kind des Glücks nichts. In den Bedürfnisanstalten bist du einfach Moussa, ich bin Dan, sie ist Jooni, und er ist Mart.«

Während mir diese bizarre Sitte der Vorstellung völlig unzivilisiert vorkam, sah ich mich doch nicht in der Lage, ihnen einen Vortrag über Manieren zu halten; sie schienen freundlich, und immerhin hatte ich dringendere Bedürfnisse, als ihre Namensgeschichten zu hören. *»Bien«*, sagte ich liebenswürdig. »Wie du richtig vermutest, bin ich völlig ahnungslos über den Betrieb in den öffentlichen Bedürfnisanstalten. Ich habe jedoch gehört, daß es hier kostenloses Essen geben soll, aber ich sehe keinen Speisesaal, nicht einmal ein kaltes Buffet ...«

Aus Gründen, die ich noch erfahren sollte, schienen die drei dies für sehr lustig zu halten, denn sie brachen in lautes, ironisches Gelächter aus. Vor ihnen auf dem Tisch lagen ein halbes Dutzend graue, rechteckige Blöcke; Dan gab mir einen und machte eine übertrieben höfliche Verbeugung.

»*Voilà,* deine erste Mahlzeit, Moussa«, sagte er. »Dir steht ein unvergleichlicher kulinarischer Genuß bevor.«

Ich befingerte zweifelnd das unappetitliche graue Ding. Es fühlte sich an wie Seife. Ich roch daran. Es war fast geruchlos, bis auf einen leichten Duft nach Chemie; vielleicht Formaldehyd. Es schien mir, ich sollte das Opfer eines kindischen Streichs werden ...

Als sie mein Zögern bemerkte, nahm Jooni einen anderen Block in die Hand, biß ein großes Stück ab, kaute es mit völlig unbewegtem Gesicht und schluckte es. »*Mangia,* Moussa«, sagte sie. »Nicht nur völlig sicher, sondern jeder Futterblock liefert die bestmögliche, perfekt zusammengestellte Nahrung für einen Standardtag.«

»Aber wir dürfen soviel essen, wie wir wollen«, ergänzte Mart.

»Wenn wir auch nicht soviel wollen, wie wir essen«, murmelte Dan rätselhaft.

Da ich einen Riesenhunger hatte und zumindest sicher war, daß ich mich nicht vergiften würde, biß ich ein kräftiges Stück von meinem Block ab und kaute es erwartungsvoll.

Es fühlte sich an wie Frischkäse aus Zellulosestaub. Es hatte überhaupt keinen Geschmack oder besser den vollkommen neutralen Geschmack eines Stücks feuchten Papiers. Ich schluckte es rasch und mechanisch, wenn auch nur, um meinen Gaumen von diesem verdammten Zeug zu befreien, während meine Gefährten, die meinen Gesichtsausdruck sahen, abermals laut herausplatzten.

»Das ist ja scheußlich!« rief ich. »Ekelhaft!«

»Versuchs's nochmal und denk drüber nach«, sagte Mart. »Dann wirst du sehen, daß es weder scheußlich noch ekelhaft ist. Es ist viel leichter zu essen und viel langweiliger.«

»Vielleicht kennst du die Kunst eines *chef maestro* und hast über seine kulinarische Perfektion gestaunt?« sagte Jooni. »Solche Kunst ist ein Triumph der kulinarischen Kunst, was?«

»Nun, du solltest auch die Kunst hinter der Schöpfung dieses Eßblocks schätzen«, sagte Dan. »Irgendwo auf Edoku gibt es einen *chef maestro,* der durch ständige Übung seiner Fähigkeiten die totale kulinarische *Anti*perfektion erreicht hat. Die Eßblocks sind nicht das Produkt eines unfähigen Kochs; *au contraire* sind sie ein Triumph, ein in Nährstoffen völlig ausgewogenes Essen, dem jeder Hinweis auf kulinarische Feinheiten genommen wurde!«

»Und völlig im Einklang mit der allgemeinen Haltung der Edojin gegenüber den Kindern des Glücks«, setzte Jooni hinzu, und dann, als mein rasender Hunger das ästhetische Widerstreben überwand und ich düster den Rest meines Eßblocks verschlang, gaben mir die drei eine gemeinsame Lektion, die mir in bewundernswerter Weise half, mir meinen augenblicklichen Status auf Edoku klarzumachen und mich in die Demimonde der öffentlichen Bedürfnisanstalten hineinzufinden.

Die Bedürfnisanstalten waren mit teuflischer Perfektion so eingerichtet, daß sie uns das absolut Lebensnotwendige gaben und kein bißchen mehr. Toiletten und Waschmöglichkeiten. Die rein funktionellen und ästhetisch schrecklichen grauen Kleider für die von uns, die keine brauchbare Kleidung mehr besaßen. Völlig geschmackloses Wasser. Und natürlich die unsäglichen, aber nahrhaften Eßblöcke.

Was die Schlafgelegenheiten anging – hatte Edoku nicht öffentliche Parks aller Arten, um jede denkbare Vorliebe von Temperatur, Klima, Tageszeit, Jahreszeit und Schwerkraft zu befriedigen?

Edoku war, nach der Sozialphilosophie der Edojin, moralisch verpflichtet, unsere biologische Existenz zu sichern, doch unsere ästhetischen und spirituellen Bedürfnisse lagen nicht in der Verantwortung der Politik, sondern in unserer eigenen.

Weiterhin wurde uns bei jeder Gelegenheit klargemacht, daß uns das Volk von Edoku keineswegs Undankbarkeit und verletzten Stolz vorwerfen würde, falls wir es vorzögen, ihren Planeten zu verlassen und einen anderen mit großzügigeren öffentlichen Dienstleistungen aufzusuchen. *Au contraire*, als Zeichen des guten Willens in dieser Hinsicht bekamen die Kinder des Glücks, die Edoku verlassen wollten, einen Nachlaß von 25 % auf allen Sprungschiffen, die vom Planeten starteten.

So dienten die Bedürfnisanstalten als Salons, Restaurants und Basare der Kinder des Glücks auf Edoku, und so wurde ich eine Bürgerin der Demimonde, die in den Nischen der bunten Welt Edokus existierte; nicht ganz außerhalb der belebten Bezirke, doch wenigstens diskret in Winkel und Ecken versteckt.

Als ich noch als echte Touristin mit einem gültigen Kreditchip im Hotel Yggdrasil gelebt hatte, waren mir die kleinen, grauen Gebäude, die hinter Gebüschen versteckt oder in unzugänglichen Tälern gebaut oder auf selten besuchten Gipfeln oder in Gassen zwischen hohe Türmen verborgen waren, nie aufgefallen. Ebensowenig hatte ich die Gestalten in Grau, die mir gelegentlich begegneten, für etwas anderes als Edojin mit einem besonders ausgefallenen Geschmack gehalten; unter dem farbenfrohen Gedränge dieser

Paradiesvögel war ein so schlichtes Gefieder einfach unsichtbar, es sei denn natürlich, man war ein Vogel derselben Art.

Und außerdem – wer bemerkte schon, daß die Parks und Gärten und Wälder als Schlafplätze für ein Völkchen Mittelloser dienten, wo doch dieselben Orte von den Edojin selbst besucht wurden, die gern auf Wiesen lagen, nach dem Essen ein Nickerchen machten und in Lauben und Hütten dem Liebesspiel nachgingen?

Nachdem ich nun durch die finanziellen Umstände von den Restaurants, Hotels und Vergnügungspalästen ausgeschlossen und bei meinen Erkundungen auf die Entfernungen beschränkt war, die ich zu Fuß überwinden konnte, erlebte ich in meiner Wahrnehmung eine Veränderung von Detail und Hintergrund. Die extravaganten Gebäude der städtischen Bezirke, die Pavillons und Freudenpaläste, die Hotels und Vergnügungsstätten drangen kaum noch in den Vordergrund meiner Aufmerksamkeit, denn sie waren nun Facetten einer Gesellschaft geworden, einer Realität, aus der ich ausgestoßen war; sie nahmen jetzt die Rolle eines Hintergrundgeräusches an – ein extravaganter, kaleidoskopischer Hintergrund, vor dem ich mit einer Lebhaftigkeit und mit einer durch die Notwendigkeiten geschärften Auffassungsgabe das alltägliche Reich der Kinder des Glücks wahrnahm, die bisher meinen Augen verborgen geblieben waren.

Ich wußte vielleicht nicht, welches herausgeputzte Gebäude ein Restaurant oder eine Taverne beherbergte, wußte nicht, welche Art der Kochkunst drinnen zu finden war, während ich ziellos durch ein relativ beschränktes Gebiet streifte, doch binnen weniger Tage kannte ich den Standort jeder Bedürfnisanstalt in diesem Bezirk. Die Preise für die Vergnügungen, die man in diesem Viertel finden konnte, waren mir völlig gleichgültig, ich wurde hingegen bald ein erfahrener Kenner der Gärten, Wälder und Parks. Ich wußte, wo ich eine üppige Wiese unter einem warmen Mitternachtshimmel finden konnte, mit gerade genug Schwerkraft, um einen schlafenden Körper am Boden zu halten, oder wo man im Zwielicht auf einem Waldboden schlummern konnte oder wo man sich an einem Strand im Mittagslicht an einem See von der Sonne bräunen lassen konnte und wo man eine Hütte an einem kühlenden Strom fand in einem Land, in dem es niemals wirklich dunkel wurde.

Kurz gesagt, war ich ein typisches Kind des Glücks von Edoku: gerade von zu Hause angekommen, mittellos, erst kurz auf dem Planeten, lebte ich von Eßblöcken, schlief im Freien und besuchte die Bedürfnisanstalten ebensosehr, um die Zeit totzuschlagen, wie um die Einrichtungen zu benutzen.

Denn um ehrlich zu sein, wußten die meisten von uns in diesem Stadium unserer Entwicklung als Kinder des Glücks kaum mehr anzufangen, als ziellos zwischen den Landschaften und öffentlich zugänglichen Orten umherzuirren, zu schlafen, uns mit zufälligen amourösen Begegnungen zu vergnügen oder uns in den Anstalten zu versammeln, um Geschichten, Informationen und Gerüchte auszutauschen.

Meist ging es um Aktionen, mit denen wir irgendwie genügend Ruegelt bekommen wollten, um entweder Zugang zu den Restaurants, Hotels, Vergnügungsstätten und besonders zum Rapid zu finden oder um Edoku zu verlassen und einen finanziell weniger anspruchsvollen Planeten aufzusuchen. Oder wir sprachen über die Methoden, mit denen man Aufnahme in die Elitezirkel der Anstaltsgesellschaft fand – jene älteren, klügeren und erfahreneren Kinder des Glücks, die weder aufgegeben hatten und nach Hause gefahren waren noch den Planeten mit einem anderen Ziel verlassen hatten, sondern in der sozialen Ökologie Edokus ihre Nischen gefunden hatten, indem sie sich zu kleinen Stämmen zusammenschlossen, die das gemeinsame Ziel verfolgten, im Getriebe der Stadt Ruegelt lokkerzumachen.

Während diese selbstherrlichen Gören die Eßblöcke nur zu sich nahmen, wenn sie eine Pechsträhne hatten, konnte sie das Ruegelt in ihren Taschen doch nicht von der Notwendigkeit freikaufen, ihre Blasen und Gedärme zu entleeren, und so mußten auch sie regelmäßig die Anstalten aufsuchen, wenn sie sich auch meist nicht herabließen, sich unter uns zu mischen.

Doch wir sahen sie häufig genug, und meist waren sie von Neulingen wie uns gut zu unterscheiden. Einmal sah man sie *nie* in einen Eßblock beißen; selbst wenn es notwendig wurde, so hörte ich, suchten sie geduldig eine Anstalt, die gerade leer war, nahmen soviele mit, wie sie tragen konnten, und aßen sie heimlich in ihren versteckten Unterkünften. Nun war diese Geschichte angesichts ihres großartigen Gehabes in unserer armseligen Gegenwart kaum zu glauben. Außerdem waren sie im allgemeinen älter als wir und trugen entweder billige Versionen der extravaganten Edoku-Mode oder Anstaltskleidung, auf die sie protzige Stammesabzeichen gemalt hatten, und sie führten ihr notwendiges Geschäft in unserer Gegenwart mit großer Geschwindigkeit und Gleichgültigkeit gegenüber sozialen Gepflogenheiten aus, so daß wir zur Überzeugung kamen, daß sie die Ausscheidung völlig aufgegeben hätten, wenn sie nur gekonnt hätten, um ihre Würde in unseren Augen zu wahren.

Die *wirkliche* Elite Edokus hatte allerdings Würde nicht in ihrem Verhaltensrepertoire. Es gab vier Stämme, die in den Parks und Straßen der Nachbarschaft für Ruegelt arbeiteten, und es war leicht, ihre Methoden zu beobachten, wenn auch jeder Versuch der Nachahmung von einem nicht förmlich in die Gilde Aufgenommenen, wie uns indirekt zu verstehen gegeben wurde, mit einer Tracht Prügel bedacht werden würde.

Der größte dieser Stämme waren die Sparkies, etwa fünfzehn oder zwanzig Leute stark. Sie trieben sich in den geschäftigen Straßen und besonders den Parks herum und verkauften kleine Leckereien. Die Edojin konnten natürlich in Hunderten von Restaurants viel besseres Essen kaufen, doch die Sparkies versorgten ihre augenblicklichen Bedürfnisse, und außerdem fanden viele Edojin es *drôle*, gelegentlich die Dienste dieser Burschen in Anspruch zu nehmen. Ganz ähnlich verließen sich die Tinker auf die altmodische Aura, die dem Handwerk der Kinder des Glücks in den Augen der Edojin anhing, denn die Qualität und der Entwurf ihrer primitiven Schmuckstücke und Gemälde und des ganzen Krimskrams, den sie verhökerten, war kaum so beschaffen, daß sie auf der Grundlage ihres Wertes allein viel hätten verkaufen können.

Die Buccaneers, die nicht mehr als ein Dutzend zählten, beschäftigten sich mit gewissen Eigenarten der mehrdeutigen edokischen Rechtsphilosophie, die ich bis auf den heutigen Tag nicht richtig nachvollziehen kann. Gewisse Handelsgüter – vor allem Psychochemikalien mit unangenehmen oder sogar gefährlichen Nebenwirkungen – waren verboten und wurden nicht gegen Chip-Guthaben verkauft, doch Edoku kümmerte sich nicht darum, was für Ruegelt außerhalb der elektronischen Börse den Besitzer wechselte.

Sogar die Haltung des Gesetzes gegenüber dem kleinsten der Stämme, den Wayfaring Strangers, die nichts anderes als Taschendiebe und Gauner waren, war für einen Ausländer schwer zu ergründen. Jeder Schurke, der bei einem einfachen Diebstahl erwischt wurde, wurde auf der Stelle von einer improvisierten Polizeitruppe seines gesamten Besitzes beraubt, einschließlich der Kleider am Leib, doch man ergriff keine weiteren Strafmaßnahmen. Andererseits wurde jeder, der bei einem Diebstahl auf irgendeine Weise Gewalt anwendete, physiologisch unschädlicher, doch vorübergehend sehr schmerzhafter Folter unterworfen.

Es war nur zu offensichtlich, daß die einzige echte Chance, der Armut zu entkommen, darin bestand, Zugang zu einem dieser Stämme zu finden, doch ich hatte keine große Lust dazu, denn der Gedanke, meine Zeit mit Kochen oder Verkaufen zu verbringen, gefiel mir überhaupt nicht. Ich hatte keine Erfahrung mit der Herstellung von Flitterkram und war zu stolz – von moralischen Skrupeln ganz zu schweigen –, mich zu Diebstählen herabzulassen.

Deshalb waren mir die endlosen Pläne und Theorien, wie man Aufnahme in einen Stamm finden konnte, und die angeregten Diskussionen über die jeweiligen Vorzüge der Tinker, Buccaneers, Sparkies und Wayfaring Strangers, wie sie in der Anstaltsgesellschaft geführt wurden, ziemlich gleichgültig.

Jedenfalls bis ich von den Gypsy Jokern hörte.

Ich saß in einer Anstalt am Rande eines Miniaturcanyons, der die Grenze zwischen mittäglichen Wäldern und einer Wüstennacht darstellte, und knabberte abwesend an einem Eßblock, als zwei dieser legendären Wesen ihren Auftritt inszenierten.

Zwei Jungen betraten die Anstalt, und ohne einen Blick oder ein Wort an uns zu richten, gingen sie direkt zu den Toiletten. Einer trug eine gelbgrüne Bluse, die mit einer seltsamen Schärpe von der Hose getrennt wurde; ich hielt die Schärpe für sehr alt, denn sie war so gründlich mit Dutzenden oder gar Hunderten unregelmäßiger, bunt zusammengestückelter Flicken besetzt, daß vom ursprünglichen Material nichts mehr zu sehen war. Der zweite, der in Rot und Blau gekleidet war, trug eine Baskenmütze aus dem gleichen Patchwork.

Doch kaum hatten sie die Toilettentüren hinter sich geschlossen, begann der ganze Raum aufgeregt und erstaunt zu summen.

»Gypsy Joker, *no?*« rief Jooni aus, die neben mir am Tisch saß; sie hatte ihre Bemerkung jedoch über den Tisch an Rand gerichtet, einen Jungen, der mit besonderer Hingabe sämtliche Geschichten und Gerüchte über die Stämme verfolgte; er war sogar für eine gewisse Pedanterie in dieser Sache bekannt.

Rand nickte feierlich. »Du kannst es am Vielfarbigen Tuch erkennen; alle Gypsy Joker tragen angeblich ein Stück daraus. Es wird erzählt, daß Pater Pan einen großen Mantel davon trägt; manche sagen, es sei ein Mantel, und in anderen Versionen trägt er einen ganzen Anzug aus Patchwork, den sogenannten Traje de Luces.«

»Aber ist ihr Camp nicht weit von hier entfernt –«

»Bitte, was sind die Gypsy Joker, wer ist Pater Pan, und was soll die Aufregung?« fragte ich Rand.

Er warf mir einen überlegenen Blick zu, doch natürlich war er nur zu gern bereit, meine schreckliche Unwissenheit mit seinem reichen Wissensschatz zu erhellen. »Die Gypsy Joker sind ein Stamm, *naturellement*, angeblich einer der größten auf Edoku und gewiß der reichste, denn sie gehen vielen Gewerben nach und allen mit großem Erfolg.«

Das stachelte mein Interesse an. »Was für Arten von Gewerben?«

»Handwerk, die Kochkunst, so das übliche, aber auch, was am einträglichsten ist, Geschichtenerzählen, Straßentheater, Zirkus, tantrische Vorstellungen und verschiedene Unterhaltungsgewerbe. Man sagt, sie hätten irgendwo ein eigenes Dorf, ein Edoku für die Kinder des Glücks. Oder genauer gesagt, für jene Glücklichen, die sie in ihren Stamm aufzunehmen geruhen.«

»*Wirklich?*« sagte ich begeistert. Zum ersten Mal dachte ich daran, meine Tricks zu benutzen, um Zugang zu einem Stamm zu finden, denn das Leben eines Gypsy Joker schien viel aussichtsreicher als das eines Tinker oder Sparker. »Und dieser Pater Pan?«

»Kennst du denn nicht die Geschichten von Pater Pan?« rief Rand anscheinend ehrlich erstaunt. »Er ist ihr Domo, heißt es. Das klügste, älteste und ausgeflippteste Kind des Glücks auf ganz Edoku, sagt man, vielleicht sogar auf allen Menschenwelten. Ein Zauberer in allen denkbaren Künsten, Ruegelt zu erwerben, sagt man ...«

Er hielt inne und zuckte die Achseln, als könnte er selbst nicht ganz die Geschichte glauben, die er erzählen wollte. »Man berichtet noch andere Dinge ... Pater Pan ist tausend Jahre alt ... Pater Pan wäre einmal ein Arkie gewesen ... er sei auf der Erde geboren worden, bevor das Raumfahrende Zeitalter begann ... er sei ein Roma und ein Hippie und ein Ronin gewesen ... er sei der ewige Geist des Kindes des Glücks, dessen augenblickliche Inkarnation nur eine von vielen sei...«

Bei diesem bizarren Gedanken schürzte ich die Lippen und schnaubte. Denn wie jeder wußte, lebten die Arkies im Ersten Raumfahrenden Zeitalter, und noch kein Mensch ist vierhundert Jahre alt geworden, und Reinkarnation ist nichts weiter als eine literarische Metapher.

Andererseits mußte der *wirkliche* Pater Pan, falls ein solcher Typ tatsächlich existierte, ein sehr fähiger Bursche sein, um einen solchen Mythos um sich zu erschaffen, und die Gypsy Joker waren real genug, denn zwei von ihnen erleichterten sich gerade in eben dieser Anstalt, und ich war bereit, Rands Erzählung vom Reichtum des Stammes zu glauben.

»Und wo kann man dieses Camp der Gypsy Joker finden?« fragte ich, während ich bereits praktische Schritte überlegte, zu ihnen zu stoßen.

Rand zuckte die Achseln. »*Quién sabe?* Gewiß nicht in der Nähe, denn ich habe noch nie mit jemand gesprochen, der von ihrem Versteckt wußte.«

Jooni lachte. »Denkst du etwa daran, eine Gypsy Joker zu werden, Moussa?« sagte sie belustigt.

»Ich dachte, ich könnte seine wirkliche Natur ergründen und diesem Pater Pan vielleicht erlauben, mich aufzunehmen, wenn ich es für angemessen halte«, erwiderte ich ebenso spaßhaft. Doch kaum hatte ich die Worte ausgesprochen, da erkannte ich, daß ich vielleicht gar nicht scherzte. Legende oder nicht, dieser Pater Pan, falls er existierte, war ein männliches Wesen, das sicherlich die übliche phallische Ausrüstung besaß und ebenso sicher nicht uninteressiert war an der genießerischen Anwendung derselben. Und während ich wenig Vertrauen auf die Kraft meiner Tricks als ehemalige *femme fatale* von Nouvelle Orlean hatte und ebensowenig in die noch unerprobte Kraft des tantrischen Verstärkungsrings, den ich am Finger trug – jedenfalls, wenn es darum ging, die verwöhnten Edojin zu bewegen, sich im Austausch für meine Fähigkeiten beim Liebesspiel von Ruegelt zu trennen –, so war ich doch sicherlich im Besitz eines gewissen unsportlichen Vorteils, wenn es darum ging, die Gunst eines egoistischen Stammesgurus zu gewinnen, indem ich ihm gratis meine Gunst gewährte.

Außerdem, selbst wenn diese logische Kette einer gewissen mathematischen Schlüssigkeit zwischen ursprünglicher Annahme und letztendlichem Schluß entbehrte, so war doch die Tatsache nicht zu übersehen, daß ich keine anderen Ziele hatte und keinen anderen Weg wußte, der Armut zu entkommen. Kurz gesagt: warum nicht? Ich hatte bei diesem Unternehmen nichts zu verlieren außer einigen müßigen Stunden, und davon hatte ich gewiß genug.

»Komm schon, Rand«, fragte ich. »Du mit deinem gewaltigen Wissen mußt doch zumindest einen Hinweis darauf haben, wo das Gebiet der Gypsy Joker liegt?«

Doch Rand wußte nichts zu sagen.

»Warum fragst du nicht einfach einen von *denen?*« sagte Jooni ironisch, indem sie in die Richtung der beiden Gypsy Joker nickte, die gerade die Toilettenkabinen verlassen hatten und auf dem Weg zum Ausgang an uns vorbeikamen.

»Wirklich, *porqué no?*« schoß ich zurück. Ich stand auf, überflutet von einer gewissen Empörung, ermutigt von wiederentdecktem Stolz. *Vraiment*, ich wußte genau, daß es eine gewaltige *lèse majeste* für einen Menschen wie mich war, mich den Mitgliedern eines erbärmlichen Stammes wie den Wayfaring Strangers zu nähern, doch wenn alles gesagt und getan war – war ich nicht immer noch

Moussa Shasta Leonardo aus Nouvelle Orlean, und waren diese überheblichen Gypsy Joker nicht aufgemotzte Straßengören?

»Einen Moment bitte«, sagte ich, indem ich ihnen entgegentrat und ihnen den Weg versperrte. Ich hatte mich mit einem herablassenden Blick und hochgezogenen Brauen ausgerüstet.

»Ich wünsche zu erfahren, wo sich euer Lager befindet ...«, fuhr ich in einem viel höflicheren Ton fort, als ihre plumpen Manieren rechtfertigten.

»Porqué?« ließ sich der mit der Baskemütze herab zu sagen.

»Um dorthin zu reisen.«

Darauf reagierten sie mit geringschätzigem Schnauben und dem Versuch, sich an mir vorbeizuschieben. Ich war einen Augenblick versucht, ihr Sonnengeflecht mit dem Fühler zu berühren, um ihnen etwas den Wind aus den Segeln zu nehmen, doch ich hatte den Ring noch nicht benutzt, und außerdem wäre eine solche öffentliche Beschämung dieser Gypsy Joker nicht gerade sehr höflich. Das Gefecht mußte sich auf die verbale Ebene beschränken.

»Ich entnehme eurer Grobheit, daß euch meine Identität nicht bekannt ist«, verkündete ich hoheitsvoll. Diese Bemerkung hatte zumindest den gewünschten Effekt, sie innehalten zu lassen. »Keine Angst«, fuhr ich fort, »diese unschuldige Unwissenheit wird euch gewiß verziehen werden, wenn ich Pater Pan diesen Vorfall berichte.« Nun wechselten sie immerhin schon unsichere Blicke.

»Dann kennst du Pater Pan?« sagte der mit der Patchwork-Schärpe.

»Ganz recht!« erklärte ich ihm. »Ich bin seine Geliebte. Ich habe mich zornig aus seiner Umarmung entfernt, doch nun bin ich bereit, einzulenken und ihm wieder meine Gunst zu schenken.« Da dies genau meine Absicht war, bestand die einzige Lüge in einem gewissen großzügigen Umgang mit den Zeitformen, aber befanden wir uns nicht in Edoku, wo sich der Verlauf der Tage und Stunden durch eben solche relativistische Nichtlinearität auszeichnete?

Die Gypsy Joker brachen leider in brüllendes Gelächter aus. »In diesem Fall«, sagte die Baskenmütze, »kennen wir deine Identität. *Vraiment*, dein Name ist Legion!«

Noch lauteres Lachen auf meine Kosten folgte. »Dennoch«, sagte die Schärpe, »solche Unverschämtheit zeigt zumindest den richtigen Geist und verdient eine Belohnung, *no?«*

»Porque no?« sagte die Baskenmütze. »Dann wollen wir ihre Gewitztheit auf die Probe stellen, was?«

»Bon«, sagte die Schärpe. »Paß auf, *muchacha*! Wo kann man die Gypsy Joker finden ...?«

»Über den Fluß und durch den Wald ...«
»Wo die Sonne nie untergeht und der Mond nie scheint ...«
»Beim ersten Stern nach links und geradeaus bis zum Morgen ...«
»Irgendwo unter dem Regenbogen ...«
»Der Zirkus ist in der Stadt!«

Und nachdem sie diese Knittelverse im Duett aufgesagt hatten, schoben sie sich fröhlich grinsend an mir vorbei und gingen hinaus; ich aber stand da wie ein Dummkopf, während mir das Lachen der ganzen Bedürfnisanstalt in den Ohren hallte.

Gedemütigt, empört, vor Wut zitternd, verharrte ich gebannt und verlegen; doch dann, ohne genau zu wissen, was ich tun wollte, sondern nur entschlossen, diejenige zu sein, die zuletzt und am lautesten lachte, schulterte ich meinen Rucksack und folgte ihnen.

7

Als ich aus der Anstalt stürzte, war mein Bewußtsein viel zu verhangen von Sturmwolken der Wut und Beschämung, um einen vernünftigen Plan zu verfolgen; ich wollte nichts weiter erreichen, als die beiden Gypsy Joker im Auge zu behalten. Ich formulierte nicht einmal diesen Gedanken klar, bis ich erkannte, daß ich sie *tatsächlich* verfolgte – aus dem kleinen Canyon heraus, durch den Wald, um ein Seeufer herum und dann in die schmalen Straßen eines Wohnbezirks mit weitläufigen Holzhäusern. Diese Gegend, wenn auch nicht gerade sehr geschäftig, war dennoch bevölkert genug, um die Verfolgerin vor den Blicken der Beute abzuschirmen, besonders da die beiden Gypsy Joker dahinschlenderten, ohne einen Blick zurück zu werfen und ohne zu bemerken, daß ich ihnen nachstellte.

Die praktische Aufgabe, den beiden Gaunern in mehr oder weniger konstanter Entfernung zu folgen, nahm bald eine mantrische Qualität an, die meinen Geist beruhigte und mein Bewußtsein klärte. Diese beiden Erzganoven waren schließlich doch nicht so schlau, wie sie glaubten, denn sie waren zweifellos auf dem Rückweg zu ihrem Lager; um mein Ziel zu erreichen, brauchte ich nichts weiter zu tun, als ihnen nach Hause zu folgen.

Leider wurde mein einfacher Plan, gerade als ich mir zu meinem Scharfsinn gratulieren wollte, durch einen ebenso einfachen Makel vereitelt, den ich nicht berücksichtigt hatte. Ich hatte, beeinflußt durch meine eigene Armut, den falschen Schluß gezogen, daß meiner Beute ebenso wie mir das Geld fehlte, um mit dem Rapid zu fahren.

Doch nach einer halben Stunde dieser verstohlenen Verfolgung schlenderten die beiden, als hätten sie mich die ganze Zeit nur an der Nase herumgeführt, leichtfüßig in eine Rapid-Station, deren Eingang in der Form eines Baums angelegt war; bis ich ihnen jedoch hinein gefolgt war, waren sie schon lange irgendwohin verschwunden, zweifellos unter den Regenbogen, und ich stand wieder als die Dumme da.

Doch weil ich nicht untätig bleiben wollte, hielt ich in der leeren Rapid-Station inne und versuchte, meine Gedanken zu sammeln. Irgendein zusammenhängender Gedanke war besser als gar keiner, und so kamen mir die spöttischen Knittelverse in den Sinn, mit dem die Gypsy Joker auf meine Fragen geantwortet hatten. »Wo kann man die Gypsy Joker finden? Über den Fluß und durch den Wald, wo die Sonne nie untergeht und der Mond nie scheint, beim ersten

Stern nach links und geradeaus bis zum Morgen, irgendwo unter dem Regenbogen ...«

Ob das mehr war als bedeutungsloses Gewäsch? War dies nicht *Edoku*, wo die einzige praktische Möglichkeit, das Lied des Landes zu rezitieren, eine solche phantastische Litanei war? *Vraiment*, es gab unzählige Gegenden, wo die Sonne nie unterging und der Mond nie schien, und was Flüsse, Wälder, künstliche Sterne und Orte mit ewigem Morgen anging – die waren hier so verbreitet wie der Bittersüßdschungel auf Glade ...

Aber der Regenbogen ... Da es auf Edoku keine natürliche Meteorologie gab, war ein solcher Effekt, falls er existierte, jedenfalls ein künstliches Ereignis, und wenn man die Neigung der Edojin berücksichtigte, natürliche Abläufe außer Kraft zu setzen, war es wahrscheinlich ein permanentes und kein vorübergehendes Phänomen. Weiterhin, wenn man die Vorliebe der Edojin für Ausgefallenes berücksichtigte, gab es auf dem ganzen Planeten vielleicht nur einen einzigen ...

Er würde nicht schwer zu finden sein. Ich mußte nur meinen Chip in den Schlitz der nächsten Blase stecken, die Liste mit »Meteorologischen Phänomenen« anfordern, und –

Merde!

Ich brauchte Kredit auf meinem Chip oder wenigstens ein paar Münzen Ruegelt, um sie dagegen einzutauschen. So aber führte meine brillante Schlußfolgerung zu einem einzigartigen Zustand der Frustration!

An diesem karmischen Knotenpunkt – oder vieleicht auch aus reinem Zufall – kreuzte das Schicksal meinen Weg, indem es einen Katalysator in Gestalt eines Mannes sandte, der fähig war, meinen Zustand verlorener Ohnmacht in eine furchtlose – um nicht zu sagen mutige – Entschlossenheit zu verwandeln, so daß ich meines eigenen Glückes Schmied zu werden konnte, indem ich das einzige Ding einsetzte, über das ich noch verfügen konnte, nämlich den Ring, der die tantrische Kraft verstärkte.

Ein Mann mit blaßweiß bemalter Haut, der ganz in grünen Samt gekleidet war, hatte die Station betreten und wollte sich gerade in eine Blase in der Nähe setzen. Seine persönlichen Eigenarten waren jedoch völlig unwichtig, denn die Allgemeinheit seines Geschlechts war es, die mich zum Handeln bewegte – war dies nicht ein Mann meiner Rasse, und war nicht endlich die Zeit gekommen, die Kraft des Ringes, den mein Vater mir über den Finger gestreift hatte, an ihm zu erproben und zu sehen, ob Moussa wirklich die Tochter von Shasta und Leonardo war?

Ich drückte auf den Fühler und nahm meinen Mut zusammen, sprach den Mann an, der die Annäherung einer unverkennbaren Bettlerin mit einer abwehrenden Grimasse kommentierte. »Entschuldigen Sie, guter Herr, darf ich vielleicht –«

»Ruegelt für Kinder des Glücks *arimasen*! Raus, Göre!«

Diese Reaktion kam nicht ganz unerwartet; *au contraire* erlaubte sie es mir, ihm sachte eine Hand auf die Grenzlinie zwischen Hals und Schlüsselbein zu legen, um ihn höflich zurückzuhalten. Ich lachte freundlich und sagte: »Sie verkennen meine Absicht. Ich will keine Almosen, sondern ich bitte Sie um Ihre Hilfe bei einer Wette, die Sie keinen einzigen Kredit kosten wird.«

»Eine ... Wette ...?« stammelte er, während er mit einem geändertem Ausdruck zu mir aufschaute, der nicht ausschließlich das Ergebnis meiner Worte zu sein schien, denn unter seiner Alabasterhaut war deutlich ein roter Schimmer zu sehen.

»Ganz genau«, sagte ich, indem ich den Daumen nach oben schob und einen empfindlicheren Punkt zwischen Kiefer und Kehle berührte, »der Gegenstand der Wette ist, ob es auf Edoku einen Regenbogen gibt oder nicht.«

»*Je ne ... wakarimasen* ... weiß nicht ...«, stotterte er, ohne meinem Blick auszuweichen, während er etwas dümmlich zu gaffen begann. Ich dagegen blickte rasch zum Schritt seiner Hose und vergewisserte mich durch harte Tatsachen, daß die Erprobung der raffinierten Erfindung meines Vaters bisher wie gewünscht verlief.

»Ah, aber *dies* hier weiß es, was?« sagte ich, indem ich mich über den Sitzenden beugte, die Hand von seiner Schulter nahm und den Handrücken wie zufällig über seinen Schenkel streifen ließ, als ich die Handfläche auf den Bildschirm der Blase zu bewegte; *en passant* konnte ich spüren, wie sein ganzer Körper zuckte. »Es würde Sie nichts kosten, Ihren Chip einzulegen und nachzufragen, und da ich leider an einer vorübergehenden Flaute leide ...«

Er musterte mich mit einem Gesicht, in dem ich deutlich den Widerstreit zwischen zynischem Intellekt und dem natürlichen Verlangen ablesen konnte. Einerseits mußte er nun erkennen, daß er tatsächlich von einer Art Bettlerin angesprochen worden war, doch andererseits informierte ihn sein Lingam, daß selbige eine plötzliche und ursprüngliche Lust in ihm erzeugte, die dieses unschuldige junge Wesen, soweit er wußte, nicht vorsätzlich hervorgerufen hatte. Es brauchte nur einen kleinen Akt der Kühnheit, um meine Position zu festigen; Leonardos Fähigkeiten als Zauberer der persönlichen Verstärkung sollten sich bestätigen.

Ich setzte den allerschönsten, unschuldig bettelnden Kinderausdruck auf, den ich unter den Umständen hinbekam. »Oh, bitte!« schmeichelte ich, indem ich ihm bittend eine Hand auf die Wange legte, wie es ein Kind tun mochte, das seinen Lieblingsonkel um Süßigkeiten anging.

Ich spürte, wie ihm der Schweiß ausbrach. Er wand sich auf dem Sitz der Blase. Bildete ich mir nur ein, daß er leise stöhnte? *»P-porqué no?«* seufzte er rauh, mit einer Stimme, die absolut nicht zu einer Unterhaltung mit der Lieblingsnichte paßte. Mit leicht zitternder Hand, als wüßte er nur zu genau um die Symbolik der Geste, schob er den Chip in den Schlitz. »Meteorologische Phänomene«, befahl er.

Der Schirm rollte die Liste ab. »Alpennebel ... blaue Wolken ... Nebelbänke ... Wirbelsturm ... Schnee ... Regenbogen ...« *Voilà!*

Entzückt über die Bestätigung meiner Schlußfolgerungen und ermutigt durch die Früchte meiner ersten Heldentat, begeistert von der erfolgreichen ersten Anwendung des Fühlers, entschlossen auszuprobieren, wie weit mein Glück noch reichen würde, und nicht ohne eine gewisse ehrliche Mädchenfreude, rief ich: »Ich hab' gewonnen!« und warf ihm die Arme um den Hals.

Als er laut stöhnte und die Umarmung mit einer Kraft und Leidenschaft erwiderte, die nichts mit kindlicher Freude zu tun hatte, war der Würfel gefallen.

Viel später, als ich gewisse schwer verständliche Texte studierte, erfuhr ich zu meiner Verwirrung, daß gewisse alte terrestrische Kulturen bizarre Überzeugungen hatten, was die Gewährung sexueller Gefälligkeiten betraf. Der moderne Mensch muß diese Überzeugungen für völlig absonderlich, wenn nicht sogar geistesgestört halten. In diesen Kulturen glaubte man tatsächlich, die Frauen der Rasse sollten sich der Freuden der Liebe enthalten, um sie als Bezahlung für einen Ehevertrag herzugeben, der den Mann verpflichtete, die finanzielle Versorgung zu übernehmen. Diese künstliche Knappheit schuf natürlich einen großen Markt für tantrische Darbietungen, wie sie sich die heutigen Künstler in den wildesten Träumen nicht vorstellen könnten. Doch das paradoxe Ergebnis war, daß die tantrischen Künstler scheel angesehen wurden, denn im großen und ganzen hatten diese »putains« eine Kundschaft, die so unkritisch auf schlichte sexuelle Erleichterung aus waren, daß das bloße Gewähren der gröbsten sexuellen Gunst schon ausreichte, um sich den Lebensunterhalt zu verdienen, und gründliches Studium und wahre Künstlerschaft waren für die erfolgreiche »Hure« praktisch überflüssig.

Während dem jungen Mädchen, das auf den Halswirbelknochen

des Burschen wie auf einer Flöte spielte und eine Musik aus Seufzen, Stöhnen und Murmeln komponierte, die Einsicht in diese historischen Zusammenhänge fehlte, so vermochte ich doch instinktiv zu verstehen, daß die elektronische Verstärkung meiner tantrischen Energien, kombiniert mit der Dringlichkeit seines Begehrens, ausreichen würde, um meinen Mangel an gründlicher Ausbildung und künstlerischer Vollkommenheit – verglichen mit dem, was in den Freudenpalästen Edokus zu haben war – auszugleichen; ebenso, wie die simplen Leckereien der Sparkies die Launen der verwöhnten Edojin befriedigen konnten, die unter anderen Umständen und nach kritischem Nachdenken eigentlich in ein feines Restaurant gegangen wären.

»Ich würde gern den Regenbogen sehen«, sagte ich ihm also direkt ins keuchende Gesicht. »Es ist im Augenblick mein Herzenswunsch. Ein paar großzügig gewährte Kredite Ihrerseits könnten ihn mir doch sicher erfüllen, *no?*«

Unter den Umständen waren seine fragend hochgezogenen Augenbrauen eine reine Geste, eine Formsache, die ich freundlich beantwortete. »Als Gegenleistung bin ich gern bereit, *Ihren* Herzenswunsch zu erfüllen«, setzte ich leichthin hinzu, indem ich den Fühler auf das fragliche Organ drückte.

Als er, verzaubert und benommen wie er war, und sich dessen voll bewußt, dennoch einen gewissen Ausdruck knauseriger Unsicherheit aufsetzte, erklärte ich ihm: »Ich spüre, daß Sie ein Ehrenmann sind. Sollten Sie mir danach in die Augen sehen und erklären, daß die Erfahrung die paar Münzen Ruegelt nicht wert waren, dann werde ich auf meine Entlohnung gern verzichten.«

Damit konnte sich die geizige Unsicherheit mit dem natürlichen Bedürfnis des Mannes versöhnen. »Gut gesagt!« erklärte er. »Eine abgeschlossene Hütte, nur ein kurzes Stück. *Vamamos!*«

Also zogen wir uns in sein Schlafgemach zurück, legten nur die unbedingt nötigen Kleidungsstücke ab, um Lingam und Joni zu vereinen, und brachten so unseren Handel zum Abschluß. Als ich ihn endlich in den Armen hielt, so daß ich leicht und offen alle seine Wirbelchakras und noch intimere Knotenpunkte der Kundalini-Energie erreichen konnte, wurde er rasch in so verzückte Höhen versetzt und dort gehalten, daß ich sicher war, die Kredite verdient zu haben, falls ich nicht in den Armen eines Gauners und Schurken lag.

Außerdem erlebte ich eine Freude, die etwas völlig anderes als die Erwartung meines Verdienstes war. Einmal wird ein Mann, der die Ekstase des vollen kundalinischen Erwachens gewährt bekommt, ein unermüdlicher und selbstloser Geliebter, und zweitens besitzt die erste Darbietung für einen tantrischen Künstler immer einen gewissen spirituellen Reiz, und was von allem vielleicht das beste war, ich konnte mich zum erstenmal in meinem jungen Leben in dem Gefühl sonnen, für das Erhaltene einen echten Gegenwert zu liefern, wirklich zu arbeiten und meine Arbeit gut zu tun.

Vraiment, solch ernsthafte und mächtige, wenn auch nicht völlig makellose Handwerkskunst blieb nicht ohne gerechte Belohnung, was heißen soll, daß ich ihn bis an den Rand völliger Erschöpfung erfreute, worauf er bereitwillig und dem Handel entsprechend mit mir zur Rapid-Station zurückkehrte und mich großzügig auf den Weg schickte.

Und so, dank der Umsicht meines Vaters, meiner eigenen Tapferkeit und dem ersten Stück ehrlicher Arbeit, das ich in meinem Leben vollbracht hatte, tauchte ich wenige Minuten später aus einer Rapid-Station wieder auf, die in einer großen, einzeln stehenden Statue verborgen war. Das Standbild ahmte direkt neben dem bunten Baldachin des prächtigen Regenbogens ein Stück grober, primitiver Kunst nach.

Die Umgebung, in der ich mich nun befand, war ein Bezirk mit wunderschönen Türmen auf einer Alpenwiese zwischen zwei völlig unterschiedlichen Gebirgszügen. Zu meiner Rechten funkelten und blitzten zackige Wüstengipfel in heller Mittagssonne, und ein mächtiger Katarakt ergoß sich über die höchste Klippe, krachte unter gewaltigen Schaum- und Dunstschleiern in ein felsiges Flußbett. Links befanden sich grüne, bewaldete Hügel, mit Villen und Häusern übersät, die mich irgendwie an die Oberstädte von Nouvelle Orleans bei einbrechender Dämmerung erinnerten, wenn die Lichter der Menschen noch die vereinzelten Sterne überstrahlten. Über dem fernen Höhenzug lag sogar eine Nebelbank.

Das dazwischen im Nachmittagslicht liegende Tal wurde von einem gewaltigen, übernatürlich strahlenden Regenbogen überspannt, der sich aus dem Dunst am Fuß des Katarakts zu erheben schien und den Himmel durchmaß, um in der Nebelbank hinter den bewaldeten Hügeln zu versinken.

Die Architektur der weiten, städtischen Gegend unter dem Regenbogen war auf ihre Art nicht weniger extravagant als der Stil der Landschaft, in der sie sich befand. Das Stadtbild wurde von Dutzenden hoher, irgendwie organisch geformter Türme aus vielfarbigem Glas mit fließenden Umrissen geprägt; sie verschmolzen und gingen wirbelnd ineinander über, als spiegelte sich der Regenbogen in einem Ölfleck, der über Eisbergen ausgekippt worden war. Die untersten Stockwerke dieser Gebäude waren allen Arten von Restaurants, Tavernen, Boutiquen und Cafés vorbehalten, die zum Straßenleben offen waren; die Straßen selbst waren nicht mit Stein und auch nicht mit Gold gepflastert, sondern mit einem moosähnlichen Gras, in dem Arabesken aus dazwischen gemischtem Grün, Rot, Blau und Gelb lagen.

Außerdem waren die Straßen stark mit Fußgängern bevölkert – das übliche Gedränge der Edojin mit ihren gefärbten Häuten, bizarren Frisuren und extravaganten Kleidern; doch außerdem gab es zahlreiche Imbißverkäufer, Straßenmusiker, Schmuckhändler und so weiter, die mit dem Vielfarbigen Gewand der Gypsy Joker bekleidet waren.

Nachdem ich energisch und kühn so weit gekommen war, mußte ich nun erheblich vorsichtiger sein; jedenfalls schien es mir angebracht, nicht zuviel Aufmerksamkeit zu erwecken, ehe ich mit dem Terrain vertraut war und mir einen Plan zurechtgelegt hatte. Wenn ich an mein einziges Erlebnis mit den Manieren des Stammes gegenüber den ärmeren Kindern des Glücks dachte, schien es sinnlos, mich einfach an den nächsten Gypsy Joker zu wenden und um ein Gespräch mit Pater Pan zu bitten – und ebensowenig würde es mir etwas anderes außer einer groben Zurückweisung einbringen, wenn ich ihr Lager fand und ihnen großzügig verkündete, daß ich als neues Stammesmitglied und Geliebte ihres Domo zur Verfügung stünde. Obwohl ich durch meinen Triumph in der Rapid-Station ermutigt war und mich im wohlverdienten Glanz meiner Klugheit sonnte, wußte ich genau, daß ich hier eine etwas subtilere Strategie brauchte.

Glücklicherweise dauerte es nicht lange, bis in mir das Bedürfnis erwachte, eine Anstalt aufzusuchen, und nachdem mich dieser biologische Zwang, der mit unvermeidlicher Regelmäßigkeit kam, an die Grundlage meiner Existenz erinnerte, während mein Bewußtsein noch auf wichtigere und edlere Dinge konzentriert war, erkannte ich, daß dieser Pater Pan, Inkarnation des ewigen Kindes des Glücks und vollkommener Meister der Gypsy Joker oder nicht, sich früher oder später wie jeder Sterbliche erleichtern mußte.

Deshalb bestand mein nächster Schritt darin, die nächste Anstalt zu finden und mich um die biologischen Erfordernisse zu kümmern, um dann aus den örtlichen Gerüchten und Erzählungen zu entnehmen, welche öffentlichen Bedürfnisanstalten am häufigsten von den Gypsy Jokern benutzt wurden.

Ersteres erforderte nichts weiter, als den ersten Menschen in grauem Anzug zu fragen, der mir begegnete und der mich auch richtig zu dem üblichen grauen Gebäude dirigierte. Die Anstalt lag hinter einer hohen Hecke aus strahlend blauen Blumen, die einen Alkoven zwischen zwei Gebäuden abschloß, verborgen. Das zweite bestand darin, die Benutzer der Anstalt zu informieren, daß ich neu in dieser Gegend war und plante, mich eine Weile hier aufzuhalten, und deshalb dankbar war, wenn man mir die Standorte der verschiedenen Anstalten in der Nähe nannte.

Vraiment, es ging leichter, als ich gehofft hatte, die Neulinge in dieser Gegend, die zum größten Teil durch das Geheimnis der Gypsy Joker angelockt worden waren, sprachen nämlich von nichts anderem, denn in der Tat gab es nichts sonst zu bereden.

Einmal waren die Gypsy Joker der einzige organisierte Stamm in dieser Gegend, eine Vorrangstellung, die sie nicht so sehr durch Androhung von Gewalt aufrechterhielten, sondern vielmehr durch ihre Meisterschaft, auf alle möglichen Arten – ausgenommen Diebstahl – Ruegelt zu sammeln; sie waren einfach bei allem, was sie taten, so gut, daß ein konkurrierender Stamm keine Chance gehabt hätte.

Die Stämme von Taschendieben und Gaunern wie die Wayfaring Strangers mieden diese Gegend völlig, denn der schlaue Pater Pan hatte die Gypsy Joker den hier lebenden Edojin durch eine lukrative List teuer gemacht. Ob es nun um den Verkauf von Essen oder Kunstgewerbe ging, um Straßentheater, Geschichtenerzählen oder ein anderes der wichtigsten Gewerbe der Gypsy Joker – alle Mitglieder des Stammes hielten ein scharfes Auge auf Gauner und Taschendiebe, und sobald sie einen ausgemacht hatten, benutzten sie geheime Stimm- und Handsignale, um aus ihren eigenen Reihen ein Standgericht zu bilden. Da ein solches Gericht berechtigt war, den gesamten Besitz eines ertappten Diebes, sogar seine Kleider, zu konfiszieren, wurden die Gypsy Joker unter den Einwohnern ihrer Ehrlichkeit wegen gerühmt, während sie zugleich Gewinn aus den vereinzelten Diebstählen in ihrer Einflußsphäre zogen.

Naturellement, die örtlichen Neulinge hatten kaum etwas anderes im Kopf, als Zutritt zu den Gypsy Jokern zu bekommen, und Pater Pan hatte auch für die Rekrutierung eine Methode entwickelt, die moralische Gerechtigkeit mit finanziellem Gewinn vereinte. Ein Gypsy Joker mußte ein energischer, entschlossener und kluger Mensch sein, und was erforderte mehr, als in einer Umgebung, in der die Konkurrenz die Gypsy Joker selbst waren, Ruegelt zu sammeln? Deshalb konnte jeder bei den Gypsy Jokern aufgenommen werden, der vor Pater Pan trat und hundert Münzen Ruegelt als Eintrittsgeld auf den Tisch legte.

Verdad, die Anhäufung eines so großen Vermögens war leichter gesagt als getan, und außerdem kam mir die Forderung, einem Typ, der eindeutig keine finanzielle Not litt, einen Haufen Geld zu schenken, ausgesprochen unverschämt vor. Ich hatte nicht die geringste Lust, ihr nachzukommen.

Dennoch paßte ein Aspekt dieser gemeinen Regel genau zu meiner eigenen Strategie: Pater Pan tauchte regelmäßig in einer Anstalt hinter dem Wasserfall auf, angeblich, um seinen kostbaren Körper zu pflegen, doch in Wahrheit aus der praktischen Erwägung, den glücklichen und dummen Neuen zur Verfügung zu stehen, die bereit waren, seine Hände mit Ruegelt zu füllen.

Die Anstalt hinter dem Wasserfall sah natürlich nicht anders aus als die vielen, die ich bisher besucht hatte, bis auf die Tatsache, daß sie ständig mit Neulingen bevölkert war, die aus keinem anderen Grund dort herumhingen, als einen Blick auf den einzigartigen Pater Pan zu erhaschen oder wenigstens auf Mitglieder seiner Begleitung. Während ich mich dort vier Tage herumtrieb und auf sein Erscheinen wartete – mit einer Ungeduld, die sich langsam in einen völlig unberechtigten Groll auf ihn verwandelte –, begegnete mir niemand, der eine auch nur entfernt an die verlangte Eintrittsgebühr heranreichende Summe besaß, und ich erfuhr, wie ich es nicht anders erwartet hatte, daß die Aufnahme eines Sterblichen aus unseren Reihen so selten geschah, daß jeder derartige Vorfall die Aura einer Legende annahm.

Dennoch, während Geduld nie meine Stärke war, so beherrschte ich doch eine Kunst, die ich in Nouvelle Orlean erlernt hatte: Ich konnte lange im Hinterhalt liegen, bis die männliche Beute, auf die meine Wahl gefallen war, scheinbar zufällig meinen Weg kreuzte. So hielt ich meine Wacht aufrecht.

Schließlich näherte sich meine Beute unausweichlich dem Wasserloch; wie üblich – ich sollte erfahren, daß dies seine Gewohnheit war – begleitet von einigen weiblichen Mitgliedern seines Rudels, bekleidet mit dem Vielfarbigem Tuch und unter sehnsüchtigen Blikken, die ständig in seine Richtung wanderten.

Diese vergleichsweise triste Begleitung erregte jedoch kaum meine Aufmerksamkeit, denn Pater Pan selbst erstrahlte an meinem

Himmel, sobald mein Blick auf ihn fiel – ein Phänomen, das, wie ich erkennen sollte, unter den Schwestern meines Geschlechts nicht gerade unbekannt war und gegen das er keinerlei Einwände hatte.

Seltsam angesichts der Umstände, doch zuerst wurde meine Aufmerksamkeit durch seine Kleidung geweckt, denn Pater Pan trug ein Kostüm, das selbst auf Edoku erstaunte Blicke hervorrufen mußte und das bei einem weniger beeindruckenden Menschen nur lächerlich gewirkt hätte.

Dies war der *Traje de Luces* der Erzählungen in den öffentlichen Bedürfnisanstalten, und als ich ihn nun mit eigenen Augen am Leib dieses edlen Wesens sah, konnte ich verstehen, warum die Wirkung mit Worten nicht angemessen beschrieben werden konnte. Pater Pan trug eine weite Bluse aus dem Vielfarbigen Tuch wie einen langärmligen Mantel mit übertrieben hohem Kragen, der an der nackten Brust offen war; ein Kleidungsstück, aus Hunderten ausgesuchter Kleiderflicken zusammengestellt, das am Körper dieses würdevollen Mannes eher wie eine Königsrobe denn wie die Lumpentracht eines Strolchs wirkte. Gleiches galt für die engen Hosen, die maßgeschneidert schienen, um jede Kurve und jede Schwellung seiner unteren Körperteile zu umschmeicheln.

Naturellement, nur ein edles und beeindruckendes Gesicht konnte verhindern, daß eine solche Aufmachung nicht zur Farce geriet; dieser Pater Pan besaß es, und genauso sicher wußte er es auch. Sein Haar war goldgelb und fiel offen als sauber gekämmte, schulterlange Mähne herab, und sein Bart war von derselben Farbe und im gleichen Stil gestutzt, um die Ausstrahlung zu verstärken. Alles, was von seinem Gesicht sichtbar blieb, war eine Adlernase, volle, sinnliche Lippen, eine hohe Stirn, edle Brauen und durchdringende und doch fröhliche blaue Augen; kunstvoll umrahmt von der goldenen Mähne und teilweise vom Bart verborgen, wirkte sein Gesicht zugleich jugendlich und uralt, in Wirklichkeit jedoch alterslos.

Er war vollkommen, eine Person, die sich selbst erschaffen hatte, um die stolze Perfektion seines männlichen Geistes zur Schau zu stellen; und jeder Schritt und jede Geste verkündete, daß dieses Kunstwerk seine höchste Zuneigung genoß!

Tatsächlich war es diese selbstsichere, narzißtische Haltung, die mir gleichermaßen die Knie zittern ließ und verhinderte, daß ich betäubt gaffte; er war wunderschön, er war der König dieser kleinen Welt, und ich wollte ihn. Außerdem schien er auch ein Vorbild an Ego zu sein, eine Herausforderung für jede Frau im Bann seiner Ausstrahlung. Dieser Bursche wußte natürlich, wie er wirkte, und deshalb mußte *ich* mich selbst auf die Probe stellen und *ihn* besitzen.

Erst später erfuhr ich, daß die Projektion genau dieser Gedanken bei allen meinen Geschlechtsgenossinnen sein stärkstes erotisches Mittel war.

Wie auch immer, während alle anderen Frauen in der Anstalt so dumm waren, sich darauf zu beschränken, diesen strahlenden, räderschlagenden Pfau anzustarren, wahrte Moussa Shasta Leonardo ihr kühles Köpfchen und überlegte sich eine Strategie.

Dabei half mir die Erfahrung in der Rapid-Station sehr, mein Selbstvertrauen zu stärken, denn ich hatte durch praktische Anwendung bewiesen, daß die Erklärungen meines Vaters über die tantrische Macht des Rings kaum übertrieben waren; ich mußte nur noch eine Hand auf ihn legen, und die Wissenschaft würde selbst einen solchen Mann in meine Macht geben.

Man erzählte, daß Pater Pan sich bei diesen Besuchen gewöhnlich wusch; diese Anstalt war ziemlich überlaufen, die zehn Duschkabinen am hinteren Ende des Raums waren normalerweise belegt, und man mußte Schlange stehen, doch zweifellos würden die niedrigeren Wesen mit Freuden dem Monarchen Platz machen.

Nun, das Schicksal, die Vorsehung oder einfach der Zufall schenkte mir abermals ein kleines wohlwollendes Lächeln. Ich musterte die nackten Beine, die unter den Duschkabinen hervorlugten, und sah, daß zwei nebeneinanderliegende Kabinen frei waren.

Ich ergriff sofort die Gelegenheit und betrat die rechte, legte alle Keider ab, hängte sie auf die Haken, drehte die Dusche an, nahm die Seife aus der Schale und wartete. Wenn mein Glück mich nicht verließ und meine Beute nicht so arrogant war, einen Benutzer aus einer Kabine zu jagen, nur um seinen Status zu demonstrieren, während eine andere frei war, dann würde Pater Pan bald nackt in der Kabine neben mir stehen. Die Trennwände zwischen den Kabinen begannen in Kniehöhe; es wäre recht leicht, meine Seife fallen und in die benachbarte Kabine gleiten zu lassen, und wenn ich dann ganz unschuldig nach ihr tastete …

So steht es geschrieben, und so ist es geschehen. Kaum zehn Minuten später ging die Tür der Nachbarkabine auf, dann klappte sie zu, und als ich die Patchworkbeine unter der Trennwand sah, wußte ich, daß er es war. Einen Augenblick später sah ich mit einem feinen, goldenen Flaum überzogene, schlanke Waden, wenn auch die Füße, in denen sie ausliefen, nicht vollgeformter waren als die jedes anderen Mannes, den ich kannte oder kennen werde.

Ich wartete, bis ich hören konnte, daß er sich wusch, und bekam den wortlosen, schiefen Gesang eines badenden Mannes zu hören, der glaubt, es sei kein kritisches Ohr in der Nähe. Dann aktivierte ich den Fühler, rieb meine Seife, bis sie angenehm glitschig war, langte zur Trennwand hinunter, rief »*Merde!*« und ließ die Seife mit einem Druck meiner Hand in sein Abteil schießen.

Dann hockte ich mich nieder, um mein Ziel deutlich aufs Korn zu nehmen, tastete jedoch mit gestrecktem Arm herum wie jemand, der nur mit dem Tastsinn seine abhandengekommene Seife wiederfinden will.

Nun ist weder der Fuß noch die Wade eine erogene Zone, die besonders reich ist an Verbindungen zum Kundalini-Nervensystem, doch hinter der Achillessehne verläuft ein Nerv das Bein hinauf und in die Leiste, und diese Bahn drückte ich »zufällig« ziemlich kräftig, während ich vorgab, meine Seife zu finden.

Ich spürte, wie eine Welle sein Bein hinauflief und hörte ein überraschtes Grunzen mit gewissen feinen Untertönen, die mir verrieten, daß der Reiz tatsächlich in den Zielbereich vorgedrungen war.

»*Pardon*«, sagte ich, ohne die Hand wegzunehmen, »ich suche meine Seife.«

»*Das* ist aber keine Seife, *muchacha*«, erwiderte eine volle, männliche Stimme mit beträchtlichem *savoir faire*, um unter den Umständen einen gewissen humorvollen Tonfall vorzuspiegeln, doch ich hörte sehr wohl ein kehliges Zittern. Und er zog den Fuß nicht weg.

»*Vraiment?*« sagte ich schelmisch, während ich die Hand tastend über die Innenseite seiner Wade führte, am Knie vorbei und ein paar Zentimeter den Oberschenkel hinauf, so weit mein Arm reichen wollte. »Ich weiß aber, daß sie irgendwo da drin ist.«

Darauf gab er ein offenes, erregtes Stöhnen von sich und beugte die Knie, bückte sich und schob sich vor, meinem Fühler entgegen, bis meine Hand weiter den Schenkel hinaufglitt und seine Hoden und sein Lingam berührte.

»*Quelle chose!*« quietschte ich in gespielter Entrüstung, während ich das entzückend harte Ding betastete, als glaubte ich meiner Wahrnehmung nicht. »*Das* ist aber auch kein Stück Seife!«

Darauf stieß er einen erregten Schrei aus, und ich löste meinen Griff und zog den Arm zurück, denn ich fürchtete, weitere derartige Liebkosungen könnten die Angelegenheit zu einem voreiligen Abschluß bringen.

Ein langes Schweigen trat ein, während wir mit der Trennwand zwischen uns da standen und nur unsere Waden und Füße sehen konnten.

»Freche Göre!« sagte die Männerstimme endlich in gespielt ernstem Tonfall. »Wer bist du?«

»*Cabeza de caga!*« rief ich in gleichermaßen unechtem Zorn und verletzter Unschuld. »Wer *ich* bin? Wer bist *du* denn, daß du dir mit einer ahnungslosen Jungfrau solche Freiheiten erlaubst?«

Jenseits der Trennwand ertönte ein würgendes Gurgeln, etwas zwischen einem Husten und einem Lachen. »Du weißt wirklich nicht, was du da gerade bei wem angefaßt hast?« sagte er etwas mißtrauisch.

»Glaubst du denn, ich sei im Besitz einer geheimnisvollen Kraft, mit der ich aus dem Anblick deiner Füße und der Größe deines Lingam auf deine Identität schließen könnte?«

»Nach gewissen anderen Kräften zu urteilen, die du anscheinend besitzt, würde mich das nicht überraschen, Mädchen ...«, sagte er sinnend. »Nun, wisse denn, daß du soeben die Ehre hattest, *Pater Pan* eine Gänsehaut einzujagen, du, ah, du ahnungslose Jungfrau!« fügte er ironisch hinzu.

»Wer?« gab ich zurück, als sagte mir der Name nichts.

»*Pater Pan!*« erwiderte er leicht gereizt.

»*Bien*«, sagte ich leise. »Und du hattest die Gunst, wie unabsichtlich auch immer, mit der Berührung von Moussa Shasta Leonardo geehrt zu werden.«

»Du redest, als wäre das ein fairer Handel«, beklagte er sich.

»Ist es das nicht?«

»*Merde!*« murmelte er. »Ich bin *Pater Pan*, Mädchen.«

»Du redest, als hätte diese Erklärung eine kosmische Bedeutung.«

»Willst du mich auch nicht auf den Arm nehmen? Du weißt wirklich nicht, wer ich bin?« sagte er, und seine Stimme verriet eine Mischung aus verletztem Ego und bezaubertem Verwundern über so ungewohnte Unwissenheit.

»Sollte ich das?«

»Aber sicher!« sagte er freundlicher. »Aber vielleicht sollten wir diese *Séance* von Angesicht zu Angesicht und Bauch an Bauch fortsetzen ...«

»*Porqué no?*« sagte ich nach kurzem Zögern. »Ich hab' in der nächsten Stunde nichts Dringendes zu tun, und wenn mir deine Gesellschaft nur halb soviel Freude macht wie dir selbst, dann wird die Zeit gut verwendet sein.«

Damit war der Austausch vorübergehend beendet, und wir trockneten uns ab, kleideten uns an, verließen unsere Kabinen und standen uns schließlich vis-à-vis gegenüber. Er musterte mich einen Augenblick wohlwollend von oben bis unten, um mir dann ein in Maßen billigendes Lächeln zu schenken.

Ich für meinen Teil ließ die Augen über den hinter Patchwork verborgenen Körper gleiten, während ich versuchte, einen Ausdruck von unterdrückter Belustigung aufzusetzen. »*Drôle*«, sagte ich schließlich trocken.

»*Drole?*« rief er. »Ist das alles, was du beim ersten vollen Anblick meiner großartigen Gestalt zu sagen hast?«

»Du bist dir doch sicher bewußt, daß dein, äh, dein Kostüm ein wenig lächerlich wirkt ...«

Er zog die Augen zusammen. Ich musterte ihn freundlich. Dann lachten wir beide, und unsere Gesichter nahmen einen gleichen Ausdruck an, als hätten sich unsere Geister berührt und immerhin festgestellt, daß wir einander gleichermaßen komisch fanden.

»Vielleicht sollten wir dieses Duett ohne Publikum fortsetzen?« schlug er vor, denn Seitenblicke zeigten uns, daß alle Benutzer der Anstalt, besonders die weibliche Begleitung, mit der er gekommen war, die Szene mit lebhaftem Interesse, wenn auch nicht durchweg amüsiert, betrachtete.

»Wirklich«, stimmt ich zu, indem ich seine Hand nahm, worauf er erregt die Augen aufriß. »Ich finde solche Schüchternheit bei einem Mann nicht ohne einen gewissen jungenhaften Charme.«

Und so marschierten wir Hand in Hand hinaus – seine wurde immer verschwitzter –, während es hinter uns raunte und murmelte, was ich als Applaus für meine unter diesen Umständen meisterhafte Vorstellung betrachtete.

Die Anstalt lag hinter einem großen Katarakt versteckt, der von der Felsklippe hoch droben herunterstürzte, und ganz in der Nähe befand sich in der Klippe eine Höhle, in die Pater Pan mich führte. Sie erwies sich als Eingang einer Aufzugsröhre, die uns zur Klippe hinaufbrachte. Die Landschaft dort oben sah völlig anders aus als das Plateau, das man von unten erwartete.

Der Gipfel der Klippe war vielmehr eine flache Schüssel, ein »natürliches« Amphitheater, das hinter einem Ring aus Felsen verborgen war, damit der Eindruck einer öden Wüstenlandschaft aus der Ferne nicht verdorben wurde. In Wirklichkeit gab es hier jedoch einen üppigen grünen Garten, eine Landschaft aus winzigen, grünen Hügeln und heimeligen kleinen Tälern, in denen zahlreiche Teiche lagen, die durch sprudelnde Bäche miteinander verbunden waren. Die Bäche wanden sich um die Hügel und durch die Täler, die Hügelkämme waren mit niedrigen Hainen bepflanzt, durchsetzt von einer verwirrenden Vielzahl von farbenprächtigen, duftenden Blumen, so daß jedes kleine Tal ein abgeteiltes, parfümiertes Boudoir mit einem eigenen Teich zum Schwimmen darstellte. Man betrat auch keine gewöhnliche Wiese, sondern etwas Grünes, das sich anfühlte wie ein dichter Tierpelz. Die Luft war dort oben körperwarm, wenn auch von einer leichten Brise bewegt, und die Schwerkraft war so leicht eingestellt, daß wir fast auf Zehenspitzen schwebten.

Es war nicht zu verkennen, für welche Freuden dieser Garten geschaffen worden war, und ebensowenig die Absicht des Mannes, der mich hergebracht hatte.

Dennoch war ich entschlossen, die Initiative zurückzugewinnen, und als wir uns in ein Tal mit einem Kristallteich zurückgezogen hatten, machte ich sofort einen kühnen Vorschlag. »Da unser Bad unterbrochen wurde, könnten wir uns jetzt ja weiter waschen.« Und ohne auf seine Zustimmung zu warten, zog ich mich aus und zeigte ihm zu seinem Vergnügen meinen nackten Körper.

Er stand einen Augenblick voll angezogen da, während ich ich ihn ungeduldig musterte, die Hände auf die Hüften gestemmt. »Nun?« fragte ich. »Was hast du denn gesehen, daß du in Stein verwandelt bist?«

»Yo no sé«, sagte er kopfschüttelnd. »Aber irgendwie bezweifle ich, daß du eine ahnungslose Jungfrau bist.«

Darauf begann er sich ebenfalls auszuziehen, und dann folgte er mir in den Teich, in den ich gesprungen war, bevor er alle Kleider abgelegt hatte.

Auch das Wasser war auf Körpertemperatur erwärmt, und in diesem befreienden und berauschenden Naß gab es nur ein wenig schüchternes Gespritze und Geschubse, ehe wir uns in den Armen lagen. Sobald sich unsere Lippen zu einem Kuß gefunden hatten und unsere Körper sich berührten, waren die unverbindlichen Vorspiele abgeschlossen, und als ich sein Lingam suchte und es mit elektronisch verstärkten Zärtlichkeiten eine Weile offen liebkoste, zitterte er und stöhnte und wand sich in meinem Griff, und dann riß er mich in die Arme, trug mich stolpernd aus dem Wasser, warf mich auf den federnden Untergrund und legte ein nachdrückliches Zeugnis seiner beträchtlichen Manneskraft ab.

Vraiment, er war zärtlich und unersättlich, in den feineren Punkten tantrischer Kunst und den Chakras sinnlicher Freuden ebenso geschult wie meine Mutter, und ich hatte niemals vorher oder nachher einen so feurigen Liebhaber.

Und doch, während ich mich völlig den Freuden seiner erweckten Kraft hingab, ließ ich mich nie so weit treiben, daß ich das Ziel aus den Augen verlor, ihm die einzigartigen Ekstasen zu schenken, die er nur durch die Gunst Moussa Shasta Leonardos und niemals in den Armen einer anderen Geliebten genießen konnte.

Ich strich mit den Fingern den Bergrücken seiner Wirbelsäule herauf und herunter, ließ tantrische Blitze von Gipfel zu Gipfel schießen. Ich berührte geheime Stellen in seinen Lenden, spürte, wie er am Rande der Ekstase verharrte, als könnte er durch einen Willensakt oder die eiserne Kontrolle eines vollkommenen Meisters ewig dort bleiben. Ich erlaubte ihm, diese übertriebene Selbstkontrolle zu meinem eigenen Vergnügen eine Weile aufrechtzuhalten, und dann, um ihm zu beweisen, wer die Meisterin tantrischer Kraft war und wer der Schüler, schob ich meinen übernatürlich wirkungsvollen Finger an den Sitz der tantrischen Energie, und er stieß ein orgasmisches Heulen aus, das die Toten erweckt hätte, wenn es in der Nähe welche gegeben hätte.

Unsere Übungen waren damit allerdings noch nicht abgeschlossen, denn einerseits zu einem egolosen Zustand tantrischer Vereinigung erregt, andererseits aber gefangen in einer Prüfung unserer jeweiligen Willenskraft, die vor allem mit Herrschaft über den anderen zu tun hatte, glitten wir durch zahllose tantrische Stellungen und mindestens ein halbes Dutzend Höhepunkte, jeder entschlossen, den anderen durch das Schenken eines Übermaßes von Freude zu beherrschen, um nicht zu sagen, den Rivalen in einem Härtetest zu überwinden.

Pater schien ein Standvermögen und eine Willenskraft zu besitzen, die weit über das hinausging, was ich bis dato für die männliche Anatomie für möglich gehalten hätte, und schließlich zitterte ich unter dem Übermaß der Ekstase und keuchte vor Erschöpfung. Dennoch, so mächtig er war – weit stärker als die Kraft meines Fleisches –, besaß ich einen ganz unsportlichen Vorteil, gegen den letzten Endes kein Mann standhalten konnte; obwohl physisch völlig am Ende, brauchte ich nur den Finger zu bewegen, um ihn noch einmal aufschreien zu lassen.

Und endlich, nach langer Zeit, *vraiment* nach bewundernswert langer Zeit, rollte sich der große Pater Pan auf den Rücken, keuchte und schnaufte und rief: »Genug! Was *tust* du mit mir, Mädchen?«

»Ich schenke dir meine Unschuld«, kicherte ich. »War denn was Ungewöhnliches?« sagte ich schelmisch. »Ich bin in diesen Dingen völlig unerfahren. Ist es denn nicht immer so, da du doch ein so männlicher Bursche bist und so viele Geliebte hast und daran gewöhnt bist, daß sie sich vor dir auf den Boden werfen?«

»Wenn du eine unerfahrene Jungfrau bist, dann bin ich der Kaiser von China«, sagte Pater. Er hob den Oberkörper, beugte sich vor und musterte mich mit einem gewissen postkoitalen Mißtrauen, das sein Hormonhaushalt bisher unterdrückt hatte. »Red kein dummes Zeug, Moussa Shasta Leonardo. Wer bist du, was ist dein Spiel und was erzeugt diese seltsame Kraft?«

Immer noch so gut wie möglich das naive Mädchen spielend, nahm ich es als Vorschlag, die Namensgeschichten auszutauschen, und lieferte ihm eine etwas bearbeitete Version, was heißen soll, daß ich Leonardo ganz allgemein als elektronischen Künstler darstellte, ohne die Notwendigkeit zu verspüren, seine Persönlichkeitsverstärker zu erwähnen.

Nachdem ich geendet hatte, schien Pater Pan meine Erzählung eine Weile schweigend zu verarbeiten, als spürte er, daß ich nicht ganz offen gewesen war. »Deine Mutter ist also tantrische Heilerin und Künstlerin?« sagte er schließlich. »Und du gibst zu, daß deine Naivität in diesen Dingen alles andere als die Wahrheit war?«

Ich lachte, zuckte die Achseln. *»Naturellement* habe ich geflunkert«, räumte ich ein. »Wie du Gelegenheit hattest zu erfahren, habe ich eine gründliche Ausbildung in der Kunst meiner Mutter bekommen.«

»Für ein Mädchen deines Alters und deiner Bildung«, sagte Pater Pan anerkennend, »scheinst du allerdings eine gewisse Erfahrung im Umlegen von Männern zu besitzen.«

»Eine gewisse Erfahrung!« rief ich aufgebracht. »Ist das alles, was du nach deinen Erlebnissen über meine tantrischen Fähigkeiten zu sagen hast?«

Er lachte, aber nur kurz. Dann fixierte er mich mit seinen durchdringenden blauen Augen und sprach mit einer Stimme, die mich irgendwie von seiner Wahrhaftigkeit überzeugte, obwohl es sehr zornig klang.

»Nun, ich bin nicht die Sorte von armen Schluckern, die mit großen Worten angibt, aber vorsichtig geschätzt habe ich während einiger Jahrhunderte auf mindestens hundert Planeten einigen tausend Frauen meine Gunst geschenkt. Meine Liebhaberinnen waren Kinder, die zugegebenermaßen aus den Wiegen gerissen wurden, und nicht mehr ganz so taufrische Damen; es waren berühmte Kurtisanen, tantrische Meisterinnen und gewöhnliche Huren, neugierige Jungfrauen und jede Form der Weiblichkeit darunter. Auf Welten mit jeder Art von Einstellung zu den Sinnesfreuden hatte ich meine Affären, von griesgrämigem Puritanismus bis zu einem hedonischen Exzeß, gegen den hier auf Edoku das Zölibat zu herrschen scheint. Deshalb, während meine überwältigende Bescheidenheit es mir verbietet, meine eigenen Fähigkeiten als Liebhaber zu beurteilen, bin ich doch *der* Mann, wenn es um die Beurteilung *weiblicher* Fähigkeiten geht – der größte lebende Kenner auf allen Menschenwelten.«

Nach dieser mächtig übertriebenen und doch irgendwie aufrichtigen und beinahe glaubwürdigen Angeberei war ich völlig sprachlos. Pater Pan *au contraire* kam, wie ich noch erfahren sollte, nie in diese Verlegenheit und war immer mehr als bereit und fähig, eine Gesprächspause zu füllen.

»Und deshalb«, fuhr er fort, »nehme ich dich nicht auf den Arm, wenn ich erkläre, daß nach meiner kritischen, durch Erfahrung geprägten Meinung der Grad deiner tantrischen Kunst angenehm weit über dem Gewöhnlichen liegt, während jedoch deine Zuckungen und Bewegungen *auf keinen Fall* erklären können, was ich gerade erlebte – nämlich höchstwahrscheinlich die *numero uno* der erotischen Erfahrungen in meinem langen Leben.«

Tja, wie sollte ein Mädchen *das* aufnehmen? Einerseits setzte der aufgeblasene Typ meine persönliche Leistung knapp über dem Durchschnitt an, andererseits erklärte er, daß ich ihn erfreut hatte wie keine andere Geliebte! In Wirklichkeit war es natürlich die Kunst *Leonardos,* der sein freundliches Lob galt, doch ich war kaum in der Stimmung, das zuzugeben!

Abermals war es jedoch Pater Pans Beredsamkeit, die das Schweigen füllte. »Was ich nun wissen will, ist, wie beim flammenden Herz einer Million Sonnen so etwas möglich sein kann!« rief er aus. »Was ist der Zauber? Wie hast du es *gemacht?* Und was noch wichtiger ist, kannst du es noch einmal tun?«

Darauf fand ich meine Sprache wieder und gewann einen gewissen Einfluß auf die strategische Situation zurück. »Was letzteres angeht«, sagte ich verschlagen, »so mußt du herausfinden, ob du mich verlocken oder mit einem guten Angebot dazu bringen kannst, es noch einmal zu versuchen. Was ersteres angeht – nun, ein unschuldiges naives Mädchen wie ich, das, wie du erklärtest, keine überwältigenden erotischen Fähigkeiten besitzt, wird doch ihr einziges kleines Geheimnis in der Gegenwart einer so mächtigen mythischen Person wie Pater Pan bewahren dürfen.«

»Dann wußtest du von Anfang an, wer ich bin!«

Ich zuckte die Achseln. »Ich hab' ein paar lächerliche und übertriebene Geschichten gehört, denen nur ein Narr Glauben schenken würde«, räumte ich ein. »Aber ich würde jetzt lieber deine Namensgeschichte aus deinem edlen Mund hören. Habe ich dir nicht auch meine erzählt?«

Pater Pan lächelte, schüttelte leicht den Kopf mit der goldenen

Mähne. »Die ganze Erzählung meines Namens würde Jahre dauern«, sagte er feierlich.

»Zweifellos«, erwiderte ich trocken, »aber ein Bursche, der nach eigener Erklärung mit einigen tausend Frauen zu tun hatte, muß doch im Laufe der Zeit und aus der Notwendigkeit heraus eine einigermaßen gekürzte Version für Gelegenheiten wie diese entwickelt haben.«

»*Vraiment*«, räumte Pater Pan ein. »Wenn du bereit bist, dich mit einem bleichen Schatten der Pracht zufriedenzugeben ...«

»Das werde ich ertragen können«, erklärte ich. »Nun beginne, *kudasai.*«

»Ich bin Pater Pan, gerühmt auf den Menschenwelten oder zumindest überall, wo Kinder des Glücks über die Zauberstraße der Freiheit gehen«, begann er würdevoll. »Und dies ist zugleich mein gewählter Eigenname und meine ganze Identität, denn vor langer Zeit, bevor das Zweite Raumfahrende Zeitalter begann, vor dem ersten Funken der Arkies, vor dem Zeitalter des Raumes selbst, um die Wahrheit zu sagen, bevor die Erinnerung dieser Inkarnation, die jetzt spricht, begann, warf ich meinen Vaternamen und Mutternamen in die Leere und mit ihnen alle Bande, die meinen ewigen Geist ans Schicksalsrad ketten.

Meine Mutter war Arkie und Roma, eine Hippie-Königin und eine Prinzessin der Nacht. Mein Vater war ein Indianerkrieger oder Bodhidharma oder Chaka Zulu oder sogar der Fliegende Holländer, denn der Geist von Pater Pan wurde geboren, bevor dieser Körper blinzelnd aus dem Schoß einer sterblichen Mutter kroch, und er wird noch leben, wenn dieses Zweite Raumfahrende Zeitalter nichts mehr ist als eine verworrene Legende aus der prähistorischen Vergangenheit.

Vraiment, ich wählte nicht den Eigennamen Pater Pan, um des Geistes zu gedenken, sondern der *Geist des Namens* wählte *mich,* um seine Fackel in unser Zeitalter weiterzutragen, denn Pater Pan wurde geboren, bevor der erste Affe von den Bäumen herunterkletterte, um über die Ebenen der Erde zu wandern. Ich war das Lied, das diese unerleuchtete Kreatur aus dem Wald der Unwissenheit lockte, bis es seine ersten zögernden Schritte auf der Zauberstraße der Weisheit machte, und so wurde die Rasse der Kinder des Glücks geboren, die von diesem Tag an bis zum heutigen zu den Rattenfängerpfeifen von Pater Pan auf den Straßen tanzen.

Ja, vor dem Sänger war das Lied, zu dem wir vom Affendasein

zum Menschenleben wanderten, und ich war die Musik des gehörnten Ziegenbocks, der uns nach dem Kompaß unserer Begierden führte, und der Rattenfänger, der die Kinder aus den staubigen Straßen Hamelns drängte – hinaus in die Zauberberge des ewigen Oz –, und ebenso war ich der Verkünder des Wassermanns, der die Fesseln der Zeit von Herrschern und Königen zerschlug.

Als die Kinder im Mittelalter sich zu ihrem Kreuzzug nach Jerusalem aufmachten, um den Heiligen Gral zu suchen, marschierten sie zum Lied meines Geistes. Und ich war der Flötenspieler Pan im Garten der Blumenkinder, die zu meiner Musik in einem goldenen Sommer der Liebe erblühten.

Als die Arkies sich zu ihren Fahrten in die endlose Sternennacht aufmachten, war Pater Pan der Funke, der in ihren großen, langsamen Arkologien mit ihnen flog, der in der Dunkelheit der langen Lichtjahre und gefrorenen Jahrhunderte zwischen den Sternen die Fackel hochhielt.

Und als die Wissenschaftler unserer Rasse das Geheimnis des Sprungs aus den vergessenen Erzählungen der Uns-Die-Schon-Früher-Gegangen-Sind entrissen, als unser Zweites Raumfahrendes Zeitalter begann, erwachte der König der Zigeuner und der Prinz der Joker aus seinem langen Schlaf unter dem Zauberberg, um den Funken der Arkies weiterzutragen, wo immer Kinder des Glücks über die Zauberstraße zu den weitverstreuten Menschenwelten hinauswanderten!«

Goldene, göttliche, blaue Augen spiegelten die azurene Tiefe des Himmels; eine mächtige Stimme sprach nicht *aus* ihm, sondern *durch* ihn, und dieses wundervolle Wesen nahm seine Patchwork-Bluse, wirbelte sie über den Kopf und legte sie dramatisch um die nackten Schultern.

»*Voilà,* das Geheimnis des Vielfarbigen Tuchs, der Traje de Luces, das Banner des ewigen Flötenspielers!« rief er mit einem löwengleichen Brüllen. »Jeder Flicken ist ein Stück von einem früheren Kleid! Jedes Fragment des Ganzen ist ein Augenblick, ein Gesicht, ein Stück Zeit, ein Lächeln, ein Lachen, ein Gefährte auf dem *Weg*! Und jeder franst irgendwann aus und vergeht und wird von einem anderen ersetzt! Jeder einzelne Flicken schmückt eine Zeitlang das Banner, das den Geist Pater Pans eine Million Jahre bekleidete, um dann für immer zu verschwinden! Nicht ein Faden des ursprünglichen Gewandes ist noch da! Und doch lebt der Traje de Luces immer weiter und weiter!«

Er kniete nieder und sah mir ins Gesicht, und in diesem Augenblick wußte ich nicht, ob ich eine Sagengestalt oder einen Mann sah.

»*C'est moi*«, sagte er mit einer Stimme, die plötzlich erheblich weniger feierlich klang. »Dieses Vielfarbige Tuch, das bin *ich*, Mädchen. Der ewige Geist und der natürliche Mann. Ein altes Stück Tuch und das prächtige Ganze, der Sänger, der vergeht, und das Lied, das immer weiterlebt.«

Er zuckte die Achseln, lächelte und schien in sich zusammenzusinken wie eine große Blume, die sich zur bescheidenen Knospe zusammenzieht, aus der sie geboren wurde.

»Und das war die Namensgeschichte von Pater Pan«, sagte er leichthin.

Ich brauche wohl nicht eigens zu betonen, daß ich noch nie eine *solche* Namensgeschichte gehört hatte! und gewiß nicht eine, die in so theatralischer Manier vorgetragen wurde – als wäre der gewöhnliche Mann aus Fleisch und Blut, den ich kurz zuvor noch in den Armen gehalten hatte, plötzlich ein Schauspieler auf einer Bühne, wo er sich den Charakter eines viel Größeren überstreifte, *vraiment*, größer als jeder Sterbliche, Worte sprechend, die ein anderer und zumindest literarisch bewanderterer Geist durch ihn verkündete.

Andererseits konnte ich selbst in meinem ehrfürchtig benommenen Zustand erkennen, daß Pater Pan mir nichts über den Mann aus Fleisch und Blut und so weiter gesagt hatte, daß er diese Verschleierung in ein Gewand grandioser Rhetorik und extravaganter Poesie gekleidet hatte – nicht weniger verwirrend und schillernd als das Vielfarbige Tuch, das er sich um den edlen Körper gelegt hatte wie eine Königsrobe. Eine Flunkerei war es, aber eine wundervolle, um wieviel großartiger, als es die ungeschminkte Wahrheit einer bloß menschlichen Ahnentafel sein konnte!

Außerdem, selbst in diesem Augenblick schien es mir, daß wirklich ein mächtiger Geist durch diesen wundervollen Scharlatan sprach, denn während ich kaum den *Worten* glauben konnte, die mit einer tausendjährigen Geschichte im Mittelpunkt der ganzen menschlichen Geschichte prahlten, so war mein Herz doch mit der höheren und weniger schlüssigen *Musik* des Liedes erfüllt.

Denn wie Pater Pan erklärt hatte, war das Lied vor dem Sänger, und wenn der Mann, der neben mir saß, vor langer Zeit beschlossen hatte, seine körperliche Herkunft in die höhere Wahrheit einer Metapher zu kleiden, um die Legende dessen zu werden, das er sang – wer war ich zu behaupten, die alltägliche Wahrheit sei dem Geist näher als die edlen Lügen der Literatur?

Vielleicht spreche ich jetzt nicht wie das junge Mädchen, das ich damals war, doch als die Erzählerin dieser Geschichten besitze ich sowohl den Willen, meine erzählerische Kunst über die bloße akkurate Wiedergabe zu stellen, als auch die durch Erfahrung gereifte theoretische Grundlage, solche Weisheit in das Bewußtsein des Mädchens zu legen, das ich damals war.

Aber dies nur, um meine Absicht deutlicher zu machen, denn die innere Wahrheit der Angelegenheit ist die, daß in diesem Augenblick die Heldin der Geschichte den ersten Schritt auf der Straße machte, auf der sie schließlich zur Erzählerin ihrer Geschichte wurde, was heißen soll, daß Moussa Shasta Leonardo zum ersten Mal in ihrem jungen Leben die Musik eines Geistes vernommen hatte, der ihre Ambitionen über das Lied ihres Ichs hinaustrug.

Nicht, daß ich deshalb weniger entschlossen war, diesen Mann zu meinem Gönner und Geliebten zu machen, um mich durch Aufnahme in seinen Stamm aus der Armut zu befreien; doch nun hatten sich pekuniäre Überlegungen mit dem *Ding an sich* vermischt, denn es war jetzt mein aufrichtiger Wunsch, an dem Geist dessen teilzuhaben, das mir wie ein edles, herrliches Unterfangen schien: eine echte Gypsy Joker mit dem Lied des Stammes im Herzen zu werden.

Als besäße er die Macht, meine Gedanken zu lesen – oder, was wahrscheinlicher schien, die lange Erfahrung, die Wirkung seiner Namensgeschichte auf Menschen wie mich einzuschätzen –, kehrte Pater Pan zu seiner früheren, weniger einschüchternden und zugleich praktischer veranlagten Persönlichkeit zurück.

»Und nun«, sagte er, »da du mich mit deinen geheimen Kräften als Geliebte beeindruckt hast und ich dich mit meiner edlen Namensgeschichte, nun wollen wir zur Sache kommen. Mädchen, was willst du wirklich?«

»Nun, mit dir sein, wie du inzwischen doch wissen mußt!« erklärte ich mit unschuldiger Offenheit. »Ich will Gypsy Joker werden! Von ganzem Herzen!«

Pater lachte. »Soweit es um meine phallischen Vorzüge geht, *pas problem,* denn diese gewähre ich kostenlos allen, die umgekehrt mich erfreuen, wie *du* inzwischen wissen mußt«, sagte er. »Was aber die Aufnahme bei den Gypsy Jokern angeht, so kannst du sie erlangen, indem du hundert Münzen Ruegelt in meine Hand legst.«

»*Was?*« rief ich, durch eine so unverschämte Forderung aus den Wolken des Geistes in den Schmutz betrügerischer Majas niedergeworfen. »*Quelle chose!* Was bist du für ein Mann, so mit deiner Geliebten zu reden! Wie wagst du es –«

»Friede!« erklärte Pater Pan, indem er die Hand hob und das völlig unangemessene Lächeln süßer Vernunft aufsetzte. »Gewiß sind doch für eine Frau wie dich, die geheime tantrische Kräfte besitzt, mit denen sie sogar die erschöpfte Bewunderung des mächtigen Pater Pan gewinnen kann, lächerliche hundert Stücke Ruegelt ein Nichts, *nada,* ein Almosen, der Verdienst eines ruhigen Nachmittags ...«

Diese Entgegnung gab mir meine frühere Verschlagenheit zurück. Wenn er darauf bestand, unser Zusammensein auf der Ebene eines Marktplatzes abzuhandeln, dann konnte ich dieser Logik durchaus folgen, und es blieb abzuwarten, wer die Oberhand gewann.

»Also ist es deine fachlich qualifizierte Meinung, daß ich mit einer Darbietung meiner tantrischen Künste ohne weiteres hundert Stück Ruegelt verdienen könnte?« fragte ich in einem verwunderten und unschuldigen Ton, der, *au contraire,* in diesem Augenblick alles andere war als arglose Unschuld.

»Aber gewiß doch!« erklärte mein Opfer. »Du brauchst nur das halbe Geschick zu zeigen, das du bewiesen hast, und deine Dienste auf der Straße anzubieten. Ein paar kostenlose Zärtlichkeiten, um Eindruck zu machen und den Kunden zu ködern, dann setzt du deinen Preis fest, und *voilà!«*

»Vielleicht hast du recht«, räumte ich ein. »Aber ich bin in derartigen Geschäftsbeziehungen völlig unerfahren. Was glaubst du, wieviel Ruegelt ich verlangen könnte?«

Pater Pan zuckte die Achseln. *»Quién sabe?«* sagte er. »Die Geilheit des Kunden, der Inhalt seiner Börse, seine Großzügigkeit – all dies ist ebenso wichtig wie der absolute Wert der Ware, *no?* Aber du solltest am Anfang immer einen Preis für Extras festsetzen, denn du wirst nie ein Angebot bekommen, das höher ist als dein ursprünglicher Preis.«

»Ob ich zweihundert verlangen könnte?« fragte ich.

»Zweihundert!« rief Pater. »Bei diesem Preis wirst du nicht viele Kunden haben. Natürlich wird es immer ein paar geben, die bereit sind, ihn zu zahlen, denn schließlich ist deine Kunst recht außergewöhnlich, wie ich Gelegenheit hatte zu erfahren ...«

»In der Tat, die hattest du«, sagte ich verschlagen, indem ich mich zum Sprung spannte. »Ich verneige mich vor deiner Weisheit, o großer Geist des Handels. In Zukunft werde ich also meinen Preis auf zweihundert Stück Ruegelt festsetzen ...« Ich hielt inne, als müßte ich darüber nachdenken. *»In Zukunft ...?«* grübelte ich. *»Vraiment,* warum eigentlich nicht *sofort?«*

Ich hielt ihm die flache Hand hin. »Zweihundert Stück Ruegelt, *por favor,* für die Dienste, die du soeben genossen und so hoch gelobt hast, *mon cher!«*

Pater Pan riß erstaunt die Augen auf, sein Unterkiefer klappte auf. »*Wie bitte?*« rief er. »*Ich* soll *bezahlen?* Du verlangst zweihundert Stück Ruegelt, nachdem du die Umarmung von *Pater Pan* genießen durftest? Nachdem du dir selbst eine List ausdachtest, um es zu ergattern? Was bist du für eine Frau, so zu deinem Geliebten zu sprechen?«

Und dann, nachdem er meine Worte aus seinem Munde vernommen hatte, platzte er in rauhem und nicht geringschätzigem Lachen heraus.

»Eine echte Gypsy Joker, *no?*« kicherte ich.

Er betrachtete mich einen Augenblick in belustigtem Schweigen. Dann schüttelte er wehmütig den Kopf, doch nicht ohne ein warmes Lächeln. »In der Tat, eine echte Gyspy Joker!« sagte er. »Aber du wirst doch gewiß nicht *zweihundert* vom Domo deines eigenen Stammes verlangen?«

»Vom Domo meines Stammes würde ich gar nichts verlangen«, erklärte ich ihm. »*Vraiment*, nicht *ich* war es, der pekuniäre Überlegungen in unsere Beziehung brachte. So laß uns unsere Liebe nicht durch die Übergabe schnöden Mammons beschmutzen. Gehen wir davon aus, daß mein Preis genau wie deiner einhundert Stück Ruegelt beträgt.«

Ich legte die Hände zusammen, wie um die Münzen anzunehmen. »Gehen wir davon aus, daß du nun die Münzen zählst ...«

Mit einem Lachen ahmte er die entsprechende Bewegung nach, und mit einem Lachen gab ich ihm die eingebildeten Münzen in die erwartungsvollen Hände zurück.

Wir kicherten. Wir küßten und umarmten uns.

Und durch diesen eingebildeten Handel in der Art verwandter Geister wurde unser Abkommen besiegelt. Triumphierend begann mein Leben als Gypsy Joker, das ich mir redlich verdient hatte.

8

Das Lager befand sich wirklich irgendwo unter dem Regenbogen. Pater Pan führte mich über den Fluß zum Fuß des Wasserfalls und durch einige Gehölze, bis man einen künstlichen Abendstern am Himmel sehen konnte, und wenn der Teil mit »geradeaus bis zum Morgen« sich auch als poetische Übertreibung erwies, so war doch der Zirkus wirklich in der Stadt.

Soll heißen, daß, obwohl die Kinder des Glücks auf Edoku aus verständlichen ästhetischen Gründen ferngehalten wurden, die Gypsy Joker es geschafft hatten, in einem Parkland, das in ewigem Mittag zwischen den Glastürmen und den grünen Hügeln mit den Wohnhäusern lag, ein Zeltlager zu errichten.

Ich werde den ersten Anblick des Lagers aus der Ferne nie vergessen, als Pater mich auf einer mit Glastürmen gesäumten Straße hinführte. Er hatte diesen Weg, wie ich bald erfahren sollte, sowohl aus pädagogischen als auch aus ästhetischen Gründen gewählt.

Ein paar hundert Meter vor uns endeten der Nachmittag und der Bezirk mit den bevölkerten Straßen; dahinter lagen die fernen Hügel, die im Zwielicht einen dunklen Hintergrund formten, durchsetzt mit dem menschlichen Licht, das heller war als die wenigen Sterne im schwärzlich-purpurnen Himmel über ihrem Kamm. Auf der Wiese, die dazwischen die Grenze bildete, leuchteten im hellen Mittagslicht, als würden sie absichtlich von himmlischen Scheinwerfern angestrahlt (was natürlich der Fall war), eine gewaltige Ansammlung bunter Fahnen. Ein paar Augenblicke später erkannte ich, daß es keine Fahnen, sondern eine ansehnliche Zeltstadt war, deren Stoffdächer und Wände in einer leichten Brise flatterten – ein wundervoller Wirrwarr von Farben und Streifen, der über das Parkland gelegt war wie ein gewaltiges Vielfarbiges Tuch. Als wir näherkamen, sah ich, daß die Zelte sich ebenso in Formen wie in Farben unterschieden; es gab kleine, geschlossene, wie man sie zum Schutz einer kleinen Gruppe benutzen würde, große mit bunt gestreiften Seitenwänden, in denen Künstler samt Publikum Platz gefunden hätten, Zelte, die kaum mehr waren als Baldachine, um die Sonne abzuhalten, runde Zelte, rechteckige, längliche, pyramidenförmige.

Bald konnte ich auch winzige Gestalten wahrnehmen, die sich in den Straßen der Zeltstadt drängten, dazu hörte ich leise Melodien, roch den Duft von Essen, Weihrauch und Rauschgift, den der Wind einladend heranwehte.

»Nun, Moussa«, sagte Pater Pan. »Was siehst du da?«

»Xanadu ...?« sagte ich atemlos.

Pater lachte. »So soll es den Bauerntölpeln vorkommen«, sagte er, »und so kommt es ihnen vor. Aber nun, da du eine Gypsy Joker bist, mußt du lernen, mit kundigen Augen zu sehen.«

Ich hob fragend eine Augenbraue.

»Zuerst einmal wirst du bemerken, daß dieser Karneval direkt auf dem Weg zwischen diesem bevölkerten Geschäftsviertel und den Wohnhäusern auf dem Hügel liegt. Die Edojin, die den Weg zu Fuß zurücklegen, statt den Rapid zu nehmen, müssen also durch seinen Zauberbann schreiten. Umgekehrt *ermutigt* die Existenz unseres Karnevals auf dem Weg zwischen Geschäft und Heim sogar zu einem solchen Spaziergang. Man muß den Tölpeln jede Gelegenheit geben, ihre Launen zu entdecken und sich von ihrem Ruegelt zu trennen. Nun, warum habe ich wohl Mittag und nicht den Abend oder die Nacht gewählt?«

Ich zuckte die Achseln und hob, meine Unwissenheit eingestehend, die Hände.

»Weil der Abend auf Edoku wie auf den meisten Menschenwelten die Zeit ist, die dem Besuch feiner Restaurants vorbehalten ist, und die Nacht ist die Zeit kunstvoller und aufwendiger Schauspiele und Unterhaltungen – unsere primitiven Vorstellungen und unser einfaches Essen können aber mit beidem nicht mithalten«, erklärte er mir. »Die klugen Kinder des Glücks befriedigen spontane Bedürfnisse und Wünsche, liefern kleine Leckereien und keine feine Küche, improvisierte Musik, Straßentheater und kein gebildetes Theater oder Schauspiel, Schmuck und Krimskrams und kein edles Handwerk und keine hochgestochene Kunst – alles vor den Augen dieser Tölpel, bevor sie noch das Bedürfnis danach bemerken, und alles zu Preisen, bei denen sie sich ohne großes Nachdenken von ihrem Ruegelt trennen können.«

»Das hört sich an, als wären wir kaum mehr als Bettler ...«

»Ganz genau!« stimmte Pater zu. »Wir *sind* kaum mehr als Bettler. Der Bettler spielt mit dem Mitgefühl und dem Bedauern für seine Lage, um Almosen zu bekommen, bietet jedoch im Austausch nichts von Wert an außer einem gewissen überheblichen Gefühl der Selbstzufriedenheit. Das Kind des Glücks bietet *ein wenig* mehr an. Wir amüsieren die Leute. Ein Lachen, ein Schmunzeln, ein Wohlgeschmack, ein paar Augenblicke der Freude, eine nostalgische Erinnerung an die Jugend, als der Kunde noch frei und schwerelos im Wind wehte, ein Kind des Glücks wie du und ich.«

»Aber das ist doch kein *kleiner* Unterschied!« erklärte ich. »Denn die Bettler setzen auf Konfrontation mit dem Unglück und geben dem Spender ein überhebliches Gefühl, während *wir* auf eine Konfrontation mit der verlorenen Freiheit und der Erinnerung an die Freude abzielen. Das ist für mich der größte Unterschied überhaupt.« Und deshalb, erkannte ich, würde ich niemals bereit sein, komme was da wolle, um Almosen zu betteln.

Pater warf mir einen seltsamen, kurzen Blick zu, der – wie mir schien – aus Erstaunen, Zustimmung, Satori und vielleicht ein wenig Ehrfurcht bestand. »Gut gesprochen, mein kleiner Guru«, sagte er. »Der Geist spricht mit deinen Worten, und im Rückblick gratuliere ich mir nun dazu, daß ich es von Anfang an wußte.«

Und nun, da ich mich in der Wertschätzung des großen Pater Pans wähnte, in seiner Leidenschaft und Liebe, verschrieb ich ihm und seinem Unternehmen aus ganzer Tiefe meines treuen jungen Herzens meine Seele und war fälschlicherweise überzeugt, daß ich seine Seele gefangen und ihn erobert hatte, wie er mich in Besitz genommen hatte. Mit diesem Gefühl betrat ich Hand in Hand mit dem edlen Pater Pan den Zirkus der Gypsy Joker, zuversichtlich, daß ich seine Königin sein würde, genau wie er mein König war.

Während ich die erste Annahme bald als falsch aufgeben mußte, wurde die zweite bestätigt, sobald wir das Camp betreten hatten, denn Pater Pan konnte keinen Schritt tun, ohne im Mittelpunkt der Aufmerksamkeit von Gypsy Jokern und Edojin zu stehen, wenn sich auch der Tonfall der Ehrbezeugungen der beiden Gruppen unterschied.

Pater machte mit mir im Schlepp seine Runde durch den Zirkus – angeblich, damit ich mich zurechtfand, in Wirklichkeit aber, wie ich in den nächsten Tagen erfahren sollte, gehörte der Rundgang zu seinen Gewohnheiten. Die Edojin, welche die Zerstreuungen besuchten, bedachten diese lebende Legende mit Seitenblicken, geflüsterten Kommentaren, gelegentlich einem offenen Anstarren, doch sie schienen den Gypsy King nie mit einem direkten Wort oder einer Geste anzuerkennen. Pater seinerseits ließ sich nicht herab, das Fußvolk mit Geplauder oder direktem Blickkontakt wahrzunehmen – genau wie ein Schauspieler auf der Bühne nie verrät, daß er um die Existenz des Publikums weiß.

Unter den Gypsy Jokern verhielt es sich jedoch völlig anders.

Die Karawanserei der Gypsy Joker umschloß eine verwirrende Vielfalt von Unternehmungen, und während Pater mich nacheinander auf sie aufmerksam machte, hielt er hof mit den jeweiligen *maestros* und Mitarbeitern, stellte Fragen und gab Ratschläge, plauderte und machte Vorschläge, sammelte einen Teil der Einnahmen für die gemeinsame Kasse oder vielleicht seine eigene ein und stellte mich *en passant* als das neueste Stammesmitglied vor.

Selbst für die völlig berauschte Moussa war es schwer zu glauben, daß Pater der größte Meister in jeder Kunst war, wie er vorgab, doch gewiß wurde er von seinen Mitarbeitern so betrachtet oder zumindest als Meister geduldet. An Imbißbuden knabberte er an den Lekkereien und schlug Veränderungen der Rezepte vor. Die Waren der Juweliere, Töpfer, Bildhauer, Sattler und so weiter wurden gemustert, befingert, sogar beschnüffelt; viele wurden gelobt, doch manche mußten auch vom Markt genommen werden, da sie stümperhaft hergestellt waren, und einige Male wurde ausführlich über die Preise gesprochen.

Pater versuchte sein Glück gegen seine Gefolgsleute bei den zahlreichen Glücks- und Geschicklichkeitsspielen, die es im Lager gab, und mehr als einmal gewann er einen kleinen Stapel Ruegelt, den er mit trockenen Ermahnungen und Predigten an die Verantwortlichen einsteckte, während er ausführlich jene wenigen lobte, die es schafften, ihm eine Münze abzunehmen.

Auf dem Gelände gab es außerdem zahlreiche Straßenkünstler jeder Art – Musiker, Sänger, Geschichtenerzähler, Jongleure, Zauberer und so weiter –, die kostenlos auftraten oder für die Münzen, die die vorbeispazierenden Edojin ihnen zuwarfen. Pater beobachtete ihre Darbietungen, um sie während einer Pause zur Seite zu nehmen und seinen Rat anzubieten. Jongleure bekamen Schwächen in ihren Vorstellungen aufgezeigt, Musiker und Sänger wurden zur Erweiterung ihres Repertoires an Kollegen verwiesen, Zauberer lernten neue Tricks, Geschichtenerzähler hörten neue Variationen alter Märchen.

Es gab viele Zelte, in denen vor Publikum tantrische Stellungen aufgeführt wurden, und viele weitere, in denen das Publikum an der erotischen Choreographie teilnehmen oder Einzeldarbietungen nach eigener Wahl genießen konnte.

Pater war nicht nur sehr freigebig mit seiner Kritik, unterwies nicht nur männliche Tantra-Künstler in den Feinheiten der Kunst (ein Gebiet, auf dem ich die letzte wäre, die ihm die Meisterschaft absprechen würde), er beschränkte sich nicht nur darauf, tantrische Künstler meines Geschlechts in der Kunst, männliche Wesen zu erfreuen, zu unterweisen, sondern erbot sich sogar, direkt vor meinen Augen Nachhilfestunden zu geben!

Wenn ich die Einstellung der jungen Moussa gegenüber Pater Pans Darbietungen bei seiner königlichen Runde als zwiespältig beschrieben habe, wenn ich ihn als Besserwisser in jeder Kunst und jedem Unternehmen dargestellt habe, der sich verhielt wie ein kibitzender Dilettant, wenn ich ihm die offene Anerkennung seiner Fähigkeiten als Meister auf jedem Gebiet versagte, so muß ich doch in Wirklichkeit zugeben, daß es weder der Tonfall seiner Ausführungen noch deren Aufnahme war, die meine Freude über diese großartige Tour durch Xanadu trübte – um schmerzhaft ehrlich den Grund für mein Unbehagen zu nennen, in seinen Unterhaltungen mit den *männlichen* Angehörigen unseres Stammes fand ich wenig Unangenehmes.

Sie waren alle jünger als mein großer Geliebter, gegen ihn in meinen Augen völlig uninteressant; ich konnte die offene Art nur gutheißen, mit der sie ihn wegen großer und kleiner Dinge befragten, seine Gunst suchten, wie sie seinem leuchtenden Vorbild nachzueifern wünschten, wie sie seinen Rat und seine Lehren selbst in den Feinheiten ihrer eigenen Künste mit der intellektuellen Begierde eines ernsthaften Schülers aufnahmen.

Sein Verhalten den *Frauen* gegenüber jedoch und ihre offene und bewundernde Aufmerksamkeit für ihn gingen über das Maß meiner selbstlosen Bewunderung und Anerkennung hinaus. *Vraiment*, in meiner kurzen Karriere als *femme fatale* von Nouvelle Orlean war ich noch nie in den Genuß solcher Behandlung durch einen Liebhaber gekommen. Ich hätte die weitere Gesellschaft irgendeines dahergelaufenen Flegels gemieden, sobald ich ihn damit erwischt hätte, wie er mit einer gewöhnlichen Frau auch nur scheue Blicke wechselte; wenn ich auch zugeben muß, daß die Techniken des heimlichen Diebstahls liebevoller Zuwendung, mit welchen mich diese Kreaturen ständig aus der Reserve locken wollten, meinem eigenen Repertoire nicht ganz fremd waren.

Um so mehr Grund hatte ich, die schmeichelnden Worte, mit denen er ständig bedacht wurde, zu verabscheuen – die leichten, zufälligen Berührungen zahlreicher weiblicher Hände an den verschiedensten Stellen seiner Anatomie, die forschenden Blicke, das Drängen ihrer Körper in die Aura seiner Erscheinung, als wäre ich gar nicht da, oder schlimmer noch, als sei ich zu dumm, um die Bedeutung dieses rosa Paarungstanzes zu verstehen. Zudem spielte Pater *mit*, ging auf erotisches Geplauder ein, legte freigebig und hemmungslos in kleinen, intimen Berührungen die Hand auf weibliches Fleisch, mied nie den Augenkontakt und zeigte mir kurz gesagt, daß er der Hahn im Korb war.

Am bittersten aber, um nicht zu sagen am erstaunlichsten, war die Tatsache, daß ich zwar allen zugleich als jüngstes Stammesmitglied und als Geliebte, die eben erst seine Umarmung verlassen hatte, vorgestellt wurde, dies aber keineswegs dazu führte, daß die Legion der weiblichen Bewunderer davon abgehalten wurde, ihm in meiner Gegenwart den Hof zu machen; meine Rivalinnen begrüßten mich sogar mit einer Haltung, die selbst ich in meinem verletzten Zustand nur als echte Freundlichkeit erkennen konnte, während sie sich zugleich meinem Mann anboten!

Schließlich, *vraiment*, nach einer Zeit, die mir unendlich lang schien, war diese merkwürdig gegensätzliche Verbindung von fröhlicher Einführung in die Wunder des Karnevals und quälendem Beobachten unzähliger Flirts (oder Schlimmerem) vorbei, und Pater schob mich ins Heiligtum seines eigenen Zeltes.

Von außen konnte dieser Pavillon nicht mit der Wohnstätte eines anderen verwechselt werden, denn das ganze Zelt bestand aus demselben Vielfarbigen Tuch, das auch den Körper des vielbegehrten Pater Pan bedeckte. Innen jedoch erwies es sich als bescheiden und schlicht, was mir überhaupt nicht zu seiner übertriebenen Selbsteinschätzung zu passen schien. Wirklich, in dem kleinen Zelt befand sich kaum etwas außer einem großen Bett – ein rotes Samttuch, das über ein tiefes Geflecht aus Ästen geworfen war –, ein paar schlichten Holzschränkchen, einigen niedrigen Tischen und verschiedenen Leuchtkörpern, die jede Farbe und jede Lichtstärke erzeugen konnten, die er sich wünschte.

Während es gegenüber den Parks und Gärten, in denen ich in der letzten Zeit übernachtet hatte, eindeutig eine Verbesserung darstellte, so blieb es doch erschreckend weit vom Luxus und von der Atmosphäre meines Zimmers im Yggdrasil entfernt, und ich entschloß mich sofort, meinen feineren Geschmack und die reichlichen Mittel, über die er offenbar verfügte, einzusetzen, um für einige Verbesserungen zu sorgen, denn ein so spartanisches Junggesellenquartier war kaum angemessen für das, was ich irrtümlich für unsere zukünftige gemeinsame Bleibe hielt.

Pater warf sich aufs Bett, verschränkte wie ein zufriedener Pascha die Hände hinter dem Kopf, doch er war klug genug, um aus meinem Verhalten zu schließen, daß etwas nicht stimmte. »*Que pasá*, Moussa?« fragte er freundlich.

»Ich hätte bei einem Mann, der doch so viele Künste meisterhaft beherrscht, ein etwas stilvolleres Domizil erwartet ...«

»*Au contraire*«, sagte er, »Besitz ist ein Anker für den Geist, und Schlichtheit ist der höchste Stil von allen. Im Lager der Gypsy Joker bin ich von allen Arten *gemeinsamer* Freuden umgeben. Warum sollte ich Schätze horten wie ein Geizhals? Alles, was ich zu meiner Zufriedenheit brauche, ist diese Matte auf dem Boden und Licht.« Er lachte. »Außerdem schlafe ich öfter auswärts.«

Das konnte ich mir gut vorstellen. »Nun, die Einrichtung ist in Ordnung für einen wandernden Tausendsassa«, erklärte ich ihm, »aber nun, da wir in einer *ménage a deux* sind, brauchen wir vernünftige Möbel, um uns ein schönes Heim zu bauen, nicht wahr? Du kannst doch kaum von mir erwarten, daß ich mit dir ein Bett aus Ästen in einem leeren Zelt teile.«

Darauf setzte Pater sich auf und starrte mich zuerst überrascht, dann entrüstet und schließlich mit einer gewissen Art Kummer an. »Hoppla, Lady, du scheinst an einer ganzen Reihe von Mißverständnissen zu leiden«, sagte er nicht unfreundlich. Er klopfte neben sich aufs Bett. »*Sit down, Girl,* und ich werde dich aufklären.«

Der Tonfall gefiel mir ganz und gar nicht; dennoch tat ich, was er verlangt hatte, wenn auch nicht ohne ein ängstliches Zittern und nicht ohne eine gewisse physische Distanz zu wahren, die zu meinem plötzlichen Unbehagen paßte.

»Du kannst nicht älter als zwanzig Standardjahre sein, was?« begann er. »Ich dagegen reise seit Jahrtausenden zwischen den Menschenwelten ...«

»Solche Übertreibungen sind wohl geeignet, um Trottel zu beeindrucken«, spottete ich, »aber sie passen kaum zu einer ernsten Diskussion von Herzensangelegenheiten im Boudoir! Kein Mensch kann vierhundert Jahre alt werden, und die wissenschaftlichen Gründe dafür sind seit Jahrhunderten bekannt.«

»Ah, aber ich spreche von *Zeit,* nicht von *Alter,* Moussa, und in unserem Zweiten Raumfahrenden Zeitalter sind die Begriffe etwas auseinandergerückt. Ganz abgesehen von größeren Geheimnissen, verfallen wir nicht allmählich in Senilität, wie es den Menschen früher beschieden war, sondern ganz plötzlich, wenn unser Nervensystem nicht mehr funktioniert. Und so kann ich, an der Spanne meiner körperlichen Jahre gemessen, ebensogut dreihundert wie dreißig sein ...«

»Dreißig, dreihundert, dreitausend, *je ne sais pas!*« erklärte ich. »Was hat dieses Gerede von Alter und Zeit mit *uns* zu tun?«

»*Alles*«, sagte er tonlos. »Glaube es oder nicht, aber glaube mir wenigstens, daß *ich* glaube, daß ich schon länger auf den Menschenwelten bin, als meine Erinnerung zurückreicht. Nachdem du mich etwas kennst, kannst du sicher glauben, daß die letzten paar Jahrtausende nicht in dummem Zölibat vergingen, was heißen soll, daß ich in Herzensdingen viel erfahrener bin als du oder daß ich zumindest soviele Frauen gesehen habe wie du Tage.«

»Nun, da kann ich wenigstens annehmen, daß du ohne Übertreibung sprichst«, räumte ich trocken ein.

»*Bien.* Und ich sage dir die Wahrheit, ihre Geister waren mir in ihrer Zeit ebenso teuer, wie es deiner jetzt ist.«

»*Geister?*«, schniefte ich. »Du willst mir doch nicht erzählen, daß du ein paar tausend Geliebte um ihrer *Geister* willen verehrt hast?«

Pater zuckte die Achseln. »Bin ich nicht ein Mann mit großem Charisma?« sagte er. »Bin ich nicht der beste aller Geliebten? Kannst du dir vorstellen, daß ich etwas anderes bin als ein vollkommener Meister der Verführung? Ist es nicht eine Tatsache, daß ich der Gegenstand ungeheuren weiblichen Begehrens bin, was ja gerade der Grund für deine augenblickliche Rage ist?«

»Und ungewöhnlich bescheiden dazu«, sagte ich, kaum fähig zu glauben, daß ich wirklich so eine unglaubliche Prahlerei aus dem Mund eines sterblichen Mannes gehört hatte. Aber andererseits war ich unfähig, die schmerzhafte Wahrheit zu leugnen.

Doch Pater Pan lachte nicht. Statt dessen wurde sein Gesicht so tiefgründig ernst, betrachtete er mich mit einem so mitfühlenden und zärtlichen Blick, daß es ihm irgendwie gelang, sich selbst als Helden darzustellen, der den spirituellen Mut gefunden hatte, die Worte auszusprechen, die ihn zugleich als Rüpel und Prahler gekennzeichnet hatten. Noch nie hatte mich ein Mann so angesehen. Noch nie hatte ein Geist den meinen so tief berührt oder ein so irrationales Vertrauen erzeugt. Noch nie hatte ich so geliebt.

»Kannst du dir vorstellen, daß ein solcher Mann seine Gunst einer Frau schenkt, die nicht sein Herz berührt hat?« sagte er.

»Nun, in der Duschkabine habe ich nicht gerade dein *Herz* berührt ...«, erinnerte ich ihn.

Wiederum lachte Pater nicht über meinen Scherz, sondern schien fast ungeduldig und böse. »*Merde, muchacha,* sei doch vernünftig!« sagte er. »Kannst du dir nicht vorstellen, daß ich der Gegenstand zahlloser solcher Listen war? Kannst du dir vorstellen, daß mein Lingam mein Herz regiert? Glaubst du wirklich, daß ich deine wahre Absicht nicht erkannte, nämlich zu erreichen, was du nun erreicht hast?«

Meine Ohren brannten, und meine Augen begannen zu tränen. »Du mußt mich für eine alberne Närrin gehalten haben ...«, flüsterte ich verloren. Doch noch immer konnte ich den Blick nicht von seinen tiefen, hellblauen Augen wenden.

Und er seine nicht von meinen. »*Närrin?*« rief er. »Dein Mut und deine Klugheit haben mein Herz gewonnen!«

»Wirklich?«

Nun setzte Pater ein jungenhaftes Grinsen auf, und ich wollte lachen, wenn ich auch nicht wußte, warum. »Man muß es erlebt haben, um es zu wissen«, sagte er. »Habe ich nicht genau durch solchen Mut und solche Listen all die Jahrhunderte überlebt? Wie könnte ein so starkes Ego wie das des großen Pater Pan es versäumen, einen Geist zu lieben, in dem er zu seiner Freude seinen eigenen gespiegelt sieht?«

Nun lachte ich wirklich, denn seine Worte nahmen eine große Last von meinen Schultern. Pater sprang vom Bett auf und schritt herum, während er sprach, oder besser, während er im theatralischen Stil seiner Namensgeschichte deklamierte; wiederum schien ein mächtiger Geist durch ihn zu sprechen, doch jetzt, während seine blauen Augen nie die meinen verloren, spürte ich, wie der Geist auch mich durchströmte, als wären wir zwei Sänger, die zur Musik eines einzigen Liedes geworden waren.

»Ah, Moussa, wir sind zwei Verkörperungen eines einzigen Geistes, du und ich – Schwester und Bruder, gleichberechtigte Liebende und ohne Rücksicht darauf, daß du gerade erst deinen Weg auf der Zauberstraße begonnen hast, während ich schon auf hundert Welten oder mehr der Flötenspieler war. Sind wir nicht wahre Gypsies und Joker, Zigeuner und Spaßvögel, Kinder desselben Glücks? *Deshalb* bist du jetzt in diesem Lager; nicht weil du meinen Lingam um den Finger gewickelt hast, sondern weil du den Joker hereingelegt hast, weil du den Zigeuner übertölpelt hast, weil du damit bewiesen hast, daß du durch *droit d'esprit* zum Stamm gehörst – eine Gypsy Joker vom rechten Geist, schon bevor du überhaupt den Namen hörtest!«

Dann ließ er sich wieder aufs Bett fallen, wurde wieder das raffinierte männliche Wesen. »Und deshalb werde ich dich nicht bei mir hier im Zelt leben lassen, wo du dir einreden kannst, du oder irgendeine andere Frau könnte mein ein und alles sein, Mädchen«, sagte er. »Könnte ich denn so herzlos sein, den Frauen der Welten die volle Pracht meines Wesens vorzuenthalten? Könnte ich ein so eifersüchtiger Kerl sein, den *Männern* der Welten *deine* volle Pracht vorzuenthalten?«

»Was für ein Haufen selbstsüchtiger *merde!*« rief ich in verletztem Stolz aus. »Welch erhabener Redeschwall, um deine gewöhnliche Lust zu rechtfertigen!«

Pater lächelte mich nur warm und überlegen an, was meine Wut noch weiter aufstachelte. »Würde ein so gewöhnlicher Anhänger selbstsüchtiger Lust nicht auch ein selbstsüchtiges Spiel spielen? Würde er nicht die Illusion *ermutigen,* daß du ihn nach angemessener Zeit, mit Geduld und wenn du die Konkurrentinnen übersiehst, zu deinem Besitz machen könntest?«

»Glaubst du denn, ich würde zusehen, wie du auf dem ganzen Bauernhof den Hengst spielst, und brav warten, bis du mir deine Gunst schenkst, in der Hoffnung, dich zu bewegen, dein Wesen zu ändern?« brüllte ich aufgebracht.

Pater Pan schien mir bis in die Seele zu starren. Er legte sachte eine Hand auf mein Knie. »Kannst du mir in die Augen sehen und aufrichtig erklären, daß du es nicht getan hättest, wenn ich nicht diese Wahrheit ausgesprochen hätte?« sagte er wissend.

Ich konnte nicht antworten. Ich konnte nicht einmal seinen Blick erwidern.

»Wie lange würde es dauern, bis sich eine solche Liebe in Haß verwandelt?« fügte er hinzu. »*Vraiment*, selbst wenn du den Hahn beschneidest, würdest du nicht ebensoviel verlieren wie ich?«

»Soll ich das nicht selbst entscheiden dürfen?« murmelte ich geschlagen.

Pater nahm mein Kinn in die Hände und hob meine Augen, bis er meinem Blick begegnete. »So sei es, Mädchen«, sagte er. »Dann erfahre ein weiteres ermüdendes Koan, und danach brauchst du es nur zu sagen, und ich werde für immer dein sein.«

Abermals schien der übernatürliche Geist aus dem männlichen Fleisch zu erwachsen, um zu seiner eigenen Verkörperung in meinem Herzen zu sprechen, doch nun sprach auch mein Geliebter, oder jedenfalls schien es so, mit einer menschlichen Wärme, die selbst ich in einem solchen Augenblick nicht leugnen konnte.

»Ich habe Tausende von Frauen auf Hunderten von Welten gekannt und du vielleicht ein paar Dutzend Burschen auf einer oder zwei Welten. Und nun sage mir ehrlich, wenn du das kannst, ob du in deiner kurzen Lebensspanne mehr Erfahrung mit lebenslänglich versprochener Monogamie hast als ich!«

Darauf konnte ich nur die Lippen schürzen, denn natürlich war noch nie ein solcher Schwur über meine Lippen gekommen, und ebensowenig hatte ein solcher Gedanke bisher mein etwas unruhiges Herz gefesselt.

»Wir sind Kinder des gleichen Geistes, du und ich«, fuhr Pater erbarmungslos fort. »Was für ein Mann, was für ein falsches Kind des Glücks wäre ich, wenn ich einer Geliebten erlaubte, sich an mich zu binden und auf diese Weise genau den Geist zu verlieren, den sie in mir liebt, der mich zu dem gemacht hat, was ich bin? *Vraiment*, daß sie schon nach den ersten Schritten auf der Zauberstraße ihr sogar ganz den Rücken kehrt?«

Er lächelte. Er nahm meine Hände in seine. »Statt dessen wollen wir ein Abkommen unter gleichen Geistern schließen, zwischen einem Gypsy Joker und einem anderen. Nimm aus der Hand eines Geliebten diesen Karneval, Edoku und alle Menschenwelten. Laß mich deinen Geliebten sein und dich meine Geliebte, aber leb das Leben, das ich gelebt habe, werde dem Geist, den wir teilen, gerecht. Esse, trinke, nimm Drogen, wandere, lerne, erlebe Abenteuer, wage alles, nimm dir zehn Geliebte, hundert, tausend, wetteifere mit dem großen Pater Pan und werde nicht meine Frau, sondern ein wirklicher Trost meines Herzens! Denn was verliere ich dadurch? Welche Substanz nimmt damit ab? Und du hast Welten zu gewinnen, die ich bereits kenne. Also erlaube mir, dir ein Geschenk zu machen, das größer ist als das, was du suchst, *chère* Moussa, die Gabe der Freiheit als meine Geliebte und als ein gleicher Geist. Und versuche du umgekehrt, nicht den meinen zu fesseln.«

Ich zitterte unter seiner Hand, ich wußte nicht, was ich erwidern sollte, denn der größere Teil in mir wollte dieses weise und edle Wesen in die Arme nehmen, während die Schlange des Intellekts in meinem Ohr flüsterte, daß ich irgendwie nur das letzte Opfer dieses Meisters der aufrichtigen Lüge war.

»Nun?« sage Pater. »Was wählst du? Schwester und Bruder desselben freien Geistes? Oder Geizhälse im Herzen?«

So gefragt war die Antwort bereits gegeben. Selbst jetzt, mit der Weisheit des Rückblicks, lange Jahre und viele Geliebte später, finde ich *immer* noch keinen Makel in dieser unausweichlichen *logique d'amour*. Und ebensowenig kann ich mich von der völlig unlogischen Überzeugung lösen, daß es einen solchen gibt.

Ich schüttelte wehmütig den Kopf, erkannte an, daß ich mich in der Gegenwart eines perfekten Meisters befand; nur von *was*, wußte ich nicht sicher. »Du hast die Zunge eines Engels und die Schläue einer Schlange«, sagte ich. »Warum nur, nachdem ich es weiß, vertraue ich von ganzem Herzen einem solchen Monster?«

Pater lachte. Er umarmte mich und küßte mich auf die Lippen. Mit einem gewaltigen, erleichterten Seufzer kuschelte ich mich in seine Umarmung. »Weil hinter dem Mythos und der Flunkerei des großen Pater Pan nichts Dunkleres steckt als die Seele eines kleinen Jungen.«

In dieser Nacht schlief ich in den Armen Pater Pans, oder besser, er sank in meiner Umarmung in einen unschuldigen Schlummer, nachdem wir eine etwas kürzere *passage d'amour* als unser erstes mächtiges Duett hinter uns gebracht hatten, die dennoch dazu diente, meine geheimnisvolle tantrische Meisterschaft über sein

Fleisch und meine Vorrangstellung zu festigen, und so unseren bizarren »Handel zwischen gleichen Geistern« bekräftigte.

Vraiment, in den folgenden Tagen und Wochen schliefen wir recht häufig zusammen; und wenn ich alle Hoffnung aufgegeben hatte, die einzige Gefährtin des großen Meisters zu sein, so konnte ich mich doch zumindest mit dem Eingeständnis trösten, das ich seinen keuchenden Lippen mit der Hilfe des Fühlers entriß – daß ich, wann immer der Geist mich dazu bewegte, ihn nicht nur erfreuen konnte wie keine andere Geliebte, sondern ihn bezwingen und mit einem Übermaß an Vergnügen überwältigen konnte, diesen männlichsten aller Liebhaber, bis er erschöpft keuchte und rief: »Genug!«

Nachdem ich mich in meinem und seinem Bewußtsein im offenen Wettbewerb als die geheime Meisterin des Gegenstands weiblicher Begierde etabliert hatte, begann ich die Weisheit des Paktes zu schätzen, den er mir aufgezwungen hatte. Wenn ich auch zuerst schmollte und Trübsal blies, wenn ich Pater in inniger Umarmung mit anderen sah, so begann ich doch bald eine gewisse Befriedigung aus diesem erotischen Wettbewerb zu ziehen, in welchem ich, dank Leonardos Erfindungsgeist, einen gewissen, wenn auch nicht ganz sportlichen Vorteil besaß.

Als auf diese Weise mein Vertrauen auf meine eigene erotische Kraft wiederhergestellt war, gewann ich abermals den Geist jener Moussa Shasta Leonardo zurück, die auf ihre eigene junge Art keine kleine *femme fatale* in Nouvelle Orlean gewesen war. Zu meinem eigenen Vergnügen versagte ich Pater Pan hin und wieder meine Gunst. Ich ließ mich mit gewöhnlichen Männern des Stammes ein und erwarb bald einen Ruf als tantrische Künstlerin von übernatürlicher Kraft und großer Kunstfertigkeit.

Bald genug wurde ich eingeladen, kleinere Rollen bei tantrischen Gruppenauftritten zu übernehmen, bei denen das Publikum aktiv teilnahm, und erntete mit Hilfe der rohen Kraft des Fühlers nur Lob, wenn mich auch die anderen Darsteller oft schalten, ich würde sie an die Wand spielen.

Bei den Darstellungen tantrischer Bilder, bei denen die Zuschauer passiv blieben, war ich jedoch weit weniger erfolgreich, denn der Einsatz des Fühlers brachte dem Publikum nichts und führte sogar dazu, daß die Konzentration des Ensembles durch schlecht getimte Orgasmen gestört wurde, und wenn ich mich dann auf die gewöhnliche Darstellung meiner bescheidenen Rollen beschränkte, wurde mein Mangel an Ausbildung nur zu offensichtlich.

Dennoch, der Ruf, den ich als gelegentliche tantrische Kleindarstellerin erwarb, vereint mit der elektronisch verstärkten Gewißheit, gute Ware für gutes Geld zu liefern, erlaubte es mir, als Solokünstlerin einiges Ruegelt zu verdienen, wenn ich auch nie die Überheblichkeit oder den Mut aufbrachte, mehr als zwanzig Stück Ruegelt von einem Kunden zu verlangen.

Und es ist wahr, Pater erwies sich nie als eifersüchtig, zeigte nie etwas anderes als offenherzige Begeisterung für meine Unternehmungen und Liebschaften, wenn ich auch ehrlich zugeben muß, daß es meine ursprüngliche Absicht gewesen war, irgendeine Regung von Eifersucht in ihm hervorzurufen. Als ich schließlich überzeugt war, daß seine Hingabe an den Geist gegenseitiger Freiheit echt und ungezwungen war, mußte ich vor mir selbst zugeben, daß ich ein Dummkopf gewesen wäre, wenn ich etwas anderes gewollt hätte.

Denn es war eine großartige, herrliche Zeit. Nachdem ich vom Leben nichts gekannt hatte außer einer auf elterlicher Großzügigkeit gegründeten Existenz und einer Periode äußerster Armut, die aus der Erschöpfung eben derselben herrührte, war das Leben der Gypsy Joker für mich mehr als ein Garten der Freuden – es waren meine ersten Erfahrungen in einer Welt, in der ich weder die Lieblingstochter noch die hilflose Arme war, sondern ein freier, gleichberechtigter und unabhängiger Mensch. Den Streifen des Vielfarbigen Tuchs, den ich manchmal als Halstuch, manchmal als Schärpe, manchmal als Stirnband trug, kaufte ich ebenso mit selbstverdientem Ruegelt wie die bescheidenen Mahlzeiten, die ich an Stelle der Eßblöcke im Camp zu mir nahm. Während ersteres kaum ein Erzeugnis der *haute couture* und zweites kaum ein Produkt der *haute cuisine* war, trug ich doch das Abzeichen meines eigenen Unternehmungsgeistes und ernährte mich von seinen Früchten.

Ich war Mouss Shasta Leonardo, Gypsy Joker, wahrhaftige Verkörperung des Geistes der Kinder des Glücks, freie und gleichberechtigte Geliebte von Pater Pan; und er hatte tatsächlich mein zukünftiges Selbst richtig gesehen, denn nachdem ich diesen Punkt erreicht hatte, wäre ich nie bereit gewesen, ihn als Gefährtin eines Mannes, nicht einmal des edelsten, wieder aufzugeben.

9

Zunächst war ich es ganz zufrieden, meinen Lebensunterhalt als Gypsy Joker zu verdienen, indem ich als tantrische Künstlerin mit bescheidenen Fähigkeiten und geheimer Kraft auftrat, doch nach einer Weile erfüllte mich der Wunsch, meinen Wirkungskreis zu vergrößern und meine Möglichkeiten zu verbessern, denn ich konnte nicht ewig leugnen, daß meine einzige Möglichkeit, Ruegelt zu verdienen, eine oberflächliche Kenntnis der edlen Kunst meiner Mutter war, und meine bescheidenen Kenntnisse wurden zudem noch durch die elektronische Verstärkung, die mein Vater erfunden hatte, unterstützt.

Außerdem, je häufiger ich kleinere Rollen bei tantrischen Bildern übernahm, deren Hauptdarsteller eine echte und nahezu besessene Hingabe an die wahre Meisterschaft der hohen Kunst besaßen, in welcher ich nicht mehr als eine unfähige Dilettantin war, desto mehr erkannte ich, daß mir der innere Antrieb fehlte, die langen Stunden des Studiums und der Übung über mich ergehen zu lassen, bis ich den Status einer Tantra-Meisterin erreicht hätte.

Nun, die Atmosphäre des Karnevals trug nicht gerade dazu bei, fleißig und hingabevoll einem einzigen Handwerk oder nur einer Kunst nachzugehen, zumindest nicht für einen jugendlichen Geist, dem das Leben eines Kindes des Glücks noch neu war, denn jede wache Stunde bot eine ungeheure Auswahl möglicher Zertreuungen, um nicht zu sagen eine Unzahl von Ablenkungen, die jeden Gedanken an ertragreiche Arbeit davonwehten. Es gab Jongleure, Zauberkünstler, Sänger, Musiker und so weiter, die über das Gelände wanderten, und für einen Gypsy Joker war der Eintritt zu den Shows und Vorstellungen in den Zelten frei. Ganz zu schweigen von den unendlichen Möglichkeiten für müßige Stunden mit Liebesaffären, wenn letzteres auch für einen Erntearbeiter im Weinberg der tantrischen Kunst ein wenig den Reiz verlor.

Außerdem hatte ich das Beispiel des vielseitigen Pater Pan, der nach der Definition unseres Stammes das ideale Kind des Glücks verkörperte – weit stärker daran interessiert, der Hansdampf in allen Gassen zu sein, als ein wahrer Meister in einem Gewerbe zu werden –, und ihn versuchte ich *naturellement* zu erfreuen, indem ich ihm nacheiferte.

Außerdem beschränkten die Gypsy Joker ihre Tätigkeit nicht auf das Lager; die Straßensänger, die sich durch unser Camp drängten, streiften auch durch die nähere Umgebung und gaben gegen Spenden improvisierte Vorstellungen in den Straßen. Ebenso verließen die Imbißverkäufer des Stammes, die Verkäufer von Schmuck und Schnickschnack und von einfachem Kunstgewerbe die Grenzen unserer Zeltstadt. Der Straßenhandel wirkte wie eine Werbung für unseren Karneval; und umgekehrt belebte der Mythos der ewigen Feier unseren Straßenhandel.

Pater Pan erklärte oft genug, daß die richtige Umgebung für ein Kind des Glücks die Straßen seien, inmitten des alltäglichen Gedränges der Menschenwelten; dort konnten wir unsere Rollen am besten spielen – als Troubadoure und Tinker, Zigeuner und Hippies; denn indem wir auf allen Welten die Rolle des freien Geistes spielten, trugen wir unseren Teil dazu bei, den Geist der Menschen in Freiheit zu halten. Damit, erklärte er uns, fiel der Gewinn von Geld mit einem gewissen Gefühl des *noblesse oblige* zusammen.

So großartig dies schien, es dämmerte mir, daß es an der Zeit war, mich aus den gemütlichen Grenzen des Lagers herauszuwagen, aus dem Camp, das meine Heimat geworden war, hinaus in die Straßen Edokus, wo ich einmal ein hilfloses Mädchen gewesen war, wo ich nun aber das bunte Banner der Gypsy Joker tragen würde als Soldatin der Kinderkreuzfahrt, deren Heiliger Gral das zu gewinnende Ruegelt war.

Während der Geist willig war, waren meine Fähigkeiten, um es vorsichtig auszudrücken, etwas beschränkt. Ich konnte nicht singen, tanzen, jonglieren, zaubern oder ein Instrument spielen, und die Gelegenheiten für tantrische Darbietungen auf belebten Durchgangsstraßen waren selten. Dennoch war es mein Wunsch, mich als wahres Kind des Glücks in die Straßen zu wagen, so daß ich schließlich meinen Stolz herunterschluckte und mich herabließ, mich im Gewerbe der Straßenhändler zu versuchen.

Indem ich meinen erotischen Charme einsetzte, gewann ich rasch die Gunst von Dani Ben Barma, einem Jungen, der zwar nicht gerade mit einem Meisterkoch verwechselt werden konnte, der aber dennoch als unser bester Künstler in der Zubereitung von Schnellgerichten galt. Ich trieb mich einige Tage in der Nähe der Glastürme mit Tabletts seiner Leckereien herum und bot eine raffinierte Auswahl von Gebäck in verschiedenen Geschmacksrichtungen feil, gefüllt mit allen Arten von Fleisch, Gemüse, süß-saurem Fleisch, Cremes und freigebig mit allen möglichen leichten Drogen gewürzt; ich wußte genau, daß ich keine bessere Ware als diese zum Verkaufen finden konnte.

Doch um die Wahrheit zu sagen – obwohl ich mich jeden Tag mit großen Hoffnungen aufmachte, kehrte ich mehr als einmal mit nur wenigen Münzen und einem großen Stapel altbackener Kuchen zurück. Denn sobald ich auf der Straße war, fehlten mir das Geschick und die Begeisterung, ständig mit lauter Stimme die Vorzüge meiner Ware anzupreisen oder die Leute direkt anzusprechen; statt dessen bestand meine Technik darin, ziellos und benommen herumzuwandern, mit dem überheblichen Gesichtsausdruck eines Mädchens, das einer weit unter seinem Niveau liegenden Aufgabe nachgeht.

Schließlich mußte sogar Dani, obwohl durch meine beständige tantrische Zuwendung etwas parteiisch, mir vorschlagen, meine Dienste einem anderen Unternehmen anzubieten.

Ich hatte kaum mehr Erfolg beim Verkauf von bestickten Schärpen, Netsuken aus Holz und Metall, mit Silberdraht durchwirkten Gürteln, Spiegelkappen und so weiter, wenn es sich auch die Erzeuger dieser Waren leisten konnten, mein Versagen mit etwas mehr Toleranz zu betrachten, denn diese Gegenstände waren nicht verderblich und konnten mit einem geschickteren Händler abermals auf den Markt geworfen werden.

Mit dem Schmuck, den Ali Kazan Bella herstellte, hatte ich schließlich etwas mehr Erfolg. Ali war ein lebhafter junger Mann, dessen Humor und beachtliche tantrische Fähigkeiten ich sehr genoß, und seine Juwelen, wenn auch nach den Maßstäben der Edojin sehr ungeschickt gearbeitet, verrieten doch eine Erfahrung und eine leicht irre Energie, für die ich eine echte Begeisterung aufbringen konnte. Mit flinken kleinen Messern, die er selbst entworfen hatte, und unter dem Einfluß von Verstärkern des Zentralnervensystems schnitzte Ali Halsketten, Armbänder, Ohrringe und Broschen aus einzelnen Holzblöcken, zarten Schmuck mit so feinen Linien, daß er auf den ersten Blick wie zusammengedrehter Silberdraht aussah.

Dieser Schmuck besaß genau die Eigenschaften, die die Edojin verzaubern konnten, wenn es um das Handwerk der Kinder des Glücks ging: unedle Materialien, die einen höheren technologischen Stand vorspiegelten, und offenbar das Ergebnis von langen Stunden ermüdender Handarbeit und dem, was sie den »Zauber von Blut, Schweiß und Tränen« nannten.

Geschmückt, eher sogar verziert, mit mehreren Ringen an jedem Finger, Armreifen an jedem Arm, einem Dutzend oder mehr Ketten, mehreren Paaren Ohrringen und Broschen an meinem Umhang, bis ich mit einem hölzernen Filigran fast gepanzert war, sah ich hinreichend bizarr aus, um selbst auf Edokus Straßen einige Aufmerksamkeit zu erregen, und selbst ich, die unerfahrenste der Straßenhändler, war fähig, einen halbwegs vernünftigen Umsatz zu machen.

Dennoch, selbst dieser bescheidene Erfolg als Händler hinterließ eine Unzufriedenheit mit meinem Leben auf den Straßen; oder besser, der Erfolg auf Kosten meiner Würde nach einer Serie von Fehlschlägen, die zumindest teilweise aus meiner verächtlichen Haltung herrührten, zwang mich zu der Einsicht, daß mir der Erfolg oder das Versagen als Verkäufer der Waren anderer herzlich gleichgültig war. Wirklich, wenn ich ein solches Leben erstrebte, wäre ich besser beraten gewesen, auf Glade zu bleiben und Agent für die Waren meines Vaters zu werden, um sie lieber in der *haut monde* der Wohlhabenden zu verkaufen, als auf den Straßen als Imbißverkäuferin und Schmuckhändlerin herumzulaufen.

Nein, obwohl ich gelegentlich aus Zuneigung für Ali weiterhin Schmuck verkaufte und obwohl ich den bescheidenen Gewinn aus diesem Handel mit tantrischen Vorstellungen im Camp aufbesserte, mußte ich endlich vor mir zugeben, daß ich einen Ehrgeiz entwickelt hatte, der weit darüber hinausging, ein bloßes Mitglied im Stamm der Gypsy Joker oder ein freier Geist auf den Straßen zu sein.

Es schien mir damals wie heute, daß die Schauspieler der Gypsy Joker, die im großen Edoku gegen Geld und vor zufälligem Publikum auftraten, die *wahren* Kinder des Glücks waren, der spirituelle *raison d'être* unserer Existenz im größeren System der Dinge. Denn *sie* waren es, die in Wirklichkeit hinausgingen und die alten und edlen Legenden der Zigeuner und Hippies priesen, der Troubadoure und Arkies, und indem sie als Avatare Geistes der tausendjährigen Romantik der Kinder des Glücks lebten, hielten sie ihn im Zweiten Raumfahrenden Zeitalter am Leben.

Im Rückblick erkenne ich, daß dies eine erste, unscharfe Ahnung von meiner zukünftigen Berufung war; der formlose Wunsch, ein Leben zu führen, in dem der Geist dem Bewußtsein begegnet – das Leben eines Geschichtenerzählers oder Schauspielers, mit dem ich mich dem *Ding an sich* auf höherer Ebene zuwenden konnte, indem ich das Produkt meines eigenen inneren Wesens zur Erbauung und zum Vergnügen verwandter Geister vorstellen konnte.

Vraiment, damals wünschte ich mir nichts mehr als die egoistische Freude des Lebens selbst, denn ich hatte keine Geschichte zu erzählen und kein Lied zu singen, ja nicht einmal die Geschicklichkeit, es zu tun, hätte ich eines besessen. Wirklich, genau dies war mein Dilemma: Mein Herzenswunsch war es, das Leben eines Straßenkünstlers zu führen, und doch fehlte mir jede Erfahrung im Beruf eines Unterhaltungskünstlers.

Naturellement wandte ich mich im gesättigten Nachklang abendlicher erotischer Übungen in seinem Zelt an Pater Pan und bat ihn um Rat.

»No problem, Mädchen«, erklärte er mir leichthin nach einer nicht sehr überzeugenden Erläuterung meiner Wünsche. »Denn du wirst doch kaum Schwierigkeiten haben, einen männlichen Meister der Kunst zu überzeugen, dich kostenlos zu unterweisen!«

In seine schützenden Arme gekuschelt, nickte ich zustimmend. »Aber welche Kunst könnte das sein?« sagte ich.

»Das weißt du nicht?« sagte er einigermaßen verblüfft.

Ich zuckte die Achseln. »Wenn ich singe, gefällt mir meine Stimme nicht besonders, wenn ich ein Instrument spielen will, habe ich zwei linke Hände, für Zauberei interessiere ich mich nicht und genausowenig fürs Jonglieren oder Tanzen ...«

Pater lachte. »Dann lerne bei einem Straßentheater«, riet er mir. »Du kannst kaum zehn Minuten reden, ohne dein schauspielerisches Talent zu zeigen!«

Ich wägte diesen Gedanken im Geiste ab; einerseits schienen mein Leben auf Glade und mein kleiner Erfolg auf Edoku ein gewisser Hinweis auf mein Talent beim Rollenspiel zu sein, andererseits waren es immer meine eigenen Schöpfungen gewesen, und wenn ich daran dachte, den Worten anderer Menschen eine Stimme zu verleihen, bekam ich einen Geschmack im Mund, der mir nicht besonders gefiel.

Ich schüttelte den Kopf. »Irgendwas gefällt mir dabei nicht ...«

»Qué?«

»Je ne sais pas ...«

»Wenn du nicht, wer dann?« fragte Pater. »Sag es, Mädchen, ich befehle dir, die freie Sprache deines Herzens zu sprechen!«

Etwas in seinem Tonfall, eine geheimnisvolle Zauberei und persönliche Kraft, brachte mich tatsächlich dazu, dem Wirrwar meiner ungeformten Gedanken freien Ausdruck zu geben.

»Ich will tun, was du tust, Pater, was heißen soll, ich möchte wie du sein, oder besser, meine eigene Version des Geistes, den wir teilen, wie du sagst; ich will das Leben führen, von dem ich spreche, oder mein Leben erklären lassen, wer ich bin. Ich meine, du sprichst davon, *vraiment,* der Sänger würde zum Lied – metaphorisch natürlich –, aber ich hab' nicht die Nerven, einem Publikum mein Geschnatter aufzutischen, ich meine, das ist ... *Merde!«*

Ich warf die Hände in die Luft und schnaubte frustriert, konnte das Geheimnis nicht fassen, nach dessen klarem Bild ich suchte.

Doch Pater Pan verstand mehr als die Worte, die ich sprach, oder vielleicht konnte er die unbewölkte Vision hinter meinem Wortnebel sehen. »Aha!« rief er. »Du willst eine Geschichtenerzählerin werden, obwohl du es vielleicht selbst noch nicht weißt.«

»Eine Geschichtenerzählerin? *Ich?«*

Einerseits brachte seine Erklärung in meinem Geist eine Saite zum Klingen, doch andererseits hatte ich solch eine Idee nie ernsthaft in Betracht gezogen. Gewiß, das Geschichtenerzählen erforderte keine musikalischen Fähigkeiten und keine physische Geschicklichkeit. Außerdem war man nicht darauf beschränkt, die von einem anderen geschaffene Rolle zu spielen oder die Worte eines anderen auszusprechen. *Au contraire,* ein Geschichtenerzähler brauchte nur seine Geschichten, einen Ort für den Auftritt und das Geschick, auf der Straße zu stehen und die Erzählung zu beginnen, im Vertrauen darauf, daß die Passanten von der Kunst bewegt wurden, zu lauschen und für die Geschichte einen Obolus zu leisten.

»Geschichtenerzähler ...?« wiederholte ich erheblich nachdenklicher. »Ich ...?«

»Du hast doch gewiß deine Gabe zum Plappern bemerkt?« sagte Pater trocken. »Deine tantrische Kraft hat dir Zugang zu meinen Armen verschaft, doch es war die Kraft deiner Worte, die dich zur Gypsy Joker machte, ohne daß du die Gebühr bezahlen mußtest!«

Ich litt nicht so sehr an falscher Bescheidenheit, daß ich diese offensichtliche Wahrheit abstritt. Nachdem ich dieses Satori von meinem Guru akzeptiert hatte, konnte ich leicht einsehen, daß ich immer meine Worte und die Wendungen, die ich ihnen gab, benutzt hatte, um gewisse Dinge zu erreichen. Meine Karriere als *femme fatale* in Nouvelle Orlean wäre gescheitert, wenn ich mich nur auf meine bescheidenen tantrischen Fähigkeiten verlassen hätte; doch ich hatte seit meiner Initiation mit Robi genau gewußt, daß Worte ein wichtiger Teil des erotischen Rüstzeuges waren. Wirklich, hatte ich nicht sogar meine Eltern zu einem Waffenstillstand gezwungen, indem ich ihre eigenen Worte gegen sie verwandte? Hatte ich nicht schließlich die unverständlichen Edojin bewegt, mir ein Hotel zu nennen, indem ich sie in ihrem eigenen wortreichen Sport schlug?

Und was die Chuzpe anging – nun, ich mußte zwar zugeben, daß sie mir etwas fehlte, wenn ich die Waren von Köchen oder Handwerkern verkaufen wollte, doch wenn es darum ging, meine *eigenen* Waren anzupreisen, war ich nicht ganz ungeschickt.

Doch leider mußte ich einsehen, daß es mir genau daran mangelte. In Nouvelle Orlean hatte ich meinen Mythos verkauft und in Edoku meine elektronisch verstärkten tantrischen Fähigkeiten, doch die Ware eines Geschichtenerzählers waren *Geschichten,* und davon hatte ich keine.

»Ich glaube, du hast recht, soweit es um den Ehrgeiz geht«, erklärte ich Pater, »und ich glaube wohl, daß ich das Talent habe, mit Worten zu spielen, und vielleicht auch den Mut, mich auf die

Straße zu stellen und zu reden, aber welche Geschichten soll ich erzählen?«

»Es gibt nur *eine* Geschichte zu erzählen, und die können wir alle erzählen«, sagte Pater. »Wie beim Vielfarbigen Tuch hat jeder Teil seine eigene Geschichte, aber die wirkliche Geschichte ist das Ganze.«

»Und welche Geschichte soll das sein?« fragte ich zweifelnd.

»Die Geschichte, die zu erzählen du lernen mußt. Was sonst?«

»*Merde!* Und wie, glaubst du, soll ich sie lernen, wenn du sie mir nicht erzählst?«

»Aber ich *habe* sie dir erzählt, seit der erste Affe vom Baum kletterte!«

»Können wir vielleicht aus den luftigen Höhen eines Zen-Koans in das Reich des Alltagswissens herabsteigen?« schlug ich trocken vor. »Wie soll ich nun dieses mythische Einhorn von Geschichte fangen?«

»Glücklicherweise muß man dazu nicht unschuldig sein«, sagte Pater belustigt. »Im Reich der Maja kommt es einfach darauf an, genug Versionen anzuhören, bis du hinreichend angeregt bist, um deinen eigenen Flicken in den Stoff zu weben. Mit noch trockeneren Worten, es kommt beim Geschichtenerzählen wie bei jeder anderen Kunst darauf an, den Willen des Geistes auf das geduldige Studium des Handwerks zu verwenden.«

»*Quelle chose!*« sagte ich nicht sehr begeistert. »Täuschen mich meine Ohren, oder habe ich von den Lippen *Pater Pans* wirklich eine Aufforderung vernommen, *geduldig zu studieren?*«

»Aber gewiß!« rief Pater großartig. »Ich habe einige Jahrtausende geduldig studiert, bis ich den größten Triumph der Kunst des Geschichtenerzählens erringen konnte, nämlich mein großartiges, legendäres Selbst!«

Ich sollte die innere Wahrheit dieser Überspanntheit erst nach sehr viel Karma und viel später in den Tiefen des Bloomenveldts erkennen, als es mich aus dem Wald der Blumen heraus und zurück zu den Menschenwelten führte, doch selbst damals, als ich begann, die ersten praktischen Schritte zu tun, um die Kunst des Geschichtenerzählens zu lernen, sah ich eine gewisse bizarre Wahrhaftigkeit hinter Pater Pans unbescheidener Prahlerei.

Da ich keine Geschichte kannte, um mir das Ruegelt selbst zu verdienen, verkaufte ich weiterhin meine tantrischen Dienste und Alis Schmuck, um einen kleinen Vorrat anzulegen, während ich mehr und mehr Zeit damit verbrachte, den Geschichtenerzählern in der Zeltstadt zu lauschen und ihnen zu folgen, wenn sie ihre Geschichten in die Stadt trugen.

In der Tat war es die selbsterschaffene Legende, mit der Pater Pan geprahlt hatte, die den mythischen Mantel schuf, auf den die Geschichten unserer Geschichtenerzähler genäht wurden. Oder vielleicht war es Pater Pan gewesen, der aus verschiedenen Geschichten seine eigene Sagengestalt zusammengenäht hatte; Geschichten, die vielleicht auf Oden zurückgingen, wie sie von den Barden der präliterarischen Vergangenheit vorgetragen wurden; gewiß aber hatten sie Vorläufer, die über das Raumfahrende Zeitalter zurückreichten. Ob die Geschichtenerzähler der Gypsy Joker das Legendengewebe Pater Pans aufdröselten, um ihre eigenen Geschichten zu spinnen, oder ob Pater sein Gewand des persönlichen Mythos aus Geschichten, erzählt von Generationen von Geschichtenerzählern, gesponnen hatte oder ob die Wahrheit in der Mitte lag – das ewige Kind des Glücks war der Held der beliebtesten Geschichten, und der Domo der Gypsy Joker war in den Erzählungen des Stammes offensichtlich die wichtigste Verkörperung dieses Geistes.

Wirklich, jeder Geschichtenerzähler hatte ein ziemlich begrenztes Repertoire, wenigstens schien es mir so, und viele von ihnen erzählten dieselben Geschichten, wenn auch die erfolgreichsten Erzähler alle eine oder zwei Geschichten besaßen, die sie sich ganz zu eigen gemacht hatten; und alle stilisierten die Geschichten, die sie gemeinsam hatten, zu etwas anderem. Was in einer Version eine Romanze war, konnte in einer anderen zur Farce werden.

Lance Della Imre erzählte die beste Version der am häufigsten erzählten Geschichte, *Der Funke der Arkies*, die Geschichte des ewigen Arkies, der beschloß, die ganze Geschichte des Ersten Raumfahrenden Zeitalters zu umspannen, ein selbst für Arkies ausgeflippter Gedanke, indem er die ganze Zeit, von bedeutenden Augenblicken abgesehen, im Kälteschlaf verbrachte.

»Und wo ist er nun, nachdem der Sprungantrieb den letzten Vorhang vor die langen, langsamen Jahrhunderte des Ersten Raumfahrenden Zeitalters legte?« fragte Lance zum Schluß der Erzählung. Es war der genialste Übergang von der Erzählung zur Bitte um Spenden, den sich ein Geschichtenerzähler nur ausdenken konnte.

»Überall! Und nirgends! In dem Raum zwischen dem, was in unseren menschlichen Herzen liegt! Hier in diesem Burschen im Rock einer öffentlichen Bedürfnisanstalt, hier, in diesem einfachen Erzähler der Geschichte und vor allem in den Arkie-Herzen von allen von euch bedauernswerten Alltagswesen, die sich immerhin den Edelmut erhalten haben, den Arkie-Funken in sich selbst zu ehren, indem ihr den Erzähler dieser Geschichte mit Ruegelt überschüttet!«

Shella Jin Omars Lieblingsgeschichte, *Der Rattenfänger Pan*, kam vielleicht der direkten persönlichen Inspiration durch die Quelle am nächsten, denn wie ich selbst gelangte auch sie in den Genuß gewisser Intimitäten mit unserem großen Meister; ich erinnere mich sehr gut an ihren kunstvollen Bericht darüber, den ich mit einer gewissen Eifersucht vernahm.

»Holla, war das Raumfahrende Zeitalter eine wundervolle Zeit, als unsere Rasse sich aus dem natürlichen Ei der Erde freipickte und sich in das Sternenreich vorwagte. Und hervorragend in diesen vergangenen Tagen der sagenhaften Wissenschaft der Raumfahrt war das Land, das man von Ferne den Goldberg nannte, und allmächtig waren die Männer des Aufsichtsrates, des Pentagon, die davon träumten, einen neuen *Goldberg* zu bauen, eine Arkologie, in der Generationen ihrer Untertanen reisen konnten und Welten unterwerfen, die um ferne Sterne kreisten.

Doch leider war das Pentagon übel gesonnen und rücksichtslos im Dienste dieser gewaltigen, edlen Aufgabe, und so wurden jene, die ihre Wanderjahre als Kinder des Glücks hätten erleben sollen, verpflichtet, ihre Jugend zu geben, und als Lohnsklaven in ewiger Haft gehalten.

Indessen kann jedoch Energie, wie die Zauberer auch damals schon erklärten, weder geschaffen noch vernichtet werden – nur kanalisiert oder transformiert; und besonders nicht, wenn das kundalinische Feuer der Jugend erwacht, denn der Versuch, sie im Namen gehorsamen Dienstes zu zerstören, erweckt und entfesselt nur den Zorn der Schlange.

So erhob sich wütend die Kunalini-Schlange und zerschlug das Land des Goldberges, wie Circe das Gefolge des Odysseus zerschlug, denn wisset, die Armee der jungen Lohnsklaven konnte nirgends gefunden werden, und die Fabriken und Straßen wurden überrannt von einer Pest von brünstigen, wilden, übelriechenden, haarigen, dreckverschmierten Schweinen.

Die Schweine waren überall, beschmutzten die Städte, verbreiteten widerwärtige Krankheiten, besudelten den Namen ihres Landes mit Exkrementen, bis das Land des Goldberges den Beinamen Land des Tiers bekam. Verzweifelt mühte sich das Pentagon, die Arkologie *Goldberg* zu vervollkommnen, um in einer Nachbildung ihrer verlorenen goldenen Zeit aus den Schweinereien und dem Chaos zu fliehen, das es selbst so gedankenlos entfesselt hatte.

Doch dann erschien der Flötenspieler Pan in der Stadt des Pentagon, spielte jene ewige, priapische Musik, die Macht hat über Mensch und Tier, und höret, als er kam, gaben die Schweine ihre Brunst und ihr Wühlen auf und tanzten fröhlich in seinem Zug.

»Ich will euch bei eurem edlen Unterfangen helfen«, verkündete der Rattenfänger dem Pentagon und erklärte, er wolle mit seiner Flöte alle Schweine aus dem Land des Tiers und in die *Goldberg* lokken, worauf es einfach sei, die Leere einzulassen.

Das Pentagon stimmte dem sofort zu, ohne einen ernsthaften Gedanken auf die Bezahlung des Rattenfängers zu verwenden.

Und so führte Pan der Flötenspieler das Schweinevolk aus dem Land des Tiers, doch ebenso führte er die Lohnsklaven des Pentagon in die *Goldberg,* denn *naturellement* waren erstere nur die Manifestation der unterdrückten jugendlichen Geister letzterer im Reich der Maja.

Und seinem Wort getreu ließ der Flötenspieler, sobald sie alle an Bord der Arkologie waren, die Leere ein, doch seinem Geist getreu war die Leere, der sein Zug ausgesetzt wurde, jene Leere, die nur mit dem Lied der Zauberstraße gefüllt werden kann.

Vraiment, als die Melodie von der Musik der Unvernunft zu dem Lied wurde, dem unsere Rasse vor langer Zeit auf dem Weg vom Affen zum Menschen folgte, folgten die Lohnsklaven ihr aus dem Land des Tiers hin zu ihrem wahren Selbst als Kinder des Glücks, und sie wurden die erste raumfahrende Generation unseres Stammes – Wanderkinder der ersten Arkologie, die sich auf den lichtjahrelangen Flug zwischen den Sternen wagten, als der erste Arkie-Funke zum erstenmal hell aufflackerte. Und so wurde im Morgengrauen des Ersten Raumfahrenden Zeitalters das Kind des Glücks in Herrlichkeit aus dem Land des Tiers wiedergeboren.«

So war das Ende einer Geschichte der Beginn einer neuen, so regten die Geschichtenerzähler sich gegenseitig zu neuen Interpretationen des Stammesmythos an, so spielte die gleiche vertraute Gestalt in zahlreichen Inkarnationen den vollkommenen Helden, so war Pater Pan die Inspiration und das aus ihr erwachsene Wesen zugleich.

Naturellement, die Geschichtenerzähler hatten auch Zugang zum riesigen Schatz von Wortkristallen, Büchern, Bändern, Computerspeichern, Schriftenrollen und so weiter, die unsere Rasse in mehreren Jahrtausenden geschaffen hat. Auf diese Mittel griffen sie zurück, wenn alle anderen Mittel versagten, und selbst ich hätte augenblicklich ein Repertoire erwerben können, wenn ich die Meister der Vergangenheit plagiierte.

Doch irgendwie kam ich nie auf diese Idee, denn ich sah, wie das Publikum sich auflöste, wenn es eine oft erzählte Geschichte wiedererkannte – oder eher, wie ich erfahren sollte, wenn die geschichtenerzählenden Kinder des Glücks sich zu weit von ihrem eigenen Mythos entfernten.

Denn auf dem großen Edoku, wo die hervorragendsten Meister jeder Kunst und die größten Wissenschaftler sich sammelten und ihren Gewerben nachgingen, war die einzige Bezauberung des Geschichtenerzählers – wie das leicht berauschende Gebäck Danis oder die Holzfiligrane Alis – das Volksgut unserer *demimonde,* der Ausdruck des Geistes, der durch uns alle sprach.

Je ne sais pas, ob es eine Art Herablassung war oder ob, wie Pater und die Geschichtenerzähler behauptet hätten, die Kinder des Glücks – oder zumindest die Gypsy Joker – von den Edojin wegen des *wu wei* ihres wahren Wesens geschätzt wurden, denn das Wesen der Bürger des großen Edoku ist mir bis heute unergründlich geblieben.

Wie dem auch sei, wenn man Ruegelt von den Edojin bekommen wollte, spielte man die Verkörperung des Kindes des Glücks und rühmte die Tugenden des Stammes, die seiner eigenen Philosophie zufolge ihren höchsten Ausdruck in der lebenden Legende fanden, die unter uns wandelte.

Während ich zu jener Zeit in der Kunst literarischer Kritik ebenso unerfahren war wie in der menschlichen Psychologie, spürte ich doch, daß Pater Pan recht hatte, wenn er sagte, daß alle Geschichten Flicken desselben ganzen Tuchs waren, *vraiment,* daß entsprechend seiner Identität als Zigeunerkönig der Joker seine kühnsten Lügen auch eine Art der Wahrheit waren, denn vom Standpunkt der Edojin war jedenfalls der Pater Pan, der unter uns wandelte – die Legende, deren Mantel er angelegt hatte – in einem tieferen Sinne tatsächlich die langen Lichtjahre mit den Arkies gefahren, hatte die Lohnsklaven des Pentagon befreit, war ein alter Zigeunerkönig gewesen, unabhängig davon, ob das Fleisch, in dem er jetzt verkörpert war, diese ganze Geschichte erlebt hatte oder nicht.

Was die Urgeschichte selbst anging, so blieb die Leere in der Nabe des Schicksalsrades, um die sich alle Geschichten drehten, leider ein zentrales Geheimnis, wenigstens in meiner Wahrnehmung. Soll heißen, daß der Verlust meiner intellektuellen Unschuld nicht weniger aufregend war, als es der Verlust meiner erotischen Unschuld gewesen war; allerdings hatte ich das Boudoir der ersteren mit erheblich weniger Geschick und Vorbereitung betreten als das der letzteren, und als Konsequenz fühlte ich einen Widerwillen, nicht mehr zu sein als ein bloßer Voyeur.

Jeden Tag beschloß ich, meine erste Vorstellung zu geben und eine Geschichte, die ich gehört hatte, zu erzählen, und jeden Tag verschob ich mein Debüt auf den nächsten, bis mir schließlich klarwurde, daß ich mich damit zufriedengeben sollte, zu lernen und zu lauschen, bis der Geist bereit war, durch mich zu sprechen.

Und bis dann mein eigenes Lied wachgerufen würde, hatte ich das Volksgut unseres Stammes, das mich führen konnte, und die Verkörperung desselben ab und zu als Liebhaber, und was ich aus beidem gelernt hatte, war, daß der Geist des Glücks durch das Leben seiner Kinder sprach, daß man zuerst lernen mußte, zur Musik zu tanzen, ehe man das Lied singen konnte.

Und so kam für mich eine goldene Zeit, ein langer Sommertag jugendlichen Erwachens und sorgloser Abenteuer des Geistes, der nie enden sollte – jedenfalls dachte ich das damals.

Alles, was ich tat, war bedeutungsvoll, denn war ich nicht im tiefsten Herzen ein Kind des Glücks, führte ich nicht das Leben des Geistes, der uns leitete, und trug ich damit nicht meinen kleinen Teil zum Mythos des Ganzen bei, und verstärkte sich nicht meine Freude darüber mit der Droge eines edlen *raison d'être?*

Während ich mehr und mehr Zeit damit verbrachte, Geschichtenerzählern zu folgen und ihre Geschichten aufzunehmen, vernachlässigte ich nicht – zumindest nicht ganz – die praktischeren Aspekte des Lebens eines Kindes des Glücks, was heißen soll, daß der neuen Welt der Phantasie und des Intellekts, die sich vor mir eröffnet hatte, zwar meine größte Aufmerksamkeit galt, ich mir aber dennoch eine gesunde Abscheu vor den Eßblöcken bewahrte und weiterhin als Tantra-Künstlerin arbeitete und Alis Schmuck verkaufte – zumindest mit soviel Sorgfalt, daß es mir erspart blieb, dieses Zeug zwischen meine Lippen zu schieben.

Und ebensowenig verlangte diese Hingabe an meine neue Rolle als Schülerin von mir, ein mönchisches, zölibatäres Leben zu führen. Denn in meinem jungen Gehirn, dessen Phantasie und Intellekt erwachten, wurde ein gewisses aphrodisisches Enzym produziert, das mein heranwachsendes erotisches Kleinhirn zum Schwingen brachte.

Weit mehr als nur ein Geschichtenerzähler kam in den Genuß des kundalinischen Energiekreislaufs, der zwischen meinem Interesse für ihre Geschichten und meinen pheromonischen Rezeptoren entstand. Wenn ein einigermaßen attraktiver Erzähler eine Geschichte beendet hatte, die mir gefiel, entwickelte ich häufig den lustvollen

Wunsch, *en boudoir* in ihre tiefere Bedeutung einzudringen, und wirklich, nachdem all diese frei fließenden erotischen Energien erschöpft waren, wurde der Bursche überredet, aus dem Nähkästchen zu plaudern, wenn auch nur, um weiteren Herausforderungen seiner befriedigten Männlichkeit zu entgehen. Und als erst meine tantrische Kraft und mein ernster Wunsch unter den Geschichtenerzählern allgemein bekannt waren, fand ich genug Freiwillige, die eine Unterweisung in ihrem Gewerbe gegen eine Demonstration des meinen zu tauschen bereit waren.

Während dieses langen, goldenen Sommertages blieb Pater Pan gleichermaßen mein Freund und Geliebter und zeigte angesichts meiner Rolle als Kurtisane der Geschichtenerzähler nichts weiter als belustigte Anerkennung, um mir anschließend zu beweisen, daß die Verkörperung ihres Kollektivwerks auch ein Mann aus Fleisch und Blut war.

Es schien mir, als sei mein Leben vollkommen geworden, als bewohnte ich ein goldenes Traumland, das zu meinem eigenen Genuß erschaffen sei, und wenn dies eine Straße der Träume war, dann sah ich nichts dahinter, in dem ich aufwachen müßte.

Alles, was nötig war, um diese Vollkommenheit zu transzendieren, war der Augenblick, als ich mich schließlich daran machte, meine eigene Geschichte vorzutragen. *Vraiment,* wenn ich über mein Debüt als Geschichtenerzähler nachdachte, spürte ich eine gewisse angenehme Spannung, nicht unähnlich dem Genuß, sich die erste *passage d'amour* mit einem neuen begehrten Objekt vorzustellen, und wie es bei diesen kundalinischen Energien ist, währt die Freude der Spannung länger als die Freude der Entladung.

Vielleicht ist das Vorangegangene der rational verbrämte Ausdruck einer faulen Seele, die zufrieden war, ohne Risiko oder Veränderung glückselig zu schweben, und wirklich zitterte ich etwas vor dem Gedanken, allein auf der Straße zu stehen und zu erzählen. Doch in Wahrheit konnte ich mir kaum fehlenden Mut vorwerfen, denn ich hatte keine Geschichte zu erzählen, und wenn ich in der Öffentlichkeit Geschwätz zum besten gegeben hätte, nur um meine eigenen, leeren Worte zu hören, dann hätte ich mich höchstens lächerlich gemacht. Wartete nicht das wahre Kind des Glücks, bis der Geist aus ihm sprach?

Wie dem auch sei, alles geht einmal vorbei, und selbst unsere goldenen Sommertage müssen eines Tages enden, wie uns die Vernunft sagt; allerdings wird die Tatsache, daß uns das Universum diese Beschränkung auferlegt, zweifellos ewig eine bleiben, die das menschliche Herz nicht zu preisen vermag.

10

Ich erinnere mich gut an den Augenblick, als der Karneval vorbei war und der Morgen danach begann, wenn sich auch die Gypsy Joker nur langsam und Stück für Stück in Legenden auflösten, wie Pater Pan es beabsichtigt hatte. Denn der einzige theatralische Moment in diesem sonst sanft entropischen Prozeß war der allererste, der Moment, in dem uns in mehr als einer Hinsicht der Geist verließ und weiterzog. Und das war ein Satori, das niemand von denen, die es erleben mußten, je wieder vergessen wird.

Das Ereignis begann fröhlich und ausgeflippt, das schönste Erlebnis meiner Zeit als Gypsy Joker. Pater Pan erklärte willkürlich die Wiederbelebung des alten terrestrischen Festes Mardi Gras, bei dem die Kinder des Glücks von Woodstock ihre Friedenspfeife mit dem großen Gott Mammon geraucht hatten; sie hatten eine Parade durch die Stadt abgehalten, bei der alles, was sie während des Jahres verdient hatten, als Liebesgabe ans Volk verteilt wurde. Pater hatte beschlossen, diese edle Tradition wiederzubeleben, um unseren Freunden, den Edojin, für ihre Wohltaten zu danken und auch weil er einen feierlichen Rahmen für das geheimnisvolle Ereignis brauchte, das er uns als Höhepunkt versprach.

Wer liebt keine Paraden, wer würde zurückstehen, wenn er in einer fröhlichen Menge durch die Straßen und Parks tanzen kann, berauscht, feiernd und allgemein in der Stimmung, sich so ausgeflippt wie möglich zu benehmen, wenn man die Erlaubnis dazu bekommt, wenn man sogar zu jenen gehört, die der Öffentlichkeit diese Gaben bringen?

Wer wäre so übellaunig, bei einem so hedonistischen Ereignis die Flügel hängen zu lassen, und wer würde erwarten, daß der geheimnisvolle Höhepunkt am Ende eines solchen Ereignisses etwas anderes als fröhlich sein könnte?

Ich nicht und niemand in der Parade, und was die Edojin anging – die waren *certainement* zumindest amüsiert über das Spektakel der Gypsy Joker, die durch ihre Straßen und Parks zogen, über ihre öffentlichen Plätze, an ihren Wohnhäusern vorbei; die sich durch die Gegend schlängelten wie bei einem alten Drachentanz, mit dem König der Gypsy Joker in seinem *Traje de Luces* als Herr und Meister, der den verschlungenen Kurs nach Lust und Laune vorgab.

Wir alle marschierten in unserer Mardi-Gras-Parade hinter unserem Flötenspieler; unser Lager war leer, alles, was zur Unterhaltung und Belustigung aufgeboten werden konnte, wanderte durch

Edoku, stellte sich der Bevölkerung zur Schau, ja drängte sich dieser sogar auf. Die Länge unseres Drachens konnte man daran messen, wie oft es nötig war, ein halbes Dutzend Musiktruppen daran zu hindern, sich zu einer völligen Kakophonie zu überlagern. Jongleure jonglierten, Akrobaten wirbelten, Tänzer bewegten sich rhythmisch, Sänger rannten den Zug herauf und herunter und improvisierten Chöre. Die meisten Geschichtenerzähler blieben stumm, doch ein paar waren verrückt oder berauscht genug, um ihre Geschichten herauszubrüllen oder zumindest zusammenhanglose Fragmente derselben, im Versuch, den allgemeinen Lärm zu übertönen.

Jene unter uns, die keine eigenen Unterhaltungen zu bieten hatten, nahmen mit dicken Säcken voller Leckereien am Geist des Mardi Gras teil; sie trugen Pakete mit Drogen, kleine Weinflaschen und sogar einigen billigen Schmuck, den wir nach Lust und Laune den Edojin am Weg zuwarfen. Ich selbst trug sowohl einen Sack mit Danis Leckereien, die mit einer doppelten Ladung Drogen geimpft waren, als auch einen Sack mit Alis Juwelen, die ich verschenken konnte. Letztere waren *naturellement* nicht auf seine übliche zeitraubende Art hergestellt, sondern bestanden aus vereinfachten Versionen seiner Waren, die zu Dutzenden gegossen worden waren.

Die Parade wand sich von unserem Lager durch die zuvor stillen Wiesen zwischen den Wohnhäusern hinauf, über den Fluß und am Ufer entlang, dann zurück auf einem Kurs, der verschlungen war wie menschliche Eingeweide, durch die Wandelgänge zu Füßen der Glastürme, aus denen wir in Sichtweite unseres Lagers wieder auftauchten, und dann über die Mittagswüste zum großen Wasserfall, unter den Klippen entlang, von denen er sich ergoß, in eine schüsselförmige Wiese, die zu drei Seiten von Miniaturgipfeln umgeben war; darüber hing eine Sonne, die für ewig im Untergang festgehalten war und ein strahlendes Frühabendlicht über den Schlußakt warf.

Als wir durch die verschiedenen Gegenden der Nachbarschaft wanderten, singend, Musik spielend und Kunststücke aufführend, aus unseren Säcken kleine Geschenke an die Passanten verteilend, sammelten wir eine gewisse Anzahl amüsierter Edojin, die an den Seiten des Zuges folgten; doch da keine Route bekanntgegeben worden war, da der Rattenfänger selbst nicht zu wissen schien, welche Richtung er von einem Augenblick auf den anderen einschlagen würde, marschierten wir nie an einer stehenden Menge vorbei. Wir waren ein freies, umherziehendes Völkchen, und es erforderte eher Glück als Planung, wenn jemand an unserem Weg stehen wollte.

Als wir alle das Ende der Parade im Amphitheater unter dem hellen Sonnenuntergang erreicht hatten, waren deshalb immer noch mehr von unserem Stamm als Edojin anwesend, wenn wir auch im Mittelpunkt des neugierigen Interesses einer ganzen Anzahl von ihnen blieben.

Für etwa zwei Stunden wurde die Wiese der Schauplatz einer großen Feier, in die sich die Parade auflöste; hier waren alle Gypsy Joker der Straßen versammelt und alle, die im Lager ihrem Gewerbe nachgegangen waren, und hier bei ewigem Sonnenuntergang konnte man unseren ganzen Stamm und alle seine Attraktionen sehen, aufs Wesentliche reduziert, der Zelte und Verhüllungen beraubt und ohne jeden Zwang, finanziell erfolgreich zu sein.

Essen und Drogen gingen ohne Gedanken an Gegenleistung von Hand zu Hand. Musiker spielten, Sänger sangen, Schauspieler unterhielten uns, Geschichtenerzähler erzählten, und alle weigerten sich, die Münzen anzunehmen, die viele der anwesenden Edojin immer wieder warfen. Die Tantra-Künstler gaben hier im Freien ihre Vorstellungen und luden alle ein, daran teilzunehmen, und niemand brauchte für die Freude einen Preis zu entrichten.

Was mich anging, so mischte ich mich, nachdem ich mein Füllhorn mit Leckereien und Schmuck geleert hatte, in das Treiben, genoß das Essen und das Rauschgift, das mir in die Hand geschoben wurde, wanderte von Unterhaltung zu Unterhaltung, von Geschichte zu Geschichte; aus irgendeinem Grund hatte ich keine besondere Lust, an den tantrischen Darbietungen teilzunehmen oder einen einsamen Geliebten für eine *ménage à deux* zu suchen.

Vraiment, der einsame Geliebte, den ich in dieser Mittsommernacht der Gypsy Joker gesucht hätte, wäre Pater Pan gewesen, doch der Domo des Festes war ein Ziel, das nur das Glück in meine Arme geben konnte. Da drüben lugte er aus der Menge um einen Geschichtenerzähler, dann verschwand er für zehn Minuten, tauchte weiter hinten wieder auf, wo er eine Flasche Wein leerte, verschwand abermals. Pater Pan war ein Berg, der zu Mohammed gekommen war, und ich war ein Teil der willkürlichen Bewegung auf einem vollen Tanzboden.

Und dann, mit der Präzision eines Domo der Kosmokultur, der spürt, wann das Fest seinen Höhepunkt erreicht hat, erschien Pater Pan wie durch Zauberei in einer Wolke aus Funken und Rauch und unter Donnerschlägen auf dem Gipfel des natürlichen Amphitheaters.

Der Effekt war so übernatürlich vollkommen, daß er beinahe komisch wirkte. Pater hatte ein recht langes und kompliziertes Feuerwerk aufgebaut, um die Aufmerksamkeit aller Anwesenden zu wecken, und als das Donnern und Blitzen aufhörte und der Rauch davonwehte, stand er da, strahlend in seinem Vielfarbigen Tuch, die goldene Mähne von Haar und Bart in eine Aura verwandelt durch die flammende, strahlende Scheibe der untergehenden Sonne, in deren Zentrum sein edles Gesicht schwebte.

Wie er dort in einer Kette von Bonsai-Bergen stand, im Gegenlicht eines Sonnenuntergangs, der seinem materiellen Körper die Korona der Legende schenkte, erschien Pater Pan wie Titan, ein *haut turista* vom Olymp – selbst für Augen, die genau wußten, mit welcher Kunst dieser Effekt erzeugt worden war. Man konnte nicht anders als ehrfürchtig werden, wenn auch nur vor der transzendenten Chuzpe.

»Höret mich, o Kinder des Glücks«, rief er mit ungeheurem Pathos in das Geraune, das sich bei seinem Auftritt erhoben hatte. »Hört zu, all ihr Gypsy Joker! Seht den König den Zigeuner und den Prinzen der Joker in all seiner Pracht vor euch stehen! Seht, wie die Macht seiner Größe sogar die Berge und Türme klein erscheinen läßt, die sich triumphierend ins Firmament erheben!«

Durch diese wirklich übertriebene Angeberei kamen vielen von uns, mir auch, gewisse Scherze in den Sinn. Doch niemand begann zu spotten. Denn das transzendente Bild, das in unsere Augen gebrannt war, erzeugte eine Art Starre, die Pater Pan mit dem Zeitgefühl eines echten Meisters benutzte.

Er setzte sich plötzlich nieder, lehnte sich gegen einen Berg, legte den Arm über einen zweiten Gipfel und verwandelte das Gebirge in einen etwas unregelmäßigen Sessel.

»Natürlich sind es sehr *kleine* Berge«, sagte er mit einer ganz anderen Stimme, was ein allgemeines Gelächter hervorrief. »Und was meine überragende Prächtigkeit angeht, nun, die liegt zu einem guten Teil an dieser theatralischen Beleuchtung, und das Firmament, vor dem ich mich triumphierend erhebe, ist nichts weiter als der übliche Ersatz der Edojin für den wirklichen Himmel. Manchmal vergesse ich das. Ihr vergeßt es auch.«

Er stand wieder auf, doch nun waren das zauberische Licht und die Perspektive unwiderbringlich gebrochen; er schritt in kleinen Ellipsen umher, während er weitersprach, als wollte er verhindern, daß sich das prächtige Bild abermals aufbaute.

»Wir dürfen nicht vergessen, daß der König der Zigeuner nur ein Kind des Glücks und der Prinz der Joker ein ganz normaler Mann ist«, erklärte er in völlig untypischer Bescheidenheit. »Das Kind des Glücks vergißt nicht, daß niemand einem Führer folgen sollte, und der Mann weiß, daß der Guru, der seiner Schüler wert ist, jener ist, der weiß, wann es genug ist.« Er nahm eine etwas angeberische Haltung ein, während er die letzten Worte verkündete, als wollte er uns dafür schelten, daß wir uns seinem übermächtigen Charme unterworfen hatten.

»Gewiß, und ich hoffe, ihr habt es nicht vergessen«, sagte er nüchterner. »Ich hoffe, ich lasse Kinder des Glücks zurück, die die Lieder ihres eigenen Geistes hören, statt einer zerlumpten Bande von Kleingeistigen, die nur auf *meine* Flunkerei etwas geben. Denn das große Edoku ist nur ein einziger Flicken im Tuch, aus dem unser Zweites Raumfahrendes Zeitalter gewirkt ist, und unsere Zeit hier ist nichts weiter als ein einziger Pulsschlag in der tausendjährigen Geschichte unserer Art. Und dieser Mann, der hier vor euch steht, hat einen mächtigen Eid geleistet, alles zu sehen und alles zu sein auf allen Welten der Menschen, bevor seine Zeit zu Ende geht. So habe ich geschworen, und so solltet ihr alle schwören, denn Pater Pan wäre kein wahres Kind des Glücks, wenn er seine eigene Zauberstraße gegen die lästige Rolle eures ewigen Übervaters eintauschte.«

Er hielt inne, und dann, so schien es, sah er mir direkt in die Augen und brach mein Herz; ich sollte erfahren, daß andere ebenfalls diesen durchdringenden Blick auf sich spürten.

»Ich habe das Lied gesungen und die Geschichten weitergegeben, ich habe euch als Freunde und Geliebte kennengelernt und eurem Stamm den Namen gegeben, und nun gebe ich die Fackel weiter. *Genug ist genug*. Erbittet nichts weiter vom König der Zigeuner. Sein Tag als Domo dieser Feier ist zu Ende. Morgen früh bricht der Prinz der Joker auf, um weiterzuziehen und seine Dienste anderen Kindern des Glücks auf den weitverstreuten Menschenwelten zu schenken. Der Zigeunerkönig von Edoku ist tot, lang lebe der Jokerprinz der Zauberstraße!«

Naturellement brauche ich wohl nicht eigens zu beschreiben, daß auf diese Verkündung die Hölle losbrach, daß sich unser Fest in ein wildes aufgeregtes Durcheinander verwandelte, während wir in kleinen Gruppen durch den Bezirk mit den Türmen zum Camp der Gypsy Joker zurückwanderten wie eine Flut, die von einer Felsküste ins Meer zurückströmt.

Aber vielleicht birgt die Stimmung unseres Rückweges auch eine Erhellung, denn während der erwartete *mal d'esprit* auch nicht zu übersehen war, gab es doch eine gewisse Einsicht, denn niemand konnte im Herzen leugnen, daß Pater Pan die Wahrheit gesprochen hatte.

Hatten wir nicht dieses kunstvolle Bild, das sich selbst geschaffen hatte, als den Führer nicht nur unseres Stammes, sondern unseres Geistes gewählt? Und hatten wir nicht alle von Pater Pan selbst gelernt, daß gerade dies eine Verletzung des Geistes war, den er uns lehrte? Denn ist das wahre Kind des Glücks nicht ein Mensch, der seinem eigenen Geist folgt und keinem anderen? Konnten wir deshalb leugnen, daß der König der Gypsy Joker sterben mußte, damit wir nicht vergaßen, daß die Kinder des Glücks keinen Führer in ihrer Mitte dulden dürfen?

Und was mich anging, wer kannte den Mann besser als die meisten anderen und wie konnte ich das Recht des Mannes bestreiten, der mir eine Welt und mehr eröffnet hatte, nun die Freuden zu suchen, die er auf anderen Planeten finden mochte?

So spricht das plötzlich erleuchtete edle Wesen im unmittelbaren Nachklang eines mächtigen Satori, doch die ganz normale Frau und Geliebte, die bald verlassen werden sollte, war längst wieder in mir erwacht, als ich zum Camp zurückkehrte; und diese Moussa war mehr als geneigt zu alltäglicher Eifersucht, wenn auch die Identität der Rivalin verwirrend undeutlich blieb.

Als ich ankam, fand ich vor Paters Zelt eine Unmenge von Bittstellern, und ich war nicht bereit, darauf zu warten, daß mir gnädig eine Audienz beim Hohepriester gewährt wurde. Dutzende Gypsy Joker versuchten mit Pater zu sprechen, so daß ein lautes Stimmengewirr entstand; allerdings waren die meisten jener, die sich am dichtesten an Pater gedrängt hatten, weiblichen Geschlechts und hatten offenbar mehr im Sinn als ein Gespräch.

Diese Beobachtung konnte kaum meinen Zorn angesichts der drohenden Einsamkeit mindern, und ohne nachzudenken aktivierte ich den Fühler, um die einzige meiner Kräfte zu wecken, auf die ich mich in einer solchen Extremsituation verlassen zu können glaubte. Einen Augenblick später benutzte ich sie in einer Weise, daß ich mich schäme, es zu berichten; ich drängte mich unter erstaunten Schreien und geheimnisvoll erregtem Stöhnen durch die Menge, bis ich zornig vor Pater stand.

Doch Pater erfaßte den Augenblick mit seinem übernatürlichen Zeitgefühl und wischte den Zorn mit einem strahlenden Lächeln beiseite, indem er zu seinem Zelt deutete. »Moussa!« rief er. »*Vamamos!* Wir müssen reden!« Und er nahm mich bei der Hand und führte mich hinein als die erwählte Favoritin seiner letzten Nacht auf Edoku – vor den Augen des Stammes und unter wütenden Blicken meiner Rivalinnen.

Einerseits war ich über diese offene Bestätigung, daß ich unter vielen zumindest die erste war, erfreut, doch andererseits – würde dies nicht ein Abschied werden?

»Pater …«

»Moussa …«

Wir standen neben dem Bett, dem einzigen praktischen Möbelstück, und ich wußte nicht, ob ich ergriffen oder wütend sein sollte, und er war, wie es aussah, ein einziges Mal sprachlos.

»Warum tust du das, Pater?« fragte ich schließlich.

»Habe ich mich nicht deutlich erklärt?«

Ich schnaubte, veränderte meine strategische Lage, indem ich mich aufs Bett warf. »Dort unten hat der König der Gypsies und der Prinz der Flunkerei zur allgemeinen Erleuchtung Koans gewoben. Ich glaube, ich habe ein Recht zu wissen, was wirklich im Herzen meines scheidenden Geliebten vorgeht.«

»Du willst, daß ich mit dir die Geheimnisse meiner Seele teile?«

»Ich muß mir zumindest klarwerden, ob du überhaupt eins hast.«

Pater lachte, zuckte die Achseln und setzte sich neben mir aufs Bett. Er betrachtete mich mit einem entrückten Ausdruck. »Der König der Zigeuner ist vielleicht fort, aber der Prinz der Joker bleibt«, sagte er. »Wenn du also willst, daß ich dich nicht auf den Arm nehme, dann mußt du für den erhaltenen Wert einen echten Gegenwert geben.«

»Hatte ich je die Macht, etwas vor dir zu verbergen, Pater?«

»Hattest du sie nicht?« sagte er anklagend. »Hast *du* nicht *mich* mit dem wahren Geheimnis deiner tantrischen Kräfte hereingelegt? Hast du mich nicht mit gespielter, verletzter Unschuld hereingelegt, als ich nicht glauben wollte, daß sie völlig aus dem unschuldigen Wesen deines Geistes stammen?«

»*Bien*, wenn du nun vom Herzen sprechen willst, dann soll dir mein armes, einziges Geheimnis enthüllt werden«, sagte ich impulsiv, denn was hatte ich zu verlieren, wenn ich alles einem Geliebten enthüllte, den ich sowieso verlieren würde? »Die Gründe des perfekten Meisters, der für das Gute und das Wohl des Ganzen wirkt, die habe ich, glaube ich, verstanden, doch ich will die persönlichen, eigensüchtigen Gründe des normalen Mannes wissen.«

»Du siehst tief, Moussa«, räumte er ein. »Denn während die altruistische Rolle des Gurus und öffentlichen Wohltäters ihre eigenen eitlen Belohnungen mit sich bringt, ist jener, der sich vorstellt, die Begierden des Ichs zum Wohl aller transzendiert zu haben, nur eine leere Hülse. *Vraiment*, dieser ganz normale Mann hat wirklich seine eigenen geheimen Begierden, seine verrückten, persönlichen Leidenschaften, die noch darüber hinausgehen, auf den Menschenwelten den Flötenspieler für die Kinder des Glücks zu spielen.«

»Und du meinst damit nicht die Leidenschaft, die in deiner genitalen Ausrüstung ihren Ausdruck findet ...«

Er lachte. »Die ist weder geheimnisvoll noch verrückt«, sagte er. »Wogegen die Leidenschaft, von der ich spreche, gewiß beides ist!«

»Nämlich ...?«

»Willst du nicht unsterblich sein, Moussa?«

»Wer will das nicht? Aber das ist kaum eine Leidenschaft, der jemand anders als ein Zauberer der Heilkünste nachgehen könnte ...«

»Falsch!« erklärte Pater todernst. »Schließlich kann man die Unsterblichkeit des Geistes anstreben und sogar erreichen, indem man große Taten vollbringt oder unsterbliche Kunstwerke schafft ...«

»Oder indem man sein *eigenes* unsterbliches Kunstwerk wird, wie es gewisse Leute getan haben ...«, schlug ich trocken vor.

»Gewiß, wie ich es schon lange getan habe«, gab er zu. »Aber ich strebe eine hedonischere und völlig selbstsüchtige Art der Unsterblichkeit an, die Art, die die Arkies kannten ...«

»Die Arkies?«

Er nickte, und ein seltsamer Ausdruck kam über sein Gesicht, ein Ausdruck, der mich zwang, seine Erzählungen über seine Geburt vor dem alten Raumfahrenden Zeitalter zu glauben, denn in diesem Augenblick schienen seine Augen übernatürlich alt, als strotzten sie zum Überlaufen mit Anblicken aus Millionen Jahren, wie sie kein sterblicher Mensch je gesehen haben konnte.

»Die Arkies lebten generationenlang auf den großen, langsamen Arkologien, die als erste die Menschen zu den Sternen brachten, wie wir alle wissen«, sagte er. »Aber so langsam sie nach den Maßstäben des Sprungantriebs waren, auf ihren langen Riesen näherten sie sich weit genug der Lichtgeschwindigkeit, um die Zeit schneller vergehen zu lassen. So wurden bei einer Reise, die bloße Dekaden dauerte, vielleicht einige hundert Lichtjahre überwunden, und was noch wundervoller ist, es vergingen einige *Jahrhunderte.*

Warum blieben die Arkies ewig zwischen den Sternen unterwegs? Gewiß nicht, weil die Arkologien in ihren Hüllen größere Abenteuer und Freuden bargen als ein ganzer Planet! Nein, der wahre Traum, das Wesen des Arkie-Funkens war es, *die ganze Geschichte zu erleben!* Aus den armseligen dreihundert Jahren, die unsere Körper leben, ein Bewußtsein zu machen, das *Jahrtausende* umspannen kann! *Vraiment,* um das unmögliche Ziel zu verfolgen, unsere gesamte

Geschichte zu kennen, bevor man in die unbekannte Leere aufbricht! Um, auf jeden Fall, so unsterblich zu sein wie unsere ganze Art, nicht als Legende, sondern in Fleisch und Blut als Zeuge und Mensch!«

»Verrückt!« rief ich. »Unmöglich! Und auf jeden Fall gingen die Arkies mit dem Ersten Raumfahrenden Zeitalter unter ...«

»So behaupten es jene, die sich die Wissenschaftler der Geschichte nennen!« erklärter Pater. »In der Mitte des Ersten Raumfahrenden Zeitalters war es ganz normal, daß die Kolonisten die langen Lichtjahre im Kälteschlaf überdauerten, und wurde dadurch das Leben nicht von Zeit und Überdruß verschont? Die Arkies besaßen genügend Mittel und Wagemut, um sich für Jahrhunderte einfrieren zu lassen, wachten ein paar Monate auf, um ein anderes Kapitel der langen Geschichte zu erleben, ergänzten ihre Mittel und sprangen abermals im kalten Schlaf durch die Zeit. Von einigen behauptet man, sie hätten es ein Dutzendmal getan und noch die Entstehung des Zweiten Raumfahrenden Zeitalters erlebt!«

»Du zeigst eine erstaunliche Kenntnis der Geschichte der Arkies«, sagte ich trocken.

»*Porqué no?* Ich war ja dabei!«

»Soll dies alles dazu dienen, mir klarzumachen, daß der Mann neben mir ein Arkie-Dinosaurier ist, der aus dem Gletscher der Zeit aufgetaut ist?«

»Habe ich es dir nicht schon einmal gesagt? Und hast du es geglaubt? Glaubst du es jetzt? Glaube mir, daß ich das Erste Raumfahrende Zeitalter sah oder nicht, aber glaube mir wenigstens, daß ich die ungeträumten Wunder des beginnenden *Dritten* sehen will oder bei dem Versuch mit erhobenem Kopf untergehen!«

»Unmöglich!«

»Wirklich?« sagte Pater Pan, während sich ein seltsamer, gequälter Ausdruck in seine Augen stahl. »Bedenke, im Elektrokoma auf den Sprungschiffen geht keine Sekunde des Lebens verloren, und verglichen mit dem Kälteschlaf im Ersten Raumfahrenden Zeitalter ist das erfolgreiche Aufwachen so sicher, daß wir uns nichts dabei denken, es aus ökonomischen Gründen zu riskieren.«

»Aber ... aber die Sprungschiffe brauchen nur Tage oder Wochen, um zwischen den Menschenwelten zu reisen, nicht Jahrhunderte ...«

»*Vraiment!*« rief Pater. »Deshalb mußt du, je mehr du von den Menschenwelten siehst, um so mehr von der *Zeit* sehen! Moussa, hast du dich nie danach gesehnt, die Straßen zukünftiger Städte zu durchstreifen, die Bürger einer zukünftigen Gesellschaft kennenzulernen, dabei zu sein, wenn unsere Art endlich andere bewußte Wesen aus dem Meer der Sonnen begrüßt? Hast du nie im Herzen getrauert, weil du wußtest, daß die größten Kapitel der Geschichte unserer Art erst aufgeschlagen werden, wenn du tot und vergangen bist? Die Arkies versuchten der Hand der ungerechten Sterblichkeit mit ein paar langsamen, gefährlichen Sprüngen zu entkommen, doch im Zweiten Raumfahrenden Zeitalter werde ich es tun, wie es heute getan werden muß ...«

Schnipp! Schnipp! Schnipp! machten seine Finger. »Genauso wie die Edojin den Rapid benutzen!«

»Wieviele Welten *hast* du denn nun gesehen ...?« flüsterte ich verwundert und ehrfürchtig, denn *certainement* mußte das Ziel, das er verfolgte, für immer jenseits des Horizontes eines Sterblichen bleiben; die tausendjährige Suche danach schien nicht völlig außerhalb der universellen Gesetze, doch bei dieser Vorstellung protestierte der Geist und schien zugleich zu schweben.

»Quién sabe?« sagte Pater Pan mit einer weniger großartigen Stimme. »Wenigstens hundert, wenn mich mein Gedächtnis nicht trügt. Und ich will den Rest sehen, ehe die Zeit meines Körpers verstrichen ist.«

Er zuckte die Achseln und seufzte. Zum erstenmal, seit ich ihn kannte, sah ich eine dunkle und sehnsüchtige Traurigkeit, die hinter den tiefen blauen Augen meines Rattenfängers lag. »In Wirklichkeit weiß ich, daß ich es am Ende doch nicht erreichen werde, *vraiment*, was für ein Monster wäre ich, wenn ich wirklich auf meinen Erfolg hoffte, denn nicht einmal ich habe die Nerven zu sehen, wie unsere Art von den Sternen verschwindet. Doch wenn ich am Ende nicht hoffen kann, alle menschliche Zeit zu erfahren, dann werde ich wenigstens, bei dem Geist, der mich aus den Bäumen und auf die Zauberstraße brachte und der nie untergehen wird, den Versuch machen, alle Welten der Menschen zu erleben; ich will sterben wie ich lebte, und ich erkläre mein Leben zu einem begrenzten Sieg im letzten Augenblick desselben!«

Pater berührte meine Hand. Er neigte den Kopf und betrachtete mich mit Augen, die in diesem Moment zugleich fröhlich und traurig waren, heldenhaft und geschlagen, und in ihnen sah ich den edelsten und tapfersten Geist auf allen Menschenwelten und einen kleinen Jungen, der in der allertiefsten Dunkelheit Angst hat. »*Jetzt* verstehst du, warum der Mann, ganz zu schweigen vom König der Zigeuner und dem Prinz der Joker, nicht zu lange an einem Ort bleiben kann«, sagte er leise.

»Vraiment!« erklärte ich. Wie verrückt und traurig und tragisch

und wundervoll dies alles war! Was für eine Geschichte, dies als das Abenteuer des Lebens zu erfahren! »Nimm mich mit!« sagte ich. »Ich bin mehr als bereit, für ewig mit dir in einem phantastischen Leben von Planet zu Planet und durch die Jahrhunderte zu ziehen!«

»Das könnte ich nicht tun, selbst wenn ich es wollte«, sagte Pater, während er mich mit einer warmen und wehmütigen Zärtlichkeit betrachtete, in der ich dennoch kein Bedauern sah. »Wir sind vielleicht zwei Seelen desselben Geistes, du und ich, aber dieser Weg, den ich gewählt habe, ist nur für meine Schritte bestimmt. Der Mann, der dich liebt, würde nicht zulassen, daß deine junge Seele als Gefährtin eines solchen Fliegenden Holländers an ihm klebt, aus dem gleichen Grund, aus dem der Rattenfänger weiterziehen muß, wenn die Kinder des Glücks die Musik seines Liedes gelernt haben. Deine Zauberstraße mußt du selbst finden. Wenn dich das Schicksal eines Tages wieder an meine Seite bringen wird, dann werde ich dich als gleichen Geist begrüßen. Aber *nur* als gleichen Geist, nie als Gefährtin. Nie als das Mädchen, das du bist, nur als die Frau, die du werden wirst. *Comprend?*«

»Ja«, sagte ich leise. »Es gefällt mir nicht, aber ich verstehe.«

Und dann, als wollte er der Klinge ihre Schärfe nehmen, erwachte wieder der Joker und sprach mit liebevollem Zynismus. »Außerdem fallen spirituelle Erfordernisse und finanzielle Überlegungen zusammen. Da das Geld, das ich zum Reisen brauche, mit Zeit bezahlt wird, kann ich es mir nicht erlauben, jemand kostenlos mitfahren zu lassen, oder?« Irgendwie war dieser profane Geiz unter diesen Umständen eine freundliche Barmherzigkeit.

Wir starrten und einen langen Augenblick schweigend in die Augen, sagten Lebewohl oder, wie ich zu hoffen wagte, auf Wiedersehen, und umarmten uns; er schon lange bereit, sein selbstgewähltes Schicksal zu akzeptieren, während ich nicht die kleinste Ahnung hatte, was mein künftiges Ziel sein könnte.

Dann, als die stumme Umarmung sich schmerzhaft in die Länge zog, lachte Pater mit seiner Fähigkeit, den richtigen Augenblick zu finden, zuckte die Achseln und verzog das Gesicht zur komischen Nachahmung eines kleinen schmollenden Jungen. »Und da wir von einem fairen Handel sprechen«, sagte er ironisch, »nun, ich habe dir das tiefste Geheimnis meiner Seele offenbart, und jetzt mußt *du* das Geheimnis deines magischen Fühlens offenbaren.«

»Gut gesagt!« kicherte ich, erstaunt, daß in mir auf die Bitte des Flötenspielers ein solches Gelächter aufbrandete. »Wirklich, weit besser gesprochen, als der Sprecher selbst glauben würde.«

Ich zog den Fühler vom Finger und schob ihn feierlich auf Paters kleinen Finger.

»Das hier?« rief er. »Dieses gewöhnliche, billige Schmuckstück soll die Quelle deiner Kraft sein?«

»Entworfen ohne ästhetischen Anspruch und ökonomischen Wert, um nicht die Aufmerksamkeit von Dieben zu erregen«, erklärte ich ihm. *»Attends.«* Und während ich es sagte, nahm ich seine Hand, drückte auf den Ring, und bevor er wußte, was geschah, legte ich seine Hand über sein Lingam.

Der Ausdruck, der über sein Gesicht zog, hätte in einem Holo oder von einem Künstler in Öl festgehalten werden sollen, denn ich habe noch nie vorher oder nachher eine solche Mischung aus Erstaunen, Freude, Verwirrung und Verlegenheit gleichzeitig in einem menschlichen Gesicht gesehen. Er tastete sich vorsichtig ab, wobei er ein Stöhnen unterdrückte. Dann streichelte er die Innenseite seines Schenkels und starrte den Ring in verwirrtem Entzücken an.

»Merde!« rief er. »Ich wäre der letzte zu leugnen, wie sehr ich meine eigene Person schätze, doch selbst *ich* hätte nie geglaubt, daß ich mich selbst so lieben kann!«

»Mein Vater hat ihn gemacht«, erklärte ich. »Er nennt ihn den Fühler.«

»Dein Vater? *Cuanto cuesta?* Gewiß kannst du ihn doch überzeugen, einem *amigo* einen Nachlaß einzuräumen? Mit diesem Ding und den bereits überwältigenden Fähigkeiten des großen Pater Pan könnte ich die Frauen aller Welten in einer Weise beglücken, die Don Juan und Casanova wie Mönche erscheinen ließe!«

»Zweifellos«, sagte ich trocken. »Aber er ist um keinen Preis zu verkaufen. Auf allen Menschenwelten ist meiner der einzige, den es gibt, und mein Vater hat einen Eid geleistet, daß es keinen weiteren geben wird, solange ich nicht damit einverstanden bin.«

»Pas problem! Sage ihm nur, er soll eine einzige Ausnahme machen …«

»Und den priapischen Dämon an die unschuldigen Frauen der Welten verlieren?«

»Vraiment«, sagte Pater völlig ernst, indem er den Ring vom Finger zog und in meine Hände gab. »Wenn jeder Liebende auf allen Menschenwelten einen solchen Ring trüge, was würde aus der tantrischen *Kunst*? Wenn wir alle perfekte Meister der Freude wären, würden wir dann immer noch die Augenblicke erkennen, wenn über das Fleisch zwei wahre Geister zueinander sprechen?«

»Ich habe einen derartigen Mangel an Kommunikation zwischen *uns* nicht feststellen können …«, stichelte ich.

»Ich bin nicht ganz sicher, ob so ein Apparat nicht den Geist des Mutes der Liebe korrumpieren würde …«

»Ich spüre keine Korrumpierung im Mut meines Geliebten!« sagte ich nachdrücklich.

»*Bien*. Dann wirst du sicher nichts gegen meinen Vorschlag einwenden, daß unsere letzte *passage d'amour* auf Edoku *au naturel* geschehen soll. Ist es nicht gerecht, daß nun die ganz normale Frau aus ihrer magischen Festung treten soll, um einem wahren Geliebten *bon voyage* zu wünschen?«

»Gut gesprochen«, erklärte ich sofort, denn das Zittern, das ich bei seinen Worten fühlte, auf bizarre Weise dem einer Jungfrau ähnlich, die sich zum erstenmal vor ihrem Geliebten entkleidet, stachelte mich nur an. Denn was ist Mut, wenn er nicht im Angesicht der Furcht gefühlt wird, was ist Liebe wenn nicht das Entblößen der eigenen nackten und unvollkommenen Wahrheit?

Während ich noch sprach, wickelte ich die Schärpe der Gypsy Joker von der Hüfte und begann mich auszuziehen. Ich fühlte tatsächlich etwas wie die zitternde Freude der ersten Liebe einer Jungfrau, wenn auch glücklicherweise nicht die dumme Unwissenheit einer solchen.

Dann lagen wir uns in den Armen, und wenn auch die Dauer und die sinnliche Intensität der künstlerischen Leistung nicht mehr übernatürlich gefördert wurde, so war doch das Wesen der Erfahrung, zurückgeführt auf die Begegnung von Lingam und Joni, völlig dasselbe.

Zuerst versuchten wir, uns gegenseitig mit Freude zu überwältigen, und da dieser Liebeswettstreit nun unter gleichen Bedingungen stattfand, gewann Pater endlich einmal die Oberhand; doch die Folge dieser fast lustigen Ouvertüre war dieselbe wie früher – wir schritten zur nächsten Stellung weiter, in der die Dualität von gebender und nehmender Freude in der Erfahrung der Freude selbst unterging, und zwei Geister erreichten einen einzigen Höhepunkt.

Vraiment, einmal *war* es nur ein einziger Höhepunkt, und einmal spürten wir beide kein Verlangen, mehr zu versuchen und mehr anzubieten. Das soll nicht heißen, daß wir völlig befriedigt waren; vielmehr erkannten wir mit der Weisheit unseres Fleisches, daß man im Tantra wie in jeder anderen Kunst eine perfekte Miniatur nicht zerstört, indem man sie zu einem Werk epischer Dimension aufbläst.

»Es scheint mir, daß dein Geist der einer Liebenden ist, die solche Kräfte überleben kann«, sagte Pater schließlich, als wir uns im Dunkeln zusammenkuschelten. »Ich selbst würde darauf nicht vertrauen. Wer, frage ich mich, ist der wahre Gypsy und wer der wahre Joker?«

»Wir beide«, sagte ich, seltsam zufrieden, im Arm des Mannes zu liegen, der am Morgen davonziehen würde.

»Ich werde fort sein, wenn du erwachst«, sagte Pater, als hätte er meine Gedanken gelesen. »Wir wollen lieber jetzt auf Wiedersehen sagen als an einem tränenerfüllten Morgen. Ich werde einen Flicken aus deinem Tuch schneiden, bevor ich fahre, und ich werde dir ein Stück von meinem lassen, das du in deine Schärpe nähen kannst, so daß wir jeder ein Stück vom Karma des anderen im Gewebe unseres Schicksals tragen.«

Gerührt küßte ich ihn auf die Wange. »Laß mir noch etwas«, bat ich ihn. »Moussa ist der Kindername, den meine Eltern mir gaben im Gedenken an die Wesen, die vor langer Zeit eine unschuldige Kindheit beschützten. Gib mir einen Eigennamen für das wandernde Kind des Glücks, und ich werde dir versprechen, ihn erst anzunehmen, wenn ich seiner würdig bin, was heißen soll, bis ich meine erste Münze als Geschichtenerzähler verdient habe. Danach werde ich der Name sein, den du mir gegeben hast, bis wir uns wieder begegnen oder für immer, was zuerst kommt.«

»Einen Namen für die Geschichtenerzählerin, die du eines Tages sein wirst ...?« sagte Pater nachdenklich. »*Bien*, ich taufe dich Sunshine, das Licht der Welt und Luzifers Tochter, ein Stern unter vielen und allen gleich, und die heilige Siegelmarke der Kinder des Glücks im Raumfahrenden Zeitalter.«

»Sunshine ...«, murmelte ich verschlafen. »Das scheint mir ein ziemlich ausgefallener Name zu sein.«

»Sollte ich dir einen weniger strahlenden Namen geben? Sunshine wirst du sein, wenn du bereit bist, in der Dunkelheit zu leuchten.«

Dies waren die letzten Worte dieser Nacht, an die ich mich erinnern kann, wenn es auch zweifellos weniger zusammenhängende Beteuerungen gab, die in diesem hypnotischen Dunkel, in den verlorenen Erinnerungen des kommenden Schlafes mit seinen Wolken untergingen.

Und wie er gesagt hatte, war der König der Gypsies und der Prinz der Joker aus meiner Welt verschwunden, als ich erwachte.

11

Unsere spontane, allgemeine Reaktion am Morgen von Pater Pans Abreise war es, einen tapferen Versuch zu machen, den Geist des Stammes weiterleben zu lassen, sowohl im Gedenken an seine Legende als auch aus einem gewissen verdrehten Wunsch nach Rechtfertigung in seinen Augen, der auch einen gewissen Anteil psychischer Rache enthielt. Soll heißen, wir entwickelten im nachhinein die Auffassung, daß unser vermißter Beschützer und Patron niemals wirklich bei einem der Unternehmen *gearbeitet* hatte, die wir aufgebaut hatten – nur als dilettantischer Gründer und Förderer. Waren wir selbst nicht die wahren Kinder des Glücks, *vraiment,* waren wir nicht die *Gypsy Joker?* Gewiß konnten wir doch den Geist und den Betrieb des Karnevals allein aufrechterhalten!

Naturellement, selbst wenn ich damals darüber nachdachte, verstand ich nur zu gut, daß die Wunde, die der Verlust Paters in unserem Geist geschlagen hatte, bewußt so gesetzt war, daß sie genau diese Reaktion hervorrufen sollte. Und ich konnte nicht die Berechtigung der Herausforderung bestreiten. Wenn wir unfähig waren, ohne Pater Pan Gypsy Joker zu sein, wie konnten wir uns dann *mit* ihm ernsthaft für Gypsy Joker halten?

Und wirklich, ich muß uns zugute halten, daß wir eine Zeitlang unser Unternehmen aus eigener Kraft am Leben hielten. Geschichtenerzähler, Händler und Schausteller zogen wie zuvor hinaus, die Zelte unseres Lagers lockten nach wie vor Kunden zu tantrischen Darbietungen, Glücksspielen und Unterhaltungen, und Handwerker stellten nach wie vor ihre Waren her.

Vraiment, es schien, daß Paters Abschied dazu gedient hatte, uns genau die beabsichtigte Lektion zu erteilen. Ob die nächsten Ereignisse ein weiteres Koan waren, das Pater Pan zu unserer weiteren Entwicklung vorbereitet hatte, oder ob es ein Fehler in seinem Szenario war, ist auch im Rückblick schwer zu sagen, denn es hing mit der eigenartigen Vieldeutigkeit der Rechtsphilosophie der Edojin zusammen.

Wie ich schon sagte, war die Errichtung von Camps der Kinder des Glücks auf Edoku verboten; zumindest so verboten wie Gewalt oder Raub. Soweit wir wußten, war das Lager der Gypsy Joker die einzige Ausnahme von dieser Regel, und es war uns schleierhaft, wie Pater Pan die Edojin bewegt hatte, es uns zu gewähren, ebenso wie wir nicht die Mittel kannten, mit denen die Edojin ihrem Unbehagen gegenüber möglichen Lagern anderer Stämme Ausdruck verliehen.

Wenn ich in dieser Erzählung die Regierungsform und die Ordnungskräfte des großen Edoku bisher noch nicht beschrieb, ja sie nicht einmal erwähnte, so geschah dies nicht aus Nachlässigkeit oder Bequemlichkeit. Aus der Perspektive eines Kindes des Glücks existierten Regierung und Beamte einfach nicht, denn niemand konnte je einen solchen Menschen oder seine Anordnungen offen sehen. Die Herstellung der öffentlichen Ordnung *geschah* einfach; das Aufspüren und die Bestrafung von Gaunern und Taschendieben durch improvisierte Gerichte, was Pater Pan in ein lohnendes Unternehmen verwandelt hatte, schien das allgemeine Modell dafür zu sein, wie das Staatswesen Edokus mit Verbrechern umging.

Wie geschickt Pater Pan mit seiner Politik das Lager der Gypsy Joker an das soziale System der Politik Edokus angepaßt hatte, wurde erst klar, als nach seiner Abreise die Dinge zerfielen.

Binnen einer Woche nach der Mardi-Gras-Parade begann der Handel im Lager, alles andere als bereichert durch den Mythos dieses Ereignisses, sichtlich niederzugehen. Am deutlichsten sahen wir es an den Produkten der Handwerker, die plötzlich nicht mehr begehrt waren. Sogar Alis Schmuck bettelte an seinem Stand im Lager zu reduzierten Preisen um Kundschaft, und bald schien es mir sinnlos, zu versuchen, ihn in den Straßen und Parks zu verkaufen.

Die Qualität des Schmucks und die Kunstfertigkeit der Herstellung bestanden weiterhin, doch leider waren solche Merkmale noch nie die Grundlage der Beliebtheit unserer Erzeugnisse gewesen. Eher waren sie symbolische Unterpfänder der geschätzten Seltsamkeit und des romantischen Geistes der Kinder des Glücks, und man gab das Ruegelt her als Akt der liebevollen Erinnerung an das eigene Wanderjahr.

Vielleicht war Pater zu geschickt gewesen, denn sein eigener Mythos war ein wichtiges Verkaufsargument gewesen, und als dieser Mythos aus der Öffentlichkeit verschwand, verlor auch unsere Absonderlichkeit ihren Reiz; wir wurden als zerlumpte Gören betrachtet, und unser Schmuck, einst gelobte Gegenstände im Kult unseres Geistes, wurde nun von den Edojin als billiger Ramsch betrachtet.

Es dauerte nicht lange, bis wir unsere tantrischen Bilder vor leeren Zelten spielten; selbst jene, die die Zuschauer zur Teilnahme aufforderten, verloren ihre Kundschaft. Nachdem der Geist der Kinder des Glücks einmal seinen Wert als stilistische Eigenart verloren hatte, war das Kind des Glücks auch kein Gegenstand erotischer Phantasien mehr. Und auf Edoku, wo jede Laune der Phantasie sich manifestierte, konnten wir allein auf der Grundlage unserer Kunst kaum gegen die tausendundeine Freude bestehen.

Und was tantrische Soloauftritte anging, die schließlich meine einzige, allerletzte Einnahmequelle waren – nun, eine Nacht in einem Zelt, in der Illusion, man sei wieder ein Kind des Glücks, oder ein Abenteuer im Freien aus einer momentanen Laune heraus waren plötzlich nicht mehr *wu*, sondern erschienen wie ästhetische Barbarei.

Während dieses Niedergangs begriff ich sehr gut die Abneigung der überlegenen Stammesmitglieder, beim Genuß von Eßblöcken von der üblichen Klientel der öffentlichen Bedürfnisanstalten gesehen zu werden! Das einzige unserer Unternehmen, das recht und schlecht weiterlief, war der Verkauf von Imbissen auf Tabletts; selbst die Edojin spürten nicht selten ein Verlangen nach einer Lekkerei, und wenn der Geruch einen hungrigen Magen erreichte, gaben sie nicht viel auf ästhetische Erwägungen.

Deshalb waren unsere Köche bald von Horden verarmter Kameraden und Geliebter umlagert, denn es gab kaum jemand im Lager, der nicht, ähnlich wie ich bei Dani, Anspruch auf die Freundschaft eines Kochs hatte. Wie konnte er müßig dastehen und seine Gewinne machen, indem er seine Leckereien an die Edojin verkaufte, während ich dazu verdammt war, Eßblöcke herunterzuwürgen? Wie konnte ein wahrer Gypsy Joker zusehen, wie ein anderer, im Grunde der ganze Stamm, sich in öffentlichen Bedürfnisanstalten erniedrigte, wenn er die Mittel und die Kunst besaß, seine Stammesmitglieder vor den Eßblöcken zu bewahren?

Und wirklich, zuerst konnten unsere edlen Kochkünstler unserem Bitten und Betteln nicht widerstehen. Statt ihre Aufmerksamkeit darauf zu richten, ihre Ware für Ruegelt zu verkaufen, erboten sie sich, ihre Gefährten zu speisen, ohne an Gewinn zu denken. Doch leider gab es keine Möglichkeit, die Zutaten für kostenlose Mahlzeiten zu kaufen, wenn die Einnahme von Ruegelt in diesem geschlossenen Wirtschaftssystem ausblieb.

Schließlich sahen Dani und die anderen Angehörigen seiner Gilde ein, daß jeder weitere Altruismus dieser Art zu ihrem Untergang führen und sie ruinieren würde, und statt ihren Freunden und Geliebten zu sagen, daß sie von Stund an Eßblöcke zu sich nehmen sollten und sich der Empörung zu stellen, schlichen sie sich insgeheim davon, ohne sich der Qual eines förmlichen Abschieds auszusetzen.

Nun hatten wir Gypsy Joker nur noch das symbolische Vielfarbige Tuch und eine trostlose, leere Zeltstadt, die uns vom gewöhnlichen Leben in den Anstalten unterschieden. Den Fraß, den wir nun zu uns nehmen mußten, war mit der Galle der Schande gewürzt; um einen Vorrat dieser widerwärtigen Nahrung zu ergattern, ohne den Spott der Massen in den Anstalten ertragen zu müssen, entfernten wir unsere Stammesfarben und gingen inkognito.

Während ich mich einerseits zu Unrecht vom Schicksal bestraft fühlte, für ein Versäumnis, dessen Wesen ich nicht ergründen konnte – nachdem ich genug von diesem Seifenfraß hinuntergeschlungen hatte, konnte ich mich sogar zum Opfer von Pater Pans Bosheit hochstilisieren –, spürte ich auf der anderen Seite genau, daß in all dem ein Satori lag, das solche moralischen Erwartungen transzendierte. Denn während es leicht genug war, sich über die Bosheit des Schicksals zu beklagen – auf welchen Verantwortlichen des Unrechts sollte der wütende Finger zeigen? Auf Pater Pan, der nichts Böses getan hatte außer seinen Geist und seine Geschichte mit uns zu teilen, um es dann uns zu überlassen, die Fackel weiterzutragen? Auf die Edojin, deren größte Schandtat es war, uns nicht mehr interessant und merkwürdig zu finden?

Vraiment, sobald der Finger sich bewegte und begann, Ziele zu suchen, konnte nur eine Meisterleistung an Ignoranz verhindern, daß er schließlich auf einem selbst zeigte.

Certainement, wir hatten uns alle viel zu sehr auf Pater Pan verlassen und viel zu wenig auf uns selbst, auf unsere eigene Initiative; als die Köche das Lager verlassen hatten, begriffen alle, die gezwungen waren, von Eßblöcken zu leben, diese Lektion recht gut.

Für mich war es nicht so sehr eine Lektion in Demut, sondern ein Hinweis auf meinen Mangel an Hybris, soll heißen Chuzpe, denn Pater hatte mir den Namen Sunshine für meine Karriere als Geschichtenerzähler vermacht, er hatte mir zudem Aspekte seiner Geschichte verraten, die im Repertoire anderer nicht vorkamen. Dazu hatte ich den Kern etwa eines Dutzends Erzählungen ganz gut im Kopf, und man hätte denken sollen, daß jemand, der eklige Seifennahrung fressen mußte, in bezug auf Originalität erheblich weniger zimperlich gewesen wäre.

Doch irgendwie fand ich nie den Mut, auf einer bevölkerten Straße zu stehen und mit der Erzählung zu beginnen. Ich, die den König der Gypsy Joker um hundert Stück Ruegelt geprellt hatte, konnte mich nicht überwinden, mich zum Erwerb viel kleinerer Summen an die Edojin zu wenden!

In Wirklichkeit glaube ich heute, daß wir alle mit unseren Selbsturteilen etwas zu hart waren, und je länger wir in unserem trostlosen Lager herumhingen, desto schlimmer wurde es, denn wenn wir es damals auch noch nicht ganz erfaßten: Die wirkliche Lektion, die uns gelehrt wurde, war nicht die Tatsache, daß wir begriffstutzige

Faulpelze waren, sondern daß uns das Leben eines Kindes des Glücks einfach noch sehr neu war. Wir hatten nichts gekannt außer der vollkommenen Verwirrung eines Trottels in einem fremden Land, und dann den ersten goldenen Sommers unseres Lebens auf der Zauberstraße, was wir nun lernten, war letzten Endes nichts Schlimmeres als die uns aufgezwungene Erkenntnis, daß auch der schönste goldene Sommer irgendwann enden muß.

Ich begriff dieses Satori in der Nacht, als die Geschichtenerzähler das Lager verließen. Ich sage, daß wir mit unseren Selbsturteilen allzu hart waren, und in Wahrheit meine ich damit, daß ich mich selbst vielleicht zu sehr für meinen Mangel an Mut schalt, mit dem Erzählen zu beginnen, denn *certainement* brauchten in jenen Tagen selbst die besten und erfahrensten Geschichtenerzähler viel Chuzpe, um ihre Geschichten bei den Edojin loszuwerden. Immer mehr gaben es auf und versuchten es gar nicht mehr.

Denn wenn unser Handwerk in ihren Augen kein *wu wei* mehr hatte, wenn unsere Schauspieler sie nicht mehr verzauberten, wenn sie jetzt sogar unsere tantrischen Dienste für geistlos hielten, um wieviel weniger wären sie dann geneigt, uns ihre Zeit oder gar ihr Ruegelt zu schenken, um Geschichten zu lauschen, die von einem Mythos sprachen, der in Mode gekommen und wieder vergangen war?

Als Vertraute vieler Geschichtenerzähler und als eifrige Bewunderin und Nachahmerin ihrer Kunst bekannt, wurde ich zur Zusammenkunft eingeladen, die schließlich in einem der jetzt leeren Zelte stattfand – oder zumindest wurde nichts gegen meine Gegenwart eingewendet, als ich Wind davon bekam.

Es war sofort offensichtlich, daß die meisten Teilnehmer des Treffens schon vorher beschlossen hatten, das Lager zu verlassen und sich in alle Winde zu zerstreuen, solange sie noch eine oder zwei Münzen für den Rapid besaßen. Die Köche waren nicht die letzten gewesen, die sich verabschiedet hatten. Einer nach dem anderen waren die Handwerker, Tantrakünstler und Straßenschauspieler fortgeschlichen, um ihr Glück in einem anderen Teil Edokus zu versuchen, wo *jeder* Gypsy Joker ein legendäres Wesen war. So war, als die Geschichtenerzähler ihr Treffen abhielten, der Stamm schon auf die Hälfte geschrumpft, und von diesen waren die meisten – genau wie ich – Kinder des Glücks mit zu unbedeutenden Fähigkeiten, um zu glauben, ihre Aussichten könnten woanders besser sein.

Einer nach dem anderen erhoben sich die Geschichtenerzähler und verkündeten ihre Absicht, woanders ihr Glück zu machen. Nach kaum einer halben Stunde wurde dieses Ritual zu monoton und sinnlos, um es weiterzuführen, und das Treffen verwandelte sich in eine Abschiedsparty voller berauschter Gespräche.

Ich sagte Shane und Lance und anderen verflossenen Liebhabern benommen Lebewohl; doch war die Benommenheit erhöht und verstärkt von etwas mehr als nur dieser Droge des Abschieds. Denn ich verabschiedete mich von mehr als Freunden, Geliebten und Künstlern, deren Geschichten ich bewunderte; ob es mir gefiel oder nicht, verabschiedete ich mich auch von der Vorstellung, das Leben fortzusetzen, das meinen Geist in diesem goldenen Sommer so tief befriedigt hatte.

Pater war fort und mit ihm der Zauber dieser Zeit; ich war nicht mehr fähig, als tantrische Künstlerin Ruegelt zu verdienen; und jetzt, da auch die Geschichtenerzähler fort waren, konnte ich nicht mehr länger im Zustand des Lernens und Sammelns von Geschichten leben, den ich so liebgewonnen hatte, indem ich ihre Gesellschaft suchte.

Doch seltsam zu sagen, als der Abend fortschritt, fühlte ich mich trotz des Verlustes immer weniger verlassen, sondern immer mehr von einer eigenartigen Begeisterung erfüllt, deren Quelle unter diesen Umständen unmöglich zu finden war.

Bis schließlich nach einigen Stunden bunten Feierns Shane Kol Barka von der Atmosphäre und den Rauschgiften so aufgestachelt wurde, daß er als Lebewohl eine neue, völlig verdrehte Version vom *Funken der Arkies* zum besten gab, deren Zeitgefüge er für diesen Anlaß veränderte.

»Wie ihr alle wißt, wirbelte, als das Erste Raumfahrende Zeitalter endete, die Lebensart, die die Arkies aus Zeit und Raum gerissen hatte, ins heranstürmende schwarze Loch des Zweiten Raumfahrenden Zeitalters, während die Sprungschiffe sich zu den Menschenwelten stürzten wie der Rapid; sie beendeten die Isolation der Planeten untereinander und beendeten gleichzeitig jeden vernünftigen *raison d'être* für die großen, langsamen Arkologien, die die Zauberstraße der Arkie-Generationen waren ...«

Er hielt inne, inhalierte noch etwas Rauschgift und fuhr noch blumiger und schwülstiger fort: »Und doch, glaubt nicht, daß das Zweite Raumfahrende Zeitalter voll entwickelt dem Plan Gottes entsprang oder daß die Arkies ihre Zelte abbrachen und den Geist aufgaben, ohne einen gewissen Zorn angesichts des Ersterbens ihres Lichtes zu empfinden! Denn die großen und jetzt nutzlosen Arkologien existierten immer noch; mit dem, was sie zusammenkratzten, und als einzige Interessenten waren einige Arkies in der Lage, die

Arkologien zu kaufen, auf denen sie einst glückliche Kulis gewesen waren.

Leider waren ihre Geschichten zum größten Teil bedauerliche und rührselige, die kaum des Wiederholens wert sind, Geschichten der pathetischen und armen Träger eines ehemals noblen Geistes, die vergeblich suchten, eine Lebensart zu erhalten, deren Zeit schon lange vergangen war; während der ersten Jahrhunderte des Zweiten Raumfahrenden Zeitalters trieben verfallene Hüllen von Arkologien in Sonnensysteme wie alte, verrostete Gespenster; ihre einstigen Bewohner waren schon lange durch Versagen der Kälteanlagen oder an Hunger gestorben; oder, was noch schlimmer ist, sie trugen nun eine Generation von Schwätzern, deren menschliche Eigenschaften durch den Rückgang der Sauerstoffversorgung ihrer Gehirne geschwächt worden waren.

Doch wie ihr alle wißt, wurde der Funke der Arkies *nicht* vom Zweiten Raumfahrenden Zeitalter ausgelöscht. Denn es gefiel dem Schicksal, daß der König der Zigeuner damals als Arkie auf einer langsamen Forschungsreise war, weit jenseits der äußersten Grenzen der Menschenwelten. Für lange Jahrhunderte schlummerten er und ein paar Kameraden im Kälteschlaf, während die Arkologie mit ihrer Kolonistenfracht zum fernen, jungfräulichen Stern kroch, der vor Generationen als ihr Ziel festgelegt worden war, und während unerkannt und ungesehen um sie das Zweite Raumfahrende Zeitalter zu voller Blüte erwachte.

Als die Arkologie schließlich ihr vorbestimmtes Ziel erreichte, *voilà*, flog sie nicht auf einer Kreisbahn um eine jungfräuliche Welt, weit entfernt von den Heimatplaneten der Menschheit, sondern sie kreiste um Novi Mir, einen geschäftigen Knotenpunkt des Zweiten Raumfahrenden Zeitalters, der schon seit Jahrhunderten eingerichtet war und nun innerhalb der Einflußsphäre unserer Art lag.

So waren alle an Bord durch Raum und Zeit in eine weit entfernte Zukunft versetzt worden, in der der Weg, dem sie zu folgen glaubten, schon lange zur Legende geworden war. Jene Arkies, die als die letzte Generation im Zeitstrom der Arkologie geboren wurden und lebten, wurden ein weiterer Stamm von Fossilien, die auf den Trümmern eines toten Traumes lebten, die allerletzten Arkies, die in ihrem Fliegenden Holländer von Welt zu Welt wanderten, bis ihre Linie ausstarb.

Doch nachdem der König der Zigeuner wie Barbarossa aus einem Schlaf erwacht war, der nach seinem Zeitgefühl nur eine Nacht gedauert hatte, sah er mit den Augen des wahren Geistes und sprach zu jenen, die über die Jahrhunderte mit ihm geschlafen hatten ...«

Shane hielt inne und starrte uns an, als wären wir jene alten Arkies, und als er weiterredete, sprach er wie dieser alte Gypsy King oder vielleicht wie ein anderer.

»Die Tage unseres Stammes sind vorbei. Verdammt sind jene Narren, die versuchen, nach einem verlorenen goldenen Zeitalter zu leben, denn indem sie es tun, verlieren sie genau den Geist, der jede Zeit vergolden kann. Laßt uns deshalb nicht das Schicksal anklagen, das uns jede Hoffnung raubte, zu bleiben, was wir einmal waren. Laßt uns lieber die unbekannte Zukunft grüßen mit dem Geist, den wir verkörpern, denn das wahre Kind des Glücks, das sich in unseren früheren Persönlichkeiten zeitgebunden ausdrückte, weiß genau, daß die Zauberstraße eine Reise ist, die kein Endziel kennt.«

Shane Kol Barka nahm einen Schluck Wein, und als er fortfuhr, war er wieder der Erzähler der Geschichte, der seinen Vortrag hielt.

»So sprach der Gypsy King der Arkies, und indem er es sagte, wurde er der Flötenspieler der neuen Art der Kinder des Glücks in unserem Zweiten Raumfahrenden Zeitalter. So sprach der König der Gypsies, und indem er es sagte, wurde er der Prinz der Joker unseres Stammes, der dem Geist nie treuer war als in jenem Augenblick, da er ihn von der Maja befreite, an die wir uns geklammert hatten!«

Leicht zitternd endete er in sachlicherem Ton, lehnte sich gegen den Stuhl, aus dem er sich erhoben hatte, und sprach nicht mehr wie ein Geschichtenerzähler, sondern eher wie ein Stammesmitglied zu einem anderen.

»So spricht Shane Kol Barka, und so sollten wir jetzt alle sprechen, und indem wir es sagen, uns als Gypsy Joker aus unserer goldenen Zeit befreien und als nackte Wesen in die Straßen Edokus hinausgehen, nicht um der Maja zu gedenken, sondern um des *wahren Geistes* unserer Art willen.«

Obwohl ein wenig kurz angelegt und in seiner berauschten Wortwahl ein wenig langatmig, hatte Shane Kol Barkas Geschichte dennoch das Geheimnis angerührt, das mein Herz verwirrt hatte. Warum war mein Klagen um den Verlust der Vollkommenheit nach und nach von der erregten Erwartung des Namenlosen ersetzt worden? Warum war dies geschehen, als ich erfuhr, daß meine Tage als Gefährtin der Geschichtenerzähler enden mußten?

Naturellement, weil mir nun die schwierige und quälende Entscheidung abgenommen war, mich als einsame Reisende auf der Zauberstraße aus dem Camp der Gypsy Joker zu wagen. Alles, an das ich mich noch hätte klammern können, war mir unter den Füßen fortgerissen worden. Ich war jetzt ein freier Geist, denn ich konnte keinen anderen Kurs einschlagen.

Vraiment, wie alle Satoris scheint auch dieses im Rückblick wie die Wiedergabe von etwas Offensichtlichem, denn wie alle Satoris rückte es jene bisher übersehenen Wahrheiten, die in dem lagen, das wir bereits wußten, einen erleuchteten Augenblick lang ins volle Licht des Bewußtseins.

Und wie alle wahren Satoris drängte es den Geist zu weiteren Erkenntnissen. Indem ich beobachtete, wie eine improvisierte, leicht berauscht vorgetragene Geschichte aus meinen nebelhaften Überlegungen einen Moment der Klarheit kristallisierte, konnte ich einen Blick auf das Höchste werfen, das ein Geschichtenerzähler erreichen konnte.

Es war genug, um in mir endlich den Entschluß reifen zu lassen, daß ich mich nicht länger nostalgisch im Camp der Gypsy Joker herumtreiben würde, nachdem die Geschichtenerzähler am Morgen aufgebrochen waren. Ich wollte lieber als nacktes Wesen in die Straßen Edokus hinausziehen und, komme was da wolle, den Mut finden, meinen edlen Lehrern nachzueifern.

Und das tat ich auch. Oder wenigstens stopfte ich meine paar Habseligkeiten in meinen Rucksack, verabschiedete mich und überredete Ali mit einschmeichelnden Worten, mir genug Ruegelt als Abschiedsgeste zu überlassen, um eine einzige Fahrt mit dem Rapid ins Nirgendwo machen zu können.

Statt zu irgendeinem Ort, den ich zuvor besucht hatte, zurückzukehren, beschloß ich, tatsächlich ins Nirgendwo zu gehen. Was heißen soll, daß ich einfach die lange Liste mit dem Titel »Öffentliche Plätze« auf den Bildschirm meiner Blase abrief, die Augen schloß, während die Wahlmöglichkeiten abrollten, und das erste Ziel auswählte, das mein Blick traf, als ich die Augen wieder öffnete. »Luzplatz«, sagte ich dem Rapid, und sofort wurde ich dorthin befördert.

Gleich nachdem ich die Rapid-Station verlassen hatte, die in einem strahlend blauen Würfel recht offen versteckt war, hatte ich allen Grund, mich zu wundern, welchen Scherz sich der Geist der zufälligen Wahl mit mir erlaubt hatte, und ebenso hatte ich Grund, mich zu erinnern, daß die Umgebung des Lagers der Gypsy Joker in keiner Weise typischer für das große Edoku war, als irgendeine Gegend darin typisch für irgendeine andere war.

Ohne daran zu denken, hatte ich mich entschieden, meine Mittel aufzuwenden für eine einfache Fahrt zu der vielleicht sonderbarsten und einschüchterndsten Gegend, die ich bisher auf dem Planeten gesehen hatte.

Ich war von hohen Gebäuden umgeben, die mit ihrer Schlichtheit, ihrer Geradlinigkeit und ihrer neutralen Oberflächenstruktur so gewaltig und urtümlich wirkten wie ein Wald aus Monolithen. Was nicht heißen soll, daß die Gebäude am Luzplatz Musterbeispiele für schmucklose Funktionalität waren, denn jede Oberfläche flammte in einem Chaos von Farben, daß man auf den ersten Blick glaubte, sie seien nicht aus Materie, sondern aus Energie konstruiert. Einige Wände waren einfach weite, rot oder blau oder hellgelb glühende Flächen, andere waren mit komplizierten Mustern bedeckt, mit Schlangen, Flüssen aus vielfarbigem Licht. Einige zeigten Landschaften oder Städte und sogar Menschen, die in stark stilisierten Moden mit Lichterpaletten zurechtgemacht waren. Einige dieser Muster und Bilder standen still, andere entwickelten sich langsam mit der Zeit, und wieder andere liefen in Echtzeit ab wie ein Holocine. Kein Gebäude schien entworfen, um harmonisch zu einem anderen zu passen, und selbst die Wand eines einzigen Gebäudes konnte Lichteffekte in drei oder vier Stilrichtungen zeigen.

Es war im wahrsten Sinne des Wortes ein blendendes Spektakel, denn das Auge mußte sich anstrengen, um dieses chaotische Strahlen in eine zusammenhängende Struktur zu verwandeln; viel eher kam es mir vor, als sei ich von gewaltigen, gezackten Lichtvorhängen umgeben, die aus Flicken vielfarbiger Energie zusammengesetzt waren, nicht unähnlich dem Vielfarbigen Tuch, das ich als Schärpe um die Hüfte trug.

Der Luzplatz selbst bestand vornehmlich aus einer weiten, kreisförmigen Freifläche, auf der ein halbes Dutzend Straßen zusammenliefen. Der Außenring war von Boutiquen, Tavernen, Restaurants und Hoteleingängen gesäumt, die allesamt in demselben aufgewühlten Durcheinander von Stilen beleuchtet waren. Im Zentrum dieses kreisrunden, dicht bevölkerten Platzes stand als *pièce de résistance* eine Miniaturlandschaft, die zur ausgefallenen Umgebung paßte, deren Nabe sie bildete.

Ein Wallgraben aus schäumendem Wasser umgab eine dicht bewaldete Insel, die sich zu einem vielleicht siebzig Meter hohen Gipfel erhob. Der Maßstab stimmte perfekt – winzige Brecher leckten an einem kaum meterbreiten weißen Sandstrand, fingerlange Miniaturbäume, kaum sichtbare Sturzbäche ergossen sich in kleine Canyons – und doch wurde das Ganze von den schamlosen, künstlichen Menschenwerken überragt.

Doch der Effekt der Bonsai-Insel wurde durch diese Verkehrung des Maßstabes zwischen Stadt und Natur keinesfalls gebrochen, denn der Zentralgipfel war ein mächtiger Miniaturvulkan, der ständig im Ausbruch begriffen war. Glutflüssige Lava strömte seine Flanken herunter und sandte zischende Dampfwolken in die Luft, wo immer sie das Wasser des Grabens berührte. Der Krater glühte wie ein Kessel voller Sternenmaterie, und in regelmäßigen Abständen knallten Salven stahlender Geschosse hoch in die Luft hinaus. Darüber erhob sich eine brodelnde Rauchsäule, die sich jenseits der Hausdächer im dunklen, sternübersäten Himmel verlor; sie glühte in tiefem, bösen Orange, dem Licht des Magmas, das darunter kochte.

Nachdem sich meine Sinne halbwegs an dieses ewige Licht und Feuer gewöhnt hatten, sah ich, in der Ferne stark verkleinert und deshalb zum vulkanischen Spektakel auf dem Luzplatz passend, ein weiteres Schauspiel.

Die ganze Nachbarschaft lag unter ständig klarem, nächtlich schwarzem Sternenhimmel, vor dem dies irre Chaos aggressiver künstlicher Beleuchtung umso besser zu sehen war, und die umgebende Geographie war deshalb in Dunkelheit gehüllt. Die einzige Ausnahme war ein maßstabgerechter, schneebedeckter Berggipfel, der in weiter Ferne in seinem eigenen Mittagslicht strahlte. Das Auge konnte sofort sehen, daß er weit entfernt und gewaltig war und keine benachbarte Miniatur, denn auf seinem etwas abgeflachten Gipfel starteten und landeten Suborbital-Shuttles mit winzigen Feuerstrahlen, und ebenso starteten und landeten die weniger prächtigen Orbitalshuttles, die die Sprungschiffe im Orbit bedienten.

Der zahme Bonsai-Vulkan, die strahlend beleuchteten Gebäude, die sich über ihm erhoben, das perspektivisch verkleinerte Tor zu den Sternen, all dies schien entworfen, um eine kaum faßbare philosophische Aussage zu machen, deren innere Ästhetik leider allen außer den Edojin völlig unklar bleiben mußte.

Nicht nötig zu betonen, daß ich plötzlich wieder die Landpomeranze in Xanadu war, ein gewöhnliches Kind des Glücks unter vielen, abermals eine Fremde im großen, unergründlichen Edoku.

In der unmittelbaren Umgebung des Luzplatzes gab es mehrere Anstalten, und trotz des ersten Eindrucks reichte ein kurzer Gang in jede Richtung aus, um mich zu einem von mehreren, verschiedenartig gestalteten Parks oder Gärten zu bringen, in denen ich schlafen konnte. In diesem Bezirk waren, wie in jedem anderen auf Edoku, meine rein animalischen Bedürfnisse kein Problem.

Und hätte ich es gewünscht, dann hätte ich in den Anstalten am

Luzplatz auch weniger grundlegende Bedürfnisse befriedigen können, denn während meiner kurzen Streifzüge erfuhr ich rasch, daß es in dieser Gegend nur wenige organisierte Stämme gab, die sich hauptsächlich als Taschendiebe und Bettler betätigten, während der Zauber der Gypsy Joker alles andere als unbekannt war. Ich brauchte nur mein Vielfarbiges Tuch zu tragen, um in diesen Kreisen sofort als Aristokratin angeredet zu werden, wenn auch als eine entthronte. Andererseits hätte ich mit dem Wissen, das ich im Vergleich zu diesen Neulingen in den verschiedenen Straßengeschäften erworben hatte, meine Stammeszugehörigkeit verbergen und zweifellos im Handumdrehen meinen eigenen kleinen Stamm mit mir selbst als Domo aufbauen können.

Dennoch tat ich keins von beiden. Jung war ich vielleicht, doch nicht unerfahren genug, um ernsthaft eine Rückkehr in die Anstalten zu erwägen, in die ich als zimperliche kleine Königin eingezogen war. Getrennt von den Gypsy Jokern, wie ich es jetzt war, durchdrang mich ihr Geist trotzdem immer noch so tief, daß ich unmöglich zugleich das Vielfarbige Tuch tragen und in Anstalten die eklige Seifennahrung essen konnte.

Deshalb wählte ich eine Zeitlang das Leben einer Einzelgängerin, wagte mich unerkannt in die Anstalten, wenn es unumgänglich war, mied jedoch meist das soziale Leben, an dem man teilnehmen konnte, indem man sich dort herumtrieb. Denn ich hatte mir einen Eid geschworen, daß ich als Geschichtenerzählerin weiter auf der Zauberstraße voranschreiten würde und niemals zurück in die Gesellschaft, aus der ich mich entwickelt hatte; und wirklich, tief in mir wußte ich, daß ich, indem ich allein blieb, meinen Mut zusammennehmen und meinen Auftritt wagen mußte, und sei es auch nur, um der Langeweile zu entkommen.

Die ersten paar Tage verbrachte ich in der Nähe des Luzplatzes, streifte am Vulkan umher, nahm die Atmosphäre dieser Gegend in mich auf, machte mich mit den Gezeiten des Straßenverkehrs vertraut, schätzte die Menschenmengen ab und so weiter; jedenfalls redete ich es mir ein. In Wirklichkeit erreichte ich natürlich nichts außer einem Aufschub, denn der Luzplatz war zu allen Zeiten bevölkert, die Gezeiten des Gedränges wirkten eher wie zufällige Brownsche Molekularbewegungen, und was die Atmosphäre anging – es war genau die Mischung aus zielstrebigem Handel und hedonischer Extravaganz, die man an jedem ähnlichen Ort auf Edoku finden konnte, wenn auch durch die lohenden Lichterschauen und die beständigen Eruptionen des Bonsai-Vulkans zu hohem Tempo angestachelt.

Schließlich wurde diese feige Selbsttäuschung nur zu offensichtlich und drang bis in die oberflächlichsten Ebenen meiner Selbstwahrnehmung vor, und ich konnte nichts weiter tun, als zum Kern meiner Furcht vorzudringen.

Der Wallgraben war rundherum von Steinbänken umgeben, und nachdem ich jeden weiteren Gedanken aus meinem Bewußtsein verbannt hatte, nahm ich den Rucksack ab, breitete die Arme weit aus, wie ich es bei vielen Geschichtenerzählern gesehen hatte, und verkündete so laut ich konnte den Titel meiner Erzählung, wenn auch mit nicht ganz sicheren Stimme: »*Die – die Geschichte vom Funken der Arkies!*«

Ich konnte zwar sehen, daß ich für den Augenblick die Aufmerksamkeit der Passanten in der unmittelbaren Nähe gefangen hatte, indem ich mich einfach deutlich sichtbar aufbaute und ihre Trommelfelle bearbeitete, doch derselbe Effekt hätte sich ergeben, wenn ich eine Explosion gezündet hätte, was heißen soll, daß sie die Köpfe zur Geräuschquelle herumdrehten, doch sobald sie die Quelle erkannt hatten, gingen sie weiter ihren ursprünglichen Geschäften und Vergnügungen nach.

Keineswegs eingeschüchtert, sondern wirklich hingebungsvoll konzentrierte ich mich auf die Lichtarabesken, die über die Wand eines benachbarten Gebäudes liefen, um mich vor der Wahrnehmung der Größe meines Publikums – oder der völligen Abwesenheit eines solchen – zu schützen, und stürzte mich in meine eigene, schillernde Version der Geschichte, die Shane Kol Barka auf der Abschiedsfeier der Geschichtenerzähler vorgetragen hatte; er hatte sie spontan und in einem ungehobelten Stil, doch mit soviel Kraft erzählt – zumindest hatte ich es so empfunden –, daß ich das Gefühl hatte, ich könnte sie mit einigen Verbesserungen an den Mann bringen.

»Glaubt nicht, die Zweite Ära der Sternenreisen sei voll entwickelt dem Gehirn von Uns-Die-Schon-Früher-Gegangen-Sind entsprungen, als der Sprungantrieb erfunden wurde, und auch nicht, daß die Arkies der Ersten Ära der Sternenreisen schwächlich eine edle Lebensart aufgaben, die sich jahrtausendelang bewährt hatte, als die Sprungschiffe die isolierten Inselwelten der Menschen zusammenzubinden begannen! Denn der Funke der Arkies ist heute bei uns, und so hört meine Geschichte und erfahrt, wie …«

Ich versuchte zwar, nicht zum Gedränge der Passanten zu blikken, während ich deklamierte – aus Furcht, daß mir bei diesem Anblick die Zunge lahm würde –, doch konnte ich es nicht vermeiden, aus den Augenwinkeln meine Zuhörer zu zählen, und sah zu meinem Schrecken, daß die Zahl gleich Null war. Nirgends in diesem Gedränge und Geschiebe konnte ich einen ruhig stehenden Menschen oder einen Ausdruck gefesselter Aufmerksamkeit sehen.

»… einige Arkies es schafften, die Arkologien zu kaufen, in denen sie gelebt hatten … in denen sie willige Kulis gewesen waren …«

Wie dumm ich mir vorkam! Ich stand da und brüllte einen völlig gleichgültigen Passantenstrom an! Aber seltsam, je dümmer und wirkungsloser ich mir vorkam, desto stärker wuchs mein Mut, denn während ich jede Hoffnung verlor, ein aufmerksames Publikum anzulocken, veranlaßte mich das Akzeptieren der sicheren Niederlage, mein Erfolgserlebnis auf etwas Erreichbares zu verlagern, was heißen soll, daß ich zornig entschlossen war, koste es was es wolle, trotz der Gleichgültigkeit nicht zu schweigen, sondern meine Geschichte bis zu Ende zu erzählen, selbst wenn der einzige Zuhörer mein eigener Geist war.

»… denn es gefiel dem Schicksal, daß Pan der Flötenspieler den Arkies folgte und sie auf eine lange, langsame Forschungsreise führte, weit über die bekannten Grenzen der Menschenwelten hinaus …«

In der Klarheit des Rückblicks und nicht ohne eine gewisse Zuneigung für dieses dumme, tapfere Mädchen, das zitternd seine Geschichte ins Vakuum rief, erkenne ich heute, was ich für eine seltsame, edle und pathetische Gestalt abgab – eine Straßengöre mit einem Rucksack zu Füßen, die vor dem schwindelerregenden Spektakel eines ausbrechenden Vulkans stand und ins gleichgültige Gewühl hinausbrüllte, zuerst hoffend, dann in verlegener Furcht und schließlich mit der vollen Stimme verletzten Selbstgefühls.

Doch muß ich mir zugute halten, daß ich nicht aufgab; als ich schließlich das Ende meines Opferganges erreichte, war meine Stimme fest, mein Körper zitterte, mein Geist wandte sich an unbekannte oder zumindest nicht wahrgenommene Menschen, und ich schrie meinen Trotz hinaus, während ich Lance Della Imres raffinierte Schlußworte benutzte.

»Und wo in eurer Zweiten Ära der Sternenreisen kann der Funke der Arkies gefunden werden? Überall! Und nirgends! Auf dem großen Edoku selbst! Sogar in den Arkie-Herzen von all euch armen, alltagsgehetzten Edojin, die tief drinnen immer noch den Edelmut des Geistes besitzen, zumindest die Erinnerung zu ehren, indem ihr mich mit Ruegelt überschüttet!«

Leider geschah nichts in dieser Art. Statt dessen stand ich zitternd da, schwitzend, heiser, völlig ausgepumpt, während die dichtgedrängten Edojin selbstherrlich ihrer Wege gingen, hier mit einem

Achselzucken, dort mit einem entsetzten Stöhnen, und ein paar Köpfe sich ironisch zunickten.

Eine einzige Seele ließ sich herab – vielleicht war es auch nur Zufall –, meinen Blick zu erwidern: eine grünhaarige Frau mit nachtschwarzer Haut, die ein fließendes, goldenes Gewand trug. Sie sah mich *en passant* einen Augenblick an, schüttelte mitleidig den Kopf, verzog das Gesicht, zuckte die Achseln und warf vergnügt eine einzige Münze in meine Richtung.

Ich weiß nicht, was ihr Herz bewegte, oder besser, ich wollte lieber nicht darüber nachdenken, denn wie auch immer die Mischung aus Verachtung, Mitleid oder wehmütiger Bewunderung aussah – es war zweifellos eine beiläufige Geste, die sie sofort wieder vergaß; doch von allen Münzen, die ich im Gewerbe der Geschichtenerzähler verdienen sollte, bedeutete mir keine mehr als diese allererste.

Ich verdiente nicht viel Ruegelt auf dem Luzplatz, bis sich Fortuna entschloß, mir in der unwahrscheinlichen Person von Guy Vlad Boca ihr Lächeln zu schenken.

Ich kehrte eine Woche lang jeden Tag zum Luzplatz zurück, stieg auf meine Bank und trug die eine oder andere Geschichte aus dem Repertoire vor, das ich bei den Geschichtenerzählern der Gypsy Joker erworben hatte. Ich stellte mit einiger Befriedigung fest, daß, sobald ich es erst einmal gewagt und mit der Gleichgültigkeit der Menge, die nicht mein Publikum werden wollte, fertig geworden war, sobald ich einmal die ursprüngliche Angst und die folgende Peinlichkeit des Versagens überwunden hatte, der Vortrag meiner Geschichten in der Öffentlichkeit mit weitaus weniger Schrecken verbunden war.

Leider stellte ich mit einiger Entrüstung fest, daß Wiederholung zwar mein Zittern dämpfte und meinen Vortrag verbesserte, daß jedoch die Resultate gleichermaßen unbefriedigend waren. Hin und wieder blieben ein paar Leute stehen, um sich einen Teil meiner Geschichte anzuhören, ehe sie weitergingen, gelegentlich blieben auch einige wenige Edojin während der ganzen Vorstellung da, doch ich muß leider sagen, daß die Zahl der Münzen, die ich in einer Woche sammelte, kleiner war als die Zahl der Tage.

Inwieweit die Ungeschliffenheit meines künstlerischen Vortrags sich auf die Spärlichkeit der Gaben auswirkte, will ich aus Stolz und auch aus Bescheidenheit verschweigen, doch *certainement* schien der Mythos, von dem ich erzählte, hier am Luzplatz ebenso aus der Mode zu sein wie in der Umgebung des Lagers der Gypsy Joker. In den Augen der Edojin seiner bezaubernden Aura, die mit Pater Pan verschwunden schien, beraubt, hatte ein Kind des Glücks als Geschichtenerzähler, der den Mythos seiner Art zelebrierte, kaum noch die Kraft, ein Publikum zu fesseln; vor allem nicht in der Person eines etwas schmutzigen jungen Mädchens, das versuchte, die Aufmerksamkeit von einem ausbrechenden Vulkan ab- und auf sich zu lenken!

Vraiment, es war mir nicht lange möglich, diese Einsicht zu leugnen, aber was sollte ich tun außer durchzuhalten? Wohl wahr, ich hätte meine Handvoll Münzen nehmen und zu fetteren Weiden aufbrechen können, doch ich hatte keine Ahnung, wo sie sich befinden mochten, und irgendwie schien es mir besser, sie für ein einziges bescheidenes Mahl in einer Taverne auszugeben, um mir zu beweisen, daß ich durch meinen Verdienst wenigstens einen Tag von den Eßblöcken verschont blieb.

Die Wahrheit war, daß ich zwar nach einem Ausweg aus meinem augenblicklichen Karma suchte, daß ich sogar zu der Überzeugung kam, daß ich von Edoku gründlich die Nase voll hatte, daß mir jedoch kein solcher Fluchtweg offenstand, es sei denn, ich war bereit, das Leben eines Kindes des Glücks aufzugeben und nach Glade zurückzukehren. Und nachdem ich die Geliebte Pater Pans geworden war, Zugang zu den Gypsy Joker gefunden hatte, die Grundlagen der Kunst der Geschichtenerzähler erlernt und sogar mit der Ausübung begonnen hatte – wenn auch nicht gerade gut bezahlt –, war ich nicht bereit, nach Hause zu schleichen mit dem Gefühl, in meinen eigenen Augen versagt zu haben.

Aus diesem starren Karma sollte ich von Guy Vlad Boca gerettet werden, meinem Märchenprinzen, wenn er auch, als ich das erstemal einen Blick auf ihn warf, als alles andere erschien als mein Retter.

Ich stand wieder einmal vor dem komischen Hintergrund des Vulkans auf meiner Bank und rief ohne große Hoffnung auf Entlohnung in die Leere hinaus. Diesmal versuchte ich zum erstenmal Nuri John Barbreras wirklich bizarre und historisch äußerst ungenaue Erzählung *Die Namensgeschichte von Uns-Die-Schon-Früher-Gegangen-Sind*, denn obwohl dies die schwierigste Geschichte war, die ich zu erzählen wußte, hatte sie den doppelten Vorteil, den Mythos der Kinder des Glücks in voller Pracht zu entfalten und zugleich Uns-Die-Schon-Früher-Gegangen-Sind und den Sprungschiffpiloten als zusätzliche Elemente zu verwenden.

In dieser Geschichte sind die Arkies, die als erste den Planeten der verschwundenen Wissenschaftler entdeckten, in Kinder des Glücks verwandelt, und statt die historische Alia Haste Moguchi und ihre Wissenschaftler jahrelang schuften zu lassen, bis sie den geheimnisvollen Artefakten auf diesem Planeten das Rätsel des Sprungantriebs entrissen hatten, wird sie in den Urwissenschaftler Faust verwandelt, der ein begrenzendes Fünfeck um seinen Computer zeichnet und den verblichenen Geist von Uns-Die-Schon-Früher-Gegangen-Sind mit magischen Gesängen und mächtigen, die Persönlichkeit verändernden Programmen beschwört.

Durch die Vereinigung des mythischen Phallus dieses Gespenstes mit dem willigen Joni seiner Geliebten wird sie, die deshalb in der düsteren Faszination unserer Zweiten Ära der Sternenreisen als die Sprungpilotin bekannt wurde, in die Lage versetzt, im Augenblick ihres Höhepunktes durch die langen Lichtjahre zwischen den Sternen zu reisen.

Da die unbekannte Natur und das Schicksal von Uns-Die-Schon-Früher-Gegangen-Sind das zentrale Geheimnis der Zweiten Ära der Sternenreisen ist und da die Sprungpilotin unsere Hohepriesterin desselben ist, hatte vielleicht wenigstens *dies* einen zeitloseren Reiz für die Edojin als weitere kunstlose Zelebrationen des Mysteriums der Kinder des Glücks, die, um die Wahrheit zu sagen, sogar mir mit der Zeit etwas dünn vorkamen.

Nun, wie meine Hoffungen auch waren, es ging im Grunde weiter wie zuvor, bis ich die Stelle in der Geschichte erreichte, an der Faust den ersten Blick ins Pentagramm wirft und erschrocken sieht, was seine Zauberkräfte beschworen haben.

»Fausts Magen drehte sich um, und seine Abscheu kam seinem Schock gleich, als er seinen Mephisto sah, denn statt in der Verkörperung eines humorvollen fremden Weisen zu erscheinen, hatte der Dämonengeist der untergegangenen Rasse der Sternenfahrer die Inkarnation eines menschlichen Archetypus gewählt – er erschien als der Ziegenbock Pan, kicherte geil und streichelte seinen mächtigen Phallus –«

»Und das beschreibt auch Uns-Die-Schon-Früher-Gekommen-Sind!« hörte ich eine laute und absolut rüpelhafte männliche Stimme rufen, was ein Getöse von Gelächter hervorrief.

Ich ließ mich nicht beirren. »Doch nicht einmal dies konnte Faust von seinem Vorhaben abbringen«, fuhr ich fort; ich konnte mir in diesem Augenblick ganz gut vorstellen, wie er sich gefühlt haben mußte. »Mit schmeichelnden Worten und eiserner Entschlossenheit führte er seine widerstrebende Schöne ins mystische Boudoir des alles andere als widerstrebenden Biestes.«

»*Quelle chose*! Laß die Schöne für weibliches Widerstreben sprechen, aber laß den Faust der Rasse sprechen für unser eigenes priapisches Tier, bitte!«

Meine Ohren brannten im erneut aufbrandenden Gelächter, und mein Zorn richtete sich gegen diesen Clown. Man konnte kaum sagen, daß ich derart hoch in der öffentlichen Gunst stand, daß erst ein Zwischenrufer kommen mußte, um meinem übermächtigen Selbstbewußtsein einen Dämpfer zu geben.

»Wir wollen einfach abwarten, ob solche Eingeständnisse männlicher Verdorbenheit sich nicht zu gegebener Zeit selbst rächen«, brüllte ich zurück, »denn bald genug sollen die Früchte *certainement* enthüllt werden, Bürschchen, wie das Lingam von Uns-Die-Schon-Früher-Gegangen-Sind das Joni der Pilotin zum priapischen Flötenspiel Pans durchdringt!«

Das war immerhin ein so empörend grobes Bild, daß mein Publikum einen Augenblick schwieg, und *vraiment,* nun konnte man wirklich sagen, daß so etwas wie ein Publikum existierte, denn unter meiner Bank hatte sich eine kleine, aber eindeutig interessierte Gruppe zusammengefunden.

»Denn *voilà,* wenn die unnatürlichen Geliebten ihren großen und einzigen Höhepunkt erreichen, sind es die Pilotin und die Arkies-Die-Schon-Lange-Gegangen-Sind, die den Arkie-Funken aus der vergänglichen Welt der Geschichte in die Legendenwelt unserer Zweiten Ära der Sternenreisen übertragen, während Faust, der arme Faust, zurückbleibt und ewig nach den tantrischen Geheimnissen hinter seinem armen, beschränkten Wissen giert.«

»*Alors,* erst läßt du Faust seine eigene Geliebte an eine Ziege verkuppeln, und dann beschuldigst du diesen prinzipienlosen Strolch eines Übermaßes an Selbstgerechtigkeit!« sagte die Stimme aus der Menge.

»Es wäre nicht das erstemal, daß Circe einen perfekten Meister von männlichem Geschlecht in einen erbärmlichen Kuppler verwandelt«, gab ich leise kichernd zurück. »Und wenn jemand die Fähigkeit der *femme fatale* unserer Art, Männer in Schweine zu verwandeln, bezweifelt, *voilà,* hier haben wir das lebendige Beispiel!«

Darauf gab es ein recht befriedigendes Gelächter, denn die Quelle all der Störungen trat auf diese Beurteilung kühn durch die kleine Traube der Edojin vor, die bereitwillig Platz machten, um den durchzulassen, der, wie sie sicher glaubten, meine ungeschickte Vorstellung platzen lassen würde.

Es war ein recht hübscher junger Mann, irgendwie theatralisch in schwarzen Samt gekleidet, der zu seinem lang fallenden schwarzen Haar paßte, und irgendwie auch passend zu seinen schmollenden

Lippen und der lässigen Haltung. Er trug seine Haut *au naturel*, statt sie nach der Mode der Edojin zu färben. Alles in allem mußte ich trotz meiner Rage einräumen, daß dieser Prinz der Schweine einen Anblick bot, der erheblich angenehmer war als seine schlechten Manieren.

»Holla, was für ein – *Mythen-Matsch!*« rief der Bursche, während er mich verschwörerisch anblinzelte, was in dieser Situation völlig über meinen Horizont ging. Dann wandte er sich mit verschränkten Armen in einer arroganten Geste an die kleine Menge.

»Ist es nicht genug, daß du Alia Haste Moguchi mit einem Phallus ausgestattet und sie Faust genannt hast? Um ihm oder ihr dann auch noch die Göttin des Schweins als Gefährtin zu geben? *Vraiment*, und du stilisiert den geheimnisvollen Geist von Uns-Die-Schon-Früher-Gegangen-Sind als sabberndes Ziegenwesen mit einem riesigen, pochenden *wong*? Du willst doch wohl diesen guten Leuten nicht weismachen, daß der Sprungantrieb, der unsere Sprungschiffe von Stern zu Stern schleudert, dadurch funktioniert, daß eine Ziege mit der Königin des Schweinevolks kopuliert? Wer hätte gedacht, daß ein so hübsches junges Gesicht einen derart perversen Geist verbirgt!«

Darauf gab es ein brüllendes Gelächter auf meine Kosten, daß mir beinahe die Ohren verbrannten. »Man muß es erlebt haben, um es zu wissen, *n'est-ce pas?*« sagte ich. »*Vraiment*, wer außer einem übelgesonnenen *maestro* der Perversität könnte die Geschichte der Geburt unserer großen Zeit in humorvollen Metaphern vorgetragen hören, um sie auf der Stelle in die bestialischen Phantasien seines eigenen kleinen Geistes zu kleiden?«

»War ich es denn, der Alia Haste Moguchi als Kuppler mit Namen Faust darstellte, Uns-Die-Schon-Früher-Gegangen-Sind als priapischen Ziegenbock und die Gestalt der Pilotin als Königin des Schweinevolks?«

»*Vraiment*, wie bei allen, denen die Fähigkeit fehlt, eine Geschichte zu erzählen, die sich aber dennoch für klug genug halten, als Kritiker zu dienen, wühlt auch deine Schnauze im Alltagsdreck des wortwörtlichen Verstehens, und deine Ohren sind taub für die metaphorische Sphärenmusik. Deshalb bist du im Geiste ein wahrer Bruder des Fausts meiner Geschichte.«

»*Moi?* Gute Leute, ich schwöre einen feierlichen Eid, daß ich noch nie zu meinem Vergnügen den Heiratsvermittler für eine Ziege und ein Schwein gespielt habe!«

»Du hast mich eines Besseren belehrt«, sagte ich, »denn offensichtlich bist du nicht der Heiratsstifter, sondern die Folge seines Wirkens.«

Darauf wurde ich damit belohnt, daß sich das ständige Gemurmel, das unseren Wortwechsel begleitet hatte, in schallendes Gelächter entlud. Wirklich, inzwischen hatte ich begonnen, den entwürdigenden Wettbewerb der Beleidigungen als sportlichen Wettkampf zu sehen, dem wirkliche Bosheit abging. Außerdem, nachdem der Zusammenhang und die Kraft meiner Erzählung zum Amüsement meines ersten wirklich aufmerksamen Publikums völlig zerstört waren, verwarf ich jeden Versuch, ernsthaft weiterzusprechen, sondern ließ mich im augenblicklichen Karma treiben.

»Und *du*, nehme ich an, hältst dich für die Pilotin der Geschichte?« gab er zurück, als sich das Gelächter gelegt hatte. »Oder vielleicht für den gehörnten Ziegenbocksgott? Ich muß gestehen, daß ich in diesen geschlechtlichen Dingen etwas verwirrt bin, denn als Erzählerin dieser Geschichte scheinst du genug Schwierigkeiten zu haben, die *Rassen* der Teilnehmer deiner Orgien voneinander abzuheben!«

»Wogegen du, wenn du an *deinen* Orgien teilnimmst, zweifellos das Problem hast ... daß sich überhaupt nichts hebt!«

Im brüllenden, obszönen Gelächter, das sich auf diesen Scherz erhob, sprang er neben mir auf die Bank und rief: *»Au contraire*, ich muß mich nun als der große Ziegenbock Pan selbst zu erkennen geben, denn ich kann nicht umhin, einen solchen Fehdehandschuh bescheiden aufzuheben!« Er rollte die Augen und wackelte lasziv mit den Hüften.

»Gut gesprochen!« sagte ich. »Wir waren schon etwas von der ... *Schlaffheit* deiner Antworten ermüdet! Ich ziehe jedenfalls den selbsternannten, geilen Ziegenbock dem impotenten Intellektuellen vor.«

»Zweifellos! Denn ich nahm schon lange an, daß du für meinen Pan die Circe sein willst!«

»Au contraire«, verkündete ich, »denn während ich vielleicht behaupten kann, die tantrische Macht zu besitzen, um einen Mann wie dich in ein Schwein zu verwandeln, so ist doch die Umkehrung der Prozedur eindeutig ein Taschenspielertrick, der die Kunst jeder Frau überfordern würde!«

Während ich diese Worte sprach, drückte ich auf den Fühler und schob dem frechen Burschen, außer Sicht der lachenden Menge, die Hand tief in den Spalt unter seinen Gesäßbacken. Was dann passierte, schien ebenso auf der Schnelligkeit seiner schauspielerischen Instinkte zu beruhen wie auf dem plötzlichen kundalinischen Schock, der ihn völlig überraschte, denn er verzog das Gesicht zur gräßlichen Karikatur einer Schweineschnauze, sank grunzend auf die Knie und pflanzte schmatzende Küsse auf meine Füße, während er den Hintern, in dem jetzt deutlich sichtbar immer noch meine Hand steckte, hoch in die Luft reckte.

Nachdem dieser Apex – oder besser, dieser Nadir – unserer obszönen Komödie erreicht war, blieb nichts mehr zu tun, als diese groteske Stellung eine Weile zu halten, während das Publikum, das im Augenblick dieses Höhepunktes einige Dutzend zählte, brüllte und stöhnte und Münzen zu werfen begann.

Nachdem wir wie durch geschickte Choreographie geplant von den ersten Tropfen Ruegelt, das schließlich als beachtlicher Schauer kam, getroffen wurden, lösten wir uns aus der lasziven Stellung, sahen uns groß an und verneigten uns händchenhaltend, bis der Münzregen aufhörte und das Publikum sich zerstreute.

»Erlaube mir, mich etwas förmlicher vorzustellen«, sagte er, während er mir half, die Beute aufzusammeln. »Guy Vlad Boca, *servidor de usted.*«

Vraiment, auf seine unverschämte Art hatte er mir wirklich gut gedient, denn nach meiner ersten groben Schätzung lagen etwa drei Dutzend Stück Ruegelt herum. Ein paar Wochen solcher Erfolg an verschiedenen Orten, und wir hatten genug, um Edoku zu verlassen und zu Planeten unserer Wahl zu reisen.

»Irgendwie hab' ich das Gefühl, daß du kein Edojin bist ...?« fragte ich hoffnungsfroh.

»Moi?« sagte er mit einem kleinen Lachen. »Ganz und gar nicht. Ich bin ein einfaches Kind des Glücks wie du.«

»Bon!« erklärte ich, denn dies war genau das, was ich gehofft hatte. »Darf ich vorschlagen, daß wir von unserer gemeinsamen Einnahme essen gehen – denn zusammen haben wir sicher genug verdient, um das widerwärtige Seifenessen meiden zu können, und außerdem haben wir, glaube ich, einige für uns beide lukrative Angelegenheiten zu besprechen.«

»Ich will gern mit dir essen, und ich bin sicher, daß ich unsere Unterhaltung zumindest sehr amüsant finden werde«, sagte Guy etwas ironisch; jedenfalls schien es mir so. »Darf ich dann das *Crystal Palace* vorschlagen, ein Unternehmen, dessen *cuisine* ich ... äh, ich habe gehört, daß sie sehr gut sein soll.«

»Porqué no?« stimmte ich zu, denn ich hatte keinen Gegenvorschlag.

»Und mit wem habe ich die Ehre zu speisen?« fragte Guy.

»Ich bin Moussa Shasta -« Ich hielt inne, wog meinen Anteil Ruegelt, den ich gerade mit meinem Köpfchen auf Kosten meiner unbezahlbaren Würde verdient hatte, in der Hand. »Ich bin *Sunshine* Shasta Leonardo, Gypsy Joker und hervorragende Geschichtenerzählerin«, erklärte ich ihm. Denn hatte ich nicht endlich das Recht erkämpft, mich so zu nennen?

12

Guy brachte uns mit dem Rapid zu einer kleinen, schmalen Bergkette, deren Kuppen eine scharfe Trennlinie zogen zwischen einer Savanne im Sonnenaufgang, die mit allerlei gengeformten Huftieren ausgestattet war, und einem dampfenden Sumpfland, das in ewigem Sonnenuntergang glänzte und mit seinem dichten Waldland dem Bittersüßdschungel auf Glade nicht unähnlich war. Die Berge selbst hatten zwei völlig verschiedene Gesichter: gezackte Felswände im Sonnenuntergang, sanfte, bewaldete Hänge, die die Dämmerung begrüßten.

Das *Crystal Palace* lag genau auf dieser Trennlinie, so daß man mit einer kleinen Drehung des Halses im Nu die zeitliche Distanz zwischen Sonnenaufgang und Sonnenuntergang überwinden konnte, ohne die Tagesstunden dazwischen zu erleben, und es war wirklich ein Palast aus Kristall. Nicht nur Wände und Decken bestanden aus derselben, durchsichtigen Substanz, während der Boden den Himmel spiegelte, sondern sogar die Polster auf den Stühlen bestanden aus einem durchsichtigen Stoff, und auch die Teller, Eßstäbchen und sogar die Servietten waren durchsichtig.

Der ästhetische Effekt dieser Durchsichtigkeit war alles andere als farblose Schlichtheit, sondern genau das Gegenteil: Wände, Dekken, Böden, Möbel, Tischgedecke, sogar die Luft im Lokal schien auf magische Weise aus den Feuern von Sonnenaufgang und Sonnenuntergang heraufbeschworen – ein prächtiger Anblick aus leuchtendem Orange, Malve und Purpur, in dem der einzige Schmuck diese Farben selbst waren.

Ich überließ es Guy, unter der *cuisine* auszuwählen, und wir aßen ein Festmahl aus vielleicht zwanzig winzigen Gängen, die in Form einer Reistafel serviert wurden; an Stelle der traditionellen, dampfenden Reisschüssel als Grundlage für die kulinarischen Miniaturen gab es allerdings einen riesigen Berg aus dünner, stark mit Safran gewürzter *pasta,* die in einem scharfen Öl knusprig gebraten war. Zu dieser Mahlzeit tranken wir einen starken Weißwein – wie duftender Sake –, der mit leicht berauschenden Kräutern versetzt schien.

Während wir in diesem romantisch beleuchteten Lokal, in dem sich auch einige prächtig gekleidete Edojin aufhielten, gemütlich ausruhten und geziert an den kunstvoll zubereiteten Gerichten, die ein gutes Dutzend *cuisine*-Stile repräsentierten, herumpickten und dazu Wein tranken, der meinen Körper mit einem feinen, sinnlichen

Glühen erwärmte, fühlte ich mich um Lichtjahre vom alltäglichen *vie ordinaire* entfernt, das ich so lange auf Edoku ertragen hatte. Abermals war ich zur verwöhnten *haut monde* zurückgekehrt, die ich als geliebte Tochter aus der Oberschicht Nouvelle Orleans genossen hatte – als *haut turista* auf Edoku, die mühelos die Unterstützung für zwei Monate in ebensovielen Wochen durchgebracht hatte. Während meine Zeit als Gypsy Joker und Geliebte des großen Pater Pan immer noch im Nachglanz der Erinnerungen strahlte, spürte ich, daß ich nun zu meinem wirklichen Status zurückgekehrt war. Und es war eine Gnade, aus der ich nie wieder fallen wollte.

Guy Vlad Boca, so schien es mir, war sozusagen der Kreditchip, mit dem ich einen solchen Lebensstandard unendlich lange halten konnte, wenn ich ihn nur für meine Zwecke einspannen konnte.

So war es nur konsequent, daß ich den Fühler ständig aktiviert hielt, um scheinbar zufällig mit der Hand verschiedene Teile seiner Anatomie zu berühren, während wir aßen, tranken und sprachen – ich berührte etwa seine Hand oder seinen Arm, um ein Argument zu betonen, klopfte unschuldig und freundlich zustimmend seinen Schenkel, kuschelte mich eng an ihn und benutzte ganz allgemein die üblichen weiblichen Verführungstricks, die durch meine geheime elektronische Kraft gewaltig verstärkt wurden.

Andererseits muß ich zugeben, daß ich selbst für die erotische Aura, die ich um unser intimes *tête-à-tête* spann, nicht unempfänglich war, denn *certainement* war er ein hübscher Bursche mit einer lässigen, lockeren Haltung, die einen anziehenden, sinnlichen Geist verriet; er hatte sich als gewitzt und klug erwiesen, und das rosige atmosphärische Glühen im *Crystal Palace*, ganz zu schweigen von den Rauschmitteln im Wein, ließ eine angenehm erregte Wärme durch meinen Körper strömen.

»Ich spüre, daß es die Vorsehung wollte, daß sich unsere Schicksale ineinander verschlangen, Guy«, erklärte ich, indem ich mich nahe zu ihm beugte und ihn schüchtern über den Rand meines Weinglases betrachtete, während ich sein Bein streichelte.

»Wirklich«, gab er zurück, und seine Augen wurden von einem rauchigen Sonnenuntergangsglühen erwärmt, »ich hätte wenig gegen ein angenehmes Verschlingen einzuwenden, nachdem unser kulinarischer Appetit angemessen befriedigt ist.«

»Alles zu seiner Zeit«, versprach ich. »Aber jetzt denke ich an ein noch viel intimeres Unternehmen als eine *passage d'amour*; eines, das letztere mit der Pikanterie einer tieferen Gemeinsamkeit würzen würde, ebenso wie die Rauschmittel in diesem Wein seine berauschende Wirkung verstärken ...«

»Hm ...?« summte er verträumt.

»Die Tatsache, daß wir hier sind, beweist unsere Fähigkeit, zusammen das Gewerbe der Geschichtenerzähler auszuüben, *no* …«

»Geschichtenerzähler? *Moi?*« sagte er etwas unkonzentriert, denn meine Hand glitt die Innenseite seines Schenkels hinauf.

»Bist du denn kein Geschichtenerzähler?« fragte ich einigermaßen überrascht. »Ich hätte gedacht …«

Er strahlte mich an und schob sein Gesicht dicht vor meines. »Ich hab' noch nie im Leben eine Geschichte erzählt«, sagte er. »Aber ich besitze eine gewisse verbale …«

»Nun, dann mach dir keine Sorgen und überlaß mir die Frage des Repertoires«, versicherte ich ihm etwas überheblich. »Was ich im Sinn habe, erfordert es übrigens auch nicht, die Kunst der Geschichtenerzähler zu erlernen.«

»Was *ich* im Sinn habe, erfordert überhaupt kein verbales Geschick«, schmeichelte er, während er die Hände auf meine Hand legte, die mein Glas hielt. Ich zog die andere Hand zurück, damit er seinen vagabundierenden Geist auf meine Worte richtete. Er machte einen etwas enttäuschten Schmollmund.

»Sei doch ernst, Guy!« schalt ich ihn. »*Attends*! Was ich vorschlage, ist, daß wir zwei wiederholen, was wir mit gutem Verdienst vorhin getan haben, bis wir genug Mittel besitzen, um eine Elektrokoma-Passage zu einer anderen Welt kaufen zu können, und in der Zwischenzeit können wir uns Freuden wie diese kaufen, die Edoku uns anbietet. In einem Monat könnten wir unterwegs sein.«

»Hm …«, sagte er. »Würde eine solche Unterhaltung die Edojin nicht bald langweilen? Ihre Rastlosigkeit ist doch beinahe legendär.«

»Wir brauchen ja nicht zweimal am gleichen Ort aufzutreten«, erklärte ich ihm. »Außerdem, selbst wenn wir dasselbe witzige Duett spielen, können wir nach Lust und Laune unsere Scherze verändern.« Ich legte wieder die Hand auf seinen Schenkel und schob sie näher an die Quelle seiner Kundalini-Energie, während ich ihm romantisch in die Augen sah. »Nun, was sagst du dazu, Guy? Partner und Geliebte beim großen Abenteuer der Zauberstraße, zu unserer beiderseitigen Freude und Bereicherung …?«

»Wandernde Troubadoure der erotischen Komödie?« sinnierte er etwas hochnäsig. »Guy Vlad Boca, Kind des Glücks und hervorragender Geschichtenerzähler, mit seiner Herzensdame an seiner Seite …?«

»*Vraiment*, was sagst du?«

»*Je ne sais pas* …«, sagte er scherzend. »Es könnte *drôle* sein … ich sehe da einige Möglichkeiten zum Amüsieren …«

»Merde!« rief ich. *»Drôle?* Amüsement? Ich biete dir eine Partnerschaft in Liebe und Geschäft an, und du hast nichts besseres dazu zu sagen?«

Guy beugte sich noch weiter herüber und glotzte mich verschlagen an. »Guy Vlac Boca hat noch nie etwas aus rein finanziellen Erwägungen gemacht«, sagte er überheblich. »Und was die Liebe angeht – die könnte mich wohl überzeugen, mich zu beteiligen, wenn es auch etwas Kunstfertigkeit erfordern würde. Zumindest wäre eine Demonstration derselben angebracht, *no* ...«

Ich zupfte kurz und nicht eben zärtlich am Angelpunkt seiner Männlichkeit, als wollte ich ihn damit aus seiner hochnäsigen Stimmung reißen, und sah, wie er die Augen aufriß, während die vollen Lippen zitterten. »Wenn dies die Demonstration ist, die du meinst«, sagte ich nachdrücklich, indem ich ihm tief in die Augen sah, »dann werde ich dir eine verpassen, daß du schwabbelst wie Götterspeise und keuchend verlangst, meinem Joni zu Gefallen zu sein ...«

»Wirklich?« erwiderte er heiser. »Nun, *das* hast du auf jeden Fall schon erreicht ...«

Mit einiger Hast spülten wir den Rest unseres Weins hinunter und beglichen die Rechnung, die leider den größten Teil des Ruegelts verschlang, das wir zusammen verdient hatten. Doch diese kleine Katastrophe konnte mir nicht die Laune verderben, denn *certainement* würde es keinen Mangel an Mitteln mehr geben, sobald ich Guy mit meinen tantrischen Fähigkeiten bearbeitet und ihn für unser Unternehmen gewonnen hatte.

Guy hatte die *cuisine* ausgewählt, und nun lag die Wahl des Boudoirs bei mir, einmal, um einen gerechten Ausgleich zu schaffen, und auch, weil Guy, der völlig in priapischer Lust zerfloß, völlig außerstande schien, vernünftig und urteilsfähig über derlei Dinge nachzudenken. Da uns die Mittel fehlten, ein Hotelzimmer zu nehmen, und da wir nicht wünschten, unsere Vereinigung im nächstbesten Garten oder Park verborgen zu vollziehen, führte ich uns via Rapid zum Garten auf dem Gipfel, zu dem – inzwischen schien das Karma eines halben Lebens vergangen – Pater Pan bei unserer ersten *passage d'amour mich* geführt hatte.

Nachdem wir aus der Aufzugröhre, die uns vom Fuß des Wasserfalls zur Schüssel des Gartens auf dem Hügel getragen hatte, gestiegen waren, würzte ein Gefühl süßer *tristesse* für jenen Geliebten die Erwartung dessen, was da kommen würde. Hand in Hand betrachteten wir die rollenden grünen Hügel und Täler, die Kristallteiche und die gurgelnden Bäche, die blühenden Baumgruppen, die als abschirmende Hecken auf den Hügelkämmen standen. Ich atmete tief die warme, duftende Brise ein, sprang munter in der niedrigen Schwerkraft, zog die Schuhe aus und genoß das eigenartige, fellartige Gefühl der Wiese unter den nackten Sohlen, während ich Guy zu einem Tal mit einem Teich führte, nicht unähnlich jenem, in dem ich zum erstenmal Pater geliebt hatte.

Als wir schließlich auf der Samtwiese unter dem tiefblauen Himmel ruhten, blickte ich fragend zu Guy, um Anerkennung für das *wu* des von mir ausgewählten Ortes heischend.

Guy ließ die Augen langsam über die blühenden Bäume auf dem Hügel über uns wandern, über den klaren Teich, an dessen Ufer wir lagen, über den Wald, der den Horizont begrenzte, und betrachtete endlich mich, als wollte er mein Verhältnis zu diesem Paradiesgarten abschätzen.

»Nun?« fragte ich schließlich.

»Seltsam«, sagte er in seinem überheblichen Tonfall, an den ich mich so langsam gewöhnt hatte. »Wirklich, alles in allem recht hübsch.« Als er die Entrüstung in meinem Gesicht bemerkte, die er mit seiner scherzenden Bemerkung ja hatte hervorrufen wollen, lachte er gutmütig und heiser los.

»Was bist du für ein Biest, Guy Vlad Boca!« rief ich in genau demselben Geist. »Und wie dringend du einen fähigen Dompteur brauchst!«

Mit diesen Worten rollte ich mich auf ihn, drückte meine Lippen auf seine und ließ die Hände, sowohl natürlich als auch elektronisch verstärkt, über seine intimsten Körperteile gleiten.

Wie unähnlich seine Reaktion der von Pater Pan bei einer ganz ähnlichen Beschäftigung in derselben Umgebung war – wie unähnlich jeder männlichen Reaktion, die ich bisher erlebt hatte! Statt die Herausforderung an seine Männlichkeit mit dem Versuch zu beantworten, mich mit derselben zu überwältigen, statt sich im Vertrauen auf seine eigene Kraft auf einen Liebeswettstreit in erotischer Willenskraft einzulassen, gab er sich sofort dem zügellosen, völlig hemmungslosen Genuß meiner Zuwendungen hin. Er umarmte mich sanft, doch kraftvoll, setzte kleine, weiche Küsse auf meinen Nakken, als ich sein Lingam packte; er stöhnte und seufzte, schnurrte wohlig, als ich ihn umschlang, warf den Kopf mit halb geschlossenen Augen hin und her, als er weich unter mir strömte wie die Wogen eines tropischen Meeres.

Seltsam, seine offene Hingabe an seine eigene Lust, seine hingegebene Passivität machten mich nicht etwa wütend, sondern ließen meine Lust zu einem sonderbaren, geheimnisvollen Fieber aufflammen. Als wir unsere Umarmung auflösten, um uns auszukleiden, war ich es, die in reizloser Hast ihr Gewand abstreifte, und er war es, der langsam und neckend seine Kleider ablegte, als wollte er mich aufstacheln, während er mich verschlagen anlächelte.

Als unsere nackten Körper zusammenfanden, *vraiment*, da nahm er die überlegene Position ein und stieß sein männliches Lingam mit einem Rhythmus, der an Energie nichts zu wünschen übrig ließ, doch es hatte nichts vom rammelnden Tier oder einem egoistischen Liebhaber.

Wirklich, als ich ihn mit dem Fühler tief an seiner Wurzel anstachelte, gab er sich einer langsamen, dunstigen Ekstase hin, als erführe er meine Freude wie seine eigene, und warf irgendwie seine eigene, unbeherrschte Freude über meine übernatürlichen Kräfte auf mich zurück, so daß ich, je mehr ich sein gedankenloses und bewußtloses Genießen des Augenblicks zu schätzen lernte, von der Lust überwältigt wurde, ihn zu immer wilderen, unbeherrschteren Höhen zu treiben.

Unsere *passage d'amour* ging auf diese Weise weiter und weiter, endlos oder zumindest unschätzbar lange Zeit, und obwohl wir einige tantrische Figuren versuchten, veränderte sich die *innere* Figur nie. *Vraiment*, ich hatte wissendere Liebhaber besessen, und *certainement* welche mit größerer tantrischer Kraft, doch noch nie hatte ich eine so selbstlose Hingabe an die Ekstase erlebt, wie sie mein Fühler bei Guy Vlad Boca hervorbrachte, und noch nie hatte ich mich deshalb bei einem Mann stärker als Meisterin der tantrischen Künste empfunden.

Guy für seinen Teil lag auf dem Rücken, die Hände hinter dem Kopf verschränkt, die vollen Lippen zu einem sinnlichen, erfreuten Lächeln geöffnet, der Atem ging tief und langsam, und die Augen blieben lange Zeit vor der Welt verschlossen, bis er die Fassung zurückgewann, um zu sprechen.

»Nun«, sagte er endlich, »*das* war aber amüsant.«

»Amüsant!« kreischte ich. »Ist das *alles*, was du zu sagen hast, Guy? *Amüsant?«*

Guy setzte sich gegen den Abhang der Mulde auf und dämpfte meinen Zorn mit einem leisen Lachen. *»Au contraire«*, sagte er. »Es erfordert wirklich etwas, mich zu amüsieren. Wenn du mich besser kennen würdest, wüßtest du, was ich zu tun bereit bin, um amüsiert zu werden, und daß ich dir sogar das höchste Kompliment gemacht habe, das ich zu machen imstande bin.«

»Nun, dann«, sagte ich etwas besänftigt, »habe ich dich genügend *amüsiert*, um dich zu überzeugen, daß mein Vorschlag, als Geschichtenerzähler und Geliebte zusammenzuarbeiten, bis wir genug Geld verdient haben, um Edoku zu verlassen, dir soviel Hoffnung auf weiteres Amüsement verspricht, um es zu versuchen?«

Guy lachte. Er betrachtete mich mit einem seltsamen, undurchsichtigen Ausdruck. »Oh, *verdad!*« sagte er. »Ich kann mir niemand sonst vorstellen, der mir als Reisegefährte so lieb wäre wie du. Allerdings ... ich muß gestehen, daß ich bisher unter gewissen falschen Voraussetzungen mit dir gegangen bin.«

»Falsche Voraussetzungen?«

»*Hai*! Ich fürchte, ich habe dir bisher die völlige Enthüllung der Größe meines Wesens vorenthalten.«

Dieses bescheidene Geständnis verschlug mir schlicht und ergreifend die Sprache.

Guy litt *naturellement* an keiner derartigen Lähmung. »Alles, was wir uns bisher mitgeteilt haben, waren unser Status als Kinder des Glücks und unsere Namen«, sagte er. »Laß uns deshalb nun die Namensgeschichten erzählen, und ich verspreche dir, daß dir alles zu deinem Entzücken prächtig enthüllt werden wird. Bitte beginne du, Sunshine, denn ich wünsche nicht, daß deine Namensgeschichte nach meiner traurig abfällt.«

Diese Geheimnistuerei verwirrte mich so, daß ich kaum auf die in ihr liegende Beleidigung reagierte; vielmehr brannte ich darauf, der Sache auf den Grund zu gehen, was heißen soll, daß ich tat, worum er mich gebeten hatte und die Geschichten meines Mutternamens und Vaternamens erzählte, ohne natürlich den Fühler zu erwähnen. Dann erläuterte ich ihm die Geschichte meines *nom de rue*, Sunshine, und meine Karriere als Gypsy Joker, ohne unnötig das Ausmaß und die Tiefe meiner Intimität mit Pater Pan zu betonen.

»*Drôle*«, sagte Guy, als ich geendet hatte. »Ein wirkliches Geisteskind des Glücks!« Er stand auf schlang sich die Ärmel seiner schwarzen Samtbluse um den Hals, als wollte er einen fliegenden Umhang anlegen – eher um des schauspielerischen Effekts willen als aus dem Wunsch, sittsam seine Nacktheit zu verbergen.

»Ich bin *Guy Vlad Boca*«, erklärte er hochmütig, »und während ich auch ein wahres Geisteskind des Glücks bin, brauche ich mich doch kaum darauf zu beschränken, auf den Straßen zu betteln, um als bewußtlose Fracht im Elektrokoma von Planet zu Planet zu reisen, *no, thanks*, und ebensowenig brauche ich irgendeinen von denen, denen ich meine Gunst schenke.

Meine Mutter, Boca Morgana Khan, wurde auf Melloria ihren ausgesprochen wohlhabenden Eltern geboren; ihr Vater war Khan Norman Margo, Besitzer von Fabriken auf mehreren Welten. Ihre Mutter war Morgana Desirée Colin, eine Sprungschiff-Domo von nicht geringem Ansehen, bevor sie meinen Vater traf. Ihren Wahlnamen Boca nahm sie nach einem Wanderjahr an, nachdem sie sich in der Kosmokultur amüsiert hatte; sie tat es zu Ehren von La Boca Felicita, einer legendären Sängerin und Schauspielerin der Ersten Ära der Sternenreisen; sie übte dieses Gewerbe jedoch nicht aus – obwohl sie sehr wohl wußte, daß sie mit ihrer großen Schönheit und ihrer süßen Stimme in diesem Beruf ein Vermögen hätte verdienen können –, denn das väterliche Vermögen entband sie dieser Notwendigkeit.

Mein Vater Vlad Dominik Ella wurde in bescheidenen Verhältnissen auf Novi Mir geboren. Sein Vater, Dominik Ivan Dona, war Besitzer eines Freudenpalastes, und seine Mutter Ella Dane Krasnaya arbeitete dort als gewöhnliche Künstlerin. Seinen Eigennamen Vlad wählte er nach einem Wanderjahr, das er als Freidiener auf Sprungschiffen begann und als erfahrener Spieler und tantrischer Künstler auf denselben beendete, denn dieser Name ehrt Vlad, den Pfähler, ein prähistorisches Monster, das *naturellement* für seine zahlreichen Pfählungen bekannt war; wenn sie auch offensichtlich nicht von derselben Art waren wie die, mit denen mein Vater prahlte.

Meine Eltern lernten sich an Bord der *Celestial City* kennen, und es war pheromonischer Gleichklang auf den ersten Blick oder beim ersten Pfählen. Bocas Eltern, *naturellement,* waren nicht gerade begeistert, als sie mit einem solchen Liebhaber nach Melloria zurückkehrte. Sie hielten Vlad für einen Mitgiftjäger, der er in gewisser Hinsicht auch war. Als Gegenleistung dafür, daß er sich mit einem Probejahr einverstanden erklärte, schenkte Khan Norman Margo ihm einen ansehnlichen Betrag mit der Bedingung, daß er nur als Verwandter akzeptiert würde, wenn er mit der doppelten Summe zurückkehrte. Zweifellos erwartete er, daß er damit diesen Gauner zum letztenmal gesehen hätte.

Doch zur Freude aller Beteiligten gaben Vlads Spielerinstinkte und vielleicht auch seine Neigung zum Pfählen, sobald sie mit Arbeitskapital verbunden waren, ihm einen guten Stand als reisender Händler, der die Menschenwelten mit allem bereiste, was billig zu kaufen und teuer zu verkaufen war, und als er nach Melloria zurückkehrte, hatte sich sein Vermögen sogar vervierfacht.

Heute ist mein Vater Vlad Dominik Ella der Besitzer und *maestro* von Interstellar Master Traders, und sein Reichtum übersteigt den der Familie meiner Mutter um ein Vielfaches.«

Nachdem er seine ungewöhnliche Namensgeschichte vorgetragen hatte, setzte Guy sich neben mich, als wollte er unsere weniger formelle Beziehung wieder aufnehmen. »Und so siehst du hier vor dir Guy Vlad Boca, Kind des Glücks, *vraiment* auf seinem Wanderjahr, doch kein wandernder Bettler!« sagte er. »Eher bin ich der Thronfolger von Interstellar Master Traders, ein Handelsprinz, wie man sagen könnte, der zu seinem Vergnügen müßig von Welt zu Welt reist, aber auch, um das Wesen seines zukünftigen Gewerbes kennenzulernen.«

Er langte in die Tasche seiner Bluse und zog einen Kreditchip hervor, den er mir unter die Nase hielt, als wäre er ein unbezahlbares Schmuckstück. »Dieses kleine Glitzerding ist ohne Limit auf die Schatzkisten von Interstellar Master Trades ausgestellt, ein ergiebiger, bodenloser Brunnen für alle praktischen Vorhaben«, erklärte er. »Ich bin berechtigt, für eine von mir selbst zu bestimmende Spanne zu tun und zu lassen, was ich will, und der einzige Vorbehalt ist, daß ich wie einst mein Vater erst nach Melloria zurückkehren und mein Erbe antreten darf, wenn ich im Verhältnis zwischen meinem Profit und meinen Ausgaben ein Verhältnis von zwei zu eins erreicht habe. Wie es im Augenblick läuft, wird das wohl eine Weile dauern. Aber ich habe es nicht besonders eilig.«

Als Folge dieser Enthüllungen ergriffen mich völlig unedle Gefühle. Wut auf Guy, weil er im *Crystal Palace* nicht diesen Wunderchip benutzt hatte. Wut auf den Geiz meiner Eltern im Vergleich zur überwältigenden Großzügigkeit von Vlad Dominik Ella, und ebenfalls ein gründlicher Neid auf Guy angesichts seines Glücks. Schließlich und am schmerzlichsten die Verzweiflung darüber, daß mein Plan, mit seiner Hilfe Ruegelt zu verdienen, damit null und nichtig war.

»Du hast ... du hast dich nur mit mir *amüsiert*«, sagte ich schließlich zornig und niedergeschlagen. »Du hattest nie wirklich die Absicht, mit mir zusammen als Geschichtenerzähler zu arbeiten ...«

»So ist es«, sagte Guy mit einem völlig unpassenden Grinsen. »Und ich muß sagen, daß ich dich immer noch äußerst amüsant finde, *ma chère*. Doch dein Angebot muß ich natürlich ablehnen.«

Bevor ich meinem Zorn Luft machen konnte, bremste Guy mich, indem er mir einen Finger auf die Lippen legte. »Als Handelsprinz in Ausbildung bin ich jedoch verpflichtet, für gute Ware gutes Geld zu geben«, sagte er. »Da die fragliche Ware Amüsement ist, will ich dir mit einem Vorschlag antworten, den *du* hoffentlich amüsant findest. Ich werde in kürze Edoku verlassen und nach Belshazaar fliegen; das ist ein Planet, der, wie ich erwarte, weit amüsanter und gewiß ertragreicher ist als dieser. Wenn *du* die Vorstellung amüsant findest, dann begleite mich doch auf meine Kosten auf der *Unicorn Garden* dorthin – oder um genauer zu sein, auf Kosten der Interstellar Master Traders.«

Ich konnte kaum glauben, was ich hörte. Ich konnte kaum an ein solches Glück glauben. Wirklich, wenn ich bedachte, wer es gesagt hatte, konnte ich auf den ersten Blick nicht sicher sein, ob ich es glauben durfte. »*Belshazaar ...?*« sagte ich mißtrauisch. »Ich hab' noch nie was von Belshazaar gehört. Was wollen wir da?«

»Auf Belshazaar gibt es einen Wald, der Bloomenwald genannt wird«, erklärte Guy. »Er soll ein riesiges Füllhorn psychotroper Parfüms sein, von Essenzen, Säften, Pheromonen und so weiter. Hunderte davon sind bereits auf dem Markt, jedes Jahr werden einige Dutzend neue entdeckt, und ein Händler, der sich das Monopol für ein paar der neuesten sichern kann, wird mühelos ein Vermögen verdienen. Zumindest wird es sehr amüsant sein, die volle Palette von dem, was verfügbar ist, auszuprobieren.«

Meine Begeisterung, Edoku für ein solches Unternehmen zu verlassen, war gewiß weniger groß als Guys, doch andererseits, welche Aussichten hatte ich ohne ihn auf Edoku, abgesehen von beständiger Armut und einem endlosen Mahl aus Eßblöcken?

»Kostenlos ...«, fragte ich vorsichtig. »Warum tust du das für mich?«

»*Porqué no?*« erwiderte Guy überheblich. »Jeder nach seinen Fähigkeiten, jeder nach seinen Bedürfnissen, wie die alten Kommunisten sagten. Und wenn es um Kredit geht, dann ist meine Fähigkeit grenzenlos, und dein Bedürfnis ist absolut. Außerdem haben wir bereits festgestellt, daß wir unsere Gesellschaft amüsant finden.«

»Wir würden nicht im Elektrokoma reisen ...?«

»*Quelle chose!*« rief Guy in gespielter Entrüstung. »Kannst du dir vorstellen, daß Guy Vlad Boca es amüsant findet, eine Reise zu durchschlafen, während die Zerstreuungen der Kosmokultur zur Verfügung stehen? Hältst du mich für einen gemeinen Hund, der einer Geliebten eine solche Fahrt anbieten könnte? Komm, Sunshine, komm mit mir als Geehrter Passagier im Grand Palais der *Unicorn Garden!*«

»Ich könnte mich glatt überreden lassen ...«, räumte ich in gespieltem Widerstreben ein. *Naturellement* war keine weitere Überredung nötig, denn es war genau dieser Zugang zur *haut monde* der Kosmokultur gewesen, für den ich mit meinen Eltern so verbissen, wenn auch leider vergeblich, gekämpft hatte. Und wenn Sunshine sich über Moussa hinaus entwickelt hatte, was heißen soll, daß sie der Zauberstraße folgte um des Abenteuers der Reise selbst willen und nicht wegen des Ziels oder Endpunktes – waren dann nicht Guy Vlad Boca ein verwandter Geist und das Grand Palais der Kosmokultur der *camino real?*

»Wenn es die Liebe ist, die dich überzeugen könnte, dann scheint mir eine entsprechende Demonstration angebracht«, sagte Guy. »Und ich glaube wirklich, daß ich inzwischen wieder bereit mit, mich der Herausforderung zu stellen.«

Das war er. Und so geschah es.

13

Also sagte ich in Begleitung meines Handelsprinzen dem großen Edoku Lebewohl, meinen Tagen mit Pater Pan, meinen Kameraden bei den Gypsy Jokern und meinem brennenden Ehrgeiz, als Geschichtenerzählerin Karriere zu machen – ohne einen mehr als flüchtigen Blick zurückzuwerfen, nachdem ich Zutritt zum Grand Palais der *Unicorn Garden* erhalten hatte.

Nennt mich flatterhaft, doch bedenkt auch dies: Wären meine Eltern dem einfach bewundernswerten Beispiel von Dominik Vlad Ella gefolgt und hätten mich so großzügig ausgestattet, daß ich mein Wanderjahr in dem Stil hätte beginnen können, an den mich zu gewöhnen ich gehofft hatte, dann hätte ich nie Edoku gewählt, hätte nie unter Armut und dem scheußlichen Essen der Anstalten gelitten, hätte nie Pater getroffen, wäre nie Gypsy Joker oder angehender Geschichtenerzähler geworden und hätte deshalb auch nie Guy Vlad Boca kennengelernt, der mich folglich nie hätte aus obenerwähnter Armut erlösen müssen.

Soll heißen, sobald wir an Bord der *Unicorn Garden* und von angenehm unterwürfigen Freidienern in eine prächtige, wenn auch nicht sehr geräumige Suite geführt worden waren, sobald ich sah, daß die Abflugsfeier im Grand Salon begann, verfügte ich über genügend spitzfindige Logik, um mich zu überzeugen, daß es auf die eine oder andere Weise von jeher meine Bestimmung gewesen war, in diesem Stil zwischen den Welten zu reisen.

Denn welch ein Unterschied war dies zu meiner ersten Sternenreise!

Wir hatten kaum unsere Habseligkeiten in unserer Kabine verstaut, als uns der Schiffsansager zur Abflugsfeier in den Grand Salon einlud. Das Grand Palais der *Unicorn Garden* verteilte sich auf fünf Decks; vom Bug zum Heck gezählt – in dieser Weise war auch die Schwerkraft abgestimmt – waren es das Vivarium, der Grand Salon, das Restaurantdeck, das Vergnügungsdeck und die Ebene mit den Traumkammern. Von diesen war der Grand Salon der Hauptschauplatz der Feiern oder besser der beständigen Feier, die während der neuntägigen Reise unter verschiedenen *noms de jour* stattfinden würde.

Maria Magda Chan, die Domo der *Unicorn Garden*, hatte den Grand Salon in einem Stil herrichten lassen, den ich nur »organiform« nennen kann, was nicht heißen soll, daß irgendwo Fauna oder Flora zu sehen gewesen wäre. Wenn man vom Zentralgang des

Schiffes aus eintrat, stand man auf einer Plattform, von der eine Treppe im Halbkreis hinabführte; von diesem Aussichtspunkt aus konnte man den Grand Salon als Gesamtkunstwerk bewundern.

Zuerst fiel mir auf, daß es keine einzige harte oder ebene Oberfläche gab, keinen Winkel, nicht einmal die einfachste geographische Form. Stühle, Tafeln, Tische, *vraiment* sogar die Leuchtkörper waren wie Polster aufgemacht, mit Schaumstoff oder Federn, Wasser oder Luft gefüllt, bedeckt mit Samt, Pelzen oder hautähnlichen Stoffen. Alle Formen waren fließend, gewölbt, gekrümmt, erinnerten auf völlig abstrakte Weise an Brüste, Hinterteile, Schenkel, Phalli und so weiter, wenn auch kein Umriß kraß gegenständlich war. Ganz ähnlich waren auch die Farbtöne dem Organischen entnommen – feines Braun und Grün, weiche Blumenschattierungen, der Ton menschlicher Haut –, doch nirgends waren die Farben so gewählt, daß sie eindeutig zur Form paßten. Selbst die Wände, der Boden und die Decke waren im gleichen Stil gepolstert, und die Beleuchtung war in Pink, Rosa und Bernstein gehalten. Der Gesamteffekt war der einer abstrakten Sinnlichkeit, die gefährlich und doch selbstbewußt am Rande der Obszönität schwankte.

»Phantastisch!« rief ich entzückt.

»Amüsant«, räumte Guy ein. »*Naturellement,* ich hab' schon Besseres gesehen.«

Der Anlaß für dieses Fest oder besser die anfängliche Entschuldigung für die Eröffnung der endlosen Folge solcher Festivitäten, war die Feier unseres Starts via Flinger aus dem Sonnensystem Edokus. Während wir Geehrten Passagiere an unserem Wein nippten, Drogen inhalierten und an Leckereien knabberten, die von umlaufenden Schwebetabletts angeboten wurden, erschien mitten im Grand Salon ein Holo unseres Raumkapitäns Dennis Yassir Coleen, der uns von der Brücke begrüßte. Nach diesem formellen Teil wurde sein Bild vom gewaltigen Gespinst der Röhre aus Kältedraht ersetzt: der Flinger, der sich deutlich vor den Sternen abhob. Dann kam der klaffende Mund des hundert Kilometer langen, zylindrischen Spinnennetzes, wie er vom Heck der *Unicorn Garden* aus zu sehen war, während unser Raumschiff rückwärts hineingezogen wurde.

Als wir die Startposition am Boden des Flingers erreicht hatten, bekamen wir als letzten, freundlichen Abschiedsgruß ein Bild des großen Edoku zu sehen, das wie ein strahlendes, vielfacettiges und vielfarbiges Juwel vor dem samtschwarzen Raum in seinem Sternennebel aus Lichtwandlern schwebte.

In diesem Augenblick dachte ich darüber nach, wie sehr der Stil des Grand Salon im kleinen dem eines Bezirks auf Edoku ähnelte, und wie die Geehrten Passagiere darin einer ähnlichen Versammlung von Edojin glichen und auch wieder nicht, denn während die Kleidung der Geehrten Passagiere nicht weniger teuer und prunkvoll war als die der Edojin, so war sie doch im allgemeinen weniger ausgefallen, weniger dazu entworfen, um der Ausgefallenheit willen einen hoch entwickelten Stil bis ins Bizarre zu treiben.

»Ähneln unsere Geehrten Passagiere nicht einer etwas gedämpften Versammlung von Edojin?« fragte ich Guy beiläufig.

»*Au contraire*«, erwiderte er. »Es scheint mir, daß Edoku ein Versuch ist, die Kosmokultur nachzuäffen – jedoch durch Menschen, die nicht ganz die charmante Selbstsicherheit besitzen, die nur unerschöpflicher Reichtum bieten kann. Ein Grand Palais für die Massen, könnte man sagen.«

Mögen solch überhebliche Beurteilungen sein, was sie wollen – das große Edoku verschwand jetzt in der Erinnerung und wurde von einem Holo meines zukünftigen Bildes ersetzt, nämlich der sternübersäten Leere des Raumes, wie sie vor dem Bug unseres Schiffs zu sehen war. Einen Augenblick später hörten wir den Raumkapitän das Wort »Los!« rufen; plötzlich verwischte die Sternenlandschaft zu einem blauen Streifen, während der Flinger die *Unicorn Garden* in einem plötzlichen Ausbruch mächtiger Energien bis auf relativistische Geschwindigkeit beschleunigte. Dann nahmen die Sichtkompensatoren des Schiffs ihre Arbeit auf, und wir sahen die pointillistische Sternenwelt des Tiefraumes auf uns zurasen.

Unsere Reise hatte begonnen. Bald würde unsere Pilotin an ihr Modul im Sprungschaltkreis angeschlossen werden, und dann würde uns ein Plateau-Orgasmus zusammen mit den geheimnisvollen Maschinen, die der Wissenschaft von Uns-Die-Schon-Früher-Gegangen-Sind entstammten, im Nu einige Lichtjahre näher an Belshazaar herantragen.

Lauter, höflicher Applaus ertönte, dann begann eine beträchtlich lebhaftere Runde von Toasts auf eine gute Reise.

»Komm«, sagte Guy, »nun, da die Formalitäten erledigt sind, können wir die Zerstreuungen erforschen, die die *Unicorn Garden* zu bieten hat.«

Naturellement hatte die *Unicorn Garden* oder besser das Grand-Palais-Modul derselben eine Vielzahl von Zerstreuungen zu bieten, die allesamt entworfen waren – so erfuhr ich bald –, die Aufmerksamkeit der Geehrten Passagiere nach innen auf die hedonische Realität unserer kleinen Kunstwelt zu lenken, statt nach draußen auf die weite, kalte Leere des Raumes, durch den wir reisten.

Das Vergnügungsdeck bot Holocines, Glücksspiele, eine umfangreiche Bibliothek mit Wortkristallen und alle Arten von musikalischen, schauspielerischen und tänzerischen Vorstellungen, die von eigens für diesen Zweck engagierten Künstlern oder von Freidienern mit doppeltem Aufgabenpensum dargeboten wurden. Viele der letzteren waren gegen Gebühr auch für private tantrische Auftritte zu haben.

Das Vivarium der *Unicorn Garden* erinnerte mich an ähnliche Orte auf Edoku, wenn auch natürlich der Maßstab dieser überkuppelten Parklandschaft sogar noch kleiner war als die auf dem Planeten der Edojin überreichlich vorhandenen Bonsai-Landschaften.

Unter einem Holohimmel voller Regenbögen, Monde, Ringplaneten, Kometen, Auroras, Tornadowolken und Unmengen ähnlicher miniaturisierter Phantasiegebilden erstreckte sich ein lebender Garten, der nicht vorgab, irgendeine von Menschen bewohnte Planetenoberfläche nachzuahmen. Das Vivarium – kaum mehr als einen oder zwei Morgen groß – war als Waldlichtung aufgemacht, so daß die Schiffswände, die sonst einen beengenden Horizont gebildet hätten, hinter einem dichten Vorhang aus Bäumen verschwinden konnten. Nicht zwei Bäume in diesem »Wald« gehörten derselben Art an, und jede Art schien der Kunst der Genformer entsprungen. Es gab Bäume mit roten, silbernen, pelzigen, sogar gefiederten Borken. Goldene Äpfel, riesige Rosen, gewaltige Blumen jeder Sorte, sogar riesige Juwelen und glühende Kegel sprossen surrealistisch aus ihren Ästen. Auf der Lichtung bildete natürliches Gras zwar einen alltäglichen Hintergrund, doch der größte Teil des Bodens war mit farbenprächtigen Pilzen und Schwämmen bedeckt.

Das Prunkstück dieses Vivariums war der Teich in der Mitte der Waldlichtung, um dessen Ufer Bänke verstreut standen. Auf seiner Oberfläche schwebten verschiedene Arten bunt blühender Wasserpflanzen, und in der Mitte lag, über eine Fußbrücke zu erreichen, eine winzige Wüsteninsel mit leuchtendem Sand, der von einer einzigen, gewaltigen Palme beschattet wurde.

Bei der Gestaltung der Fauna aber waren die Genformer anscheinend völlig berauscht gewesen, denn im Vivarium wimmelte es von Fabelwesen, die allesamt in Miniaturformen vorkamen. Pterodaktylen in der Größe meiner Hand huschten durch die Baumwipfel. Kniehohe Greife tummelten sich im Wald. Winzige Tyrannosaurier und flugfähige Drachen bettelten die Geehrten Passagiere um Brosamen an. Der Teich war mit kleinen Seemonstern besetzt – Schlangen, Pottwale, Kalmare, Ichtyosaurier und so weiter.

Natürlich konnte das Vivarium der *Unicorn Garden* nicht vollständig sein ohne ein halbes Dutzend der Wesen, die dem Schiff den Namen gegeben hatten – alle vom reinsten Weiß, jedes mit einem goldenen, spiraligen Horn und keins größer als ein halber Meter. Die Jungfrauen, in deren Schoß sie die kleinen Köpfe zur Ruhe betten mochten, waren die einzigen nicht sichtbaren Fabelwesen.

Das nächste Deck, das der Traumkammern, bestand aus verschlungenen Gängen, von denen mindestens ein Dutzend exotische Privatgemächer abgingen, die kaum durchs Reich der Natur inspiriert worden waren.

Man konnte sich erotischen Übungen hingeben, während man in zähem, regenbogenbuntem, nach Jasmin duftendem Öl trieb oder in vollkommener Samtschwärze oder bei null g in einer Konstruktion aus goldenen Stäben schwebte oder während man in einem azurblauen, flauschigen Nest oder in einer Kammer ruhte, die in Form und Material an menschliches Fleisch erinnerte.

Nirgends im Reich der Geehrten Passagiere gab es jedoch ein einziges Bullauge oder Fernrohr, durch das man die weite, sternbesäte Schwärze direkt jenseits der Schiffshülle beobachten konnte, und ebensowenig gab es künstlerische Aufführungen, die mit ihr zusammenhingen.

Als ich dies bei Tisch zur Sprache brachte, sah die allgemeine Reaktion aus, als hätte ich das Gespräch auf Fäkalien bringen wollen.

Der Dekoration nach war das Restaurantdeck unter den Ebenen des Grand Palais dasjenige, welches am alltäglichsten aussah, wenn dies auch nicht heißen soll, daß die Produkte des *chef maestros* der *Unicorn Garden*, Mako Carlo Belisandra, etwas anderes als superbe Beispiele der Kochkunst waren.

In drei verschiedenen *salons de cuisine* konnte jeder einen anderen kulinarischen Geschmack befriedigen. Für die Gäste, die eine gewöhnliche Mahlzeit wollten, gab es einen schlichten Speisesaal mit dick gepolsterten, thronähnlichen Stühlen, die in langen Reihen an schwarzen, polierten Steintischen standen, überdacht von einem dicht bewachsenen Weinspalier. Für kleine private *soirées* oder intimes Tafeln *à deux* gab es einen Raum, der völlig in zeltähnliche Nischen in verschiedenen Größen unterteilt war; jede reich bestickt, bemalt und in einem anderen Stil gehalten, jede romantisch mit Kandelabern beleuchtet, und jede besaß einen niedrigen Bronzetisch, der von Polstern umgeben war.

Schließlich gab es noch den formellen großen Speisesaal, groß genug, um bei Banketten, denen unsere Domo, der Raumkapitän oder beide vorsaßen, alle Geehrten Passagiere aufzunehmen. Hier waren die Wände mit grobkörnigem grünbraunem Holz verkleidet, das mit goldenen Rokoko-Filigranen gerahmt und geschmückt war. Der Boden bestand wie der wuchtige Kamin aus schwarzem Marmor, und alle Tische wurden von Kristallüstern beleuchtet, die von der Decke herabhingen; letztere war so bemalt, daß sie einem azurblauen Himmel mit einigen weißen Schäfchenwolken ähnelte. Jeder der zehn runden Tische konnte zehn Gäste aufnehmen, und jeder bestand aus bronzenem Spiegelglas, das von einem schweren Ebenholzpfeiler gestützt wurde, dessen Maserung zum Holz der ledergepolsterten Stühle paßte.

In diesem Saal hatten Guy und ich das Glück, beim Bankett anläßlich unseres ersten Sprungs Plätze am Tisch der Domo zugewiesen zu bekommen. Der Raumkapitän war *naturellement* im Augenblick auf der Brücke beschäftigt, doch er würde sich später zu uns gesellen. Die Pilotin, die mit dem Sprungantrieb verschaltet war, würden wir natürlich während der Reise überhaupt nicht sehen.

Die sieben anderen Gäste an unserem Tisch waren ein guter Querschnitt der vier Hauptgruppen der Geehrten Passagiere, die ich bereits unterscheiden konnte, die es allerdings eher mieden, miteinander gesehen zu werden.

Kuklai Smith Veronika und Don Terri Wu waren Männer in reifen Jahren und mit noch reiferen Vermögen, die sich mehr oder weniger aus dem Geschäftsleben zurückgezogen hatten und den Rest ihres Lebens damit verbrachten, zwischen den Menschenwelten herumzureisen – typische *haut turistas*, die nichts als ihr Vergnügen suchten. Daneben reisten solche Leute mit uns, die Zugang zur Kosmokultur gefunden hatten, indem sie ersteren dienten – ob nun als Kurtisanen wie die atemberaubend schöne Cleopatra Kay Jone oder durch ihre faszinierende Gesprächsführung wie der Meister der Astrophysik Einstein Sergei Chu oder als Schauspieler oder Musiker. Drittens gab es noch Reisende wie Mary Menda Hassan; sie war Professorin für Terranische Vorgeschichte auf Dumbala und reiste – entweder auf eigene Kosten oder von Arbeitgebern oder wissenschaftlichen Instituten gefördert – in ernsten Angelegenheiten des Handels, der Wissenschaften oder der Forschung.

Zu – nach den Begriffen der anderen Geehrten Passagiere – gar nicht guter Letzt gab es noch solche wohlhabenden Kinder des Glücks wie Guy, die ihr Wanderjahr in den Kosmokulturen verbrachten, weil ihre Eltern es sich leisten konnten.

Außer durch Guy wurde dieses soziale und intellektuelle Proletariat auch noch durch Imre Chanda Sumi und Raul Bella Pecava an unserem Tisch vertreten – zwei junge Männer, die Guy bereits als

»amüsant« beurteilt hatte; wenigstens an Hand der Apotheke voller exotischer Rauschmittel, die sie an Bord gebracht hatten.

Mein Status in dieser Hierarchie galt, vorsichtig ausgedrückt, als etwas problematisch, denn ich war nicht einmal ein unabhängiges, wohlhabendes Kind des Glücks, und mein Vielfarbiges Tuch, das Abzeichen der Gypsy Joker, das ich ständig trug, besaß in dieser Gesellschaft überhaupt keinen Wert.

Auch eine Bemerkung darüber war kaum geeignet, mich in die Unterhaltungen einzubeziehen, bis der Anlaß unseres ersten Sprunges meinen großen Auftritt ermöglichte.

Beim *entrée* aus *fruits de mer* führten Kuklai Smith Veronika und Cleopatra Kay Jone ein geistreiches Gespräch – zumindest nach ihrer eigenen Einschätzung – über die Tugenden oder den Mangel an ebendiesen eines Verfassers, dessen Werk mir völlig unbekannt war. Einstein Sergei Chu hielt einen Vortrag über die stellare Entwicklung der Galaxis, während er sich seine safrangewürzte Fruchtsuppe einverleibte, und er sprach in Begriffen, die mathematisch so weit über meinen Horizont gingen, daß ich nicht folgen konnte, selbst wenn ich am Thema interessiert gewesen wäre.

Während wir die Feuerkrabbe in schwarzem Pfefferaspik zerlegten, regte unsere Domo eine Diskussion über die relativen Vorzüge ihres Grand Palais an, verglichen mit einigen, die von Kolleginnen geführt wurden, und da ich der einzige Anwesende war, der noch nie als Geehrter Passagier gereist war, konnte ich kaum etwas beisteuern.

Mary Menda Hassans Ausführungen über unsere hominiden Vorfahren beim Goreng de Charcuterie hätten ebenso in der Sprache derselben abgehalten sein können, denn ich verstand kein Wort; und was die Diskussion über Drogen anging, die Guy, Imre und Raul beim *shashimi*-Salat anzettelten, nun, dies war ein Thema, von dem ich so langsam die Nase voll hatte.

Die Tornedos de Vaco mit geräucherten Schwarzpilzen in Madeirasauce waren gerade serviert, als eine laute Glocke erklang. Alle Anwesenden hielten mitten im Bissen inne, dann fuhren sie mit dem Essen fort. Dieses kleine Geheimnis gab mir den Anlaß, meinen ersten Zug in der Konversation zu wagen.

»Was war das?« fragte ich.

Ich wurde mit seltsamen, entrüsteten Blicken bedacht. »Das Schiff ist gesprungen«, erklärte Guy beiläufig. »Wie ich gerade sagte –«

»*Quelle chose!*« rief ich. »Wir sind gerade mehrere Lichtjahre durch den Raum gesprungen, und dieser Augenblick wird so wenig feierlich gekennzeichnet?«

Es gab ein unbehagliches Schweigen, während meine Tischgenossen seltsame Blicke mit jedem anderen, nur nicht mit mir wechselten. Den Augenblick völlig mißverstehend – oder vielleicht einfach entschlossen, dabeizubleiben, nachdem ich ein Thema aufgeworfen hatte, bei dem ich zumindest mitreden konnte – setzte ich nach.

»Wirklich, warum hat man nicht dafür gesorgt, daß wir dieses Schauspiel *en holo* verfolgen können? *Vraiment*, nirgends im Grand Palais gönnt man uns den Anblick der sternübersäten Prächtigkeit, durch die wir reisen. Außerdem – hat noch niemand von Ihnen die bizarre Abwesenheit von Motiven in Kunst und Schmuck des Grand Palais bemerkt, die sich auf jene beziehen? Dabei fällt mir die Ästhetik Edokus ein, die ...«

Ich hielt mitten im Satz inne, denn nun stand ich im Mittelpunkt eines allgemeinen Mißfallens, der nur zu einem Widerling passen konnte, der peinlicherweise bei Tisch über Fäkalien spricht – eine Atmosphäre, die ich bereits erwähnte.

»Hab' ich was Unpassendes gesagt?« erkundigte ich mich unbehaglich. »Würde jemand bitte so freundlich sein, mich über die Natur meines Fauxpas aufzuklären?«

Guy sagte nichts; er schien sich nach Kräften zu bemühen, vorzugeben, daß er mich nicht kannte – nutzlos, denn da er mein Reisegefährte war, erstreckte sich die Sphäre der Schmach, die mich umgab, auch auf ihn und sogar auf Raul und Imre, Kinder des Glücks wie ich, die sich unter den vorwurfsvollen Blicken unserer edlen Tischgefährten wanden.

»Ist dies Ihre erste Reise, Kind?« fragte die Domo schließlich.

»Meine erste als Geehrter Passagier«, erwiderte ich. »Allerdings bin ich schon einmal im Elektrokoma von Glade nach Edoku gereist.«

Diese angehängte Korrektur erhöhte meinen sozialen Status leider auch nicht, sondern rief weiteres Lippenschürzen und Naserümpfen hervor.

»*Je comprends*«, sagte Maria Magda Chan. »Man kann kaum exakte Beachtung der Spielregeln erwarten von einem so neuen ... *Geehrten Passagier*.«

»Was für Spielregeln?« fragte ich gereizt. »Wenn ich *nikulturni* war, könnte mich vielleicht einer der würdigen Anwesenden aufklären, welche Grenzen ich übertreten habe, damit ich es in Zukunft vermeiden kann, Ihre empfindlichen Seelen zu verletzen?«

»Gut gesprochen!« erklärte Imre, der für seine Ritterlichkeit sofort mit neuen finsteren Blicken bedacht wurde.

»Da Sie den bewundernswerten Entschluß gefaßt haben, weitere

Beleidigungen zu vermeiden, *ma petite,* ist es als Domo tatsächlich meine Pflicht, Sie über die sozialen Bräuche zu unterrichten«, sagte Maria Magda Chan. »Was heißen soll, daß es wirklich *nikulturni* ist, über solche Dinge zu sprechen. Der Sprung und das, durch das wir uns bewegen müssen, ist bei Tisch oder in höflichen Unterhaltungen verpönt.«

»Und deshalb sind auch Motive und reale Anblicke der, äh, der Leere selbst in der Kosmokultur nicht beliebt«, setzte Kuklai Smith Veronika freundlich-väterlich hinzu.

»Ich lasse mich gern belehren und will mich in Zukunft derartiger Taktlosigkeiten enthalten«, sagte ich trocken. »Aber da ich zugegebenermaßen in diesen Dingen so unerfahren bin – würde mir vielleicht jemand erklären, *warum* jene, die durch das großartige Firmament reisen, demselben ihre ästhetische Wertschätzung verweigern? Warum ist es *nikulturni,* durch die Sinne das Wunder des Sprunges, auf dem unsere ganze Zivilisation beruht, erfahren zu wollen?«

»*Merde!*« murmelte Cleopatra Kay Jone. Guy trat mir unter dem Tisch vors Schienbein. Etwas gereizt gab ich es ihm mit freundlichen Grüßen zurück. »Haben wir noch nicht genug davon gehört?« schnappte Don Terri Wu wütend.

Doch unser astrophysikalischer *maestro,* Einstein Sergei Chu, schien sich für die Diskussion über sein Wissensgebiet zu erwärmen. »Gut und mutig gesprochen, Kind«, erklärte er. »*Certainement* ist es ein Thema, das in diesen Kreisen häufiger als bisher erörtert werden sollte. Was die Abneigung unserer Kosmokultur gegenüber visuellen Konfrontationen mit dem Medium, durch das unser Schiff reist, angeht, so bedenke bitte die wahre Natur der fraglichen physikalischen Realität. Denn jenseits dieser dünnen Hülle ist ein tödliches, schrecklich kaltes Vakuum, das wenn auch mathematisch begrenzt, für die menschlichen Sinne dennoch erbarmungslos und unendlich ist. *Vraiment,* wir sind nichts als Mikroben in einer Luftblase, vor dem sofortigen Tod nur durch unsere eigenen Maschinen geschützt. Sollten unsere Lebenserhaltungssysteme versagen, sollte der Sprungantrieb –«

»Genug!« schrie Don Terri Wu.

»*Vraiment,* mehr als genug!« stimmte Maria Magda Hassan zu.

»Müssen wir wirklich diesen Abscheulichkeiten ausgesetzt werden, nur um die morbide Neugierde dieser ... dieser ungewaschenen Göre zu befriedigen?« fragte Cleopatra Kay Jone.

Einstein Sergei Chu jedoch schien eine gewisse hämische Freude am allgemeinen Unbehagen zu haben. »Und was den Sprung angeht, *ma petite*«, fuhr er fort, »so haben wir schon lange die physische Natur unseres Universums und seiner Gesetze erhellt – von den feinsten Strukturen des Mikrokosmos bis zu den großartigsten Werken des Makrokosmos; doch stehen wir angesichts der wahren Natur des wichtigsten Phänomens darin, das wir kennen und benutzen, vor einem Abgrund von Ahnungslosigkeit. Wir sind wie Primitive, die zwar wissen, wie man Feuer aus einem Stein schlägt, die aber nicht den leisesten Schimmer der zugrunde liegenden Chemie oder der Physik der Flamme haben. Wie solche Primitiven haben wir genug aus dem verlorenen Wissen von Uns-Die-Schon-Früher-Gegangen-Sind gelernt, um Sprungschiffe zu bauen, doch was die Masse-Energie-Phänomene des Sprungs selbst angeht, sind wir genau wie jene Wilden, die das unergründliche Feuer, das ihnen dient, fürchten und anbeten und deshalb sowohl das Ding als auch die Hohepriesterin desselben mit dummen Tabus und Mystifikationen umgeben.«

»Empörend!« rief die Domo.

»Widerlich!« erklärte Don Terri Wu.

»Amüsant«, sagte Guy, was sich zweifellos ebenso auf die resultierenden Unverschämtheiten wie auf Einsteins scharfsinnigen Vortrag bezog, während er mir gleichzeitig ein Grinsen schenkte. Raul und Imre platzten gehässig heraus, was sogar *ich* etwas rüpelhaft fand.

In diesem strategisch günstigen Augenblick betrat Raumkapitän Dennis Yassir Coleen den Speisesaal. »Ich werde kein weiteres Wort in dieser Richtung am Tisch unseres Sprungkapitäns dulden!« zischte Maria Magda Chan wütend. Und indem sie es sagte, stand sie auf, um den Würdenträger mit großer Zuneigung und ziemlich lasziven Aufmerksamkeiten zu begrüßen.

Dieses Thema wurde während des Banketts nicht weiter behandelt, und es kam während der ganzen Reise nicht noch einmal zur Sprache. Und ebensowenig fand die unschuldige Anstifterin des Aufruhrs den Mut, sich noch einmal ins Tischgespräch einzuschalten – aus Angst, ich wußte nicht, was, hervorzurufen.

Keiner der Anwesenden ließ sich herab, mich oder die anderen Kinder des Glücks während unseres Aufenthaltes an Bord in ein zivilisiertes Gespräch zu verwickeln. Wirklich, ob nun meine Unverschämtheit von unserem Tisch aus verbreitet wurde oder ob es eine überlieferte Sitte war – jedenfalls wurden wir so gut wie nie in die soziale Pavane der Kosmokultur einbezogen.

»Eine etwas gedämpfte Version der Edojin«, hatte ich für Guy die Kosmokultur skizziert. »Besessen von der charmanten Selbstsicherheit, die nur unerschöpflicher Reichtum bieten kann«, hatte er mir erklärt.

Was den unerschöpflichen Reichtum der Geehrten Passagiere anging – nun, der war überall zu sehen. Doch die charmante Selbstsicherheit war eine Tugend, die zu finden ich mir viel Mühe geben mußte. *Certainement*, diese *maestros* in Manieren und Gewandheit waren entschlossen, uns die Segnungen besagter Eigenschaften vorzuenthalten, und zumindest für meinen Teil beruhte dieses Gefühl auf Gegenseitigkeit.

Als das erlösende Ende des Banketts kam, kehrten Guy, Raul, Imre und ich in unsere Suite zurück, um etwas zu tun, das inzwischen fast ein regelmäßiges Ritual geworden war, nämlich die beeindruckende Vielfalt von Drogen zu probieren, mit denen Raul und Imre sich für die Reise ausgerüstet hatten.

Während ich mich – dank meiner Séancen mit Cort – für nicht ganz unerfahren im Reich der Psychopharmakologie hielt, sah die Vielfalt meines bisherigen Konsums, verglichen mit dem, was diese finanziell gut gestellten Kinder des Glücks auf ihren Reisen probiert hatten, genauso aus wie das, was ich für Nouvelle Orleans Kultiviertheit gehalten hatte, bevor ich das große Edoku sah.

Vraiment, mein Gedächtnis will nicht mehr hergeben, welche Droge – oder besser, welche Mischung von Drogen – wir bei jeder einzelnen Sitzung zu uns nahmen, denn diese Sitzungen verschwimmen in meiner Erinnerung in einem benebelten Etwas, so daß die Erinnerung an einen ausgeflippten psychischen Zustand kaum von einem anderen zu trennen ist; außerdem half mir der Genuß der Drogen nicht gerade, meine Wahrnehmung eines linearen Zeitablaufs zu fördern oder besonders klare Bilder in meine Gehirnzellen einzuprägen.

Es genügt zu sagen, daß ich während der ersten Hälfte der Reise einige Dutzend Substanzen probierte, die von einer gleichgroßen Zahl von Planeten stammten und eine beeindruckende Vielfalt von bewußten, halbbewußten und völlig apathischen Zuständen hervorriefen, wenn diese auch in Wirklichkeit allesamt leicht zu klassifizieren wären.

Einige dieser Drogen produzierten alberne Zustände, in denen die dümmsten Witze ausgedehntes, heiseres Kichern hervorriefen. Andere ließen uns bewußtlos stundenlang die Wände oder uns gegenseitig anstarren. Einige lösten unsere Zungen und brachten unser Köpfe auf Touren, bis wir zu endlosen, gelehrten Erörterungen fähig waren – jedenfalls schienen sie uns so.

Doch einige waren auch gut konstruierte psychische Verstärker, unter deren Einfluß wir unschuldig staunend ins Grand Palais treten konnten wie *haut turistas* in Oz, um uns überwältigt und entzückt an der kulinarischen Kunst von Maki Carlo Belisandra zu erfreuen, musikalische oder dramatische Vorstellungen zu besuchen oder einfach durchs Vivarium zu streifen und mit kindlicher Freude das bizarre Ambiente aufzunehmen.

Einige dieser Drogen waren Aphrodisiaka, wenn auch das Zusammenfallen der Wirkung bei Männern und Frauen keineswegs sichergestellt war.

Mich konnte eine sengende Lust überkommen, während Guy nichts weiter wollte, als endlos diskutieren oder über das Unaussprechliche meditieren. Ebenso konnte Guy ein priapischer Held sein, der sich einer Geliebten gegenübersah, deren tantrische Fähigkeiten nur als abstraktes und völlig abwegiges Konzept existierten. Doch bei jenen Gelegenheiten, wenn unsere chemisch verstärkten Begierden zusammenfielen, *vraiment*, dann wurden wir zwei Organismen mit einem einzigen Tropismus, und glückselig war ich, wenn wir dem Drang nachgaben! Und wenn uns der Geist bewegte, zogen wir uns in die Traumkammern zurück und verstärkten unsere schon chemisch verstärkten Freuden durch eine Vereinigung in diesen Phantasiereichen, die eigens zu diesem Zweck geschaffen waren.

Schließlich gab es noch jene seltenen und einzigartigen Substanzen, die einen Seinszustand erzeugten, in dem das Reich der Sinne mit dem Reich des Bewußtseins soweit in Einklang gebracht wurde, daß sich die Schleier der Maja in einer so klaren Wahrnehmung aufzulösen schienen, daß die letzten Wahrheiten enthüllt schienen. Paradoxerweise erlebte ich unter dem Einfluß einer dieser wahrhaft psychedelischen Drogen ein Satori, das mich für den Rest unserer Reise durch die Leere zwischen den Welten weitere Experimente mit denselben meiden ließ.

Bald nachdem wir alle die kleinen braunen Tabletten geschluckt hatten, spürten wir die ersten Effekte, nämlich eine Aufhellung der Sinne und den Wunsch, in Bewegung zu sein. Raul schlug vor, das Vivarium zu besuchen, und wir stimmten sofort zu, denn bisher schien der psychische Verstärker bei uns vieren eine Übereinstimmung hervorzurufen, die an Telepathie grenzte.

Doch es hielt nicht lange. Als wir das Vivarium erreichten, schlug Raul vor, wir sollten uns zusammen aufs Gras legen und durch stille Meditation versuchen, ein Satori zu erlangen, das er in Reichweite unseres kollektiven Geistes glaubte, dessen unaussprechliche Natur er jedoch nicht beschreiben konnte.

Was mich anging, wäre es mir schwergefallen, mir etwas vorzustellen, das mir unter den gegebenen Umständen noch unangenehmer gewesen wäre, denn das Vivarium mit seinen hübschen Ersatzbäumen, dem künstlichen Himmel voll widersprüchlicher meteorologischer und astronomischer Elemente, diese pathetische Versammlung miniaturisierter Sagenwesen, tat alles andere, als meinen Geist zu entzücken, wie es seine Kunst eigentlich sollte, sondern nahm bald die Gestalt eines eigenartigen Schleiers der Maja an, der mit jedem Augenblick durchsichtiger wurde und drohte, sich völlig aufzulösen, um eine grenzenlose Langeweile zu enthüllen, deren Kontemplation nur eine zunehmende formlose Furcht hervorbrachte und deren volle Enthüllung das allerletzte Satori im Universum war, das ich erreichen wollte.

Guy und Imre waren in dieser Umgebung ebensowenig an einer kontemplativen Reise nach innen interessiert.

»Ich möchte umherstreifen«, sagte Imre zu Raul. »Statt diese Erfahrung auf eine einzige Kontemplation zu verschwenden, will ich meine Sinne sättigen, bis sie fast überladen sind.«

»Vielleicht wären die Traumkammern ein interessanter Vorschlag«, sagte Guy.

Ich wechselte telepathische Blicke mit ihm. Das letzte, was ich wollte, war eine *ménage à trois* mit ihm und Imre, den ich nicht im mindesten attraktiv fand; außerdem war ich ganz allgemein nicht zu tantrischen Spielen aufgelegt. Die Kraft der Droge war so stark, daß all dies mit einem Lidzucken und einem Verziehen der Lippen mitgeteilt wurde, und auf gleiche Weise gab Guy zurück, daß er verstanden hatte; jedenfalls schien es mir so.

»Denn dort können wir unsere Wahrnehmung mit einem raschen Rundgang durch eine beliebige Anzahl fremdartiger Realitäten überladen«, sagte er, als wollte er klarmachen, daß er nichts Erotisches im Sinn hatte.

Wir ließen den leise grollenden Raul im Vivarium zurück, wo er das Nirwana finden mochte, und suchten die Ebene der Traumkammern auf, wo Guy und Raul sich in meinen Augen in diesen privaten Boudoirs völlig danebenbenahmen, denn diese Umgebung war für romantische Stunden entworfen. Glücklicherweise versiegelten sich die einzelnen Traumkammern automatisch, sobald sie belegt waren, so daß ihr schallendes Gelächter und ihre albernen Witze zumindest keine erotischen Übungen störten, doch mehr als einmal schossen Paare, die Hand in Hand durch die Flure wanderten, zornige und verletzte Blicke auf uns ab, so daß der ohnehin schon schlechte Ruf, in dem die Kinder des Glücks bei ihren Mitpassagieren standen, noch weiter beschädigt wurde.

Mir selbst war *au contraire* gar nicht zum Scherzen zumute, als ich hinter diesen gewöhnlichen Burschen hertrottete, die durch die Korridore tollten, in schwerkraftlosen Traumkammern herumsprangen, sich zum Spaß in der Kammer mit dem blauem Flaum prügelten, vor dem kugelförmigen Spiegel Fratzen zogen, in der Kammer mit dem künstlichen menschlichen Fleisch obszöne Pantomimen aufführten und die Umgebung, in der Guy und ich uns geliebt hatten, auf eine Weise behandelten, die den angeblich romantischen Geist unserer Männer Lügen strafte – zumindest in den Augen dieser Beobachterin des anderen Geschlechtes.

Außerdem begann ich, nachdem das romantische Ambiente der Traumkammern durch diese pubertäre Entweihung zerstört war, zu erkennen, was mir – wenigstens unter Drogeneinfluß – wie der weniger angenehme Aspekt der Traumkammern selbst erschien. Denn wie kunstvolle tantrische Bilder, die gewöhnlich die erotische Phantasie anregen, für einen Betrachter, dessen libidinöse Energien aus dem einen oder anderen Grund zum Schlaf gezwungen sind, mechanisch und sogar widerwärtig und pervers erscheinen können, so kamen mir nun diese Traumkammern vor wie die pathetischen Tricks, mit denen Frauenzimmer versuchen, die Erinnerung an den lebendigen Mann oder die Frau wiederzuerwecken, die schon lange verloren sind. Soll heißen, sobald mir die Chemikalie und das Verhalten meiner grünen Jungs jede Möglichkeit geraubt hatten, die *Effekte* der Traumkammern zu genießen, konnte ich nichts weiter als die dummen Tricks sehen, mit denen sie funktionierten.

Kurz gesagt, stürzte ich in einen Abgrund spritueller Angst, die wenig dazu beitrug, meine augenblickliche Meinung von Guy Vlad Boca zu heben. Unter dem Einfluß von Kameraden wie Raul und Imre und dem chemischen Kuß eines Übermaßes von Drogen schien sich mein Prinz in einen Frosch zu verwandeln.

Zum erstenmal, seit er mich aus der Armut gerettet und schwungvoll aufgelesen und in die Kosmokultur gebracht hatte, begann ich gehässige Vergleiche zwischen Pater Pan und seiner edlen Betrachtung der Zauberstraße und Guy Vlad Boca zu ziehen, dessen höchstes Ziel nach eigener Aussage das Amüsement war; ich verglich die Armut an Mitteln und den Reichtum des Geistes als Gypsy Joker mit dem, was ich inzwischen als Reichtum an Mitteln und Armut im Geist der Kosmokultur kannte, verglich meinen Handelsprinzen, *vraiment*, mit mir, die ich plötzlich hier war.

Doch ich muß ihm – oder der Kraft der Droge – zugute halten, daß er mein wachsendes Unbehagen bemerkte. Als Imre ziellos ein paar Schritte vor uns durch den Gang streifte, bemerkte er meinen

Blick, las, was darin geschrieben stand, oder wenigstens den Kernpunkt, schenkte mir ein fröhliches Lächeln und nickte in verschwörerischer Zustimmung.

»*Vraiment*, diese jugendliche Scherze sind nicht mehr amüsant«, sagte er. »Komm, laß uns in den Grand Salon zurückgehen und weiterfeiern.«

Ich nickte zustimmend, dann nickte ich noch einmal in Imres Richtung und begleitete die Geste mit einem leichten Aufblähen der Nasenflügel. Auch dies bemerkte Guy sofort und zuckte gleichgültig mit den Achseln.

So überantworteten wir Imre sich selbst, verließen die Ebene der Traumkammern und kehrten zum Grand Salon zurück, endlich befreit von der zuletzt lästigen Gesellschaft; wenigstens für den Augenblick hatte sich Guy Vlad Boca – wenn auch etwas zögerlich – wieder als mein Prinz erwiesen.

Im Grand Salon war das Fest in vollem Gange, was heißen soll, daß der Saal – wie er es zu jeder Zeit zu sein schien – stark von Geehrten Passagieren frequentiert war; sie nippten zierlich ihren Wein, knabberten Leckereien, inhalierten mit Kennermienen Drogen, die weit weniger wirksam waren als jene, an die wir uns bei unseren privaten Séancen gewöhnt hatten, plauderten in kleinen Gruppen über Themen, die wie immer über mein Verständnis gingen oder mich nicht interessierten, bar jeder wirklichen Leidenschaft und deshalb auf einer Ebene zivilisierter Spitzfindigkeit, um die ich sie paradoxerweise beneidete, wenn ich es damals auch nicht vor mir zugeben wollte.

Wie üblich brannten diese älteren, eleganten Wesen nicht gerade darauf, unerfahrene Kinder des Glücks wie uns in ihre Unterhaltungen einzubeziehen, und so setzten Guy und ich uns an einen Tisch – mitten im Trubel, aber dennoch psychisch distanziert, was wir dank der chemischen Verstärkung um so stärker wahrnahmen und was bei mir nicht gerade begeisterte Zustimmung zu diesem Zustand hervorrief.

Wir nahmen von einem vorbeigleitenden Schweber hohe Kelchgläser mit Wein, nippten müßig daran und reckten die Hälse geziert, was uns immerhin wie eine *drôle* Parodie auf die Manieren der Geehrten Passagiere vorkam, wenn der Humor auch zweifellos bei allen anderen außer uns selbst verschwendet war.

»Ganz ehrlich, Guy«, fragte ich in scherzendem Ton, in den sich eine gewisse neidische Verachtung mischte, »als weithin gerühmter Fachmann auf diesem Gebiet – hältst du unsere augenblickliche Gesellschaft wirklich für so amüsant, wie sie sich selbst zu finden scheint?«

»Wenn ich so ehrlich sein soll, wie es mir im Augenblick möglich ist, *ma chère*«, erwiderte Guy mehr oder weniger im gleichen Tonfall, »habe ich noch *nie* etwas so amüsant gefunden wie das Urteil der Kosmokultur über sich selbst.«

»Nicht einmal mich?« schnurrte ich leise.

»*Vraiment*«, sagte er mit seltsamer Stimme, »nicht einmal mich selbst!«

»Ein Zugeständnis, das ich nie von Guy Vlad Boca erwartet hätte!« erklärte ich munter.

Doch Guy war plötzlich leidenschaftlicher und ernster, als ich ihn je gesehen hatte. »Kannst du dir vorstellen, daß ein Mensch, dessen Geist bereits die vollkommene Perfektion völligen Amüsements erreicht hat, dasselbe im unvollkommen amüsanten Reich der Maja so begierig anstrebt, wie ich es tue?« sagte er feierlich. »Und wie Imre und Raul es tun? Und die edle Gesellschaft der Geehrten Passagiere? *Vraiment*, wie wir es alle tun, und wenn ich ehrlich sein soll, bist du keine Ausnahme.«

Vielleicht wirkte die psychedelische Droge auf meine Wahrnehmung ein, vielleicht sprach sie durch Guy, oder sie hatte eine geistige Übereinstimmung erzeugt und bewegte uns gleichzeitig; auf jeden Fall schien sich seine ganze Erscheinung vor mir zu verändern, und was ich nun sah, schien sein nackter, unverhüllter Geist zu sein, ein Geist, dessen oberflächliche Fröhlichkeit eine dunklere Besessenheit der Seele maskierte; einen tieferen Guy, als ich bisher gekannt hatte, und deshalb plötzlich ein geheimnisvolles Wesen.

»Wer kann leugnen, daß alle menschlichen Geschichten auf die gleiche Weise beginnen und enden?« fragte er. »Vor unserer Geburt ist nichts, nach unserem Tod kommt die Leere, und alles, was wir besitzen, sind deshalb die Augenblicke dazwischen, die uns entweder amüsieren oder nicht. Manche Menschen suchen Reichtum, weil er amüsanter ist als Armut, Ruhm, weil er amüsanter ist als Einsamkeit, Wissen, weil es amüsanter ist als Langeweile, und so weiter. Für mich ist es *der Augenblick vollkommenen Amüsements*, den ich suche, egal mit welchen Mitteln und Konsequenzen, denn würde nicht ein einziger solcher Augenblick drei alltägliche Jahrhunderte von etwas Geringerem transzendieren?«

»Gewiß«, sagte ich, »muß es doch mehr im Leben geben als das!«

»*Vraiment?* Dann sage mir, was ...«

»Die Vervollkommung des Geistes ...? Das Erreichen einer absoluten Klarheit des Bewußtseins ...?«

»*La même chose!*« rief Guy. »Genau der Zustand, von dem ich spreche! Laß das Schicksal mir nur einen einzigen ewigen Augenblick solcher völligen Klarheit des Bewußtseins schenken! Denn würde nicht ein solcher Augenblick des Nirwana alles, was folgt, und alles, was ihm vorausging, völlig überflüssig machen? Für diesen einzigen Augenblick völligen Amüsements würde ich alles hergeben und alles riskieren, denn für ein Wesen, das dieses *ultima thule* erreicht hat, sind doch alle geringeren Amüsements bloße Fallstricke der zeitgebundenen Maja.«

Weit davon entfernt, meinen Geist mit seiner trübsinnigen und schwer faßbaren Leidenschaft zu entflammen, flossen vielmehr Guys Worte mit der Wirkung der Droge und der Umgebung, in der ich mich befand, zusammen, um die Illusionen von Intellekt und Emotion, von Gewandheit und Geist, *vraiment*, von Materie und Energie selbst zu zerstören – nicht, um jene nirvanische Einheit mit dem Atman, von der die Gurus aller Schulen sprechen, zu enthüllen, sondern, indem die letzte Haut einer Zwiebel endlich abgeschält wird, das absolute Nichts, die grausame Perfektion des Raumes offenzulegen. In diesem schrecklichen Augenblick, mit diesem völlig nutzlosen Satori, erkannte ich meinen eigenen Körper als zusammenhangloses Gebilde aus Zellverbänden, die Zellen selbst als Produkte molekularer Muster und die Moleküle als Ketten von Atomen, die Atome als Partikelwolken, die Partikel als bloße, unwahrscheinliche Wellen, die Wahrscheinlichkeit als momentane Störungen einer einzigen Unausweichlichkeit, und diese Unausweichlichkeit war – war – ein Nichts, dessen Konzept der Geist nicht zu erfassen wagte.

Aus dieser Perspektive entsetzlicher Klarheit, in welcher der Grand Salon und alles darin bis hinunter zu den Elementarteilchen als reine Illusion enthüllt wurde, *vraiment* in der sogar unser Geist sich wider alle Wahrscheinlichkeit selbst aus der Leere zu beschwören schien, verstand ich plötzlich nur zu gut, welchen Fauxpas ich mir am Tisch der Domo erlaubt hatte.

»*Je comprends* ...«, flüsterte ich.

»*Vraiment*«, sagte Guy. »Wir müssen diesen vollkommenen Augenblick finden, wenn die Zeit stillsteht ...«

Doch ich bemerkte kaum die Musik in seiner Stimme und schon gar nicht die Bedeutung seiner Worte, denn ich war in meiner eigenen schrecklichen Vision und ihrem Geplapper verloren. »Kein Wunder, daß die Kosmokultur jede Diskussion, jede künstlerische Auseinandersetzung und jeden Anblick meidet, der sie konfrontiert mit ... mit ...«

»... mit dem, was die alten Weisen das Tao nannten und die Blumenkinder den prächtigen Tod des Ego ...«

»... all die Tricks, der künstliche Himmel, die miniaturisierten Sagengestalten im Vivarium ...«

»... der gleichzeitige tantrische Höhepunkt, der Augenblick in Todesgefahr, die letzte Verstärkung der Biochemie unseres Bewußtseins ...«

Es trat alles so schrecklich offenzutage. Genau wie die Leere im Innern, die jetzt in meinem Geiste tanzte, nur durch unsere ständige Heldentat bewußter Ignoranz zurückgehalten wurde, so wurde auch die große, einsame Leere jenseits dieser Schiffshülle nur durch bewußte Ignoranz der gesamten künstlichen Realität im Innern zurückgehalten.

Vraiment, war nicht die schwindelnde Übelkeit, die mich jetzt packte, genau das, was die ganze Kosmokultur mit ihrem Aufbau vermeiden wollte?

»Nichtig, nichtig; es ist wie Einstein Sergei Chu erklärte: Wir sind alle unwissende Wilde ohne den Mut, uns dem Geheimnis im dunklen Herzen aller unserer Philosophien zu stellen; wir jammern und winseln vor dem Angesicht der Leere!«

»Und der ganze Rest ist sinnlose Langeweile und die Lügen der Maja!«

»*Quelle horreur!*«

»Müssen wir uns diesem Schauspiel aussetzen?«

»Bring diese verwirrten Kreaturen in die Anstalten zurück, aus denen sie entsprungen sind!«

Plötzlich kehrte mein Bewußtsein ziemlich unvermittelt zum Alltagsreich zurück, wo ich peinlich berührt feststellte, daß Guy und ich vorgebeugt auf unseren Stühlen saßen und uns nicht an-, sondern durch uns durchgestarrt hatten, während wir unsere unverständlichen, berauschten Philosophien immer lauter und lauter geplappert hatten, bis wir fast riefen, bis unsere ungebührliche öffentliche Zurschaustellung eine zumindest ebenbürtige öffentliche Entrüstung gegen uns provoziert hatte.

Nun saßen wir da wie üble Schurken, von jedem angewiderten und überheblichen Auge angestarrt, Auslöser Dutzender geschürzter Lippen und gerümpfter Nasen, unbarmherzig bestraft von langem, lautem Schweigen.

Ich blickte Guy an. Guy blickte mich an. Aus dem Augenwinkel schielte ich im Grand Salon herum, wo die Geehrten Passagiere nun, da sie den unziemlichen Tumult mit ihrer Schmähung beruhigt hatten, der Quelle desselben den Rücken wandten und ihre vorherigen Tätigkeiten, ihr Essen und ihre feinen Gespräche wieder aufnahmen.

Vraiment, das schreckliche Satori war vorbei. Doch nicht jede Erinnerung daran.

Guy zuckte die Achseln. »Anscheinend sind wir wieder mal die Trottel«, sagte er mit einem wehmütigen Lächeln. »Aber leider scheinen wir mit dieser Vorstellung kein Ruegelt zu verdienen.«

»Anscheinend neigen wir beide auf unsere Weise dazu, laut und ohne Rücksicht auf soziale Schicklichkeit zu sprechen, wenn uns der Geist bewegt«, gab ich zu.

Guy sah mir einen Moment tief in die Augen, rollte dann die Augen herum, als wollte er die Gegend mustern, in der wir uns befanden, zinkerte mir zu und war wieder der alte, fröhliche Guy. »Aber wie die Alten in ihrer Weisheit sagten: *In vino veritas*, nicht wahr!« erklärte er. »Denn was kann die soziale Schicklichkeit einwenden, wenn wir die Wahrheit sehen und verkünden?«

»*Je ne sais pas*, Guy«, gab ich zu. »Wer könnte etwas einwenden, wenn wir dieselbe Vision verkünden?«

Guy nahm meine Hand in seine, hob mein Kinn mit der anderen Hand und küßte mich leicht, während er mich auf die Füße zog. »Nur du und ich, *no?*« sagte er. »Stimmen wir nicht in genau diesem Augenblick überein, daß diese Soirée die Kraft verloren hat und nicht mehr amüsant ist? Schlagen unsere Herzen jetzt nicht wie ein einziges?«

Ich betrachtete noch einmal das Fest, das um uns im Gange war, die großartige, prächtige Gesellschaft der Kosmokultur, die *crème de la crème* unseres Zweiten Raumfahrenden Zeitalters, die *haut monde*, die eine junge Tochter von Nouvelle Orlean vor gar nicht so langer Zeit begierig im Auge gehabt hatte und die jetzt *mich* und *meinesgleichen* als gewöhnlich und unreif betrachtete.

»*Vraiment*, das hat sie«, sagte ich, indem ich lächelnd Guys Blick erwiderte, der aus seinem amourösen Interesse keinen Hehl machte. »Und vielleicht tun sie es.«

Doch als ich seine Hand faßte und mich von ihm willig in unser Boudoir führen ließ, betastete ich plötzlich die Schärpe, die um meine Hüfte lag, und irgendwie schien mir das Flickentuch näher und teurer als je zuvor.

Während die folgende *passage d'amour* mit Guy, dazu reichlich zehn Stunden ungestörten Schlafes die Chemikalie aus meinem Kreislauf spülten und die durch sie erzeugte metaphysische Angst aus meiner Seele, waren mir die Zerstreuungen der Reise im Grand Palais und jene, denen Guy, Raul und Imre weiterhin zusammen nachgingen, zutiefst zuwider.

Denn obwohl die chemisch induzierte Wahrnehmung des Universums als spirituell beängstigendes, leeres Nichts und das Wissen um uns selbst als bloße eingebildete Störungen darin mit der metaphorischen Morgendämmerung vergangen waren, verblaßte die Erinnerung an die Erfahrung nicht völlig.

In Wirklichkeit – das wußte ich auch damals schon – war die Weltanschauung, die meine Seele unter dem Einfluß der Droge so mit Furcht erfüllt hatte, wenig mehr als eine erhöhtes, subjektives Erfassen der Grundlagen der Quantenmechanik, die wir alle als Kinder lernten. *Vraiment*, unsere Zellen bestehen aus Molekülen, die Moleküle aus Atomen, die Atome aus Partikeln, die Partikel aus Elementarteilchen, die in Masse, Lebensdauer und Aufenthaltswahrscheinlichkeit immer weiter abnehmen, bis man entdeckt, daß Masse und Energie des Kosmos aus theoretisch endgültigen Partikeln mit der Masse Null, der Lebensdauer Null und der Wahrscheinlichkeit Null aus dem Nichts beschworen werden.

Doch im kalten, klaren Licht der Dämmerung besehen – was sollte das alles? Wenn die ganze Schöpfung nichts weiter ist als die Erzählung eines kosmischen Geschichtenerzählers, in der sich die Charaktere selbst aus ihrer eigenen Phantasie erschaffen, dann kann es dem Geist doch nur noch um die Kunst der Erzählung oder um das Fehlen derselben gehen, oder?

Soll heißen, es war der *Stil* der Geschichte, den die Kosmokulturen für sich wählten, der mir im Lichte meiner Erinnerung an die satorische Enthüllung des Offensichtlichen zuwider war. Denn hatte ich nicht voll ins Antlitz dessen geblickt, das all diese Tricks leugnen sollten, und war ich ihm nicht mit einer gewissen Phase der Angst und des Schreckens entkommen? Wie konnte ich deshalb diese Geehrten Passagiere, die *mich* für gewöhnlich hielten, als die Krone der Schöpfung betrachten, für die sie sich unübersehbar selbst hielten? Wie konnte ich die Pavane, aus der ich mangels gereifter Spitzfindigkeit und Welterfahrenheit verbannt war, als Leben auffassen, das ich anstreben sollte?

Oder, wie Guy es zweifellos ausgedrückt hätte, wo war hier für ein wahres Kind des Glücks das *Amüsement* zu finden?

Die Amüsements, denen Guy, Raul und Imre sich während der restlichen Reise nach Belshazaar hingaben, gingen genauso weiter wie zuvor, doch mir war es einerlei.

Die Geehrten Passagiere umgaben sich mit einer Umwelt aus Illusionen, aus Materie und Energie geschaffen, während Guy, Raul und Imre die Realität der Leere hinter der Hülle und die Leere im Innern des Geistes hinter einer Reihe von Illusionen verbargen, die sie erschufen aus der psychedelischen Veränderung der biochemischen Matrix, in der das Bewußtsein ruht. Und wehe ihrem Geist, wenn die Illusion versagte und die Wahrheit enthüllte, die sie leugnen sollte!

Zweifellos entstammt ein großer Teil der metaphysischen Stimmigkeit des oben Gesagten der reiferen Einschätzung der Erzählerin dieser Geschichte und nicht den Einsichten eines jungen Mädchens, das sich weigerte, während der Reise durch die Leere weitere psychedelische Substanzen, egal wie harmlos, einzunehmen, und die ihre Zeit nun damit verbrachte, ziellos und unendlich gelangweilt durch die Zerstreuungen des Grand Palais zu streifen.

Von der *haute cuisine* hatte ich die Nase voll, die passive Aufnahme von Kunst und Vorstellungen ging mir auf die Nerven, und auf müßige Gespräche hatte ich keine Lust – weder mit den eleganten, Geehrten Passagieren noch mit meinen regelmäßig berauschten Gefährten. Nur mein Verlangen nach erotischen Begegnungen mit Guy wurde zwangsläufig verstärkt, denn von allen Ablenkungen, mit denen man die langen Stunden im Grand Palais totschlagen konnte, war dies die einzige, an der ich aktiv teilnehmen konnte.

Kurz gesagt, was dem Leben an Bord der *Unicorn Garden* wie dem Leben aller Kosmokulturen fehlte, war – wie ich es sah – das *Abenteuer*. Ich wollte nicht unterhalten werden, ich wollte *handeln*. Ich wollte nicht nur zusehen und zuhören, ich wollte etwas *tun*.

Welche Abenteuer ich suchte, welche Auftritte ich machen wollte, welche leidenschaftlich ersehnten Taten ich vollbringen wollte – all dies wußte ich leider nicht.

Ich wußte nur, daß ich mehr als bereit war, die *Unicorn Garden* zu verlassen und abermals auf der realen Oberfläche eines fremden Planeten zu stehen. So verbrachte ich den Rest der Reise damit, mich auf unsere Ankunft auf Belshazaar zu freuen, egal wie der Planet aussah. Nachdem ich als unwissende Fremde auf dem großen Edoku eingetroffen war und mit meinen Tricks immerhin Zugang zu den Gypsy Jokern gefunden hatte, nachdem ich auf dieser kultiviertesten aller Menschenwelten als Kind des Glücks überlebt hatte, nachdem ich schließlich sogar die Kosmokultur gewogen und für zu leicht befunden hatte, nahm ich *naturellement* an, daß ich mit meinen Erfahrungen auf alles vorbereitet war.

Leider sollte ich mich wieder einmal als zu naiv und unerfahren erweisen.

14

Es mag seltsam erscheinen, daß ich so wenig an das dachte, was mich auf Belshazaar erwartete, bevor ich mich auf die Reise dorthin begab, seltsamer noch, daß ich meine mehr als zahlreichen Mußestunden an Bord der *Unicorn Garden* nicht mit gründlichem Studium des Planeten, der das Licht am Ende des Tunnels meiner Langeweile war, verbrachte.

Im ersten Fall hatte ich mich wenig um das Ziel der Reise gekümmert, weil *mein* Ziel das Reisen selbst war, was heißen soll, die Flucht aus der Armut auf Edoku in das, was ich mir immer als das faszinierende Leben der Kosmokultur vorgestellt hatte. Auf eine seltsame Weise war dieser Geisteszustand jenem des zweiten Falls nicht unähnlich, in welchem es mein größtes Anliegen war, dem Grand Palais zu entkommen, wie ich zuvor der Armut entkommen war, so daß der Planet, zu dem ich floh, um einiges weniger wichtig war als der Tapetenwechsel selbst.

Und um ehrlich zu sein, war mir an diesem Punkt meiner Entwicklung eifriges Studium von *irgend etwas* noch nie als Fluchtmöglichkeit aus der Langeweile vorgekommen. Das soll nicht heißen, daß ich völlig ohne Neugierde in bezug auf Belshazaar war, sondern nur, daß ich mich mit einem flüchtigen Durchblättern des Planetenalmanachs zufriedengab, wonach ich mich für ausreichend auf die Ankunft vorbereitet hielt.

Belshazaar, erfuhr ich aus dem Almanach, war eine Wasserwelt, deren Oberfläche zu 83 % von Wasser bedeckt war. Der größte Teil der Landmasse bestand aus zwei weit auseinanderliegenden Kontinenten, Pallas und Bloomenwald. Ersterer war schon vor Jahrhunderten völlig entlaubt und als an Menschen angepaßte Biosphäre wieder aufgebaut worden, die, wie bei solchen künstlichen Ökologien üblich, stark der Erde ähnelte. Hier lebte der größte Teil der nur fünfzehn Millionen Menschen zählenden Bevölkerung, und die Mehrheit dieser wiederum in der Umgebung der Hauptstadt Ciudad Pallas.

Bloomenwald, der zweite Kontinent, wurde in seinem ursprünglichen Zustand belassen, denn hier wuchs der mächtige Bloomenwald, der ökonomische *raison d'être* für die gesamte Wirtschaft des Planeten.

Belshazaars Schwerkraft betrug nur 0.4 g; anscheinend erlaubte dies es den Bäumen, in gigantische Höhen zu wachsen. Als die ersten Menschen Belshazaar entdeckten, fanden sie einen relativ spärlich bewachsenen Kontinent vor, nämlich Pallas, und einen zweiten in feuchterem und wärmerem Klima, der von einem gewaltigen, undurchdringlichen Wald aus ebenso gewaltigen Bäumen bedeckt war. Auf dem Waldboden unter dem dichten, fast einen halben Kilometer hohen Baldachin der Bäume wuchs kaum etwas, und die Entwicklung der Fauna auf Belshazaar hatte sich folgerichtig in der endlos rollenden Himmelslandschaft der Baumwipfel abgespielt, die Bloomenveldt genannt wurde.

Wie Guy mir gesagt hatte und wie der Almanach bestätigte, gab es auf Bloomenveldt tatsächlich eine Unmenge natürlicher psychedelischer Drogen. Die Parfüme, Früchte, Samen, Säfte und anderen Naturprodukte des Bloomenveldts besaßen anscheinend Duftstoffe, die sich auf das Nervensystem, den Drüsenstoffwechsel und die Gehirnchemie unserer Art auswirkten. Hunderte solcher Produkte des Bloomenveldts waren bereits im Handel, und die Hauptindustrie Belshazaars – und *certainement* sein einziger Beitrag zum interstellaren Handel – war das Sammeln und Synthetisieren derselben.

Dies, so strich der Almanach etwas bissig heraus, war die wissenschaftliche und moralische Rechtfertigung für die brutale Entlaubung der heimischen Vegetation auf Pallas gewesen; eine von einer solchen Flora umgebene menschliche Siedlung hätte kaum überleben können. Was der Almanach nicht weiter erwähnte und was mir zu jener Zeit auch nicht einfiel, was sich aber später als des Pudels Kern erweisen sollte, war die Frage, wie so viele Moleküle, die von der Flora der einen Welt erzeugt werden, so zahlreiche direkte und feine Auswirkungen auf die Chemie einer intelligenten Rasse haben können, die sich auf einem anderen Planeten entwickelte.

Ebensowenig verriet der Almanach etwas über die Häßlichkeit von Ciudad Pallas – gewiß die seltsamste, abstoßendste Stadt, die ich auf meinen bescheidenen Reisen je sah.

In der Annahme – die, wie sich herausstellen sollte, völlig falsch war –, wir würden sofort nach dem Verlassen des Shuttle zu Belshazaars anscheinend einziger wirklicher Attraktion reisen, vermied ich es bewußt, an Bord der *Unicorn Garden* ein Holo von Bloomenwald zu betrachten, um dieses Naturwunder mit jungfräulichen Augen zu erblicken. Als sich das Shuttle in Spiralen zu Belshazaars Oberfläche senkte, fehlten dem Planeten vom Raum aus gesehen völlig die Pracht und Bizarrheit einer ähnlichen Annäherung an das große Edoku. Ich sah große, öde blaugrüne Meere, einen riesigen Kontinent, der fast genauso eintönig dunkelgrün gefärbt war, gerahmt von recht schmalen Stränden und überragt von ein paar kahlen Felsmassiven, die durch die endlosen Baumwipfel lugten;

dann näherten wir uns dem einzigartig widerwärtigen Kontinent Pallas.

Von oben gesehen erschien der größte Teil von Pallas als trockene Wüstenlandschaft aus ödem Grau und trübem Braun; anscheinend hatten jene, die die heimische Biosphäre sterilisiert hatten, sich keine Mühe gemacht, ihre künstliche, der Erde nachgebildete Biosphäre weit über die Nachbarschaft Ciudad Pallas' hinaus auszudehnen. Und selbst dort – im krassesten Gegensatz zu Edoku – schienen ihnen nie ästhetische Überlegungen in den Sinn gekommen zu sein.

Etwa in der Mitte des Kontinents lag, über eine weite Ebene geschmiert, ein weitläufiges, wirres, unregelmäßiges Schachbrett aus Autofarmen – groß genug, wie ich später erfuhr, um die gesamte Bevölkerung zu ernähren. Diese gewaltigen Felder, gelb, graubraun und gedämpft grün, waren von Bewässerungskanälen begrenzt, an denen gerade genug nicht zueinanderpassende Nadelbäume standen, um einen Windschutz abzugeben.

In Zentrum dieser deprimierend funktionalen Landschaft stand die noch deprimierendere Luftansicht der Hauptstadt Ciudad Pallas, der wir erfreulich schnell entgegensanken. Diese schien ein überwiegend graues, verglastes, ausgedehntes menschliches Wohngebiet zu sein, das sich wie ein riesiger, schmieriger Daumenabdruck mitten ins umgebende Ackerland gesetzt hatte.

Der erste Anblick, den ich wahrnahm, als ich den Fuß auf Belshazaar setzte, erschreckte mich noch mehr. Ich drehte mich mit geschürzten Lippen und gerümpfter Nase zu Guy herum, als wir auf den schwarzen Asphalt zwischen Shuttle und Terminal getreten waren. »*Das*«, rief ich erregt, »ist deine Vorstellung von einem amüsanten Planeten?«

Der Shuttlehafen war auf einem flachen Hügel angelegt und bestand aus kaum mehr als einer weiten, schwarzen Asphaltfläche, einem großen, langgestreckten Terminalgebäude aus nacktem grauen Beton und ungefärbtem Glas und einer Anzahl von Lagerhäusern in derselben scheußlichen Bauart. Von unserem Standort hatten wir einen guten Überblick über die Stadtlandschaft von Ciudad Pallas.

Der allgemeine Eindruck war der einer grauen Betonwüste, die sich in alle Richtungen bis zum Horizont erstreckte. Das soll nicht heißen, daß Ciudad Pallas nach wirtschaftlichem Niedergang oder physischem Verfall aussah; im Gegenteil hätten einige zerstörte Gebäude, vielleicht auch eine oder zwei heruntergekommene Gassen dem Anblick wenigstens etwas wie Atmosphäre und der Stadt einen Anschein von menschlicher Geschichte gegeben. Ciudad Pallas jedoch sah aus, als wäre es vorfabriziert worden, ein Bezirk nach dem anderen aus derselben erbärmlich funktionalen Mentalität heraus errichtet, die den Kontinent entlaubt und die heimische Flora durch kaum mehr als hundert Kilometer kahlen Farmlandes ersetzt hatte.

Nach den regelmäßigen Gebäudereihen zu schließen, waren die Straßen in den Stadtbezirken größtenteils als rechteckiges Gitternetz angelegt. Jeder Bezirk schien eine bestimmte Funktion zu haben, denn die Gebäude ähnelten einander, als wären sie ebenfalls vorproduziert und zur gleichen Zeit aufgestellt worden – wie die Monokulturlandschaft der Autofarmen.

Es gab Bezirke mit bescheidenen Türmen, Bezirke mit geodätischen Kuppeln, Bezirke mit schmutzigen Fabriken, Bezirke mit niedrigen, weitläufigen Gebäuden, die anscheinend Wohnblocks waren, und so weiter.

Was die Architekturstile für das ästhetisch verwöhnte Auge zu bieten hatten, nun, je weniger ich darüber sage, desto besser, denn hier hatte man nicht einmal den Versuch gemacht, Kunst zu schaffen. Alle Bauformen folgten einfachen geometrischen Figuren, die vorherrschenden Farben waren Betongrau, stumpfer Aluminiumglanz, blasses Glasgrün. Auch nur oberflächliche Verschönerungen der Gebäude gab es nicht; die Kunst der Landschaftsgestalter war ebenfalls nirgends zu entdecken. Ebensowenig konnte ich von meinem Standpunkt aus Parks sehen, große öffentliche Plätze oder sonst etwas, das auf Bürgerstolz oder das öffentliche Wohlergehen hindeutete.

Ich kann die Atmosphäre nur mit dem tödlichen, chemisch neutralen Geschmack von destilliertem Wasser vergleichen. Selbst der tiefste Atemzug brachte keinen Blumenduft, keinen Geruch von Parks, keinen Verwesungsgestank, nicht einmal den feinen Geruch von städtischem Treiben in meine Nase.

»*Quelle chose!*« sagte ich zu Guy. »Was für eine elende Stadt! Wann fahren wir zum Bloomenwald?«

»*Bloomenwald?*« rief er, als wäre es der verrückteste Vorschlag der Welt. »Da gibt's nichts außer ein paar Forschungsstationen und jede Menge Wald.«

»Und was gibt's hier außer einer Menge häßlicher Gebäude, wenn ich fragen darf?«

Guy lächelte. »Das Äußere täuscht oft«, versicherte er mir. »Wenn wir unser Gepäck untergebracht haben, werde ich dir die vielfältigen Möglichkeiten des Amüsements zeigen, vom denen des Profits ganz zu schweigen, die hinter dem zugegebenermaßen häßlichen Äußeren von Ciudad Pallas verborgen sind.«

Und das tat er auch – zu meinem Entsetzen.

Der innerstädtische Verkehr von Ciudad Pallas wurde hauptsächlich mit Schwebetaxis abgewickelt, die Führungslinien in der Straßenmitte folgten. Wie beim Rapid diente der Sichtschirm auch als Orientierungshilfe, doch anders als beim Rapid wurden für viele Listen Gebühren verlangt. Deshalb wählte Guy das Hotel Pallas, indem er einfach nach dem teuersten Hotel der Stadt suchen ließ, und mietete auf die gleiche Weise die teuerste Suite, die zu haben war.

Nachdem ich gesagt habe, daß das Hotel Pallas das teuerste der Stadt war und unsere Unterkunft die teuerste im Hotel, fühle ich mich verpflichtet, es weiter zu loben. Von außen sah es aus wie ein schlichter gläserner Turm, der keine besonderen architektonischen Vorzüge besaß. Unsere Suite bestand aus einem großen Schlafzimmer, einem Speiseraum, der über Pneumo mit der Hotelküche verbunden war, eine Toilette, einem Bad und einem großen Wohnzimmer. Eingerichtet war sie mit dicken Teppichen, üppigen Polstern, Holzvertäfelungen, poliertem Messing, schwarzem Marmor und einer gleichermaßen kunstlosen Anwendung dieser Materialien. Das *pièce de résistance* aber war ein riesiges Wohnzimmerfenster, das einen prächtigen Ausblick über die ganze Schrecklichkeit von Ciudad Pallas gewährte.

Wenn bisher eine gewisse störrische Undankbarkeit gegenüber Guys zugegebenermaßen ungebrochener Großzügigkeit zum Ausdruck kam, nun, *vraiment* muß ich gestehen, daß die Fahrt vom Shuttlehafen zum Hotel nur meine anfängliche Abneigung gegen diese Umgebung verstärkt hatte.

Von innen besehen war Ciudad Pallas nicht weniger häßlich als vom Shuttlehafen aus. Den Stadtbezirken fehlten nicht nur Straßenzüge mit Restaurants, Boutiquen, Märkten und den üblichen Annehmlichkeiten eines zivilisierten Lebens, sondern auch große öffentliche Plätze, Gärten oder Parks. Der Anblick einiger armselig verstreuter Bäume war so selten, daß jeder einzelne bereits eine ästhetische Bedeutung bekam. Meist aber schienen die Straßen nur als effiziente Strombetten für Schwebetaxis, Privatschweber und den Fußgängerverkehr zu dienen.

Was den bescheidenen Passantenstrom anging, der vom Schwebetaxi aus zu sehen war, zerfiel er anscheinend in zwei Untergruppen. Einerseits gab es zielstrebige und überwiegend nüchtern gekleidete Männer und Frauen, die rasch von einem Gebäude zum anderen wanderten, und andererseits eine große Zahl von Menschen in ziemlich abgerissener Kleidung, die nicht viel Wert auf ihre Aufmachung legten und wie berauscht herumtrieben.

Was völlig fehlte, waren die Farbenpracht und Ausgelassenheit, die Extravaganz und Lässigkeit, der Lebensgeist der Straßen, der im großen Edoku seinen Höhepunkt erreichte und der auch in Nouvelle Orlean deutlich in Erscheinung trat. Während mein erster Eindruck des städtischen Lebens natürlich beschränkt war, so ließen mich doch Holos von anderen Städten und Wortkristalle, die das Leben in ihnen schilderten, glauben, daß kaum eine andere Stadt auf den Menschenwelten so bar jeder *joie de vivre* war wie diese.

»*Quelle horreur!*« murmelte ich bitter, während ich in unserem Wohnzimmer stand und die Stadtlandschaft überblickte, die ich bereits gründlich hassen gelernt hatte. »Was *wollen* wir hier, Guy?« schmollte ich. »Welchen geheimen Charme kann dieser gräßliche Ort besitzen, um dich zu bewegen, auch nur eine Stunde hier zu verweilen?«

»Hab' ich dir nicht gesagt, daß die Hauptindustrie Belshazaars psychotropische Drogen herstellt?« sagte er. »Ciudad Pallas besitzt zugegebenermaßen keine *äußerlich* attraktive Landschaft, weil die Aufmerksamkeit für eine solche in einer Stadt, in der die volle Pracht der *inneren* Landschaft in solcher Überfülle zugänglich ist, weitgehend überflüssig ist.«

Diese Antwort gefiel mir ganz und gar nicht. »Wenn die einzige Attraktion von Ciudad Pallas die Verfügbarkeit einer Vielzahl von Drogen ist, warum sollte man sich dann mit seinen verstärkten Sinnen einer so erbärmlichen Umgebung aussetzen? Mit deinem unbegrenzten Kreditchip könntest du doch alle psychischen Verstärker kaufen, die du willst, und sie in einer Umgebung zu dir nehmen, die der spirituellen Erbauung förderlicher ist …«

»Ah, aber hier sind alle Drogen, die das Herz begehrt, *gratuit!*«

»*Gratuit?*«

»Sogar noch *besser* als umsonst!« sagte Guy begeistert. »Hier in Ciudad Pallas kann man sich sogar *bezahlen* lassen, wenn man Drogen nimmt! In dieser edlen Stadt ist es eine angesehene Arbeit, sich als Versuchsperson für Drogenexperimente zur Verfügung zu stellen!«

»*Was?*« rief ich und sank im nächsten Stuhl zusammen, denn eine solche Vorstellung war etwas, das ich nicht aufrecht stehend verdauen konnte.

»*Vraiment!*« fuhr Guy in derselben begeisterten Art fort. »Ständig werden in den Forschungskuppeln neue Substanzen entdeckt, die hier unter kontrollierten Bedingungen getestet werden müssen, ehe sie auf den Markt geworfen werden. *Naturellement* wird jedes potentielle neue Produkt an Dutzenden Menschen erprobt, und deshalb gibt es viele Psychonauten, die im Dienste des wissenschaftlichen Fortschritts und des finanziellen Gewinns beschäftigt werden. Kannst du dir eine Karriere vorstellen, für die ich besser geeignet wäre? Kennst du jemand, der bei dieser edlen Berufung mehr Erfolg haben könnte als Guy Vlad Boca?«

»*Merde!*« erwiderte ich böse. »Wozu brauchst du noch mehr Geld? Du brauchst doch wirklich nicht als Versuchskaninchen zu arbeiten, um dir deinen Lebensunterhalt zu verdienen!«

»Richtig«, räumte Guy ein. »Ich brauche nicht mehr Geld. Aber ich brauche immer neues Amüsement.«

Obwohl ich Guy inzwischen kannte, entging mir seine Logik. »Aber ich dachte, du hättest dich bereits für eine Karriere als reisender Händler entschieden, als Thronfolger und Erbe der Interstellar Master Traders«, widersprach ich.

»In der Tat.«

»Nun, wenn du dann dein Gehirn in einem Ozean von Drogen ersäufen mußt, warum *kaufst* du sie dann nicht einfach? Oder wenn du plötzlich Skrupel hast, das Vermögen deines Vaters zu deinem Vergnügen auszugeben – was etwas ganz Neues wäre –, warum gibst du den örtlichen Produzenten dieser Drogen nicht einfach deine Identität bekannt und bittest um kostenlose Proben, um die Markttauglichkeit zu untersuchen?«

»Keine schlechte Idee …«, grübelte Guy. »Aber das ist alles nicht so amüsant und lange nicht so profitabel wie meine Idee. Natürlich, als anerkannten Vertreter von Interstellar Master Traders würde man mich mit kostenlosen Proben von allem, was auf dem Markt ist, überschütten. Aber die Chance für den größten Profit liegt darin, die besten neuen Drogen kennenzulernen, *bevor* sie in den Handel kommen. Indem ich also als armes Kind des Glücks auftrete – eins von Tausenden bezahlter Versuchskaninchen, die es so reichlich in dieser Stadt gibt –, kann ich die besten neuen Produkte vor den anderen Händlern kennenlernen. Indem ich mich an die Hersteller wende, *bevor* sie Importeure beauftragen, und ihnen eine bescheidene Prämie für ein Monopol zahle, kann ich eine Serie geschäftlicher Coups landen, auf die mein Vater stolz sein wird.«

»Pah!« schnaubte ich. »In Wirklichkeit findest du die Vorstellung, daß du dich inkognito mit allerlei Chemikalien vollpumpst und dafür auch noch *bezahlt* wirst, einfach *amüsanter*, als sie einfach zu kaufen oder als Händler Proben zu verlangen!«

»Völlig richtig!« rief Guy mit einem idiotischen Grinsen. »In dieser Hinsicht fallen das Maximum an Amüsement und das Maximum von Profit glücklich zusammen. Außerdem darf ich dir vielleicht nahelegen, dein Bewußtsein ebenfalls mit finanziellem Profit zu erweitern.«

Er nahm meine Hände und zog mich auf die Füße. »Komm«, sagte er, »laß uns mit unserem Unternehmen beginnen. Ein Augenblick ohne Amüsement ist ein für immer verlorener Augenblick, wie ein weiser Mann einmal sagte.« Und so begann unsere endlose Runde durch die Labors und Kliniken von Ciudad Pallas. Unser erster Besuch galt einem bescheidenen Labor, das nur eine Etage eines großen Turms einnahm. Was wir zunächst vorfanden, sollte uns in den kommenden Tagen recht vertraut werden: Ein Vorzimmer mit einem Dutzend Bewerbern für die Stellung einer Versuchsperson.

Eine widerwärtigere Versammlung von Menschen konnte man sich kaum vorstellen. Die meisten unserer Mitbewerber waren etwa in unserem Alter; die Männer trugen meist Stoppelbärte, die Frauen waren mehr oder weniger dünn bekleidet; alle verbreiteten einen Geruch von altem Schweiß, in den sich der seltsame Duft von Azeton und anderen sauren Nebenprodukten eines gestörten Stoffwechsels mischte. Einige dieser Leute waren in etwas fortgeschrittenem Alter und hatten offenbar den »Beruf« des Psychonauten länger ausgeübt, als vernünftig war, denn sie waren dürr, hohlwangig, hatten tiefe Schatten unter den Augen und eine beunruhigende Neigung, leise mit sich selbst zu sprechen und reglos die Wände oder die Decke anzustarren.

Schließlich tauchte aus der Tür, die in den inneren Bereich führte, eine Frau in einem einfachen grauen Kittel auf und verkündete, daß die Bezahlung für das Experiment des Tages sechs Krediteinheiten betrüge. Darauf gingen drei oder vier der Bewerber mit hoch erhobenem Kopf hinaus. Der Rest wurde mit einem Stoffwechselmonitor oberflächlich untersucht, um jene auszusondern, deren Kreislauf noch nicht die Nebenprodukte der letzten Sitzung abgebaut hatte.

Nur ein halbes Dutzend bestand diese Prüfung, unter ihnen natürlich Guy und ich, da uns die Verletzung der mebatolischen Unschuld noch bevorstand. Wir wurden in einen schlichten, grau verkleideten Raum mit einer Reihe von Tischen geführt. Vor jedem Tisch stand ein Polsterstuhl. Hinter jedem Tisch saß ein graugekleideter, gelangweilt aussehender Angestellter. Auf jedem Tisch stand ein Regal mit Reagenzgläsern, die Flüssigkeiten, Pulver und gasförmige Essenzen enthielten; außerdem ein Wortkristallrekorder und ein Stoffwechselmonitor.

Guy und ich wurden an nebeneinanderliegenden Arbeitstischen untergebracht. Eine blonde Frau mit einer kranken Hautfarbe, die mir gegenüber am Tisch saß, klebte mir Elektroden auf die Schläfen, schob mir eine Sonde unter die Zunge, eine zweite in die rechte Achselhöhle und ließ sich erst herab zu sprechen, als ich ordentlich an ihre Testgeräte angeschlossen war.

»Bitte, erzählen Sie uns Ihre subjektiven Eindrücke, so wie sie Ihnen kommen; und versuchen Sie, sich so gut wie möglich auf Ihre Gefühle zu beschränken. Ersparen Sie uns hochtrabendes Gerede oder philosophische Betrachtungen, die ohnehin aus der Aufzeichnung herausgeschnitten würden«, erklärte sie gelangweilt, nachdem die Vorbereitungen abgeschlossen waren.

»Schnüffeln Sie«, befahl sie, indem sie ein Reagenzglas mit einer klaren Flüssigkeit öffnete und es mir unter die Nase hielt. Ich schnüffelte.

»Erzählen Sie.«

Das war leichter gesagt als getan. Der rauchig-süße Geruch fuhr mir direkt in den Hinterkopf, wo er ein gieriges Verlangen nach einer Nahrung auslöste, die ich noch nie gegessen hatte. »Wahnsinniger Hunger«, sagte ich. »Auf etwas ganz Bestimmtes, das ich nicht kenne; es ist schwer zu erklären ...«

»Und überflüssig ... inhalieren Sie ... erzählen Sie ...«

Das nächste Reagenzglas schien nach gar nichts zu riechen, aber plötzlich überkam mich eine irre Lust oder, genauer gesagt, ein genitales Verlangen nach sexueller Erleichterung, das völlig unabhängig von meinem psychischen Zustand war, denn ich interessierte mich in diesem Augenblick für alles andere.

Und so ging es weiter. Um sechs Einheiten auf meinen Chip zu bekommen, mußte ich so etwa ein Dutzend Substanzen schnüffeln, inhalieren, trinken oder berühren und so nüchtern wie möglich über die psychischen Effekte berichten. Diese reichten von narkoleptischer Benommenheit bis zu einem Zustand nervöser Erregung, der mich auf meinem Stuhl zittern ließ; von einem plötzlichen Verlust der Fähigkeit, Farben zu erkennen, bis zu einer visuellen Wahrnehmung, bei der alles in einem inneren Licht erstrahlte; von rasendem Hunger, unstillbarem Durst und sexueller Lust bis zu der sicheren Überzeugung, daß ich ein körperloser Geist sei.

Nach meinem ersten Arbeitstag als Pychonautin taumelte ich einigermaßen benommen in die öden Straßen von Ciudad Pallas hinaus, denn obwohl diese absonderlichen psychischen Zustände allesamt rasch vorübergegangen waren, hatten die Erinnerungsspuren an die schwindelerregende Folge eng begrenzter psychischer Zustände meine Verankerung im Alltagsbewußtsein so weit gelockert, daß ich eine Weile brauchte, um in die alltägliche Realität zurückzufinden.

Guy war höchst unzufrieden. »Primitives Zeug«, erklärte er überheblich. »Ich hab' keine einzige länger als einen Augenblick amüsant gefunden. Und du?«

»Nichtmal das«, antwortete ich wahrheitsgemäß.

Er zog ein Blatt Papier aus der Tasche und las, was er daraufgekritzelt hatte. »Als sie das Geld auf deinen Chip buchten, hab' ich von einigen anderen Labors gehört, die heute Psychonauten suchen«, sagte er. »Laß uns mal sehen, ob es woanders bessere Kost gibt ...«

Nachdem er es gesagt hatte, zog er mich ins nächste freien Schwebetaxi, und wir fuhren zum nächsten Labor – zwar nicht völlig gegen meinen Willen, aber auch nicht mit begeisterter Zustimmung, denn um die Wahrheit zu sagen, war ich kaum in der Lage, etwas nachdrücklich gutzuheißen oder abzulehnen.

Zu Guys Empörung wurden wir von den nächsten vier Labors, die wir an unserem ersten Tag auf Pallas aufsuchten, abgewiesen, denn anscheinend hatte die rasche Folge von Substanzen, die wir im ersten getestet hatten, genügend Spuren in unserem Stoffwechsel hinterlassen, um uns als Versuchsperson bis zum nächsten Morgen zu disqualifizieren.

Doch was Guy anging, war die Zeit nicht völlig verschwendet, denn während wir in den Vorzimmern der Labors mit unseren Psychonauten-Kollegen warteten, befragte er die erfahreneren Angehörigen dieser Berufsgruppe – wenigstens jene, die zu einem zusammenhängenden Gespräch fähig waren – nach dem Insider-Wissen des Gewerbes.

Anscheinend wurde die Arbeit in den Labors nicht sonderlich geschätzt. Einmal testeten die meisten Labors die neuesten psychotropen Erfindungen der Forschungskuppeln nur oberflächlich, so daß man recht häufig seine Zeit mit trivialen Drogen vergeudete. Außerdem bezahlten sie ziemlich schlecht. Und schließlich mußte man sich für das bescheidene Honorar, das sie anboten, normalerweise einer ganzen Batterie von Substanzen aussetzen, die den ganzen Stoffwechsel so gründlich durcheinanderbrachten, daß man kaum hoffen konnte, am gleichen Tag noch einmal von einem anderen Labor angeheuert zu werden.

»Die Nervenkliniken sind viel besser«, erfuhr Guy von einem der erfahreneren – soll heißen hinfälligeren, älteren und ziemlich hohläugigen – Psychonauten. »*Primero* wird nur eine Droge pro Tag verabreicht. *Segundo* machen sie dort molekulare Feineinstellungen bei den Extrakten, so daß der Trip intensiver wird. *Tercero* zahlen sie viel besser, weil das Risiko größer ist. Und *al fin*, sollten ... unerwartete Probleme auftauchen, haben sie die Möglichkeit und auch die Verpflichtung, das Grundbewußtsein so weit wie möglich wiederherzustellen oder schlimmstenfalls für die zu sorgen, die das Gewerbe nicht mehr ausüben können.«

Naturellement war der Konkurrenzkampf um diese angenehmsten und bestbezahlten Stellungen recht hart, doch man versicherte uns, die Tatsache, daß wir relativ unverbrauchte Versuchspersonen waren, würde einige Wochen lang sehr für uns sprechen, jedenfalls solange, wie diese vorteilhafte Beschreibung auf uns zutraf.

Auf diese Information hin hellte sich Guys Stimmung beträchtlich auf. Er stocherte lustlos in dem einfachen Essen herum, das wir vor dem Schlafen in unserer Suite einnahmen; seine tantrische Hingabe war recht oberflächlich, denn seine Aufmerksamkeit richtete sich völlig auf den nächsten Tag; er schwatzte ständig über Sanatorien und Drogen – sogar noch, als wir uns in den Armen lagen.

Was mich anging – nun, ich hatte schon genug von Ciudad Pallas gehabt, bevor ich den ersten Fuß auf die grauen, häßlichen Straßen setzte; meine erste Erfahrung als Psychonautin hatte wenig dazu beigetragen, mich zu überzeugen, daß ich meine wahre Berufung gefunden hatte, und die Gesellschaft der Wartezimmer hatte mich nicht gerade durch sprühende Lebensfreude eines Besseren belehrt.

Die Auswirkungen dieser Umgebung auf meinen Geliebten schienen denen von Raul und Imre zu ähneln, nur ein paar Nummern größer – was für mich allerdings mit dem Nachteil verbunden war, daß es in Ciudad Pallas nicht einmal die ästhetischen Zerstreuungen gab, die man im Grand Palais der *Unicorn Garden* finden konnte.

Leider war mein Geliebter aber auch mein Wohltäter, was heißen soll, daß er meine einzige Einkunftsquelle war – abgesehen von dem, was ich als Psychonautin verdienen konnte –, denn die Möglichkeit, meine Karriere als angehende Geschichtenerzählerin wieder aufzunehmen, schien hier nicht in Frage zu kommen; ich konnte mir auch nicht vorstellen, wie ich in Ciudad Pallas als tantrische Künstlerin Ruegelt verdienen konnte. Die unangenehme Wahrheit war, daß ich in dieser verdammten Stadt festsaß, bis Guy sie nicht mehr amüsant fand oder bis ich genug verdient hatte, um wirtschaftlich unabhängig zu werden. In Ciudad Pallas schien es aber nur einen Weg zu geben, um das zu erreichen.

Also sah ich keine andere Möglichkeit, als Guy am nächsten Morgen zu einem der vielen Sanatorien zu begleiten. Doch mein erster

Eindruck von diesen Anstalten war geeignet, meine Stimmung zu heben, denn natürlich waren sie kunstvoll entworfen und eingerichtet, um genau diese Wirkung zu erzielen.

Das Sanatorium war eine Kuppel auf einem schlichten grauen Würfel; von draußen bot sie keinen angenehmeren Anblick als jedes andere Gebäude in Ciudad Pallas. Innen jedoch sah es ganz anders aus. Die durchsichtige Glaskuppel überdachte einen weiten, zentralen Innenhof, um den die Zimmer, Büros und Labors der Klinik angeordnet waren.

Dieses zentrale Atrium erinnerte mich an das Vivarium der *Unicorn Garden*, natürlich mit dem Unterschied, daß durch die Kuppel der natürliche Himmel zu sehen und der Garten darunter recht einfach war – er bestand nur aus einigen gewöhnlichen Bäumen irdischer Abstammung, einer Wiese, Blumenbeeten, einem bescheidenen Springbrunnen und ein paar Holzbänken.

Die Flure im Innern des Gebäudes, das Zimmer, in dem wir interviewt wurden, der Raum, in dem die Drogen verabreicht wurden, waren mit gemasertem Holz verkleidet, die Decken dunkelblau gestrichen, und auf dem Boden lagen dicke, waldgrüne Teppiche.

Alles in allem war es den Erbauern gelungen, hinter diesen abgeschiedenen Mauern ein Ambiente von Behaglichkeit und Ruhe zu schaffen; im übrigen schienen die Angestellten des Sanatoriums darauf bedacht, sich angemessen zu kleiden – lang fallende Gewänder in natürlichem Braun oder Grün oder in anderen kräftigen Farben. Jene, die ihrem sonderbaren Benehmen und etwas verkommenem Aussehen nach die Langzeitgäste des Sanatoriums waren, trugen ähnliche Kleidung und durften müßig durch die Flure und den Garten streifen.

Der einzige Mißklang kam von den üblichen Bewerbern im Wartezimmer, die sich nicht von ihren Kollegen in den Labors zu unterscheiden schienen.

Nach den üblichen Stoffwechseluntersuchungen wurden Guy und ich als Probanden akzeptiert und bekamen jeder fünfundzwanzig Krediteinheiten für einen Test angeboten, der uns als Erprobung einer einzigen vielversprechendn Substanz erläutert wurde. Das war in der Tat etwas ganz anderes als die Massenabfertigung in den Labors; aus diesem Grund erklärte selbst ich mich mit einer gewissen Begeisterung einverstanden, wenn sie auch durch die Tatsache gedämpft wurde, daß wir wie üblich nicht erfuhren, mit welcher Droge man experimentieren würde; unsere Reaktionen sollten nicht durch Erwartungen verfälscht werden.

Meine Befürchtungen verstärkten sich jedoch, als Guy, ich und die vier anderen akzeptierten Psychonauten von jeweils einem anderen Angestellten in abgetrennte Kabinen geführt wurden.

Die Person, der ich zugewiesen wurde, war immerhin so freundlich, sich nach meinem Namen zu erkundigen und sich als Professor Sigismund Farben Bruna vorzustellen, eine menschliche Geste, die sich völlig vom Betrieb in den Labors unterschied, wenn sich die Höflichkeit auch nicht darauf erstreckte, daß die Namensgeschichten ausgetauscht wurden.

Ich bekam wieder Elektroden an die Schläfe fixiert, eine Sonde in eine Vene geschoben, eine zweite in die Vagina, doch die Drähte waren nicht mit einer sperrigen Maschine verbunden, sondern mit einem kleinen tragbaren Gerät, das mit einem Gürtel an meiner Hüfte befestigt wurde.

»Sie können sich frei auf dem Gelände bewegen, Sunshine«, erklärte mir der Professor mit warmer, irgendwie zuckersüßer Stimme, als wäre er ein Schauspieler, der sich selbst als Rolle spielte. »Ich werde Sie begleiten, und wir werden uns ungezwungen unterhalten.«

»Und das ist alles?« fragte ich etwas zweifelnd.

Er schenkte mir ein freundliches Lächeln, das mir etwas aufgesetzt vorkam; vielleicht aber rührte der Eindruck einer Art professioneller Unaufrichtigkeit nur von seinen eisblauen Augen und dem etwas zu würdevollen Gesicht her sowie von meinem eigenen, ganz natürlichen Unbehagen. »Selbstverständlich werden alle physiologischen Veränderungen aufgezeichnet«, sagte er, »so daß Ihre mündlichen Äußerungen zu den Meßdaten in Korrelation gebracht werden können. Wenn wir genug Versuchspersonen getestet haben, können wir auf diese Weise ein mehr oder weniger genaues Profil der psychischen Zustände zeichnen, die durch schrittweise biochemische Veränderungen entstehen, welche wiederum durch die Testsubstanz hervorgerufen werden.«

»Was ist es denn?«

»Ein Blumenextrakt, in dessen molekularem Aufbau gewisse Veränderungen vorgenommen wurden«, sagte er vage, indem er ein kleines Reagenzglas mit einer durchsichtig blauen Flüssigkeit hervorzog. »Wir beginnen jetzt, ja?«

Ich zuckte etwas fatalistisch die Achseln und schluckte den Trank, der einen nicht unangenehmen rauchig-süßen Geschmack hatte; allerdings wurde der Eindruck durch einen metallischen Nachgeschmack, der meine Zähne kitzelte, etwas verdorben.

»Und jetzt …?« fragte ich.

»Ein Spaziergang im Garten vielleicht?« schlug der Professor vor.

»Wir haben Grund zu der Annahme, daß Bewegung die Aufnahme in den Stoffwechsel beschleunigt.«

So streiften wir durch den Garten, wo andere Angestellte, vielleicht ebenfalls Professoren, sich ganz offenkundig bemühten, andere Psychonauten, unter ihnen auch Guy – in beträchtlichem Abstand voneinander zu halten.

Während ich auf das wartete, das da kommen sollte, versuchte ich den Professor in ein Gespräch über seinen Beruf zu verwickeln, um auf diese Weise weitere Informationen über die wirkliche Natur des seltsamen Unternehmens, in dem ich mich nun befand, zu bekommen. »Diese Klinik nennt sich Sanatorium; heißt das, daß Sie geistig gestörte Menschen behandeln?«

Er zuckte unbestimmt die Achseln. »Ein veraltetes Konzept, nicht wahr?« erklärte er. »Wir machen uns hier nicht vor, daß es beim Menschen nur eine Art von geistiger Gesundheit gibt, nach deren Vorbild wir mit unserer Kunst alle abweichenden Zustände zurechtbiegen müßten. *Au contraire*, unser Ziel ist es, eine so breite Palette psychotroper Substanzen zu entwickeln, daß jeder beliebige psychische Zustand hervorgerufen werden kann.«

»Je ne sais pas …«

»Ein Klient betritt ein Sanatorium in einem Zustand egoloser Zersplitterung, ja, und wir sehen uns verpflichtet, seine Psyche an eine einheitliche Wahrnehmung der Alltagswelt zu binden. Aber ein anderer kommt vielleicht mit übermäßiger Egobindung ans Rad der Maja, so daß wir verpflichtet sind, einen psychischen Zustand zu schaffen, in dem das Ego in nirwanischer Vereinigung mit dem Atman aufgelöst wird. Oder wir könnten daran arbeiten, die Verfügbarkeit gewisser alter psychischer Gestalten zu erhöhen, um ökonomischen oder sozialen Notwendigkeiten zu entsprechen …«

»Als da wären?«

»Am lukrativsten ist die Befriedigung des offensichtlichen Bedarfs an einer Droge, die bei neutralen weiblichen Versuchspersonen zuverlässig die einzigartige psychische Gestalt der Raumpilotin-Persönlichkeit hervorruft, denn *vraiment*, das würde auf ein goldenes Zeitalter hinauslaufen, das man mit Recht das Dritte Raumfahrende Zeitalter nennen könnte«, sagte er begeistert. »Wie die Dinge jetzt stehen, müssen wir die Nervenkliniken und *demimondes* nach dem *natürlichen* Vorkommen dieser appetitlosen, süchtigen Persönlichkeiten absuchen, die dem ausgefallenen Profil entsprechen, und dieses Syndrom tritt unglücklicherweise so selten auf, daß wir nie mehr als etwa zweihundert aktive Pilotinnen haben, tja, und dieser Prozeß verhält sich zur wissenschaftlich verläßlichen Erzeugung von

Raumpilotinnen genauso wie die alte Alchemie zur Quantenphysik, nicht wahr ...«

Er unterbrach sich einen Augenblick und starrte mich mit schmalen Augen an, als hätte er plötzlich erkannt, daß er über Dinge geplaudert hatte, die eine Versuchsperson wie ich besser nicht erfahren sollte. Tatsächlich trug diese Offenheit auch wenig dazu bei, seine moralische Rechtfertigung oder die der Sanatorien von Ciudad Pallas in meinen Augen glaubwürdiger zu machen – und sie erhöhte außerdem nicht gerade mein Vertrauen auf seine Sorge um das persönliche Wohlbefinden der Versuchspersonen oder Patienten.

In der Vorstellung, jeden gewünschten Bewußtseinszustand nach Belieben herzustellen, lag für mich etwas Abstoßendes, denn die Frage, die sich sofort erhob, war, *wessen* Vorgaben man dabei zu folgen hatte. Und nach seiner widerwärtigen Begeisterung für die ekelhafte Aufgabe, jenen elenden, psychisch gestörten Zustand, der für die Berufung zur Raumpilotin erforderlich war, zum Nutzen des interstellaren Handels künstlich hervorzurufen – von seinem eigenen Profit ganz zu schweigen –, mußte dieser Zustand nicht unbedingt förderlich für das persönliche Glück der Versuchsperson beziehungsweise des Opfers sein.

Soll heißen, daß der Bewußtseinszustand, den seine Worte bei mir hervorriefen, nur als eine gewisse Furcht beschrieben werden kann. Denn was sollte nun mit *mir* passieren?

Vraiment, dieser Gedanke hatte sich kaum in meinem Bewußtsein gebildet, da gewahrte ich auch schon, daß etwas geschah.

Ein seltsam hohles, kitzelndes Gefühl kroch langsam meinen Rükken herauf und meine Glieder entlang; es entsprang einem Punkt, der in Höhe des Chakras an der Wurzel der Wirbelsäule zu liegen schien. Es war nicht so sehr ein Verlust an Gefühl, als vielmehr eine Verlagerung des kinästhetischen Körperbildes – als würden meine Wirbelsäule, dann die Knochen meiner Glieder und das Fleisch, das sie umhüllte, zu einer durchsichtigen, ektoplasmischen Substanz aufschäumen; durchsichtig nicht so sehr für das Auge, sondern für mein kinästhetisches Körpergefühl.

»Die Effekte beginnen, ja?« sagte der Professor, während er mich gespannt beobachtete. »Sprechen Sie, schnell bitte, bevor das nächste Stadium beginnt!«

»*Je ne sais pas* ...«, stammelte ich heftig zitternd. »Ich ... ich scheine zu verdampfen ... mein Fleisch verwandelt sich in Luft ... in flüssige Kristalle ... in ... in ...«

»Oh, *wonderful*! Alles ganz normal!«

Normal? Der Effekt breitete sich immer schneller aus. Meine Arme und Beine, dann die Hände und Füße, wurden ätherisch irreal, für die kinästhetische Wahrnehmung so durchsichtig wie Glas im Licht. *Vraiment*, ich konnte stehen, konnte die Füße beugen, die Finger bewegen, und doch konnte ich die Glieder irgendwie weder fühlen noch sehen, nicht einmal willentlich kontrollieren; sie waren einfach nicht da …

»Reden Sie! Erzählen Sie! Bitte, sprechen Sie, wir brauchen *Daten!*«

»Ich löse mich auf!« rief ich verängstigt. »Ich zerschmelze!« Denn jetzt schien mein ganzer Körper vom Standpunkt der kinästhetischen Gehirnzentren sich in Nichts aufzulösen. Obwohl ich ihn sehen, ihn bewegen, sogar den Druck des Bodens unter den Füßen spüren konnte, hatte sich mein Bewußtsein auf eine Weise, die ich nicht verstand, meine Wirbelsäule hinauf in den Schädel zurückgezogen, als löste sich mein Bewußtsein von der körperlichen Matrix, in der es lebte …

»Mehr Daten! Mehr Daten!« verlangte der Professor. »Bisher läuft es ganz ausgezeichnet!«

»Das Licht! Das Licht!« rief ich in Panik; dann mischte sich ein gewisses zitterndes Staunen in die Panik, denn als der Verlust der kinästhetischen Wahrnehmung auf meinen Kopf übergriff wie eine Amöbe, die ihr Protoplasma vom Hals durch den Kiefer und die Wangenknochen hinauf fließen ließ, begann von dem Grün der Bäume, dem Braun ihrer Stämme, dem Rot und Blau und Gelb der Blumenbeete, dem hellblauen Himmel, *vraiment* sogar von der bleichen Haut des Professors, ein Leuchten auszugehen, das pulsierte und schimmerte, um sich dann zu einer unabhängigen Substanz zu entwickeln, während ich kaum mehr war als das materielose Sensorium, auf das die Strahlen einwirkten …

»Sprechen Sie! Sprechen Sie! Versuchen Sie, zusammenhängend Ihre Eindrücke zu beschreiben!«

»Oh! Oh! Oh! Ich kann sie fühlen!« stöhnte ich. Denn ich – soweit man noch von »Ich« reden konnte – nahm die strahlenden Farben nicht mehr als Schattierungen wahr, die zur Oberfläche der Bäume, Gesichter, Blumen oder des Himmels gehörten, sondern als unabhängige Wesenheiten aus Licht, die sich magisch in Materie verwandelt hatten, als lebende Organismen, die meinen nichtexistierenden Körper umhüllten, ein Kleidungsstück wie das Vielfarbige Tuch, oder eher wie das Vielfühlige Tuch, denn irgendwie hatte sich der Gesichtssinn in Gefühl verwandelt, das Gefühl in Zärtlichkeiten, und die Zärtlichkeiten in … in …

»Sprechen Sie! Sprechen Sie! Scheiße, warum muß das immer am kritischsten Punkt passieren!«

Aber ich konnte nicht sprechen. Denn ein »Ich« existierte nicht mehr. Eine vollkommene Leere befand sich dort, wo das »Ich« gewesen war, und eine Haut aus exquisiten, vielfarbigen Flammen umgab diese Leere. *Vraiment*, eine Haut aus kundalinischem Feuer, denn wie aus Licht Berührung geworden war, so war die Berührung tantrische Ekstase geworden. Alles, das jetzt in dem Raum existierte, in dem ich mich befunden hatte, war ein lebendiger Mantel aus orgasmischer Substanz, ein transzendentes Wesen, das nichts als ein Zusammenklang von Orgasmen war, eine flammende Aura statischer Ekstase, die sich durch das Gewebe von Raum und Zeit brannte.

Wie lange blieb ich in diesem egolosen Zustand? Ich sollte später erfahren, daß das Experiment einige Stunden dauerte, doch in diesem Augenblick hatten solche Messungen in meinem Bewußtsein keine Bedeutung. Denn dort gab es weder ein zeitgebundenes Ego, das die Stunden messen konnte, noch eine Schnittstelle zwischen der objektiven Realität und meiner subjektiven Wahrnehmung derselben.

Eigentlich überflüssig zu erzählen, daß nach einer Weile das Alltagsbewußtsein zu Sunshine Shasta Leonardo zurückkehrte, die sich auf einer Wiese unter einem blauen Kuppelhimmel liegend fand, den Dunst ihres eigenen Schweißes einatmend, während sie gebrochen keuchte und mit blicklosen Augen Professor Sigismund Farben Bruna anstarrte, der wehmütig, kopfschüttelnd und unzufrieden über ihr stand und sie kalt und geschäftsmäßig beobachtete.

»Ihre fünfundzwanzig Krediteinheiten haben Sie wohl verdient«, räumte er widerstrebend ein. »Aber ich würde das Doppelte zahlen, wenn nach Einnahme dieser Substanz eine Versuchsperson klar genug bliebe, um mir die ganze Geschichte zusammenhängend zu erzählen.«

15

Durch meine eigene, unwiderrufliche Entscheidung blieb mein erstes Abenteuer als Versuchsperson für die Wissenschaftler der Sanatorien in Ciudad Pallas auch mein letztes. Kein Argument Guys konnte mich bewegen, mich noch einmal dem zu unterwerfen, was ich nur als *schreckliche* Freuden bezeichnen konnte. Zwar konnte ich mich seiner Ansicht, daß dies eine möglicherweise lukrative Beschäftigung wäre, nicht verschließen, doch traute ich weder den Absichten dieser hippokratischen Söldner noch war ich bereit, zum Wohl ihres Verdienstes meine Gesundheit zu opfern.

Guy, der dieselbe Substanz erhalten und mir während der Rückfahrt zum Hotel Pallas ganz ähnliche Erlebnisse geschildert hatte, fand es *au contraire* recht amüsant und war fest entschlossen, seine Karriere als Psychonaut fortzusetzen.

»Ich kann dein Widerstreben nicht verstehen«, erklärte er, eher ehrlich erstaunt als gereizt. »Wie kann man die Transzendenz des Geistes über die Beschränkungen des körperlichen Sinnesapparates hinaus benennen, wenn nicht als eine Verstärkung; *vraiment*, wie kann man einen zeitlosen, endlosen orgasmischen Höhepunkt benennen, wenn nicht als die absolute Ekstase?«

»Man könnte dasselbe über das sagen, was die Raumpilotinnen vermutlich die wahre, größte Ekstase des Sprungs nennen würden«, erwiderte ich zornig. »Würdest du mir denn zumuten, daß ich mir eine Eßunlust zulege, mein Gehirn mit einem Durcheinander brutaler Opiate beneble, eine Weile mit dem Lader spiele und einige Jahre in einem Sanatoriem verbringe, nur damit ich einen Plateau-Orgasmus genießen kann, indem ich mich als Pilotin an den Sprungkreis kupple?«

In Guys Gesicht schlich sich ein törichter, verträumter Ausdruck. »Man sagt aber, daß die Pilotin im Augenblick des Sprungs weit mehr erlebt als einen Plateau-Orgasmus«, murmelte er spekulierend. »Durch die Vereinigung mit der großen, einzigartigen Leere, aus welcher der Tanz von Materie und Energie sich erhebt, soll der Geist eine ekstatische Verbindung mit dem Atman erreichen und damit die Beschränkungen der Maja und der Zeit überwinden ...«

Ich konnte kaum glauben, was ich da hörte. »Du plapperst auf einmal begeistert die leeren, unverständlichen Phrasen der Raumpilotinnen nach ...?«

»Das Große und Einzigartige existiert, und der Sprung transzendiert die Beschränkungen des alltäglichen Reiches von Energie,

Materie und Zeit; wir zwei sind die Zeugen, nachdem wir erst vor kurzem Lichtjahre in Tagen überwunden haben«, erklärte Guy. »Sollten deshalb die Raumpilotinnen nicht fähig sein, die höchste Ebene des Bewußtseins, zu dem unsere Art fähig ist, zu erreichen?«

»Wie dem auch sei«, sagte ich, »die Nutznießerinnen dieser transzendenten Vereinigung mit dem Raum sind genau dadurch unfähig, die Freuden einer ganz normalen Frau zu empfinden, unfähig zum sozialen Leben, und nach wenigen Jahren sterben sie.«

»*Vraiment*«, gab Guy zu. »Aber ist es nicht die Sache wert? Kann es nicht sein, daß wir fleischliche Wesen in den Armen des anderen einen blassen Schatten des höchsten Entzückens suchen, an den sich unsere zeitlosen Geister erinnern? Und außerdem, sind Dinge wie Lebensdauer nicht irrelevant für einen Geist, der einen einzigen Augenblick transzendierter Zeit erlebt?«

»Als nächstes willst du mir wohl beibringen, daß du Raumpilotin werden willst«, schnaubte ich.

Guy zuckte die Achseln. »Wie du weißt, steht dieser Weg zur höchsten Transzendenz des Reichs der Maja leider nur den Angehörigen deines Geschlechtes offen«, sagte er anzüglich. »Doch hier, in den Nervenkliniken von Ciudad Pallas – sucht man hier nicht ein Elixier, das die biochemische Matrix eines Bewußtseins erzeugt, das fähig ist, dasselbe in gewöhnlichen Frauengehirnen zu erleben? Wird man nicht schließlich einen Trank herstellen, der auch armen Männern wie mir einen solchen Höhepunkt schenkt? *Vraiment*, ist dies nicht das höchste Amüsement, das ich so begierig suche? Wie kann ich darum den Pfad verlassen, der mir von den Zauberern von Ciudad Pallas geöffnet wird – feige zitternd und besorgt um den Zustand meines unedlen Körpers?«

Das verschlug mir buchstäblich die Sprache; für den Rest des Abends widersprach ich seinem Geschwätz nicht wieder. Leider hörte er nicht einmal lange genug auf, um eine ordentliche *passage d'amour* einzulegen, bevor ich endlich einschlief. Am Morgen konnte er meine Weigerung, ihn zu einem anderen Sanatorium zu begleiten, ebensowenig verstehen wie ich seine Weigerung, Drogen mit erwiesener Kraft und Wirkung schlichtweg zu kaufen, wenn er schon so darauf aus war, über seinen eigenen spirituellen Nabel zu kontemplieren.

»Ich suche keine Reiche, die andere schon gesehen haben, denn ich weiß, daß noch kein Mann das Reich besucht hat, das ich finden will!« sagte er nachdrücklich. »*Vraiment*«, fuhr er fort und zeigte eine Spur seines alten, trockenen Humors. »Zweifellos ist das nur der halbe Grund. Aber wie kannst du dich ein wahres Kind des Glücks nennen, ohne den Wunsch zu verspüren, in Bewußtseinssphären zu fliegen, die noch kein Sterblicher gesehen hat, während doch vor dir zu deinem Genuß ein wahres Smorgasbord aufgebaut ist?«

»Wie kannst *du* dich ein wahres Kind des Glücks nennen und deine Zeit verschwenden, ganz zu schweigen davon, daß du deinen Geist riskierst, wenn du dich in dieser verdammten Stadt mit Drogen vollpumpst, während dir dank der grenzenlosen Großzügigkeit deines Vaters alle Menschenwelten als riesiges Smorgasbord voller Abenteuer zu *deinem* Genuß offenstehen?«

»Die Menschenwelten, die Welten des Geistes in diesem einzelnen Mann, *la même chose*, nicht wahr?«

»Pah! *Merde*! Hast du nicht die Besucher der Labors und Nervenkliniken bemerkt? Willst du so werden, Guy? Ein hagerer, hohläugiger armer Hund, der Wände anstarrt und unverständliche Flüche vor sich hin murmelt?«

»Ah, aber wer kann schon sagen, welche Pracht des Geistes, welche transzendenten Höhen des Amüsements in so vermeintlich dekadenten fleischlichen Hüllen enthalten sind?«

»Ein *maestro* der Sophisterei?« fragte ich ironisch.

Und so weiter. In den folgenden Tagen, wenn Guy nach einem Ausflug zu den Sanatorien zurückkehrte – manchmal mit glasigen Augen und völlig erschöpft, häufig aber auch mit schlecht gelenkter Energie und von unverständlichen Wundern plappernd –, durchlief diese Dialektik Runde um Runde, ohne sich einer Synthese anzunähern.

Auf der anderen Seite und zu Guys Ehre muß ich sagen, daß er nie finanzielle Überlegungen in unsere fruchtlosen Diskussionen einbrachte, denen zu begegnen ich die größte Mühe gehabt hätte. Eine Weile verdiente er in den Nervenkliniken so um die fünfundzwanzig Krediteinheiten pro Tag, während ich, eine Mittellose, die von seiner Großzügigkeit abhing und von ihm Brot und Essen bekam, nur gelegentlich ein Labor aufsuchte, um ein Taschengeld zu verdienen, und auch das nur unter dem Druck der Langweile, der jeden Tag unerträglicher wurde.

Angesichts dieser unstrittigen Großzügigkeit, wenn es um die Finanzen ging, konnte ich kaum so gemein sein, ihn an Punkten zu sticheln, an denen er äußerst verwundbar war: Nämlich erstens mit der Tatsache, daß er allein für meine Anwesenheit in dieser gräßlichen Stadt verantwortlich war, zweitens damit, daß seine Kraft als Geliebter gegen Null strebte, weil seine libidinösen Energien im schwarzen Loch seiner solipsistischen psychotropischen Besessenheit verschwanden.

Hätte ich Guy Vlad Boca an diesem Punkt verlassen, wenn ich genug Mittel besessen hätte, um Belshazaar auf eigene Faust zu verlassen? *Je ne sais pas*, denn ich hatte keine solche Wahlmöglichkeit. Doch vielleicht hätte ich ihn dennoch nicht der *demimonde* der Sanatorien ausgeliefert – jedenfalls bilde ich es mir ein.

Certainement, ich hatte zu meinem Entsetzen eine unschöne Seite in seinem Geist entdeckt, die jetzt mehr und mehr zutage trat. Und doch blieb er auch ein großmütiger, offenherziger Geist, selbst seine besessene Suche nach dem psychotropischen Nirwana verriet gewiß einen Kern von leidenschaftlichem, wenn auch närrischem Mut, den ich kaum verleugnen konnte, ohne wie ein Schuft dazustehen.

Doch was auch immer ich grübelte, das Karma wollte es, daß mir die Mittel des Feiglings fehlten, vom Schlachtfeld der Ehre zu fliehen; als ich schließlich dringend handeln mußte, hatte ich endlich auch die praktischen Mittel dazu.

Während Guy unterwegs war und seinen solipsistischen Freuden nachging, mußte ich mich auf meine eigenen, in der Tat geringen Möglichkeiten beschränken. Ich streifte ziellos durch die öden Straßen oder, besser, ich suchte Zerstreuungen, die es dort nicht gab, nämlich eine Gesellschaft wie die der Gypsy Joker, einen geeigneten Platz, um eine Geschichte zu erzählen, oder wenigstens eine Möglichkeit, um als tantrische Künstlerin etwas zu verdienen.

Leider hatte keins der Kinder des Glücks auf Ciudad Pallas Interesse an irgendeinem anderen Unternehmen als den Sanatorien und Labors; was ich an Leuten auf der Straße sah, bedrückte mich und zerstörte jeden Antrieb, mich auf die Straße zu stellen und eine Geschichte zu erzählen; ich hatte völlig die Energie verloren, mich Passanten als tantrische Künstlerin anzubieten, und erst recht nicht bei so abstoßenden Fremden wie diesen.

Doch am zehnten Tag, aufgelöst in Langeweile und Selbstmitleid, schleppte ich mich niedergeschlagen und depressiv durch eine Straße mit den üblichen phantasielosen Geschäftsfassaden, als ich plötzlich ein Bild in mir sah, das mich aus dem Sumpf riß und meinen Geist auffliegen ließ.

Denn dort auf den trostlos grauen Straßen von Ciudad Pallas entdeckte ich ein Fenster in eine andere, eindrucksvollere Realität: ein Holobild vom Bloomenveldt.

Unter einem azurblauen, mit ziehenden Wolken durchsetzten Himmel erstreckte sich eine riesige Wiese bis zum Horizont, die sich im Wind sanft wellte. Es sah aus wie eine dichte, von oben gesehene Wolkenbank; weiche, wallende Hügel, doch nicht weiß oder stürmisch grau, sondern tief und strahlend grün.

Denn was ich sah, war der Baldachin der Wipfel des Bloomenwalds, ein luftiges Netzwerk aus verflochtenen Ästen, aus denen ein zauberhaft stabiles Vlies aus gewaltigen Blättern sproß, so fest erscheinend, daß ich glaubte, ich könnte von der Straße treten und ins Wunderland davonlaufen; zugleich jedoch wogte und rollte es wie Gischt im Wind. Grün und doch nicht ganz grün, denn das gewellte Himmelsland war mit zahllosen Blumen in allen Formen und Farben durchsetzt, wie vielleicht nach einem Regentag eine Wüste zu unbändiger Blüte erwacht. Blumen, deren gewaltige Größe offensichtlich wurde durch einen Trupp braunpelziger Zweifüßer, die in großen, schwebenden Sprüngen zwischen den Blumen herumhüpften, vor denen sie aussahen wie Käfer.

Ah, ich fühlte schon das »Land« unter den Füßen wogen, spürte die Sonne auf der Haut und den Wind im Haar, ich konnte fast die prächtigen Blumendüfte riechen, die der Wind in meine Nase trieb.

Merde, wir waren wirklich nicht ganz gescheit, wenn wir auch nur einen Augenblick in dieser üblen Stadt blieben, während auf diesem Planeten ein solcher Zauberwald wuchs! Kein Wunder, daß die Bürger von Ciudad Pallas und die Besucher der Labors und Nervenkliniken so leidend wirkten! Kein Wunder, daß Guy vor meinen Augen vergreiste! Denn wer außer einem verkrüppelten Geist konnte sich damit zufrieden geben, eine Realität aus zweiter Hand aus Reagenzgläsern einzunehmen, wenn der Bloomenwald nur einen kurzen Flug entfernt war?

Ohne weiter nachzudenken, betrat ich den Buchladen und kaufte einen Abzug des Holos, damit ich es Guy sofort zeigen konnte; es war mir völlig egal, daß dieser Kauf den größten Teil des mageren Kredits auf meinem Chip verschlang. Ich behielt gerade genug übrig, um mit einem Schwebetaxi zum Hotel zurückzufahren. Auch diese letzte Ausgabe machte ich ohne Zögern, denn ich wollte keine Zeit verlieren, indem ich zu Fuß zurückging.

Der Preis für das Bild schloß eine kleine Abhandlung über den Bloomenwald ein, und diese las ich gierig, während mich das Schwebetaxi durch die Straßen von Ciudad Pallas trug; ich war nur zu gern bereit, die geschmacklose Realität zu ignorieren, durch die ich gleiten mußte, und mich statt dessen in die Geschichte des Zauberwaldes zu versenken.

Ich erfuhr, daß sich auf Belshazaar wurmähnliche Tiere direkt zu Wirbeltieren und dann zu höheren Formen entwickelt hatten und daß es nie Insekten gegeben hatte. Die Blumen des Bloomenveldts waren von solch enormer Größe, daß die ökologischen Nischen, die auf anderen Welten Insekten besetzten, hier von Säugern von beträchtlicher Größe und Intelligenz eingenommen wurden. Wie auch anderswo üblich, entwickelten die Blumen außer Duft auch Moleküle, Pollen, Nektar und Früchte, die geeignet waren, die Befruchter zu motivieren.

Doch da diese Befruchter auf Belshazaar Säuger mit gut entwickelten Gehirnen waren, wirkten die Moleküle, die die Blumen zur Beeinflussung ihres Verhaltens entwickelt hatten, auch auf den Menschen.

So beruhte Belshazaars Wirtschaft auf einem unglaublichen Ökosystem, in welchem sich höhere Lebensformen zu Befruchtern des Zauberwaldes entwickelt hatten.

Die Broschüre beleuchtete außerdem einige Details des Ökosystems in den Baumwipfeln, doch als ich diesen Teil der Abhandlung lesen wollte, hatte das Schwebetaxi schon das Hotel Pallas erreicht; ich brach meine Studien ab, um in unsere Suite zu eilen und Guy das Holo zu zeigen.

Ich stürzte völlig im Bann meiner Begeisterung ins Zimmer; als ich Guy auf einem Stuhl im Wohnzimmer ruhend fand, die gräßliche Stadtlandschaft durch das große Fenster betrachtend, ging ich direkt zu dem an die Scheibe angeschlossenen Betrachter und schob das Holo ein.

Der düstere Anblick der häßlichen Stadt wurde sofort vom prächtigen Anblick des Bloomenfeldt ersetzt, als säßen wir in einem Baumhaus über einer luftigen Wiese und blickten auf das hinab, was bald unser Lustgarten werden sollte.

»Sieh mal, Guy, ist das nicht wundervoll?« quasselte ich los. »Oh, wie –«

»... so nahe, *vraiment*, jenseits des Tanzes, der in mir steigt, dort liegt, wie man sagt, wie Jesus Christus sagte, siehe nur, Psychonauten des Geistes, auch du kannst auf Wasser gehen, du mußt alles aufgeben, um es zu erlangen, doch du kannst auf Wasser wandeln ...«

Erst als er nicht auf diesen prächtigen Anblick einging, bemerkte ich das Metallband um seinen Kopf und die Drähte, die davon herunterhingen, und die kleine Konsole, mit der sie verbunden waren. Erst jetzt erkannte ich, daß er im Augenblick meiner Ankunft mit gespenstisch hohler Stimme gesprochen hatte. Erst jetzt wich meine blinde Freude verstehendem Zorn. Denn während ich Xochimilco in den Baumwipfeln entdeckt hatte, hatte Guy den Lader entdeckt.

Ich wußte damals außer einigen allgemeinen Dingen wenig über den Lader, und ich hätte erwartet, daß Guy Vlad Boca in diesen Dingen viel beschlagener war als ich, doch was ich wußte, reichte aus, um mich kochen zu lassen und eine Adrenalinwoge durch mein Blut zu jagen, daß sich meine Hände zu Fäusten ballten.

Der Lader erzeugt im Grunde eine elektronische Verstärkung des Elektrohologramms des menschlichen Bewußtseins ohne topologische Verzerrung, so daß der an den Lader angeschlossene Mensch anscheinend seine Persönlichkeit behält, die nur verstärkt wird; eine verbesserte Version seiner selbst, wenn auch nur in seinen eigenen Augen. Wenn natürlich der Ladersüchtige, wie nicht selten der Fall, von Anfang an eine kaputte Persönlichkeit besitzt, dann bringt ihre Verstärkung alles andere als einen Bodhisattwa hervor.

Was noch schlimmer ist, während jeder Zuwachs an Ladung ein Stück weit das Elektrohologramm des Bewußtseins verstärkt, erzeugt er gleichzeitig einen Zuwachs an Instabilität im Gesamtmuster, so daß vermeintlich immer höhere Bewußtseinszustände erreicht werden, während die Person, die sie erreicht, immer vager und vager wird, bis – zumindest in der Theorie – die letzte Erleuchtung von einem menschlichen Nichts erreicht wird.

Ohne mir Zeit für diese Gedanken zu nehmen, riß ich die Drähte aus der Konsole und warf das gefährliche Ding mit aller Kraft gegen die Wand, wodurch es in tausend Stücke zersprang.

Endlich nahm Guy Vlad Boca meine Anwesenheit zur Kenntnis, indem er das Gesicht in meine Richtung wandte, während seine Augen verwirrt und relativ klar blinzelten.

»Wie konntest du dir so was antun, Guy?« schrie ich. »Ist ein geistiges Harakiri in Zeitlupe das, was du dir unter vollkommenem Amüsement vorstellst?«

»Vielleicht nicht … vollkommen …«, brabbelte er, während er abermals in seinen inneren Raum starrte, »aber vielleicht so nahe, wie wir es vermögen …«

»*Merde*, das geht mir über die Hutschnur!« rief ich, und ohne weiter nachzudenken, riß ich ihm die Elektroden vom Kopf und benutzte den Fühler auf eine Weise, wie ich es noch nie versucht hatte. Ich legte die Hand an seine Schädelbasis und sandte einen Energiestoß durch sein Kleinhirn, der gereicht hätte, eine Leiche aufspringen und einen Wagen ziehen zu lassen.

Der Stoß genügte immerhin, um ihm den Anschein normaler Bewußtheit zurückzugeben.

»Mit welchem Recht hast du das gemacht, wer bist du, die Ziele eines anderen Geistes zu beurteilen? Ich habe nur gespielt mit …«, sagte er, während er mich zuerst aufgebracht, dann wie ein kleiner Junge betrachtete, dessen Mutter ihn mit der Hand in der Keksdose erwischt hat.

»Was soll ich denn deiner Meinung nach machen? Geduldig dabeisitzen und zusehen, wie du dein Bewußtsein auslöschst?«

»Ich bin kein elender Ladersüchtiger, ich wäre nie völlig ausgeflippt«, sagte er mit großartig gespielter Entrüstung, die nicht ganz zum verletzten Ausdruck in seinen Augenwinkeln paßte. »Ich wollte nur die nirvanischen Freuden *schmecken*, die die Ladersüchtigen zelebrieren. Ein Meisterpsychonaut wie Guy Vlad Boca ist nicht so schwach, daß er unrettbar süchtig würde.«

»Wirklich nicht? Wie du auch nicht die Schwäche hattest, dich völlig den viel weniger mächtigen Verlockungen der Santorien auszuliefern?«

»Was kann es etwas anderes sein als eine edle Berufung, wenn man gleichzeitig verdient und das Bewußtsein erweitert, während man der medizinischen Forschung dient?«

»Vraiment?« fragte ich, indem ich mich neben seinen Stuhl hockte. »Wenn dein Bewußtsein so großartig verstärkt ist, dann frage ich dich, warum du den prächtigen Anblick vor deinen Augen noch nicht bemerkt hast.«

Er starrte mich verwirrt an.

Mit einem verzweifelten Stöhnen packte ich sein Kinn und richtete mit schierer Gewalt seinen Blick auf das Holobild des Bloomenveldts, das den scheußlichen Anblick von Ciudad Pallas ersetzt hatte. Er riß überrascht die Augen auf und begann, seine normale Vitalität zurückzugewinnen.

»Ja, Guy«, schmeichelte ich so verführerisch, wie ich es unter den Umständen hinbekam, »nicht diese verdammte Stadt mit ihren unnatürlichen Experimenten und den noch unnatürlicheren Bewohnern, sondern das *Bloomenveldt*, gegen das alles hier nur ein bleicher und verzerrter Schatten ist. *Vraiment*, das ist lediglich ein Holo. Aber kannst du dir vorstellen, wie wir Hand in Hand im Zauberwald der Baumwipfel stehen, mit der warmen Sonne auf der Haut und tausend berauschend schweren Düften in der Nase, herangeweht von dem Wind, der dein Haar zaust und durch die Äste wispert, der den Boden wiegt, auf dem wir wandeln wie transzendente Wesen über die rollende Oberfläche eines Ozeans aus Bäumen ...«

Guy reagierte auf diese romantische Übertreibung mit einem Achselzucken. *»Très simpatico* für einen Anhänger bukolischer Freuden, doch für urbane, gebildete Geister wie unsere doch wohl ein Witz?«

»Wie kann dich nicht der brennende Wunsch erfassen, sofort dort zu sein?« sagte ich so gleichmütig wie möglich, während ich meine Entrüstung über seine Stumpfheit unterdrückte.

»Aber warum? Trotz seiner Prächtigkeit ist es nur ein Wald ...«

»Nur ein Wald!«

»Gewiß gibt es doch in den Städten der Menschen zahllose kunstvollere Amüsements und Abenteuer des Geistes als alles, was die bloße niedere Natur hervorbringen kann.«

»Einschließlich unseres gräßlichen Ausblicks?« sagte ich höhnisch.

»*Besonders* Ciudad Pallas mit den besten Labors, die es in der psychosomatischen Wissenschaft gibt«, sagte Guy, »denn wo sonst auf allen Menschenwelten kann man die ausgefallensten Bewußtseinszustände erleben und dabei noch etwas verdienen?«

Ich schluckte meinen Ekel und meine Wut herunter, denn an diesem Punkt war völlig klar geworden, daß es keine Hoffnung gab, Guy durch einen aufrichtigen Appell an seine ästhetischen Ansprüche zu überzeugen, Ciudad Pallas gegen das Bloomenveldt einzutauschen.

»Da, *mon cher* Dummkopf, *da!*« sagte ich, indem ich auf das Holo des Bloomenveldts deutete.

»*Da?*«

»*Naturellement,* Guy«, schnurrte ich ihm ins Ohr. »Was meinst du denn, wo all die Drogen herkommen, die du bereits probiert hast? Wenn du *Profit* aus einem Monopol auf die neuesten Substanzen schlagen willst, die aus den Forschungskuppeln kommen, dann wäre es doch das beste, alle zu übertrumpfen und zur Quelle vorzustoßen. Wenn du einen Bewußtseinszustand suchst, der noch nie in einem menschlichen Bewußtsein existierte, warum pfuschst du dann mit synthetischen Derivaten herum, statt die volle organische Vielfalt direkt zu erfahren? Ist irgend etwas, das die Sanatorien anzubieten haben, irgendein dummer Flirt mit dem Lader, amüsanter als *das?*«

»*Je ne sais pas ...*«, murmelte Guy nachdenklich. »Der erste zu sein, kühn einen Weg einzuschlagen, den noch kein menschlicher Geist betreten hat, und dabei unglaublich reich zu werden ...«

Und plötzlich strahlte er mich an. »Gut gesprochen, Geschichtenerzählerin, gut gesprochen, *ma chère* Gypsy Joker«, erklärte er überschwenglich. »Dein Herzenswunsch soll dir erfüllt werden, *y yo también,* denn *vraiment,* welches größere Abenteuer kann es für uns zwei freie Geister geben als die Höhenluft, die du eben vorschlägst!«

Selbst damals, so glaube ich, bemerkte ich, daß ich endgültig keine Unschuld vom Lande mehr war, als ich diesen ausgesprochen selbstsüchtigen Trick abzog. Denn ich konnte mir mit keiner geistigen Verrenkung ausreden, daß ich an das Beste appelliert hatte, das es in Guy Vlad Boca gab. Doch andererseits – appellierte nicht das

Leben in Ciudad Pallas mit tödlicher Perfektion an seine größten Schwächen?

Ich war nicht mehr das unschuldige, naive Mädchen, ich hatte meine erste Lektion in moralischer Differentialrechnung gelernt. Doch damals hatte ich natürlich keine Ahnung, wie bitter die Lektion noch werden sollte.

16

Auf dem Kontinent Bloomenwald gab es keine Hotels, nicht einmal einen primitiven Gasthof; die einzigen menschlichen Gebäude waren die Forschungskuppeln, die längs der Ostküste am schmalen Strand zwischen dem gewaltigen Wald und dem Meer lagen. Unterkünfte im Bloomenwald selbst oder in den Wipfel gab es natürlich nicht, denn einmal war der Waldboden ein düsteres Land in ewiger Nacht, in dem es von giftigen Pilzen und giftigen Reptilien wimmelte, zum anderen war das Bloomenveldt, obwohl ein Terrain, auf dem man sicher laufen konnte, kaum als Basis für architektonische Konstruktionen geeignet.

Glücklicherweise besuchten von Zeit zu Zeit ausländische Touristen den Bloomenwald, während die Einwohner Belshazaars – abgesehen von den Beschäftigten der Forschungskuppeln – den Kontinent völlig mieden, so daß es in den Kuppeln eine begrenzte Anzahl von Zimmern gab, vorausgesetzt, man war bereit, die unverschämt hohen Mieten zu bezahlen.

Man empfahl uns, unsere kleine Expedition vor dem Abflug auszurüsten. Da stets ein mildes Klima im Bloomenveldt herrschte, waren Zelte und schwere Kleidung überflüssig; sollten wir so dumm sein, uns so weit von der Kuppel zu entfernen, daß wir Hunger bekamen, mußten wir uns mit kalten Konzentraten begnügen, denn es wäre, vorsichtig ausgedrückt, eine Dummheit, in den Baumwipfeln ein Feuer zu entzünden. So enthielt unser Gepäck außer kalten Konzentraten und Feldflaschen nur noch drei Ausrüstungsgegenstände: einfache Signalgeber, falls wir uns verliefen, Gasmasken, die, wie wir erfuhren, absolut notwendig waren, und Schwebegürtel, mit denen wir die Schwerkraft aufheben konnten, um gefahrlos von Ast zu Ast zu hüpfen, ohne auf den Waldboden zu stürzen, falls wir die Landung verpaßten.

Guy, der sich sicher noch nie lange im Wald aufgehalten hatte, äußerte während dieser Vorbereitungen die üblichen Ängste des verwurzelten Stadtmenschen, doch da ich schon viele Expeditionen tief in den Bittersüßdschungel auf Glade unternommen hatte, konnte ich ihm versichern, daß ich eine *maestra* der Wälder sei, die in den entsprechenden Überlebenstechniken äußerst versiert war. Das glaubte ich wirklich, denn glich nicht ein Wald dem anderen, wenn auch der Bloomenwald ein besonders großer Wald war? Nur die Frage der Raubtiere hätte mich nachdenklich gemacht, doch die, sagte man uns, gab es nicht.

Binnen achtundvierzig Stunden hatten wir unsere Vorbereitungen abgeschlossen und das Suborbital-Shuttle bestiegen, denn sobald ich erfolgreich Guys Begeisterung ein neues Ziel gegeben hatte, steckte er seine Energien und sein Geld ebenso begeistert in das Projekt, wie er sie in seine früheren Beschäftigungen gesteckt hatte. Es gab keine Ausflüge zu den Sanatorien mehr, der Lader wurde nie wieder erwähnt, und unsere *passages d'amour* erreichten eine Häufigkeit und Dauer – um nicht zu sagen Pikanterie –, die zu einem gesunden Mann und einer gesunden Frau paßten, die zusammen ein großes Abenteuer vor sich hatten.

Über den Shuttleflug zum Kontinent Bloomenwald gibt es wenig zu sagen. Wir erhoben uns vom Shuttlehafen von Ciudad Pallas, als tauchten wir aus einem schlechten Traum auf, schwangen uns durch einen leeren blauen Himmel über einen gleichermaßen leeren Ozean, huschten am Rand des Weltraums durch sternbesetzte Schwärze und fielen durch eine lockere Wolkendecke, um auf einer sandigen Halbinsel zu landen.

Über unseren ersten Augenblick auf dem Kontinent Bloomenwald läßt sich *au contraire* eine ganze Menge sagen, denn wir befanden uns anscheinend in einer anderen Welt.

An der Spitze der Halbinsel, auf der wir gelandet waren, saß ein großer Kuppelbau, dessen Facetten im hellen Sonnenlicht blitzten und flimmerten wie ein Insektenauge. Auf der anderen Seite lief die Halbinsel in einen schmalen Strand aus, und dahinter erhob sich der Bloomenwald.

Für das ungeübte Auge erschien der Bloomenwald vom Strand aus wie eine gewaltige Klippe, und selbst ich, obwohl ich wußte, was ich sah, hatte Schwierigkeiten zu glauben, daß diese fünfhundert Meter hohe, braune, schwarze und dunkelgraue, grün bedachte Wand tatsächlich ein Waldrand war. Soweit das Auge in jede Richtung reichte, erhob sich diese Klippe über dem Strand. Sie wäre schon als geologische Formation beeindruckend gewesen, doch als endloses Dickicht aus lebenden Bäumen schien diese Klippe von so unbegreifbaren Dimensionen zu sein, daß selbst das geschulte Auge eine Weile brauchte, um die optische Täuschung aufzuheben.

Denn was wie eine massive Klippe aus lehmig brauner Erde wirkte, durchsetzt mit grauen und schwarzen Felsen, war in Wirklichkeit gar nicht so massiv. Die schlanken braunen Säulen erwiesen sich nach einem langen, zweiten Blick als mächtige Stämme gewaltiger Bäume, und die Formationen aus schwarzem und grauem Fels waren nichts weiter als die dunkleren Schattenlöcher dazwischen.

»Ist das amüsant genug, Guy?« konnte ich schließlich flüstern.

»Beängstigend ...«, murmelte er. »Ich kann mir gut vorstellen, warum sich da keiner reinwagt.«

Ich erschrak bei dem Gedanken. Denn unter dem Baldachin des Bloomenwalds lag ein gleichermaßen weites Schattenland in tieferer Dunkelheit, als sie eine wirkliche Nacht je hervorrufen konnte; der bloße Anblick des gewaltigen Saums reichte, um den Geist schaudern zu lassen. Und was die unangenehme Fauna anging, die dort herumschleichen sollte, so konnte man sicher sein, daß was immer an einem solchen Ort lebte, den Menschen nicht freundlich gesonnen war.

Doch schließlich waren wir hier, um die sonnenüberflutete Landschaft des Bloomenveldts hoch droben zu erforschen, und die Metaphysik dieses Bildes – ein Land des Lichts über dem Reich der Dunkelheit – überließ ich gern den Dichtern, während wir dem Land den Rücken kehrten und zur Forschungskuppel am Meer wanderten.

Obwohl ein Kuppelbau, besaß die Forschungsstation keinen zentralen Garten, und ebensowenig bot sie einen Ausblick auf den Waldrand. Statt dessen war das Innere durchgehend in drei Stockwerke unterteilt, deren Modulräume als Labors, Büros, Schlafsäle und so weiter angelegt waren; die meisten Fenster wiesen zum Meer hinaus.

Unser Zimmer war trotz der völlig überhöhten Miete nicht weniger spartanisch als der Rest des Hauses. Ein Bett, einen Schrank, zwei Nachttische, zwei unbequeme Stühle, eine Toilette, mehr Komfort gab es nicht. Die schmucklosen Wände waren in gedämpften Pastelltönen gehalten, der dünne Teppich in denselben blassen Farben. Zierpflanzen waren nicht vorhanden. Dies war eine *wissenschaftliche Station*, die ernsten Zwecken diente, und kein Ferienort; trotz der Tatsache, daß wir Wucherpreise bezahlten, waren wir hier nur geduldet.

Obwohl schon die Atmosphäre der Forschungskuppel – beziehungsweise das völlige Fehlen derselben – dies nur allzu deutlich machte, strich die Direktorin der Station, eine schlanke, silberhaarige Frau mit Namen Marlene Kona Mendes, dies noch einmal nachdrücklich heraus, indem sie uns bei einem ziemlich frostigen Begrüßungsessen im Refektorium mit spröden Worten zu verstehen gab, was sie von uns hielt.

»Wir befinden uns in einer Forschungsstation, die sich wichtigen

Dingen widmet, Sie werden deshalb bitte keine Wissenschaftler bei ihrer Arbeit stören oder die Labors betreten«, sagte sie, während wir ein schlichtes Mahl zu uns nahmen, das kaum besser war als die Konzentrate, die wir in Ciudad Pallas gekauft hatten. »Außerdem, wenn Sie so dumm sein sollten, sich im Bloomenveldt zu verlaufen, können Sie nicht erwarten, daß wir eine Rettungsexpedition aussenden. Wir haben nur etwa zwei Dutzend Mitarbeiter, und keiner von uns hat Zeit, verlorengegangenen *turistas* hinterherzurennen. Wir übernehmen kein juristische oder moralische Verantwortung für ihre Sicherheit, *comprend?*«

»Sie sprechen mit bewundernswerter Deutlichkeit«, sagte Guy trocken.

An diesem Essen nahmen noch zwei andere *turistas* teil, die ebenfalls Zimmer in der Station gemietet hatten. Omar Ki Benjamin war ein elegant gekleideter Bursche aus Calabiria mit einer ewig ironischen Miene. Er stellte sich als Sufi-Dichter vor, der hier eine Woche lang Inspirationen sammeln wollte. Sori Smit Jana war eine schweigsame Frau mit beunruhigend stechenden grauen Augen, die ihren Heimatplaneten und den Zweck ihres Besuchs im dunkeln ließ.

»Ich werde Ihnen den gleichen Rat geben, den ich allen Touristen gebe, wenn Sie ihn auch zweifellos ignorieren werden«, fuhr Marlene Kona Mendes mit einem offen mißbilligenden Ausdruck fort. »Erstens würde ich Ihnen raten, nicht tiefer als eine oder zwei Stunden ins Bloomenveldt zu wandern. Zweitens, was noch wichtiger ist, nehmen Sie niemals und unter keinen Umständen Ihre Gasmasken ab. Drittens, wenn Sie wirklich klug sind, was ich aber nicht ganz glauben kann, dann mieten Sie gegen eine zusätzliche Gebühr luftdichte Anzüge, die Sie völlig vor den Ausdünstungen der Flora schützen.«

Guy und ich wechselten einen verwirrten Blick. Sori blieb schweigsam wie zuvor. Omar lachte.

»*Vraiment*«, sagte er, »und beim Geschlechtsverkehr sollte man darauf achten, keinen Orgasmus zu bekommen. Und beim Weintrinken muß man kurz vor dem Rausch aufhören.«

Marlene Kona Mendes bedachte ihn mit einem giftigen Blick, doch irgend etwas in ihrem Ausdruck verriet mir, daß es ein oft wiederholtes Ritual war.

»Vielleicht interessiert es Sie zu hören, daß die Wissenschaftler, die so ernsthaft die Psychochemie des Bloomenveldts studieren, jede subjektive Erfahrung ihres Foschungsgegenstandes meiden«, sagte Omar. »Wenn sie wirklich einmal gezwungen sind, sich in die Baumwipfel zu wagen, dann tun sie das in vollem Kampfpanzer. Ob sie ihre *passages d'amour* ähnlich bekleidet erleben, *je ne sais pas*, aber *certainement* wäre es *klug*, denn soweit wir wissen, wimmelt der menschliche Körper vor Mikroorganismen.«

»Ist das wirklich so?« fragte ich die Direktorin erstaunt.

»Daß wir keine normalen Männer und Frauen sind?«

»Daß Sie sich niemals nackt in die Natur wagen, natürlich«, sagte ich.

»In der Tat. Wir sind Wissenschaftler, keine mystischen Libertinisten wie gewisse hier Anwesende.«

»Mea culpa!« erklärte Omar. *»Mea maxima culpa!* Insofern, als ich die extremsten Bewußtseinszustände, die das Universum unserer Art zu bieten hat, erfahren will, bin ich ein Mystiker. Insofern, als ich bei diesem Vorhaben kein Risiko fürchte, entfalte ich stolz das Banner der Libertinisten!«

»Gut gesprochen!« rief Guy.

»Vraiment?« sagte Marlene Kona Mendes trocken. »Warum kehren Sie dann jeden Abend in unsere bescheidene Gesellschaft zurück? Warum schließen Sie sich nicht jenen an, die benebelt durchs Bloomenveldt wandern? Warum bewerben Sie sich nicht um Aufnahme in die Gesellschaft der Bloomenkinder?«

»Ich bin ein mystischer Libertinist, kein Geisteskranker!«

»Wollen Sie damit sagen, daß im Bloomenveldt *Menschen* leben?« fragte ich.

»So ist es«, sagte Sori, indem sie zum erstenmal ihre Beredtsamkeit unter Beweis stellte. »Es gibt einige, die am Küstenstreifen, manchmal wochenlang, zwischen den Kuppeln auf und ab wandern. Solange sie das Meer in Sichtweite haben, können sie selbst ohne Maske immer noch die nächste erreichen. Und was Essen und Trinken angeht – das kann man im Bloomenveldt im Übermaß bekommen.«

»Aber wieviele Bewohner des Bloomenveldts noch *menschlich* zu nennen sind, das ist ein anderes Kapitel«, sagte Marlene Kona Mendes.

»Sie versucht Sie mit der Legende der Bloomenkinder einzuschüchtern«, sagte Omar.

»Ich meine damit jeden, der dumm genug ist, ohne Maske da hineinzugehen!«

»Anscheinend haben wir noch eine Menge zu lernen«, sagte ich. Die Rolle der unwissenden Zuhörerin bei einer Debatte, die bereits seit einiger Zeit im Gange schien, ging mir so langsam auf die Nerven.

»Der ewige Zustand des menschlichen Geistes, was?« sagte

Omar. »Ich möchte annehmen, daß ihr zwei darauf brennt, gleich morgen zu beginnen. Ich bin gern bereit, euch als Führer zu dienen.«

So begannen Guy und ich, sobald am nächsten Morgen die Sonne aufgegangen war, in Begleitung von Omar Ki Benjamin unseren ersten Ausflug ins Bloomenveldt. »Trotz meiner Witze auf Kosten unserer lieben Direktorin«, sagte er, als wir über die Landzunge zum Strand wanderten, »würde ich euch raten, zumindest für den Augenblick die Masken anzulegen. Der erste Eindruck ist auch so schon verwirrend genug.«

Als wir den Strand erreicht hatten, setzten wir die Halbmasken auf, die Nase und Mund bedeckten, ohne das Auge zu behindern. Wir trugen bereits unsere Schwebegürtel, und Omar unterwies uns in ihrem Gebrauch. Die Handhabung wirkte recht einfach; die einzige Kontrolle war ein Knopf, mit dem die Schwerkraftaufhebung zwischen 0.4 g, dem Normalwert von Belshazaar, und der höchsten Einstellung verändert werden konnte; letztere ergab eine negative Schwerkraft von 0.1 g, was bedeutete, daß man sanft nach oben schweben konnte. Aus Sicherheitsgründen wurde diese Stellung nach zehn Minuten automatisch aufgehoben, um zu verhindern, daß ein Benutzer, der aus irgendeinem Grund das Bewußtsein verloren hatte, aus der lebensspendenden Atmosphäre hinaustrieb.

Omar führte uns ein paar Dutzend Meter am Strand entlang. »Um der dramatischen Wirkung willen«, erklärte er uns. Von hier aus erschien der Bloomenwald nicht mehr als massive Klippe; vielmehr verkleinerte mich die Perspektive auf die Größe eines Insekts, das eine gewaltige Pflanzenwand hinaufblickt, so hoch, daß sie den Himmel verdunkelt. Wirklich, wenn ich in die tief beschatteten Gänge zwischen den monströsen Baumstämmen blickte, sah ich die bleichen, weißen Umrisse unappetitlicher Pilze, die auf dem lehmigen Waldboden wuchsen, und ich konnte sogar – jedenfalls glaubte ich es – das Huschen und Schnattern unsichtbarer Wesen hören.

»Auf, auf, meine Kinder!« rief Omar. »Von der Maja der Bodenkriecher in die erhabenen Höhen!«

Indem er es sagte, drehte er am Kontrollknopf des Schwebegürtels und begann aufzusteigen, einen Augenblick später folgten Guy und ich.

Wir trieben an der schattigen Front des Waldrandes langsam nach oben wie Mücken vor einer Höhlenmündung, die viel zu groß ist für ihre bescheidene Perspektive, oder wie Vögel, die sich vor einer

Front böser schwarzer Gewitterwolken emporschrauben. Dann, keinen Augenblick zu spät, erreichten wir die Ebene, wo der Baldachin der Baumwipfel begann und die dunkle, unheildrohende Weite der tieferen Bereiche dem gewelltem grünen Blattwerk wich, das vom hellen Morgenlicht strahlend betupft wurde.

Und dann, ganz plötzlich, hatten wir schließlich das Dach des Waldes überwunden und stiegen auf wie die Sonne im Osten, wie heimziehende Engel über Eden.

Es war eine Sache gewesen, das Bloomenveldt *en holo* zu sehen, doch ganz eine andere, es zum erstenmal in seiner wirklichen Größe zu erfassen. *Vraiment,* es war gewaltig, in *toto* und *en détail,* und doch war es eine Größe, die nicht etwa den Geist einschüchterte, sondern ihn vielmehr mit Entzücken füllte.

Die Morgensonne hinter uns beleuchtete in scharfen Licht- und Schattenwechseln die Winkel und Falten und Hügel eines grünen Teppichs, der endlos war wie der blaue Himmel darüber. Aus dieser Perspektive, ein paar Meter über der Oberfläche schwebend, erschienen die gewaltigen Blumen, die in wirrer Vielfalt heller Farben wuchsen, in der Nähe als isolierte Blüten auf dem grünen Hintergrund, doch wenn das Auge zum Horizont wanderte, schienen sie dicht das ganze Land zu bedecken. Jedes ellipsenförmige Blatt hatte die Größe von drei oder vier Beeten; sie wuchsen in dichten Büscheln auf gewaltigen Zweigen, die wiederum aus unglaublich dicken Ästen entsprangen, welche nur als angedeutete Umrisse unter dem fast gestaltlosen Blätterteppich lagen.

Das Ganze rollte und wellte sich leise in der sanften Brise mit einem seufzenden, rauschenden Klang, nicht unähnlich dem einer leicht bewegten See. Dieser Wind, der meine sonnenwarme Haut streichelte und mein Haar zauste, schien eine organische Verbindung zwischen meinem Körper und der lebenden, atmenden Landschaft der Baumwipfel herzustellen – ein Atem, den ich mit dem des Bloomenveldts zu teilen schien, der seinen Geist mit meinem einte.

Naturellement war es Omar, der als erster das Schweigen dieses ergreifenden Augenblicks brach. »Stellt eure Schwebegürtel auf ein Zehntel Schwerkraft und folgt mir, meine Kinder!« rief er, und sofort darauf trieb er hinab, bis er den Fuß auf ein gewaltiges Blatt setzen konnte. Seine Füße berührten kaum das Blatt, da warf er sich mit einem brüllenden Lachen wieder hoch in die Luft und beschrieb einen weiten, trägen Bogen, der ihn gut fünfzehn Meter weit trug, bis er abermals aufsetzte. Dann machte er gewandt kehrt und warf sich auf dieselbe Weise wieder zu uns zurück, um wie ein hüpfendes Insekt direkt unter uns zu landen.

»Kommt, kommt, wenn ein alter mystischer Libertinist wie ich frei durch die Baumwipfel springen kann, dann solltet ihr Kinder diese Kunst im Handumdrehen lernen können!«

Guy und ich wechselten einige Blicke, zuckten die Achseln, grinsten uns an, regelten unsere Schwebegürtel nach und entdeckten bald, daß er recht hatte. Es erinnerte an Sprünge auf einem Trampolin oder an ein Ballett in der Schwerelosigkeit. Ein großer Sprung erforderte bei dieser niedrigen Schwerkraft kaum Energie; bei der Landung verrenkte man sich nicht die Knöchel oder Knie, und das erhabene Gleiten dazwischen schien das ästhetische Äquivalent des Vogelflugs zu sein. Bald machten wir aus reiner Freude an der Sache luftige Kapriolen, drehten uns in Überschlägen und Lufträdern, wechselten plötzlich die Richtung, stießen uns mit den Händen ab, flogen rückwärts und landeten auf den Füßen.

»Ich werde müde, zwei so typische Bloomenkinder zu beobachten«, sagte Omar schließlich. »Sollen wir die Führung fortsetzen?«

Und das taten wir dann während der nächsten Stunden. Wir gewöhnten uns an die Anblicke, die Geräusche und das Gefühl des Bloomenveldts, wurden unter dem Schutz unseres mystischen, libertinistischen Führers vertraut mit dem Wunderland der Baumwipfel

Einerseits schien das Bloomenveldt überall gleich auszusehen, doch andererseits gab es nicht zwei gleiche Ausblicke. Hier in diesem luftigen Zauberland fanden sich keine geographischen Orientierungspunkte – nur ein endloses, rollendes, sich wiegendes Feld von Zweigen und Ästen, formlos und fließend wie die Wellen des Meeres. Das war die unterschiedslose Gleichartigkeit des Bloomenveldts.

Doch auf diesem grünen Meer trieb eine Fülle von Blumen, deren Gleichartigkeit nur in ihrer riesigen Größe bestand, denn sie schienen in einer atemberaubenden Vielfalt von Formen und Farben zu wachsen. Große gelbe Blüten in der Größe einer Tafel mit spitzen schwarzen Stacheln wie gußeiserne Speere. Sträuße violetter Glokken, jede mannsgroß, hingen von einem Zentralstamm herab. Karminrote, mit einer Flüssigkeit gefüllte Becher, groß genug, um uns als Badewanne zu dienen. Jeden Augenblick war eine größere Vielfalt gewaltiger Blüten zu sehen, als die Erinnerung behalten wollte. Die Früchte waren auf ähnlich verwirrende Weise verschieden; sie waren unter Blumen versteckt, hingen dazwischen an Stengeln oder verbargen sich in den Schatten, wo die Blattstiele den Zweigen entsprangen.

»Wie ist es möglich, daß ein solches Durcheinander verschiedener

Blumen auf Bäumen wächst, die nach den Blättern zu urteilen alle von der gleichen Art sind?« fragte ich Omar schließlich.

»Ich bin ein Poet, kein Botaniker«, gab er zurück. »Aber soweit ich gehört habe, produziert jeder der nach unseren Begriffen unglaublich langlebigen Bäume genetisch heterogene Blüten, die sich selbst gegenseitig befruchten, um mit der sich rascher entwickelnden Fauna im Bloomenveldt Schritt zu halten. Wie gewisse terrestrische Tiere sind die Bäume des Bloomenveldts Kollektivorganismen, zumindest genetisch gesehen.« Er zuckte die Achseln. »Leider ist das alles, was ich über derlei esoterische Dinge weiß.«

Die Fauna des Bloomenveldts floh vor unserer nicht gerade vorsichtigen Annäherung; wir konnten sie nur aus der Ferne als rasche, verschwommene Bewegungen sehen, die sich vor uns Eindringlingen zurückzogen.

Ich sah Trupps der braunfelligen Zweifüßer, die ich vom Holo kannte; sie drängten sich um blutrote, schwarzgestreifte Blüten. Die kleinen, schwarzen Fellwesen flatterten mit ihren Hautschwingen wie ein Vogelschwarm auf, wenn wir heranstolperten und sie dabei störten, wie sie mit langen Röhrenzungen Nektar aus den Tiefen blaßorangener Blüten saugten. Beinlose, schlangenähnliche Säuger mit einem diamantartig braun und grün gemusterten Pelz glitten ins Blattwerk davon, als wir uns einer Traube gewaltiger roter Boviste näherten.

Auch das Tierleben schien sehr artenreich; alle Tiere waren Säuger oder sahen wenigstens wie Säuger aus, alle wichen scheu zurück, wenn wir uns näherten, und alle schienen nicht mehr als zwei oder drei verschiedene Typen von Blüten aufzusuchen.

»*Vraiment*, jede Blütenart verströmt Duftstoffe, die ganz bestimmte Bestäuber anlocken, und versetzt den Nektar und die Früchte mit Alkaloiden, die den Gaumen derselben besonders munden«, erklärte Omar uns. »Wenn auch zu verschiedenen Zeiten oder in verschiedenen Phasen der Paarung, kann dasselbe Tier von verschiedenen Pflanzen angezogen werden, genau wie wir durch pheromonische Reize je nach Alter, Berauschung oder sogar der Mondphase von verschiedenen Partnern betört werden – denn auch im Reich der Chemie ist Abwechslung das halbe Leben, *no?*«

»Da wir gerade davon reden«, sagte Guy. »Wir haben gelernt, durch die Baumwipfel zu schweben und unser Auge an die Fauna und Flora zu gewöhnen – ist es nun nicht an der Zeit, die Gasmasken abzulegen und die geheimnisvollen Düfte, für die das Bloomenveldt berühmt ist, zu probieren?«

»*Quelle chose!*« sagte Omar grinsend. »Du willst doch wohl nicht sagen, daß du die nüchterne und kluge Warnung der Wissenschaft in den Wind schlagen und dich hemmungslos dem mystischen Libertinismus hingeben willst?«

»Beim Weintrinken hört Guy Vlad Boca nicht kurz vor dem Rausch auf«, informierte Guy ihn.

»Und du, meine schöne Dame?«

»Beim Genuß der sexuellen Vereinigung achtet Sunshine Shasta Leonardo nicht darauf, keinen Orgasmus zu bekommen«, erwiderte ich munter, um mich nicht ausstechen zu lassen, wenn auch nicht ohne ein gewisses ängstliches Zittern.

»Gut gesprochen, meine wahren Kinder des Glücks!« sagte Omar. »Und als Unterpfand meiner Wertschätzung für solchen Geist werde ich die Maske aufbehalten, um als eure Bodenkontrolle zu dienen, denn schließlich muß man sich erst daran gewöhnen.«

Und so nahmen Guy und ich die Masken ab, steckten sie in die Taschen und sprangen auf Omars Anweisung von dem Blatt, auf dem wir gestanden hatten, um in der Nähe einer Blüte niederzugehen, die aussah wie eine weite, runde Veranda aus samtenen, purpurnen Blütenblättern um eine hohe, röhrenförmige Säule, die mit köstlichen, krümeligen, rosa Pollen bedeckt war.

Köstlich? *Vraiment*, äußerst köstlich, denn meine Nase – genauer mein Kleinhirn – wurde gefüllt, überflutet, ganz verwandelt in einen Brennpunkt reinen Verlangens nach dem wundervollsten Aroma – komponiert aus der Kruste von gebratenem Fleisch und dem Geschmack schmelzender brauner Schokolade und einem Dutzend feiner Untertöne, die alles boten, was der Gaumen verlangte –, während zugleich mein Mund mit absoluter chemischer Gewißheit überzeugt wurde, daß das beste Werk des allerbesten *chief maestro* aller Welten verglichen mit diesem vollkommenen, rosa Ambrosia der reinste Fraß war.

Ich mußte nur das Gesicht in die Pollenmasse stecken, sie umarmen, volle Hände in den aufgesperrten Schlund schaufeln, und meine Geschmacksknospen würden in einem Orgasmus kulinarischer Ekstase explodieren –

»Mit äußerstem Nachdruck nicht zu empfehlen!« rief Omar, der mich mit nackter Gewalt zurückhielt, als ich versuchte, das Gesicht in die Pollen zu drücken. Dann riß er mit der anderen Hand Guy von einem ähnlichen Versuch zurück. »Springt, Kinder, springt!« befahl er und gab mir einen Tritt in den Hintern.

Es reichte, *vraiment;* nur dank Omars unsanfter Hilfe war ich in der Lage, von den Blütenblättern dieser wundervollen Blume zu springen. Im Sprung sah ich, wie Guy einer ähnlich groben Behandlung unterzogen wurde.

Ich hatte kaum die Geruchsaura der Blume verlassen, da wurde, was einen Augenblick zuvor noch das reinste, unschuldigste und natürlichste Verlangen der Welt war, als die bizarrste und garstigste Geschmacksverirrung enthüllt.

Wir drei kamen ein gutes Stück von den Blumen entfernt auf einem Blatt zu stehen. Guy und ich sahen uns verlegen an, als hätten wir uns gegenseitig bei einer sexuellen Handlung erwischt, die viel zu widerwärtig ist, um sie ernsthaft in Betracht zu ziehen.

»Achtet darauf, eine gewisse psychische Distanz zu euren chemischen Gelüsten zu wahren«, riet Omar uns. »Mit etwas Übung ist es möglich, die Effekte zu genießen, ohne völlig in ihrem Tropismus zu versinken. Vielleicht sollten wir als nächstes etwas Beruhigendes versuchen ...«

Unsere nächste Blume war eine gelbe Blüte wie ein gewaltiger, flaumiger Moosteppich, von dessen überhängenden Troddeln ein schwarzes Pulver rieselte. Der Duft erinnerte an einen reichen, tropischen Wind, der mir von den stillen Freuden eines süßen, langen Schlummers erzählte. Ich wollte nichts weiter, als mich auf die weiche Oberfläche legen und bewußtlos, mit Guy an meiner Seite, in die azurenen Tiefen des Himmels starren. Doch kaum hatte ich die gelben Blätter berührt, da wurde ich mit einem staubfeinen Regen schwarzer Pollen überschüttet, die im Sonnenlicht funkelten und meine Haut wie die sanfte Hand eines Geliebten berührten.

Minuten, Stunden oder eine Ewigkeit bewußtloser Vollkommenheit später wurde meine Nase von einem Gestank erregt, gegen dessen fäkalische Note der Gestank von verfaultem Fleisch wie Jasmin erschienen wäre. Das weiche Daunenbett der Blütenblätter unter meinem Rücken verwandelte sich plötzlich in ein Bett voller stachliger Höcker; ich sprang zitternd und mich windend ziellos in die Luft, um neben Omar auf einem Blatt zu landen. Einen Augenblick später war auch Guy da, der sich die Pollen vom Körper wischte, als wären es glühende Ascheflocken.

»Wie ich euch warnte«, sagte Omar, »muß man sich erst daran gewöhnen. Aber sobald ihr über die Eigenarten der verschiedenen Blumen Bescheid wißt, könnt ihr lernen, die Effekte zu eurer Freude zu nutzen, statt wehrlos ihren Zwecken zu dienen.«

Er deutete auf eine Traube strahlender, pinkfarbener Blüten, die etwa dreißig Meter entfernt waren. »*Die* solltet ihr allein ausprobieren«, sagte er. »Ich würde mich wundern, wenn ihr die Effekte nicht völlig angenehm fändet.«

Nicht ohne einen gewissen inneren Aufruhr – zumindest bei mir – sprangen Guy und ich zu einem pinkfarbenen Blättervorhang, der von durchsichtigen Blütenblättern wie von Baldachinen überragt wurde. Das hindurchfallende Sonnenlicht schien uns in ein sanftes, rosiges Feuer zu hüllen.

Tatsächlich erstreckte sich dieser rosige Schein weit über den Gesichtssinn und schloß Nase, Zunge, Gefühl und Sinne ein, wie ich es bisher noch nicht gekannt hatte; ich hatte kaum die verführerische Sphäre dieses Blumenboudoirs betreten, da wurde mein ganzes Wesen von einer gewaltigen Woge aus rosigem Feuer überflutet. Meine Augen sahen durch rosige Lichtbalken, meine Nase war mit rosigem Moschus gefüllt, sogar meine Ohren gewahrten eine Sphärenmusik, die irgendwie ein rosiges Mantra summte. Rosig war der Geschmack meiner eigenen Zunge, Guys Haut schien unter meinen Fingerspitzen einen rosigen Aspekt zu bekommen, und die Gesamtsumme aller meiner Sinne war eine rosig brennende Lust.

Und so vereinigten wir uns dort im rosigen Zwielicht mit der raschen und dunstigen Leidenschaft bewußtloser, unschuldiger Tiere, kunstlos, ohne Hemmungen, ohne Gedanken an Omar, sogar ohne uns des Aktes selbst wirklich bewußt zu sein.

Nachdem wir unsere Höhepunkte erreicht hatten, schien der Zauberbann im Wind zu zerfließen und hinterließ uns nur eine rosige Erschöpfung, in der wir uns zufrieden anstrahlten, ehe sich unsere Sinne so weit sammelten, daß wir uns wieder zu Omar gesellen konnten, der uns aus diskreter Distanz beobachtet hatte.

»Lust, Hunger, Erschöpfung, Durst und so weiter«, sagte er. »Es scheint, daß vom Standpunkt der Blumen aus diese einfachen Tropismen völlig ausreichen, um uns Säuger, die wir uns für die Krone der Schöpfung halten, zum gewünschten Verhalten zu veranlassen. Was heißen soll, wenn man eine Blume ist, braucht man nur gewisse Substanzen abzusondern, um sie zu entflammen, und man kann solche Wesen am Kleinhirn nehmen und dem einzigen Zweck dienen lassen, dem sie offensichtlich dienen, nämlich der Verteilung und Befruchtung der Pollen.«

Er lachte. »Wenn man allerdings ein mystischer Libertinist ist, dann kann diese Blumenlogik in den Dienst der Säugetiere gestellt werden.«

Omar lächelte uns nachsichtig an. »Da ihr nun euren Beitrag zur Entwicklung der Blumen geleistet habt, meine Kinder, wollen wir unsere Lektion abschließen, indem wir besagte Blüten noch einmal aufsuchen – diesmal aber in vollem Besitz unseres kritischen Bewußtseins, das uns von der natürlichen Fauna des Bloomenveldts unterscheidet.«

Und da er darauf bestand, folgten wir ihm. Wir kehrten zur Blüte der geschmacklichen Leidenschaft zurück und hielten uns im wundervollen Aroma des kulinarischen Nirwana auf, doch wir konnten dem unangemessenen Impuls, einfach alles zu verschlingen, widerstehen. Als wir die gelbe Blume aufsuchten, deren Parfüm uns zu träger Ruhe drängte, standen wir davor, inhalierten den wundervollsten Frieden, die wundervollste Gelassenheit des Geistes, ohne dem Drang nachzugeben, uns auf ihre Blütenblätter zu legen. Und als wir vor unserer rosafarbenen Blume der Leidenschaft standen, im vollen Bewußtsein der Effekte ihrer pheromonischen Verlockungen und durch unsere gerade abgeschlossene Übung erotisch gesättigt, konnten wir die Aphrodisiaka aus der abstrakteren Perspektive eines Connaisseurs genießen.

Schließlich begann die Sonne auf dem Bloomenveldt unterzugehen und tiefgrüne Schatten über die helleren Töne der Baumwipfel zu werfen, und wir setzten unsere Gasmasken wieder auf und machten uns in schwebenden Sprüngen zum tiefen Blau des Meeres am östlichen Horizont auf.

»Seht!« rief Omar, als wir uns auf einem Blatt zum nächsten Sprung bereitmachten. »Da kommt ein Wanderer!«

Weit im Norden, wohin sein Finger unsere Blicke wies, sah ich eine dunkle Gestalt, die ich zuerst für eins der Tiere des Bloomenveldts hielt. Sie sprang mehr oder weniger in unsere Richtung über die Baumwipfel. Dann erkannte ich, daß die Sprünge viel zu groß waren, um ohne Schwebegürtel ausgeführt zu werden, und erkannte einen Menschen, der sich näherte.

»Laßt uns einen Augenblick warten und sehen, ob wir mit ihm reden können«, schlug Omar vor. »Wenn das möglich ist, wird es vielleicht interessant. Wenn nicht, wird er es uns schon sagen.«

Ein paar Minuten später landete eine ziemlich bizarre Gestalt auf einem benachbarten Blatt: ein großer, pummliger, dunkelhäutiger Mann mit einer langen, fransigen, blonden Haarmähne. Sein Körper schien aus einem abgerissenen Umhang herauszuquellen, der mehrere Nummern zu klein war. *Vraiment*, er trug einen Schwebegürtel, doch nirgends war eine Gasmaske zu sehen; er hatte auch keinen Rucksack dabei. Seine Augen, obwohl sie vom physiologischen Standpunkt klar und gesund wirkten, schienen etwas von der alltäglichen Realität entrückt zu sein.

»Wir grüßen Sie, Wanderer«, rief Omar. »Ich bin Omar Ki Benjamin, und meine Gefährten sind Sunshine Shasta Leonardo und Guy Vlad Boca ...«

Der Mann starrte uns abwesend blinzelnd an, als versuchte er, sich an die Bedeutung solch höflicher Vorstellungen zu erinnern.

»Kommen Sie, mit wem habe ich die Ehre zu sprechen?«

Als Antwort verstärkte sich das Blinzeln.

»Sind Sie schon lange im Bloomenveldt?« fragte ich; doch seinem Äußeren nach war die Frage völlig rhetorisch.

»Der Aufgang der Sonne ... erwachen ... die Rufe der Blumen ... Essen ... der Untergang der Sonne ... Schlaf ...«, sagte der Mann zögernd, als handele es sich um kosmische Enthüllungen. »Der Kreislauf wiederholt sich ... das große Rad dreht sich ...«

»Wirklich«, sagte Omar. »Das habe ich auch schon beobachtet. Aber woher kommen Sie, und wohin gehen Sie?«

»Das große Rad dreht sich ... der Geist folgt seinem Karma, wie der Wind ihn weht ...«

»Zweifellos«, sagte Guy. »Aber würden Sie so gut sein, uns zu erklären, woher Sie der Wind geweht hat ...?«

Der Wanderer schien sich große Mühe zu geben, tief darüber nachzudenken. Schließlich deutete er nach Westen, dann schwang er zögernd den Finger in einem Bogen von Westen nach Nordwesten herum, bis er schließlich mehr oder weniger nach Norden die Küste hinauf deutete.

»Wenn ich eine Übersetzung versuchen dürfte ...?« erbot sich Omar. »Sie kommen aus einer Forschungskuppel irgendwo oben an der Küste und sind unterwegs ins Inland abgebogen?«

Der Bursche nickte einigermaßen begeistert und sprach dann wie durch geistige Nebelschleier, die sich zumindest etwas gelichtet hatten. »Forschungskuppel ... *oui* ... vor einigen Wochen ... *yo* Psychoanthropologe ... Meade Ariel Kozuma ... ist das nicht mein Name ...?«

»Sie sind Psychoanthropologe und heißen Meade Ariel Kozuma«, sagte ich fest; ich hatte seine Sprechweise verstanden. »Sie haben vor ein paar Wochen eine Forschungskuppel an der Küste verlassen ... für eine Felduntersuchung? Um die zu studieren ... die durchs Bloomenveldt wandern?«

Er schüttelte den Kopf. »Nein ... nicht die Wanderer ... *Stämme* ...« Er deutete erregt nach Westen.

»Im Innern des Bloomenveldts leben ganze *Stämme von Menschen?*« rief ich.

Er nickte. »Edle Blumen ... höhere Formen ... Stämme ... ohne Maske ... eins mit den Blumen ... Prinzip der subjektiven Forschung ...«

»Alors!« rief Omar. »Wie *weit* sind Sie nach Westen gegangen?«

Meade Ariel Kozuma brachte ein recht menschliches Achselzukken zustande. »Wo die Blumen eins sind mit den Menschen ... evolutionäre Symbiose ... nicht wie hier ...«

»Merde!« rief Omar. »Als nächstes werden Sie noch behaupten, Sie hätten den Duftgarten der Bloomenkinder besucht.«

Der ehemalige Psychanthropologe beschwor den Geist dessen, was zweifellos einmal ein skeptisch verzogener Mundwinkel gewesen war. »Legende«, sagte er. »Nur Geschichten.«

Die Sonne war schon fast untergegangen, die Schatten vertieften sich, und ein kühler Wind vom Meer wiegte die Kronen der gewaltigen Bäume. »Wir sehen besser zu, daß wir in die Kuppel kommen«, ermahnte Omar uns. Dann wandte er sich noch einmal an Meade Ariel Kozuma. »Wollen Sie uns zurück in die Menschenwelten begleiten?« bot er an.

Der Psychoanthropologe schüttelte heftig den Kopf. »Das große Rad dreht sich ...«, sang er. »Die Rufe der Blumen ... die Sonne geht unter ...« Dann sprang er plötzlich vom Blatt herunter und verschwand mit großen, langsamen Sätzen im Bloomenveldt, der Sonne entgegen wie ein Stein, der von einem geschickten Riesen geworfen über die Oberfläche eines unglaublich großen Teichs hüpfte.

»Die meisten sind so wie er«, sagte Omar beiläufig. »Einige etwas verständlicher, andere weniger.«

»Gibt es *viele* solcher Wanderer im Bloomenveld?« fragte ich.

Omar zuckte die Achseln. »Man sieht sie ab und zu.«

Guy starrte mit seltsam abwesender Mine nach Westen in den Sonnenuntergang. »Stämme im Inneren ...«, murmelte er leise. »Höhere Formen ...? Bloomenkinder ...? Der Duftgarten ...?« Er wandte sich an Omar und sagte schärfer: »Existieren diese Dinge wirklich?«

»Einige können wohl wahr sein, der Rest ist ein Märchen«, erwiderte Omar. »Die Menschen besuchen das Bloomenveldt seit Jahrhunderten, *no*, und einige wandern, wie unser benebelter Freund, zweifellos davon und werden nie wieder gesehen. Mit genügend Glück und Zeit kann man glauben, daß einige sogar überleben und Nachkommen haben, Stämme künstlicher Wilder sozusagen, im Bloomenveldt geboren. Man hört manchmal solche Geschichten, aber ihr habt ja gesehen, wie unzuverlässig ihre Erzähler sind.«

»Sind diese Stämme die sogenannten Bloomenkinder?«

Omar lachte. *»Non«*, sagte er. »Die Bloomenkinder sind Sagengestalten, und die Sage wird von den hypothetischen Stämmen diesen benebelten Wanderern erzählt, die ihrerseits mit Leuten wie uns plaudern. Mythische, unbekannte Wesen also, Bürger des Duftgartens, ein Xanadu tief im Innern des Waldes, wo die Erleuchteten in nirwanischer Vollkommenheit mit den Blumen leben.«

»Glaubst du, daß ein solcher Ort wirklich existiert?« fragte Guy atemlos und feierlich, beinahe flüsternd.

»*Vraiment*«, sagte Omar, »genau wie Xanadu und Oz und das Paradies.« Er tippte Guy belustigt auf den Kopf. »Da drin!«

Er starrte unbehaglich nach Westen, wo die Sonnenscheibe längst den Horizont berührte. »Laßt uns nicht mit weiteren Diskussionen des Unergründlichen die Zeit verschwenden.« Und damit sprang er in Richtung Meer davon.

»Wir müssen uns intensiver damit beschäftigen«, sagte Guy scharf. »*Viel* intensiver.«

»Es ist nur eine Legende, Guy.«

»Die Bloomenkinder und der Duftgarten vielleicht«, sage Guy mit einem verträumten, doch sehr entschlossenen Augenausdruck. »Aber die Stämme im Innern könnten existieren, und deshalb kann man darüber nachdenken, was das Bloomenveldt bietet, um Menschen wie sie zu halten ...«

»Wie können Menschen, die nicht einmal von der Existenz der Menschenwelten wissen, je in Versuchung kommen, in sie zurückzukehren?« spottete ich.

»Ah, aber *Meade Ariel Kozuma* war ein *Wissenschaftler* in den Menschenwelten, und dennoch schlug er unser Angebot, ihn zu retten, ab. Warum findet *er* es hier amüsanter als all die besonderen Freuden unseres Zweiten Raumfahrenden Zeitalters?«

Nach all den Wochen im großen, künstlichen Edoku, nach der nach innen gewandten Realität der *Unicorn Garden* und besonders unmittelbar nach unserem Aufenthalt im abstoßend häßlichen Ciudad Pallas war ich froher, als ich mir hätte vorstellen können, endlich wieder unter freiem Himmel in einem völlig natürlichen Reich zu sein, ganz zu schweigen davon, daß ich einem Vogel gleich durch eine so exotische und schöne Gegend flog wie das Bloomenveldt. Während der nächsten fünf Tage verbrachten Guy und ich – zunächst in Gesellschaft Omars, später *à deux* – die hellen Stunden damit, in den Baumwipfeln herumzutollen, die Düfte der großen Blumen zu probieren und uns unter deren Einfluß häufigen und überwiegend höchst genußreichen tantrischen Übungen hinzugeben.

Doch Guy wurde die unmittelbar verfügbaren Amüsements bald leid; nachdem er die verschiedenen psychotropen Absonderungen der Blumen dieser Gegend mit dem üblichen Eifer studiert hatte; begann er mit der Idee zu spielen, in die tieferen Geheimnisse des Inneren einzudringen.

Das erste Symptom dieser fixen Idee trat auf als völlig uncharakteristisches wissenschaftliches Interesse an der genetischen Ökologie des Bloomenveldts und an der Geschichte der menschlichen Stämme darin. Schier endlos befragte er die Wissenschaftler der Forschungskuppeln über diese Dinge, getarnt als vorgeblich ernsthafter Student.

Wenn es um die Frage der Stämme im Innern ging, so wußten die Forscher entweder nichts oder waren absichtlich zurückhaltend oder beides, als versuchten sie, etwas zu verbergen – vielleicht sogar vor sich selbst.

Ich war bald überzeugt, daß das Bloomenveldt ein Übermaß von Früchten, Nektar und Pollen bot, von dem Angehörige unserer Art gut leben konnten, und nicht einmal Marlene Kona Mendes versuchte zu leugnen, daß über die Jahrhunderte eine große Zahl von Dummköpfen ins Innere gewandert waren und nie wieder von zivilisierten Augen gesehen wurden. Ebensowenig wurde abgestritten, daß die, die möglicherweise deren Nachkommen waren, von Forschungsteams gesehen worden waren, die sich mit Anzügen geschützt auf der Suche nach biochemischen Proben tiefer ins Bloomenveldt gewagt hatten. Doch diese neuen Wilden flohen stets, wenn sich zivilisierte Menschen näherten; und wie die Fauna der Baumwipfel, mit der sie zweifellos mehr gemein hatten als mit zivilisierten Menschen, waren sie recht geschickt darin, einer Gefangennahme in ihrem eigenen Terrain zu entgehen.

»Kurz gesagt«, erklärte die Direktorin in einer Weise, die offenbar unterstreichen sollte, daß dies ihr letztes Wort zu der Angelegenheit war, »kann es nicht mehr als eine verstreute Handvoll solcher Kreaturen geben; sie sind kaum von wissenschaftlichem oder wirtschaftlichem Interesse. Der Aufwand und das Risiko einer wissenschaftlichen Studie dieser Kuriositäten überwiegen bei weitem jeden Vorteil, den wir daraus ziehen könnten.«

Wenn es jedoch um die Gegenstände ihrer Forschungen ging, waren die Wissenschaftler mehr als bereit, ihre Weisheit in unendlicher Ausführlichkeit begierigen jungen Menschen darzustellen, die ein respektvolles Interesse oder eine geschickte Simulation desselben zeigten.

Es gab unter ihnen einige Unstimmigkeiten darüber, ob die Blumen Organe des Baumes waren, auf dem sie wuchsen, oder ob es sich um Symbionten einer anderen Art handelte, wenn es mir auch letzten Endes schien, daß diese Frage nur ein Streit um Worte war, denn funktionell gesehen waren sie keins und beides.

Die großen Bäume des Bloomenveldts waren so langlebig, daß

man sie vom menschlichen Standpunkt aus ohne weiteres unsterblich nennen konnte. Der Bloomenwald bedeckte den ganzen Kontinent, deshalb war die Reproduktion der Bäume nur dann nötig und möglich, wenn – was nur selten vorkam – Krankheiten oder eine Katastrophe Lücken in den nahtlosen Baldachin schlugen. Experimente hatten gezeigt, daß bei solchen Gelegenheiten die Blumen der benachbarten Bäume Samen auf den Waldboden fallenließen, die zu Schößlingen heranwuchsen. Außerdem stand fest, daß die Blumen direkt aus den Ästen der Bäume wuchsen und sich von deren Saft ernährten. Weiterhin waren Bäume und Blumen genotypisch so identisch wie Guy und ich, was heißen soll, daß Chromosomenzahl und genetische Hardware dieselbe waren.

Doch die Blumen jedes Baumes waren, was die Software betraf, genetisch so unterschiedlich wie die Bürger einer menschlichen Stadt; sie befruchteten sich untereinander, was von Generation zu Generation immer wieder neue Variationen hervorbrachte, als wären sie unabhängige Organismen. Die Entwicklung der Fauna im Bloomenveldt geschah sprunghaft und nicht kontinuierlich, deshalb war der Wald ein bodenloses Füllhorn neuer Psychotropika, denn diese entstanden als Reaktion auf die intime Beziehung der Blumen zu den Säugern, die sie befruchteten. Und ebenso steuerten die Bäume, obwohl sie sich nur selten vermehrten, einen Gen-Pool mit reichen Varianten bei.

Warum waren solche genetischen Geheimnisse für Guy Vlad Boca, der noch nie in meiner Gegenwart ein wissenschaftliches Interesse an irgend etwas – außer der Vielfalt menschlichen Amüsements – aufgebracht hatte, so interessant?

»Verstehst du es nicht, Sunshine?« sage er, als ich ihn *en boudoir* nach seiner plötzlichen Leidenschaft für das genetische Grundlagenstudium fragte. »Entweder lügen uns diese Leute einfach an, oder es gibt eine Wahrheit, die ihre kleinen Geister aus Angst nicht bewußt erkennen wollen.«

»Wie das?« fragte ich.

»Das Ziel ihrer Forschungen ist es, aus dem Wald neue Psychotropika zu gewinnen, oder? Und diese, das geben sie ja zu, werden von den Blumen des Waldes als Reaktion auf ihre Bestäuber produziert, *no?*«

»Das ist klar, aber –«

»Und doch geben sie vor, kein Interesse am Studium der menschlichen Stämme im Inneren zu haben! *Die seit Generationen ohne Masken eng mit den Blumen zusammenleben!* Edle Blumen ... höhere Formen ... hat nicht der Wanderer von solchen Wundern gestammelt, die im Innern zu finden wären?«

»*Vraiment*«, sagte ich zweifelnd, »aber wenn man seinen Geisteszustand berücksichtigt, muß man dann nicht ein gutes Stück als Übertreibung abziehen?«

»Zweifellos«, stimmte Guy zu, »doch wenn man die Quelle der Geschichten und den Stil berücksichtigt, in dem sie geleugnet werden, soll heißen, unsere dumpfen Geister, die sich, ohne ihre Wahrnehmungen mit luftdichten Anzügen zu blockieren, nicht einmal zum Rand des Bloomenveldts wagen, muß man genauso ein gutes Stück wegen geistiger Verstopfung abziehen.«

»Wie die Wissenschaftler der Sanatorien und Labors in Ciudad Pallas …«, murmelte ich. »*Vraiment*, auf diesem Planeten scheint sich die Wissenschaft von einer mutigen spirituellen Suche nach Wahrheit und technischem Fortschritt zugunsten engstirnigen Profitstrebens verändert zu haben.«

»Wie dem auch sei, es ist völlig klar, daß gerade die größten Möglichkeiten für finanziellen Profit im eifrigen Studium der Stämme des Inneren liegen. Denn da es anscheinend keine böse Bannkraft gibt, die diese Bloomenkinder davon abhält, in die Zivilisation zurückzukehren, müssen sie sich *entschieden* haben, in den Tiefen des Waldes zu bleiben, weil –«

»Weil sie das Bloomenveldt *amüsanter* finden als die Menschenwelten?«

»Ich hätte es selbst nicht besser sagen können«, sagte Guy trokken. »Und was glaubst du, finden sie amüsanter? Gewiß ist es weder die *haute cuisine* noch sind es Theatervorstellungen oder intellektuelle Gespräche …«

»Mächtige Drogen!«

Guy strahlte mich an wie ein Idiot. »Seht gut, setzen, *ma chère*«, sagte er mit unheimlicher Freude.

»Aber wenn es so ist, warum wollen dann die Wissenschaftler der Forschungskuppeln nicht die Blumen und Stämme im Innern studieren?«

»Warum die luftdichten Anzüge?« sagte Guy verächtlich. »Warum den ganzen Kontinent Pallas entlauben? Weil sie wie Eunuchen sind, die das Tantra studieren! Weil, wie Omar ganz richtig sagte, ihnen der spirituelle Mut des mystischen Libertinisten fehlt! Fürchten nicht alle Menschen die Konfrontation mit Seinszuständen, die zu umfassen ihrem Geist die Größe fehlt? Und so ist hier eine goldene Chance für wahre Kinder des Glücks wie uns, die nicht die unbekannten Reiche des Geistes fürchten, sondern denselben mit offenem Herzen entgegentreten!«

»Guy, du willst doch wohl nicht andeuten, daß wir –«

»Ich will gar nichts andeuten, ich folge nur deiner edlen Führung, Liebchen«, schmeichelte Guy. »Denn warst nicht *du* es, *chère* Sunshine, die so richtig erklärte, daß wir im Bloomenveldt das große Ziel verfolgen könnten, Bewußtseinszustände zu erreichen, die dem menschlichen Gehirn bisher noch unbekannt waren? Und daß wir uns bereichern könnten, indem wir die Substanzen, die sie erzeugen, vermarkten?«

»Aber aus den Tiefen des Bloomenveldts ist noch niemand zurückgekehrt; jedenfalls sagt man das.«

»Allerdings. Und nun stell dir vor, was der gewinnen kann, der die erste erfolgreiche Expedition ins Innere des Waldes unternimmt und mit besonderen Früchten zurückkehrt.«

»Stell dir vor, was bei einem Fehlschlag des Unternehmens passierte!«

»Hast du mir nicht oft genug von deiner Meisterschaft in der Kunst des Überlebens im Wald erzählt?« sagte Guy. Und wirklich, um die Wahrheit zu sagen, ich hatte mich vielleicht stärker als eine Diana des Dschungels dargestellt, als die paar Wochenenden im harmlosen Wald von Glade rechtfertigten.

»Und alles in allem sind wir keine mystischen Libertinisten, du und ich«, drängte Guy. »Wahre Kinder des Glücks sind wir und Abenteurer des Geistes, mehr als bereit, alles zu riskieren, um alles zu gewinnen.«

Was sollte ich auf eine solche Herausforderung entgegnen? Einerseits konnte ich kaum den Geist in mir verleugnen, der darauf bestanden hatte, sich dem großen Edoku zu stellen, aller Weisheit und allen praktischen Ratschlägen meiner Eltern zum Trotz; der Geist, der mich wider alle Weisheit der öffentlichen Bedürfnisanstalten zu den Gypsy Jokern gebracht hatte, der durch eine List das Herz Pater Pans gewonnen hatte und der mich mit diesem tapferen und tollkühnen Geliebten hierher gebracht hatte, an den Rand eben jenes Abenteuers, das er vorschlug.

Andererseits wußte ein Teil von mir mit der Nüchternheit des von der Leidenschaft getrennten Intellekts, daß sein Vorschlag nicht nur gefährlich, sondern nahezu wahnsinnig war.

»*Vraiment,* mein Geist ist willig, doch meine Vernunft sagt mir, daß ein solches Unternehmen ziemlich verrückt ist«, erklärte ich aufrichtig.

Doch eine solche Ambivalenz war noch nie Guys Stil gewesen noch brachte ihn meine Unentschlossenheit aus der Fassung. »An einem solchen Punkt«, verkündete er großartig, »muß man auf ein Zeichen warten, um Vernunft und Geist in Einklang zu bringen.

Und aus meiner augenblicklichen Perspektive bin ich äußerst zuversichtlich, daß es kommen wird.«

Und es kam – zwei Tage später am Spätnachmittag. Wir lagen bei einem großen Kreis fleischroter Blütenblätter, die einen hellgrünen Stempel umgaben, dessen Spitze in einem überhängenden Baldachin aus feinen, im Wind bewegten Staubfäden auslief. Von ihnen rieselten klebrige, harzige Pollen herunter. Wir waren weit genug entfernt, um nicht bestäubt zu werden, doch nahe genug, um die duftende Aura aufnehmen zu können.

Der Zustand, der vom schweren, schwülen Geruch des Parfüms hervorgerufen wurde, schien völlig zu unserer Stimmung zu passen. Die noch helle Sonne am westlichen Horizont wärmte unsere Glieder, während sie wabernde und langsam länger werdende, gesprenkelte Schattenmuster über die windbewegten Kronen der gewaltigen Bäume warf. Das Blatt, das uns als Lager diente, wiegte uns wie eine große, von einem Waldgeist bewegte grüne Wiege in einen hypnotischen Halbschlaf – ein Geist, dessen Atem wir im Geflüster der Brise in den Ästen und Blättern hörten. Leer im Bewußtsein und erfüllt im Geist, am Rande des Schlafes treibend, wo ziellose Gedanken sich in surrealistische Traumbilder verwandelten, blickte ich in einen blauen Himmel hinauf, der auf perfekte Weise die glückselige himmlische Leere meines Geistes spiegelte.

Vraiment, schließlich nahm ich an, daß ich tatsächlich den köstlichen Rand dieses hypnotischen Zustandes verlassen und ins Reich des Schlafes getrieben war, denn aus dem schläfrigen Nebel gerann aus den Träumen ein Bild ...

Ein menschliches Gesicht wie dieses bekommt man in unserem Zweiten Raumfahrenden Zeitalter nicht oft zu sehen: das Antlitz eines alten Mannes, faltig und runzlig, gekrönt von einer Haube aus langem, dünnem, weißem Haar. Das Gesicht eines Mannes im letzten Jahr seines Lebens, wenn die Kunst der Heiler, die die Lebenskraft dreihundert Jahre bewahrte, ganz plötzlich versagt und dem Gesicht die Maske der Sterblichkeit überstreift, um den nahen Tod zu begrüßen.

Doch seltsam, es waren die klare Ruhe des Geistes und der Friede des Herzens, den die verdorrten Lippen und die ungetrübten braunen Augen ausdrückten, was mich überzeugte, daß ich das Reich des normalen Bewußtseins verlassen hatte.

Dann sprach das Gesicht und zerstörte die Illusion des Traums, wenn auch nicht die schläfrige, schwebende Stimmung.

»Darf ich eine Weile euer Blatt mit euch teilen, *mes amis?*«

Ein alter Mann kauerte sich neben uns auf das Blatt – nicht nur nackt, was Kleidung anging, sondern auch ohne Schwebegürtel und Gasmaske.

»Bist du ein Bloomenkind des Waldes?« fragte Guy mit einer Stimme, deren hellwache Neugierde durch die Stille des Blumenduftes bizarr gedämpft wurde.

Der alte Mann lachte, es klang glücklich und melodisch; jedenfalls schien es so. »Noch nicht«, sagte er.

»Du bist kein nackter Stammesangehöriger, der gerade aus den Tiefen des Waldes erschienen ist?« fragte ich ähnlich verträumt.

»Au contraire«, sagte der alte Mann. »Ich gehe nackt, um meinen Geist mit dem Bloomenveldt verschmelzen zu lassen, bevor er diesen todgeweihten Körper verläßt.«

»Dann bist du ein Pilger, der zum Sterben ins Bloomenveldt gekommen ist?«

Abermals lachte der alte Mann, reizend und ohne eine Spur Ironie oder Furcht. »Sterben kann man in jeder Umgebung«, sagte er. »Nur den *Stil* des Übergangs vom sterblichen Reich und den Bewußtseinszustand in diesem Augenblick kann man wählen. Was mich angeht, ich wählte das Bloomenveldt für meinen Tod, weil man hier nicht in Furcht scheiden muß, sondern in einem Zustand der Erleuchtung – in den liebenden Armen dieses gewaltigen Waldes.«

»Kennst du das Bloomenveldt gut?« fragte Guy scharf, bemüht, seine Schläfrigkeit abzuschütteln. »Bist du mit den Geheimnissen seines Herzens gut vertraut?«

»Vor einem Jahrhundert kam ich als Wissenschaftler her, um den Wald in den Forschungskuppeln zu studieren. Doch etwas bewegte meinen Geist, meinen luftdichten Anzug abzulegen, Gasmaske und Schwebegürtel abzustreifen und tief ins Innere vorzudringen, bis ich wußte, daß ich hierher kommen würde, wenn mein Tod nahte. Was die Geheimnisse im Herzen des Bloomenveldts angeht – die werden immer ein Geheimnis für jene bleiben, die fürchten, der Atem seines Atems zu werden. Und in jenen Tagen war ich so einer.«

»Du bist ins Innere gereist und hast überlebt, um die Geschichte zu erzählen?« fragte ich ebenso scharf wie Guy, denn wenn dem so war, welches bessere Zeichen hätte uns das Schicksal geben können?

Der Alte tat die Größe dieser Leistung mit einer unbestimmten Handbewegung ab. »Wenn man die Menschenwelten nie wirklich hinter sich läßt, wie kann man dann anders, als in sie zurückkehren?« sagte er. »Ich meine damit, daß den, der mit einer Maske geht, nichts davon abhält, durch die Wunder und die Pracht des Bloomenveldts zu wandern, ohne sich von ihnen beeindrucken zu lassen. Der gut ausgerüsteten *turista* erfährt weder physische Gefahr noch spirituelle Erhebung. Um beides zu meistern, muß man die Gasmaske der Zivilisation ablegen und sich den Blumen hingeben.«

»Doch selbst maskiert hast du genug erfahren, um zu wissen, daß dein Geist seine letzte Reise hier antreten wollte ...«, sagte Guy.

»In der Tat, mein junger Freund«, erwiderte der alte Mann. »Denn während ein junger Geist viel verlieren kann, wenn er sich dem Wald hingibt, kann ein alter Geist, der bald gezwungen wird, seine alte Wohnstatt aufzugeben, nur das erleuchtete Ende erlangen.«

»Und was hast du vor so vielen Jahrzehnten erfahren, das dich überzeugte, eine solche letzte Reise machen zu müssen?« fragte ich leise.

»Das Bloomenveldt lebt!«

»Kaum eine Enthüllung von verblüffender Größe«, konnte ich mich nicht enthalten, ironisch-nüchtern festzustellen.

»Es lebt wie du oder ich, mein Kind«, sagte der alte Mann. »Im Besitz einer genetischen Intelligenz – eines intelligenten Geistes, den er als Geschenk vom Menschen erhielt. Millionen Jahre lang schlummerte der Wald mit seinen bewußtlosen Bäumen, produzierte Substanzen, um die bewußtlosen Bestäuber zu manipulieren. Doch dann kam unsere Art nach Belshazaar, und über die Jahrhunderte wanderten intelligente Wesen immer wieder in den Wald hinaus; seit jener Zeit hat sich der Wald in Symbiose mit dem Menschen entwickelt. Tief im Bloomenveldt im Land der Bloomenkinder haben die Blumen Pheromone und Alkaloide entwickelt, die nicht etwa beschränkte Säuger anlocken sollen, sondern unseren eigenen intelligenten Geist. Wie wir dem Wald die Gabe des Bewußtseins brachten, so gibt uns das Bloomenveldt Psychotropika, die eben aus diesem chemischen Empfinden entstanden, um uns mit den höchsten Reichen des Bewußtseins zu belohnen, die es uns im Augenblick zu schenken vermag. Eine wahre Symbiose, ein gerechter und lohnender Austausch zwischen unseren beiden Arten.«

»Der Duftgarten ...«, keuchte Guy. »Wo Menschen und Blumen symbiotische Vollkommenheit erreicht haben. Wo der Entwicklung der Blumen und Menschen die Verschmelzung gelungen ist. Wo nirwanische Transzendenz aus der Chemie des Gehirns selbst entsteht.«

»So sagt man«, erklärte der Alte. »Und so suche ich dieses Reich des Geistes, da die physikalische Grundlage desselben vergeht.«

»Mögest du finden, was du suchst«, sagte ich ihm mit weitem Herzen.

»*Y tu tambien.*«

Und damit erhob er sich und verschwand mit langen, wenn auch etwas zittrigen Schritten, in der Tiefe des Bloomenveldts, im rosigen Dunst der Dämmerung, in den tiefen Geheimnissen, aus denen noch kein Mensch zurückgekehrt war, um die Geschichte zu erzählen.

Als er wie ein verblassender Geist verschwunden war, verließen Guy und ich die Blume, auf der er erschienen war, und diskutierten auf einem anderen Blatt, was wir im Duft des Parfüms erfahren hatten.

»War das nicht ein Zeichen, das zu deinem Bewußtsein und deinem Geist gesprochen hat, Sunshine?« fragte Guy. »Gibt es nun noch etwas, das uns davon abhalten könnte, ins Herz der Dinge zu reisen? Wirst du mich jetzt auf der Suche begleiten, auf der wir alles gewinnen können, da du erfahren hast, daß wir in Wirklichkeit nichts riskieren? Nun, da du mit diesem Geist von allem, was es zu gewinnen gibt, gesprochen hast?«

Und wirklich, so war es. Nichts hielt uns zurück.

»Laß uns früh am Morgen aufbrechen«, sagte ich munter, »damit meine Entschlossenheit nicht im kalten, klaren Licht des Tages schwindet.«

17

Als sich am nächsten Morgen Belshazaars Sonne über dem Bloomenveldt erhob, waren wir unterwegs – ausgerüstet mit Schwebegürteln, Gasmasken, Behältern zum Sammeln der Blumenessenzen, einem Monatsvorrat an Konzentraten; und der Sicherheit, die wir durch die Erscheinung des vorangegangenen Nachmittags hatten, sowie mit einem Plan, der uns narrensicher schien.

Wir wollten fünf Tage gerade nach Westen ins Innere vorstoßen. Bei der Geschwindigkeit, die wir vorlegen konnten, wenn wir zwischen den Baumwipfeln sprangen, sollte das reichen, um einige hundert Kilometer weit ins Bloomenveldt vorzudringen, und wenn wir nach fünf Tagen keine Menschen sahen, dann konnte man mit einiger Berechtigung sagen, daß die Mystiker, Libertinisten oder andere sich irrten und daß die Wissenschaftler, so kleingeistig sie waren, recht hatten damit, daß es keine nennenswerte menschliche Bevölkerung gab.

An diesem Punkt wollten wir dann einfach umkehren und in die Richtung zurückgehen, aus der wir gekommen waren. Selbst ohne Funkgeräte bestand kaum Gefahr, daß wir uns verirrten, denn gen Sonnenaufgang lag die Küste, und wenn man ihr in einer beliebigen Richtung höchstens zwei oder drei Tage folgte, stieß man unweigerlich auf eine Kuppel.

Die einzige Gefahrenquelle schien der Geist zu sein, denn wir kannten den Zustand der Verwirrung, der sich einstellen konnte, wenn man ungeschützt durchs Bloomenveldt wanderte, dank der entsprechenden Lektion von Meade Ariel Kozuma sehr genau. Deshalb erklärte sich Guy mit einigem Widerstand auf mein Drängen mit einer weiteren Vorsichtsmaßnahme einverstanden. Wir würden auf dem Weg ins Landesinnere beide Masken tragen, und wenn wir unterwegs anhielten, um das Angebot irgendeiner Blume zu versuchen, würden wir nie gleichzeitig die Maske ablegen – wenn einer von uns die Rolle des Psychonauten spielte, würde der andere immer als Bodenkontrolle achtgeben.

Wir informierten Marlene Kona Mendes oder ihre Mitarbeiter nicht über unsere Absichten, sondern nahmen einfach unsere Sachen und gingen, denn einerseits hatte man uns bereits unmißverständlich erklärt, daß wir nicht auf eine Rettungsaktion hoffen konnten, falls wir in Schwierigkeiten gerieten, und andererseits war es Guys erklärtes Ziel – oder wenigstens sein vergeblicher, finanzieller Grund für dieses Abenteuer des Geistes –, die Wissenschaftler kommerziell auszustechen, indem er mit Mustern von Psychotropika aus dem Dschungel zurückkehrte, die sie mit ihren lächerlichen Bemühungen vor Scham erblassen ließen.

Doch wir verabschiedeten uns freundlich und in aller Heimlichkeit von Omar Ki Benjamin, denn es ist schwer, ein so großes Abenteuer zu beginnen, ohne ein wenig vor einem mitfühlenden und beruhigenden Ohr zu prahlen, und durch seinen selbstgewählten mystischen Libertinismus wußten wir, daß wir auf eine moralische Unterstützung rechnen konnten, die völlig anders war als die Belehrungen, die wir zweifellos über uns hätten ergehen lassen müssen, wenn wir unsere Absichten den Gnomen der Forschungskuppel unterbreitet hätten.

Tatsächlich waren wir nicht enttäuscht vom Geist, in dem Omar unsere Ankündigung aufnahm. »Ah!« seufzte er pathetisch. »Und *ich* stilisiere mich zum mystischen Libertinisten! *Vraiment,* beim Lied meines Geistes bin ich versucht, mich euch anzuschließen ... aber nein, dies ist ein Unternehmen für zwei junge Liebende, *no,* eine Romanze für eine Dyade, kaum angemessen für die Sorte *ménage à trois,* die wir zusammen bilden würden. Doch wisset, daß Omar Ki Benjamin im Geiste bei euch ist, und als Unterpfand dafür leiste ich den folgenden Eid: Solltet ihr wohlbehalten zurückkehren, dann werde ich zu eurem Triumph ein Siegeslied komponieren; sollte dies nicht der Fall sein, dann werde ich eurer in einer tragischen Ode gedenken. Aus einer gewissen Perspektive könnt ihr deshalb nicht scheitern, meine lieben Kinder, denn auf die eine oder andere Weise werdet ihr als heroische oder tragische Gestalten der hohen Kunst ewig weiterleben!«

Mit diesem unterstützenden, wenn auch etwas selbstsüchtigen Segen und der hellen Morgensonne im Rücken machten wir uns nach Westen auf über den endlosen grünen Teppich der Baumwipfel, hüpften und sprangen unserem unbekannten Ziel tief im Bloomenveldt entgegen, ohne zu wissen, wie tief wir in die Geheimnisse seines Herzens eindringen würden und wie seltsam sich unsere auseinanderlaufenden Bestimmungen darin entwickeln würden.

Den ersten Tag unserer Reise eilten wir voran, sprangen mit großen, schwebenden Sätzen über die Baumlandschaft, die eine gewisse ozeanische, doch liebenswerte Einförmigkeit annahm, sobald wir das wirkliche Meer aus den Augen verloren hatten. Das große Wiesenland aus Bäumen, rollend und sich in der Brise wiegend, erstreckte sich, so weit das Auge reichte. Da die einzigen geographischen Marken vereinzelte Bäume waren, die ein paar Meter höher gewachsen waren als die meisten anderen, konnte das Auge ungehindert von Horizont zu Horizont schweifen.

Die Atmosphäre unserer Reise war zwar in gewisser Weise der nicht unähnlich, die ich gelegentlich gefühlt hatte, wenn ich mit Motorskiern auf Glades Meer hinausfuhr, bis das Land außer Sicht war, doch rief die endlose Ansicht des Bloomenveldts nicht die optische Langeweile einer gestaltlosen See hervor, denn das Bloomenveldt stellte sich nicht als grenzenlose, gestaltlose grüne Fläche dar, sondern als prächtiger Teppich mit weit mehr Farbtönen, als das Gedächtnis registrieren oder das Auge auflösen konnte, als prismatisches Gebilde, auf dem überall Blumen wuchsen, deren Farben und Formen, wenn überhaupt möglich, umso vielfältiger zu werden schienen, je weiter wir ins Innere vordrangen.

Es war auch gelegentlich möglich, auf dem Gipfelpunkt eines Sprungs die Bewohner der Baumwipfel um ihre Lieblingsblumen versammelt zu sehen, doch diese Wesen versteckten sich stets im Blattwerk, wenn wir versuchten, ihnen näherzukommen.

Nach unzähligen Stunden voller Sprünge von Blatt zu Blatt, während die bewußte Aufmerksamkeit sich darauf beschränkte, die angenehmen Bewegungen mechanisch zu wiederholen, eingehüllt in die endlose grüne Eintönigkeit und die gleichermaßen endlose Blumenvielfalt dieses Universums in den Baumwipfeln, begann ich mich wie ein einheimisches Wesen des Bloomenveldts zu fühlen. Guy und ich lernten bald, wie die Geschöpfe jedes Waldes, das Verstreichen der Stunden am Stand der Sonne im Himmel abzulesen, denn erst wenn ihre Scheibe hinter den scharfen grünen Rand des westlichen Horizonts zu gleiten begann und blasse, purpurne und orangene Lichtbalken über das Blau des Himmels und die sich vertiefenden Schatten auf dem Bloomenveldt warf, spürten wir, daß wir müde wurden.

Und selbst dies war nicht so sehr eine Erschöpfung der Muskeln, die ohne weiteres bis tief in die Nacht weitergearbeitet hätten, da sie durch unsere Schwebegürtel kaum eine Last zu tragen hatten, sondern eine gewisse selbstzufriedene und leicht zittrige psychische Müdigkeit im Angesicht der heraufziehenden Nacht.

Über unsere erste Nacht im Bloomenveldt gibt es in bezug auf ausgefallene Visionen kaum etwas zu sagen; allerdings viel über beunruhigende Geräusche und ihre Auswirkungen auf unsere Nerven.

Als es zu dämmern begann, suchten wir uns ein Lager aus Blättern, ein gutes Stück von jeder Einflußsphäre einer Blume entfernt, denn trotz unserer gegenteiligen Verabredung war es unmöglich, unser Mahl aus kalten Konzentraten mit der Maske im Gesicht einzunehmen, und die Vorstellung, die Maske aufzubehalten, während der andere aß, gefiel uns beiden nicht besonders, vor allem, da das Essen alles andere als ein Festmahl war. Außerdem war mir erst, als ich vor dem praktischen Problem stand, aufgefallen, daß mit der Gasmaske zu *schlafen* kaum die Art von physischem Unbehagen oder psychischer Klaustrophobie war, die ich Guy oder mir selbst allein in einem fremden Wald mitten in der schwärzesten Nacht zumuten wollte.

Als wir ein sicheres Blatt gefunden hatten, blieb uns gerade noch genug Helligkeit, um die Rationen auszupacken. Als wir das Essen heruntergeschlungen hatten, das sich kaum von den Eßblöcken auf Edoka unterschied – abgesehen vielleicht von den zugesetzten, wenig überzeugenden künstlichen Geschmacksstoffen, die Gemüse und Fleisch andeuteten –, hatte sich schon die Nacht über das Bloomenveldt gelegt.

Unter einem mächtigen Baldachin kalter, strahlender Sterne lag die Welt der Baumwipfel in dichter Schwärze, nur hier und dort schwach beleuchtet und gerade hell genug, um die dunklen Schatten der Baumwipfel in geheimnisvolle Umrisse zu verwandeln, die das Auge mit Unmengen phantastischer und vielleicht auch beängstigender Gestalten bevölkerte. Diese Phantome der Nacht bekamen vom Wind eine Stimme verliehen, der durch die Blätter streifte, und war erfüllt vom Schnattern, Kratzen und Rascheln unsichtbarer Geschöpfe.

Außerdem bliesen uns die wechselnden Brisen gespenstische Fahnen von Blumenparfüm in die Nasen, so daß die feinen Spuren chemischer Verlockungen knapp unterhalb der Bewußtseinsschwelle wirbelten und neckten.

Guy und ich kuschelten uns umschlungen auf unserem Blatt zusammen. Wir sprachen kaum, denn es gab kaum etwas zu sagen, aber viel zu fühlen, als wir dort in der samtigen Dunkelheit unter den prächtigen Sternen lagen; gewiegt vom Wind, der die Baumwipfel bewegte, atmeten wir die schwachen Düfte ein, die unsere Geister ruhig und schläfrig machten, und schließlich liebten wir uns langsam und leidenschaftslos; ein Gefühl, das aus den Dämpfen der Nacht erwachte und ebenso unmerklich in einen Schlaf überging, der von exotischen, vergessenen Träumen begleitet wurde.

Am Morgen wachten wir auf, blinzelten und streckten uns im viel zu hellen Morgenlicht. Nach einem kalten Frühstück aus Konzentraten und Wasser aus unseren Feldflaschen legten wir die Gasmasken an und drangen weiter nach Westen vor.

Der zweite Tag auf dem Bloomenveldt unterschied sich kaum vom ersten; nur daß sich am späten Vormittag Wolken bildeten, aus denen am Nachmittag ein kurzer, warmer Regen platzte, der uns völlig durchnäßte, so daß wir Schutz suchten, bis er vorbei war. Doch sofort als sich der Sturm legte und nur einen schwebenden Dunst zurückließ, brach die Sonne durch die sich auflösenden Wolken, und etwa fünfzehn Minuten lang bildete sich ein gewaltiger Regenbogen, der das Bloomenveldt überbrückte, auf dem jedes Blatt und jede Blume im diamantenen Licht der Feuchtigkeit glänzten.

Prosaischer ausgedrückt, füllte sich jede Senke in jedem Blatt mit Wasser, dessen chemische Reinheit nur mit der von destilliertem Wasser zu vergleichen war – ganz im Gegensatz zu den verdächtigen Flüssigkeiten, die sich in den Kelchen vieler Blumen fanden –, so daß wir unsere Feldflaschen nachfüllen und ausgiebig trinken und uns erleichtern konnten, ehe wir weiterzogen.

Ebenso unterschied sich unsere zweite Nacht auf dem Bloomenveldt nicht wesentlich von der ersten. Am Morgen wurden wir abermals vom ersten hellen Licht des Tages geweckt, worauf wir frühstückten und weitergingen. Abermals bewölkte sich der Himmel gegen Mittag und ließ seine lebensspendende Feuchtigkeit am Frühnachmittag in einem starken, doch kurzen Schauer auf das Bloomenveldt herabfallen; diesmal waren wir allerdings etwas enttäuscht, als sich kein Regenbogen formte, nachdem die Sonne den Dunst aufgelöst hatte.

Doch die Enttäuschung, die wir über das Fehlen dieser meteorologischen Gunst empfanden, war bald vergessen, denn nachdem der Regen aufgehört hatte, war kaum eine Stunde vergangen, als wir endlich Menschen sahen.

Ich war Guy einen Sprung voraus und wollte seine Landung abwarten, bevor ich den nächsten tat, doch er landete kopfschüttelnd neben mir und winkte aufgeregt. »Warte, Sunshine!« rief er. »Ich glaube, ich habe Bloomenkinder gesehen! Oder jedenfalls menschliche Gestalten.«

»Wo?«

Er deutete nach Südwesten. »Höchstens vierhundert Meter entfernt«, sagte er. »Bei einer gelbrot gestreiften Blüte. Laß uns vorsichtig weitergehen; vielleicht sind sie ebenso scheu wie die Tiere des Waldes.«

Wir sprangen also in kurzen, flachen Sätzen von Blatt zu Blatt, statt uns mit voller Kraft weit hinauszutreiben. Bald konnten wir drei menschliche Gestalten sehen, in zerlumpte Kleidung gehüllt, aber immerhin bekleidet, die um eine große, offene, gelbe Blüte mit rot gemaserten Blütenblättern und einer Traube kurzer, dicker, schwarzer Stempel lagerten.

»Wie sollen wir weiter vorgehen ...?« sagte Guy nachdenklich.

Ich zuckte die Achseln. »Wenn wir plötzlich kommen, erschrekken sie vielleicht, und eine heimliche Annäherung sieht nach einem Hinterhalt aus, also laß uns einfach offen und langsam auf sie zugehen, damit sie uns als die arglosen, freundlichen Menschen erkennen, die wir sind.«

Wir traten aus unserer Deckung und schlenderten kühn und offen zu den Blättern der gelben Blume hinüber. Statt zu fliehen oder an unserem Kommen Anstoß zu nehmen oder uns Grüße entgegenzurufen, schienen uns die drei Menschen völlig zu ignorieren, sogar noch, als wir schon den Rand ihrer Blume erreicht hatten.

Zwei Männer und eine Frau, alle glänzend vor Fett, ruhten gleichmütig auf den Blütenblättern, die Rücken an die schwarzen Stempel gelehnt, von denen sie lässig die krümeligen schwarzen Pollen pflückten, um sie ohne Rücksicht auf irgendwelche Tischmanieren in den Mund zu stopfen. Die Kleiderfetzen auf ihren korpulenten Körpern zeigten deutlich, daß sie einst Bürger der Zivilisation gewesen waren, doch ihre leeren, verträumten Augen und ihr träges, schläfriges Grinsen sprachen nicht gerade von aufgeschlossenem Bewußtsein.

»Wir grüßen euch, Bloomenkinder«, sagte ich schließlich, um irgendwie eine Unterhaltung in Gang zu bringen. Die Antwort bestand darin, daß sie mit mäßigem Interesse ihre getrübte Wahrnehmung auf uns richteten, was heißen soll, sie ließen sich herab, uns anzusehen. Dann pflückte die Frau eine Handvoll Pollen vom Stengel hinter ihr und bot sie uns mit einer ziemlich gleichgültigen Geste an.

»Mangia ...«, sagte sie mit einer seltsamen Stimme, als wären es die ersten Worte, die sie seit Wochen geäußert hatte.

»Nein, danke«, erwiderte Guy unbehaglich. »Wir haben schon gegessen.«

Der dickere der beiden Männer streichelte den Stempel neben ihm mit einer Geste, die unter den Umständen recht obszön wirkte.

Guy und ich blickten uns an, von diesen unappetitlichen Höhlenmenschen abgestoßen. »Äh ... seid ihr schon lange hier ...?« fragte Guy in unverändertem Gesprächston, dessen Normalität der Situation überhaupt nicht angemessen schien. Aber welche Gesprächsführung *eignete* sich denn nun für solche Geschöpfe?

»Wie … lange …«, murmelte die Frau monoton, als versuchte sie erfolglos, eine Zeitvorstellung zu ergründen, die ihr schon lange entfallen war. Die drei wechselten träge, verwirrte Blicke.

»Bitte, gibt es noch andere Menschen hier?« fragte ich.

»Menschen …«

Einigermaßen verzweifelt deutete ich nacheinander auf die drei, Guy und mich selbst und zählte mit den Fingern ab. *»Menschen«*, erklärte ich. »Hier. Fünf.« Ich schwang den anderen Arm in einem weiten Bogen herum, wie um den Wald in der Nähe zu umfassen. »Mehr? Mehr Menschen?«

Diese Geste schien endlich den Duftnebel teilweise zu durchdringen. »Menschen …«, sinnierte der dünne der beiden Männer. Er hob eine Hand und starrte sie einen Augenblick blöde an. Dann begann er die Finger einzeln zu bewegen. Nach einer Weile hob er die andere Hand und begann auch mit ihren Fingern zu wackeln. Bald wackelten alle drei mit allen Fingen, kicherten und sangen: »Menschen … Menschen … Menschen …«

»Bei anderen Blumen?«

Sie hörten zu gestikulieren auf und starrten mich benebelt an, als wären das Fingerwackeln und das Nachdenken über einen zweiten Begriff unmöglich gleichzeitig zu leisten.

»Blume«, sagte ich, indem ich auf die Blüte deutete, die sie offensichtlich in ihren Bann zog. Dann hob ich einen einzigen Finger. Ich hielt die andere Hand hoch und wackelte wieder fragend mit den Fingern. *»Mehr* Blumen? Mit *mehr* Menschen?«

Wieder begannen die drei mit allen Fingern zu wackeln. »Menschen … Blumen … Menschen … Blumen …«

Als sich nach weiterem Kichern ihr Interesse erschöpft hatte und sie wieder schwiegen, betrachtete mich die Frau mit einem Ausdruck, der unter diesen Umständen beinahe als aufmerksam gelten konnte, und bekam schließlich zustande, was, berücksichtigte man die Quelle, zweifellos ein beeindruckender Wortschwall war. »Menschen … Blumen …«, sagte sie, indem die Arme weit ausbreitete und mit allen Fingern wackelte. »Rot … blau … weiß … purpur …« Dann hörte sie mit dem Gezappel auf, streichelte das gelbe Blütenblatt, auf dem sie lag, und ein Ausdruck orgasmischer Ekstase breitete sich in ihrem fetten Gesicht aus. *»Gelb* …«, schnurrte sie begeistert. »Gelb, gelb, gelb, ah! ah! ah!«

»Ah! Ah! Ah!«

Nun begannen alle drei in rauhem Unisono leise zu stöhnen,

streckten sich flach auf den Blättern aus, als hätte sie die gewaltige Anstrengung völlig erschöpft, und zeigten kein weiteres Interesse an uns.

»Höhere Formen?« sagte ich zu Guy, indem ich verächtlich die Nase rümpfte. *»Edle Blumen? Merde!«*

Guy zuckte die Achseln. »Vielleicht liegt in diesen anscheinend dekadenten Körpern eine unbekannte innere Wonne ...?« sagte er ironisch.

»Bien«, erwiderte ich. »Vielleicht willst du dann die Maske abnehmen und die hübsche Blume riechen ...?«

Selbst Guy Vlad Boca kniff vor dieser scherzhaften Einladung. »Aber es *gibt* eine positive Seite«, unterstrich er. »Wir haben bewiesen, daß es wirklich Menschen im Innern des Bloomenveldts gibt. Wir haben bewiesen, daß die Gnome der Forschungskuppeln nicht wissen, wovon sie reden.«

»Haben wir das? Oder haben wir nur eine Handvoll armer Hunde entdeckt, die genau das sind, was sie sagten?«

»Quién sabe?« räumte Guy ein. »Es ist noch viel zu früh, um etwas zu sagen. Laß uns eine Weile in dieser Gegend bleiben und sehen, was eine weitere, nähere Untersuchung ergibt.«

Vraiment, die weitere Untersuchung der Gegend während der nächsten beiden Tage erwies sich als fruchtbar, wenn auch alles andere als entzückend, denn wir sahen ein Dutzend weiterer Blumen, die von anscheinend ehemals zivilisierten Menschen besetzt waren. Wenn man berücksichtigte, wie weit unsere Entdeckungen verstreut waren und wie willkürlich wir suchten, wenn man bedachte, wieviele Blumen es in dieser Gegend gab, dann hatten wir zweifellos eine Menge weitere nicht entdeckt.

Die Stämme der Bloomenkinder, von denen wir gehört hatten, waren nirgends zu sehen, denn nirgends begegneten wir mehr als drei oder vier Menschen bei einer Blüte; nach den zerlumpten Fetzen, die noch an ihren Körpern hingen, war offensichtlich, daß alle diese Menschen aus dem Reich der Zivilisation stammten und keineswegs mythische Abkömmlinge von Generationen verarmter Wilder waren – edle oder andere.

Überwiegend waren sie nicht gesprächiger und manchmal sogar wortkarger als die erste Gruppe, die wir entdeckt hatten, wenn auch die Natur ihrer Hingabe mit den Blumen wechselte, die sie gerade besuchten, oder, vielleicht passender gesagt, mit der Vielfalt der Blumen, die ihre Geister gebannt hatte.

Außer drei weiteren Exemplaren der gelben Blume mit den schwarzen Stempeln entdeckten wir Besucher einer bauschigen schwarzen Blüte, die ein besonderes Verhalten zeigten, indem sie bei unserer Annäherung die Hände verschränkten und den Gegenstand ihrer Zuneigung umringten; außerdem sahen wir die Anbeter einer bestimmten grell pinkfarbenen Blüte, die uns mit pantomimischen Gesten einluden, an ihren energiegeladenen, wenn auch etwas kunstlosen orgiastischen Figuren teilzunehmen, die sie unter dieser Blüte der animalischen Lust anscheinend unbeschränkt lange aufrechterhalten konnten.

Nicht einmal Guy war versucht, mit den Psychotropika der Blumen, die wir während dieser zwei Tage fanden, zu experimentieren, denn es schien allzu offensichtlich, daß ihre Besucher dem Bann der Moleküle verfallen waren, die ursprünglich entwickelt wurden, um die primitiven Triebe der eingeborenen Säuger zu erwecken, so daß die von ihnen hervorgerufenen Bewußtseinszustände kaum als Erhöhung über die menschliche Norm hinaus betrachtet werden konnten.

Ebensowenig konnte man diese Drogen vermarkten, außer vielleicht als schwache Heilmittel gegen Appetitlosigkeit, sexuelle Langeweile, Schlaflosigkeit; oder, schlimmer, als Auslöser eines skrupellosen Sozialverhaltens.

Am Nachmittag des dritten Tages jedoch stießen wir auf eine neue Blume, die uns schrecklich in Versuchung führte.

Wir drangen mit kurzen, flachen Sprüngen weiter vor, umrundeten den Hügel eines Baumwipfels und standen vor einer überhängenden, glockenförmigen Blume, deren blasse, durchsichtig violette Blätter ein fast ultraviolettes Glühen über das weiche grüne Pollenbett darunter warfen. Und darauf kopulierten zwei Menschen Seite an Seite, in einem schläfrigen, stetigen Rhythmus.

Doch es wäre ungerecht, auf dem Wort Kopulation zu bestehen, denn der hagere, in Lumpen gekleidete Mann und die ähnlich hagere Frau – in unseren Augen alles andere als appetitlich – schienen wie füreinander geschaffen. Bei ihrem verzückten Lächeln, ihren zärtlichen Blicken, dem Rhythmus, mit dem sie sich gegenseitig erfreuten, mußte man schon ausgesprochen böswillig sein, wenn man leugnen wollte, daß sie unter dem violetten Baldachin und unter dem pheromonischen Einfluß desselben im wahrsten Sinne des Wortes Liebe machten.

Vraiment, Guy und ich hielten uns bei den Händen und sprachen flüsternd, während wir vor dieser irgendwie reizenden, um nicht zu sagen erregenden tantrischen Figur standen.

»Wir können ein solches dyadisches Entzücken nicht stören ...«

»Wirklich, laß uns warten, bis sie ihren Höhepunkt erreicht haben ...«

Wie sich herausstellte, erwies sich diese Rücksicht als ebenso fruchtlos wie die frühere Höflichkeit überflüssig war, denn ihre *passage d'amour* ging endlos weiter, was heißen soll, daß der Rhythmus derselben geeignet schien, die tantrische Übung ewig fortzusetzen, während jeder Höhepunkt vermieden wurde.

Schließlich gewann Guys wachsende Ungeduld gegenüber seiner Galanterie die Oberhand. »Das kann ja noch ewig dauern«, flüsterte er, während er ein leeres Reagenzglas aus seinem Rucksack zog. »Ich *muß* eine Probe von dieser Droge haben!«

Trotz meiner geflüsterten Proteste stahl er sich mit dem Reagenzglas in der Hand an sie heran.

Aber es war, als existierte er nicht! Ihre *passage d'amour* ging ungehindert und ungestört weiter, während er um die Blume herumkroch und die Essenzen sammelte; sie kümmerten sich nicht einmal um ihn, als er ganz aus seiner Deckung heraustrat. Wirklich, nicht einmal, als ich kühn zu Guy schritt und ihn am Ärmel fortzog, schien unsere Gegenwart einen merklichen Einfluß auf sie zu haben.

Vraiment, auch nicht als wir in unserer Aufregung vergaßen, leise zu sprechen, nahm das vollkommene dyadische Bewußtsein der Liebenden auf der Blume unsere Existenz zur Kenntnis.

»Wir müssen es genauso versuchen, du und ich, *no*«, rief Guy.

»Ich würde auch gern eine solche Wonne kennenlernen«, stimmte ich aufgeregt zu. »Aber werden wir nicht verloren sein, wenn wir es tun?«

»Für alles außer füreinander, vielleicht ...«, sagte er verträumt.

»Wir müssen uns das vorher überlegen, ehe wir nicht mehr überlegen können«, sage ich scharf. »Doch *certainement* scheint es mir, als hätten wir einen Hinweis auf das Blumenparadies gefunden, aus dem mit Recht Poesie und romantische Legenden entspringen ...«

Wir gingen allen anderen Forschungsobjekten aus dem Weg und entdeckten am Nachmittag und am Morgen noch drei weitere Liebesblumen; auf jeder fanden wir dyadische Gestalten, die auf ähnliche Weise in tantrischem Entzücken versunken waren; ein Entzükken, das nicht zu ermüden schien, denn wir hatten bisher noch keine solche Liebenden beim Essen, beim Ruhen oder irgendeiner anderen Tätigkeit außer endloser Liebe gesehen.

Guy wurde immer erboster über meine Weigerung, zusammen mit ihm die Maske abzunehmen und solch übernatürliche Freuden zu teilen, während ich mich unter dem Vorwand sträubte, andere

Liebende nicht mit roher Gewalt von ihrer Blume vertreiben zu wollen. In Wirklichkeit jedoch, während wie bei jeder normalen Frau mein Geist – vom Fleisch ganz zu schweigen – immer begieriger wurde, solche erotischen Ekstasen zu erfahren, schrillten in meinem Bewußtsein Warnglocken, denn wenn die Kraft der Pheromone dieser Blume der Leidenschaft so groß war, daß unter ihrem Bann die Liebenden Ernährung und Ruhe vergaßen, wie lange würde es dann dauern, bis die besessen Liebenden in verzückter Umarmung einfach verhungerten?

Doch endlich entdeckten wir eine unbesetzte Blume, ein leeres Boudoir, in violettes Licht gebadet, das nur auf zwei wandernde Wesen wie uns wartete.

»Ein Zeichen, oder?« sagte Guy nachdrücklich. »Ein deutlicher Wink der Bestimmung, *no?*«

»Vielleicht des Schicksals ...«

»Pah! Wenn du Wein trinkst, hörst du dann kurz vor dem Rausch auf? Wenn du sexuellen Verkehr genießt, achtest du dann darauf, den Orgasmus zu vermeiden?«

»Um dieselbe Quelle zu zitieren, ich bin eine mystische Libertinistin, keine Geisteskranke.«

Guy betrachtete mich mit einem Ausdruck, der irgendwo zwischen verächtlichem Ärger und einem düsteren, enttäuschten Schmollen lag.

»Nun gut«, sagte ich. »Ich erinnere dich an unser Abkommen. Es besagt, daß einer von uns immer die Bodenkontrolle für den Psychonauten spielen muß. Deshalb werden wir zur Blume deiner Wünsche gehen, einer von uns ohne Maske, und wenn er die reine Freude der Blume erfahren hat, dann werden wir die Rollen tauschen.«

»Bist du wirklich so gemein, vorzuschlagen, daß wir auf diese Weise eine transzendente *passage d'amour* erleben sollen?«

»Es ist keine Gemeinheit«, sagte ich gereizt. »Und als Beweis dafür und ohne Rücksicht auf männliche Galanterie sollst du die Ehre haben, als erster die Maske abzulegen.«

Auf diese freimütige Geste hin konnte Guy sich kaum noch weiter sträuben, so gab er mit wortlosem Nicken seine Zustimmung und begann sich zu entkleiden. Ich tat es ihm gleich, und kurz darauf standen wir nackt voreinander oder, besser, nur noch bekleidet mit den Gasmasken, die unsere Nasen und Münder bedeckten – ein Anblick, der eher komisch als erotisch wirkte.

Doch kaum hatte Guy seine Maske abgelegt, da verschwand das ironische Grinsen, das der bizarre Anblick auf seine Lippen gelegt hatte, und wich einem verzückten Lächeln priapischer, wenn auch nicht unsanfter Lust, die unverkennbar von der plötzlichen Erektion seines drängenden Lingam begleitet wurde.

Eher verwirrt als erregt erlaubte ich ihm, meine Hand zu nehmen und mich in den violetten Lichtbalken unter dem durchscheinenden Baldachin der Blume zu führen. Ich dachte nicht daran, in dieser Umgebung meinen Fühler zu aktivieren, denn während Guy sich nie über meine übernatürliche erotische Kraft gewundert hatte – zweifellos schrieb er sie seiner eigenen übernatürlichen Genußfähigkeit zu –, schien es mir, als sei diese chemische Verstärkung mehr als ausreichend, so daß die Elektronik überflüssig war.

Von meinem Standpunkt aus gibt es über die Eröffnungszüge unseres Duetts nicht viel zu bemerken, außer daß es anscheinend endlos war, außer der Standhaftigkeit von Guys phallischer Kraft und der ironischen Tatsache, daß es Sunshine war, die Bodenkontrolle, die durch die Liebkosungen ihres pheromonisch verstärkten Psychonauten Höhepunkt auf Höhepunkt erlebte. Diesmal überließ sich Guy völlig dem Schenken von Freude, ohne Gedanken und ohne den Rhythmus, der ihm selbst die orgasmische Vollendung bringen würde, während ich mich der süßen Fülle meiner eigenen Ekstasen hingab.

Vraiment, der Überfülle derselben, denn Guy fuhr im ewig gleichen Rhythmus fort, lange nachdem die süßen Ekstasen einem Übermaß an Freude und Entzücken gewichen waren und sich Müdigkeit in mir ausbreitete, und schließlich wich sogar die Müdigkeit einem Überdruß an Orgasmen, wenn man das überhaupt sagen kann.

Als ich seine zarte, selbstlose Zuwendung nicht mehr ertragen konnte, aktivierte ich schließlich den Fühler und brachte ihn, indem ich die Wurzel seines Lingam packte, zu einem stöhnenden, schaudernden, zitternden Abschluß, nach dem, wie ich sicher war, auch der mächtigste Liebhaber nicht fähig war, weiterzumachen.

Doch nein, *quelle chose,* kaum hatte er sein abgerissenes Keuchen einigermaßen wieder unter Kontrolle, da war sein immer noch triumphierender Phallus wieder zur Stelle, entschlossen, mich mit noch mehr ungewollter Freude zu erfüllen.

Nun schien es nur noch eine Möglichkeit zu geben, obwohl ich sicher war, daß keine Kraft der Menschenwelten in mir weiteres Verlangen erwecken konnte. Ich riß die Gasmaske vom Gesicht und streifte sie Guy mit roher Gewalt über.

Wie sehr ich mich irrte!

Kaum hatte ich den ersten unmaskierten Atemzug getan, da fuhr ein stechender, süßer Moschusduft durch meine Nase in die hintersten Winkel meines Kleinhirns, von wo aus er sich wie eine lebendige, feurige Schlange meine Wirbelsäule hinunterwand, um in meinen unteren Chakras eine wahrhaftige kundalinische Explosion zu entzünden. *Vraiment*, eine rosige, träge Explosion, die aufwallte, hinaus und nach innen, ausgehend von der Basis meiner Wirbelsäule, füllte meine Lenden und meine Glieder, sogar mein Gehirn, mit brodelnden Wolken aus sinnlichem, rosafarbenem Rauch, der rascher, als ich es erzählen kann, alle anderen Aspekte meines Wesens auslöschte.

Es schien mir – soweit noch ein »mir« blieb –, daß mein Körper eine ekstatische Hülle voll leidenschaftlichem Feuer geworden sei, wie der berühmte brennende Busch, entflammt und doch unverzehrt.

Ich nahm Guy in die Arme, rollte mich auf ihn und rammte sein Fleisch in den rosigen, durchsichtigen Schein meines Körpers. Wie wundervoll er war! Sein Körper hatte die warme Glätte von Seide vor einem Freudenfeuer. Jedes ekstatische Zittern seines Körpers sandte kristallene Splitter von schmerzhaft zarter Freude durch meine Nerven, die Geräusche seiner Lust entzündeten Funken in meinem Herzen, und sein Gesicht war das einer Gottheit, eine Maske von tantrischer Vollkommenheit, umgeben vom Schein seines wundervollen Geistes.

Es gab nichts im Universum außer dem exquisiten Gefühl von seidigem Fleisch und seidigem Seufzen, nichts existierte außer dem rosenfarbenen Atem seines Fleisches an meinem.

Meine Erinnerung will nicht preisgeben, wie lange dies dauerte. Es gab Schreie, Stöhnen, Zittern, wortlose Rufe, bis eine dünne und schmerzliche Stimme rief: »Hör auf! Hör auf! Hör auf!«

Dann sah sich das bewußtlose Feuerwesen, das ich geworden war, wie eine gewichtslose Wolke durch die Luft getragen, während etwas Kaltes, Gummiartiges in mein Gesicht gedrückt wurde …

Und …

Und der vernünftige Mensch, der ich gewesen war, saß plötzlich auf einem Blatt und starrte Guy an. Wir trugen beide unsere Masken, beide keuchten wir vor Erschöpfung, und beide waren wir erfüllt vom Duft der Leidenschaft und trieften vor Schweiß.

Wir starrten uns blinzelnd an, eine lange Zeit, bis wir sprechen konnten.

»*Vraiment*, du hattest recht – zusammen ohne Maske wären wir für ewig verloren gewesen«, keuchte Guy schließlich.

»Das wäre es fast wert gewesen …«, seufzte ich.

Doch nicht einmal Guy Vlad Boca war bereit, das Experiment ganz ohne Maske zu wiederholen, und ebensowenig gefiel uns die Idee, so gefährliche Versuche abwechselnd als Psychonaut und Bodenkontrolle zu unternehmen. Denn während man in gewisser Weise sagen konnte, daß die Bodenkontrolle ebensoviel Lustgewinn aus der chemisch verstärkten Kraft des Psychonauten zog wie dieser selbst, so war doch der wirkliche sexuelle Austausch unterbrochen. Denn unter dem Einfluß der Blume würde sich die Freude des maskierten Geliebten immer in Schmerz oder Überdruß verwandeln, während der Geliebte unter dem Bann der Blume buchstäblich nie zu befriedigen war.

Offenbar war diese Blume nur für Liebende gedacht, denen das gleichzeitige erotische Seppuku ein akzeptabler letzter Lebenssinn war, denen der Tod durch Hunger oder Erschöpfung ein annehmbarer Preis schien. Für derartige Samurai-Romanzen bedeutete der Duft der violetten Blume gewiß eine große Gabe; und wirklich, unter kontrollierten Bedingungen war er womöglich ein außergewöhnliches Heilmittel gegen Impotenz, sexuelle Unlust und sogar Kraftlosigkeit bei der Vereinigung – Guy jedenfalls glaubte fest daran.

Certainement handelte es sich um ein Produkt, das die Interstellar Master Traders mühelos mit beträchtlichem Profit vermarkten konnte. Mit Rücksicht auf die geschäftliche Moral, so erklärte Guy, sollte die Natur der psychotropen Effekte dem Käufer offen enthüllt werden, so daß er sein Schicksal völlig in den eigenen Händen hielt.

Wie dem auch sei – unsere Erfahrungen hatten gezeigt, daß das Bloomenveldt mehr zu bieten hatte als bloße Reizung der einfachsten Säugertriebe, denn die violette Blume produzierte *certainement* eine intensive erotische Erregung, in welcher die spirituelle Dimension absolut nicht fehlte – als gäbe es tatsächlich eine Art Blumen-Intelligenz, die im Bloomenveldt am Werk war und mit ihrem biochemischen Wissen die nötige Feinheit aufbrachte, um auch das menschliche Herz zu rühren.

Vielleicht wären wir fähig gewesen, alles mit einer zufälligen Übereinstimmung zwischen der Biochemie der Blumen von Belshazaar und einer ebenso zufälligen Entwicklung gewisser isolierter menschlicher Gehirnzentren zu erklären, hätten wir nicht bald darauf eine weitere Übereinstimmung zwischen menschlicher Chemie und der der Blumen entdeckt, die offenbar ausschließlich die spirituellen Ebenen des menschlichen Geistes betraf.

Bewußt oder nicht, ob wir nun einfach unseren ursprünglichen Plan weiter verfolgten oder von der natürlichen Ordnung der Dinge tiefer ins Bloomenveldt gezogen wurden – jedenfalls trieben wir während der nächsten beiden Tage langsam nach Westen. Wir fanden dabei immer wieder kleine Gruppen von Menschen im Bann der Blumen, die uns bald genug als recht gewöhnlich vorkamen. Auch hier gab es entzückt bezauberte Paare unter den violetten Blumen der Leidenschaft.

Doch nun sahen wir zum erstenmal einzelne Menschen in psychotroper Kommunikation mit einer einzelnen Blume.

Die hochragenden Blütenblätter der entsprechenden Blumen waren stets blau, wenn auch der Ton etwas variierte, während der Stempel ein weiter, flacher Hügel mit faustgroßen, weißen, weichen Pollen war. Auf diesem Lager saß der menschliche Gast reglos mit bereitliegender Nahrung und betrachtete mit geweiteten Augen nicht die Wunder des Bloomenveldts, sondern einen völlig subjektiven Anblick in seinem Innern.

Die Männer und Frauen, die wir entdeckten, schienen im letzten Abschnitt ihres Lebens zu stehen, wenn das Haar schütter und grau wird, wenn die Haut zu Pergament vertrocknet und die Lebensenergie nicht mehr von der Kunst der Heiler entflammt werden kann.

Doch wenn auch ihre Körper erschreckende Vorboten der unausweichlichen Sterblichkeit zeigten, so hatten sich die Geister, die aus ihren ungetrübten Augen nach innen schauten – soweit sie wirklich die Spiegel der Seele sind, wie die Dichter behaupten –, zumindest in ihrem eigenen Empfinden in entzückter Transzendenz über die Grenzen des Zeitflusses erhoben.

Selbst so ungehobelte Libertinisten wie wir konnten nicht die Grobheit aufbringen, einen dieser lebenden Buddhas zu wecken und durch nachdrückliches Reden zu einem Gespräch zu bewegen; außerdem hätte ein solches Vorgehen ohnehin nichts genützt, denn sämtliche Einsiedler, die wir in den nächsten beiden Tagen trafen, bewegten nur die Hände, um sich ab und zu ein Pollenkorn in den Mund zu schieben, während sie ansonsten steinerne Tempelstatuen hätten sein können, denn sie zeigten keinerlei Bewußtsein über oder Interesse an der äußeren Welt.

Ob diese Buddhas vom Lotus angezogen worden waren, ob die Blumen auch gewöhnlichen Menschen die letzte Erleuchtung zu schenken vermochten oder ob diese lebenden Ikonen überhaupt die Geister beherbergten, die wir in ihnen vermuteten, konnten wir nicht sicher erkennen, denn soweit ich wußte, erzeugte völlige vegetative Unbewußtheit denselben äußeren Anschein wie die Transzendierung der Schleier der Maja. Und wirklich gab es einige Zyniker, die behaupteten, die geistigen Zustände seien in Wirklichkeit ein und derselbe.

»Es scheint, als gäbe es nur eine Möglichkeit zu entscheiden, ob diese Alten erleuchtete Wesen sind, deren Geister in prächtigen Reichen jenseits der flitterhaften Schleier der Maja schweben, oder ob ihre Geister erloschen sind und bloße leere Protoplasma-Hüllen hinterlassen haben«, bemerkte Guy am Abend des zweiten Tages zwischen den Babas des Bloomenveldts.

»Nämlich?«

»Nämlich selbst den Lotus zu inhalieren und herauszufinden, ob wir Bodhis oder Zombies werden ...«

»Guy! Du meinst doch nicht, daß *du* so etwas wagen willst!«

»Ich hab' natürlich nur Spaß gemacht«, sagte er, während er wenig überzeugend lachte und mich umarmte. »Trotzdem, wenn man *wüßte,* daß die Dinge sind, was sie scheinen, welchen Grund gäbe es dann, sich ewig mit geringerem Amüsement zufriedenzugeben, wo doch das allerhöchste durch einen bloßen Atemzug zu erlangen ist?«

»*Das hier* ist aber auch nicht schlecht!« erklärte ich gereizt, während ich den Fühler einschaltete und an seinem Lingam zog. Guys Stimmung war zwar nicht gerade geeignet, mich zu erotischer Leidenschaft hinzureißen, doch ich wußte kein anderes, unmittelbar wirksames Mittel, ihn von diesem gefährlichen Thema abzubringen.

Doch wie sich herausstellte, erreichten wir am Nachmittag des folgenden Tages einen Baba des Bloomenveldts, der sich endlich herabließ, mit uns zu reden.

Gebadet in einen Strahl goldenen Sonnenlichts, das durch einen Spalt im Blattwerk hinter ihm fiel, als wäre die ganze Szene mit schauspielerischem Geschick entworfen, lag ein großer Fächer von Blumenblättern, so tief blau, daß sie fast schwarz schienen – die Färbung jener Region einer planetarischen Atmosphäre, wo der Himmel zum Raum wird, oder gleich dem Augenblick zwischen Sonnenuntergang und Nacht. Auf dem flachen, mit weißen Pollen bedeckten Stempel saß ein nackter Mann mit weißem Haar und einem weißen Bart. Er hatte die Beine im klassischen Lotussitz verschränkt und der Blumen-Halo den Rücken gewandt wie eine uralte Tempelfigur, während er die Lippen zu einem verzückten Lächeln geöffnet hatte.

Doch statt in inneren Bildern verloren zu sein, musterten uns seine großen, braunen Augen mit einer Klarheit und Bewußtheit, die nicht zu leugnen war.

Ebensowenig schien es, als konnten wir unsere Augen nicht von ihm wenden, denn ohne Absprache schritten Guy und ich Hand in Hand zu diesem Baba und setzten uns vor ihn wie eifrige Schüler vor ihren Guru. Vielleicht war es das Ambiente, das uns dazu brachte, vielleicht die Kraft dieser alten Augen, vielleicht hatten wir zugleich denselben Gedanken, nämlich, daß wir endlich mit einem dieser rätselhaften Menschen sprechen konnten, da *dieser* Einsiedler so offensichtlich unsere Existenz bemerkte.

»Sprich zu uns, bitte, Baba«, sagte ich mit fester, doch respektvoller Stimme, »und zeige uns, daß hinter diesem weisen Anlitz jemand wohnt.«

Das Lächeln wurde breiter, ähnelte nun fast einem Grinsen. »Ich war noch nie mehr hinter meinen Augen zu Hause«, sagte er mit ruhiger, klarer Stimme.

»Du sprichst!«

»Warum schweigen all die anderen Einsiedler?«

»Das können nur sie selbst dir sagen, Kind, und sie wählten das Schweigen.«

»Aber *du* sprichst mit uns«, sagte ich. »Warum bist du anders?«

»Sind nicht alle Menschen unterschiedlich, einer anders als der andere?« sagte der Baba. »In den Menschenwelten war ich ein hingebungsvoller Pädagoge; vielleicht spreche ich deshalb vor meiner letzten Blume zu euch jungen Geistern in der Art eines beredtsamen Bodhisattwa.«

»Wenn dies so ist, warum sitzt du dann reglos und erwartest hingebungsvoll den Tod, statt zu den Menschenwelten zurückzukehren und edle Taten zu vollbringen wie ein *wahrer* Bodhisattwa?«

Der alte Mann riß die Augen auf, sein Dauerlächeln war einen Augenblick nicht mehr verzückt, sondern ganz weltlich – nämlich das seines ehemaligen pädagogischen Selbst, das von einem unerwartet gewitzten Schüler herausgefordert wird.

»In den Menschenwelten würde ich dahinscheiden und gegen das Sterben des Lichtes kämpfen«, sagte er. »Nur in der himmlischen Sphäre meiner vollkommenen Blume kann ich den letzten Augenblick meines Tao voll erfahren.«

»Dann ist dies wirklich der vollkommene Lotus der letzten Erleuchtung!« rief Guy, während er in beunruhigender Weise an seiner Gasmaske herumfummelte.

»Viele Blumen wachsen auf dem Bloomenveldt. Hier mag jeder für sich seine Blume der Vollkommenheit finden.«

»Vielleicht ist dies meine ...«, sagte Guy atemlos und machte Anstalten, die Maske abzustreifen.

Bevor ich ihn aufhalten konnte, unterbrach ihn der alte Mann mit plötzlich erhobener Hand – eine mächtige Geste im Lichte seiner bisherigen Reglosigkeit. Und als er sprach, vereinte sich die ruhige Gewißheit des Bodhi mit der Autorität des Lehrers.

»Suche erst deine eigene Blüte, junger Geist, ehe du dich in diese letzte Blüte versenkst!«

»Gut gesprochen, sehr gut gesprochen!« mußte ich begeistert erklären.

Und darauf, mit so feinen Anzeichen, daß man sie nur intuitiv erfassen konnte, zog sich der Geist in diesem verlebten Körper von jedem weiteren weltlichen Diskurs zurück.

»Warte!« sagte Guy. »Sag mir wenigstens noch, wie ich die Blume meiner Vollendung finden kann!«

»Laß das Parfüm des Paradieses zu dir kommen, Mohammed.«

»*Vraiment*, natürlich, wir können unseren Weg nur finden, wenn wir uns verirren, *no?*« rief Guy. »Wir müssen im Geiste dieses Zauberwaldes atmen, wir müssen unser Schicksal tapfer und unmaskiert suchen – das sagt er uns, Sunshine!«

»Dieses Koan gibt mir kein so eindeutiges Satori«, sagte ich säuerlich.

»*Merde*, sag es diesem niederen Geist in Worten, die sie vielleicht versteht!« verlangte er grob vom schweigenden Bodhi.

Doch der alte Mann ignorierte diese ungehörige Forderung. Sein Geist war schon lange zur ungestörten Kontemplation der Reiche in seinem Innern aufgebrochen. Keine Bemühung von unserer Seite konnte ihn bewegen, noch einmal zu sprechen.

Guy andererseits war keineswegs um Worte verlegen.

»*Sieh dir das Bloomenveldt an, Sunshine!*« rief er, nachdem wir uns ein angemessenes Stück entfernt hatten; ich gab soweit seiner Bitte nach, daß ich über das endlose, rollende Blattwerk und die Blumen hinwegstarrte. »Können deine Augen einen Teil vom anderen unterscheiden? Hör nur die Geräusche des Bloomenveldts! Kannst du etwas anderes als das Flüstern des Windes durch die Baumwipfel und das Schnattern der unsichtbaren Tiere hören?«

»*Bien,* deine zwingenden Ausführungen haben mich überzeugt, daß alles gleich aussieht und gleicht klingt ...«, sagte ich sauer.

»Aber wir wissen doch, daß *nicht* alles gleich ist, oder? Ist das nicht offensichtlich?«

»*Was* ist offensichtlich?«

»*Merde,* daß du nicht deine Augen und Ohren benutzen kannst, um die inneren Geheimnisse des Bloomenveldts zu entdecken!« rief Guy, als spräche er mit einem Kleinkind. »Du mußt deine Nase benutzen, um dem zu folgen, das im Wind fliegt! Das siehst du doch gewiß ein?«

»Ich bin kein Idiot, Guy!« erwiderte ich gereizt. »Aber kannst *du* nicht verstehen, daß wir leicht die Orientierung verlieren, wenn wir in Versuchung geraten, die Masken abzulegen und einem Rattenfänger in Gestalt einer Blume folgen?«

»Aber du selbst hast doch gesagt, daß wir jederzeit die Küste finden können, wenn wir in Richtung Sonnenaufgang gehen«, sagte Guy verschlagen. »Es besteht kaum Gefahr, wenn wir uns an die Abmachung halten, die wir vor unserer Reise getroffen haben. Einer von uns ist der Psychonaut, der andere die Bodenkontrolle. Erinnere dich doch! Es war *deine* Idee, oder?«

»*Meine Idee?* Ich hatte nie vor, ohne Maske zu reisen, ich wollte nur sicherstellen, daß einer von uns vernünftig bleibt, wenn wir gelegentlich haltmachen, um das Parfüm einer Blume zu probieren!«

Guy starrte mich zornig an.

»Was schlägst du dann vor? Sollen wir unsere Suche aufgeben, wo wir doch endlich den Duft unserer Beute gewittert haben?«

Ich erwiderte seinen Blick nicht weniger gereizt, doch als es darum ging, eine schlüssige Antwort zu formulieren, ließ mich mein Mutterwitz im Stich.

»Bedeutet das Schweigen der Sphinx Zustimmung?« drängte er sarkastisch. »*Vraiment, ich* nehme dein Schweigen als Zustimmung, ob es das nun ist oder nicht!« Mit diesen Worten riß er, bevor ich protestieren konnte, die Gasmaske ab, tat einen tiefen Atemzug und betrachtete mich triumphierend. »*Voilà*, der unerschrockene Psychonaut!« erklärte er. »Komm, Sunshine, nach deinen eigenen Worten kannst du doch nicht zulassen, daß ich ohne Bodenkontrolle weiterfliege?«

Und damit sprang er nach Westen davon; ich konnte nichts tun außer ihm folgen, während ich leise, ohnmächtige Verwünschungen murmelte.

Den Rest des Nachmittags hielt Guy kaum einmal inne, so daß ich ihm nicht die Leviten lesen konnte, sondern er führte uns in einem winkligen Zickzackkurs in westliche Richtung, soll heißen, in die Richtung, in die uns die Logik zuerst geführt hatte, bevor er dem Kleinhirn erlaubte, zu folgen, wohin die Nase es führen mochte. Und während ich seine Fähigkeiten als Spurensucher alles andere als überwältigend und seine männliche Engstirnigkeit ausgesprochen dumm fand, mußte ich schließlich doch zugeben, daß ich kein offensichtliches Zeichen von Gefahr erkennen konnte.

Guy schwebte auf einem Blatt nieder und stieß sich sofort wieder ab, anscheinend ohne jeden bewußten Gedanken, wenn sich auch unsere Zielrichtung nach und nach änderte. Auf diese Weise, mit Guy als Vorhut, drangen wir weiter nach Westen vor wie ein Segelboot, das vor unfühlbaren Brisen kreuzt.

Als sich der Nachmittag dahinschleppte, wich mein Zorn, und meine Neugier drängte in den Vordergrund. Welchem seltsamen Duft mein dummer Psychonaut wohl folgte? Welche Visionen wehte der pheromonische Wind in sein Gehirn? Oder folgten wir diesem Weg, ohne daß es einen bestimmten Grund gab?

Vraiment, um ehrlich zu sein, als sich die Nacht senkte und die Klugheit sogar Guy überzeugte, ein Blatt außerhalb jeder Einflußsphäre einer Blume zu suchen, hatte meine Neugier einen gewissen neidischen Zug bekommen, denn wenn ich auch nicht dumm war, hatte ich mich immerhin bereitwillig zu einer mystischen Libertinistin erklärt. Was heißen solle, daß ich noch nie bereit gewesen war, im Entzücken tantrischer Zuckungen kurz vor dem Orgasmus aufzuhören; selbst in Nouvelle Orlean hatte ich auch dem wagemutigsten Liebhaber nicht zugestanden, damit zu prahlen, daß er sich an einen Ort wagen konnte, an den zu folgen ich mich fürchtete.

Sobald wir unsere Konzentratpäckchen aufgebrochen hatten, vergaß ich deshalb völlig die Standpauke, die ich während der heißblütigen Reise des Nachmittags geprobt hatte, und wollte lieber die Neugierde befriedigen, die durch die meine Seele erregenden Farben des Sonnenuntergangs im Bloomenveldt noch verstärkt worden war.

Doch es war schwer, Guy von seinem Aussichtspunkt mitten in den Geruchsempfindungen der Blumen herunterzubringen und zu bewegen, in der Sprache seiner armen Bodenkontrolleurin von ihnen zu berichten.

»Es war als ob ... es schien als ...« Er zuckte die Achseln, biß vom Konzentrat ab und kaute bedächtig, ehe er es noch einmal versuchte – als wollte er einen verständlichen Wortbrei daraus gewinnen. »Löse die Rückstände von vielen schwachen, ausgefallenen Psychotropika in ein oder zwei Litern Weißwein auf und nippe ständig daran, während du frei im Paradiesgarten herumtollst ...«, erklärte er großartig.

»Das mag ein gutes Rezept sein, um eine Simulation der Erfahrung zu erleben, doch die Bescheibung ist nicht sehr bildhaft«, beschwerte ich mich.

Guy warf mir einen seltsamen irgendwie traurigen Blick zu, den Blick von jemandem, der versucht, die verblassende Erinnerung an einen Augenblick satorischer Erleuchtung festzuhalten.

»Man kann es nicht mit Bildern beschreiben, gleichgültig, wie stark sie sind«, sagte er. »*Vraiment,* es scheint, daß die Erinnerung daran, wie es war, nicht einmal den Versuch machen kann, sich im Reich der Maja auszudrücken, denn jetzt wirkt alles wie ein wundervoller Traum, der auf einer Bewußtseinsebene existiert, an die man sich hier unten beim Fußvolk nicht mehr ganz erinnern kann ...«

»Beim Fußvolk?« rief ich. »Welches Fußvolk meinst du? Hier gibt's nur Guy Vlad Boca und Sunshine Shasta Leonardo – ganz allein im Wald.«

Um die Wahrheit zu sagen, ich war ziemlich verärgert; zuerst über seine arroganten Erklärungen über seine visionäre Überlegenheit, dann, was noch schlimmer war, über die Genauigkeit, mit der seine Charakterisierung meiner Rolle als Bodenkontrolle die Wahrheit traf.

»Ist das die mystische Libertinistin?« spottete Guy herausfordernd. »Ist das der Geist des wahren Kindes des Glücks? Wirst du mich morgen als Psychonautin ablösen?«

»Certainement!« erklärte ich, ohne nachzudenken; doch als ich die Worte ausgesprochen hatte, fragte ich mich, ob ich im Geiste des Arkie-Funkens handelte oder ob ich nur so dumm war, auf eine rücksichtslose männliche Herausforderung zu reagieren.

Wie dem auch sei, am Morgen, nachdem wir rasch gefrühstückt und uns mit dem Morgentau gewaschen hatten, der in einem Blatt in der Nähe zusammengeflossen war, legte Guy die Maske der Bodenkontrolle an und lud mich mit einer eleganten kleinen Verbeugung ein, die Führung zu übernehmen; ohne ihn eines weiteres Blickes zu würdigen, lief ich los.

Wie immer hatten wir unser Nachtlager auf einem Blatt aufgeschlagen, das weit genug von allen starken Einflüssen der Blumen entfernt war. Als ich nun auf der Suche nach einem Orientierungspunkt tief einatmete, spürte ich wenig mehr als den reichen Duft der grünen Fülle, den Morgengeschmack von Nebel, der im warmen Sonnenlicht verdunstete, und vage, komplexe Untertöne dieser Mischung, die jedoch unterhalb der Schwelle bewußter Wahrnehmung lagen.

Weil ich auf Anhieb keinen besonders anziehenden Duft fand, kehrte ich der aufgehenden Sonne den Rücken, stellte den Schwebegürtel auf 0.1 g ein und sprang in einem schwebenden Satz nach Westen davon.

Als ich aufstieg, fiel der schwere Geruch des Grüns zurück wie die Schutzmäntel der unteren Atmosphäreschichten, und ich erschnüffelte vereinzelte Ionen der Psychostratosphäre. In Wirklichkeit waren die Moleküle hier droben so verstreut, daß mir die Luft auf dem Gipfelpunkt meines Sprungs im Gegensatz zum Blätterduft des Bloomenveldts fast geruchlos schien.

Doch andererseits schien hier oben jede Blume einen Teil ihres Parfüms zu einem unglaublich komplexen, sehr schwachen Gebräu beigetragen zu haben, in welchem kein bestimmter Reiz die Oberhand gewinnen konnte. Diese Mischung aus Phantomgerüchen erreichte anscheinend die Gehirnzentren, wo sie sich als schwacher psychischer Duft manifestierte – der Atem des ganzen Bloomenveldts, wie das Flüstern einer Million ferner Stimmen.

Vraiment, es *war* wie ein Schluck von einem gut gemischten psychotropen Wein, denn im Geschmack des Atems des ganzen Zauberwaldes lagen Erregung und unausgesprochene Versprechungen, wenn auch kein pheromonischer Impuls stark genug wurde, um eine bewußte Ebene zu erreichen, und keiner hielt sich lange genug, um vom Kleinhirn verstanden zu werden. So konnte sich der Geist, der auf diesen ätherischen Brisen trieb, einmal hierhin und einmal dorthin wenden, den Molekülen folgend, auf die er im Augenblick traf, gleich einem monomerischen Film im Sonnenwind.

Das heißt, sobald ich auf einem Blatt landete, drehte ich meinen Körper in einer Bewegung, die aus der ballistischen Unvermeidlichkeit des Augenblicks zu entstehen schien, die aber dennoch meine vorherige Richtung veränderte, wenn ich mich in einer fließenden Bewegung wieder abstieß.

Die Bewegung fühlte sich angenehm an; das ist alles, was ich wirklich darüber zu sagen vermag; sie erschien wie ein unvermeidlicher Schritt im Tanz der feinen Blumendüfte in meinem Bewußtsein, im Tanz meines Geistes durch den Wald der Blumen.

Im Laufe des Tages fühlte ich mich immer besser, während ich dem parfümierten Wind folgte, der durch das gelöste Haar meines Bewußtseins strich, und spürte auch eine größere Harmonie mit Guy. Ich war ihm sogar dankbar, daß er mich herausgefordert hatte, seinem mutigen Beispiel zu folgen, denn ich hatte Vertrauen zum behütenden Geist des Bloomenveldts gefaßt.

Welchen Grund gab es, dem Geist einer pflanzlichen Intelligenz zu mißtrauen, dessen Eigeninteresse ihn dazu gebracht hatte, Essenzen zu entwickeln, mit denen wir uns ergötzten? Warum sollte eine solche Symbiose den Partnern schaden?

Denn in dem komplexen Parfüm hoch über dem Bloomenveldt konnte man die moralische Neutralität der Blumen schmecken. Wenn, wie der Baba gesagt hatte, das Bloomenveldt irgendwann jedem Geist seine eigene vollkommene Blume bot, folgte dann nicht daraus, daß man nie einer anderen als der Blüte der eigenen Bestimmung verfallen konnte?

So flatterte ich luftig unzählige goldene Sommerstunden durch die Wipfel des Bloomenveldts, tanzte wie ein munterer Schmetterling fröhlich durch die großen, edlen Blumen.

Doch als die Sonne den Zenith überschritten hatte und ich mich nach dem Gipfelpunkt meines letzten schwebenden Sprungs durch die psychotropischen Wolken senkte, spürte ich plötzlich den Drang, den Körper zu verdrehen, um mitten in der Luft meine Flugbahn zu verändern, denn plötzlich war ein mächtiger Duft aus dem Hintergrund herangeweht, ein wundervolles Aroma, das mein Kleinhirn eindringlich mit verschwenderischen Versprechungen von vollkommenem Frieden und sexueller Ekstase lockte, als wäre dieser Duft zugleich aus Lotus und ausgesprochen erotischem Moschus komponiert.

Ich landete etwas unbeholfen auf dem nächsten Blatt, denn mein Versuch, mitten in der Luft den Kurs zu ändern, war nicht sehr erfolgreich verlaufen, ebensowenig wie mein Bewußtsein über mein Tun noch nicht ganz mit der Handlung selbst übereinstimmte.

Ich sprang wieder los, nicht um eine weite Entfernung zu überwinden, sondern in einem flachen Bogen, der mich, das verstand ich nun, zur Quelle des Duftes bringen würde, wenn auch der Grund für mein Verhalten eine Feinheit meiner Motivationen war, die ich im Augenblick nicht ganz begreifen konnte.

Ich landete auf einer Fläche aus Blättern, auf der drei Blumen derselben Art wuchsen, jeweils in ein paar Dutzend Metern Abstand. Es waren hohe, röhrenförmige Blumen, deren große und teilweise eingefaltete Blütenblätter lebhaft rosa waren, mit Flecken aus gleichermaßen lebhaftem Preußischblau. Die pollenschweren blauen Köpfe der Stempel lugten ganz oben durch die geschürzten Blumenlippen hervor wie Knospen in der Öffnung eleganter Vasen.

Dieses botanische Detail enthüllt sich mir erst im Rückblick, denn ich bemerkte damals kaum etwas außer einer überwältigenden Sehnsucht und den Menschen, die sich um die Blumen versammelt hatten.

Es waren mehr, als wir je zusammen auf dem Bloomenveldt gesehen hatten, mindestens ein Dutzend; an jeder Blume vielleicht vier oder fünf. Die meisten trugen alte, verblichene Kleider und zeigten den übersättigten Gesichtsausdruck, den wir schon so oft gesehen hatten.

Doch unter ihnen befand sich ein weitaus schönerer Menschentypus – nackt und schlank, vollkommene Exemplare beider Geschlechter unserer Art, die stolz und aufrecht standen und sich mit einer animalischen Anmut bewegten, die bewies, daß sie nie die Kleider oder Unbequemlichkeiten der Zivilisation gekannt hatten. *Vraiment*, es waren energiegeladene Athleten, die mit ihrer edlen, körperlichen Vollkommenheit eine Versammlung genußsüchtiger Schwelger beschimpften.

All dies erfaßte ich intuitiv und ebenso das überwältigende Verlangen, zu ihnen zu gehören. Glücklicherweise hatte Guy mich inzwischen eingeholt, und ehe ich weiterlaufen konnte, hielt er mich mit triumphierender Freude fest.

»Du hast es geschafft, Sunshine!« frohlockte er. »Du hast die Bloomenkinder gefunden!«

So schien es. Während ich mich gegen Guys Umarmung wehrte, die mich daran hinderte, meine glückliche Bestimmung in den Blumen zu finden, war ich in den höheren Zentren meines Bewußtseins für diese Hemmung dankbar, denn so konnte ich die Realität mit einer Nase erfassen, die völlig unter dem pheromonischen Bann stand, und die Szene gleichzeitig aus einem anderen Blickwinkel als zwangsweise distanzierte Beobachterin wahrnehmen.

Zwei der Bloomenkinder – falls es welche waren – und zwei der ehemals zivilisierten Menschen saßen um den Fuß einer der Blumen und schluckten Trauben großer, purpurner, ovaler Früchte. Mir lief das Wasser im Mund zusammen, auch ich wollte diese saftigen Früchte schmecken. Eine ähnlich zusammengesetzte Gruppe wartete anscheinend unter der entferntesten Blume auf ein Ereignis, das ich mir nicht vorstellen konnte. Andere Angehörige beider Menschengruppen lagen um den Fuß der dritten Blume in tiefem Schlummer; ihr Parfüm sprach zu mir von den Freuden eines traumlosen Schlafes. Dann auf einmal – oder besser, mit schneller, doch gemessener, animalischer Anmut – öffnete sich die hinterste Blume und enthüllte vor den wartenden Menschen eine weich gepolsterte Matte. Sie legten sich auf den Blumenteppich und begannen in fröhlicher Ausgelassenheit in verschiedenen Figuren zu kopulieren; während der Rest Vernunft, der mir geblieben war, dieses Schauspiel als nicht sehr künstlerisch beurteilte, waren meine Lenden leidenschaftlich anderer Meinung.

Vraiment, meine Nüstern wurden eingehüllt und gelockt von einem Durcheinander widersprüchlicher Impulse; vielleicht war es die Sorge, die nun in Guys Augen zu sehen war, die Kraft seiner Umarmung oder eine innere Stärke, die mir das moralische Standvermögen gab, mich zu wehren und mir die Maske überzustreifen.

Ich hyperventilierte einige Augenblicke, während das Parfüm aus den Tiefen und Nischen meines Bewußtseins verflog wie eine dichte Nebelbank unter einer heißen, aufgehenden Sonne.

Dann sah ich, daß Guy dies als Zeichen auffaßte, die Rollen zu vertauschen. Er machte Anstalten, seine Maske abzulegen.

»Nein!« rief ich, indem ich seine Finger von den Riemen zurückriß. »Auf keinen Fall! Ich konnte kaum … ich wäre fast …«

Mit der Wucht meiner verzweifelten Entschlossenheit konfrontiert, gab Guy endlich nach. «Sind das nicht die berühmten Bloomenkinder?» sagte er schmollend und verwirrt. »Ist das nicht der Duftgarten?«

»Das sind vielleicht die berühmten Bloomenkinder«, erklärte ich mit aller Festigkeit, die ich aufbringen konnte, »aber *certainement* ist dies nicht der Duftgarten! Hier ist nichts Hohes und Feines; diese Blumen verströmen einen überwältigenden Duft, der grobe Grundbedürfnisse erweckt, die in keiner Weise erleuchteter sind als ihre Erfüllung, die du im Augenblick siehst. Nur wenn es deine Vorstellung von Perfektion ist, den Rest deines Lebens damit zu verbringen, abwechselnd die Früchte zu verzehren, schläfrig das Bewußtsein zu verlieren und brutal und geistlos zu kopulieren, dann solltest du diese Luft ungefiltert einatmen!«

»Aber immerhin sind das vielleicht echte Bloomenkinder!« widersprach Guy. »Wir müssen wenigstens versuchen, sie auszufragen!«

Diesem Vorschlag konnte ich kaum widersprechen, wenn ich auch alles andere als überzeugt war, daß wir die Stammesleute des Bloomenveldts in ein zusammenhängendes Gespräch verwickeln konnten.

Zuerst wählten wir den Weg des geringsten Widerstands und versuchten, mit immer lauteren Rufen die Schläfer aus ihrer Benommenheit zu wecken. Doch das einzige, das wir mit dieser Methode erreichten, war, daß sich für einen Moment ein Augapfel verdrehte.

Da es nicht geraten schien, uns der Orgie zu nähern, um Teilnehmer fortzuzerren und sie unserer Befragung zu unterwerfen, kehrten wir zum Bankett der purpurnen Früchte zurück und hofften, ein Tischgespräch in Gang zu bekommen.

Vier Stammesleute hockten bei der Blume und verschlangen die Früchte in großen Bissen; es sah nicht sehr elegant aus, denn sie hielten die ovalen Früchte mit beiden Händen vor die Münder, bissen große Stücke aus der vor Saft triefenden Frucht, so groß, wie ihr Mund sie fassen konnte, und würgten sie beinahe hektisch herunter. Zwei waren dicke Männer, die noch mit lumpigen Fetzen bekleidet waren; ihre Tischmanieren schienen besonders nachlässig und unappetitlich. Doch die anderen beiden, ein männliches und ein weibliches Bloomenkind, die ergonomisch gesehen dieselben Bewegungen mit demselben praktischen Ergebnis machten, schienen nicht unansehnlicher als Moussas, die sich systematisch ihre Beeren vornehmen.

Keiner reagierte auf unser Kommen mit Überraschung oder Flucht oder Gegenwehr; allerdings grüßte uns auch keiner oder bot uns Essen an. Kurz gesagt, trotz des Erscheinens von uns bizarren Fremden fuhren sie fort, in der gleichen, still besessenen Weise die Früchte zu verschlingen.

»Hast du ein brillantes Bonmot zur Hand, Guy? Ich muß gestehen, daß mir die rechte Gesprächseröffnung für diese sozialen Kreise fehlt.«

Guy zuckte die Achseln. »Gute Manieren sind offenbar überflüssig.« Und indem er es sagte, schob er das Gesicht zu einem der dikken Burschen vor und sprach laut, nachdrücklich und langsam, wie man sich an ein sehr junges Kind oder einen störrischen Papagei wendet. »Der ... Duftgarten ... wir ... suchen ... den ... Duftgarten ... kennt ... ihr ... den ... Duftgarten?«

Der Mann richtete immerhin den Blick von der Frucht auf Guy, wenn er sich auch nicht aus dem Rhythmus seines Kauens bringen ließ.

»Der Duftgarten! Der Duftgarten!« sang Guy, indem er mir winkte, seine Bemühungen zu unterstützen. »Der Duftgarten! Der Duftgarten!«

Schließlich, nach einer ganzen Weile, bekam unser Gesang ein spärliches Echo, etwa so, wie dieselbe Prozedur einen sprechenden Vogel zur Nachahmung bewegt oder den Wortschatz eines Kindes vergrößert hätte. »Der *Duftgarten ... Duftgarten ...«* Doch statt auf das neue Wort zu antworten, stellte der Mann rasch blinzelnd sein Kauen einen Augenblick ein und schien sich zu bemühen, den Klang einer fernen Erinnerung zurückzugewinnen.

»Der *Duft*garten«, sagte ich betont, und dann ergänzte ich den Rhythmus um zwei weitere Takte. *»Wir* suchen *den Duft*garten ...«

*»Wir ... suchen ... den ... Duft*garten ... suchen ... den ... Duftgarten ... *suchen ...* den ... Duftgarten ... *suchen ...* den ... Duftgarten ...«

Langsam schien sich in seine papageienhafte Wiederholung der Silben eine Bedeutung zu schleichen, und in seine Augen kehrte ein trübes Bewußtsein zurück. Er hatte jetzt zu essen aufgehört, und die tropfende Frucht lag unbeachtet in seiner Hand. »Suchen den Duftgarten«, sagte er entschiedener, während er fast unmerklich nickte, als stimmte er der Weisheit dieses Planes zu.

Nachdem er unserem Unternehmen seinen Segen gegeben hatte, schien es, als hätte er sich ausreichend mit dieser Angelegenheit befaßt, denn er wandte seine volle Aufmerksamkeit wieder dem Verschlingen der purpurnen Frucht zu.

»Der Duftgarten!« schrie Guy, indem er den Burschen an den Schultern schüttelte. »Wo ist er?«

Der dicke Kerl schien dieses ungebührliche Benehmen nicht übelzunehmen; ebensowenig schenkten uns seine Tischgefährten mehr Aufmerksamkeit, als sie es zuvor bei unseren verbalen Anstrengungen getan hatten. Wirklich, der Bursche schien sogar etwas wie ein Lächeln aufzusetzen.

*»Bloomen*kinder ... *Bloomen*kinder ...«, sang er, indem er unsere Aufmerksamkeit mit einem Blick auf die Exemplare derselben lenkte.

»Die Bloomenkinder fragen?« erkundigte Guy sich. »Die Bloomenkinder fragen? Willst du mir das sagen – die Bloomenkinder fragen?«

»Die Bloomenkinder *fragen!* Die Bloomenkinder *fragen!«* sang der

Bursche; nachdem er uns diesen Rat erteilt hatte – falls es ein solcher war –, wandte er sich wieder seiner Frucht zu und ließ sich auch durch Rufe und Schütteln nicht wieder stören.

Ich wandte mich achselzuckend an das nächste Bloomenkind, eine hübsche Frau mit straffer Bronzehaut, fließendem langem Haar, einem verzückten Lächeln und strahlenden, leeren blauen Augen. »Wir suchen den Duftgarten«, sagte ich. Ich kam mir ziemlich dumm vor. »Weißt du wirklich, wo er ist?«

Der Klang meiner Stimme veranlaßte sie, mich einen Augenblick anzusehen, doch wenn es nach der bewußten Antwort ging, die ich in ihrem entrückten, ruhigen Gesicht sah, dann hätte ich mich auch an die ebenso schönen und ebenso geistlosen Blumen wenden können.

Auch der Mann dieser Menschengruppe gab keine klarere Antwort; doch ich bin sicher, daß, wenn sich in diesem Augenblick die Blütenblätter geöffnet und das Parfüm *d'amour* verströmt hätten, seine Antwort erheblich anders ausgefallen wäre. Trotz meiner intellektuellen Abneigung gegen sexuellen Verkehr mit berauschten Wesen wünschte ich fast, daß sie es taten, denn selten hatte ich ein Exemplar von so offenbarer, animalischer Virilität gesehen.

Wie dem auch sei, der Vorschlag, die Bloomenkinder zu fragen, schien eine Art Bloomenveldt-Scherz zu sein, denn die Bloomenkinder reagierten mitnichten auf eine verbale Annäherung.

Inzwischen begann die Sonne dem Horizont entgegenzusinken, und die sich vertiefenden Schatten des Zwielichts breiteten sich über dem Blattwerk aus und warfen schwindende, nach Westen gerichtete Linien über das endlose Grün, in dem alle schattengesprenkelten Strukturen gen Sonnenuntergang wiesen.

»Die Bloomenkinder fragen?« sagte ich. »Da könnten wir genausogut eine Marmorstatue fragen!«

Doch während ich sprach, während die Blattfläche und die drei Blumen im schrägen Bernsteinlicht des Spätnachmittags gebadet wurden, begannen sich die Blätter der Blume, auf der die Kopulation stattfand, langsam zu heben, und die tantrischen Übungen hörten auf. Die Menschen verließen ihr Blumenbett und standen in reglosem Schweigen davor. Ebenso hörten die, zwischen denen wir standen, zu essen auf, ließen die Reste fallen und erhoben sich langsam.

Einige Augenblicke später gingen alle, die aus den Menschenwelten in den Zauberwald gekommen waren, gemessenen Schrittes zu der Blume, wo bereits fünf von ihrer Art schliefen, um ihnen binnen kurzem im Traumland Gesellschaft zu leisten.

Aber die Bloomenkinder! Ah, die Bloomenkinder!

Wo auch immer sie sich befunden hatten, als die Blumenuhr das Ende des Tages einläutete, waren sie erstarrt, und so würden sie stehenbleiben, bis die Sonnenscheibe den Horizont geteilt hatte. Und alle standen sie dort wie Sonnenblumen, blickten in genau die gleiche Richtung gerade nach Westen, gebannt vom Sonnenuntergang oder vielleicht gen Mekka gewandt, dessen Richtung, wie uns gesagt worden war, nur die Bloomenkinder wußten.

Als auch wir unser eigenes Blätternest für die Nacht im Bloomenveldt gefunden hatten, tat Guy seine unterschütterliche Überzeugung kund, daß die Bloomenkinder wirklich unsere Frage beantwortet hatten.

»*Certainement,* diese Bloomenkinder müssen in spirituellem Kontakt mit einem verlorenen Eden irgendwo im Westen stehen«, erklärte er.

»Vielleicht ist in ihren Genen eine kollektive Erinnerung kodiert ...«, schlug ich zweifelnd vor.

»*La même chose,* denn je weiter wir ins Bloomenveldt eindringen, desto höher sind die Blumen entwickelt, desto enger sind sie mit der Psyche der Menschen verbunden; da diese Bloomenkinder eindeutig besser an den Geist des Waldes angepaßt sind als alle anderen Menschen, die wir getroffen haben, müssen sie deshalb aus einer Gegend im Westen stammen. Auf jeden Fall müssen wir weiter in die Richtung gehen, in die sie unsere Aufmerksamkeit lenkten, denn wenn der Duftgarten wirklich existiert, wer außer den Bloomenkindern kann uns dann den Weg weisen?»

»Zweifellos«, sagte ich. »Aber den Weg *wohin?*«

»Wohin?« rief Guy. »Zu den mächtigsten Psychotropika, die das Bloomenveldt im Kontakt mit unserer Rasse entwickelt hat! Zum Duftgarten!«

»Falls er wirklich existiert«, erwiderte ich – unsicher, ob ich wünschte, sein *ultima thule* zu erreichen, oder ob ich es fürchtete.

»Nun, dann zumindest ins Herz der Dinge«, sagte Guy, der schließlich spürte, daß meine Begeisterung der seinen nicht gleichkam – doch ohne auch nur einen Millimeter nachzugeben. »Auf jeden Fall bin *ich* an der Reihe, den Psychonauten zu spielen, wenn wir morgen weitergehen.«

So reisten wir am Morgen weiter, ich mit der Maske Guy folgend, der seinerseits dem folgte, was der Wind ihm zutrug.

Bis in den Nachmittag hinein sprang er in weiten, hohen, geraden Sätzen von Blatt zu Blatt, um so schnell wie möglich soviel Raum wie möglich zu überwinden; auf diese Weise zogen wir ohne Rast nach Westen, als hätte er sich in einem Willensakt entschlossen, trotz der Düfte einen geraden Kurs zu halten.

Am frühen Nachmittag wurden dann seine Sprünge kürzer, und der Weg, dem wir folgten, wurde gewundener. Einige Male sprang er direkt nach oben, atmete im Gipfelpunkt seines Sprunges tief ein und kam höchstens ein Dutzend Meter von seinem Ausgangspunkt entfernt herunter. Schließlich wurden seine Sprünge kürzer und sicherer, und dann rannten wir über die Blätter wie Forscher auf einem Asteroiden mit niedriger Schwerkraft, wandten uns ohne logische Überlegung in diese und jene Richtung, als folgte Guy einer unsichtbaren Spur wie ein Hund einer Fährte.

Plötzlich wurde er langsamer, hielt inne, kauerte auf einem Blatt und betrachtete reglos etwas, das durch eine Senke im Gelände meinen Blicken verborgen blieb, bis ich neben ihm stand.

Dann sah ich das Dorf der Bloomenkinder, wenn eine solche Bezeichnung erlaubt ist.

In der flachen Senke der großen Äste direkt unter uns war ein Nebenast mit mindestens hundert Blättern zu voller Blüte erwacht. Mindestens ein Dutzend Blumen wuchsen nur wenige Meter nebeneinander, so daß es fast aussah, als wäre ein Blumenbeet in eine wuchernde Wiese gepflanzt worden. In diesem Garten des Bloomenveldts gab es mehrere Blumenarten: strahlende, pinkfarbene Becher wie gewaltige offene Münder, deren Blütenblätter schwarz gestreift waren; Blumen mit genau der umgekehrten Farbanordnung; Blumen, die hauptsächlich aus Pyramiden gelber Pollen bestanden; Blumen, die fast nur hohe weiße Blütenblätter waren; hängende Trauben von Lavendelglocken; dicke Boviste in allen Regenbogenfarben.

Und zwischen den Blumen bewegten sich vielleicht zwei Dutzend Bloomenkinder, die, wenigstens aus dieser Entfernung gesehen, mit verschiedenen alltäglichen Aufgaben eines typischen Dorflebens beschäftigt schienen.

Guy blickte mit stillem Entzücken hinüber. »Wunderschön ...«, seufzte er. »Vollkommen ...« Ich faßte seine Hand, als er vorwärts zu treiben schien.

»Guy! Guy! Was ist mit dir?«

Guy schien um Worte zu ringen, während er sich gegen meinen Griff wehrte.

»Spürst du es nicht, Sunshine?« platzte er begeistert heraus. »Die Vollkommenheit der Schöpfung ... das große Rad, das sich langsam zur Sphärenmusik dreht ...«

Er hielt blinzelnd inne. Dann drehte er sich um und schenkte mir sein strahlendstes Lächeln. »Keine Angst, *ma chère*«, sagte er leise und mit ruhiger Gewißheit, »in diesem vollkommenen Garten kann uns nichts Böses geschehen.«

Noch nie hatte ich Guy Vlad Boca so im Einklang mit seinem eigenen Geist gesehen; *vraiment*, die ruhige Klarheit, die von ihm ausging, der unbestreitbar schöne Anblick des Dorfes der Bloomenkinder waren so stark, daß ich ihm erlaubte, mich durch die Blumen zu führen zu den vollkomenen Bloomenkindern mit ihren klaren und leeren Augen, mit ihren schönen, unverhüllten Körpern und ihrer unschuldigen, animalischen Anmut.

Die Bloomenkinder zogen langsam und würdevoll von Blüte zu Blüte, schienen sich nie zu behindern, ohne sich jedoch bewußt auszuweichen – als wären sie bewegliche Teile eines einzigen Organismus oder, vielleicht passender, als folgten sie bei ihrem Tanz zwischen den Blumen einer ausgeklügelten Choreographie.

Ihre Augen verrieten das Bewußtsein unserer Anwesenheit ebenso, wie sie das Bewußtsein ihrer Gefährten verrieten. Sie schienen uns als natürliche Hinternisse zu betrachten, die mit ruhigen Anpassungen ihres Tanzes zu umgehen waren, ohne jedoch weiter auf uns zu achten. *Vraiment*, ich glaubte jetzt auch, daß uns hier nichts zustoßen konnte, denn es war, als wandelte ich im Traum eine Straße hinunter, gehüllt in ein voyeuristisches Gewand der Unsichtbarkeit, einerseits unverletzlich, doch andererseits auch unfähig, mit den Bewohnern dieses Traumlandes Kontakt aufzunehmen.

Doch *certainement*, noch nie war ich im Traum durch eine Landschaft wie diese gewandert.

Auch hier fanden wir Blumen, auf denen tantrische Übungen stattfanden, Blumen, die als Speisesäle dienten und pflanzliche Traumkammern; ein pheromonisches Uhrwerk war an den Bloomenkindern abzulesen, die in verschiedenen Phasen des Kreislaufs begriffen waren.

Doch hier gab es so viele Blumen von so unterschiedlicher Art, daß das von ihnen erzeugte menschliche Verhalten so komplex wurde, daß man nicht ganz sicher sein konnte, ob der Tanz der Bloomenkinder nicht doch durch ein Bewußtsein gesteuert wurde.

Drei verschiedene Früchte und mindestens zwei Nektararten wurden von den Blumen dieses Gartens angeboten. Trauben kopfgroßer schwarzer Beeren wuchsen am Fuß der Lavendelglocken. Die rosafarbenen Kelche und ihre schwarzen Ebenbilder wuchsen zwischen zottigen weißen Melonen, beide waren mit einer sirupartigen Flüssigkeit gefüllt. Lange, röhrenförmige Früchte waren am Stamm der hohen weißen Blumen zu sehen. Einige dieser Blumen verströmten Düfte träger Ruhe, so daß die Bloomenkinder zwischen den Früchten dösten, und einige waren die Schauplätze versunkener, doch irgendwie würdevoll vorgetragener tantrischer Figuren – Figuren von beachtlicher Kompliziertheit, die aufgeführt wurden, ohne daß auch nur eine Beere zerdrückt wurde.

Außerdem schienen die Blumen mit ausgewogener Regelmäßigkeit einen Zyklus zu durchlaufen, als suchten sie – wie achtsame Eltern – obsessive Exzesse zu verhindern. Statt bis zur Ermüdung von einer einzigen Frucht oder einem Nektar zu nehmen, sollten die Bloomenkinder hierhin und dorthin wandern, die verschiedenen Gerichte sammeln und die Flüssigkeiten probieren wie Gäste an einem Buffett.

Selbst im Reich der Sexualität waren Variationen zu sehen, die zumindest die Frage nach Bewußtsein aufkommen ließen. Es gab kurze, intensive, komplizierte Figuren, von beliebig vielen Teilnehmer in hektischer, vielfältiger Verwirrung vollzogen, die sich nach wenigen Minuten wieder lösten. Es gab kleinere, stabilere Gruppen, die eine Weile beisammen blieben, und sogar die Dyaden der konventionellen Liebe.

»Man könnte fast glauben, daß es Müßiggänger auf einer selbstversunkenen Fete sind, die zwischen dem Smorgasbord und dem Boudoir pendeln«, flüsterte ich Guy zu, während wir verwundert durch diesen Garten der Bloomenkinder wanderten.

»Gut gesprochen!« erklärte Guy bedeutsam. »Denn sehen wir nicht eben jenes Paradies, von dem die Bodhis sprechen, wo vollkommen Unschuldige eine endlose Soiree tantrischer und sinnlicher Freuden erfahren und wo Streben und Arbeit für ewig verbannt sind?«

»Die Bodhis sprechen auch von einer *spirituellen* Facette des Nirvana«, erinnerte ich ihn. »Denn gewiß gibt es hier doch mehr als ein endloses, berauschtes Gelage.«

»*Vraiment*«, sagte Guy. »Kannst du nicht die vollkommene spirituelle Harmonie dieser Menschen riechen, siehst du nicht die animalische Anmut jeder Bewegung, ihre verzückten Gesichter? Ist dies nicht der höchste Zustand, den alle Menschen anstreben?«

»*Je ne sais pas* ...«, sagte ich. »Ich sehe Harmonie und Anmut, *vraiment*, aber ich habe keinen Wunsch, mich dieser vollkommenen Gemeinschaft anzuschließen.«

»Ich auch nicht, muß ich sagen«, räumte Guy bedauernd ein. »Denn da wir niemals vollkommen unschuldige Bloomenkinder sein können, können dies auch nicht *unsere* Blumen der Vollkommenheit sein.« Sein Gesicht hellte sich wieder auf. »Aber verspricht dies nicht einen Garten mit stärker bewußter Vollkommenheit für Menschen wie uns, die tiefer ins psychische Innere eingedrungen sind? Ah, Sunshine, ich rieche es im Wind ...«

Vraiment, selbst ich konnte schließlich die Verlockung dieses Versprechens fühlen, denn wie konnte ich leugnen, daß ich tatsächlich die Möglichkeit einer gewissen Art von menschlicher Vollkommenheit sah?

Denn die Bloomenkinder, soweit man ihnen überhaupt menschliches Bewußtsein zugestehen wollte, mußten wirklich in einem Zustand ewiger Verzückung leben. Waren nicht ihre Bedürfnisse auf Sex, Essen, Trinken und Ruhe beschränkt, und wurden diese nicht sofort befriedigt, wenn sie durch die Düfte der Blumen erweckt wurden? Schliefen und aßen und liebten sie nicht mit dem vollkommenen *wu* von Zen-Meistern?

Soll heißen, daß ich trotz der Maske die Wohltaten des Bloomenveldts spürte – die Sorgfalt, die es für die animalische Glückseligkeit seiner Bewohner aufwandte. Wer könnte da sagen, daß sich irgendwo tiefer in seinem Herzen diese tiefe Sorgfalt nicht auch auf den bewußten Geist erstreckte? Denn hatten wir nicht bereits Blumen gesehen, die anscheinend die sterbenden Babas mit der Gabe der Erleuchtung beschenkten, um ihre letzten Stunden zu erhellen?

So glitt ich selbst in einen träumerischen Zustand, so war ich fast versucht, meine Gasmaske abzustreifen und den Duft dieses Märchengartens einzuatmen, und so dachte ich daran, die Rollen zu tauschen und Psychonautin zu sein, um mich vom Geist des Waldes verführen zu lassen.

Bis wir schießlich zufällig nahe an einem der großen, regenbogenbunten Boviste vorbeikamen.

Eine genauere Betrachtung zeigte, daß diese Blume aus Tausenden winziger roter, blauer, grüner, gelber oder bunter Blüten bestand, die sich versammelt hatten, um auf einem kurzen, dicken Stamm, umgeben von einem Gürtel aus dickem, weichem, gelbem Pollen, eine runde, flauschige Hecke zu bilden.

Auf diesem Blumenteppich krabbelten zwei schläfrige, pummlige, nackte Kinder völlig unbeaufsichtigt herum – was mir als der Gipfel elterlicher Verantwortungslosigkeit erschien und kaum als ein Merkmal erleuchteter Wesen.

Doch als ich den Stamm des Bovists näher untersuchte, erkannte ich, wie sehr die Blumenkinder ihren Geist den Blumen ausgeliefert hatten.

Um den Stengel wuchs ein Ring hellrosafarbener Ableger, die an den Spitzen in winzigen, karminroten, röhrenförmigen Zitzen ausliefen; an dreien von ihnen saugten mit verzückt verdrehten Augen drei weitere Menschenkinder und wanden sich voll wonniger Zufriedenheit.

Nachdem wir dieses scheußliche Beispiel pflanzlicher Mutterschaft gesehen hatten, zerrte ich Guy hastig von der Blume fort. »Setz die Maske auf!« zischte ich. »Wir müssen sofort im kalten, klaren Tageslicht reden.«

»Ich hab' keine Lust, meine Maske aufzusetzen«, sagte Guy benommen.

»Darum geht's nicht«, erwiderte ich, nicht bereit, seine Weigerung hinzunehmen. Ich gab meinen Worten mit Stößen und Tritten und Stirnrunzeln und Gesten Nachdruck, während ich Guy aus dem Dorf der Bloomenkinder scheuchte; hätte er sich nicht durch meine aufgeregte Entschlossenheit überzeugen lassen, dann hätte ich vielleicht sogar rohe Gewalt angewendet.

»Setz die Maske auf!« befahl ich, als ich ihn zu einem Blatt, das frei von Blumendüften war, bugsiert hatte. »Ich glaube, das Spiel ist schon viel zu weit gegangen!«

»Aber nein doch!« erwiderte Guy mit aufreizender Gelassenheit. »Wirklich, warum streifst du nicht deine ab, denn wenn du es tust, wirst du nie wieder wünschen, die Düfte des Paradieses zu filtern ...«

»*Merde,* Guy, hör doch nur, wie du redest!« knurrte ich. »Beweis genug, daß wir besser diese verrückte Suche aufgeben und nach Osten zur Küste zurückkehren!«

»*Quelle chose!*« rief er. »Zur Küste zurück? Die Suche aufgeben? Wo wir *so nahe* am Ziel unserer Suche sind!«

»Welches *Ziel?*« rief ich. »Es ist doch sicher nicht dein Wunsch, ein blödes Bloomenkind des Waldes zu werden, verzückt und zufrieden mit entseelter, bewußtloser Kopulation, mit Früchten und Schlafen, während deine Wahrnehmung unter der pheromonischen Massage deines Kleinhirns verblaßt und deine Sprößlinge an Pflanzenzitzen nuckeln!«

»Natürlich nicht«, sagte Guy überheblich. »Ich rieche hier nur vollkommene Blumen für vollkommene Blumenkinder. Der Duftgarten für *unsere* Vollkommenheit muß gewiß tiefer im Innern liegen.«

»Pah!« schnaubte ich. »Wieviel von dieser Vollkommenheit willst du noch? Entsprechen diese Bloomenkinder nicht deinem Kriterium von vollkommener symbiotischer Einheit mit den Blumen? Sie essen, schlafen und kopulieren aufs Kommando ihrer pflanzlichen Aufseher in einem Zustand verzückter Hingabe an dieselben; statt die Milch der unvollkommenen menschlichen Wahrnehmung zu trinken, hängen sie ab vom Saft des Lotus!«

»*Vraiment*, die Blumen kümmern sich liebevoll um das Wohlergehen ihrer Menschen ...«

»Und der Preis ist der menschliche Geist, ein Pakt, der als Handel mit dem Teufel bekannt ist, seit unsere Vorfahren von den Bäumen kletterten!«

»Handel mit dem Teufel?« höhnte Guy. »Haben wir nicht Blumen gesehen, die sterbenden Menschen in der Stunde der Not Moleküle der Erleuchtung anbieten? Welchen Beweis der Liebe des Bloomenveldts für unsere Rasse brauchst du noch?«

»*Merde!*« rief ich, denn ich hatte die Nase voll von dieser nutzlosen Dialektik. «Wirst du jetzt mit mir zur Küste zurückkehren?» sagte ich, obwohl ich die Antwort nur zu genau kannte, denn offensichtlich war seine entrückte Laune in Eisen gegossen.

»Wirst du dich jetzt weigern, mit mir tiefer ins Herz des Bloomenveldts einzudringen?«

Eine Weile standen wir schweigend im Zauberwald, jeder bemüht, an diesem karmischen Knotenpunkt den anderen mit seinen Blicken zu bezwingen.

»Wenn *ich* darauf bestehe, umzukehren, wirst du dann allein gehen?» fragte ich schließlich wütend.

»Wenn *ich* darauf bestehe, weiterzugehen, wirst *du* dann allein umkehren?« fragte Guy hinterhältig und mit zuckersüßer Gelassenheit.

»Willst du nicht wenigstens die Maske aufsetzen?« bettelte ich verzweifelt.

»Willst du nicht deine ablegen, damit wir als Kameraden, Geliebte und wahre Kinder des Glücks in vollkommener Harmonie den Duft des Paradieses atmen können?«

Guy mochte vielleicht bluffen, und vielleicht würde *er* am Ende doch *mir* folgen, und so kehrte ich ihm den Rücken und marschierte entschlossen nach Osten, im Bewußtsein, daß *ich* ihm sicher folgen würde, wenn *er mir* den Rücken kehrte. Denn zum einen fürchtete die feige Seite meines Bewußtseins den Gedanken, allein durchs Bloomenveldt zu reisen, zum anderen konnte meine heldenhafte Seite keinen Kameraden im Dschungel verlassen; egal, ob er mich im gleichen Fall verlassen hätte, um seinem eigenen Stern zu folgen, und egal, wie wütend ich auf ihn war.

Was meine frustrierte Wut noch verstärkte, war, daß ich genau wußte, daß Guy diesen Willenskampf gewinnen konnte, weil er mich genau kannte.

Und so folgte ich Guy tiefer ins Bloomenveldt – oder besser, ich ließ mich mitschleppen wie ein kleines Mädchen, das einen viel größeren Hund, der eine Spur gewittert hat, an der Leine hält.

Den Rest des Tages sprang Guy mit großen Sprüngen nach Westen und hielt nur inne, um gelegentlich einen kerzengeraden Satz hoch in die Luft zu tun – genau wie ein Suchhund, der einer pheromonischen Spur durch das Reich der Wahrnehmung folgt, in dem das kräftige Relief der olfaktorischen Topographie den vermeintlich eintönigen Ausblick vor den Augen Lügen straft.

Doch als wir für die Nachtruhe anhielten, war ich in übler, düsterer Stimmung und kaum in der Lage, mit Leuten wie ihm zu reden, seien sie nun Mystiker oder sonst etwas.

Doch Guy Vlad Boca las nichts dergleichen in meiner Miene oder meinem Schweigen. *Vraiment*, er stellte nicht einmal beim Essen oder Trinken sein entrücktes Geplapper ein, er bemerkte auch nicht die absolute Einseitigkeit der Unterhaltung; ich war nicht einmal sicher, ob er überhaupt meine Existenz zur Kenntnis nahm, so berauscht war er von der Pracht der parfümierten Visionen, die sein Gehirn so gründlich benebelten.

»... ich *weiß* jetzt, daß es da ist, denn ich spüre, wie es mich im Wind ruft, schwach, doch voller Kraft, wie man das lebensspendende Wasser eines mächtigen Flusses spürt, der gar nicht weit entfernt unsichtbar und ungehört im Wald fließt; der Fluß des Geistes des Bloomenveldts, der um mich und durch mich strömt, der mich in liebevoller Umarmung in seinem klaren blauen Wasser davonträgt ...«

So ging es endlos weiter. Als wir unser Mahl beendet hatten und ich mich auf das nächtliche Verblassen des Bewußtseins zu freuen begann, war es schwer zu erkennen, wer oder was sprach, denn Guy sah mich mittlerweile beim Sprechen nicht einmal mehr an, seine Augen zuckten hingegen abrupt hin und her wie die eines nervösen Nagetiers oder, schlimmer, wie die Augen eines Mannes, der in einer fremdartigen Leidenschaft gefangen ist. Und ebenso nahm seine Stimme einen tiefen, irgendwie süßlichen Klang an, den ich noch nie gehört hatte. Die erste Person war völlig aus dem Repertoire seines Lingo verschwunden.

»… heim zum sicheren Hafen des Geistes im Wald der Vorfahren, zurück zum lange verlorenen Garten, vorwärts in den Duft vollkommenen Entzückens, als ihr die unschuldig anmutigen Bloomenkinder der Erde wart; das große Rad dreht sich, der Regen kehrt ins Meer zurück, und die vielen kehren zum einen zurück, aus dem sie kamen, und dieser Augenblick ist die Ewigkeit …«

Ich lag im Dunkeln und sehnte mich nach dem Schlaf, während Guy oder der Geist des Waldes, der durch ihn sprach, mir zusetzte wie die Nacht mit ihren Visionen – er sprach mit hypnotischer Stimme, die schließlich doch zu mir durchdrang, denn ich hörte in ihr die geflüsterten Beteuerungen eines lange verlorenen Geliebten.

Vraiment, plötzlich war ich erotisch erregt, als würde ich von einem Inkubus bezaubert.

Alors, als es mir bewußt wurde, wurde mein augenblickliches Mißfallen an Guy Vlad Boca vom endokrinen Imperativ überlagert und dem Wunsch, etwas zu tun, um diese einschmeichelnde Stimme zum Schweigen zu bringen.

Soll heißen, ich schaltete meinen Fühler ein und setzte ihn in der erogensten Zone des Mannes ein.

Doch der wollte sich nicht darauf einlassen, meinen eigenen, gründlichsten Bemühungen und Leonardos Kunst zum Trotz! Trotz aller meiner Anstrengungen war es nicht anders, als hätte ich eine Karotte massiert.

Als ich endlich ganz erschöpft in einen frustrierten, verängstigten und zornigen Schlaf gefallen war, wurde ich plötzlich grob von Guy geweckt, der bereits mit allerhand männlicher Kraft am Werke war.

Noch nie war Guy ein so fähiger Liebhaber gewesen, noch nie hatte er so männlich die Führung übernommen; er kämpfte schweigend und erbarmungslos gegen meinen Zorn, der durch die stundenlange sexuelle Enthaltsamkeit und seine völlig uncharakteristische tantrische Meisterschaft auch bald gemildert wurde.

Vraiment, es wurde eine überwältigende Schau der primitivsten männlichen Kraft; unter den Umständen war es recht schwer, angesichts der endlosen Folge mächtiger ekstatischer Höhepunkte, jeder eine größere Erlösung als der vorige, die angemessene weibliche Entrüstung beizubehalten, so daß ich immer tiefer ins gnädige

Schwarz des süßen Vergessens stürzte, bis ich dem Schlaf und meinem dämonischen Bloomenveldt-Liebhaber in die Arme sank.

Der Morgen danach war *naturellement* eine andere Geschichte. »Was hast du letzte Nacht gemacht, Guy Vlad Boca?« rief ich ihm sofort nach dem Aufwachen zu, während ich mich mit einer Kraft aus seiner Umarmung wand, die die Heiligkeit seines Schlafes völlig mißachtete. »Wie kannst du es wagen, dich mir trotz aller Proteste aufzudrängen?«

Guy, der durch diese laute Anschuldigung sofort erwachte, schenkte mir ein strahlend unschuldiges Lächeln.

»*Alors*«, sagte ich zornig, doch nicht ohne eine gewisse widersprüchliche Verlegenheit, »jetzt grinst du mich auch noch so an wie ein Affe und erklärst mir wohl gleich, wie sehr es mir gefallen hat!«

»Was hat dir gefallen?« sagte Guy, indem er mich immer noch mit derselben unschuldigen Miene anstarrte.

Konnte es denn sein, daß diese Unwissenheit über sein absolut empörendes Verhalten nicht gespielt war? *Vraiment*, hatte Guy Vlad Boca die Kraft, auch unter den ungünstigsten Umständen seine Gedanken zu verbergen?

»Ist das wahr, Guy?« fragte ich, während ich ein Anzeichen von Ironie suchte. »Du kannst dich wirklich an nichts erinnern?«

Guy setzte sich langsam auf. Immer noch mit dem Bodhi-Lächeln drehte er das Gesicht nach Westen und blickte über das endlose, ätherische Bloomenveldt, das gespenstisch pastellfarben strahlte, während die aufgehende Sonne die ersten Schwaden des Morgennebels fortbrannte.

»Ich erinnere mich an das, was die Bloomenkinder wissen«, sagte er mit tiefer Stimme, während er mühsam auf die Füße kam. Immer noch starrte er gebannt nach Westen wie ein Bloomenkind bei Sonnenuntergang.

Völlig abwesend begann er dann seine Sachen in seinen Rucksack zu packen, ohne einen Augenblick sein entrücktes Starren aufzugeben.

Ich raffte voller Panik so schnell wie möglich meine Utensilien zusammen, denn Guy hatte seinen Rucksack bereits auf der Schulter und machte sich zu einem gewaltigen Sprung nach Westen bereit.

Er flog ohne ein weiteres Wort davon, und ich konnte kaum mit ihm Schritt halten, hüpfte abermals in Guys Schlepptau, während er über dem Bloomenveldt schnüffelte und witterte. *Vraiment*, wie ein

Hund schien er immer aufgeregter zu werden, während er den Duftfahnen folgte.

Nach Mittag begann er in einer Serie ruckartiger Sprünge nach Südwesten abzuschwenken. Zwei oder drei Stunden später wurde sein Verhalten noch frenetischer – wie das eines Hundes, der bei einem Windwechsel den ersten vollen Geruch seiner Beute aufgenommen hat.

Er landete nach einem seiner Sprünge gespannt, mit schmalen Augen und sehr wachsam, blieb erstarrt auf dem Blatt stehen, als wartete er auf mich. Doch wie sich herausstellte, handelte es sich keineswegs um ein plötzliches Wiederaufleben seiner alten Höflichkeit, denn als ich an seiner Seite landete, ignorierte er mich völlig und starrte unverwandt in die Richtung, in die seine Nase wies.

»Was ist los, Guy?« fragte ich. »Ich kann nichts sehen außer den gewohnten, endlosen Blättern und Blumen.« Denn wirklich gab es nichts weiter zu entdecken, nicht einmal einen Garten der Bloomenkinder.

»Ein großer und mächtiger Geist ruft seine wahren Kinder heim«, sagte die Geisterstimme mit Guy Vlad Bocas Mund. »Der Geist der einstigen und zukünftigen Blumen.«

»*Quelle chose*, Guy, bevor du einem Tropismus verfällst, der so mächtig ist, wie du ihn beschreibst, solltest du lieber deine Maske –«

Doch ohne ein weiteres Wort sprang er mit einem gewaltigen Satz in die Richtung davon, in die er geblickt hatte, und ich konnte ihm abermals nur sofort folgen oder riskieren, ihn aus den Augen zu verlieren.

Während der nächsten Stunde blieb mir kaum Zeit für vernünftige Gedanken, denn ich mußte alle Kraft aufwenden, um schnell und weit genug zu springen und mit Guy Schritt zu halten. Er schien keine Zweifel mehr zu haben, in welche Richtung er sich wenden mußte, denn sein Kurs besaß die geometrische Geradlinigkeit einer ballistischen Flugbahn.

Und dann, auf dem Höhepunkt eines Sprungs, glaubte ich am Horizont irgend etwas Fremdes zu erkennen, genau im Westen, wohin Guy sich bewegte – kaum mehr als der erste Anblick des Landes nach einer Reise auf dem offenen Meer.

Ich sprang höher und kürzer und versuchte, so hoch wie möglich zu kommen, ohne zurückzufallen. *Vraiment*, da vorn *war* etwas am Horizont zu sehen, ein Flecken voller Farben und Umrisse.

Doch ich hatte keine Zeit, innezuhalten und zu überlegen, denn Guy entfernte sich bereits von mir; ich mußte schneller werden, um überhaupt in Sichtweite zu bleiben. Deshalb hielt ich nicht mehr inne, um noch einen langen Blick auf das Ziel zu werfen, dem wir uns mit Sprüngen und Sätzen näherten, sondern jagte gleich ihm durch die Baumwipfel; ich holte ihn tatsächlich erst ein, als er gebannt vor einem Anblick stand, der uns beide fesselte.

Wir befanden uns auf einem Hügel aus Blattwerk und blickten über eine lange, flache Senke im Bloomenveldt. Das Zentrum dieser Ebene in den Baumwipfeln erhob sich sanft zu einem weiteren Hügel, der von der Krone eines einzelnen, gewaltigen Baumes gebildet wurde.

In einem überwältigenden Schauspiel pflanzlicher Fülle war die ganze Baumkrone aufgeblüht wie ein stolzer Pfau, der seine strahlende Pracht unter dem gewöhnlichen Geflügel entfaltet.

»Seht, o ihr wahren Kinder des Glücks, seht den Zauberwald«, sagte eine Stimme, die in diesem Augenblick sowohl für meinen lange verlorenen Liebhaber als auch für das zu sprechen schien, das von ihm Besitz ergriffen hatte. »Seht den Duftgarten.«

19

Wir blieben einen langen Augenblick schweigend stehen, betrachteten die himmlische Stadt auf dem Hügel; das dichte Gewirr der großen Blumen gehorchte anscheinend bestimmten Gesetzen; Farbe bei Farbe, Form bei Form lagen die Blumen beiander, so daß der große Garten wie eine richtige Menschenstadt in Bezirke unterteilt zu sein schien.

Ich erinnerte mich an meinen ersten Anblick des großen Edoku aus dem Weltraum, denn während der Duftgarten zwar überall vom gleichen Nachmittagslicht erhellt wurde, waren seine Distrikte ein Mosaik aus strahlend kontrastierenden Farbfacetten, so daß das Ganze das Aussehen eines seltenen Edelsteins bekam, der in allen Regenbogenfarben schimmerte – ein Bild von atemberaubend verwirrender Farbigkeit, in dem dennoch knapp unter der Grenze bewußter Wahrnehmung eine nicht faßbare Ordnung enthalten schien.

Die Bloomenkinder waren aus dieser Entfernung kaum als einzelne Wesen zu erkennen, ihre Gegenwart offenbarte sich in einer brodelnden Bewegung, die die Szene überlagerte – ein Wabern des Bildes wie bei einem überkomplizierten Mandala, das man zu lange unter Drogeneinfluß betrachtet.

Ebenso konnte ich das kollektive menschliche Mantra der unsichtbaren und doch gesehenen Bewohner hören, denn die Luft summte unter einer schwachen, himmlischen Schwingung; ein ätherisches, wortloses Lied, das Hunderten unbekannten, fernen menschlichen Stimmen entsprang, die den gleichen Ton summten – ein Ton, der meinen Geist fliegen ließ, ein sirenenhaftes Om des Paradieses, das meine Füße vorrücken ließ, während meine Hände zur Maske greifen wollten.

Guy stand mit zurückgelegtem Kopf neben mir, die Nase in die Luft gereckt und ein verzücktes, strahlendes Lächeln auf den Lippen, die Augen fest geschlossen, um die Düfte besser genießen zu können, wie ein kleiner Junge, der den Duft des wundervollsten Backwerks einatmet.

Alors, wenn *mein* Geist von weitem allein durch Anblick und Klang gefangen wurde, wie mußte *er* sich dann fühlen?

»Guy …? Guy …? Sag doch was, Guy, sag mir, was du im Wind riechst!«

Seine Augenlider klappten flatternd auf, und er drehte halb den Kopf zu mir herum. Doch seine Augen schienen ebenso klar und leer wie die der Bloomenkinder, und seine Nüstern nahmend zitternd in langen, tiefen Zügen die parfümierte Luft auf.

»Der Duftgarten ....«, sagte die Gespensterstimme. »*Mein* Duftgarten«, sagte Guy Vlad Boca, wenn auch mit einer Stimme, die eher als Echo zu sprechen schien – als Erinnerung, die er bereits aufgegeben hatte und die unter Dopplereffekten im Fluß der Zeit unterging. Logisches Nachdenken hätte mich mit Angst erfüllen müssen, doch Guy hatte meine Hand genommen, und seine Stimme, die in perfekter Harmonie mit dem fernen Summen des Mantras im Duftgarten schwang, bestand darauf, daß es hier für uns nichts zu fürchten gab, daß wir nur heimkehrten.

»Komm ... komm ... komm heim ...«, sang Guy, als hätte er oder ein Geist des Waldes oder, *vraiment*, als hätten beide meine Gedanken gelesen – oder gar so, als wären seine Gedanken und meine und die Stimme dieses Geistes Töne desselben mantrischen Akkords.

Und dann, ohne weiteres rationales Nachdenken, sprang ich Hand in Hand mit Guy in großen Sätzen zum Duftgarten wie Staubkörnchen, die in einem gewaltigen Balken goldenen Lichts aufsteigen, um die Sonne zu grüßen.

Wir hielten erst inne, als wir wie winzige Insekten am Fuß dieser gewaltigen Blumenmetropole standen.

Haine und Hecken aus strahlend bunten Blumen erhoben sich auf dem sanften Hang der Baumkrone vor mir, um die Welt zu erfüllen. Und ich sah viele von meiner Art, die dazwischen summten und tanzten wie ein aufgeregter Bienenschwarm mitten im Sommer an einer unerschöpflichen Nektarquelle.

Eine große Vielfalt von Bloomenkindern, eine goldene Bürgerschaft nackter und physisch anmutiger Menschen, belebte die Straßen und Haine der Blumenstadt mit ihrer komplizierten und äußerst anmutigen Pavane. Sie speisten bei großen Blumenbanketten, schlummerten in öffentlichen Parks, gingen seltsamen Geschäften nach, die wir aus dieser Entfernung nicht ergründen konnten, schlenderten in Strömen durch die Straßen zwischen den Blumen wie müßige Spaziergänger, und alle mit einer choreographischen Vollkommenheit von Bewegung und Timing, die jeden *maestro* des Tanzes mit Stolz erfüllt hätte.

Doch während die Ähnlichkeit mit dem Summen und Huschen von Bienen durch die Art widerlegt wurde, wie die Bloomenkinder aus jeder Bewegung eine Kunst machten, mit einem Stil und einer

Anmut, die unserer Art angemessen ist, kam die Metapher, wenn es um das kollektive Mantra eines Bienenstocks ging, der sinnlichen und spirituellen Realität erheblich näher.

Denn das mächtige, wortlose menschliche Lied, das die Welt erfüllte wie das Summen einer Million Bienen, war tatsächlich ein kollektiver mantrischer Chor, der in der spirituellen und genetischen Wellenlänge unserer Art vibrierte. Vielleicht war dieser seelenrührende Klang menschlicher Freude für ein Bienenohr ein bloßes monotones Dröhnen, genau wie *wir* im Summen der Bienen nichts weiter hören als von Insekten erzeugte Statik. Doch genau wie die summenden Bienen das Lied ihres eigenen Geistes in den Stimmen ihrer Gefährten hören müssen, so zog dieses mächtige Mantra des kollektiven menschlichen Geistes ein Einzelwesen wie mich zur Vereinigung mit dem Chor des Ganzen.

Tatsächlich begann ich irgendwo in den Tiefen meiner Kehle leise das Mantra zu summen, und es schien, als vibrierten sogar meine Knochen in der Melodie. Ich bemerkte, daß Guy ebenfalls sang, den Mund zu einem strahlenden Lächeln weit geöffnet, und der Ton strömte als gewaltiger Klang durch ihn – eben jener Ton, der in der Stimme geschwungen war, die am vergangenen Tag durch ihn gesprochen hatte und die jetzt zu meiner Seele zu sprechen schien.

»Ah ... ah ... ah ... om ... ah ... ah ... ah ... heim ...«

Ich wandte mich verzückt lächelnd an Guy. Langsam drehte er das Gesicht zu mir herum, bis ich darin meine eigene Freude gespiegelt sehen konnte. Ich drückte seine Hand. »Oh Guy«, sagte ich leise. »Ich wußte gar nicht ...«

Guy schien mir lange in die Augen zu blicken, und es schien, als betrachteten mich mehrere Geister aus den bodenlosen Tiefen in ihm. Das fröhliche Kind des Glücks, dessen Schlagfertigkeit mich auf den Straßen des großen Edoku gewonnen hatte, der Handelsprinz, der mich großmütig aus meiner Armut gerettet hatte, der tiefere und dunklere Guy, der unter Drogeneinfluß auf der *Unicorn Garden* erwacht war, der angehende Ladersüchtige, der besessene und unerschrockene Psychonaut des Bloomenveldts, das Wesen, das mich letzte Nacht im Wald geliebt hatte, sie alle waren hinter seinen Augen, sie alle waren miteinander im Frieden, und in diesem Augenblick fand ich in meinem Herzen *vraiment* die Kraft, sie alle zu lieben.

Und so betraten Hand in Hand, die beiden Herzen wie eines schlagend, zwei Geister, die dasselbe prächtige Mantra summten, zwei nicht mehr verlorene Menschenkinder unseren Duftgarten.

Wir wanderten benommen durch die Pfade zwischen den großen Blumen, durch ein lebendiges Kaleidoskop aus strahlenden Farben und schmerzend lieblichen Pastellschattierungen, denn sogar die Luft im Duftgarten war getränkt und verklärt vom hellen Sonnenlicht, das durch Tausende und Abertausende durchscheinender Blütenblätter fiel, und zuerst konnte ich nichts weiter tun, als mich im Regenbogenglanz zu baden und entzückt zu lachen.

Doch bald schon bemerkte ich, daß wir durch die Ströme der würdevollen Bloomenkinder spazierten wie das häßliche Entlein zwischen erhabenen und unbewegten schneeweißen Schwänen, die in komplizierten Mustern über die Oberfläche eines stillen Sees zogen. Überall sah ich vollkommene Exemplare meiner eigenen Art, die sich mit der balletthaften Eleganz von Wesen bewegten, deren Bewegungen ausschließlich von natürlichen Regungen gesteuert werden, und die mit unschuldig vollkommener Anmut ihren vorbestimmten Pfaden folgten.

War Guy letzten Endes nicht doch der weisere Geist? Denn waren nicht alle meine Sinne – abgesehen von jenem, der die Luft prüfte – mit überwältigender Schönheit gefüllt? Und wenn ich es wagte, die Maske abzunehmen und an diesem tiefsten Austausch teilzunehmen, würde ich dann nicht erfahren, daß ich hier die Blume meiner Vollkommenheit gefunden hatte? Welchen Sinn hatten Kampf und Arbeit und die Unzufriedenheit des Bewußtseins, wenn man mit seufzender Hingabe an den Garten des vollkommenen Entzükkens die Maja transzendieren konnte?

Vraiment, vielleicht hätte ich im Bann dieses segensreichen Satoris die Maske abgerissen, um den zeitlosen Duft des Blumenparadieses einzuatmen, hätte ich nicht das drängende Zerren von Guys Hand in meiner gespürt, das mich aus meiner Träumerei weckte und mir zu verstehen gab, daß er mich zu einem Hain mit blau und grün gefleckten Blumen führen wollte.

Hier verspeiste eine ganze Horde von Bloomenkindern gelbe Früchte, halb so groß wie ein menschlicher Kopf, die überreichlich an den Stengeln wuchsen. Sie taten es, indem sie die weichen Früchte mit kräftigen Handkantenschlägen spalteten und sich das gelatineartige Mark mit den Fingern in den Mund stopften. Ohne ein Wort oder ein Zeichen ließ Guy meine Hand los und marschierte geradewegs zum Festessen mit den großen, matschigen Früchten hinüber.

Er ließ sich auf die Hacken sinken und machte sich in der Art der anderen ans Werk, mit genau ihrer Gier nach dem köstlichen Brei, doch mit wenig von ihrer genetisch geformten Präzision. Als er die große Frucht schlug, um sie aufzuspalten, zerdrückte er sie. Der Brei tropfte und spritzte zwischen seinen Fingern hervor, als er versuchte, sich die Überreste mit beiden Händen in den Mund zu schaufeln; es schien ihm völlig egal zu sein, daß er sich dabei den ekelhaften purpurnen Kleister in Gesicht und Haare schmierte. Sowohl ästhetisch als auch psychisch war es ein widerliches, abstoßendes Schauspiel.

Certainement war dies mehr als genug, um jede Versuchung aufzulösen, das verführerische Aroma dieser üblen Pflanze zu kosten und dadurch veranlaßt zu werden, es ihm gleichzutun!

Ich kauerte mich neben ihn und brüllte ihm fast ins Ohr. »Guy! Guy! Du frißt wie ein Schwein! Du schlingst wie ein verhungertes Tier!«

Er hob nicht einmal die Augen von seiner Frucht, um meine Anwesenheit zur Kenntnis zu nehmen, sondern stopfte sich weiter tropfende Ladungen Fruchtmark in den sabbernden Mund, ohne den Rhythmus zu verändern, während er nun auch noch mich bekleckerte.

»*Merde!*« knurrte ich. »Das ist mehr, als ich verkrafte!« Ich trat ihm den tropfenden Dreck aus den Händen. Wenigstens das drang zu ihm durch. Er drehte langsam den Kopf herum, um mit leeren, verzückten Augen die Quelle der Störung zu suchen; dann wandte er sich wieder ab, zerquetschte die nächste gelbe Frucht auf und nahm sein Freßritual wieder auf.

»Guy! Guy!« rief ich. »Ich bin's, Sunshine! Kennst du mich nicht mehr? Weißt du überhaupt, daß ich hier bin?«

Darauf unterbrach er sein Schlingen, und einen Augenblick schien es, als nähme er wirklich meine Gegenwart zur Kenntnis, denn als er den Kopf langsam von seinem Mahl abwandte und die Frucht aus den Fingern gleiten ließ, schien es einen Moment, als reagierte er auf meine Worte. Doch leider sahen seine Augen durch mich hindurch, seine Nase hob sich in die Luft, und er stand auf, um dem Wind zu folgen, ohne sich umzudrehen.

Erst jetzt, immer noch nicht bereit, rohe Gewalt anzuwenden, und deshalb darauf beschränkt, Guy, der mich auf seiner Tour durch den Duftgarten völlig ignorierte, hinterherzutrotten, löste sich der allgemeine Eindruck der Vollkommenheit bei der Betrachtung einiger Details auf und ließ Andeutungen der unsichtbaren Schlange im Hintergrund erkennen.

Dutzende verschiedener Blumenarten boten eine verwirrende

Vielfalt von Früchten, Pollen und Nektaren an; nicht als einzelne Sträuße, sondern in ganzen Hainen, die vor gierigen Bloomenkindern wimmelten; letztere stopften sich die Früchte in die Münder wie ein Vogelschwarm, der über einen Obstgarten herfällt.

Ganze Bezirke von Blumen waren dem Schlummer vorbehalten. Große Schulen nackter Bloomenkinder lagen auf den Flächen, die ihnen die samtigen Blütenblätter boten, träumten im hellen, klaren Tageslicht von ich weiß nicht was und sahen aus wie die erschöpften, stillen Nachwehen einer gewaltigen Orgie der letzten Nacht.

Und dann veränderte Guy seinen Kurs und führte uns zum Kindergarten.

Hier hingen Trauben von Menschenkindern an den Blumenzitzen einer großen Gruppe von regenbogenfarbenen Bovisten wie Beeren am Strauch, während andere in ihrem Blätterstall herumkrochen. Um sie herum stand ein Ring schweigender weiblicher Bloomenkinder, die sich nur bewegten, wenn es unbedingt nötig war, um die Kinder daran zu hindern, sich selbständig zu machen.

Und in der Nähe, am Rand des Hains, lag ein einsames Bloomenkind auf dem Rücken und gebar ein Kind.

Sie schien in einen halbbewußten Traumzustand versunken, während ihre Körpermechanismen dennoch in einer vollkommenen Weise funktionierten, die jeden Heiler stolz gemacht hätte. Ihr Atem ging tief und regelmäßig im passenden Rhythmus, und jeder Muskel war perfekt darauf eingestimmt, die Wirkung ihrer Wehen zu verstärken. Als das Kind nach kurzen und völlig geräuschlosen Wehen erschien, stimmte die Mutter seinen Atem auf ihren eigenen ein, biß die Nabelschnur dicht über dem Bauch ab, leckte das Baby sorgfältig ab und hielt seinen winzigen Mund vor den nächsten freien Blumennippel. Dann begann sie die Nachgeburt zu verschlingen, was mich endlich zwang, die Augen abzuwenden.

Nun sah ich wirklich die Schlange, die im Garten lauerte, der Preis, den man zahlen mußte, wenn man ihren süßen Versprechungen von symbiotischer Vollkommenheit glaubte.

Denn wenn dies das Paradies war, das die Blumen für die Menschen geschaffen hatten, dann war es von der gleichgültigen, gefühllosen Hand des Bloomenveldts geschaffen und nicht im Geiste warmblütiger Säuger, was heißen soll, daß es eine Vision der *Blumen* von jenem vollkommenen Bestäuber war, der sich anderswo Mensch nannte.

Nicht einmal die Liebe einer Mutter für ihr Neugeborenes durfte diese Blumenvision vom Paradies verschandeln, denn vom Standpunkt der Blumen aus war *naturellement* die höchste Form einer

Befruchtergesellschaft nicht eine vollkommene Gemeinschaft von bewußten, erleuchteten menschlichen Herzen, sondern die pheromonisch gesteuerte Perfektion eines menschlichen Bienenstocks.

»*Merde*, Guy, wir müssen hier sofort weg!« rief ich, und abermals verletzte mich die Illusion, ich hätte das erreicht, was vom ihm übriggeblieben war – ohne Zögern holte er tief Luft, lächelte mich verzückt an und marschierte energiegeladen in einer neuen Richtung davon.

Doch statt sich dem nächsten Ausgang aus dieser ekelhaften Umgebung zuzuwenden, ging er schnurstracks zu einem weiten Garten mit hohen blauen Blumen, wo ganze Versammlungen von Bloomenkindern saßen, jedes bei einer eigenen Blume, wie ein großer Schwarm von Buddhas in einem Wald voller Bo-Bäume. Da saßen sie wie Götzen, starrten gebannt in die himmlische Leere und sangen das überwältigende Mantra, das sowohl die in menschlichen Stimmen inkarnierte Stimme des Bloomenveldts war als auch der Lobgesang der Bloomenkinder auf den vollkommenen, bewußtlosen Geist desselben.

Certainement war dieses Lied, das zu dem Protoplasma sprach, aus dem sich meine Psyche erhob, die schrecklichste Nachäffung der Blumen, denn dieses erhabene Mantra des menschlichen Geistes enthüllte sich jetzt mehr oder weniger als der Chor der Gene, nicht mehr als das bewußtlose Summen einer menschlichen Bienenart.

Guy Vlad Boca ließ meine Hand los, er wurde von dem Chor der Bloomenkinder angezogen, setzte sich anmutig im Lotussitz unter die nächste freie Blume und starrte ins blaue Nichts des Himmels über dem Bloomenveldt, während seine einsame, kostbare Einzigartigkeit mit der nirvanischen Stimme des Einen verschmolz.

Damals konnte ich mir nichts Schrecklicheres vorstellen als dies; ich glaubte nicht mehr, daß bloße Worte seinen Geist zurückrufen konnten. Ich hatte kein anderes Hilfsmittel mehr als nackte Gewalt, und *certainement* war dies nicht der Augenblick, vor der mächtigsten Kraft, die mir zur Verfügung stand, zurückzuschrecken.

Soll heißen, der einzige Weg zum Geist in diesem verzückten Körper führte über seine männlichen Triebe. Deshalb aktivierte ich den Fühler und setzte ihn dort an, wo er am stärksten wirken konnte.

Soweit es ums Fleisch ging, erbrachte Leonardos Kunst nur ein lahmes Resultat, denn zweifellos muß die hormonale Matrix von erotischem Interesse existieren, bevor die Kundalini-Schlange erweckt werden kann, um sich mittels elektronischer Stimulation in der Software der Männlichkeit zu entfalten.

Doch wenn die Biochemie seines Gehirns über pheromonische

Imperative kontrolliert wurde, bis eine tantrische Erregung völlig ausgeschlossen war, dann war doch die Nervenbahn vom Phallus zum Zentrum der bewußten Aufmerksamkeit immer noch mit dem verbunden, was bei Guy Vlad Boca an *élan humain* vorhanden war.

Soll heißen, während das, was ich packte, schlaff blieb, begann Guys Gesicht einen Zwiespalt zwischen chemischem und elektronischem Reiz zu zeigen. Seine Augen mühten sich, mich zu erkennen. Seine Lippen bewegten sich zögernd um die einsame mantrische Silbe, die sie sprachen.

»Ja, Guy, ja, sag was, sag irgendwas«, bettelte ich, während ich fordernd an seinem Phallus zog. »Sag mir wenigstens, daß du noch da bist.«

Und dann, während er reglos zwischen all den Bloomenkinder-Bodhis saß, drehte er fast unmerklich den Kopf, schien mich sogar anzulächeln, seine Augen trafen meine, sein Mund formte den beständigen Strom unablässiger Erregung zu dem einzigen Wort, das Guy Vlad Boca im mantrischen Lingo des ewigen, leeren Alls noch besaß.

»Ah ... ah ... ah ... amüsant ...«

Ich wollte hemmungslos weinen, aus Sorge und zarter Erinnerung, denn hier sah ich meinen Geliebten und meinen verlorenen Kameraden, den fröhlichen Geist, den ich in den Straßen Edokus kennengelernt hatte, das psychotropisch besessene Wesen von Ciudad Pallas, den mystischen Libertinisten und das Bloomenkind, das er geworden war – am Endpunkt des Vektors, den all diese Gestalten so begierig gesucht hatten, und er sprach zu mir mit der Stimme des Waldes jener höchsten Freude, die jetzt sein Herz erfüllte.

Doch die Tränen kamen nicht, denn schließlich hatte ich ein schwaches Abbild des früheren Mannes wachgerufen, und vielleicht war noch nicht alles verloren.

»Was amüsiert dich, Guy?« flüsterte ich ihm schmeichelnd ins Ohr, während ich sein schlaffes Lingam rhythmisch knetete, als wollte ich reinigende Kundalini-Energien aus der tiefsten Wurzel seiner Männlichkeit hinaufpumpen, damit sie mit den chemischen Abgesandten des Bloomenveldt-Geistes kämpften, die sein Gehirn verseucht hatten.

Jetzt blickten mich seine Augen direkt an, und es war nicht zu verkennen, daß jemand oder etwas wußte, daß ich da war. *Vraiment*, ich konnte sogar einige vage Lebenszeichen in seinem Phallus spüren, als regte sich die männliche Schlange im Schlaf.

»Ich ... wir ... amüsant ...«, sagte er zitternd, als versuchte mehr als ein Geist, seine Lippen zu benutzen.

»Sprich mit mir, Guy Vlad Boca«, verlangte ich leise, während ich meine elektronisch unterstützten Bemühungen verstärkte. »Laß den Mann sich wieder erheben!«

»Sunshine ...«, sagte er ziemlich deutlich. »Meine mystische Libertinistin ... trinke gleichmäßig, während du durch deine vollkommene Blume taumelst ...«

»Guy, Guy, du *bist* es!« rief ich.

»Noch nie hab' ich so vollkommenes Entzücken erlebt ... suche den Duftgarten ... laßt den Berg zu Mohammed kommen ...«

Waren es wirklich nur Erinnerungsbrocken, die da sprachen? *Certainement,* sein Phallus begann sich langsam mit dem Lebenssaft der Männlichkeit zu füllen, *certainement,* er hatte seinen mantrischen Gesang aufgegeben, *certainement,* unsere Blicke trafen sich ohne abzuschweifen, was heißen soll, daß, was immer jetzt mit diesen unzusammenhängenden Worten sprach, ob ein wahrer Geliebter, der mir Lebewohl sagte, oder ein Geist des Zauberwaldes, eindeutig zu mir sprach.

»Guy, hör zu, Guy, kommt mit«, sagte ich so verführerisch, wie ich es unter den Umständen konnte, während ich ihn am leibhaftigen Merkmal seiner Männlichkeit langsam auf die Beine zog. *Vraiment,* ich traf auf alles andere als auf Widerstand, denn seine Augen betrachteten mich mit einem Blick, dessen Bedeutung durch die auf der Hand liegende Festigkeit seines jetzt völlig erwachten Lingam unterstrichen wurde.

Vielleicht konnte ich ihn an diesem Hebel aus dem Duftgarten ziehen, denn gewiß war es nicht das erstemal, daß männliche Hartnäkkigkeit auf diese Weise überwunden wurde. Und sobald ich ihn in weichen Blättern ein gutes Stück von jeder Blume entfernt hatte, würde vielleicht die natürliche Vereinigung von Lingam und Joni den natürlichen Mann zu Sinnen bringen.

»Ah ... ah ... ah ... amüsant ...«, stöhnte er mit tiefer, hohler Stimme, zugleich das Blumenmantra des Bloomenveldts und das offenste Eingeständnis völlig männlicher Freude, denn er hatte die Augen verzückt geschlossen, seine Lungen arbeiteten mit langen, priapischen Zügen, und er bewegte seinen pochenden Phallus in unmißverständlichem Rhythmus in meiner Hand vor und zurück.

»Oh, ja, Guy«, plapperte ich rasch, »laß uns hier verschwinden und ein stilles Plätzchen suchen, wo wir uns dem Amüsement hingeben können, das einem normalem Mann und einer Frau entspricht, und ich verspreche dir, daß du etwas Besonderes erleben wirst ...«

Und so weiter, nur um seine Ohren ständig mit dem Geräusch

eines menschlichen Lingo zu füllen, während es mir gelang, ihn auf diese obszöne Art aus der größeren Obszönität des mantrischen Hains zu führen.

Doch als wir den unmittelbaren pheromonischen Einfluß desselben verlassen hatten und in den Tanz der Bloomenkinder in den Straßen zwischen den Blumen eindrangen, suchte Guy, oder was seinen Geist bewegte, wieder seinen eigenen Vektor, sog in gewaltigen, schweigenden Zügen die duftende Luft ein, rollte verklärt die Augen, und nun war ich es, die dem Kurs folgen mußte, der von seinem Lingam gesetzt wurde, das drohte, sich wie eine ungeduldige Schlange aus meiner Hand zu winden.

Da ich in diesem Augenblick keine Ahnung hatte, wo ich war, schien mir eine Richtung so gut wie die andere. Wenn Guy mich also zu einem Boudoir seiner Wahl führen wollte, dann sprach nichts dagegen, den Weg des geringsten Widerstandes zu beschreiten. *Vraiment*, als ich Guy auf seinem gewählten Pfad weiterziehen ließ, erlaubte er mir immerhin, wie eine Geliebte einen Arm um seine Hüfte zu legen, so daß ich sein Lingam besser fassen konnte, und meine weibliche Empfindsamkeit brauchte nicht eigens aufgestachelt zu werden, um zu spüren, daß ich einen Mann am Wickel hatte.

»Wohin gehen wir, Guy? Und was hast du vor, wenn wir dort sind?« fragte ich ihn, während ich mit einem mächtigen Willensakt eine unschuldige, erotisch verspielte Miene aufsetzte.

Er hielt inne, wandte sich an mich, schenkte mir ein vor Lust strahlendes Lächeln. Dann fand seine Hand mein Joni, streichelte es mit zärtlicher Begierde, die mein Herz und meine Hoffnungen fliegen ließ, und ich gab sein Lingam frei, um die Arme um seinen Hals zu werfen und einen freudigen Kuß auf seine Lippen zu setzen.

Doch Guy wich diesem Versuch, ihn liebevoll zu umfangen, heftig aus und zog mich, während er wie gebannt über meine Schulter starrte, an sich und versuchte, sein Lingam durch mein Kleid in mein Joni zu stoßen.

Ich wirbelte aus dieser animalischen Umarmung heraus, und dann sah ich, daß wir, ohne daß ich es bemerkt hatte, die Gegend erreicht hatten, die er anvisiert hatte.

Der Pfad des Duftgartens, dem wir gefolgt waren, erweiterte sich zu einem grotesken Blumen-Amphitheater, wo flache Bloomenveldt-Hügel fast völlig einen weiten, zentralen Hain umgaben. Rings um die Hügel wuchsen Beet um Beet hohe blaue Blumen. Unter den Blumen saßen Schwarm um Schwarm Bloomenkinder-Bodhis, die das ewige, drängende Mantra des Zauberwaldes summten – Hunderte und Aberhunderte menschlicher Bienen in nirvanischer Anbetung des leeren Bienenstocks.

Die Blumen des Hains in der Mitte hatten den rosafarbenen Glanz eines nackten Körpers im Feuerschein; ihre dicken, samtigen Blütenblätter lagen auf den umgebenden Blättern wie ein Teppich aus Zungen.

Auf diesen fleischigen Polstern fanden zahllose Kopulationen statt, Hunderte verschränkter Körper fanden sich zu tantrischen Figuren von solcher Geschmeidigkeit und in solch ekstatischer Hingabe, daß die Tempelfriese der sagenhaften Hindutempel dagegen schamvoll verblaßten. Es war fast mehr, als das Auge glauben oder das Ohr verstehen wollte. Jonis, Lingams, jede denkbare erotische Öffnung und jeder Vorsprung vereinte und vereinte sich neu in einer umfassenden, geschmeidigen, kollektiven Bewegung, und die ausgefallenen Kopulationen wurden weiter angestachelt von seufzenden Wogen orgasmischer Höhepunkte, die sich über die Oberfläche des Fleischmeeres erhoben.

Doch statt meine Leidenschaft zu erregen, löschte dieses Spektakel mein kundalisches Feuer und legte eine eisige Hand um mein Herz.

Certainement, sah man es als tantrisches Bild, dann war die künstlerische Perfektion nicht zu bemängeln. Alle Darsteller boten wundervolle Beispiele für die Schönheit des menschlichen Körpers, und die komplizierten Figuren wurden mit makelloser Anmut und selbstlosem Ernst ausgeführt, der weit über alles hinausging, das auch die Meister der Kunst erst nach Jahren erreichen können.

Doch die Paarungszeit in einem Naturschutzgebiet für Primaten hätte mich mehr erregt. Denn in einem Naturschutzgebiet für Primaten hätte ich wenigstens Wesen gesehen, die sich in der ihnen gemäßen Weise paarten. Hier, *au contraire*, sah ich die intime Vereinigung des Tantra auf geistlose Erregung reduziert. Hier füllten sich meine Ohren mit dem Summen des menschlichen Bienenstocks, in das sich das Stöhnen und Seufzen eines ewigen tantrischen Höhepunktes mischte.

So mochte es in unserem sagenhaften Eden gewesen sein, und so wird es wieder werden, wenn das Bewußtsein auf unseren weitverstreuten Welten schwindet und nichts zurückläßt außer dem gleichgültigen Nichts, aus dem wir einst kamen und in das wir zurückkehren, um sein leeres, triumphierendes Loblied zu singen.

Doch Guy Vlad Boca war schon lange nicht mehr empfänglich für solche Unterschiede zwischen Form und Geist, zwischen pheromonischen Zwängen und dem menschlichen Herz. Er streifte seinen

Rucksack und die Kleider herunter, riß die Riemen seiner Gasmaske vom Hals und warf die letzte bewußte Hoffnung beiseite, und dann war er auf mir, stieß sein drängendes Lingam gegen mein Joni, versuchte meine Zitadelle im Sturm zu nehmen und schob mich zugleich zur Quelle der pheromonischen Brunst.

Ich wehrte ihn mit einem heftigen Stoß ab, er taumelte einige Schritte zurück, doch dann richtete er sich wieder auf, ohne weiter auf mich zu achten, schoß um mich herum, als wäre ich ein natürliches Hindernis, um sich mitten in den Paarungsplatz zu werfen.

Dort riß er die nächste Frau in seine Arme, die sich begeistert auf seinen pochenden Phallus setzte, während sie ein zweiter von hinten nahm, und dann taumelte und rollte er von mir fort in das üble Gemenge, mischte seine eigene Stimme in das Stöhnen und die Schreie, umhüllt vom komplizierten Gewimmel von Körpern und Gliedern.

Ich brauche wohl nicht eigens zu betonen, daß auch Furcht oder vernünftige Gedanken mich nicht bewegen konnten, mich schweigend zu fügen! Knurrend vor Wut langte ich mit aktiviertem Fühler nach Guy, erwischte auch richtig die unterste Wurzel seines Lingam und versuchte, es aus dem Joni des Bloomenkindes zu reißen und damit Guy aus seinem Irrsinn.

Doch statt Guy wie beabsichtigt an seiner Männlichkeit in die menschliche Realität zurückzuzerren, bestand der einzige Erfolg darin, daß ich eine Schockwelle tantrischer Verstärkung durch die komplizierte erotische Gestalt jagte. Ekstatische Schreie erhoben sich zu einem schrillen und aufgeregten Chor, und die Körper zuckten und wanden sich in einer Kettenreaktion von Orgasmen. Ein Dutzend Hände zerrte mich tiefer in das Durcheinander. Ich stolperte und fiel, Guy wurde aus meinem Griff gerissen, und ich wurde hierhin und dorthin gestoßen und gezogen, während Phalli sich an meinen Körper drückten; ich brauchte meine ganze Kraft, um nicht unter einer Springflut von Fleisch begraben zu werden.

Ich verlor Guy völlig aus den Augen, ich dachte nicht einmal mehr an ihn, als ich mitten in der Orgie wütend und verzweifelt um mich schlug und mich zum erstenmal – wenn auch nicht sehr geschickt – in der Kriegskunst übte, indem ich den Fühler als Waffe benutzte.

Ich war noch nie im Leben in eine physische Auseinandersetzung verwickelt gewesen, und nun wehrte ich mich gegen die ausufernde Obszönität, die ich, ohne es zu wollen, selbst ausgelöst hatte. Doch für jeden Schlag, den ich an einem schmerzhaften Punkt landete, schien ein anderer ein tantrisches Chakra zu treffen, so daß alle meine Bemühungen, mich zu verteidigen, die endlose Legion meiner Angreifer nur noch weiter aufstachelte.

Dann spürte ich, wie mir der Rucksack vom Rücken gerissen wurde, fühlte Hände am Schwebegürtel, und da ich fürchtete, daß dieser als nächster verschwinden würde, tat ich das einzige, das mir noch blieb. Ich stellte ihn auf 0.1 g negativ und versuchte mich so weit von meinen Peinigern zu befreien, daß ich ganz fortspringen konnte.

Ich löste mich zwar vom Boden, doch mein Aufstieg wurde im Flug vom Druck der Körper und von tastenden Händen gebremst.

Dann wurde ich zwischen die Körper gezogen, Finger rissen ziellos an meiner Gasmaske; plötzlich wurde sie fortgerissen, und aus allen Richtungen drängten Phalli in jede Öffnung; ich spürte, wie ich mit Händen, meinem Joni und meinem Mund nach ihnen griff, während ein alles erschütternder Tsunami von blinder, animalischer Lust durch meinen Körper brandete …

Als ich mein Bewußtsein im blutroten Dunst ichloser Libido veschwinden sah, hatte ich im letzten Augenblick noch die im Kampf entstandene und adrenalinverstärkte Geistesgegenwart, zwei vernünftige Handlungen auszuführen, ehe ich mich den Blumen hingab.

Ich atmete tief aus und stoppte die Atmung.

Ich hieb mit bösen, elektronisch verstärkten Karateschlägen um mich und trat einen unbekannten Teil eines sichtbaren Körpers mit beiden Füßen fort.

Als ich frei über dem Gemenge schwebte, traf mich etwas in den Bauch, daß meine Lungen unwillkürlich zu atmen begannen, und ich sog eine gewaltige Ladung der pheromongesättigten Luft ein, und als ich mich dann endgültig befreite, knallte etwas vor meine Schläfe –

– und ich erlebte einen letzten Augenblick in brüllendem, rotem Bewußtsein, als ich nach den Lingams und Körpern langte, die unter meinem hungrigen Griff verschwanden, bevor auch sie in Dunkelheit versanken.

20

Ich erwachte vom sanften Aufprall auf einem Blatt, gewann bei diesem leisen Ende meines langen Sturzes das Bewußtsein ganz zurück.

Der Duftgarten war nirgends zu sehen, was heißen soll, daß ich die Augen öffnete und mich umsah und nichts gewahrte außer der endlosen, blumenbedeckten, grünen Ebene des Bloomenveldts. Ich war anscheinend nicht in der Nähe eines Bloomenkinder-Dorfs heruntergekommen und nicht einmal in der überwältigenden chemischen Aura einer Blume.

Bonne chance! Jetzt erinnerte ich mich daran, wie ich mit meinem auf 0.1 g eingestellten Schwebegürtel hinaufgesprungen war, hinaus aus einer bösen Unaussprechlichkeit, deren Details ich noch nicht hinter dem Schleier meiner traumhaften Benommenheit hervorziehen wollte.

Ich hatte eine wundervolle Woge mitreißender Lust empfunden und einen Schlag auf den Kopf bekommen …

Langsam festigte sich mein Bewußtsein, bis ich zu verstehen begann, was geschehen war.

Ich war bewußtlos unter dem sanften Zug des Schwebegürtels aufgestiegen, mußte höher und höher getrieben sein, bis sich der Sicherheitsmechanismus des Schwebegürtels automatisch auf Abstieg umgestellt hatte, um zu verhindern, daß ich den lebenserhaltenden Bereich von Belshazaars Atmosphäre verließ, um mich schließlich zufällig auf diesem Blatt abzusetzen.

Deshalb war ich ziemlich hoch und durch mehrere Luftströmungen gestiegen, die mich über eine unbekannte Entfernung hin- und hergeweht hatten, was heißen soll, daß ich von den Händen des Schicksals ziemlich geschüttelt und wie ein Würfel aufs Spielbrett des Lebens geworfen worden war.

Dann begann ich zu erkennen, daß zwar der Duftgarten nirgends zu entdecken war, daß aber sein Einfluß dennoch nicht völlig aus meinen Sinnen geschwunden war. Denn als meine Erinnerung die erlebten Bilder klar zeichnete, sah ich abermals den irren Wirrwar nackter Glieder und Körper, den Wald klammernder und greifender Hände, die stoßenden Phalli; traurig und voller Sehnsucht hielt ich mich für dumm, eine so ewige Ekstase und vollkommene sexuelle Freude aufgegeben zu haben.

Doch im gleichen Augenblick erinnerten sich höhere Schichten meines Bewußtseins nur allzugut daran, daß die echten Gefühle, die mit diesen Erfahrungen verbunden waren, eher zorniger Abscheu und verzweifelter Wut waren.

Aus dieser Spaltung zwischen echter Erinnerung an das Ereignis und meiner augenblicklichen Wahrnehmung desselben durch einen rosigen Schleier diffuser sexueller Erregung wuchs ein dritter Aspekt meines Wachbewußtseins, nämlich der einer distanzierten Beobachterin, die leicht verstehen konnte, daß der Unterschied zwischen den Wahrnehmungen das Ergebnis von etwas war, das der Wind herantrug.

Vraiment, als ich mich aufsetzte und mein Dilemma ganz zu erfassen begann, wußte ich, daß ich den Rückweg zum Paradies ohne weiteres finden konnte, wenn ich meinen Geist den rosigen Wogen dieser lustvollen Brandung hingab, die – wenn auch schwächer als die Nachtbrisen mit dem Aroma des Bittersüßdschungels, die mich auf der Veranda meines elterlichen Hauses in Nouvelle Orlean berührt hatten – eine Seele, die sich ihrem sanften Zug hingab, ins Blumen-Nirwana heimführen würden.

Während ich gegen dieses träumerische Verlangen ankämpfte, wurde mein Bewußtsein durch den Adrenalinstoß des Kampfes geschärft, und ich begann die Gefahr, um nicht zu sagen, die Hoffnungslosigkeit meiner Lage voll zu verstehen.

Meine Gasmaske war ebenso verloren wie mein Rucksack. Ich hatte weder Essen noch Wasser. Ich hatte meinen Peilsender verloren. Ich befand mich an einem unbekannten Ort tief im Innern des Bloomenveldts, Hunderte oder gar Tausende Kilometer von der Küste entfernt; selbst mit Höchstgeschwindigkeit und auf schnurgeradem Kurs eine Reise von mehreren Wochen.

Doch im Vergleich zur Gefahr, in der mein Geist schwebte, verblaßte die physische Belastung einer solchen Reise völlig, denn um zu überleben, ganz zu schweigen davon, aus dem Land der Bloomenkinder zu fliehen, blieb mir nichts anderes übrig, als die Früchte, den Nektar und die Pollen des Bloomenveldts zu essen, denn es gab keine andere Nahrungsquelle. Ich hätte für einen Sack Eßblöcke meine Seele verkauft, genau dies nämlich konnte der Preis für die Großzügigkeit der Blumen sein.

Schlimmer noch, unvorstellbar schlimmer, ich würde wochenlang durchs Bloomenveldt reisen müssen, während meine Lungen und mein Geist ungeschützt jedem pheromonischen Tropismus ausgesetzt waren, der mit den duftenden Winden heranwehte.

Auch mein Moralgefühl gab mir keinen eindeutigen Hinweis, denn verlangten nicht Liebe und Ehrgefühl von mir, alle Anstrengungen zu unternehmen, um Guy zu retten? Konnte ich mich menschlich nennen, wenn ich floh, um meinen eigenen Geist in Sicherheit zu bringen, und dabei einen Gefährten im bewußtlosen Bann der pflanzlichen Mächte zurückließ?

Außerdem, wäre es nicht leichter und unendlich angenehmer, da nun die Unterwerfung unter das Bloomenveldt so oder so unvermeidlich war, zum Duftgarten zurückzukehren, um wenigstens in bewußtlosem Entzücken mit meinem Geliebten zu leben, statt als einsames, verlorenes Bloomenkind des Waldes ...?

Doch ich wußte genau, woher dieser Gedanke kam, und nicht einmal das parfümierte Flüstern des Bloomenveldts konnte mich überzeugen, daß ich eine Hoffnung hatte, Guy ohne Hilfe aus dem Duftgarten zu zerren.

Ich hatte nur zwei Möglichkeiten, und beide waren entsetzlich. Ich konnte allein zur Küste gehen oder zum Duftgarten zurückkehren und versuchen, Guy zu retten. Im zweiten Fall würde ich meine letzten bewußten Augenblicke in einem vergeblichen Versuch verbringen, das Unmögliche zu tun, und das letzte, das ich wissen würde, würde meine freudige Hingabe an den Feind meines Geistes sein. Doch ging ich nicht im ersten Fall demselben Ende entgegen? Denn niemand war je aus dem Land der wahren Bloomenkinder in die Menschenwelten zurückgekehrt, und niemand konnte besser den Grund dafür erklären als ich.

Während ich über dieses vollkommene Zusammenwirken von praktischer Unmöglichkeit und moralischem Dilemma grübelte, hatte die Sonne den Zenith schon weit überschritten. Das Licht bekam einen tiefen, goldenen Schimmer. Die Schatten der Blumen in der Nähe und die entfernteren Blätterhügel zeigten eindeutig den Weg nach Westen, gen Sonnenuntergang, wohin sich die wunderschönen, leeren Gesichter Tausender unbekannter Bloomenkinder bald in vegetativer Verehrung wenden würden.

Irgendwie erreichte das Auge in dieser klar polarisierten Nachmittagslandschaft, was Logik und Moral nicht vermochten. Ich konnte wie die Bloomenkinder das Gesicht nach Westen zum Sonnenuntergang des Geistes wenden, oder ich konnte wie ein wahres Kind des Glücks der aufgehenden Sonne bewußt in die Gefahren der unbekannten Zukunft folgen.

Die Wahl war so klar wie der Unterschied zwischen Karma und Schicksal. Guy hatte sich der Unausweichlichkeit des ersteren hingegeben, doch ein wahres Kind des Glücks konnte nur das letztere zu meistern versuchen, indem es der Zauberstraße in die selbstgewählte Dämmerung folgte, die bislang immerhin unsere Rasse von den Bäumen zu den Sternen gebracht hatte.

Ich bemerkte plötzlich, daß ich das Vielfarbige Tuch betastete. Ich bemerkte, daß ich mich an die Moussa erinnerte, die es gewonnen hatte, an die Sunshine, die es stolz getragen hatte, als sie schließlich den Mut faßte, aufzustehen und auf dem Luzplatz ihre Geschichte zu beginnen. Ich erinnerte mich an den, der es mir gegeben und mich eine wahre Gypsy Joker genannt hatte, und wie ich ihn wider alle Chancen überlistet hatte. Ich erinnerte mich an das Mädchen, das, aus dem Yggdrasil gewiesen, sich nicht einmal in der Lage sah, eine Toilette zu finden. Ich erinnerte mich, wie ich auf dem großen und unverständlichen Edoku angekommen und benommen durch seine chaotische Realität gewandert war.

Es gab nur eine Möglichkeit. Nur eine größere Expedition konnte hoffen, Guy zu retten, und nur ich konnte sie zum Duftgarten führen. Wenn ich mich jetzt dem Karma hingab, würde der Duftgarten eine Legende vom Nirvana bleiben.

Ich erhob mich und stellte den Schwebegürtel auf 0.1 g. Dann wandte ich trotzig dem Westen und dem Leben der Bloomenkinder den Rücken, *vraiment,* trotzig sogar dem Bloomenveldt selbst, und richtete meine Augen auf den Punkt am östlichen Horizont, an dem sich auch nach der schwärzesten Nacht unweigerlich wieder die Dämmerung erheben mußte.

Ich sprang mit einem mächtigen Satz auf das zu, das zwischen mir und der Küste liegen mochte. Niemand, sagte ich mir feierlich, war je aus dem Land der Bloomenkinder in die Menschenwelten zurückgekehrt. *Bis jetzt.*

Ich verwarf jeden Gedanken an Ruhe, bis die Sonnenscheibe hinter dem Horizont versank und den Himmel mit zartem Rosa und den purpurnen Bannern der heraufziehenden Nacht bemalte und die ersten schwachen Sterne im schwärzlichen Blau über dem östlichen Horizont funkelten.

Vraiment, mein Geist hatte sich aus der Verzweiflung in die Höhen der Hoffnung erhoben, als sich der goldene Nachmittag dahinzog, denn ich war ganz natürlich in das Muster verfallen, das ich als Psychonautin im weniger gefährlichen Osten erworben hatte, oder besser, mein Wille hatte erfolgreich sein Spiegelbild gestärkt.

Dort hatte ich es mir gestattet, die feinen Düfte psychotropen Weins durch meine Nase wehen zu lassen, um meine Seele frei zu bewegen und den Körper fliegen zu lassen wie ein Drachen in einer sanften Brise. Hier, wo das pheromonische Klima viel strenger war, wandte ich die Regel des Asketen an: Jedem Duft ausweichen, der mein Begehren weckt. Wenn mich das Versprechen auf Gaumenfreuden nach links zog, bog ich weit nach rechts ab und floh vor allen lustbetonten Impulsen wie ein vollkommen zölibatärer Mönch. Folglich vermied ich es, in Duftzonen zu landen, aus denen ich mit eigener Kraft vielleicht nicht mehr freigekommen wäre.

Auf diese Weise triumphierte das Bewußtsein über die biochemischen Imperative des Bloomenveldts; jedenfalls sagte ich es mir, denn hatte ich nicht die Kraft des Feindes zum Diener meiner Absicht gemacht?

Nun aber wurde es Nacht; in der einsamen Blindheit der Finsternis, wo unsichtbare Dinge durch Blätter und Äste huschten und krabbelten, wo alle Winde nach Schlaf rochen, hatte ich erheblich weniger Selbstvertrauen als im kraftvollen Licht der Vernunft, das die Schattengestalten der uralten Gehirnteile bezwang.

Certainement, ich hätte starken Hunger haben müssen, als ich mich im Dunkeln auf ein Blatt kuschelte und die aufziehenden Sterne betrachtete. *Certainement*, wenn ich an die Gefahr dachte, an die nächtlichen Geräusche dieses fremdartigsten aller Wälder, die um mich her flüsterten, dann hätte mir die Furcht jeder Ruhe rauben sollen. Wenigstens hätten die Erinnerungen an die Erlebnisse des Tages durch meinen Kopf wirbeln sollen und ängstliche Erwartung der Ereignisse des nächsten Tages.

Doch in dieser Umgebung, so schien es, achtete das Bloomenveldt in seiner selbstsüchtigen Art darauf, daß keins seiner Opfer mitten in der Nacht auf den Waldboden stürzte oder um das Maß an Schlaf kam, das sein Organismus brauchte. Unzählige Blumen veränderten ihre Ausdünstungen und erfüllten das ganze Bloomenveldt mit einem friedlichen Duft, der einen einzigen Zweck erfüllte.

Kein Hunger, keine Furcht, vielleicht nicht einmal richtiger Schrecken, konnte ein Säugetier in diesem überwältigenden, nach Schlaf duftenden Nebel lange wachhalten. Nicht einmal dieses bewußte Kind des Glücks, das allein war mit seinen Gedanken, konnte sich der Gabe des Bloomenveldts, einem tiefen, ungestörten Schlaf, entziehen.

Als ich in den kalten, frühen Augenblicken vor dem Sonnenaufgang erwachte, sah es ganz anders aus. Die Sonne lugte durch einen kühlen grauen Dunst herauf, der das Grün und die Blumen des Bloomenveldts zu gespenstischen Pastelltönen dämpfte. *Certainement*, ich war zu dieser grauenhaften Zeit weder vom hellen Licht der Dämmerung noch von der inneren Uhr meines Stoffwechsels geweckt worden. Nein, es war ein mörderischer Hunger, der so stark geworden war, daß er mich sogar im Schlaf stören konnte; mein Magen schien wie ein schmerzender Film auf meiner Wirbelsäule zu kleben, mein Kopf schmerzte vor hohler Leere, und mein Bewußtsein konnte sich nichts anderes vorstellen als saftige Früchte.

Die schwachen Gerüche derselben schienen ebenso durchdringend wie der Nebel, der sich langsam über dem Bloomenveldt auflöste. Die Düfte von Früchten, die ich noch nie gesehen hatte, riefen scharfe Erinnerungen hervor an wundervolle Aromen, die ich noch nie gekostet hatte.

Da fast ein Tag vergangen war, seit ich zuletzt etwas gegessen hatte, schien mein Hunger an diesem Morgen weit weniger unnatürlich als seine Abwesenheit am vergangenen Abend. Doch die Phantom-Aromen, die, vom Wind herangeweht, meinen Gaumen neckten, machten mir bewußt, daß äußere Kräfte am Werk waren. Kein Zweifel – wie die nächtlichen Düfte jeden Hunger mit einem unüberwindlichen Schlafdrang überdeckt hatten, so hatte das Ende dieser Sekretionen in der Dämmerung meinem Hunger erlaubt, mit doppelter Wucht zurückzukehren.

Doch während es vielleicht die Blumen waren, die meine Nase füllten und meine Geschmacksknospen mit Versprechungen der höchsten Gaumenfreuden streichelten, gaben mein schmerzender Kopf und der gequälte Magen deutliche Hinweise darauf, daß mein Stoffwechsel nach Nahrung verlangte. Soll heißen, daß es keine Rolle spielte, welche mächtigen Psychotropika das Essen hinter solcherlei pheromonischen Liebkosungen enthielt, denn nicht einmal der stärkste asketische Heroismus konnte verhindern, daß ich früher oder später essen mußte.

Dennoch, vielleicht konnte ich dieselbe Gegenstrategie anwenden, die mir bisher geholfen hatte, um zu vermeiden, irgendwelche Früchte zu essen, deren Duft mich anlockte. Ich würde nur jene essen, die das Bloomenveldt anscheinend für andere Arten bereithielt. Dadurch konnte ich wenigstens vermeiden, mir Psychotropika einzuverleiben, die von den geschickten Blumen als spezifische Fallen für uns Menschen entwickelt worden waren.

Nachdem ich diesen Entschluß gefaßt hatte, trank ich Wasser, das sich reichlich in den Falten benachbarter Blätter niedergeschlagen hatte, um danach mit kurzen, hohen und schwebenden Sprüngen nach Osten aufzubrechen. Ich ignorierte alle verlockenden Aromen und versuchte, nur mit dem Gesichtssinn eine unbewohnte Blume zu entdecken.

Wie es der Zufall wollte, mußte ich nicht lange auf diese Weise vorgehen, kaum zweihundert Meter nach Norden, bis ich einen kleinen Hain von Blumen verschiedener Arten ausmachte. Dort waren nicht nur keine Menschen zu sehen, sondern es gab anscheinend auch keine Düfte, die mein Kleinhirn über den Geruchssinn dorthin zogen.

Was ich sah, als ich den Rand des Hains erreichte, war jedoch alles andere als appetitlich. Ein halbes Dutzend Blumenarten hatte sich zu weit voneinander abgesetzten Gruppen von jeweils zwei oder drei Blüten zusammengefunden; mit Ausnahme einer Art, mit der ich nur zu gut vertraut war, schienen es allesamt irgendwie unreife Exemplare zu sein, denn nirgends war eine Frucht zu sehen – als hätte der Duftgarten vor kurzem einen Kolonistentrupp ausgeschickt, der noch nicht so weit gereift war, daß er seine eigenen Bloomenkinder anlocken konnte.

Doch als ich mich einer Gruppe regenbogenbunter Boviste näherte, die die einzigen voll ausgereiften Blumen in diesem Garten waren, erkannte ich, daß diese Unterstellung vom Standpunkt der Blumen völlig richtig und von dem der Menschen aus auf schreckliche Weise falsch war.

Denn hier, tief im Bloomenveldt, wo weit und breit kein erwachsener Mensch zu sehen war, hingen dennoch Trauben menschlicher Kinder an den Pflanzenzitzen der Blumen. Irgendwie hatten die Blumen entweder den Müttern den chemischen Befehl gegeben, ihre Sprößlinge hier abzulegen, oder, schlimmer noch, sie hatten Pheromone abgesondert und Hunderte von Kleinkindern angezogen, die durchs Bloomenveldt gekrabbelt waren, um die Rasse durch gnadenlose natürliche Auslese zu verbessern.

So oder so, dieser jugendliche Nachwuchs des Duftgartens erzeugte die nächste Generation seiner menschlichen Befruchter.

Während die Wut und die Beklemmung bei einem solchen Anblick kaum zu überbieten waren, blieben einige logische Schaltkreise in meinem Bewußtsein fähig, eine kalte Berechnung anzustellen. Zweifellos lag der Grund dafür, daß der Hain keine für erwachsene Menschen attraktive Düfte aussandte, darin, daß er noch nicht reif genug war, um dieselben zu bedienen. Da der Saft, der von diesen Zitzen abgesondert wurde, aber offenbar ausreichte, um diese kleinen Bloomenkinder bei guter Gesundheit zu halten – würde er nicht dasselbe auch für mich leisten? Und da die *Düfte* des Hains keine Moleküle besaßen, die den Stoffwechsel eines Erwachsenen beeinflußten, würde die *Milch* doch sicher ebenso ungefährlich sein.

Ich schob alle ästhetischen Betrachtungen – geschmackliche oder soziale – beiseite, suchte mir einen Stengel, an dem so wenig Babys wie möglich hingen, ließ mich auf dem Blatt davor nieder, legte den Mund an eine der rosafarbenen Brüste und saugte an der harten, roten Zitze.

Ein dicker, lauwarmer, irgendwie süßer Sirup quoll in meinen Mund; sein einfacher Geschmack war nicht für erwachsene Geschmacksknospen geeignet, so daß das ästhetische Erlebnis etwa dem von verflüssigten und gesüßten Eßblöcken glich. Doch als der Sirup langsam durch meine Kehle strömte, begrüßte mein Magen ihn wie Wüstenpflanzen den Regen nach einer langen, sengenden Dürre; alle Zellen meines Körpers schienen erleichtert zu seufzen. Gierig saugte ich unablässig und begeistert an der Pflanzenzitze, bis ich einen stetigen Strom in Gang gebracht hatte, den ich mit unfeinem Schmatzen und Gurgeln schluckte.

Ich trank höchstens einige Minuten, da explodierte plötzlich eine Blase von Übelkeit in meinem Bauch, ein Krampf von schrecklichem Ekel ließ meinen ganzen Körper zittern, und durch alle meine Glieder lief ein heftiges Würgen.

Ich spuckte die Zitze aus und konnte mich, meinen Bauch haltend, gerade noch auf den Hintern herumrollen, während ich in mehreren Stößen die dicke grüne Flüssigkeit über den Rand des Blattes erbrach.

Glücklicherweise hörte dieser Zustand auf, sobald ich den letzten Rest des Saftes ausgewürgt hatte, so daß ich nicht trocken würgte. Abgesehen von einem leichten Schmerz in den Rippen und einer quälenden Verschärfung der drängenden Leere im Magen war ich nicht schlimmer dran als zuvor - als hätte die Blume mir nur eine harmlose Lektion erteilen wollen.

Vraiment, diese Lektion hatte ich gut begriffen! Was das Bloomenveldt für die Jungen unserer Art bereithielt, war so entworfen, daß es für den Metabolimus eines Erwachsenen unverträglich war.

Da ich nun in dieser ungesunden Gegend nichts weiter verloren hatte, floh ich mit ziellosen, kurzen Sprüngen und dachte nur daran, möglichst schnell zu verschwinden. Es dauerte jedoch nicht lange, bis sich mein rasender Hunger verstärkt zurückmeldete, und die duftenden Versprechungen saftiger Früchte fielen mit immer größerer Kraft über mein Kleinhirn her.

Ich wußte genau, daß ich, wenn ich nicht bald sichere Nahrung fand, einen Zustand erreichte, in dem ich den Sirenenrufen, die versprachen, meinen Hunger in der nächsten Speisekammer der Bloomenkinder zu stillen, nicht mehr widerstehen konnte. Mit letzter Willenskraft beschloß ich deshalb, einzelne Blumen aufzusuchen, deren Düfte nichts versprachen, und deren Früchte einzusammeln, wenn auch mein Vertrauen bezüglich dieser Strategie ernsthaft angeschlagen war.

Leider erwies sich mein Pessimismus als begründet. Es war kein Problem, Blumen zu finden, deren Düfte für mich ungefährlich waren, doch die Nahrung, die sie boten, war ganz und gar ungenießbar.

Einige dieser Früchte stießen mich mit ihrem widerlichen Aroma ab; es gab Früchte, deren Geschmack Bilder von stinkenden Fäkalien hervorrief, Früchte, die wie alter, überreifer Käse schmeckten, Früchte, die meinen Gaumen an Urin erinnerten. Doch der größte Teil der Früchte, den zu probieren ich mich zwang, verursachte bei der ersten Berührung mit meinem Gaumen ein so heftiges Würgen, daß ich mir den vollen Schrecken ihres Geschmacks von vornherein ersparte.

Die Botschaft war so eindeutig, als wäre sie in monumentalen Buchstaben in Stein geschlagen worden. Tief im Bloomenveldt konnten Menschen nur die Früchte essen, deren Düfte sie anzogen, und diese waren zweifellos mit Molekülen durchsetzt, durch welche die Menschen zu vollkommenen Bestäubern wurden. Es war ein geschlossener Kreis, der keinen Raum für einen bewußten Willen ließ.

In äußerster Verzweiflung, die nur durch einen gleichermaßen mächtigen Zorn ausgeglichen wurde, während mein Magen vor Schmerzen hämmerte, meine Ohren vor Schwäche klingelten, meine Beine weich wurden und meine Nase ständig von Versprechungen rascher und köstlicher Erlösung aus dieser selbstgewählten Tortur heimgesucht wurde, sah ich mich gezwungen, rasch etwas zu tun, und machte mich in Richtung des wärmenden Scheins der aufgehenden Sonne auf, die schon längst den Morgennebel vertrieben hatte.

Doch auch in diesem Augenblick muß ich gewußt haben, daß ich das Unvermeidliche nur aufschob. Denn als es Mittag wurde, wurde der Schmerz in meinem Magen viel stärker, ich war vor Hunger so schwach, daß ich kaum noch die Richtung meiner immer kraftloseren Sprünge kontrollieren konnte; ich war so benommen, daß mein Bewußtsein zu flackern begann, während auf der anderen Seite die Düfte der köstlichen Früchte, die ich nur zu nehmen brauchte, meine Sinne so weit überfluteten, daß ich kaum noch Platz in meinem Kopf hatte außer für das inzwischen automatisch ablaufende

Kommando, in die Richtung des Sonnenaufgangs weiterzuziehen – ein bloßes Programm, das Überbleibsel meines bewußten Geistes.

Doch unweigerlich wurde schließlich mein Körper so schwach, daß er nicht länger einen bewußten Geist, der seinem eigenen Lied folgte, stützen konnte; der parfümierte Atem der Blumen packte die Reste meines Bewußtseins, was heißen soll, daß ich mit einem gewaltigen, animalisch erleichterten Seufzen schließlich dem Ruf des nächstbesten Blumenbanketts folgte.

In diesem Garten waren einige Dutzend Blumen: Lavendelglokken, gelbe Becher voller Nektar, rosa Blumen der Leidenschaft, krümelige schwarze Pyramiden mit Pollen, umgeben von kleinen weißen Schürzen aus Blütenblättern, vielleicht auch andere Sorten; in meiner Wahrnehmung spielte das Auge kaum noch eine Rolle, denn alles war auf Geruch und Geschmack reduziert, die verschmolzen und meine Wahrnehmung dominierten, bis der Hunger und das köstliche Stillen desselben zum Kern meines Wesens wurden.

Ich schob das Gesicht in den dicken, klaren Nektar, der in der nächsten gelben Blüte war, ohne auf die beiden Bloomenkinder zu achten, die neben mir dasselbe taten, und stürzte Mundvoll auf Mundvoll durch meine Kehle; fast hätte ich ekstatisch gestöhnt dabei.

Denn der rauchig-süße Geschmack des Saftes war die perfekte Erfüllung dessen, was das Aroma meinem Kleinhirn versprochen hatte: mit Zucker glasiertes, knusprig gebratenes Fleisch. Die Auswirkung auf die verhungerten Zellen meines Körpers kann nur beschrieben werden als das millionenfache Funkeln eines Geschmacksorgasmus.

Als ich mich gesättigt hatte, oder besser und sicher richtiger, als sich der pheromonische Wind gedreht hatte und mein Wesen mit etwas wie dem Duft dampfender, schokoladeüberzogener Zimtkuchen füllte, die gerade aus dem Ofen gekommen waren, verließ ich den Nektarbecher und ging ohne einen bewußten Gedanken geradewegs zu den großen schwarzen, von weißen Blütenblättern umgebenen Hügeln, deren krümelige schwarze Pollen ich mir mit beiden Händen in den Mund stopfte. Ich zitterte entzückt, während ich die klebrigen und knusprigen Körner kaute, die nach gewürzten Nußkeksen mit weicher Schokoladeglasur schmeckten.

Ebensogut erinnere ich mich an die großen schwarzen Beeren, die mich mit dem Aroma von feinem Brandy anzogen und nach Minzwein schmeckten; an die langen roten Früchte, die nach Jasmin dufteten, und an die schwarzen Pilze, die nach Früchten in saftiger Karamelsoße schmeckten.

Ich war in einem Zustand völligen Entzückens, denn mein ganzes Bewußtseins bestand aus den quälenden Aromen geschmacklicher Lust und der sofortigen orgasmischen Befriedigung derselben. Wie lange dieses Festessen dauerte, *je ne sais pas*, denn *certainement* besaß ich kein ausreichendes Bewußtsein mehr, keine Geistesgegenwart, um die Minuten oder Stunden zu zählen; nicht einmal den Begriff der Zeit vermochte ich noch zu erfassen.

Ebensowenig achtete ich auf die Bloomenkinder, in deren Mitte ich speiste, genauso wie sie sich durch eine Erscheinung wie mich keineswegs zu einem Tischgespräch oder Blickkontakt oder auch nur der kleinsten Ablenkung von der anspruchsvollen Tätigkeit der Nahrungsaufnahme verleiten ließen. Wir gingen von Blume zu Blume und aßen. Das war der Kern unserer verzückten Existenz.

Jedenfalls bis eine Blume sich anders entschied.

Ich kauerte auf den dicken, weichen Blütenblättern einer weit geöffneten, rosafarbenen Blüte und verschlang zusammen mit einigen anderen berauschten Bloomenkindern große, blaue, ovale Früchte, als die Winde des Verlangens wechselten und mit ihnen die Natur meines Wesens.

Ein blutwarmes, rosiges Parfüm schien direkt durch mich hindurchzuwehen, löste meine genießerische Besessenheit auf, als seine ersten Moleküle ins Willenszentrum meines Gehirns sickerten; plötzlich verblaßten Geruch, Geschmack und die Freuden des Speisens zu schwachen Abstraktionen, die kaum noch zu existieren schienen.

Denn nun waren Berührung und Gefühl die sensorische Krönung meines Wesens. Meine Haut wurde eine Schnittstelle empfindsamer Nervenzellen, die darum flehten, gestreichelt zu werden; mein Mund sehnte sich danach, sich mit warmem, weichem Fleisch zu füllen, und meine Lenden brannten in einem lustvollen Feuer, das die Unbedingtheit und die Dringlichkeit eines lebensgefährlichen Durstes annahm.

Ich war mit dieser plötzlichen Verwandlung in ein feuriges Wesen voller polymorpher Lust nicht allein. In weniger Zeit, als das Nachdenken darüber erfordert hätte, hatte ich mich auf den nächstbesten männlichen Körper geworfen, riß das notwendige Loch in den Stoff meiner Hose und drückte den Feuerkreis meines Joni auf ein Lingam.

Doch es reichte nicht. Saugend und tastend legte ich die Lippen um die erste phallische Frucht, die ich zu fassen bekam, und sog sie bis zur Wurzel ein. *Vraiment*, meine untere Öffnung wurde zu meiner lebhaften Zufriedenheit aufgebrochen, und ich fühlte Münder an meinen Nippeln, Hände und Zungen im Kreuz und auf den Schenkeln, und dann existierte nichts mehr außer einem roten Nebel, der alle meine Sinne erfaßte, und einer endlosen Folge vielfältiger Höhepunkte, die immer und immer weitergingen.

Vraiment, mehr als Anstand und Scham verbietet mir, die Vielfalt, die Dauer und den Wechsel der immer wieder veränderten tantrischen Figuren näher zu beschreiben; doch ich nahm aktiv und begeistert an ihnen teil, denn um ehrlich zu sein, ich war in einem zeitlosen und bewußtlosen Reich verloren, in dem sogar der Unterschied zwischen dem Fleisch und der Befriedigung desselben völlig aufgelöst war.

Unnötig zu betonen, daß dieser Zustand eine Weile vorherrschte, um dann mit derselben Plötzlichkeit aufzuhören, mit der er begonnen hatte. Ein kühler pheromonischer Wind wehte durch mich, wie die kalte, kristallene Klarheit der Leere zwischen den Sternen, und auf einmal schwand jegliches Gefühl aus meiner Haut und den kundalinischen Spalten meiner erotischen Stellen; alles, was noch existierte, war ein entkörperlichter Geist, der das absolute, verzückte Nichts suchte.

Dieser Geist fand sich von einem tauben, fleischlichen Automaten transportiert wieder, von dem er unter der Lavendelglocke abgelegt wurde, wo vier weitere Bloomenkinder bereits lagen und reglos in den klaren, wolkenlosen Himmel hinaufstarrten.

Die Zeit blieb stehen. Alle Geräusche schliefen ein. Geruch, Geschmack und Tastsinn, das Empfinden für meinen eigenen Körper verblaßten. Ich war nichts als ein leerer Behälter der Raumzeit, der gebannt in ein ebenso vollkommenes, gestaltloses, himmlisches Mandala des stillen Nichts blickte. Ich war eins mit dem Bloomenveldt. Ich hatte die bewußtlose Vollkommenheit der klaren, blauen Leere erreicht.

21

Blau, blau, blau, blau ... eine endlose, maßlose, zeitlose Vollkommenheit in Blau ...

Und doch nahm schließlich etwas, falls man in einem solchen Zustand überhaupt in Zeitbegriffen sprechen kann, eine Störung im klaren blauen Nichts seines Wesens wahr.

Gelb ... bewegte sich da nicht etwas Gelbes kaum merklich durch das Blau ...?

Es begann Substanz und eine Form anzunehmen ... ein feuriger, gelber Kreis, umgeben von Strahlen aus derselben Farbe ... wie ein von einer Korona aus glühendem, goldenem Haar umgebenes Gesicht ... wie der kreisrunde Eingang in einen langen Tunnel aus Licht ... an dessen Ende ... an dessen Ende ...

Ein Geist schien zögernd zum Leben zu erwachen, was heißen soll, daß, genau wie die klare blaue Leere durch den goldenen Lichtkreis gestört worden war, die Vollkommenheit des Nichtseins nun durch ein Verlangen gestört wurde, einen Tropismus, einen formlosen Drang, dem Gelb aus dem Blau zu folgen und ... und ...

Doch dann wurde der goldene Kreis dunkler und orange, während er durch die blaue Leere nach unten trieb, während die himmlische Farbe sich zu Purpur verdunkelte, und ich erhob mich langsam auf die Füße, undeutlich der Gegenwart anderer von meiner Art bewußt, und stand reglos, den Blick in den Sonnenuntergang gerichtet, während die orangene Scheibe die geometrische Vollkommenheit des Horizonts aufspaltete und die purpurne Vollkommenheit des gewölbten Himmels mit düsteren, tiefroten Strahlen aufbrach.

Doch als die Sonne vom schwarzen Meer der aufziehenden Dämmerung verschluckt wurde, schien sich ein sterbender Funke des unabhängigen Intellekts schmerzvoll aus den Tiefen des vollkommenen, unbewußten Entzückens freizukämpfen, um schläfrig die winzigen silbernen Punkte anzublinzeln, die die Dunkelheit des Himmels zu durchdringen begannen.

Einige Augenblicke lang, als die Sterne nacheinander herauskamen, existierte vielleicht ein Geist, der diese silbernen Punkte als das erkannte, was sie waren; denn wenn mir mein lückenhaftes Gedächtnis keinen Streich spielt, betrachtete dieser Geist sie durch einen Schleier aus flüssiger Gaze, als weine er um den Verlust von etwas, das er nicht mehr ergründen konnte; als wüßte da immer noch einer, daß jeder Lichtpunkt eine gewaltige Sonne war und daß hoch dort droben im Himmel über dem Bloomenveldt die weitverstreuten Menschenwelten um die Sterne kreisten.

Ebenso wie das Gedächtnis nicht die Stunden dieses gleichförmigen, vollkommenen ersten Tages als Bloomenkind voneinander trennen kann, so scheint es in meiner Erinnerung nur ein langer Tag zu sein, den ich verbrachte, bevor das zufällige Zusammenfallen von Sonnenaufgang und dem Wechsel des Blumenzyklus mich aus dem vernunftlosen Zustand des Waldwesens, das ich geworden war, erweckte.

Dieser Augenblick kam, als ich im nächsten Morgengrauen erwachte, zum Nektar-Frühstück gezogen wurde und von dem, was der Wind zu mir wehte, nicht zum Verspeisen von Früchten oder neuen Kopulationen getrieben wurde, sondern mich zur Meditation unter einer Lavendelglocke zur Ruhe legte und die himmlische Leere anstarrte.

Der Zufall oder vielleicht das, was wir Schicksal nennen, ließ mich meinen Ruheplatz so wählen, daß ich, statt den Blick nach oben zur gestaltlosen Vollkommenheit des klaren blauen Himmels zu richten, mit dem Gesicht nach Osten zu liegen kam, der aufgehenden Sonne entgegen, die in dieser Stunde knapp über dem östlichen Horizont hing und das Bloomenveldt in goldenen Glanz tauchte.

Und als ich dort lag und der aufgehenden Sonne bei ihrem langsamen Aufstieg zum Zenith zusah, veränderte sich mit ihr unmerklich auch mein Blickwinkel; denn meine Aufmerksamkeit war völlig von diesem einzigen, langsamen Ereignis in der zeitlosen, gestaltlosen blauen Leere gefesselt.

Vielleicht war die Macht der Blumen über Menschen, die einst Bewußtsein besessen und es verloren hatten, weniger absolut als über die Bloomenkinder, die sie geboren und mit ihren Zitzen ernährt hatten und in denen nie das Bewußtsein erwacht war. Vielleicht war meine frühere bewußte Entschlossenheit, der aufgehenden Sonne nach Osten zu folgen, bis in die untersten Gehirnbereiche durchgesickert, um zu einem einzigen Tropismus zu gerinnen – oder, aus einem anderen Blickwinkel, zu degenerieren –, der mich zwang, aufzustehen und dem gelben Ding zu folgen, genau wie viele Pflanzen ihre Blätter und Blüten der Sonne zuwenden, während sie tagsüber durch den Himmel zieht.

Wie dem auch sei, eine Art trüber, vegetativer Bewußtheit begann sich langsam in die vollkommene Sphäre des Wesens vorzuschieben, das auf einem Blatt lag und die goldene, zu ihrem Zenith aufsteigende Sonne anstarrte, während das Grün des Bloomenveldts in ein strahlendes Licht getaucht wurde, das, statt dem prächtigen Antlitz zu entspringen, vielmehr in Richtung Osten und zum Himmel hinauf auf die Sonne zuzuströmen schien.

Das soll nicht heißen, daß etwas wie menschliches Bewußtsein zurückgekehrt war, denn dieser schwache Drang, mich zum goldenen Gesicht der Sonne zu erheben, war zweifellos kein geringerer visueller Tropismus als jene des Geruchs- und Geschmackssinns, die bislang meine Stunden dirigiert hatten.

Und doch, so trüb und gedankenlos er war, *dieser* Tropismus war kein Befehl des Bloomenveldts. Vielmehr glaube ich heute, daß die Überreste meines bewußten Geistes erfolgreich alles, was ich einmal gewesen war, in diesem einzigen, einfachen Tropismus kondensiert hatten – nämlich dem gelben Gesicht der Sonne in den Himmel hinauf zu folgen; denn es war vom Standpunkt eines Bewußtseins, das unter meinem augenblicklich geistlosen Gehirn gefangen war, tatsächlich eine mächtige Verdichtung.

Denn trug dieses Bewußtsein nicht den Namen Sunshine, und war ihr dieser Name nicht von einem Geist gegeben worden, dessen Gesicht eine Halo aus goldenem Haar trug? *Vraiment*, hatte ich nicht einst bewußt eben diese goldene, aufgehende Sonne als Symbol und Hüterin meiner Entschlossenheit, zu den Menschenwelten zurückzukehren, gewählt?

Deshalb hatte das Schicksal beschlossen, obwohl ich von den Blumen unter hypnotischem Bann gehalten wurde, einen Gegenstand von genau dieser Farbe in mein Gesichtsfeld zu bringen – eine Farbe, die mit hoher Wahrscheinlichkeit meinen Geist aus der himmlischen Trance reißen würde.

Langsam und ohne bewußten Gedanken befreite sich meine rechte Hand aus der nirwanischen Starre, in der mein Körper lag, und wie die Heldin eines Romans, die unter der erdrückenden Schwerkraft eines grausam massiven Planeten kämpft, kroch die Hand quälend langsam zu meiner Hüfte und verstellte den Knopf des Schwebegürtels so weit wie möglich im Uhrzeigersinn. Dann, als hätte mich diese Anstrengung völlig erschöpft, fiel sie kraftlos an meiner Seite aufs Blatt.

Das langsam unter mir wegsank.

Denn immer noch auf dem Rücken schwebend, immer noch den Gegenstand meines Verlangens anstarrend, hatte ich tatsächlich, vom 0.1 g starken Schub meines Schwebegürtels getrieben, begonnen, der Sonne entgegenzuschweben.

Als mein Körper langsam durch die Schichten und Winde der Atmosphäre stieg, erhob sich mein Geist ebenfalls aus den Tiefen des Nichtseins zum goldenen Licht des intelligenten Bewußtseins. Ich kann mich nicht mehr an den genauen Zeitpunkt erinnern, in dem man von meinem Bewußtsein sagen konnte, daß es seine Herrschaft zurückgewonnen hatte – ebensowenig, wie man sich am nächsten Morgen an den genauen Augenblick des vergangenen Abends erinnern kann, in dem man die Grenze zum Schlaf überschritt.

Es soll genügen zu sagen, daß ich mich nach einer Weile ganz wörtlich wiederfand, wie ich in den wechselnden Winden über dem Bloomenveldt trieb. Meine Kleidung hing in Fetzen herab, mein Gesicht war verkrustet und verschmiert mit einer ekligen Schicht aus getrocknetem Fruchtmark und Saft, und nun kamen die vagen, doch erschreckenden Erinnerungen an das, was zu werden ich gezwungen worden war.

Mein erster Willensakt, sogar noch bevor mein Bewußtsein völlig zurückgekehrt war, bestand daran, meinen Schwebegürtel auf 0.1 g positiv zu stellen und im Niedersinken ein Blatt ausfindig zu machen, das ein gutes Sprungbrett für meinen nächsten Satz nach Osten abgeben würde.

Wirklich, ich wußte kaum, was ich tat oder warum ich es tat, bis ich mich mit einem mächtigen Sprung von diesem Blatt löste und zum einsam lächelnden, goldenen Gesicht in dieser endlosen Welt aus feindseligem Grün schwebte. Dann rief ich aus dem Bedürfnis, die Stimme eines vernunftbegabten Menschen zu hören: »Folge der Sonne, folge dem Gelb, folge der Sonne, folge dem Gelb!«

Während der nächsten Sprünge rief ich diese Worte immer wieder, bis die Wiederholung den Rhythmus eines Sprechgesangs annahm, ohne daß mir in diesem Augenblick bewußt war, was oder warum ich es tat. Doch schließlich diente diese mantrische Rückkehr zur Sprache dazu, auch meinen Gedanken einen gewissen Zusammenhalt zu geben, was heißen soll, daß mir immer schärfer bewußt wurde, was einem lauschenden Ohr zweifellos als Ausdruck meines Irrsinns erschienen wäre.

Denn in Wirklichkeit begann ich erst jetzt unklar die Mittel zu verstehen, mit denen eine begrabene Bewußtseinsschicht in mir meinen Geist aus dem traumlosen Schlummer geweckt hatte. Soll heißen, daß ich die erforderliche Klugheit zurückgewann, um zu erkennen, daß ich tatsächlich einem selbstprogrammierten visuellen Tropismus gefolgt war, den ich dann instinktiv mit einem verbalen Mantra verstärkt hatte, das wiederum etwas höhere Gehirnregionen beeinflußt hatte.

Und statt nun dieses Mantra im hellen gelben Licht der einigermaßen wiederhergestellten Vernunft aufzugeben, reduzierte ich die Lautstärke nur so weit, daß es nicht mehr ganz so schrill klang, schonte meine Stimme, um es um so länger durchzuhalten, und verwandelte die Worte in einen monotonen Singsang, der so tief wie möglich in die biologischen Ebenen meines Wesens eindringen sollte – so tief wie ich es vermochte, ohne ein Meister der meditativen Künste zu sein. »Folge der *Sonne*, folge dem *Gelb*, folge der *Sonne*, folge dem *Gelb* …«

Dasselbe tat ich, als ich den Text um eine bescheidene Schlußzeile erweiterte, die noch höhere Bewußtseinschichten stimulieren sollte: »Folge der *Sonne*, folge dem *Gelb*, folge der Zauberstraße …«

Dieses einfache Lied sang ich mir endlos und leise vor, während ich über das Bloomenveldt sprang. Und statt meine höheren Gedanken von praktischen Überlegungen abzuhalten, half mir der stetige Gesang dieses Mantras, sie zu beruhigen und zu ordnen, denn nun war ich mir der wahren Natur meiner Lage sehr genau bewußt und ebenso des einzig möglichen Auswegs aus ihr, den ich mir vorstellen konnte.

Die grausame Wahrheit war, daß ich ohne Essen die Küste nicht erreichen konnte, und der Abgrund des Nichtseins, aus dem ich mich mit knapper Not erhoben hatte, um der aufgehenden Sonne zu folgen, war im Umkreis von Hunderten von Kilometern die einzige Nahrungsquelle.

Das soll heißen, daß ich keine Wahl hatte, außer diesen Tod des Geistes nicht nur ein einziges weiteres Mal, sondern immer und immer und immer wieder zu riskieren, oder einen noch endgültigeren körperlichen Tod durch Verhungern zu sterben. Wirklich, wie ich bereits nur zu gut gelernt hatte, würde ich, wenn ich erschöpft und hungrig genug war, früher oder später nicht mehr die biologische Energie aufbringen können, um einen bewußten Willen aufrechtzuerhalten, und von den Düften der Früchte angezogen werden wie eine Motte von einer Flamme.

Deshalb bestand, da ich mich nicht darauf verlassen konnte, daß mich die Kontinuität meines bewußten Willens über Wasser hielt, da das einzig Sichere sogar die Tatsache war, daß ich sie immer wieder verlieren würde, um die Vitalität meines Körpers zu erhalten, meine einzige Möglichkeit darin, mit der, wie ich hoffte, stärkeren Macht meines Bewußtseins das zu erreichen, das ich einmal bereits mit knapper Not durch eine Laune des Schicksals erreicht hatte.

Ich würde also diese Perioden bewußter Klarheit dazu nutzen, einen mantrischen Tropismus in die tieferen Schichten meines

Bewußtseins zu setzen, indem ich ihn singend wiederholte und tief über ihn meditierte, so daß auch dann noch, wenn Vernunft und bewußter Wille abermals versagten, mein Bloomenkind-Selbst in den Perioden des pflanzlich erzeugten Nirwanas so programmiert blieb, daß es dem gelben Kreis folgte, daß es der Sonne folgte, die früher oder später in einem Zyklus solcher Meditationen in meine Wahrnehmungssphäre vordringen mußte.

»Folge der Sonne, folge dem Gelb, folge der Zauberstraße ...«

Über diese Tage oder vielleicht sogar Wochen, in denen ich auf diese Weise über das Bloomenveldt nach Osten zog, von einem Mahl und einer Frucht zur nächsten, gibt es wenig zu sagen, das nicht in der endlosen Wiederholung des Mantras, das ich mir selbst gegeben hatte, enthalten ist.

»Folge der Sonne, folge dem Gelb, folge der Zauberstraße ...«

Denn dies wurde ebenso zum einzigen Trost in meinen wachen, bewußten Perioden wie zur Hintergrundmusik der zeitlosen Phasen, wenn ich gezwungen war, wie ein Bloomenkind zu leben.

»Folge der Sonne, folge dem Gelb, folge der Zauberstraße ...«

Damals wußte ich noch nicht viel über die Wissenschaft der mantrischen Programmierung oder der Kunst der Selbsthypnose; nicht mehr jedenfalls als die einfachen Techniken, die wir in den ersten Jahren unserer Schulzeit lernen. Doch einige Jahre später, als ich mich gründlicher mit diser Angelegenheit beschäftigte, erfuhr ich, wie kraftvoll die mantrische Technik, die ich in meiner Unwissenheit aus Bruchstücken von Wissen zusammengestoppelt hatte, wirklich war.

»Folge der Sonne, folge dem Gelb, folge der Zauberstraße ...«

Denn was ich im Grunde geschaffen hatte, wurde von den Meistern der Kunst als synergetisches Mantra bezeichnet, in dem ein konventioneller mantrischer Rhythmus im Biorhythmus des betreffenden Bewußtseins mit einer einfachen, verbalen Metapher von tiefer Bedeutung für das Bewußtsein verbunden wird. Dann wird ein visuelles Mandala als Symbol desselben gewählt, so daß die beiden wichtigsten Sinne verschmelzen und Auge und Ohr zu Empfängern eines synergetischen Bildes werden, das, indem es die gesamte Wahrnehmung erfüllt, das Bewußtsein auf einen einzigen Befehl konzentriert.

Unter den richtigen Bedingungen und der Anleitung eines wirklichen Meisters der Kunst kommen noch ein passendes Räucherwerk und eine Droge hinzu, die den gewünschten kinästhetischen Wahrnehmungszustand hervorruft, so daß keine sensorischen Daten, die nicht mit dem synergetischen Mantra verbunden sind, das Bewußtsein stören können. Obwohl ich es in jenem Augenblick nicht wußte, war ich auf eine Technik gestoßen, die häufig von den Schülern der Kriegskünste, von Heilern und den vollkommenen Meistern der meditativen Wissenschaften angewendet wurde.

Und während ich mir so gut wie möglich selbst der Meister sein mußte, erschufen der Zufall, die Notwendigkeit, der Duft der Lavendelglocken und das bißchen Kunstfertigkeit, das ich besaß, gemeinsam ein synergetisches Mantra, auf das die größten Meister dieser Künste stolz gewesen wären.

»Folge der Sonne, folge dem Gelb, folge der Zauberstraße ...«

Die visuelle Komponente war zur einfachsten denkbaren mandalischen Formulierung geronnen: ein gelber Kreis, Archetypus der lebensspendenden Sonne. Und auch ein perfekter Meister hätte keine besseren als die in meinem Mantra eintönig schwingenden Silben finden können.

Egal, wie oft mich der Hunger zu den Früchten und Düften eines Bloomenkinder-Gartens trieb, egal, wie viele Zyklen ich in deren Bann verbrachte – die unvermeidliche Abfolge von Essen, Kopulation und hypnotischem Schlaf mußte mich früher oder später in einer frühen Morgenstunde unter eine Meditationsblume bringen, wo ich die aufgehende Sonne sehen konnte.

Und daraufhin rief das visuelle Mantra unweigerlich den Gesang des synästhetisch mit ihm verbundenen Mantras hervor ... »Folge der Sonne, folge dem Gelb, folge der Zauberstraße ...«

Und regte wiederum die ritualisierte Bewegung meiner Hand zum Kontrollknopf des Schwebegürtels an, und ich stieg langsam in die Luft hoch über das Bloomenveldt, bis ein Schatten des Bewußtseins zurückkehrte – wie ein mystischer Bodhi, der sich durch bloße Willenskraft aus der Maja erhebt.

»Folge der Sonne, folge dem Gelb, folge der Zauberstraße ...«

Nur dank des Besitzes dieses einzigen nicht durch die Blumen erzeugten Tropismus konnte man von mir sagen, daß ich mich in irgendeiner Weise als eigenmotiviertes Wesen von den Bloomenkindern des Waldes unterschied.

Denn ebenso wie das Mantra der einzige Gehalt meines Wesens wurde, wenn ich mich unter die Bloomenkinder mischen mußte, war mein Geist unfähig, irgendeinen anderen Gedanken zu fassen, während ich nach Osten über das Bloomenveldt sprang. Wenn deshalb die vorstehende Beschreibung dieses Abschnitts meiner Reise durch das Bloomenveldt in bezug auf ihre Folgerichtigkeit zu wünschen übrigläßt, so liegt des Pudels Kern darin, daß die menschliche Persönlichkeit der Erzählerin dieser Geschichte für alle praktischen Dinge nicht aufnahmefähig war und den Körper nicht als erinnerungsfähiger Zeuge begleiten konnte.

Genau wie die Stimm- und Sprachmuster eines schon lange Verstorbenen in einer elektronischen Matrix festgehalten und geschickt manipuliert werden können, um eine künstliche Persönlichkeit zu schaffen, mit der man sich sogar unterhalten kann, folgte mein Körper einem Programm, das ihm ein leeren Geist aufgeprägt hatte, während in Wirklichkeit niemand zu Hause war.

Ebensowenig wollte etwas, das man mit einigem Recht als wahres Bewußtsein bezeichnen konnte, zurückkehren, solange nicht der mantrische Zyklus mit Gewalt durch eine deutliche Wende zum Schlimmeren gebrochen wurde, und selbst dann wäre es der Erzählerin dieser Geschichte schwergefallen, sich selbst in der plappernden Erscheinung zu erkennen, wäre sie sich auf der Straße einer zivilisierten Stadt begegnet.

»Folge der Sonne, folge dem Gelb, folge der Zauberstraße ...«

Geführt von den Schatten, welche die Sonne, die den Zenith schon weit hinter sich hatte, vor mir zeichnete, trieb ich sachte nach unten, um das nächste einer endlosen Reihe von Sprungbrettern zu betreten, als –

– als plötzlich der Rhythmus des Sprechgesangs, des Schwebens, Landens und Springens durch einen plötzlichen Sturz aus etwa zehn Metern Höhe auf ein Blatt unterbrochen wurde, wo ich mit so unerwarteter Gewalt aufprallte, daß meine Knie nachgaben. Ich taumelte in einer schiefen Rolle vorwärts, fiel auf die Brust, rutschte über das Blatt zur Kante, wo ich fünfhundert Meter tief auf den Waldboden stürzen würde.

Pure animalische Reflexe ließen mich mit beiden Händen zupakken und den Rand des Blatts packen, während die vordere Hälfte meines Körpers in die schwindelerregende Leere hinausglitt, und dann hing ich dort, gestützt von meinen Armen und dem plötzlich beträchtlichen Gewicht meines Unterkörpers, in Todesangst erstarrt, ehe ich so weit zu mir kam, daß ich mich zurückschieben konnte.

Zweifellos hätte mich nichts Geringeres mit einem derartigen Schock zu einer bewußten Klarheit zurückbringen können, wie ich sie jetzt besaß. Soll heißen, daß, als die Adrenalinwoge sich legte, mein Ego so weit wieder auftauchte, daß mir klar wurde, wie knapp ich einem plötzlichen, schrecklichen Tod entkommen war. Und da mir der Aufprall den Atem genommen hatte, hatte ich für den Augenblick auch meinen Gesang unterbrochen.

Aber das war auch so ziemlich alles. Inzwischen brauchte ich meine Kehle und meinen Hals nicht mehr, um das Mantra in meinem Kopf schwingen zu lassen, und was die Sonne, das Gelb, was die Zauberstraße anging – der Drang, weiter nach Osten zu gehen, war in keiner Weise geschwächt.

Ich rappelte mich auf und beugte die Knie für den nächsten Sprung, und dann ließ mich etwas noch Grundlegenderes als der Befehl des Tropismus, nämlich ein kinästhetischer, animalischer Instinkt, innehalten. Statt mit aller Kraft dem östlichen Horizont entgegenzuspringen, was unter diesen Umständen leicht meinen Tod hätte bedeuten können, versuchte ich einen Sprung direkt nach oben – mit nicht mehr Intelligenz dahinter als ein verwundetes Tier, das seine Kraft erprobt.

Statt weit hinaufzuschweben, ging es nur einen Meter hoch, und dann kam ich hart herunter.

Und dann kehrte so etwas wie wahres Bewußtsein zurück und informierte meine Gehirnzentren über das, was meine körperlichen Instinkte bereits wußten.

Mein Gewicht war wieder so, wie es auf Belshazaar sein mußte.

Die Energiezelle meines Schwebegürtels war erschöpft.

Obwohl ich damals unfähig war, etwas so Technisches voll zu begreifen, entging mir nicht die offenkundige Wahrheit, daß ich die Energiereserven meines Schwebegürtels überschätzt hatte, indem ich ihn auf eine Weise benutzt hatte, für die er nicht geschaffen war, nämlich ständig und ohne Unterbrechung bei niedrigster Schwerkrafteinstellung.

Doch die Bedeutung der Katastrophe war unübersehbar – selbst für das halbbewußte Wesen, das da auf einem Blatt stand, jetzt zwergenhaft klein in der grünen Unendlichkeit des Bloomenveldts, und das jetzt zitternd, mit einem neuen, verzweifelten Unterton, ihren mantrischen Gesang wieder aufnahm.

»Folge der Sonne, folge dem Gelb, folge der Zauberstraße ...«

Vraiment, die gelbe Sonne stand immer noch hinter mir am Himmel und warf länger werdende Schatten zum östlichen Horizont, und die Zauberstraße lag noch vor mir, und ebensowenig war die Entschlossenheit, ihr zu folgen, vermindert. Doch jetzt konnte ich mich nur noch mit der schwachen Kraft meiner bloßen Füße weiterschieben.

»Folge der Sonne, folge dem Gelb, folge der Zauberstraße ...«

Ich sang mein armseliges Mantra, folgte meinem fernen Stern, gnädig unwissend gegenüber der Hoffnungslosigkeit meiner Aufgabe, setzte einen Fuß vor den anderen und begann meinen langen Marsch durch das Bloomenveldt – ein Insekt, das darauf reduziert war, unter dem erbarmungslosen Blick gleichgültiger Götter über eine endlose, feindliche Savanne zu kriechen.

22

Das Bloomenveldt als Bodenkriecher zu durchqueren war himmelweit davon entfernt, als relativ fröhliches Geschöpf der Luft in großen, schwebenden Sprüngen darüberzusetzen. Es dauerte nicht nur einen halben Tag und länger, die Distanz zurückzulegen, die ich vorher mit ein paar großen Sprüngen überwunden hätte, sondern ich mußte mich jetzt auf meine eigene Vorsicht und Beweglichkeit verlassen, um den tödlichen Sturz auf den Waldboden zu vermeiden.

So war jeder Schritt von einem Blatt auf ein anderes eine sehr wichtige Angelegenheit, die gut überlegt sein wollte, und was zuvor als kleine Erhebungen und Senken in der Oberfläche erschienen war, bekam jetzt eine strategische Bedeutung; denn ohne einen einsatzfähigen Schwebegürtel konnte ich das Land vor mir nur erkunden, wenn ich zu den relativ hohen Wipfeln der größeren Bäume hinaufkletterte.

Und während die Bahn der Sonne durch den Himmel und die Richtung der Schatten, die sie warf, ausreichten, um dem Gelb folgen zu können, gewann der genaue Verlauf des Weges eine immense Bedeutung, wenn es darum ging, meinen Geist auf der Zauberstraße zu halten. Denn wenn ich nun unbewußt in den pheromonischen Einfluß eines Blumenhains stolperte – oder gar nur in den einer einzigen, ausreichend gewitzten Blume –, gab es kaum noch Hoffnung, daß ich noch einmal den Fuß auf den Pfad zum Bewußtsein setzen konnte.

Was das Bewußtsein der Kreatur anging, die vorsichtig ihren Weg von einem Blatt zum nächsten suchte und drei- oder viermal in der Stunde innehielt, um sich zu orientieren und einen sicheren Weg zwischen den Blumen zu finden, so entwickelte es sich unter dem evolutionären Druck des komplizierten Verhaltens, das das bloße Überleben jetzt erforderte, zu immer stärkerer Wachheit, genau wie sich unsere Art vor langer Zeit aus dem Instinktverhalten erhob, als sie ihren langen Marsch aus dem bewußtlosen Eden der Bäume antrat.

Denn ich war gezwungen, über jeden Schritt nachzudenken, ich war gezwungen, vorauszuschauen, ich war gezwungen, mir einen sicheren Weg durch die zukünftige Umgebung einzuprägen und eine Ebene kognitiver Abstraktion zu erreichen, die ausreichte, dieser geistigen Karte der Landschaft auch während der gefährlichen Gegenwart zu folgen.

Ja, eine so komplizierte Wahrnehmung der Beziehung zwischen Raum und Zeit kann sehr gut als die Minimalvoraussetzung für das Bewußtsein bezeichnet werden.

Als die Sonne dann hinter dem westlichen Horizont zu versinken begann, konnte man mit Fug und Recht sagen, daß eine gewisse Ähnlichkeit zwischen dem »Ich«, das die Geschichte erzählt, und der Bewohnerin des Gehirns der Hauptperson der Erzählung zurückgekehrt war.

Ich wußte, daß ich bald ein relativ sicheres Blatt suchen mußte, auf dem ich die Nacht verbringen konnte, denn es würde nicht mehr lange dauern, bis jede Blume des Bloomenveldts das unwiderstehliche Schlafparfüm verströmte. Und als ich eins gefunden und mich niedergelassen hatte, hatte ich eine Bewußtseinsebene erreicht, in der ich nur zu gut über die Gefahren nachdenken konnte.

Ich hatte keine Ahnung, wie lange ich gereist war, wie weit ich gekommen war oder wieviel Bloomenveldt noch zwischen mir und der sicheren Küste lag. Ich hatte nur äußerst undeutliche Vorstellungen, wie lange ein menschlicher Körper ohne Nahrung auskam – ein perfekter Meister der Yogi-Künste vielleicht einige Wochen, doch *certainement* jemand wie ich nur wenige Tage. Doch ich wußte mit absoluter Gewißheit, daß es den Untergang meines Bewußtseins bedeutete, wenn ich ohne Schwebegürtel, der mich gen Sonnenuntergang herauszog, die Früchte des Bloomenveldts aß oder seinen Blumen zu nahe kam.

Ich, die, um es vorsichtig auszudrücken, noch nie eine Anhängerin asketischer Disziplinen gewesen war, mußte eine Fastenzeit von heroischer Länge durchmachen. Außerdem durfte ich dabei auch nicht für den kleinsten Augenblick zulassen, daß mein bewußter Wille die Gewalt über das Fleisch verlor, denn die Zeit würde unweigerlich kommen, da meine Zellen nach Nahrung schreien würden, und wenn dann kein »Ich« Zurückhaltung zu gebieten vermochte, würde kein »Ich« aus dem bewußtlosen Reich der Bloomenkinder zurückkehren.

Und während das Mantra weiter in meinem Gehirn vibrierte, während meine Lippen versiegelt blieben, während das goldene Antlitz der Sonne in meinem geistigen Auge sogar noch weiterleuchtete, als schon die ersten Sterne der Nacht im schwärzer werdenden Himmel erschienen, wußte ich genau, daß der bloße Tropismus nicht ausreichen würde, um die bewußte Aufmerksamkeit aufrecht zu erhalten, die sich jetzt den Eid schwor, daß der Körper, in dem sie lebte, erlöschen würde, ehe der Geist in ihm sich aufgab.

»Folge der Sonne, folge dem Gelb, folge der Zauberstraße ...«

Als ich dort auf meinem Blatt saß, war ich fest entschlossen, wenigstens als bewußtes Wesen zu sterben, wenn ich schon in dieser gleichgültigen Weite untergehen mußte; als Wesen, das bis zum Ende das Recht hatte, sich als Menschen zu bezeichnen. Das Mantra, das in meinem Gehirn schwang, und das goldene Mandala, das mein inneres Auge erfüllte, begannen eine neue, komplexere Bedeutung anzunehmen – oder besser, die Botschaft, die ich mir selbst in dem einfachen Tropismus hinterlassen hatte, der ein bewußtloses Wesen durch Hunderte von Kilometern des Bloomenveldts gebracht hatte, begann im wieder auftauchenden Bewußtsein des menschlichen Geistes, der zu Beginn mein Kleinhirn programmiert hatte, ihre Bedeutungsschichten abzustreifen.

»Vor dem Sänger war das Lied, das unsere Art von den Bäumen zu den Sternen gebracht hat«, hatte Pater Pan häufig genug erklärt, und *vraiment*, wo war ich jetzt, wenn nicht in die Baumwipfel der Vorzeit zurückgeworfen, aus denen vor langer Zeit unsere Rasse ihren kühnen Marsch zum Wissen und zu den Sternen antrat?

Und was war die Zauberstraße, auf der ich jetzt reisen wollte, wenn nicht die Wiederholung der Phylogenese unserer Art in Form meiner eigenen Ontogenese? *Vraiment*, wie die älteste Geschichte unserer Art sagt: Am Anfang war das *Wort* – die Geschichte, die wir uns selbst erzählten, als wir uns von Affen in Menschen verwandelten, die Geschichte, die der Flötenspieler heute noch erzählte.

Zerlumpt, verschmiert und verdreckt vom Saft und dem Mark der Früchte des Vergessens und dem Schweiß und den Flecken buchstäblich unaussprechlicher Akte, lag das Vielfarbige Tuch immer noch um meine Hüfte und schien als Banner zu verkörpern, was ich gewesen war und was wieder zu werden ich mich jetzt bemühen mußte – Sunshine Shasta Leonardo, Kind des Glücks, Gypsy Joker, *Geschichtenerzählerin*.

Denn war es nicht das *Wort*, das ganz am Anfang unsere Menschlichkeit geschaffen hatte? Konnte es mich deshalb nicht aus dem Wald des Unbewußtseins auf die Zauberstraße zurückbringen, die heim in die Welten der bewußten Menschen führte? Hier draußen auf dem Bloomenveldt gab es vielleicht außer mir selbst niemand, der meine Geschichten hören wollte, doch es gab etwas viel Kostbareres als Ruegelt zu gewinnen oder zu verlieren.

Und so nahm ich dort in den Baumwipfeln meinen Mut zusammen, wie ich es damals im großen Edoku auf dem Luzplatz getan hatte, und warf meine Stimme in die Dunkelheit, in die Einsamkeit, in etwas viel Gefühlloseres und Gleichgültigeres als jedes Publikum aus Edojin, und begann ums Überleben meiner Seele zu erzählen.

»*Der Funke der Arkies!*« sprach ich zu mir selbst und begann eine sehr bizarre Version von Lance Della Imres Lieblingsgeschichte, in der meine getrübte Erinnerung und meine augenblicklichen Sorgen vereint und als mein eigenes Lied neu geschrieben wurden.

»Sagt nicht, daß die Arkies des Ersten Raumfahrenden Zeitalters willfähig ihren Geist den Blumen überließen – damals, als eine Lebensart, die existiert hatte, seit das erste Kind des Glücks von den Bäumen herabzusteigen wagte, im Bloomenveldt verloren ging! Denn der Funke der Arkies, der uns auf der Zauberstraße aus dem Wald des Unbewußtseins führte, als wir Lohnsklaven des Pentagon waren, ist heute noch bei uns im Arkie-Funken der Erzählerin dieser Geschichte …«

Vielleicht nicht sehr kunstvoll und *certainement* nicht sehr zusammenhängend, brach es in prächtigem Irrsinn aus mir heraus, denn nach Äonen von nichts außer der mantrischen Litanei freute ich mich über den Klang einer bewußten menschlichen Stimme, die die Geschichte meiner eigenen Seele erzählte. Noch nie hatte ein Geschichtenerzähler ein weniger kritisches oder dankbareres Publikum als ich in mir selbst!

Und weder begann sich das Publikum zu langweilen noch ermüdete die Erzählerin, bis die nächtlichen Düfte des Bloomenveldts den Vorhang des Schlafes über die Vorstellung zogen.

Am Morgen erhob ich mich immer noch erzählend, rezitierte mir selbst Mischungen aus allen Geschichten, die ich kannte, und verwandelte sie in mein einzigartiges Lied der Zauberstraße.

»Folge der Sonne, folge dem Gelb, folge dem Flötenspieler der Zauberstraße, der geboren wurde, als ich das erste Mal von den Blumen unserer Vorfahren herunterkletterte, und der uns von jenem Tag bis heute auf unserer Mardi-Gras-Parade von Blatt zu Blatt führte – in die Dämmerung des Zweiten Raumfahrenden Zeitalters hinein durch all die langen Jahrhunderte zwischen hier und der Küste …«

In dieser Weise plappernd, tat ich den ersten zögernden Schritt auf der Zauberstraße nach Osten und dann noch einen und noch einen und folgte dem Befehl meiner eigenen Erzählung.

Zweifellos hätte mich jeder Heiler, der diese Phase meiner Reise beobachtet hätte, für verrückt erklärt, denn ich kann nicht leugnen, daß das, was er gesehen hätte, ein hageres, ausgehungertes Wesen war, das deutliche Symptome von Wahnsinn zeigte.

Denn Stunde um Stunde, Tag um Tag, je länger ich wanderte, je ausgehungerter ich wurde und je mehr ich meine Ohren mit den Stücken und Brocken halb erinnerter Geschichten füllte, desto mehr verwandelten sich die Teile in ein unendlich kompliziertes Mantra der einen, der einzigen Geschichte, die es in diesem Augenblick zu erzählen gab.

Wenn eine Psychose, wie die Heiler behaupten, tatsächlich eine Diskrepanz zwischen den Ereignissen im Reich der Außenwelt und den Abbildern derselben im Gehirn ist, wenn die Aufhebung der Schnittstelle zwischen der Reise durch die Wildnis der Baumwipfel und der Reise meines Geistes durch meine Geschichte eine bloße psychische Fehlfunktion war, dann war ich nach einer so objektiven Definition *vraiment* nicht mehr bei Verstand.

Doch dieselben Heiler könnten nicht leugnen, daß eine solche Krankheit nur in einem bewußten Verstand entstehen kann. Was heißen soll, daß ich wenigstens immer noch zu menschlicher geistiger Gesundheit fähig war – oder zu ihrem menschlichen Gegenstück. Jene dagegen, die die Wissenschaft nur als völlig an die äußere Realität des Bloomenveldts angepaßt beurteilen konnte, waren die bewußtseinslosen Bloomenkinder.

Vom Standpunkt eines objektiven wissenschaftlichen Berichts gäbe es nichts Wesentliches zu erzählen außer der endlosen Wiederholung des Kreises jedes Tages.

Ich erhebe mich bereits erzählend. Mein Magen schreit vor Hunger, und das hohle Pochen in meinem Kopf jagt Funken von statischem Konfetti über mein Blickfeld. Ich fülle meinen Bauch mit Wasser, das ich aus der Vertiefung eines Blatts sammele.

Ich wende mein Gesicht zum goldenen Antlitz der aufgehenden Sonne, und ich gehe, plappere mit mir selbst. Ich gehe, bis die Sonne ihren Zenith überschritten hat, und ich gehe, bis sie im Westen untergegangen ist. Ich gehe durch die dichter werdende Dunkelheit, bis ich mich nur noch mit den Füßen vortaste. Ich gehe, bis mich die Düfte der Nacht in einen traumlosen Schlaf gleiten lassen.

Die Wissenschaftler haben uns schon vor langer Zeit gesagt, daß die Zeit trotz aller Beweise der Sinne kein regelmäßig gegliedertes Absolutum ist, auf dem sich die Ereignisse aufreihen wie Perlen einer Schnur. Vielmehr ist sie eine Beziehung zwischen Punkten in einer vierdimensionalen Raum-Zeit-Matrix, so daß wir, wenn sich die

Ereignisse unterscheiden, ein Zeitintervall zwischen ihnen wahrnehmen. Doch in einem Kristallgitter aus Raum und Zeit, in dem die Ereignisse identisch sind, erleben wir sie als ein simultanes Ereignis.

Wie draußen so drinnen, denn die Wissenschaftler erklären uns auch, daß Träume, die im Bewußtsein des Träumers Ewigkeiten dauern, buchstäblich binnen Augenblicken ablaufen, wenn man die Dauer ihrer elektrischen Entladungen mit Instrumenten mißt.

So haben auch Gurus, Schamanen, Mystiker, Sufis und Meister anderer Gebiete die Zeit aus dem Geist verbannt und, wenn auch nicht mit wissenschaftlicher Präzision, einen Seinszustand geschaffen, in dem die Ereignisse mit der transtemporalen Logik der Träume und der Quantenmechanik wahrgenommen werden; dieser Zustand wird manchmal Tao genannt, das Ein-Sof, das Einsteinuniversum, das Große und Eine, die Traumzeit.

Ja, der alte Stamm, der durch genau dieses Hungern und diese mantrischen Übungen, wie ich sie jetzt vollzog, versuchte, bewußt durch die Traumzeit zu gehen, fand für die Erzählerin der Geschichte, die versucht, sich an diese Zeit zu erinnern, die beste Bezeichnung dafür.

Denn jeder Heiler wird sagen, daß in einem Bewußtsein, das sich in einem sterbenden Körper erhebt, früher oder später die Grenze zwischen Wachbewußtsein und Schlaf verschwimmt, so daß der Geist seine Wanderschaft in der letzten Zeit der Träume beginnt, während das Fleisch dahinschwindet.

Je ne sais pas, wann man hätte sagen können, daß ich in die Traumzeit hinüberglitt; denn wir erinnern uns nie an den Augenblick, in dem wir die Grenze zwischen Wachen und Traum überschreiten, und dies um so weniger, wenn wir auch noch lange nach dem Übergang stetig einen Fuß vor den anderen setzen und unsere Wanderschaft träumen.

Certainement, das goldene Antlitz der Sonne im blauen Himmel über dem Bloomenveldt, das ich wahrnahm, wäre auf jedem astronomischen Instrument zu sehen gewesen. *Certainement*, ich träumte nicht, daß ich meine Erzählung an die Sonne als Publikum zu richten begann.

Doch als die Lichtkorona der Sonne zu einem Kreis aus goldenem Haar zu gerinnen begann, als es mir schien, als gebe es in ihrem Antlitz Züge wie in einem menschlichen Gesicht, *vraiment*, als sie zu sprechen begann, da hatte ich gewiß die Grenze zur Traumzeit überschritten.

War es Halluzination, Traum oder eine wahre Entrückung in das große und einzige Tao? Wer könnte das beantworten? Und wer wäre in der Lage, solche Unterscheidungen zu treffen? Denn sind nicht alle Geschichten, die der Geist sich irgendwie selbst zu erzählen vermag, Halluzinationen, Träume und geheimnisvolle mystische Visionen?

Wenn nun der Pater Pan, der aus dem Antlitz der Sonne zu mir sprach, eine Schöpfung meines träumenden Geistes war und wenn die Worte, die er sprach, nur ein Teil meiner eigenen Geschichte waren – hatte ich dann nicht das Lied, daß ich mir selbst vorsang, von genau diesem Mann gelernt, der jetzt im Traum zu mir sprach? So mag ich es alles geträumt haben, doch so überwand auch der wahre Geist eines Geliebten die Beschränkungen von Raum und Zeit, um in dieser Stunde der Not bei mir auf dem Bloomenveldt zu sein.

»Folge dem Flötenspieler der Zauberstraße, folge dem Pfeifer der Bloomenkinder fort von den alten Blumen, *muchacha*«, sagte Pater Pan, als wir nackt an einem Kristallteich in einem Lustgarten hoch auf einem Plateau im großen Edoku saßen, während ich über das nächste Blatt lief.

Denn die Landschaft, durch die ich reiste, hatte jetzt eine nichtdualistische Logik angenommen, die genau der eines klaren Traums entsprach. Während ich die gelbe Sonne über der endlosen grünen Ebene scheinen sehen konnte, so deutlich, daß ich mich stetig nach Osten bewegte wie im Wachen, besaß die Geschichte, die ich mir erzählte, die Kraft, zur gleichen Zeit überlagernde Visionen in der Traumzeit heraufzubeschwören.

»Einst waren wir alle Bloomenkinder im Duftgarten von Eden, Sunshine«, erklärte Pater mir, während er sein Vielfarbiges Tuch um die Schultern legte und seine Namensgeschichte begann. »Nun werde ich dich zum Goldberg führen, wie ich dich aus der Stadt des Pentagon zu den langen, langsamen Jahrhunderten zwischen den Sternen führte.«

Und jetzt, obwohl ein Teil von mir wußte, daß mein Körper sich immer noch durch das Bloomenveldt schob und dabei immer schwächer wurde, wanderte ich in der Traumzeit durch die Straßen des großen Edoku, allein und ohne Geld, während meine Blase genauso dringend Erleichterung verlangte, wie mein Magen in den Baumwipfeln nach Essen schrie.

»Weißt du noch?« sagte Paters Stimme in meinem Ohr. »Weißt du noch, wie du in den Straßen des großen Edoku ein freies Wesen wurdest, das von der Kraft seines Geistes lebte?«

Während ich mich durch die großen Blätter der Baumwipfel schob, verfolgte ich zwei Gypsy Joker durch die Straßen und Parks, um ihren Lagerplatz zu finden, und wenn ich ins goldene Antlitz von Belshazaars Sonne starrte, dann war es meine erste direkte Begegnung mit Pater Pan vor den Duschkabinen.

»Wir haben jahrtausendelang eifrig Geschichten erzählt, bis wir den letzten Triumph der Kunst der Geschichtenerzähler erringen konnten – unser eigenes, großartiges, bewußtes Selbst«, sagte Pater, als wir uns bewundernd betrachteten. »Hast du nicht die Gabe deines Mundwerkes bemerkt?« sagte er, als wir in seinem Zelt auf dem Bett lagen.

»Also erzähle die Geschichte der Flötenspielerin des Bloomenveldts, *muchacha*«, sagte er, als er die Gypsy Joker verabschiedete und sich gegen die Bonsai-Berge zurücklehnte.

Schließlich fand ich auch in der Traumzeit meine Stimme. »Was *ist* die Geschichte der Flötenspielerin des Bloomenveldts?« hörte ich mich fragen.

Und das Geräusch meiner eigenen Stimme beförderte mich in die seltsamste Traumzeit von allen. Ich ging jetzt auch im Traum über das Bloomenveldt, ich folgte Belshazaars Sonne zur Küste, und der einzige Unterschied zwischen der beobachtbaren Realität und der Traumzeit meines Geistes war, daß in der Traumzeit Pater Pan neben mir ging.

»Die einzige Geschichte, die es zu erzählen gibt«, sagte er mit einem seltsamen Lächeln.

»Wie endet diese Geschichte?« wollte ich wissen.

»Diese Geschichte endet nie, Geschichtenerzählerin.«

Als ich mich selbst mit diesem Geist in einer Traumzeit-Landschaft, die identisch mit der des Wachbewußtseins war, diskutieren hörte, begann sich der Bann des Ganges aufzulösen, wie man in einem Traum gelegentlich mit sich spricht und dabei erwacht oder wie ein wichtiges Ereignis, das sich in die Bilder der Traumzeit verwandelt hat, den Schlafwandler wecken kann, so daß er im Traum des Lebens zu sich kommt.

»Wann werde ich aus ihm erwachen?« sagte ich, als Pater Pans Abbild zu verblassen begann wie Nebel, der in der aufgehenden Sonne verbrennt.

»Wenn die Flötenspielerin die Bloomenkinder von Hameln zu den weitverstreuten Menschenwelten zurückführt«, sagte das Antlitz der Sonne, als ich mich durchs Blattwerk schob.

»Dann laß mich nicht ohne dein Lied hier draußen zurück!« rief ich, als die Vision verblaßte.

»*Pas* Problem, schöne Dame«, sagte eine körperlose Stimme.

»Denn jetzt weißt du, wer die Flötenspielerin des Bloomenveldts ist, nicht wahr, Geschichtenerzählerin …?«

»Jeder, der die Geschichte erzählt!«

Und ich tauchte aus der Traumzeit wieder auf und rief die Worte über das Bloomenveldt. Ich sah mich abermals mit dem Meer von windbewegtem Grün unter einer heißen gelben Sonne konfrontiert, und es war kein Pater Pan an meiner Seite und keine Stimme außer meiner eigenen und der des Windes, die in den Ästen murmelte. Ich war schwach und hatte einen schwindelnden Kopf vom Hunger, der weit über die Signale des Magens hinausging und meine Zellen selbst erfaßte; ich war eine zerlumpte, gebückte Gestalt, deren Kreislauf kurz vor dem Zusammenbruch stand.

Doch ich war nicht allein.

Denn ob der Flötenspieler, der mich hergebracht hatte, eine Erfindung aus der Geschichte war, die ich mir in der Traumzeit selbst erzählte, oder ob mich in ihr ein Bruchstück des Geistes eines Geliebten getröstet hatte oder ob dies in Wirklichkeit auf einer Ebene, die kein Wachbewußtsein je verstehen kann, dasselbe war – mein Gang durch die Traumzeit mit diesem Geisterführer hatte mich auf jeden Fall zu dieser einsamen purpurnen Blume gebracht.

Vier Menschen saßen auf ihren samtenen Blütenblättern und verschlangen gierig die runden, gelben Früchte. Ihre massigen Körper und die zerlumpten Kleiderfetzen waren ein deutlicher Hinweis darauf, daß sie einst bewußte Bürger der Menschenwelten gewesen waren.

Während meines Ganges durch die Traumzeit hatte ich das Land der Bloomenkinder hinter mir gelassen. Nur das Grenzland der verlorenen zivilisierten Seelen lag noch zwischen mir und der Küste.

23

Ich war aus dem Land der wahren Bloomenkinder aufgetaucht mit der Geschichte des Flötenspielers auf den Lippen, und ich tauchte aus der Traumzeit auf mit der Geschichte, die ich gelernt hatte oder die mir gegeben worden war oder die ich mir dort selbst erzählt hatte. Ich hatte die Geschichte immer noch auf den Lippen, und ich unterbrach meine Erzählung nicht, als ich zur purpurnen Blume taumelte.

»Einst waren wir Bloomenkinder im Duftgarten von Eden«, informierte ich überflüssigerweise die beiden Männer und die beiden Frauen, die ungestört ihre Aufmerksamkeit weiter auf die gelben Früchte richteten und sich nicht einmal durch meine bizarre Erscheinung unterbrechen ließen. »Nun bittet uns der Flötenspieler der Zauberstraße, dem Arkie-Funken in unserem Herzen von den Blumen der Vorfahren zu den weitverstreuten Menschenwelten zu folgen ...«

Vielleicht war ich in gewisser Weise immer noch in der Traumzeit, denn während ein Teil von mir langsam auf die purpurne Blume und ihre Jünger zuging, stand ein anderer Teil von mir vor dem Vulkan des Luzplatzes und versuchte, die eiligen Edojin zu bewegen, meiner Erzählung Gehör zu schenken. Denn wirklich, für das Bewußtsein, das am Rande der Blumenaura innehielt, war es fast dasselbe.

Ich konnte einen schwachen Duft von süßer und saurer Saftigkeit schmecken, und die Zellen meines Körpers plapperten drängend, ich solle über die gelben Früchte herfallen. Ich wußte, daß hier am Küstenstreifen des Bloomenveldts die Entwicklung der Blumen und die Rückentwicklung der Menschen noch nicht bis zur perfekten Symbiose zwischen Blumen und Bloomenkindern fortgeschritten war. Diese dicken, fressenden Wesen waren keine Bloomenkinder, sondern ehemals bewußte Wesen, die zufällig dem Bann viel gröberer Pheromone verfallen waren; letztere waren nicht geschaffen, um Menschen festzuhalten, sondern um die primitiveren Gehirne der eingeborenen Säuger des Waldes zu kontrollieren. Hier mochte ein starker Wille ausreichen, um gegen diese weniger mächtigen Moleküle zu bestehen.

Im Edoku meiner Traumzeit wußte ich, daß ich mit der Kraft des *Wortes* allein das zum Überleben nötige Ruegelt verdienen mußte, wenn auch meine Geschichte außer meinen eigenen keinen anderen Ohren gefallen mußte. Denn solange ich meine Geschichte erzählte, solange ich meine eigene Stimme mein eigenes Lied singen hörte, solange ich Sunshine die Geschichtenerzählerin blieb, so lange würde ich auf der Zauberstraße bleiben, denn es gab nur einen *camino real* des Wissens durch den Wald der Unwissenheit – den Weg des *Wortes*, auf dem ich mich jetzt befand.

»Erinnert euch, daß ihr Kinder des Glücks wart ... erinnert euch daran, daß ihr freie und bewußte Wesen wart, die von der Kraft ihres Geistes in den Straßen des großen Edoku lebten ...«

Während ich erzählte, ging ich langsam weiter auf die purpurne Blume zu, tiefer in ihre olfaktorische Einflußsphäre hinein, erprobte die Kraft des *Wortes* gegen die Macht des Duftes, wie ich meinen nackten Willen gegen viel stärkere Düfte im Kampf der Fastenzeit gestemmt hatte.

»Erinnert euch, wie Pan der Flötenspieler euch aus dem Duftgarten und in die Goldberge führte, während die langen, langsamen Jahrhunderte zwischen den Sternen verstrichen ...«

Mein Zittern ließ nach, als ich mich an meinen Gang in der Traumzeit vom Duftgarten zu diesem Grenzland des bewußten Geistes erinnerte, als mich mein unabhängiger Wille in einer bewußt mäßigen Geschwindigkeit weitergetrieben hatte, wie er mich geschützt hatte vor den Verlockungen der Düfte und der zehrenden Ungeduld meines Körpers.

Vielleicht erinnerte sich der kleinere, dunklere der beiden Männer, vielleicht erinnerte sich der dort auf der Blume kauernde *Mann* an die Zeit, als auch er noch ein freies Wesen des *Wortes* gewesen war, denn seine Augen hoben sich wie von selbst von seinem Mahl, blinzelten mich verwirrt und armselig an, während er fortfuhr, dicke Stücke aus dem festen grünen Mark seiner gelben Frucht zu beißen.

»Und wohin ist der Flötenspieler der Zauberstraße nun gegangen, da ihr hiersitzt wie elende Lohnsklaven des Pentagon und die Früchte des Vergessens eßt, um eure schon lange verblaßten Geister zu nähren?«

Ich war jetzt in Reichweite der Früchte, erzählte immer weiter, und mein Geist besaß immer noch die Gewalt über den Tropismus und den Hunger meines Körpers.

»Nirgends und überall, hier in der Erzählerin der Geschichte, *vraiment*, im letzten Arkie-Funken in eurem eigenen menschlichen Herz!« rief ich schließlich dem Mann, der vor mir hockte, ins Gesicht. Ohne sein Fressen ganz einzustellen, erwiderte er meinen Blick mit etwas, das mir vorkam wie das kämpfende Gespenst eines Bewußtseinsfunkens.

»Da!« rief ich, indem ich zur Spätvormittagssonne deutete. »Folgt dem Arkie-Funken in euch, folgt der Sonne, folgt dem Gelb, folgt wieder der Zauberstraße ...«

Und als der zerlumpte Kerl den Blick auf das goldmähnige Gesicht des Flötenspielers richtete, schnappte ich mir mit der anderen Hand eine Frucht, klemmte sie unter den Arm und kehrte, der Moral meiner eigenen Geschichte gehorchend, der Blume den Rücken und wandte das Gesicht zur Sonne und zog mich nach Osten zurück, so schnell es mein geschwächter Körper zulassen wollte. Nicht einmal jetzt, nachdem mir die Frucht als Belohnung gehörte, kam ich auf den Gedanken, meine Erzählung zu unterbrechen.

»Folgt der Sonne, folgt dem Gelb, folgt dem Flötenspieler der Zauberstraße, der uns vom Affendasein zum Menschenleben geführt hat ...«

Ich aß die Frucht erst, als ich innehielt, und ich hielt erst inne, als ich die pheromonische Aura der Blume weit hinter mir gelassen hatte. Selbst als ich die gelbe Frucht mit meinen überlangen Nägeln aufriß, selbst als ich große Brocken herunterschluckte und spürte, wie meine Körperzellen in orgasmischer Erleichterung aufschrien, als ihr Ernährungszölibat beendet war, selbst dann noch plapperte ich mutierte Versionen der einzigen Geschichte, die ich zu erzählen hatte, heraus – obwohl, wie ich glaubte, kein Ohr außer meinem da war, das sie hören konnte. Denn nur der Flötenspieler konnte dieses Kind des Glücks auf ihrer Zauberstraße halten, und der Flötenspieler würde nur so lange bei mir bleiben, wie irgend jemand diese Geschichte erzählte.

Als ich mit meinem Mahl fertig war, erhob ich mich sofort, wandte mich gen Sonnenaufgang und ging immer noch erzählend weiter. Ich wagte es wohl mehrere Stunden nicht, mich umzudrehen.

Doch als ich es tat, sah ich, taumelnd und schwitzend und mit protestierenden, lange nicht benutzten Muskeln stolpernd, kaum fünfzig Meter hinter mir den Mann, dessen Augen sich bei der Purpurblume einen Augenblick aus dem Nichtbewußtsein gelöst hatten, um meinem Blick zu begegnen.

Er mußte schon seit Stunden die Worte meiner Geschichte aufgesogen haben, von der Begeisterung über das neue Geräusch einer menschlichen Stimme aus dem Bann seiner Blume gerissen, um gebannt der Musik zu folgen oder vielleicht auch um halbbewußt den Worten des Liedes zu lauschen.

Er folgte mir während des ganzen Tages in einiger Entfernung, mühte sich, mit dem Klang meiner Stimme Schritt zu halten, denn was mich anging, war die Geschichte, die ich erzählte, ein Lied, das ich nur mir selbst vorsang, und ich hatte keine Lust, zum Guru zu werden oder ihm zuliebe meinen Schritt zu verlangsamen. In dieser Nacht schliefen wir auf gut zwanzig Meter voneinander entfernten Blättern. Denn ich hatte kein Bedürfnis, mit jemand zu sprechen, der so tief im Abgrund des Nichtbewußtseins versunken war, aus dem ich so mühsam herausgekrochen war, und er war es zufrieden, von weitem meiner Geschichte zu lauschen, als wäre ihm irgendwie die Kluft bewußt, die unsere Geister trennte.

Vielleicht ist das alles nur eine *post-facto*-Rechtfertigung, denn ich kann nicht behaupten, daß ich eine hochentwickelte Art von Erleuchtung erreicht hätte, in der der Bodhi zufrieden ist, zu leuchten, ohne sich um die weltlichen Konsequenzen zu kümmern. Es soll reichen zu sagen, daß er sich vielleicht entschlossen haben mochte zu folgen, doch daß ich mich nicht entschloß zu führen; denn wenn ich mich damals an ihn gewandt hätte, dann nur um ihm zu sagen, daß ein wirkliches Kind des Glücks keinen Führer und keinen König anerkennt. Wenn die Moralphilosophen dies als grobe Gleichgültigkeit beurteilen, dann kann ich nur erklären, daß moralische Verantwortung oder ihr Gegenteil Begriffe waren, die mein Geist in diesem Augenblick nicht fassen konnte, und mich dem Spruch des Gerichts unterwerfen.

Am folgenden Morgen, als sich mein Geist der Sonne entgegenhob, gestärkt durch den Triumph des vergangenen Tages, suchte ich geradewegs eine andere Blume aus, ohne an das Wesen zu denken, das meine Worte meiner Verantwortung unterstellt hatten; ebensowenig hatte ich andererseits Hemmungen, ihn mit dem endlosen Vortrag meiner Geschichte weiterzulocken.

Bald genug erreichte ich eine orangene Blüte, wo drei hagere Frauen faserige blaue, röhrenförmige Früchte verspeisten. Diesmal schritt ich ohne Zögern auf sie zu, während meine Erzählung ungebrochen weiterging, und eine der Frauen schien mit einer gewissen gleichgültigen Aufmerksamkeit aus dem Ohrenwinkel zuzuhören, so daß ich stehenblieb und zu einem angemessenen Schluß kam wie ein richtiger Geschichtenerzähler der Gypsy Joker, statt sofort nach der Frucht zu greifen – letzteres wäre mir vorgekommen, als hätte ich wie damals unter den Nasen der Bewohner der Anstalten inkognito mein Fressen geschnappt.

»Und wer ist der Flötenspieler, der euch zum Funken der Arkies zurückführen wird?« erklärte ich, um die Geschichte abzuschließen.

»Das Kind des Glücks in uns allen, die Erzählerin der Geschichte – und dem Geist, den ihr in euch selbst tragt, zu Ehren werdet ihr nun diese Geschichtenerzählerin mit Ruegelt überschütten!«

Die exilierte, zerlumpte Edojin musterte mich einen Augenblick mit einem seltsamen Ausdruck, und die Logik der Traumzeit und die Logik der Alltagswelt kamen zur Übereinstimmung. »Früchte, *please*«, erklärte ich meinem Publikum. »Gebt ... mir ... Früchte.«

Dann, als wäre ein Schlüssel im lange vergessenen Schloß der Etikette herumgedreht worden, gab sie mir eine der blauen Röhren mit einer grotesk großmütigen Geste, mit der sie vor langer Zeit einem Bettler auf einer zivilisierten Straße eine Münze zugeworfen haben mochte.

Soweit mich derart komplexe Gefühle rühren konnten, war dies zweifellos die Krönung in der Karriere eines Geschichtenerzählers, doch soweit man sagen konnte, daß sich in mir noch ein Gefühl der Abscheu gehalten hatte, war ich entsetzt über dieses Echo, über dieses Gespenst einer menschlichen Reaktion.

Am nächsten Morgen, immer noch von meinem kaum beachteten Jünger begleitet, ging ich direkt zu einer Blume, um mein Frühstück mit einer Erzählung zu verdienen, und so entwickelte sich mein Nahrungskreislauf. Nicht mehr ausgehungert, nicht mehr verängstigt vor der Kraft der Blumendüfte, mußte ich auf irgendeiner Ebene erkannt haben, daß ich nun ohne weiteres zu einer beliebigen Blume gehen und mich mit eigenen Händen reichlich mit Früchten bedienen konnte.

Doch in der Traumzeit war ich eine Geschichtenerzählerin der Gypsy Joker, die ihren Lebensunterhalt mit der Kraft des *Wortes* verdiente, und so schritt ich kühn hinter meinem Schild von Worten in die pheromonischen Winde und trat wie die Prinzessin der Geschichtenerzähler direkt vor eine gelbe Blume, wo drei Bloomenkinder saßen und purpurne Früchte verschlangen. Ich brachte meine ewige Geschichte mit der eleganten Bittstellerei einer Königin der Gypsy Joker wieder auf den Punkt, an dem bildlich gesprochen der Hut herumgeht.

»Lange schon wurde die Geschichte des Flötenspielers auf dem langen Marsch unserer Art von den Bäumen zum Luzplatz erzählt, und jetzt muß der Flötenspieler bezahlt werden, was heißen soll, die Erzählerin muß mit Früchten bedacht werden! Früchte! Früchte! *Gebt mir Früchte!*«

Da der Wortschatz dieser Gebannten vorsichtig ausgedrückt sehr beschränkt war und da die Geschichte, die ich endlos immer wieder erzählte, ein Mischmasch aus persönlichen Bildern war, die jedem anderen Zuhörer völlig unverständlich bleiben mußte, reagierten die beiden fetten Männer und die sogar noch fettere Frau zweifellos eher auf die bloße Gegenwart eines Wortvulkans, der einen Wortschwall ausspuckte, als aufgrund einer Zustimmung zum Gehalt meiner Geschichte. Doch in einem anderen Sinne *war* jede Silbe eines menschlichen Lingo, die ich aussprach, die grundlegende Haiku-Version der Geschichte, denn bewußte Sprache selbst war deren Protagonistin.

So bewegte ich die groteske, dicke Frau dazu, mir ihre Frucht zu geben, indem ich einfach in der Art eines Geschichtenerzählers danach verlangte – obwohl man kaum sagen konnte, daß ich dieses Ruegelt durch eine angemessene und vollständige Erzählung meiner Geschichte verdient hatte. Und nachdem ich mein Ziel auf die gewünschte Weise erreicht hatte, sah ich keinen Grund, diese drei verlorenen Kinder der gelben Blume mit einer erweiterten Version zu belohnen, die etwa speziell entworfen wäre, um ihre Geister zu erwecken.

Dennoch, als ich mich umdrehte, um mit meiner Beute weiterzuziehen, holte mich der Flüchtling, der mir jetzt seit zwei Zyklen folgte, an der gelben Blume ein. Statt das Unmögliche zu versuchen und meinem Beispiel zu folgen, schnappte er sich einfach eine Frucht und folgte mir, als ich mich immer noch plappernd zurückzog, um meine Reise zum Flötenspieler der Sonne wieder aufzunehmen.

Vielleicht war es der Anblick meines ersten Jüngers, der seiner Flötenspielerin gen Sonnenaufgang folgte, vielleicht war es sogar die Kraft des *Wortes* selbst, die einen schlafenden Geist weckte; *certainement* war es kein Willensakt von meiner Seite oder eine Kraft, die ich bewußt entwickelt hätte.

Doch wie dem auch sei, nun waren es *zwei* verlorene Kinder des Glücks, die der Flötenspielerin des Bloomenveldts ins Licht des Morgens folgten. Die Frau, die mir mein Ruegelt in Form einer Frucht gezahlt hatte, hatte sich den Gypsy Jokern der Mardi-Gras-Parade angeschlossen.

Und es kamen weitere.

Einige folgten einen Tag und ließen sich dann von der Blume einfangen, die am nächsten Morgen das Frühstück lieferte, andere gesellten sich für einige Tage zum Stamm, um dann doch wieder schwach zu werden, doch keins der verlorenen Kinder des Waldes, die die Reise begannen, sollte wieder in den Menschenwelten auftauchen.

Denn während der Stamm der Flötenspielerin des Bloomenveldts ständig eine Stärke von einem halben Dutzend Menschen hatte, während er nach Osten über das Bloomenveldt zog, kamen die Kinder des Waldes, blieben eine Weile, verschwanden im Dunkel, aus dem sie gekommen waren, und wurden durch andere ersetzt, genau wie der unsterbliche Geist unserer Art von Milliarden vergänglicher sterblicher Avatare von den Bäumen zu den Sternen getragen wurde.

Im moralisch klareren Rückblick muß selbst ich einräumen, daß meine oberflächliche Gleichgültigkeit gegenüber der karmischen Verantwortung, die ich übernommen hatte, indem ich mein Netz aus Worten in das Meer voller ehemals bewußter Menschen warf, alles andere als ein Beweis meiner völligen Rückkehr zum wahren Geist der Menschlichkeit war. Soll heißen, daß ich im Rückblick beschämt eingestehen muß, daß ich keinerlei heroische Anstrengungen machte, die Treue der Jünger, die ich ermutigt hatte, zurückzugewinnen, wenn sie in den Wald streunten – ebensowenig, wie ich eine sinnlose Rückkehr zum Duftgarten gewagt hatte, um Guy zu retten. Und während ich letzeres unter großen Schmerzen meines Geistes verworfen hatte, war ersteres in meiner völligen Ahnungslosigkeit begründet. Denn in der Traumzeit, in der ich lebte, war ich keine Anführerin und keine Königin, kein Guru, der nach Jüngern suchte, kein Flötenspieler wie Pan, sondern einfach nur Sunshine, Gypsy Joker und Geschichtenerzählerin, die allein war und für ihren Lebensunterhalt sang – der einzige Mensch, der die Geschichte erzählte.

Schließlich erreichte ich jedoch einen Bereich, in dem hin und wieder dyadische Paare zu sehen waren, die in tantrischen Vereinigungen von so endgültiger Intensität versunken waren, und dies auch noch bei Blumen, die nichts Eßbares zu bieten hatten, daß jeder Versuch, mich ihnen zu nähern, von vornherein sinnlos war – es wäre sogar gefährlich gewesen anzunehmen, daß die Kraft des Wortes Macht hatte über das Parfüm der Kundalini-Schlange.

Denn bei der ersten dieser Gelegenheiten, als ich einer Blume der Leidenschaft so weit wie möglich auswich und weiterging, drehte ich mich zufällig um und sah, daß die beiden letzten meiner Jünger, ein dürrer, hagerer Bursche, der sich erst vor einem Tag der Parade angeschlossen hatte, und eine entsetzlich dicke Frau, die einige Tage weit hinter mir hergewackelt war, sich zusammengetan hatten und zur Blume gingen, während sie sich in grotesker Weise betasteten und es in unwürdiger Hast kaum erwarten konnten, die Blume zu erreichen.

Ich glaube, daß in diesem Augenblick das Bewußtsein einer Möglichkeit von karmischer Schuld und menschlichem Mitgefühl in die vollkommene moralische Leere meines Geistes vordrang, denn nachdem ich nun zwei Menschen an die Blumen verloren hatte, ohne auch nur einen Versuch zu machen, sie zu retten, begann es mir zu dämmern, daß ich *wirkliche Menschen* im Schlepptau hatte, die ich, ohne es bewußt erstrebt zu haben, ein Stück auf der Straße aus der Dunkelheit ins Licht des Bewußtseins angeführt hatte.

Und während vom Standpunkt kosmischer Gerechtigkeit aus *sie* es waren, die *mir* etwas schuldig blieben für das, was ich ihnen so freigebig geschenkt hatte, war *ich* es, die mein Netz aus Worten ins Meer des Bloomenveldts geworfen hatte, ohne an das Schicksal dieser Lungenfische zu denken, die ich aus den Blumentiefen zog, bis sie in der Luft des Bewußtseins kämpften und keuchten.

Soll heißen, daß es vielleicht eine nutzlose Suttee gewesen wäre, wenn ich versucht hätte, Guy zu retten, daß mein Bewußtsein aber im Augenblick nicht existentiell gefährdet war und daß ich es vielleicht dem Geist, der mich gerettet hatte, schuldig war, mich um die verlorenen bewußten Geister zu kümmern, deren Schicksal mir mein eigenes Verhalten, ohne daß ich es bemerkt hatte, in die Hände gelegt hatte.

Vraiment, praktisch gesehen konnte ich nicht viel mehr tun, außer meine endlose Erzählung weiter nach Osten zu tragen, den Blumen der Lust so gut und so weit wie möglich auszuweichen, einige minimale Zugeständnisse zu machen, damit mein Gefolge nicht zu weit zurückblieb, und jene, die von der Zauberstraße abschweiften, mit Verwünschungen, die sie nicht verstehen konnten, und Tritten und Stößen, die etwas effektiver waren, anzutreiben.

Das soll nicht heißen, daß ich mich zum perfekten Schäfer entwickelte – moralisch oder anders gesehen –, denn wenn es darum ging, mich einer Blume der Leidenschaft zu nähern, die zwei meiner verlorenen Kinder gestohlen hatte, gab es eine klare Grenze. Ich würde nicht mein eigenes Überleben beim Versuch gefährden, solche verdammten Geister zu retten, und ebensowenig würde ich zulassen, daß irgend etwas meinen Marsch zur Küste lange aufhielt. Darin fiel der Selbstschutz des Individuums mit dem Schutz des ganzen Stammes zusammen, denn wenn niemand mehr da war, um die Geschichte zu erzählen, waren die Tage unseres ganzen Stammes gezählt.

Wirklich, um die Wahrheit zu sagen, war ich kein Schäfer, der eifrig seine Schafe hütete, sondern ich empfand meine Schutzbefohlenen hauptsächlich als Bürde – wie ein Spaziergänger, der plötzlich von einem Wurf verlorener Kätzchen adoptiert wird und ein gewisses zärtliches Gefühl für ihre Sicherheit entwickelt, so daß er sie nicht ohne Bedauern der Wildnis überlassen will, aber dennoch nicht ihr Hüter sein kann.

So ging ich *vraiment* langsamer und vorsichtiger weiter, machte mir widerstrebend klar, daß ich irgendwie für eine Gruppe anderer Geister verantwortlich war wie für meinen eigenen. Und nun, da mir vier Jünger, die ich eindeutig nicht erwählt hatte, folgten, tauchte eine Bewußtseinsebene wieder auf, ein Wesen, von dem ich behaupten würde, daß es zumindest das Recht hatte, wieder ein ganzer Mensch genannt zu werden.

Denn während das Thema meiner geistige Gesundheit an jedem Punkt der Erzählung und an jedem Punkt der Reihenfolge, in der mein Bewußtsein wiedererwachte, von Heilern und Wissenschaftlern, die auf diesem Gebiet viel beschlagener sind als ich, in endlosen gelehrten Debatten behandelt werden könnte, war nach der völlig amateurhaften Meinung des fraglichen Individuums *meine* volle Menschlichkeit wiederhergestellt, als ich, wie widerstrebend auch immer, die Verantwortung für die Wahrung der Menschlichkeit *anderer* übernahm.

Als ich den Bodhi im Wald traf, hatte der Stamm der Flötenspielerin vier Mitglieder. Es waren die letzten Mitglieder, wie sich herausstellen sollte; denn wir zogen so nahe an der Küste keine neuen Kinder des Glücks an, und ich brauchte auch nicht mehr den Verlust meiner Schutzbefohlenen an den Wald zu ertragen, da mein moralisches Bewußtsein neugeboren war und die Blumen der Lust hinter uns lagen.

Drei von ihnen waren Männer: ein dünner blonder Kerl, den ich bei mir Goldrute nannte, ein Dicker mit Namen Rollo und ein Kahler, der für mich Platte hieß. Denn während man kaum sagen konnte, daß diese verlorenen Wesen des Waldes etwas besaßen, das man als menschliche Persönlichkeit bezeichnen konnte, schien es nur gerecht und passend, ihnen die Würde eines eigenen Namens zu gewähren, die ich den erwähnten Kätzchen sicher auch geschenkt hätte.

Die Frau war das menschenähnlichste Exemplar dieser Gruppe, was heißen soll, daß sie weder hager noch fett war, und ihre Augen schienen gelegentlich sogar einen fragenden Ausdruck anzunehmen. Ich taufte sie Moussa, denn in ihr glaubte ich einen Funken von mir selbst zu sehen – einen verwandten, wenn auch stummen Geist, dessen Leben ich jetzt in den zusammengelegten Händen hielt.

Von den vieren, die ich aus dem Bloomenveldt führen sollte, war sie die einzige, die nach langwierigen Bemühungen die volle, bewußte Bürgerschaft der Menschenwelten wiedererlangen sollte. Und den Namen Moussa nahm sie Jahre später als ihren Eigennamen an, nachdem sie aus dem Sanatorium entlassen worden war – um die zu ehren, die sie taufte und ihr die Geschichte ihres Wanderjahrs erzählte.

Dies waren meine Begleiter, als ich den Bodhi im Wald traf – jedenfalls scheint mir dies in der Erinnerung die beste Bezeichnung für ihn zu sein. Wir stießen ganz plötzlich auf ihn. Ich umrundete einen Hügel aus Baumwipfeln und trat nach rechts in eine Geländevertiefung hinaus, wo ein Mann im Lotussitz unter einer Blume saß, deren Blütenblätter hinter ihm ausfächerten und ihm eine strahlend blaue Aura verliehen.

Wie er aussah, war er kein todgeweihter Weiser, der seine letzten Lebensjahre meditierend verbrachte. Er war ein energiegeladener, goldhäutiger Mann, dessen nackter Körper seine gute Gesundheit verriet. Sein glattes schwarzes Haar fiel auf seine Schultern herab. Er hätte fast als Bloomenkind durchgehen können.

Doch seine klaren grünen Augen waren nicht die leeren Kreise eines Bloomenkinds, das bewußtlos in die blaue Leere starrte; vielmehr spürte ich irgendwie die Gegenwart eines voll bewußten Geistes, der klare innere Tiefen schaut. Oder auf jeden Fall ein Gesicht, das unter den Umständen so anders war, daß ich mein stetiges Geplapper zum erstenmal wirklich unterbrach.

Als wäre er auf meine Gedankenwellen eingestimmt, schien sich die Aufmerksamkeit des Bodhis aus den inneren Tiefen zu erheben, um mich mit plötzlicher Schärfe zu begutachten; allerdings muß ich im Rückblick sagen, daß mein kleiner Stamm und ich für ihn einen sogar noch auffälligeren Anblick geboten haben mußten als er für mich.

»Wer seid ihr?« fragte er mit starker, ruhiger Stimme. »Woher kommt ihr?«

Einfache und logische Fragen, sollte man meinen, doch Fragen, auf die schlüssig zu antworten mir in diesem Augenblick ein wenig das psychische Vermögen fehlte. »Wir sind die Kinder des Glücks des Bloomenveldts und folgen dem Lied, das uns vom Leben dort als Affen unter den Blumen unserer Vorfahren herauszieht zu den weitverstreuten Menschenwelten«, erklärte ich in der einzigen Gesprächstechnik, zu der ich im Augenblick fähig war.

»*Ihr seid die mystischen Bloomenkinder des Waldes?*« rief der Bodhi. Er hielt die unbewegte Vollkommenheit seiner Yogi-Haltung aufrecht, doch seine Worte verrieten eine Überraschung, die einem Weisen überhaupt nicht anstand. »*Vraiment*, es scheint, als hättet ihr in der Tat einen langen Marsch von den Blumen eurer Vorfahren hinter euch!«

»Es hat Millionen Jahre eifrigen Studiums gebraucht, um den letzten Triumph der Kunst des Geschichtenerzählers zu erringen, nämlich unser eigenes, prächtiges, bewußtes Selbst«, stimmte ich bereitwillig zu.

Er riß die Augen auf, konzentrierte sich irgendwie menschlicher auf uns, während er sich innerlich distanzierte – als wäre *ich* für *ihn* ein Wesen aus der Traumzeit. »Wie tief warst du im Innern des Waldes, Bloomenkind?« fragte er erwartungsvoll, als rechnete er mit einer lange erhofften Antwort. »Du sprichst wie eine, die die Blume ihrer Vollkommenheit gefunden hat.«

»Ich spreche als eine, die ein vollkommenes Bloomenkind des Duftgartens war, ehe es jemand gab, der die Geschichte erzählen konnte«, erklärte ich etwas gereizt, denn diese Dummheit reichte völlig aus, um einen gewissen Zorn zu entfachen, und der Zorn erhob mein Bewußtsein auf eine noch kompliziertere Ebene. »Du sprichst wie einer, der einen Duftgarten zur Vervollkommung seines Geistes sucht.«

Darauf kam ein eindeutig kriecherischer Ausdruck in sein Gesicht, der mir den Gaumen verklebte wie Melasse. »Kann es denn sein, daß meine Übungen endlich doch noch belohnt werden?« sagte er atemlos. »Bist du nicht eine Vision, die die Vorsehung mir gesandt hat? Sollst du nicht meine Führerin zum Duftgarten sein?«

»Folge der Sonne, folge dem Gelb, folgte der Geschichte des Flötenspielers vom Bloomenveldt, nach der wir in all den langen, langsamen Jahrhunderten von den Bäumen marschiert sind«, erklärte ich ihm, während ich mich mühte, den Strom meines Wortschwalls zu einem präziseren verbalen Instrument zu schmieden. »Folge nicht den Blumen des Bloomenveldts in die trüben Nebel, die waren, bevor der Sänger zu seinem Lied wurde. Versuche nicht, in deinem Duftgarten ein vollkommenes Bloomenkind zu werden, sondern folge der Zauberstraße.«

»Hast du wirklich den Duftgarten gesehen?« drängte der Bodhi, als wäre es mir überhaupt nicht gelungen, ihm den flüchtigen Geist meiner Worte zu vermitteln, oder als hätte sich sein Geist einfach geweigert, mich zu hören.

»*Vraiment*, einst war ich ein Bloomenkind im Duftgarten, im Eden unserer Vorfahren – bevor ich das Lied des Flötenspielers hörte«, sagte ich, denn dies schien das einzige zu sein, das zu hören er bereit war.

Er starrte mich verwundert an. »Und wie ein Bodhisattwa hast du dich dann entschlossen, in die Menschenwelten zurückzukehren?« rief er. »Erleuchte mich, du Geist des Waldes, zeig mir den Weg zu deinem Duftgarten der Vollkommenheit.«

Mein bereits erwähnter Zorn war während des letzten Teils unseres Gesprächs weiter gestiegen, und während die logische Begründung dafür damals über mein Verständnis ging – die innere psychische Dynamik sollte sich erst später im Clear Light Sanatorium erhellen –, schien es mir in diesem Augenblick, daß ich abermals den Geist von Guy Vlad Boca aufstacheln mußte, genau wie damals, als er die böse Krone des Laders im Hotel Pallas getragen hatte, während er in genau diesem Lotussitz unter seiner Blume lächelte und genau dasselbe schale, verzückte Lächeln auf den Lippen hatte.

»Im Duftgarten gibt es niemand, der die Geschichte erzählen könnte, und dort spielt der Flötenspieler nie sein Lied«, erklärte ich ihm, während sich meine Augen vor Zorn trübten oder vor Traurigkeit, vielleicht auch vor beidem. »Schließe dich der Mardi-Gras-Parade an und folge der einzigen Geschichte, die es zu erzählen gibt; folge ihr ins Lager der Gypsy Joker im Goldberg, denn wahre Kinder des Glücks haben keinen Aufsichtsratsvorsitzenden und keinen Duftgarten mit Blumen der Vollkommenheit.«

»Du warst im Duftgarten und bist aus eigenem freiem Willen in die Menschenwelten zurückgekehrt?« sagte der Bodhi ungläubig. »Du bist dieser Flötenspieler der Zauberstraße? Du bist die Flötenspielerin des Bloomenveldts, und diese Bloomenkinder des Waldes folgen dem Lied deiner Stimme?«

»Ich bin eine einfache Geschichtenerzählerin in den Straßen des großen Edoku«, erklärte ich. »Ich bin jeder, der die Geschichte erzählt.«

Der Bodhi des Waldes begann sich darauf weiter in seine Tiefen zurückzuziehen, als müßte er vor einem Zuviel von unwillkommenem Satori weichen, oder vielleicht auch, um demselben von vornherein zu entgehen. »Vielleicht bist du die Schwester des Prinzen der Lügen, Geschichtenerzählerin, denn du kannst nicht die Wahrheit sprechen«, sagte er, während er anscheinend den Blick nach innen zwang. »*Niemand* ist bisher aus dem Land der Bloomenkinder in die Menschenwelten zurückgekehrt.«

So hatte ein verschrecktes und einsames Mädchen zu ihrem eigenen Herzen gesprochen, als sie im tiefsten Herzen des Landes der Bloomenkinder ohne Gasmaske und ohne Essen erwachte. Und das Mädchen hatte einen Eid geschworen, diesen geistigen Untergang zu überwinden oder beim Versuch zu sterben.

Ich betrachtete den Bodhi des Waldes, der seinen Blick inzwischen wieder völlig auf die gestaltlose, selbstgewählte Leere seines Innern richtete, und ich betrachtete Goldrute, Rollo, Platte und Moussa, meine vier halbbewußten Wesen, die die ganze Zeit geduldig dabeigestanden hatten, mesmerisiert vom Klang des menschlichen Gesprächs, während sie hoffnungslos gegen eben jene Leere kämpften, die er in sich suchte. Irgendwie schien es mir, daß ihre armen kleinen Geister in einer seltsamen Traumzeit des menschlichen Herzens menschlicher waren als er.

Und es war Sunshine Shasta Leonardo, die den Eid geschworen hatte und die jetzt ihre Schutzbefohlenen zärtlich betrachtete und sich an *sie* wandte und nicht an die reglose Ikone spiritueller Vollkommenheit, und sie tat es mit eben den Worten, mit denen die Geschichte der Flötenspielerin des Bloomenveldts begonnen hatte und die jetzt als wundervolle Zusammenfassung der Reise dienten.

»Niemand«, sagte ich, »ist je aus dem Land der Bloomenkinder in die Menschenwelten zurückgekehrt. Bis jetzt.«

Nach dieser Konfrontation mit dem Bodhi des Waldes stapfte ich nicht mehr ungeduldig vor meinen verlorenen Waldkindern her, sondern ging unter ihnen, richtete meine Erzählung eher an das Publikum als an mich selbst. Und während noch nichts meine Lippen verlassen wollte, das nicht aus Bruchstücken der einzigen Geschichte, die ich zu erzählen wußte, zusammengestoppelt war, wurde mir die Tatsache immer bewußter, daß ich die Kunst der Geschichtenerzähler ausübte, wenn auch für eine viel wichtigere Gegenleistung als Ruegelt. Und als einer meiner Schutzbefohlenen abzuschweifen drohte, scheuchte ich ihn so barsch und nachdrücklich wie nötig zurück, mit einem Tonfall und Gebärden, die man bei einem aufsässigen Kind benutzen würde, das die Strophen des menschlichen Liedes noch nicht gelernt hat.

So gingen wir weiter nach Osten zu den Menschenwelten, und so säte ich, ohne es zu wissen, überall in diesem lange brachliegenden Boden die Saat des *Wortes*.

Der Boden jedoch hatte eine karminrote Blume wachsen lassen, an der wir in Gesellschaft zweier fast unrettbar schläfriger Menschen aßen; die beiden hatten sich mit dem seltsam fleischähnlichen Mark der süßen blauen Früchte ansehnliche Bäuche angefressen.

Rollo hatte hier anscheinend eine Blume gefunden, deren Früchte zufällig Moleküle enthielten, die nahe an das Ideal seines Stoffwechsels herankamen. Mit ekelhafter, widerlicher Gier riß er Brocken aus dem zähen, harten Fruchtmark und verschlang sie, und als die Zeit zum Weiterziehen kam, war er gegenüber meinen Aufforderungen völlig taub.

»Steh auf, Rollo, und folge dem Gelb, denn die Sonne ruft dich von den Bäumen deiner Ahnen herunter, damit du der Zauberstraße folgst!« rief ich ihm schließlich ins Gesicht, und als er auch dies ignorierte, schüttelte ich ihn an den Schultern und drehte mit Gewalt sein Gesicht in die Sonne.

»Folge der Sonne, folge dem Gelb, folge der Sonne, folge dem Gelb ...«, sang ich immer und immer wieder, denn dies war die einfachste Version der Geschichte, das synergetische Mantra, das mich aus genau diesem Zustand, *vraiment*, sogar aus einem schlimmeren, gerettet hatte.

Ich sang immer weiter, deutete mit einer Hand zur Sonne und hielt mit der anderen sein Gesicht darauf gerichtet. Dann bemerkte ich plötzlich eine bizarre Veränderung meiner Stimme, denn bei gewissen Silben schien der einsame Ton meiner Stimmbänder von einem harmonischen Akkord von einem anderen Instrument begleitet zu werden.

Einige Augenblicke später dämmerte es mir, daß dies mehr oder weniger auch der Fall war.

Während meine Bemühungen, Rollos Aufmerksamkeit auf unser Lied der Straße und die darüber aufgehende Sonne zu lenken, bisher wenig bewirkt hatten, hatten Platte und Goldrute der Stammessitte folgend den Blick auf sie gerichtet, sobald sie die ersten Worte des Reisemantras hörten.

Ebenso Moussa.

Doch, oh, Moussa, Moussa meine Namensvetterin, sie hatte abgehackt, atonal, vor Anstrengung blinzelnd, zu singen begonnen.

»Gelb ... folge ... gelb ... folge ...«

Vielleicht die Sprache einer Irren, aber *certainement* eine Sprache, die dem Lingo der Menschen angehörte.

Diesen erstaunlichen Erfolg ausnutzend, paßte ich meine Stimme ihrem Leiern an und winkte wie ein Dirigent Platte und Goldrute zu, schwenkte die Arme im Takt auf und nieder.

»Folge ... gelb ... ... folge ... gelb ...«

Schließlich fiel Platte ein, und als wir zu dritt sangen, folgte auch

Goldrute. Und schließlich, endlich durch die gemeinsame Anstrengung seiner Stammesbrüder aufmerksam geworden, hörte Rollo zu essen auf, erhob sich auf die Füße, richtete die Augen in die Sonne und begann mit seinen markverschmierten Lippen kraftlose und stumme Nachahmungen der Silben zu formen.

Während dieser monotone Gesangs mit zwei Tönen sich als bewundernswert effektiv erwies, wann immer einer meiner Schutzbefohlenen zurückfiel oder Gefahr lief, von einer Blume eingefangen zu werden, machte ihn seine ästhetische Unzulänglichkeit vom Standpunkt des Geschichtenerzählers aus kaum geeignet für ein ständiges Lied der Straße, und so fuhr ich fort, die Geschichte jedem möglichen Zuhörer zu erzählen, statt mich angestrengt zu bemühen, sie am Singen zu halten.

Dafür sollte ich mehr als einmal von gewissen Wissenschaftlern im Clear Light gescholten werden; sie informierten mich, daß ich in meinen Anstrengungen, die Kraft ihrer Sprache wiederherzustellen, hätte geduldiger sein müssen. Ich würde heute noch, wie ich es damals tat, antworten, daß sie ohnehin, auch ohne meine Laxheit und Gleichgültigkeit gegenüber erprobten Therapiemethoden, zu sprechen begannen.

Soweit man es jedenfalls als Sprache bezeichnen kann – ein Punkt, über den heute noch in wissenschaftlichen Kreisen gestritten wird. *Certainement*, die Geräusche, die Rollo, Platte, Goldrute und Moussa von sich gaben, als ich sie erzählend durch diese letzten Tage auf dem Bloomenveldt brachte, waren zweifellos Worte, und schließlich umfaßte das Vokabular des Stammes fast ein Dutzend davon, wenn auch nur Moussa sie alle beherrschte.

»Folge … gelb … Sonne … Straße … Flötenspieler … Glück … Bloomenkinder … Kinder … weitverstreute Menschenwelten …«

Das war so ungefähr alles, und gewisse Autoritäten behaupteten später, daß dieses Vokabular aus genau den Worten bestand, die die Erzählerin dieser Geschichte am häufigsten und mit rhythmischer Betonung von sich gab, was heißen soll, daß man bei einer Herde Papageien etwa denselben Erfolg gehabt hätte. Man sagte mir sogar, daß einer dieser Würdenträger tatsächlich einem Käfig voller Geflügel genau dasselbe Vokabular beigebracht hätte, um seinen Standpunkt zu belegen.

Doch als wir schließlich die Küste erreichten, waren meine Kinder des Glücks im Gegensatz zu Papageien in der Lage, ihre paar Worte zu benutzen, um ihre Gefühle auszudrücken; jedenfalls schien es meinem Herzen so.

Der Sonnenuntergang hatte sich am vergangenen Abend über ein Bloomenveldt gelegt, das von einem dünnen Nebelschleier verhangen war, so daß die sonst scharfe Linie des Horizonts mehrere Stunden vor Einbruch der Dunkelheit in verschwommenem grünem Dunst verschwunden war. Am Morgen erwachte ich im schwachen Licht der Dämmerung, gerade als der Rand der Sonne über den östlichen Horizont lugte. Der Nebel war schon lange verschwunden, der blasse Himmel war strahlend und klar, und einer nach dem anderen begannen sich meine Schützlinge aus dem Duftschlaf des Bloomenveldts zu erheben.

Dann, als der eigentliche Sonnenaufgang über die letzten Überbleibsel der Nacht obsiegte, explodierte ein strahlender, spiegelnder Schein, und die Sonne tauchte als visueller Hymnus der Herrlichkeit aus ihm auf. Denn am Horizont hörte das grüne Blättermeer abrupt auf, und dahinter begann ein gewelltes Meer voller silberner Blitze.

»Gelb … Sonne … Flötenspieler … Glück …«

Rollo, Platte, Goldrute und Moussa standen neben mir und sahen die Sonne unseres Glücks endlich über dem Ozean im Osten aufgehen.

Ob sie es wirklich auf dieselbe Weise wahrnahmen wie ich? Ob es in ihrem Bewußtsein noch eine trübe Erinnerung an diese Grenzlinie zwischen den Blumen des Bloomenveldts und dem Meer gab, die Grenzlinie zwischen dem Wald der Blumen und den Welten der bewußten Menschen? *Je ne sais pas*, aber man sage mir nur nicht, daß sie nicht völlig klar verstanden, daß die Geschichte der Flötenspielerin des Bloomenfeldts sie zu einem Punkt geführt hatte, von dem aus sie das Gelobte Land sehen konnten – die Stelle, an der der Geist des Bloomenveldts keine Macht mehr hatte.

»Folge dem Glück, folge dem Gelb!«

»Flötenspielerin der Bloomenkinder!«

»Weitverstreute Menschenwelten!«

»Kinder des Glücks folgen dem Gelb!«

War es in Wirklichkeit nur meine Phantasie, die zusammen mit meiner Begeisterung in ihr zufälliges Geschnatter eine Bedeutung legte, als ich sie, aufgeregt über den Anblick des Ozeans, plappern hörte? Könnte man denn sagen, daß ein Hahn auf die gleiche Weise und mit der gleichen aufrichtigen Begeisterung den Sonnenaufgang begrüßt hätte?

Mein Geist sagt nein, und ebensowenig übersah ich bewegte Münder, die vielleicht sogar zu lächeln versuchten, und ebensowenig war ich taub für die gurgelnden Geräusche, die glückliches Gelächter sein konnten.

Certainement lag in ihren Augen, als sie nacheinander meinen Blick direkt erwiderten, mehr als das spirituelle Vakuum hinter dem Geschnatter eines Papageien.

»Flötenspielerin!«

»Gelb!«

»Glück!«

»Folgen!«

»*Vraiment*, folgt dem Gelb, meine Kinder des Glücks«, forderte ich sie auf, »denn wir verlorenen Kinder des Waldes haben uns jetzt selbst gefunden.«

»Folge der Sonne, folge dem Gelb!«

»Kinder gefunden!«

»Folgt der Zauberstraße!«

Sie waren mehr als menschliche Papageien; zumindest waren sie eifrige Hundchen, die am Ende der Fährte jauchzten und tanzten. Und so machten wir uns zum letztenmal unter dem Sonnenaufgang des Bloomenveldts auf zu den Menschenwelten.

Binnen weniger Stunden verdünnte sich das verflochtene Blattwerk des Bloomenveldts zu einem trügerischen Netz aus Ästen und Abgründen über dem Waldboden, denen wir uns nicht zu nähern wagten. Wir konnten nicht weiter nach Osten gehen. Von diesem Punkt aus war keine Klippe über dem Meer zu sehen, kein Strand, der die Grenze zwischen Land und Meer zog. Ein paar tausend Meter vor uns machte die unregelmäßige grüne Eintönigkeit des blumenübersäten Bloomenveldts der schimmernden Klarheit des Meeres Platz, und über uns war ein wolkenloser Himmel mit der sauberen Schärfe eines Rasiermessers.

Und an dieser rasiermesserscharfen Grenze führten alle Wege nach Rom. Ein paar Augenblick wirbelte mein Stamm verwirrt durcheinander, denn sie wußten nicht, wohin sie gehen sollten.

»Keine Angst, ihr seid nicht mehr die verlorenen Kinder des Waldes, meine Gypsy Joker«, sagte ich, indem ich mich nach Süden wandte und den letzten Marsch begann. »Folgt der Flötenspielerin des Bloomenveldts!«

»Folge dem Gelb, folge der *Flötenspielerin!*« begann Moussa zu singen, während sie meinen Schritt aufnahm, als wollte sie uns beiden erklären, daß das *Wort* der Flötenspielerin an die Stelle der Sonne getreten war.

»Folge dem Gelb, folge der *Flötenspielerin!*« fielen die anderen ein; erst zögernd, dann begeisterter, als erreichten sie eine ausreichende Abstraktionsebene, um die widerstreitenden Tropismen aufzulösen, indem sie die gelbe Sonne und alles, was sie bedeutete, auf die Stimme verlagerten, der sie folgten.

»Folge dem Gelb, folge der Flötenspielerin, folge dem Gelb, folge der Flötenspielerin!«

So begann unsere Mardi-Gras-Parade, so führte die Flötenspielerin des Bloomenveldts ihre Kinder des Glücks, so führte ein phantasierendes, verdrecktes, lumpengekleidetes Mädchen vier singende Wesen, die sich verzweifelt mühten, wieder Menschen zu werden, aus dem Wald der Blumen, damit sie triumphierend durch die Straßen der Menschenwelten tanzen konnten.

24

Doch ich hatte keine Ahnung, daß lange bevor die Sonne ihren Abstieg im Himmel beginnen sollte, die Gnome der Forschungskuppeln plötzlich die Menschenwelten zu uns bringen würden.

Vraiment, auch wenn ich nicht im Traum auf eine solche Idee gekommen wäre, so war das Forschungsteam, das plötzlich aus dem Himmel zu uns herunterfiel, zweifellos noch weniger auf den bizarren Anblick vorbereitet, den wir ihnen boten, als unser kleiner Stamm auf sie!

Es geschah zu unser aller völligen Überraschung. Vier silberne menschliche Gestalten kamen aus dem Himmel herabgeschwebt und landeten kaum zehn Meter entfernt auf einigen Blättern.

Dort blieben sie gestikulierend stehen und verständigten sich mit unverständlichen Geräuschen, und während man als sicher annehmen konnte, daß sie uns wie gebannt anstarrten, so konnte man dies doch nicht sicher sagen, denn sie waren mit luftdichten Anzügen abgeschirmt – enganliegende Coveralls und Hauben aus silbernem Stoff, Gasmasken mit undurchdringlichen, verspiegelten Sichtscheiben.

Moussa, Rollo, Goldrute und Platte waren verstummt. Sie standen nur da und gafften, unfähig, Angst zu empfinden, vielleicht dabei, das Gefühl der Überraschung wiederzuentdecken.

Ich selbst, *naturellement*, hatte während meines Aufenthaltes in der Forschungskuppel so oft Wissenschaftler in Atmosphäreanzügen gesehen, daß ich diese silbernen Wesen nach einigen Augenblicken des reinen, gedankenlosen Schreckens leicht identifizieren konnte. Auch ich war einmal in großen, gewichtslosen Sprüngen über das Bloomenveldt gehüpft, und wenngleich ich meinen Körper nie mit diesem befremdlichen Panzer abgeschirmt hatte, besaß ich *certainement* Erinnerungen daran, wie das Bloomenveldt von der anderen Seite einer Gasmaske gesehen aussah.

Doch ehe ich mir eine Vorgehensweise zurechtlegen konnte, begann sich das Forschungsteam zielstrebig zu bewegen. Zwei von ihnen sprangen mit leichten, eleganten Schritten auf das Blatt, auf dem wir standen, während die anderen beiden blieben, wo sie waren, und die Linsen und Antennen verschiedener Geräte auf uns richteten.

»Sprechen Sie Lingo? Sind Sie kommunikationsfähig?«

»Am Anfang war das *Wort*, und vor dem Sänger war das Lied«, erwiderte ich. »Es brachte uns von den Blumen unserer Vorfahren zu den weitverstreuten Menschenwelten.«

»*Caramba!*« rief eine Stimme hinter dem linken Spiegelglas. »Sie spricht, sie sagt Gedichte auf, und sie hat nicht einmal eine Gasmaske, *no?* Ah, nun müssen viele Theorien neu überdacht werden! *Certainement*, dies ist ein wichtiger Fund!«

»Wer bist du, Kind – erinnerst du dich an deinen Namen und weißt du, wie lange du schon hier draußen im Bloomenveldt bist?«

»Die Flötenspielerin der Bloomenkinder brauchte viele Jahrtausende geduldiger Studien, bis sie den letzten Triumph der Kunst der Geschichtenerzähler erringen konnte – unser eigenes, prächtiges, bewußtes Selbst«, erklärte ich ihm.

»Was? *Qué? What's up?*«

»Bloomenkinder! *Really!* Seht nur diese Wesen, seht ihren leeren Gesichtsausdruck! Es ist wahr, wir haben einen Stamm der mythischen Bloomenkinder gefunden!«

Nun gaben die beiden Wissenschaftler den Versuch auf, mit mir zu sprechen und betrachteten meine Gypsy Joker und stupsten sie an. Diese, da sie keine bewußte Reaktion auf diese wissenschaftliche Akribie kannten, blieben gleichgültig und reglos und stumm stehen.

»Wirklich! Diese Menschen besitzen keine Gasmasken, keine Schwebegürtel und auch kein volles menschliches Bewußtsein. *Bloomenkinder*! Welch eine Fundgrube ihr Stoffwechsel sein muß! Wir haben unser Glück gemacht!«

»Einst waren wir Bloomenkinder im Duftgarten, doch nun sind wir bewußte Geister des Arkie-Funkens«, sagte ich zu ihnen; denn während man über das volle Bewußtsein meiner Schützlinge streiten konnte, waren sie *certainement* keine von Blumen genährten Bloomenkinder der Tiefen des Bloomenveldts, und ebensowenig war ich bereit, nachdem wir soviel durchgemacht hatten, um herzukommen, uns auf diese Weise beurteilen zu lassen.

»Willst du damit etwa sagen, daß dies *keine* Bloomenkinder sind?« fragte eine der unkenntlichen, silbernen Gestalten unnötigerweise. »Wo du doch vor einem Augenblick noch erklärt hast, du seist ihre Flötenspielerin?«

»Dies ist kaum eine so unbedeutende wissenschaftliche Frage, daß wir sie hier auf der Grundlage einer anekdotischen Befragung im Feld klären können!« sagte der andere. »Wir müssen diese Exemplare in unsere Station bringen und gründlich untersuchen.«

»Ja«, sagte sein Kollege. Dann wandte er sich ans Aufzeichnungsteam. »Ruft einen Schweber. Laßt Quartiere für wilde Menschen vorbereiten. Und laßt eine Eingabe um Vormundschaft einreichen.«

Eine knappe halbe Stunde später, während der die Wissenschaftler mit wilden Theorien und noch begeisterteren finanziellen Spekulationen beschäftigt waren und dabei die Auslöser derselben kaum beachteten, kam ein trübgraues, stählernes und ungefähr eiförmiges Flugzeug vom Meer heran, auf einer Höhe mit dem Blätterdach des Bloomenveldts.

Der klobige Frachter bremste bis auf Schrittgeschwindigkeit ab, als er den Rand des Bloomenveldts erreichte, um sich langsam, etwa einen halben Meter über dem Blattwerk, auf uns zuzuschieben, bis er ein paar Meter von uns entfernt mehr oder weniger stationär über den Baumwipfeln hing. Dann öffneten sich zweiflüglige Türen im Bug des Schwebers wie das Maul eines großen Wals und forderten uns zum Eintreten auf.

Was mich anging, betrachtete ich diese Einladung mit erheblich weniger Angst als Jonas oder Pinocchio. Ich ging ebenso rasch über die dazwischen liegenden Blätter wie die beiden Wissenschaftler des Aufzeichnungsteams, die bereits mit ihren Geräten im Innern verschwunden waren.

Doch was die anging, die die Wissenschaftler als »Bloomenkinder« bezeichnet hatten, so reagierten sie in keiner Weise auf deren Drängen und Schieben, und die anderen beiden Wissenschaftler sahen sich, nicht gerade zu ihrer ungetrübten Freude, gezwungen, mich zurückzuholen und mich um Hilfe zu bitten.

»Du wirst so gut sein und deine Bloomenkinder an Bord scheuchen, damit wir abfliegen können, *please*«, sagte der eine.

»Warte!« rief der andere. »Die Methode, die sie dazu benutzt, muß aufgezeichnet werden, denn sie könnte von wissenschaftlichem Wert sein.« Mit dem Funkgerät hinter seiner Gasmaske rief er die anderen zur Ladeluke des Schwebers, wo sie abermals verschiedene Instrumente aufbauten und Linsen und Antennen auf mich richteten.

»*Very well!*« sagte der Bursche, der der Leiter zu sein schien, als die Bereitmeldung von den Aufzeichnern kam. »Bitte, fang an!«

Unter anderen Umständen hätte ich mich herzlich dafür bedankt, so herumkommandiert zu werden, und wirklich, während meine Karriere als wissenschaftliches Forschungsobjekt Fortschritte machte, wurde ich mehr als einmal aufmüpfig, wenn man mich so grob behandelte; doch in diesem Augenblick wollte ich nichts weiter als aus dem Bloomenveldt verschwinden, und es sollte noch viele Wochen dauern, bis ich ernsthaft über etwas wie soziale Umgangsformen nachdenken konnte.

Deshalb tat ich, wie mir befohlen war, was heißen soll, daß ich mich vor Moussa, Rollo, Goldrute und Platte aufbaute und zu singen begann. »Folgt dem Flötenspieler, folgt dem Gelb, folgt dem Flötenspieler, folgt dem Gelb ...«

Nach einer oder zwei Minuten sangen sie mit, und als das erreicht war, hatte die Flötenspielerin keine Mühe, ihre Kinder des Glücks über die letzten paar Blätter des Bloomenveldts zu führen – zwar nicht gerade zum Goldberg, aber *certainement* ins begierige Maul der wissenschaftlichen Exaktheit.

»Folgt der Flötenspielerin! Folgt dem Gelb! Folgt der Flötenspielerin! Folgt dem Gelb!«

»Phantastisch! *Wonderful!*«

»Dergleichen wird nirgends in der Literatur erwähnt!«

Die beiden Wissenschaftler bildeten den Schluß, und dann waren wir alle im kahlen, nackten Laderaum mit seinen grauen Wänden, die Türen fielen ins Schloß, nachdem sie dieses reiche Mahl einzigartiger Exemplare verschluckt hatten, und das Bloomenveldt verschwand für immer aus meinem Blick.

Die beiden folgenden Tage waren eine wirre Mélange von Perioden der Langeweile und Zeiten frenetischer Aktivität, die ich jedoch als völlig passives Objekt erlebte.

Nachdem wir die Forschungskuppel erreicht hatten, zog man uns die Lumpen vom Körper, wir wurden draußen abgespritzt wie Haustiere und bekamen schlichte, schlechtsitzende weiße Kittel verpaßt; allerdings weigerte ich mich entschieden, mein Vielfarbiges Tuch herzugeben, das ich mir als Gürtel um die Hüfte legte.

Dann schob man uns in einen großen Lagerraum, an dessen Wänden Kästen und Kanister hoch gestapelt waren, um für unbequeme Liegen Platz zu schaffen. Wir bekamen ein geschmackloses Mahl aus überkochten und unidentifizierbaren Fleischklopsen mit einem klebrigen Klecks gedünstetem Gemüse, und dann wurden wir uns selbst überlassen.

Meine ehemaligen Schutzbefohlenen gaben sich damit zufrieden, auf ihren Pritschen zu liegen und friedlich die grellen Lampen in der Decke anzustarren, doch ich ging schnurstracks zur Tür und entdeckte, kaum überrascht, aber deutlich entrüstet, daß man sie hinter mir abgeschlossen hatte.

Die nächsten Stunden verbrachte ich damit, entweder im Lager herumzurennen oder nervös an meinem Bett herumzufummeln, während ich versuchte, meine psychischen Ressourcen aufzubauen, um dieser neuen Realität begegnen zu können.

Certainement, die Beschränkung dieser öden, kahlen Kammer war etwas ganz anderes als die offene Weite des Bloomenveldts oder die Vorstellung von einer triumphierenden Rückkehr in die weitverstreuten Menschenwelten, die mich – so schien es mir – während des größten Teils meines jungen Lebens angetrieben hatte. Ich brannte darauf, weiterzureisen, wenn ich auch nicht mehr ganz wußte, wohin und wie.

Jedenfalls beschloß ich, bei der ersten Gelegenheit meine Freiheit zu verlangen, doch dann kam eine Gruppe von Wissenschaftlern in den Lagerraum. Sie waren beladen mit einer wirren Vielfalt von Instrumenten, Geräten und Aufzeichnungsmaschinen, und ich stellte fest, daß ich keine Form besaß, in die ich eine solche Forderung kleiden konnte.

Denn während die Freiheit *von* der augenblicklichen Situation eine Vorstellung war, die ich ohne weiteres begreifen konnte, war die Frage der Freiheit *für* etwas eine, die ich in diesem Augenblick nicht beantworten konnte. Die Freiheit, ziellos durch die Forschungskuppel zu wandern? Die Freiheit, zu einem Leben zurückzukehren, in dem ich endlos durchs Bloomenveldt wanderte? Wenn es darum ging, die Reise meines Lebens wieder aufzunehmen, dann waren meine Vorstellungen, wie es weitergehen und was ich verlangen sollte, genauso unklar wie Moussas, Rollos, Plattes und Goldrutes.

Da es also kein aktiv anzustrebendes Ziel und keine schlüssige Forderung vorzutragen gab, schien mir nichts übrigzubleiben, als mich passiv den Probenentnahmen, Messungen und dem Herumstochern der Wissenschaftler zu unterwerfen, die ihrerseits ebenfalls keine durchdachte Motivation zu haben schienen. Man befestigte Elektroden an verschiedenen Körperteilen, Instrumente stupsten mich und glitten über jeden Zentimenter meiner Haut, Nadeln zogen Blut ab, Urin wurde verlangt und geliefert, sogar Proben meiner Tränen, meines Schweißes, Nasenschleims, Speichels und Vaginalschleims fanden ihren Weg in die Phiolen.

Als diese Aktivitäten endlich abgeschlossen waren, bekamen wir abermals ein geschmackloses Essen, und man ließ uns wieder allein. Während der nächsten Stunden geschah nichts außer dem, was in meinem Kopf passierte, und selbst darüber gibt es wenig zu berichten, denn die unausweichliche Passivität meiner Lage hüllte mein Bewußtsein in einen Mantel der Langeweile. Was sollte ich tun? Was wollte ich überhaupt tun? Wirklich, nun, da die Geschichte der Flötenspielerin des Bloomenveldts das erreicht hatte, was ein triumphierender Abschluß hätte sein sollen, mußte ich mich fragen, wer ich eigentlich war.

Nach unmeßbar langer Zeit wurden die Lichter im Lagerraum gelöscht, und ich lag auf der unvertrauten Pritsche im Dunkeln und sehnte mich danach, in den Schlaf zu fliehen, der nicht kommen wollte; denn hier fehlte natürlich das unwiderstehliche Parfüm, und mein Stoffwechsel, der sich schon lange an den nächtlichen Duftzyklus gewöhnt hatte, hielt mich wach, und ich warf mich herum, bis –

– ich von blendendem Licht grob geweckt wurde, daß ich von der Pritsche sprang und schon halb durch den Raum war, um der Sonne zu folgen, dem Gelb zu folgen, ehe ich die kahlen grauen Wände und die Decke, die Stapel von Kisten und Kanistern sah und die drei Männer, die mit dem Frühstück hereingekommen waren. Ich landete mit einem psychischen Plumps in dieser unerfreulichen Realität der Menschenwelten.

Was mich anging, unterschied sich der zweite Tag im Lagerraum nicht vom ersten, wenn auch vom Standpunkt der Wissenschaftler aus die neuen Untersuchungen viele neue Daten erbrachten.

So wertvoll diese Forschungsarbeit auch war, für das Subjekt derselben läßt sich nichts Wichtiges über die Ereignisse sagen. Ich aß, ließ Untersuchungen über mich ergehen, lag schläfrig auf meiner Pritsche, wurde abermals gefüttert, wurde abermals wissenschaftlich untersucht und versank abermals in der Dunkelheit einer künstlichen Nacht.

Doch am nächsten Morgen, kurz nach dem Frühstück, das aus gerösteten Körnern und Nüssen mit getrockneten Früchten bestanden hatte, begann eine neue Gruppe von Wissenschaftlern im Lagerraum ein- und auszugehen. Während der vergangenen paar Tage hatte ich den ganzen Betrieb als Bewegung von verschwommenen Körpern, von Apparaten und Gesichtern erlebt, doch nun bemerkte ich, daß diese neuen Besucher sich zumindest anders verhielten.

Es wurden keine Körperflüssigkeiten mehr gesammelt, es wurde nicht mehr gestochert und gestupst, es gab keine unverständlichen Messungen meiner Körperfunktionen mehr, denn diese Neuankömmlinge hatten überhaupt keine Geräte dabei.

Statt dessen kamen sie einfach herein wie ein Stamm der Wayfaring Strangers, die sich einen Bezirk aufteilen, stritten ein wenig untereinander und machten sich ohne Rücksicht auf etwaige Wünsche derselben mit meinen verlorenen Kindern des Waldes davon.

Rollo war der erste; er ließ sich von zwei sauertöpfischen Frauen widerstandlos hinausschleppen. »Halt!« rief ich, doch sie ignorierten mich, und als ich physisch einschreiten wollte, wurde ich von einer richtigen Wand aus Wissenschaftlern zurückgehalten. Platte und Goldrute wurden auf die gleiche Weise gegen meine unzusammenhängenden Proteste aus dem Lager geschleppt. Keiner der Wissenschaftler ließ sich herab, mir den Zweck ihres Verhaltens zu erklären.

Und auch Rollo, Platte oder Goldrute protestierten zum einen mit keinem Wort und verabschiedeten sich zum anderen nicht von ihrer ehemaligen Retterin. Nur Moussa sperrte sich einen Augenblick, als zwei Männer sie fortziehen wollten, und sie schien mich fragend anzusehen. »Folgen ...?« schien sie beinahe zu fragen. »Dem Flötenspieler folgen ...? Folgen ...? Folgen ...?«

Das war mehr, als ich ertragen konnte, und wäre ich bei vollem Verstand gewesen, ich hätte zweifellos den Fühler aktiviert und ihn auf eine Weise eingesetzt, die gar nicht im Sinne dieser Wissenschaftler gewesen wäre. »Wohin bringt ihr meine Gypsy Joker?« brüllte ich aus vollem Halse, während mich drei Mann mit roher Gewalt festhielten. »Seid ihr stumme Bloomenkinder? Sprecht –«

Schließlich war der Mann, der Moussa fortschleppte, doch noch bereit, mir zu antworten. »Die Bloomenkinder werden in verschiedene Sanatorien eingewiesen, wo man sie gut behandeln wird, Kind«, erklärte er. »Vielleicht gelingt es uns, ihnen ihr volles Bewußtsein zurückzugeben. Auf jeden Fall kannst du sicher sein, daß deine Freunde die allerbeste Behandlung bekommen und reichlich Gelegenheit, der Wissenschaft zu dienen.«

Und damit war auch Moussa verschwunden. Ich sollte nie einen von ihnen wiedersehen, und erst Jahre später, nach gründlichen Nachforschungen, sollte ich erfahren, daß nur Moussa je wieder in den Vollbesitz ihrer geistigen Fähigkeiten kam. Der arme Rollo lebte nur noch wenige Jahre, und Platte und Goldrute sind heute noch in Sanatorien auf Belshazaar. Platte hat nie wieder richtig sprechen gelernt, während Goldrute schließlich die Ausdrucksfähigkeit eines Kleinkindes erlangte.

Jenen, die jetzt sagen würden, bei diesen Resultaten hätte ich die vier besser in der verzückten Vereinigung mit dem Blumen belassen und mich selbst am besten unter ihnen, nun, denen würde *ich* sagen, daß die Rückkehr von Moussa in die volle Bürgerschaft der menschlichen Rasse, *vraiment*, vielleicht sogar Goldrutes Verwandlung in ein unschuldiges Kind, das zumindest das Potential für eine menschliche Entwicklung hatte, meine Handlungen rechtfertigt, wenn karmische Konten belastet und gefüllt werden.

Wie dem auch sei, ich hatte kein Wissen um ihre zukünftigen Schicksale, als sie mir über das Bloomenveldt folgten, und ebensowenig hatte ich ihnen, als sie für immer aus meiner Obhut genommen wurden, einen anderen Weg zu bieten, ob sie ihn nun angenommen hätten oder nicht. Ich wußte nur, daß ich nun in diesem

Lagerraum der Forschungskuppel ganz allein war und mich fragte, welches Schicksal *ich* im Dienst der Wissenschaft erleiden sollte.

Doch ich hatte nicht viel Gelegenheit, darüber zu brüten; denn kaum war Moussa hinaus, da betrat ein großer, etwas gesetzter Mann mit kurzem, stahlgrauen Haar und freundlichem, wenn auch etwas übertrieben förmlichem Gehabe allein den Raum, ignorierte alle seine Kollegen und kam direkt auf mich zu.

»Guten Tag«, sagte er sehr höflich. »*Je suis* Urso Moldavia Rashid, *servidor de usted. Please,* ich würde mit Ihnen gern über einen Vorschlag sprechen, der uns beiden von Nutzen sein könnte.« Er verbeugte sich leicht und forderte mich mit einer ausgesucht höflichen Geste auf, ihm zu folgen.

Nach all den Wochen im Bloomenveldt ohne ein einziges zusammenhängendes Gespräch und nach diesen beiden Tagen, in denen man mich mit weniger Rücksicht behandelt hatte, als es sich für ein Haustier gehörte, war ich von dieser plötzlichen Äußerung zivilisierter Manieren bezaubert und ging sofort mit, ohne auch nur an Widerstand zu denken. Urso führte mich aus dem Lager, einen Gang hinunter und in einen kleinen Raum, der vielleicht irgend jemandes Büro war, das für diesen Zweck requiriert worden war. Es war mit einem Schreibtisch, einem Terminal, Regalen mit Wortkristallen, seltsamen Karten und Stühlen ausgerüstet.

Er bot mir einen Stuhl vor dem Schreibtisch an und nahm dahinter Platz – es sah fast aus wie ein Bewerbungsgespräch für eine bedeutende Stellung.

»Ich habe gehört, daß Sie gut sprechen können«, begann er, »und so tun Sie mit bitte den Gefallen, nachdem ich mich vorgestellt habe, den formellen Austausch der Namensgeschichten auf eine andere Gelegenheit zu verschieben.«

Ich kämpfte mit meinen Gedanken, um eine alltägliche Antwort zustande zu bekommen, denn die Umgangsformen eines zivilisierten Lebens waren mir inzwischen recht fremd, während mir das Erzählen meiner endlosen Geschichte viel näher war. »Ich bin die einzige Geschichte, die es zu erzählen gibt; sie hat uns von den Blumen unserer Vorfahren gebracht zu …« Ich blinzelte. Ich hielt inne. Mit großer Anstrengung brachte ich mich auf ein neues, lange nicht mehr befahrenes Gleis. »Ich bin Moussa … ich bin Sunshine Shasta Leonardo, Gypsy Joker, Kind des Glücks, Geschichtenerzählerin«, bekam ich heraus, und ich war mit den Ergebnissen meiner Bemühungen ganz zufrieden.

Urso lächelte warm. »Gut«, sagte er beifällig. »Und ich bin Urso Moldavia Rashid, Heiler, Kundiger der Psychotherapie, Domo des

Clear Light Sanatoriums, und genau in dieses möchte ich Sie einladen.«

»Einladen?«

»Einladen, *proposer*, anbieten, *la même chose*, nicht wahr; ich biete Ihnen an, im Clear Light Ihren Wohnsitz zu nehmen, zu Bedingungen, über die wir uns noch einigen müssen.«

»In eine Nervenklinik eingesperrt wie meine Kameraden?« rief ich erschrocken und entsetzt.

»No, no, no!« erklärte Urso, als fände er diesen Gedanken ebenso abscheulich wie ich. »Ich war gezwungen, diesen Schurken die Vormundschaft abzukaufen, um Ihnen dieses Angebot machen zu können, und während man über Ihre geistigen Fähigkeiten streiten könnte, verzichte ich hiermit als Geste meines guten Willens auf jedes Recht, Sie ohne Ihren Willen unter meiner Vormundschaft zu behalten. Die Bedingungen, die ich anbiete, haben mit unfreiwilligem Einsitzen nichts zu tun. Sie werden ein angemessenes Privatquartier bekommen, drei Mahlzeiten *per diem*, bescheidene, doch zivilisierte Kleidung, Sie können unsere therapeutischen Dienste kostenlos benutzen, und in vernünftigen Grenzen können Sie nach Belieben kommen und gehen. Alles, was Sie als Gegenleistung tun müssen, ist, uns bei unseren Forschungen zu helfen.«

»Ich werde mich nie zu Experimenten mit den Psychotropika des Bloomenveldts bereiterklären, um auf diese Weise ein Bloomenkind der Sanatorien zu werden!« gab ich immer zusammenhängender zurück, denn ich begann mich nur zu gut zu erinnern, welche Art von Forschung dort betrieben wurde.

Urso lachte und wischte meinen Einwand mit einer Handbewegung fort. »Keine Sorge«, sagte er. »Ihr langer Aufenthalt im Einfluß der Psychotropika des Bloomenveldts macht Sie als Versuchsperson der psychopharmakologischen Forschung denkbar ungeeignet. Aber Sie bezeichnen sich als ›Geschichtenerzählerin‹, nicht wahr? Und das ist, wie ich hörte, jemand, der seinen Lebensunterhalt mit dem Erzählen von Geschichten verdient ...?«

Ich nickte zustimmend.

»Nun, dann betrachten Sie mein Angebot als eines, bei dem Ihre beruflichen Fähigkeiten gefragt sind.«

»Geschichtenerzählerin in einem Sanatorium?« sagte ich völlig verwirrt.

»Genau das«, erklärte Urso. »Denn wenn man den Feststellungen der Wissenschaftler dieser Kuppel glauben darf, dann scheinen Sie unter anderem bis zum sogenannten Duftgarten vorgedrungen zu sein und waren ein Bloomenkind des tiefen Waldes, und wie ich mit eigenen Augen sehen konnte, sind Sie von dort zurückgekehrt und können die Geschichte erzählen. *Isn't it true? C'est vrai?*«

Abermals nickte ich. »Ich bin der Geschichte des Flötenspielers der Zauberstraße von den Blumen unserer Vorfahren zurück zu den weitverstreuten Menschenwelten gefolgt«, stimmte ich zu.

»Nun, dann ist Ihnen gewiß klar, daß ein solches Abenteuer des Geistes von bedeutendem Interesse für die Wissenschaften des Geistes ist«, sagte Urso. »Was von Ihnen verlangt wird, ist also nichts weiter als mehrere Stunden *per diem* Ihre Geschichte zu erzählen und uns auf unsere weitergehenden Fragen ausführliche Antworten zu geben, um unsere Untersuchungen der wissenschaftlichen Fakten zu stützen. Und während ich offen zugebe, daß unser höchstes Ziel der Fortschritt der Wissenschaft ist, so werden Sie bei diesem Prozeß dennoch genügend geistige Klarheit zurückgewinnen, um sich dem Alltagsleben der Menschenwelten wieder als unabhängiges Wesen anzuschließen. Sie werden akzeptieren, nicht wahr?«

»Und wenn nicht?«

Urso zuckte die Achseln. »Als Ehrenmann, der den Eid des Hippokrates geleistet hat, bin ich verpflichtet, in dieser Angelegenheit jede Art von Gewalt zu meiden«, sagte er nicht ganz überzeugend. »Und als Unterpfand dafür biete ich Ihnen an, auf jeden Fall Ihre Überfahrt nach Ciudad Pallas zu bezahlen, falls Sie sich weigern sollten ...«

»Und wie soll ich in den Straßen von Ciudad Pallas überleben?« fragte ich, denn ich erinnerte mich jetzt sehr deutlich an die üble Öde dieser Straßen und an die Tatsache, daß die einzige Beschäftigungsmöglichkeit für ein Kind des Glücks die Arbeit als Versuchskaninchen war.

Urso gab mit einer Handbewegung seine Unwissenheit zu und schenkte mir ein Lächeln, das für meinen Geschmack etwas zu verschlagen und selbstsicher war.

Auf diese beredte, wortlose Antwort hatte ich nichts zu erwidern. Wirklich, nun, da ich über die praktische Frage meines Überlebens nachdenken mußte, wußte ich auch in meinem augenblicklichen Zustand nur zu genau, daß ich alles andere als frei entscheiden konnte.

Denn ich war mit ohnmächtiger Armut konfrontiert – noch vollkommener als jene, die ich nach meinem Hinauswurf aus dem Hotel Yggdrasil erlebt hatte. Edoku hatte für die Armen wenigstens Essen und die öffentlichen Bedürfnisanstalten bereitgestellt. Und was eine kleinlaute Rückkehr nach Glade anging, so war der Kreditchip, der sie mir erlaubt hätte, zusammen mit meinem Rucksack in den Tiefen des Bloomenveldts verschwunden. Mein Vater hätte mir zweifellos ein Duplikat gegeben, doch es hätte mehrere Wochen oder länger gedauert, die Nachricht per Sprungschiffpost nach Glade und den Chip wieder zurückzubringen, und in dieser Zeit wäre ich schon lange verhungert.

Urso Moldavia Rashid war dies sicher nicht unbekannt, was heißen soll, daß *er* zwar einen Eid gegen Gewaltanwendung geschworen hatte, daß aber das Schicksal solche Rücksichten nicht kannte. Und wie er genau wußte, mußte ich sein Angebot annehmen oder untergehen.

25

Und so zog ich nach einem kurzen Shuttleflug nach Ciudad Pallas und einer raschen Fahrt im Schwebetaxi in Begleitung von Urso Moldavia Rashid im Clear Light Sanatorium ein.

Am ästhetischen Standard von Ciudad Pallas gemessen hätte die Klinik zweifellos als Triumph der architektonischen Kunst gegolten. Ein weitläufiges, einstöckiges, halbmondförmiges Gebäude ohne Fenster zu der Straße, an der es lag. Der Innenbogen umschloß in einer Krümmung von etwa zweihundert Grad einen großen, runden Garten, dessen Umgrenzung von einer hohen Betonmauer vervollständigt wurde, die vor den Blicken der Insassen geschickt durch einen dichten Hain von noch höheren Nadelbäumen verborgen wurde. Der Garten selbst bestand hauptsächlich aus einer grünen Wiese, die mit Eichen besetzt und von gewundenen Steinpfaden durchzogen war. Hier und dort waren kleine Blumenbeete gepflanzt, Holzbänke standen herum, und dazwischen waren kleine, schattige Gartenhäuser errichtet.

Mein Zimmer blickte wie das aller anderen Insassen zu diesem Innengarten hinaus. Eine Wand war voll verglast, und man konnte sie zur Seite schieben und direkt den Garten betreten, und wenn ich wollte, konnte ich das Glas undurchsichtig machen. Es gab ein Bett, einen Schrank, mehrere kleine Schränkchen und einen Stuhl – alles aus rötlichem, grob gehauenem Holz gebaut –, und die übliche Toilette aus grobkörnigem grauem Stein. Die Wände waren kräftig gelb gestrichen, die Decke himmelblau, und der Teppich war ein braunes, zottiges Kunststoffding.

Alles in allem eine Umgebung, die das Bewußtsein beruhigte und den Geist belebte, wenn auch der umfriedete Garten mit seinen klug verborgenen Mauern in meinen Augen schon bald Erinnerungen an das Vivarium der *Unicorn Garden* weckte, wo die Realität der Enge ebenfalls hinter Bäumen verborgen gewesen war.

Auch die anderen Bedingungen meines Wohnsitzes waren wie versprochen. Ich bekam eine kleine Garderobe – Blusen, Röcke und Hosen, und ich konnte dreimal täglich im Speisesaal essen. Und wenn die Kochkunst gemessen an einem Grand Palais und selbst an den Imbissen der Gypsy Joker auch zu wünschen übrig ließ, so konnte man doch immerhin sagen, daß die Kost im Clear Light eine deutliche Verbesserung gegenüber der im Lagerraum der Forschungskuppel war – von den eintönigen Naturprodukten des Bloomenveldts ganz zu schweigen.

Was die versprochene Freiheit anging, die Straßen von Ciudad Pallas zu durchstreifen, wenn meine Anwesenheit nicht von den Wissenschaftlern des Sanatoriums gefordert wurde, so war dies ein Privileg, das ich eine ganze Weile nicht in Anspruch nehmen würde, denn einmal waren meine schnell zurückkehrenden Erinnerungen daran deprimierend und wenig einladend im Vergleich zum Garten des Clear Light, und auf der anderen Seite fühlte ich mich kaum in der Lage, mich in das inzwischen unvertraute Milieu der städtischen Verkehrsadern zu wagen.

Und das Leben im Sanatorium war auch nicht gerade langweilig.

Nachdem ich einige Wochen lang meine endlose Geschichte keinen anderen bewußten Ohren als meinen eigenen erzählt hatte - und zuvor hatte ich als Geschichtenerzählerin im großen Edoku kaum begeisterte Zuhörer gefunden –, war es nun sehr aufregend, ermutigt zu werden, den lieben langen Tag ausführlich vor einem hingerissenen Publikum von Heilern und Wissenschaftlern zu plappern und dabei zu bemerken, daß auch mein unbedeutendstes Gemurmel noch wahrheitsgetreu auf Wortkristallen für die Nachwelt aufgezeichnet wurde.

Das soll nicht heißen, daß ich in einem Vortragssaal hinter einem Podium stand wie ein gebildeter Wissenschaftler. Vielmehr verbrachte ich täglich vier Stunden und mehr in einem kleinen, fensterlosen Raum im Inneren der Klinik, wo ich mit zwei oder bis zu sechs Menschen am Tisch saß, wobei Urso gewöhnlich den Vorsitz innehatte.

Mein Publikum schien jeden Tag anders zusammengesetzt zu sein; anscheinend stammten sie aus einem Stab, der mehrere Dutzend Wissenschaftler umfaßte. Wie viele davon wirklich Angestellte des Clear Light waren, sollte ich jedoch nie erfahren.

Zuerst wurde ich einfach aufgefordert, meine Geschichte, die der Flötenspielerin des Bloomenveldts, ohne Unterbrechung und ohne Zwischenfragen immer und immer wieder zu erzählen; mir wurde nicht einmal das Publikum vorgestellt – gerade so, als wäre ich tatsächlich eine Geschichtenerzählerin, die vor einer zusammengewürfelten Menschenmenge sprach, wenn auch leider am Ende der Vorstellung kein Ruegelt heraussprang.

Während der beiden ersten Wochen schienen diese Erzählungen die einzige Form meiner Therapie zu sein, und ich wäre undankbar, wenn ich diese Wohltat als zufälliges Nebenprodukt einer ausschließlich wissenschaftlichen Untersuchung abtäte. Denn mir wurde erlaubt, ja, ich wurde sogar ermutigt, meine Geschichte in all ihren endlosen, mutierten Versionen zu erzählen, obwohl die Vielfalt in den Augen meiner Zuhörer schon lange erschöpft sein mußte – bis zu einem Punkt, an dem sie mir selbst wie ein ewig gleiches Geplapper vorkamen.

Und dies war anscheinend das Ziel meiner Therapie.

Zuerst gerann die endlose Wiederholung der Geschichte zu einer zusammenhängenden Version, ganz ähnlich den Oden der präliteralen Barden, die in einer Art Konsens zusammengelaufen waren, der in den schriftlichen Versionen, die uns heute bekannt sind, seinen Niederschlag fand.

Dann begann ich eine gewisse Kontrolle über diesen Prozeß zu gewinnen, und an diesem Punkt kam mein handwerkliches Geschick ins Spiel, denn ich bemühte mich, meinen Wortschwall in eine zusammenhängende Erzählung zu verwandeln, die zum Verständnis und der Erbauung der Menschenwelten kopiert werden konnte. Soll heißen, daß ich während dieser Periode die Erzählung entwickelte, die ich später gegen Ruegelt in den phantasielosen Straßen von Ciudad Pallas erzählen würde.

Schließlich begann mir zu dämmern, daß die endlos wiederkehrenden Motive des Flötenspielers, der Sonne, der Zauberstraße, der Bäume unserer Vorfahren und so weiter alles andere als tatsächliche Personen, Anblicke oder Gegenstände waren, sondern in Wirklichkeit *Bilder*, die komplizierte Bedeutungsgehalte verkörperten, die über mein bewußtes Begreifen hinausgingen und die in einer Sequenz zusammengebunden waren, die zugleich im Wortsinne falsch und spirituell wahr war.

Jenen, die sagen würden, daß die eigenständige Wiederentdekkung des ehrwürdigen Konzepts der literarischen Metapher nicht gerade ein überwältigender Beweis meiner intellektuellen Fähigkeiten sei, würde ich antworten, daß vom Standpunkt eines Sängers aus, der lange im Lied selbst versunken war, dieses Satori zwar kein großer und einmaliger Beitrag zur literarischen Kunst ist, daß es aber dennoch eine kraftvolle Erleuchtung war, soweit es um die therapeutische Wiederentdeckung meines eigenen Selbst ging.

Wirklich, wenn man von der, die sich aus dem Nichtsein der Blumen erhoben hatte, um dem synergetischen Mantra der Sonne, des Gelb und der Zauberstraße zu folgen – über das Dach des Waldes und hinein in die Geschichte der Flötenspielerin des Bloomenveldts –, behaupten konnte, daß sie in einem schizoiden Zustand war, dann kann dieses Wiederauftauchen der bewußten Erzählerin, die sich als verschieden vom metaphorischen Wesen der Geschichte begreift, als Hinweis auf die Rückkehr der geistigen Gesundheit verstanden werden.

Soll heißen, daß ich, indem ich diese Einsicht gewann, tatsächlich endlich der Geschichte der Flötenspielerin des Bloomenveldts gefolgt war – den ganzen Weg von den Blumen der Vorfahren, von ihrem unbewußten Tropismus bis hin zum bewußten Vollbesitz der Bürgerschaft in den Menschenwelten.

Auch waren die Wissenschaftler und Heiler nicht blind für den Erfolg dieser Therapie, denn nicht lange nachdem meine Erzählung den Zusammenhang einer Geschichte gewann, die von einer Erzählerin bewußt geschaffen wird, änderte sich die Natur unserer Séancen.

Nachdem sie mir erlaubt hatten, aus diesem metaphorischen Geplapper eine zu vernünftigen Gesprächen fähige Person wiederaufzubauen, nachdem sie die Erzählerin verleitet hatten, sich ein gutes Stück von der Heldin ihrer Geschichte zu lösen, zeigten sie kein Interesse mehr an der metaphorischen Version der Geschichte, sondern begannen mich auf der Grundlage ihrer jeweiligen Disziplinen ziemlich gründlich nach den objektiven Ereignissen zu befragen. Soll heißen, daß sie ganz offen ihre Begierde zeigten, daß sie sogar äußerst ungeduldig werden konnten, wenn sie mit wissenschaftlicher Genauigkeit die phänomenologischen Realitäten hinter der Geschichte der Flötenspielerin des Bloomenveldts festnageln wollten.

Urso Moldavia Rashid, der sich fast wie ein Schiedsrichter verhielt, hatte bei diesen Befragungen meist den Vorsitz – denn inzwischen waren es eher Befragungen und kaum noch Therapiesitzungen, und häufig mußte Urso die anwesenden Wissenschaftler zur Ordnung rufen, damit die Sitzungen nicht in unangemessenen Fachjargon abglitten.

Wenn ich hier nicht ihre endlosen Fragen wiedergebe und meine ewig unzureichenden Antworten auf dieselben, ihre manchmal erbitterten Dispute untereinander – und das, was mir schließlich vorkam wie eine fruchtlose Neuauflage immer derselben Befragungen –, dann ist der Grund dafür, daß ich mich an herzlich wenig Einzelheiten erinnern kann; nur an die Tatsache, daß der größte Teil ihrer Anstrengungen nicht so sehr darauf zielte, theoretisches Wissen zutage zu fördern, sondern vielmehr darauf, Daten zu bekommen, die ihnen halfen, in Belshazaars Hauptindustrie, der Entwicklung und Vermarktung psychotropischer Drogen aus dem Bloomenveldt, einen Haufen Geld zu verdienen – ein Unterfangen, das ich nicht gerade mit voller Begeisterung unterstützen konnte.

Was mich anging, so war dieser ganze Vorgang zusammenhanglos und unaufrichtig, was zunächst von meiner allgemeinen geistigen Müdigkeit herrührte, die sich einstellte, nachdem ich mich aufrichtig und doch unzureichend bemüht hatte, ihnen erschöpfend zu antworten, und dann von einer gleichgültigen Langeweile, als ich mich auf die Rolle eines ewig die gleichen Phrasen wiederholenden Papageien reduziert sah, und schließlich von einem düsteren, gereizten Starrsinn, der an Auflehnung grenzte. Zweifellos wäre ein ausführlicher Bericht über diese Sitzungen für ähnlich besessene Fachleute derselben Sparte von großem Interesse, doch diese verweise ich auf die wissenschaftlichen Jahrbücher, die sie jahrzehntelang geduldig durchstöbern mögen; es ist sicher nur leicht übertrieben, wenn ich behaupte, daß bei diesen Sitzungen ganze Räume voller Wortkristalle aufgezeichnet wurden.

Nachdem einige Wochen auf diese Art vergangen waren, war ich ziemlich sicher, daß ich keine weiteren therapeutischen Fortschritte mehr erwarten konnte, wenn ich im Clear Light Sanatorium blieb, was heißen soll, daß ich inzwischen zu der Ansicht gekommen war, daß diese Einrichtung keineswegs ein Segen war, sondern ein Gefängnis, aus dem ich mit ganzer Kraft und meinem gesammelten Mut entkommen mußte.

Einst war ich eine Tochter von Nouvelle Orlean gewesen, einst war ich eine arme Naive auf den Straßen von Edoku gewesen, einst hatte ich als bewußtloses Wesen auf den Blütenblättern einer Blume geruht, einst war ich die Flötenspielerin des Bloomenveldts gewesen, und während ich jetzt *certainement* dies alles nicht mehr war, wußte ich genauso sicher, daß, wenn meine Geschichte nicht als tragikomische Farce enden sollte, die Endstation meiner Zauberstraße auf keinen Fall mein Zimmer in einer Nervenklinik sein durfte.

Vraiment, hatte nicht vor lange Zeit Pater Pan selbst erklärt, daß ich meine Straße selbst wählen mußte und daß er mich, wenn mich der Verlauf derselben wieder an seine Seite bringen würde, als gleichen Geist begrüßen würde? *Certainement,* als Patientin in einer Nervenklinik, als wissenschaftliches Versuchskaninchen, als abermalige Gefangene der Armut konnte ich mich kaum als einen solchen freien Geist bezeichnen, der sich zum phantastischen Leben zwischen den Sternen aufmachte. Vielleicht war Pater Pan immer noch der Flötenspieler meiner geistigen Reise, denn ob mich das Schicksal wieder an seine Seite bringen würde oder nicht – ich hörte das Lied, das er diesem Geist gesungen hatte und das mich dazu brachte, mein Wanderjahr auf der Zauberstraße wieder aufzunehmen, so deutlich, wie ich es nie auf dem Bloomenveldt gehört hatte. Ich sehnte mich danach, die wahre Geschichtenerzählerin zu sein, die ich noch nicht wirklich geworden war; ich wollte meine Geschichte nicht gegen Kost und Logis in einem Sanatorium erzählen, sondern in den Straßen der großen Städte gegen eine Überfahrt im Elektrokoma zu den weitverstreuten Menschenwelten.

Aber *wie?*

In bezug auf die finanzielle Realität war meine Situation genau dieselbe wie zuvor, als ich gezwungen war, Ursos Angebot anzunehmen. *Vraiment,* ich konnte das Clear Light verlassen, wann immer ich wollte, doch ich hatte kein Geld zum Leben, keine Möglichkeit, in Ciudad Pallas etwas zu verdienen, und keine Möglichkeit, zu einem aussichtsreicheren Planeten weiterzuziehen, wo ich zumindest eine echte Chance hatte, durch die Ausübung meiner Kunst zu überleben.

Es schien, als wäre ich in einer ökonomischen Falle gefangen, deren Begrenzung, wenn auch nicht deutlicher sichtbar als die Wände des Clear Light hinter den Bäumen, mindestens genauso hart war wie Beton.

Bevor der verzweifelte Entschluß, diesem samtenen Käfig zu entkommen, meinen Geist ganz erfaßte, war mein Leben in dem Sanatorium ein ritualisiertes wie einsames gewesen – eine psychische Rekapitulation meiner Tage auf dem Bloomenveldt. Denn um ehrlich zu sein, konnte man vielleicht sagen, daß ich zwar meine innere, bewußte geistige Gesundheit wiedererlangt hatte, daß ich den wirklichen Wiedereingang in die komplizierte Sozialstruktur der äußeren Welt aber noch finden mußte.

Ich schlief, aß, ging gelegentlich im Garten spazieren; doch nun, da die Befragungen ein Stadium erreicht hatten, in dem der Nutzen nur noch auf einer Seite lag, beschäftigten sie mich fast die gesamten wachen Stunden damit, als wollten sie mir die botanischen und psychotropen Details, die ich nicht mitteilen konnte, entreißen, indem sie mich mit Langeweile folterten.

Ich hatte auch noch nicht genügend soziales Bewußtsein wiedererlangt, um das Fehlen tantrischer Betätigung deutlich zu spüren; denn wenn die natürlichen Kundalini-Energien in die Zentren vordrangen, aus denen erotische Vorstellungen erwachsen, sah ich die unerwünschten Bilder meiner letzten sexuellen Erfahrung auf dem Bloomenveldt, nämlich den Kampf um meinen Geist gegen eine böse, pflanzliche Version des Eros.

Und wenn dies noch nicht genug war, um meine Kundalini-Schlange schläfrig kalt und zusammengerollt zu halten, dann gab mir das soziale Umfeld, das mir offenstand – die anderen Heiminsassen – den Rest; und als ich schließlich den Mangel an Austausch mit Gleichgesinnten zu bemerken begann und die Insassen in Gespräche verwickelte, erfuhr ich nur, was ich instinktiv bereits gewußt hatte.

In diesem armseligen Haufen war gewiß kein verwandter Geist zu finden. Die Kinder des Glücks von Ciudad Pallas mieden die Künste, das Handwerk, die Unterhaltungen und zweifelhaften Geschäfte, mit denen die Stämme auf Edoku Genüsse gegen Ruegelt einhandelten. Statt dessen verdienten sie als Psychonauten in den Nervenkliniken und Labors ihr Geld, wo sie sich dafür bezahlen ließen, daß sie sich dem hingaben, für das sie sonst, wenn sie Geld gehabt hätten, hätten bezahlen müssen.

Soll heißen, daß kein einziger dieses engstirnigen Stammes etwas anderes als die psychischen Auswirkungen seltsamer Drogen zu bereden hatte – und welche Labors und Sanatorien im Augenblick die höchsten Löhne zahlten.

Die Insassen des Clear Light waren von diesen ungesunden Geschäften angezogen worden, um nach den unweigerlich unglücklichen Experimenten, die jeder erleiden mußte, der in Ciudad Pallas lange genug dem Gewerbe der Psychonauten nachging, hier untergebracht zu werden. Soll heißen, daß sie irgendwann ein Gebräu geschluckt hatten, das ihre Psyche in einen schizoiden Zustand versetzte, den selbst die mächtigen und fortgeschrittenen Wissenschaften des Geistes nicht mehr zurechtrücken konnten.

So wurde der Garten der Nervenklinik von zwei Arten von Insassen besucht: eifrige Plapperer, deren Gemurmel und Gerede für jeden außer ihnen selbst völlig unverständlich blieb – wenn es auch für sie von kosmischer Bedeutung war –, und jene, die in ständige Katatonie verfallen waren und auf der Wiese oder auf Bänken hockten und in eine private Leere starrten.

Was mich anging, so brauchte ich mich glücklicherweise zu keiner der Gruppen zu zählen; doch je mehr ich versuchte, mich mit Wesen auszutauschen, die entweder nicht besser sprechen konnten als die Bloomenkinder oder auf jede Gesprächseröffnung mit einem Strom von Geplapper antworteten, desto mehr Angst bekam ich, daß ich früher oder später als Angehöriger einer dieser Gruppen enden würde, falls es mir nicht gelang, aus dem Sanatorium zu fliehen.

Eines Tages schließlich, es war kurz nach Mittag, als man mir eine kurze Verschonung vom Dienst für die Wissenschaft gewährt hatte, wanderte ich ziellos durch den Garten. Die gelbe Sonne schien aus einem blauen Himmel auf mich herab, und ich mußte an meine Zeit als Flötenspielerin des Bloomenveldts denken. In diesem Augenblick entschloß ich mich aus Überdruß, Zorn oder Verzweiflung, mit purer Teufelei gegen diese Nervenklinik zurückzuschlagen.

Ich entschied mich für eine quixotische Geste, die nicht nur den gewünschten Aufruhr erzeugen, sondern am Ende auch meine Flucht aus der Situation ermöglichen sollte. Vielleicht war in diesem Augenblick mein Geist weiser, als mein Intellekt wußte, oder vielleicht war der Abschluß meiner Therapie im Clear Light Sanatorium auch bewußt so angelegt, daß ich schließlich floh. Vielleicht bekamen Urso und ich am Ende doch genau das, was wir wollten.

Nun, solche rückblickenden Spekulationen hin oder her, jedenfalls suchte ich mir eine Stelle, die in Hörweite von mindestens einem Dutzend oder mehr Insassen lag; letztere saßen in verschiedenen Stadien der Benommenheit oder Beredtsamkeit auf der Wiese herum. Ich ging ähnlich vor wie damals, als ich vielversprechende Plätze oder Ecken im großen Edoku gesucht hatte, um meine Waren zu verkaufen. Hier war es eine Holzbank, die genau richtig im Schatten einer großen Eiche stand. Ich kletterte darauf, wie ich einst auf eine ähnliche Bank vor dem künstlichen Vulkan des Luzplatzes gestiegen war, faßte genug Mut, um das Gefühl meiner Lächerlichkeit zu überwinden, und begann so laut und durchdringend zu sprechen, wie es mir gelingen wollte.

»*Merde! Caga! Chingada!* Einst wart ihr Kinder des Glücks, die der Zauberstraße des Wanderjahrs folgten – hinaus zu den Sternen, um eure leuchtende Bestimmung und eure wirklichen Eigennamen zu finden! Seht, was in diesem Bloomenveldt des Geistes aus euch geworden ist! Entgeisterte Krüppel! Menschliches Gemüse! *Bloomenkinder!*«

Allein die Lautstärke und das Überraschungsmoment dieser verbalen Attacke reichte aus, um mehrere Plapperer für den Augenblick verstummen und benebelt in meine Richtung blicken zu lassen. Sogar zwei oder drei Katatoniker schafften es, ihre Augen mehr oder weniger auf mich zu richten; jedenfalls schien es mir so. So kümmerlich diese Reaktionen nach objektiven Maßstäben schienen – sie reichten aus, um mich anzuspornen, denn selbst dies war mehr gebannte Aufmerksamkeit, als ich bei meinem ersten Versuch in der Kunst des Geschichtenerzählers auf dem Luzplatz bekommen hatte.

»Auch ich habe den Planeten meiner Geburt verlassen und bin

dem *camino real* gefolgt, der uns von den Bäumen unserer Vorfahren zu den weitverstreuten Menschenwelten führte!« schrie ich so laut ich konnte, denn wenn es darum ging, die Aufmerksamkeit *dieses* Publikums zu fesseln, war Lautstärke zweifellos erheblich wichtiger als eine gut erzählte, ausgefeilte Geschichte.

»*Vraiment*, auch ich stürzte in die nächstbesten psychotropen Abgründe dieses widerlichen Planeten! *Really*, ich benebelte mich mit Düften und Pheromonen, gegen die die Psychotropika der Labors von Ciudad Pallas erscheinen wie die kristallklare, kalte Luft auf einem Berg!«

Ob ich nun das einzige Thema getroffen hatte, das das Interesse dieser Zombies einigermaßen erwecken konnte, oder ob es nur meine Lautstärke war, die rasch rollenden Kadenzen, die reine Leidenschaft, die ich in jede gebrüllte Silbe zu legen versuchte – auf jeden Fall war jetzt jedes Auge auf mich gerichtet. Einige Insassen erhoben sich sogar langsam auf die Füße und schlenderten zu mir herüber.

»Ihr seid Insassen einer Nervenklinik geworden, doch ich wurde ein völlig bewußtseinsloses Bloomenkind, und man konnte nicht einmal mehr sagen, daß ich einen Geist besaß«, brüllte ich ihnen in die Gesichter. »Doch mein Geist erhob sich aus eigener Kraft, um wieder dem Lied des Flötenspielers zu folgen, dem wir alle einmal folgten – vom Affenleben zum Menschendasein. Und genauso müßt ihr jetzt eure Geister aufrichten!« bellte ich sie an; inzwischen genoß ich meine Tirade. Doch was ich jetzt brauchte, war eine *Antwort*.

»Seht die Sonne, die ewig über dem Bloomenveldt eures Geistes aufgeht, meine *pauvres* Bloomenkinder!« rief ich jetzt etwas kunstfertiger. »Seht das Gesicht des Flötenspielers, dem wir aus den Tiefen des Waldes der Unvernunft gefolgt sind!«

Vraiment, die Worte sprudelten wie bei einem Teppichhändler, und doch beobachtete ein anderer Teil von mir die Vorgänge mit abschätzender Klarheit und nicht geringer hämischer Befriedigung; denn ich hatte mir den nächsten Schritt schon zurechtgelegt.

»Folgt der Sonne, folgt dem Gelb, folgt dem Flötenspieler, folgt der Zauberstraße!«

Ich begann zu singen.

»Folgt der Sonne, folgt dem Gelb, folgt dem Flötenspieler, folgt der Zauberstraße ...«

Die meisten Insassen in meiner unmittelbaren Umgebung waren jetzt auf den Beinen, und in mittlerer Entfernung sah ich weitere über die Wiese zur Quelle des Aufruhrs herübergeschlendert kommen.

Sie begannen sich im Rhythmus meiner Worte zu wiegen. Wie eine *maestra* der Musik begann ich im Takt die Arme zu bewegen, hielt die Handflächen hoch und forderte sie auf, einzufallen.

Die erwähnten Katatoniker ließen sich zu nicht mehr anregen, als mit den Köpfen zu nicken, doch jene, die vor ein paar Minuten noch in ihrem wilden Geplapper gefangen gewesen waren, ließen sich durch meine Bemühungen und die allgemeine Unterstützung derselben leicht bewegen, den Gesang aufzunehmen.

»Folgt der Sonne, folgt dem Gelb, folgt dem Flötenspieler, folgt der Zauberstraße!«

Schließlich, als ich ein ziemlich wildes Gesinge in Gang gebracht hatte, schien mir nichts weiter übrigzubleiben, als meine Gypsy Joker auf einer Mardi-Gras-Parade durch den Garten zu führen. *Je ne sais pas,* was mich ritt, daß ich diesen gemeinen Streich so weit trieb – auch wußte ich nicht, wie weit ich zu gehen bereit war –, denn kaum war ich von der Bank gesprungen und immer noch singend ein paar Schritte weitergetanzt, da kam Urso mit mindestens einem halben Dutzend anderer Mitarbeiter der Klinik im Schlepp über die Wiese auf mich zugeschnauft.

»Hör sofort mit diesem Theater auf!« rief er, ebenso vor Zorn wie vor Anstrengung rot angelaufen. *»Quick, quick, quick,* bringt alle auf die Zimmer zurück!« befahl er seinem Gefolge, indem er wild mit einer Hand gestikulierte und mich mit der anderen zum Hauptgebäude fortzerrte. Er sprach erst wieder mit mir, als er mich ein gutes Stück vom Tumult fortgezogen hatte, so daß mein schlimmer Einfluß nicht mehr wirkte.

»Was bilden Sie sich eigentlich ein?« sagte er wütend. »Was haben Sie sich dabei gedacht?«

Ich entzog mich etwas hochmütig seinem Griff. Ich lächelte ihn überlegen an, fühlte mich sehr selbstzufrieden; denn die Antwort auf seine Frage war wundervoll klar und einfach.

»Ich bin Sunshine Shasta Leonardo, Geschichtenerzählerin«, erklärte ich ihm mit süßer Unschuld. »Und *naturellement* muß ich meine Kunst auch ausüben.«

In Urso Moldavia Rashid fand eine eigenartige Veränderung statt, denn während an der Oberfläche sein Zorn ungebrochen schien, spürte ich dahinter eine unbestimmte Befriedigung, die ihm einen Teil seiner Glaubwürdigkeit nahm. »Das Clear Light ist kein öffentlicher Platz!« schnappte er mit nicht ganz überzeugender Impulsivität zurück. »Wollen Sie bitte zur Kenntnis nehmen, daß dies ein Sanatorium ist! Wir können nicht zulassen, daß Sie unsere armen Patienten auf so ungehörige Weise aufreizen!«

»Was schlagen Sie dann vor?« fragte ich. »Soll ich mich weiter als Objekt für endlose, nutzlose Befragungen zur Verfügung stellen, bis ich von den armen Hunden, zu denen ich nicht sprechen darf, nicht mehr zu unterscheiden bin?«

»Es steht Ihnen frei, jederzeit das Clear Light zu verlassen«, erklärte Urso töricht. »Und falls sich ein solches Ereignis wiederholen sollte, wird man Sie sogar hinauswerfen!«

»Sie wollen zulassen, daß ich verhungere?«

Wir hatten jetzt den Gebäudeeingang erreicht, und Ursos Verhalten änderte sich schlagartig. »Sie mißverstehen meine Absichten«, sagte er beinahe entschuldigend. »Ich habe nur Ihr Bestes im Sinn.«

»Nun, was *schlagen* Sie dann vor, Urso?« fragte ich.

»*Certainement* hat Ihre Therapie einen Punkt erreicht, an dem Sie einige Gedanken und Mühe auf Ihr zukünftiges Leben verwenden müssen, denn wie Sie selbst gerade so freimütig erklärten, haben Sie sicher nicht den Wunsch, ewig Insassin eines Sanatoriums zu bleiben.«

Ich betrachtete ihn mit neuen Augen. Vielleicht hatte ich ihn wirklich mißverstanden; denn was immer Urso Moldavia Rashid davor oder danach war, in diesem Augenblick war er ein wahrer psychischer Heiler, denn er hatte die Wahrheit ausgesprochen, die in meinem eigenen Herzen lag.

»Ich könnte nicht inbrünstiger zustimmen, Urso«, pflichtete ich mit ungekünsteltem Ernst bei. »Aber was soll ich tun?«

»Vielleicht habe ich auch im praktischen Reich etwas Weisheit anzubieten«, sagte Urso. »Wir wollen es uns in meinem Büro bequem machen, und ich werde mir ausreichend Zeit nehmen, um die Angelegenheit zu erhellen.«

Das konnte ich natürlich nicht abschlagen, und so verwandelte sich, was zuerst der Aufruhr und der physische Abgang einer Nervensäge werden sollte, in etwas, das mir wie ein freundschaftliches *tête-à-tête* vorkam.

»Wir wünschen beide nicht, daß unser Arrangement endlos fortgesetzt wird, *no?*« sagte Urso, als wir uns in der gepolsterten Höhle seines Büros niedergelassen hatten. »Während ich also bereit bin, Ihnen vorübergehend im Austausch für Ihre Mitarbeit bei unseren Untersuchungen Unterkunft und Nahrung zu geben, schlage ich vor, daß Sie sich Ihrer Freiheit bedienen, zu kommen und zu gehen, wann Sie wollen, um eine einträgliche Beschäftigung zu suchen.«

Welche Woge von Gefühlen erhob sich auf diese Worte in mir!

Einerseits wollte ich nichts lieber, als meine Freiheit zurückgewinnen, doch wenn es andererseits um die ökonomischen Grundlagen derselben ging, war mein Geist ein Vakuum. Was heißen soll, daß ich zwar kaum die Weisheit und Klugheit von Ursos Vorschlag bestreiten konnte, daß aber die Gefühle, die er hervorrief, leider Frustration, Zorn und Angst waren.

»Eine einträgliche Beschäftigung ...?« murmelte ich unglücklich. »Ich bin in keinem einträglichen Handwerk und keinem Gewerbe erfahren, und wenn ich meinen Lebensunterhalt als Versuchsperson bei psychotropischen Experimenten verdienen soll – nun, durch meine Erfahrungen auf dem Bloomenveldt bin ich als Psychonautin völlig ungeeignet, selbst wenn ich verrückt genug wäre, mich um eine entsprechende Stelle zu bewerben ...«

»Wirklich«, schnurrte Urso, und nun wurde der verführerische Ton seiner Stimme völlig offensichtlich. »Aber Sie sind, wie Sie selbst erklärten, Sunshine Shasta Leonardo, Geschichtenerzählerin, *no?* Die bereits mit Recht die Notwendigkeit unterstrichen hat, ihre Kunst auszuüben.«

»In Ciudad Pallas?« rief ich. »Sie mögen ein *maestro* Ihrer eigenen Kunst sein, Urso, aber es ist offensichtlich, daß Sie nichts von der der Geschichtenerzähler verstehen! Diese verdammte Stadt hat absolut kein Straßenleben! Es gibt keine passenden Plätze, und die Bürger –«

»– so wenig sie zu versprechen scheinen, sind gewiß in bezug auf künstlerische Wertschätzung und finanzielle Entlohnung vielversprechender als die armen Insassen einer Nervenklinik, nicht wahr?«

Abermals schien Urso sein Gehalt als wahrer psychischer Heiler verdient zu haben; denn ich konnte kam leugnen, daß es wenig mehr Mut erfordern würde, den Bürgern von Ciudad Pallas eine Geschichte zu erzählen – kaum mehr, als mich auf den Luzplatz zu stellen und die geschätzte Aufmerksamkeit der gleichgültigen Edojin einzufangen.

Urso lächelte mich an. »Was haben Sie zu verlieren, wenn Sie es versuchen?«

»Gut gesprochen, Urso, sehr gut gesprochen!« erklärte ich, indem ich das erste Mal, seit unsere Diskussion begonnen hatte, sein Lächeln erwiderte.

Würden nicht die alten Geschichten, die in Edoku keinen Hund mehr hinter dem Ofen hervorlockten, für die Tölpel dieser provinziellsten aller Planetenhauptstädte dennoch neue Geschichten aus einer größeren Metropole sein? Hatte ich nicht sogar eine großartige

Geschichte zu erzählen, die mir allein gehörte und die für die Bewohner dieses Planeten vielleicht sogar aufregende Bezüge zu ihrer Umwelt besaß? *Vraiment*, hatte ich nicht mitten im Bloomenveldt mit der Kraft des *Wortes* überlebt? War ich nicht bereit gewesen, die Opfer des psychischen Desasters anzustacheln, nachdem sie aus diesen wenig versprechenden Straßen herangetrieben waren, um in der Nervenklinik dahinzuvegetieren? Mußte ich noch Angst vor Lampenfieber haben? Hatte ich eine bessere Möglichkeit?

Ich zuckte die Achseln. »Wer nicht wagt, der nicht gewinnt, *n'est-ce pas?*« sagte ich fast fröhlich.

»Bon!« rief Urso munter. »Und wenn Sie meinen Vorgriff auf die Entscheidung vergeben wollen, von der ich wußte, daß Sie sie schließlich treffen würden – ich möchte Ihnen eine Belohnung in Form dieses nützlichen Geschenks anbieten.«

Er zog einen tragbaren Chip-Umbucher aus seinem Schreibtisch; es war eins der Dinger, die bei privaten Glücksspielen verwendet werden.

»Obwohl ich mich nur flüchtig mit der Angelegenheit beschäftigt habe, gehe ich wohl nicht fehl in der Annahme, daß Geschichtenerzähler üblicherweise mit sogenanntem Ruegelt bezahlt werden – mit Münzen, die jeweils eine Krediteinheit repräsentieren ...«

Mein Mut sank plötzlich wieder. »Ich hatte ganz vergessen, daß Ruegelt in Ciudad Pallas unbekannt ist«, stöhnte ich. »Wie soll ich dann den Bürgern dieser Stadt klarmachen, daß sie mich mit Münzen überschütten sollen, wenn sie gar keine haben?«

»Mit diesem Gerät, das Ihnen zur Verfügung zu stellen ich mir die Freiheit nehme«, sagte Urso. »Der Spender schiebt seinen Chip in einen Schitz, der Empfänger in den anderen, dann wird die zu übertragende Summe gewählt, und der Handel ist abgeschlossen.«

»Das scheint im Vergleich zum Werfen von Münzen ein ziemlich umständliches Verfahren«, sagte ich unsicher; aber dies war natürlich die normale Methode, auf den Menschenwelten einen Handel abzuschließen, und das Ruegelt war nur ein Zugeständnis an die Demimonde auf den kultivierteren Planeten.

»Kommen Sie, kommen Sie, das sind doch nur Ausflüchte, oder?« schalt mich Urso in einem onkelhaften Ton. »Jenen Geistern, die vor jedem Wagnis fliehen, bietet dieses alles andere als vollkommene Universum ein Übermaß an Entschuldigungen für ihre Trägheit, *no?*«

Abermals konnte ich mich nicht des Gefühls erwehren, daß er ebenso seinem eigenen Interesse diente, wie er mir einen guten Rat gab.

»*Touché*«, stimmte ich dennoch zu, denn was immer Urso sonst sein mochte, wie auch immer er mich manipuliert hatte, um mich zu diesem Punkt zu bringen – Urso Moldavia Rashid, ob Gauner oder Ehrenmann, hatte mich auf die Zauberstraße zurückgeführt.

Und so machte ich mich am nächsten Nachmittag unter einem bedeckten Himmel mit dem Vielfarbigen Tuch als Halstuch und dem Chip-Umbucher in der Tasche auf den Weg.

Nachdem ich monatelang keinen Fuß mehr auf städtische Straßen gesetzt hatte, fand ich die von Ciudad Pallas zugleich beängstigend und seltsam beruhigend. Denn während ich mich nun zwischen mehr Menschen bewegte, als ich seit Wochen an einem Ort gesehen hatte, und während das regelmäßige Gitternetz der Straßen, die harten geometrischen Formen und ungeschmückten Fassaden der Gebäudeblocks, sogar das Grau des Betons unter meinen Füßen, während dies alles verdorben, leblos und künstlich erschien, war das Wandern in dieser Umgegung etwas ganz anderes als der Weg durch die psychischen Gefahren des Bloomenveldts, und Ciudad Pallas wirkte im Vergleich zu meinen Erinnerungen an das große Edoku bescheiden und alltäglich.

Und während ich vielleicht versucht war, mich als Unschuld vom Lande zu betrachten – oder, schlimmer, als Insassin eines Sanatoriums, die ihren ersten zitternden Schritt in die Welt tat –, nahm mir der Anblick der Bürger von Ciudad Pallas bald jede übermäßige Bescheidenheit.

Denn ich sah kein Gedränge extravagant gekleideter und gefärbter Edojin, die mit dem Selbstbewußtsein und der lässigen Anmut von Menschen schritten, die sich für die kulturelle Krone der Schöpfung hielten; nicht einmal so überhebliche Gören wie die Gypsy Joker, die mir damals, als Neuling in den öffentlichen Bedürfnisanstalten, so einschüchternd vorgekommen waren.

Vielmehr war ich unter bescheiden gekleideten Menschen, die überwiegend mit einem leeren Ausdruck, der genau zur farblosen Umgebung paßte, durch die Straßen eilten. Die meisten waren anscheinend nüchterne, emsige Bürger, die mit ihren Angelegenheiten beschäftigt waren, während andere, nach ihrer ungewaschenen Kleidung und ihrer verwirrten Persönlichkeit zu urteilen, ohne weiteres als die zu identifizieren waren, die in Ciudad Pallas als Kinder des Glücks galten – nämlich die Besucher der Warteräume der Labors und Sanatorien, mit denen ich bereits bei meinem ersten Besuch der Stadt Bekanntschaft gemacht hatte.

Vraiment, ich fühlte mich dem Geist von Belshazaar mehr verbunden als diese Eingeborenen und langjährigen Einwohner. Denn drehte sich nicht das Leben seiner Hauptstadt völlig um die Psychotropika, die aus den Blumen eines Kontinents stammten, in dessen Baumwipfel sich kaum einer dieser Leute je gewagt hatte? Traf es nicht zu, daß sogar die abenteuerlustigsten Einwohner von Belshazaar, die Wissenschaftler der Forschungskuppeln, die wirkliche Realität ihres eigenen Planeten nur durch Atmosphäreanzüge geschützt wahrnahmen? Traf es nicht zu, daß sogar die Kinder des Glücks von Ciudad Pallas, die sich für die Psychonauten des Geistes hielten, die Essenzen derselben nur aus zweiter oder dritter Hand aus Ampullen und Reagenzgläsern einnahmen?

Unter allen Menschen, die auf der Oberfläche dieses erbärmlichen Planeten klebten, gab es nur einen, der ins innere Geheimnis seiner dunklen Seele vorgedrungen und zurückgekehrt war, um die Geschichte zu erzählen, und das war ich, Sunshine Shasta Leonardo, wahres Kind des Glücks, Geschichtenerzählerin, einstmals Flötenspielerin des Bloomenveldts.

Was hatte ich den Bewohnern dieser Stadt für eine Geschichte zu erzählen! Denn obwohl sie durch einen unbewußten Willensakt vielleicht die Realität leugneten, die wahre Natur, auf der ihre Welt begründet war, war die Geschichte der Flötenspielerin des Bloomenveldts dennoch ihre eigene wahre Geschichte, wenn sie nur den Mut fanden, zuzuhören, wenn ich nur genug Kunstfertigkeit besaß, um ihre verkrampften Geister zu berühren!

Die richtige Umgebung für die Erzählung der Geschichte zu finden war leider eine ganz andere Angelegenheit, denn eine Straße sah genauso aus wie die andere, und ein eintöniger Auflauf von Bürgern genauso wie der andere. Soweit ich es sagen konnte, besaß Ciudad Pallas keinen einzigen Park oder öffentlichen Platz, auf dem mehrere Straßen zusammenliefen und eine angemessene Bühne schufen.

Schließlich gab ich meine nutzlose Suche nach einem solchen Ort auf, unterbrach meine Wanderung an einer Straßenkreuzung, die aussah wie Hunderte anderer, stellte mich vor ein hohes Gebäude aus Glas und Stahl, das nach nichts Besonderem aussah, holte tief Luft, nahm meinen Mut zusammen und begann zu erzählen.

»Die Geschichte der Flötenspielerin des Bloomenveldts!« verkündete ich mit voller Kraft, und als ich die Erzählung selbst begann, fand ich irgendwo in mir das Geschick, sie nicht in der schwer verständlichen Haiku-Form vorzutragen, wie ich sie erlebt hatte, und auch nicht in der glatten Verdichtung, die sich aus den endlosen

Befragungen ergeben hatte, sondern als sehr verkürzte Darstellung der ursprünglichen Version, die ich Jahre später in eben dieser Geschichte auf Wortkristallen festhalten würde.

»*Vraiment*, alle Anwesenden hier wissen sicher, daß der Geist von Belshazaar, der *raison d'être* für euer Leben auf diesem Planeten, nicht in dieser eintönigen grauen Stadt aus totem Glas und Stein lebt, sondern jenseits des Meeres im mächtigen Bloomenwald, wo die großen Blumen die psychotropen Substanzen absondern, von denen eure Wirtschaft abhängt und die das einzige sind, für das Belshazaar unter den weitverstreuten Menschenwelten gepriesen wird!«

Einige Passanten waren einen Augenblick stehengeblieben, wenn auch nur, um dieses Ereignis zu begutachten; denn noch nie war in den Straßen dieser Stadt ein Geschichtenerzähler aus dem Schweigen in eine lautstarke Erzählung herausgeplatzt. Ein halbes Dutzend war geblieben, als sie hörten, wie ich über jenes Thema sprach, das jedem Publikum sicherlich das liebste ist, nämlich den Geist und das wirtschaftliche Wohlergehen ihrer selbst. Dies wiederum erzeugte ein kleines Hindernis im Verkehrsstrom auf der Straße, so daß jeder, der vorbeikam, etwas langsamer werden mußte.

»Ich stehe vor euch als eine, die tiefer ins Bloomenveldt gewandert ist, als es für jeden menschlichen Geist zuträglich ist; ich bin unter den sagenhaften Bloomenkindern gewandelt, habe den legendären Duftgarten der Vollkommenheit gesehen, habe meinen *élan humain* an die mächtigen Blumen verloren und wurde durch den Flötenspieler der Zauberstraße vor ihnen gerettet, um zu genau dieser Straßenecke zurückzukehren und euch, ihr guten Bürger von Ciudad Pallas, mit dieser unglaublichen Geschichte zu erfreuen!«

Mein Publikum war inzwischen auf über ein Dutzend angewachsen, und selbst einige jener, die nur aus Neugierde stehengeblieben waren, um dann weiterzugehen, schienen sich nur mit gewissem Widerstreben zu entfernen, als wünschten sie, mehr zu hören, würden aber unglücklicherweise woanders gebraucht.

»Hört nun die Geschichte der Flötenspielerin des Bloomenveldts! Hört von den Wundern und Schrecken und der Natur des Waldes der Unvernunft, auf dem das Leben der ganzen Stadt beruht! Hört von den Bodhis des Bloomenveldts! Erschauert vor den Tiefen, in die der menschliche Geist stürzen kann! Bewundert die Macht des *Wortes*, eben diesen Geist von den Blumen unserer Vorfahren zum vollbewußten Selbst zurückzubringen! Hört die Geschichte der Flötenspielerin des Bloomenveldts, die meine eigene ist und auch eure – die einzige wahre Geschichte, die es hier zu erzählen gibt, die eine, der wir alle gefolgt sind vom Affendasein bis zum Leben als stolze Bürger der weitverstreuten Menschenwelten, während wir zu wahren Kindern des Glücks wurden, die auf der Zauberstraße ihrer Art von Tropismus und Determinismus erwachten zu selbstbewußter Führerschaft in den großen Arkologien und eleganten Sprungschiffen, die uns zu Herren der Sterne machten!«

Ich hatte fast zwei Dutzend erwartungsvolle Zuhörer angelockt, als ich diese blumige und ausgefallene Eröffnung meiner Geschichte beendete; ein guter Teil davon nüchterne Bürger von Ciudad Pallas, doch in der Überzahl waren die verlorenen Kinder des Glücks der Labors und Sanatorien, die zweifellos eifriger meinen Worten lauschten und das Lied hörten, das sie einst in ihren eigenen Herzen getragen hatten.

Und ich – ich war von meiner eigenen Erzählung berauscht, wenn es auch der klare, bewußte Rausch war, von dem die Sufis sprechen – der Rausch, in dem die feurige Leidenschaft des Geistes und die kühle Klarheit des Intellekts zusammenfließen.

Anders gesagt, als ich die Geschichte meiner Reise mit Guy Vlad Boca ins Blumenherz der Dunkelheit zu erzählen begann, als ich bemerkte, wie meine Beschreibungen derselben spontan aus dem geheimnisvollen Zentrum meiner inneren Leere auftauchten, *vraiment,* als sogar mein Körper unter einer fremden Energie zitterte, die ich noch nie gespürt hatte, verharrte ein kühler, ruhiger Teil von mir sowohl außerhalb der Erzählerin als auch der Geschichte, während er genau wußte, daß dies das erstemal war, daß ich *wirklich* die Kunst der Geschichtenerzähler ausübte.

Und genau dies hatte ich, ohne es zu wissen, schon werden wollen, als ich das erste Mal die Geschichtenerzähler der Gypsy Joker gehört und mich in meiner ungeformten Unwissenheit danach gesehnt hatte, den Pfad ihres Lebens zu beschreiten. *Dies* war es, was bei meinen ersten armseligen Bemühungen auf dem Luzplatz gefehlt hatte, als ich die oft erzählten Geschichten anderer nachplapperte – bevor ich eine Geschichte kannte, die meinem eigenen Geist entsprang.

Und während die Geschichte, mit der ich mich heldenhaft durch den Wald geplappert hatte, gewiß aus den Tiefen meines Herzens gestiegen war, so muß doch auch die beste aller Geschichten vom Geist des Erzählers in den Geist des Publikums gebracht werden, und das war eine Fähigkeit, die ich zuvor noch nicht beherrscht hatte.

Und so, während ich mich in die Geschichte meiner Flucht aus dem Duftgarten versenkte, in den Beginn meiner Reise ohne Maske durch das Bloomenveldt, als ich beschrieb, wie mein unbewußter Geist sich selbst aus dem Lotus des Vergessens erhoben hatte und der Sonne folgte, dem Gelb, der Zauberstraße, sah ich mich zum erstenmal in der Lage, meine eigene wahre Geschichte mit einem Zusammenhang und einer Verständlichkeit für andere Ohren außer meinen eigenen zu erzählen, wie ich es noch nie vermocht hatte.

Denn nun konnte man mit Fug und Recht sagen, daß ich endlich war, was ich so großartig Urso Moldavia Rashid gegenüber erklärt hatte: Sunshine Shasta Leonardo, Geschichtenerzählerin, die dabei war, ihre Kunst wirklich auszuüben.

Und während ich nun den lebendigen Prozeß erlebte, zumindest während die Erzählung der Geschichte ihren Fortgang nahm, war es mir egal, daß ich ein armer Schlucker war, gezwungen, in einem Sanatorium zu leben, und auch, daß ich mich an eine Handvoll Leute wandte, in den wenig versprechenden Straßen einer häßlichen Stadt auf einer Welt, die ich so schnell wie möglich verlassen wollte.

Denn während ich vom Flötenspieler der Kindes des Glücks sprach, dem wir alle auf dem *camino real* von den Bäumen unserer Vorfahren zu den Sternen gefolgt war, während ich von der Flötenspielerin des Bloomenveldts sprach, die ihre Schützlinge aus dem Wald führte, während ich von Pater Pan sprach und von Sunshine Shasta Leonardo und all den wahren Kindern des Glücks, die den Funken der Arkologien weitertrugen wie alle wahren Erzähler aller wahren Geschichten, war mein Geist bei den aufmerksamsten Zuhörern, an die ich aus dem Grunde meines Herzens meine Erzählung richtete.

Wie dem auch sei, als ich schließlich zum Ende meiner Geschichte kam, hielt ich mich an die Notwendigkeiten der Berufung, die ich jetzt gefunden hatte – was heißen soll, daß zwar mein Geist mit dem *amour propre* für das Ding an sich gefüllt war, daß ich aber keineswegs die pragmatische Seite vernachlässigte, um Entlohnug für meine Arbeit zu bitten.

Mindestens ein Dutzend Menschen standen aufmerksam vor mir, als ich das Finale erreichte, meinen Chip-Umbucher herauszog und ihn einladend unter ihren Nasen schwenkte, während ich mich formvollendet verbeugte.

»Und dies ist nun meine Geschichte, und dies ist unser Lied, und wenn die Geschichte der Flötenspielerin des Bloomenveldts eure Geister berührt hat, wenn ihr wahre Kinder des Glücks sein wollt, dann schiebt allen kleinlichen Geiz beiseite und eure Chips hier hinein und gebt mir, was die Großzügigkeit gebietet, damit die Erzählerin der Geschichte dieselbe weitertragen kann zu den weitverstreuten Menschenwelten!«

Leider war, während die Erzählung der Geschichte diesen Menschen gefallen hatte, wie ihre gefesselte Aufmerksamkeit und ihre Anwesenheit während der ganzen Geschichte verraten hatte, ihre Begeisterung erheblich geringer, als die Flötenspielerin um Entlohnung bat.

Soll heißen, daß sie nach meiner Aufforderung einer nach dem anderen die Nasen herumdrehten und sich rasch entfernten.

Nur ein Bursche blieb, ein zerzauster junger Mann; oder besser gesagt, vielleicht ein alternder Junge und ganz offensichtlich einer, der sein Geld als Versuchsperson in den Labors verdiente. Er stand unsicher vor mir, blinzelte mich rheumatisch und offen anbetend an und befingerte etwas, das er in den Hosentaschen verborgen hatte.

»Komm, komm«, lockte ich, »sind wir nicht wahre Kinder des Glücks, du und ich, verwandte Geister auf der Zauberstraße? Wirst du nicht dem elenden Volk dieser Stadt zeigen, daß wir füreinander sorgen? Laßt uns diese Bloomenkinder des Geistes vor Scham erblassen machen! Eine einzige Krediteinheit wird genügen, wenn es alles ist, das du erübrigen kannst …«

Seltsam zu sagen, doch es war eine ganz uncharakteristische Bescheidenheit und kein Schuldgefühl, das ich empfand, als ich diesen armen Hund sah, der mich anstarrte – genau wie ich einst die Geschichtenerzähler der Gypsy Joker angestarrt hatte, als ich ebenso naiv war wie er jetzt. Wieviel älter fühlte ich mich, als er mich schüchtern anlächelte, seinen Kreditchip herauszog und in meinen Umbucher steckte.

»Zwei Einheiten für die Flötenspielerin des Bloomenveldts«, sagte er. »Ich wünsche mir, daß ich eines Tages auch eine solche Geschichte erzählen kann!«

Ich setzte ihm gerührt einen Kuß auf die Wange, als die Transaktion abgeschlossen war. »Möge die Zauberstraße dir grüßend entgegenkommen«, erklärte ich. »Und mögest du die Mittel finden, ihr zu einer besseren Welt als dieser zu folgen!«

»*Tú también* …«, murmelte er. Er errötete und entfernte sich rasch.

26

So wurde ich in dieser unwahrscheinlichsten aller Umgebungen endlich die wahre Geschichtenerzählerin, die ich in den viel einträglicheren Straßen des großen Edoku nie geworden war.

Das soll nun keineswegs heißen, daß ich je fähig war, mit diesem Gewerbe in Ciudad Pallas soviel Geld zu verdienen, daß ich Kost und Logis im Clear Light Sanatorium aufgeben konnte. Selbst wenn die mageren Ergebnisse meiner Bemühungen ausgereicht hätten, um mir ein bescheidenes Hotelzimmer zu nehmen und mein Essen selbst zu bezahlen, so hätte ich dennoch nicht auf Urso Moldavia Rashids kostenloses Angebot verzichtet, denn wo es um die Sparsamkeit mit meinen bescheidenen Mitteln ging, wurde ich knauserig wie nur einer.

Nun war dies nicht das Ergebnis einer neuen üblen Gesinnung; *au contraire*, denn nachdem ich meine wirkliche Berufung gefunden, nachdem ich meinen Geist, wenn auch noch nicht ganz meine Füße, wieder auf die Zauberstraße gesetzt hatte, flossen alle meine Bemühungen, Energien und Mittel in das Ziel, von Belshazaar zu fliehen und die Reise meines Wanderjahrs auf besseren Welten als dieser wieder aufzunehmen.

Denn obwohl meine Einnahmen als einzige Geschichtenerzählerin in Ciudad Pallas in der Tat kümmerlich waren – einundzwanzig Krediteinheiten in der besten Woche –, war ich zuversichtlich, daß dies mehr am Karma der Stadt als an meinem eigenen lag. Es gab keine passenden Plätze oder Parks, an denen ich ein ausreichend großes Publikum um mich sammeln konnte, und die kleinen Zuhörergruppen, die ich anzog, waren völlig unvertraut mit der Tradition meines Gewerbes. Die Bürger dieser Stadt waren von Straßendarbietungen wenig begeistert, und die entgeisterten Kinder des Glücks der Labors waren im Geiste zwar großzügig, praktisch aber beinahe genauso arm wie ich.

Doch meiner Meinung nach hatte ich in meinem Handwerk nun genug Fortschritte gemacht, um endlich finanziellen und künstlerischen Erfolg zu haben – wenn ich nur die Mittel bekam, auf einen Planeten umzuziehen, dessen Straßen mit fröhlichem Gedränge und der *joie de vivre* erfüllt waren, die in Ciudad Pallas so gründlich fehlte.

Denn ich besaß nicht nur ein ansehnliches Repertoire von Geschichten, die ich den Geschichtenerzählern der Gypsy Joker in Edoku abgelauscht hatte, sondern auch eine einzigartige Geschichte, die ganz allein mir gehörte. Und war nicht mein bescheidener Erfolg hier auf Belshazaar – gegen alle Wahrscheinlichkeit – ein Beweis dafür, daß ich die Klugheit und das Geschick besaß, sie angemessen zu erzählen?

Es war nur eine Funktion zwischen meinen Bemühungen und der Zeit, sagte ich mir in diesen Wochen. So mager meine täglichen Einkünfte auch waren – jeder Kredit wurde gespart für den Tag, da ich genug Mittel beisammen hatte, um eine Passage im Elektrokoma in einem Sprungschiff zu buchen und Belshazaar gegen fettere Weiden einzutauschen. Früher oder später, wenn auch leider eher später, würde ich genug Kredit auf meinem Chip haben, um weiterreisen zu können.

Dabei war es mir ziemlich einerlei, wohin, denn die Reise selbst war es, die ich wieder aufnehmen wollte. Sobald ich genug Mittel hatte, um *irgendwohin* zu reisen, würde ich mich dorthin aufmachen, und auf diesem neuen Planeten würde ich dem Gewerbe der Geschichtenerzähler nachgehen, bis ich genug Geld zusammen hatte, um meine Überfahrt zur nächsten und wieder zur nächsten und zur übernächsten Welt zu bezahlen – Welten ohne Ende, ein phantastisches Leben wie das Pater Pans: von Stern zu Stern der Zauberstraße des wandernden Geschichtenerzählers folgen, *vraiment* wie er durch die Jahrhunderte von Stern zu Stern ziehen, um ihm vielleicht noch einmal zu begegnen, ehe die Zeit meines Körpers ablief.

War es ein Mann, dem ich folgen wollte, oder der Flötenspieler einer Geschichte? Träumte ich wirklich davon, einen verlorenen Geliebten zurückzugewinnen, oder war dies nicht mehr als ein *ultima thule*, das mein Geist wie die aufgehende Sonne über einen Weg gesetzt hatte, der kein Ende besaß?

La même chose, denn der Mann Pater Pan war ein wandernder Geist, und Pater Pan, der Flötenspieler der Zauberstraße, war der Geist des Wanderns, und für Sunshine die Geschichtenerzählerin waren sie ein und derselbe.

Wie dem auch sei, am Ende sollte meine Geschichte eine andere Wendung nehmen, denn als ich in den Straßen von Ciudad Pallas für einen Hungerlohn erzählte, hatte sich das Schicksalsrad bereits gedreht, wenn ich auch die letzte sein sollte, die es erfuhr. Viel schneller, als ich mir hätte träumen lassen, erzählte ich den Bürgern von Ciudad Pallas meine letzte Geschichte, wenn ich es damals auch noch nicht wußte, denn mein Chip wies immer noch weniger als die

Hälfte des Betrages auf, den ich für die Überfahrt zur nächsten Welt brauchte.

Die Geschichte, die ich in diesem Augenblick erzählte, war angemessen genug – *Der Funke der Arkologien* –, und der Schauplatz war eine öde Straße von Ciudad Pallas, die sich in nichts von allen anderen unterschied, und das Publikum bestand aus etwa einem halben Dutzend Bürgern, vier Kindern des Glücks und einer hübschen, dunkelhaarigen Frau, deren enganliegender Anzug aus irisierenden goldenen und silbernen Federn sie als Touristin aus einer kultivierteren Gegend kennzeichneten.

»Und wo ist er nun, nachdem der Sprungantrieb den letzten Vorhang vor die langen, langsamen Jahrhunderte des Ersten Raumfahrenden Zeitalters zog?« erklärte ich und begann in meine Aufforderung zum Spenden umzuschwenken. »Überall! Und nirgends! In dem Zwischenraum, der in unseren menschlichen Herzen liegt! Hier in dieser Erzählerin, die euch die Geschichte bringt, *vraiment* sogar in euren vom Arkie-Funken erhellten Herzen, meine armen verlorenen Bloomenkinder, und das soll heißen, daß alle von euch, die noch den Edelmut des Geistes besitzen, ihren Chip in meinen Umbucher schieben und ihr Geld der spenden sollen, deren Leben der Gesang dieses Liedes ist!«

Indem ich es sagte, schwenkte ich meinen Umbucher auf die gewohnte Weise vor ihnen, und auf die gewohnte Weise verdrückten sich die meisten; nur zwei Kinder des Glücks honorierten meine Bemühungen mit je einem Kredit, bevor sie gingen.

Nun blieb nur noch die dunkelhaarige Frau mit dem Federanzug, die weder vor meiner bettelnden Aufforderung geflohen war noch Anstalten machte, die Riemen dessen zu lösen, das gewiß eine überreichlich gefüllte Börse war. Statt dessen stand sie nur da und musterte mich mit einem seltsamen Ausdruck; und während ein belustigtes, doch irgendwie warmes Lächeln um ihre Lippen spielte, schlich sich ein wehmütig erfreuter Blick in ihre weiten blauen Augen.

»*Quelle chose!*« sagte ich, indem ich sie offen anging. »Ihre *haute couture* läßt darauf schließen, daß Sie eine wohlhabende und edle Frau sind! Sie werden doch sicher nicht so grausam sein, der Flötenspielerin ihren Lohn vorzuenthalten?«

Sie lachte gutmütig, zog einen Chip aus den Falten ihres Kleides, schob ihn in den Umbucher und beobachtete meine entzückt und mit nicht geringem Erstaunen aufgerissenen Augen, als sie volle hundert Kredite umbuchte.

»Auch ich habe vor langer Zeit und weit entfernt die Kunst des

Geschichtenerzählers ausgeübt«, sagte sie. »Und in gewisser Weise könnte man sogar sagen, daß ich es immer noch tue. Auf jeden Fall glaube ich, daß ich zu diesem ermüdenden Planeten gekommen bin, um dich zu treffen.«

»*Mich?*« rief ich.

»Du bist Sunshine Shasta Leonardo, nicht wahr? Von der die Krankengeschichten berichten? Die Dame der Ode?«

»*Ode?*«

»*Vraiment*, Omars Ode, *Unsere Dame der Bloomenkinder, naturellement.*«

»*Omar Ki Benjamin?* Hat er wirklich die Ode geschrieben, die er versprach?«

Sie lachte. »Natürlich. Der alte Halunke hält, was er verspricht. Das Problem ist nur, ihn zu bewegen, etwas zu versprechen.«

»Sind Sie mit Omar befreundet?«

Sie zuckte die Achseln. »Eine schwierige Frage, Kleines. Wir waren ab und zu ein paar Jahrzehnte lang Geliebte, aber dennoch bin ich nicht ganz sicher. Aber schließlich wissen wir ja, wie solche Männer sind, *no?*«

»*Wir* wissen es?«

»Das sollten wir!« erklärte sie. Als sie meine Verwirrung spürte, die selbst dem dümmsten Elch aufgefallen wäre, nahm sie mich an der Hand. »Komm, Kind«, sagte sie. »Mir scheint, daß ich dir viel zu sagen habe, wenn auch natürlich nicht halb soviel, wie du mir erzählen kannst.«

»Wohin gehen wir?« quetschte ich heraus.

Sie verzog angewidert das Gesicht. »Leider in meine Suite im Hotel Pallas«, sagte sie. »In meinen Augen gerade eine Klasse über einem Bordell, aber das beste, das Belshazaar zu bieten hat, wie ich hörte.«

Ich nickte. »Ich hab' da auch mal gewohnt«, informierte ich sie.

»Dann weißt du ja, was ich meine!«

Und so, während ich kaum wußte, wie oder warum ich hergekommen war, fand ich mich nun in diesem Raum und in Gesellschaft dieser bizarren und doch irgendwie unmittelbar *simpatica* Frau wieder; in einer Suite, die ganz ähnlich war wie die, die ich einst mit Guy geteilt hatte – dicke blaue Teppiche, üppige braune Polstermöbel, hellbraune Holzverkleidungen, poliertes Messing und ein riesiges Fenster, das einen grandiosen und widerlichen Blick auf die Stadt mit ihren reizlosen, grauen und häßlichen Glasflächen bot.

»Allerdings!« stimmte meine Gastgeberin zu, als sie sah, wie ich angewidert hinausblickte. »Du wirst so froh sein wie ich, diesen Ort zu verlassen, *no?* Aber komm, setz dich und trink von diesem miesen Wein, den sie so unverschämt teuer verkaufen, und höre meine Namensgeschichte, denn *naturellement* kenne ich die deine bereits.«

Sie drängte mich auf eine Couch, setzte sich neben mich, entkorkte eine Flasche Wein, füllte zwei Kelche, rümpfte die Nase und nahm einen Schluck. Als ich den Wein versuchte, erwies er sich als fast so schlecht, wie ich nach ihrer Behauptung erwartet hatte.

»Bien«, erklärte meine neue Freundin, denn als solche betrachtete ich sie im Geiste schon, wenn ich auch nicht genau wußte, warum.

»Mein Name ist Wendi Sha Rumi. Mein Vater, Rumi Mitsu Cala, war – oder besser ist – Komponist von *musique et lumière*, deren Stil keinem bestimmten Planeten zuzuordnen ist, denn er wurde auf einem Sprungschiff gezeugt und wuchs auf Schiffen auf. Seine Mutter, Cala Abdu Etroy, war dort Freidienerin, und sein Vater, Mitsu Bryan Chiri, war Raumkapitän. Seinen Eigennamen Rumi wählte er anläßlich der Premiere seiner ersten Komposition zu Ehren des legendären Sufidichters.

Meine Mutter, Sha Smith Gotha, die leider verstorben ist, war Sprungschiffdomo. Ihr Vater, Smith Willa Carlyle, war Künstler, der in den Kosmokulturen Schmuck verkaufte, und ihre Mutter, Gotha Lee Kotar, war, um offen zu sein, eine Kurtisane desselben und von großer Schönheit und mit gewaltigen tantrischen Fähigkeiten, wie man sagte; ihren Eigennamen Sha wählte sie, als sie Domo wurde, zu Ehren von Sha Lao Hari, einer der frühesten Künstlerinnen dieses Metiers. Sie war die erste, die ihr Grand Palais mit einem Vivarium ausstattete.

Mein Eltern trafen sich, als sich die Kurse ihrer endlosen Reisen kreuzten, an Bord der *Pegasus d'Or*, und eins der Ergebnisse dieser Vereinigung war *naturellement* ich selbst, und ich wurde ebenfalls *en passage* erzogen. So verkörpere ich die dritte in der Kosmokultur geborene Generation, was zweifellos mein Unbehagen gegenüber Planeten erklärt; eine so erbärmliche Welt wie diese hätte es dazu gar nicht gebraucht.

Aus schlecht verstandenem rebellischem Stolz und dem Wunsch, mich in allem zu wälzen, das die Menschenwelten anzubieten hatten, schlug ich die elterliche Großzügigkeit aus und verbrachte mein Wanderjahr auf eigene Faust; und ein langes und wildes war es, *ma petite*, denn ich war ein neues, armes Kind des Glücks, das auf die übliche Weise von Welt zu Welt kam, nämlich durch die Freundlichkeit ihrer wohlhabenden Liebhaber und mit Hilfe ihrer tantrischen

Künste, als Freidienerin, durch Tricks, die offen gesagt nichts anderes als Diebstahl waren, und schließlich als wandernde Geschichtenerzählerin mit einem reichlichen Schatz dunkler und scharfer Geschichten, meine Liebe.

Schließlich, *vraiment*, es dauerte eine ganze Weile, begann es mir zu dämmern, daß es lukrativere Orte für mein Gewerbe gab als Straßen und Plätze; ich begann meine Romane und Geschichten auf Wortkristalle zu speichern – ein Medium, das ich dringend deiner Aufmerksamkeit empfehlen möchte, Liebes, denn der Verkauf derselben erlaubt es mir heute, in dem Stil zu leben, mit dem vertraut zu werden sich alle zivilisierten Menschen wünschen sollten.

Meinen Eigennamen Wendi wählte ich als passenden *nom de plume* für die Veröffentlichung meines ersten Wortkristalls zu Ehren der Sammlerin der verlorenen Jungen in der Geschichte *Peter Pan*, denn *certainement* hatte ich in meinem Wanderjahr eine ganze Menge derselben gesammelt, und die Herren des priapischen Geschlechts waren das Publikum, das ich mit meinen amourösen Romanen ansprechen wollte –«

»*Pater Pan!*« rief ich. »Die Geschichte von *Pater Pan?*«

»*Peter Pan*«, berichtigte Wendi mich. »Es ist seltsam, daß du diesen anderen Namen kennst, denn vor langer Zeit kannte ich flüchtig einen Mann, der sich so nannte, und was für ein Kerl er war, Liebes – mit einer gewaltigen goldenen Haarmähne, der reizendsten Angeberei und einem Anzug, du würdest es nicht glauben ...«

Sie lächelte mich strahlend an, während ich dasaß und den Mund aufriß. »Aber vielleicht doch«, sagte sie belustigt, »denn er war aus Patchwork zusammengenäht, dessen Flicken deinem Halstuch nicht unähnlich sind!«

Ich riß die Augen auf. Ich gurgelte. Ich kippte einen gewaltigen Schluck Wein. Wendi klopfte mir aufs Knie und lachte schallend.

»Pardon, *ma pauvre petite*, natürlich habe ich mir einen kleinen Spaß auf deine Kosten erlaubt. *Naturellement* war mir deine Verbindung zu dem Burschen, die in den erschöpfenden Annalen deiner Fallgeschichte festgehalten ist, von Anfang an bekannt. Ich will aber nicht bestreiten, daß er und ich einmal Geliebte waren – vor langer Zeit und weit entfernt. *Verdad. C'est vrai.* Ich sag' die Wahrheit.«

Schließlich fand ich meine Stimme wieder. »Annalen? Fallgeschichte? Pater Pan?« stammelte ich. »Ich weiß nicht, was ich sagen soll. Ich bin voller Fragen, die ich nicht in Worte kleiden kann.«

Wendi hob ermahnend einen Finger. »Alles zu seiner Zeit«, sagte sie und schenkte mir nach. »Aber ich habe jetzt genug geplappert. Ich bin nicht von so weit her gekommen, um den Klang meiner eigenen Stimme zu hören, so angenehm sie in meinen Ohren klingt. Du bist an der Reihe zu sprechen, Geschichtenerzählerin. Ich will die Geschichte der Flötenspielerin des Bloomenveldts von den Lippen derselben hören, denn die trockenen Monographien, die die Besitzer des Clear Light Sanatoriums bisher zur Veröffentlichung freigegeben haben, verschweigen die schärfsten und pikantesten Details. Ich will hören, warum unsere Dame der Bloomenkinder im Augenblick darauf beschränkt ist, in diesen öden Straßen für Kleingeld zu erzählen. Trink aus und sprich! Ich schwöre dir jeden Eid, daß ich keinen Profit daraus schlagen will, daß ich dir etwa deine Geschichte stehle. Und wenn du meine Unwissenheit erhellt hast, dann werde ich die deine erhellen, zumindest so weit, wie es meine bescheidenen Kräfte erlauben. Trink! Sprich! Gewähre mir die Gunst und erzähle deine eigene wahre Geschichte!«

Und so, während meine Beredtsamkeit die ganze Zeit mit mehr Kelchen Wein, als ich zählen konnte, gut geschmiert wurde, erzählte ich Wendi Sha Rumi eine stark verkürzte Version der Ereignisse, die ich bisher in dieser Geschichte wiedergegeben habe; ich unterschlug nur die Dinge, die meine Person in keinem sehr leuchtenden Licht erscheinen ließen, einige der intimeren Details und natürlich die Analysen, die ich hier im nachhinein über sie anstelle, denn diese gingen damals über meine intellektuellen Fähigkeiten.

»Ah, als ich das erstemal Omars Ode sah, wußte ich sofort, daß wir Freunde werden würden!« erklärte Wendi, als ich mehr oder weniger geschlossen hatte. »Denn gewiß bist du eine Schwester des Geistes des Mädchens, das ich einst war, und mit etwas Glück bin ich die Schwester des Geistes der Frau, die du eines Tages sein wirst.« Sie runzelte die Stirn. »Aber trotz deines natürlichen Talents als Erzählerin von Geschichten bleiben Dinge, die ich nicht ganz verstehe ...«

»Die *du* nicht verstehst!« rief ich. »*Vraiment*, an deiner Anwesenheit auf Belshazaar oder meiner Anwesenheit in diesem Zimmer ist kaum etwas, das *ich* verstehe!«

»Nun, dann laß uns abwechselnd die Rollen von Frager und Auskunftgeber übernehmen, meine Liebe«, sagte Wendi. »Die erste Frage soll die deine sein ...«

»Was *tust* du hier, Wendi?« fragte ich. »Was willst du von mir?«

»Soll ich meine Antwort in Begriffen des Geistes geben, der Kunst oder des Handels, Liebes?«

»Gewiß«, gab ich trocken zurück, »bist du als Romanautorin in der Lage, die drei Ebenen zu vereinen ...?«

»Gut gesprochen!« erklärte Wendi mit einem kleinen Lachen. »In

Begriffen des Geistes wußte ich, wie ich bereits sagte, daß du eine zeitverschobene Schwester meines eigenen Herzens bist, als ich Omars Ode zum erstenmal sah. In Begriffen der Kunst erkannte ich, als ich die trockenen Details deines Abenteuers in den Annalen nachschlug, eine unvollkommene, aber vielversprechende Geschichte, die ich von der Heldin selbst hören wollte, um meine Meisterschaft in dieser Kunst zu bereichern; denn wie du noch lernen wirst, darf ein ernsthafter Ausübender der Kunst nie aufhören, die Werke der Kollegen zu studieren. Und was den Handel angeht, so habe ich den Auftrag bekommen, dir zu helfen, eine angemessene Version deiner Abenteuer im Bloomenveldt für die Matrix vorzubereiten.«

»Matrix? Auftrag? Annalen? *Qué pasa?«*

»Einen Moment, *ma chère!«* schalt Wendi. »Wenn es um den Handel geht, mußt du *mir* antworten. Nämlich, warum um alles in der Welt finde ich unsere Dame der Bloomenkinder, die Heldin und Autorin der Geschichte der Flötenspielerin des Bloomenveldts, die Schöpferin von so vielen klugen, wenn auch nicht sehr kunstvollen Veröffentlichungen, auf diesen elenden Straßen um Almosen bettelnd?«

»Weil ich Geld brauche *naturellement!«* erklärte ich ihr. »Warum sonst? Damit ich meine Flucht von dem erkaufen kann, das du gerade völlig richtig einen elenden Ort genannt hast!«

Wendi starrte mich erstaunt an. »Du willst mir wirklich sagen, daß du *arm* bist, Kind?«

»Ich besitze so um die zweihundertsechzig Krediteinheiten auf meinem Chip ...«, sagte ich etwas betreten.

»Zweihundertsechzig!« rief Wendi. »Damit könntest du gerade zwei Übernachtungen in diesem erbärmlichen Hotel bezahlen! Ich versteh' das nicht.«

»Ich verstehe nicht, was du nicht verstehst.«

»*Caga!«* Wendi explodierte beinahe. »*Nom de merde!* Das Clear Light Sanatorium hat die Veröffentlichung einer großen Zahl gelehrter und alberner Monographien lizensiert, die in Bruchstücken über deine Erlebnisse berichten; es sind natürlich keine Romane, aber einige tausend Kopien von jedem wurden sicher schon an wissenschaftliche Institute verkauft. Verdammt, welche niedrigen Tantiemen haben die dir aufgedrückt? Von Kollegin zu Kollegin, wie erbärmlich war der Vorschuß?«

»Tantiemen? Vorschuß?« Je länger sie sprach, desto weniger schien ich zu verstehen. »Ich bekomme ein bescheidenes Zimmer, drei langweilige Mahlzeiten pro Tag, ab und zu neue Kleider, und das war's auch schon«, sagte ich. »Meinst du denn, ich müßte mehr bekommen?«

»WAS?« rief Wendi, indem sie von der Couch aufsprang. Sie raste in kleinen Kreisen vor mir herum und brüllte ihren Zorn heraus. »*Chingada,* wie dumm du bist! Und ich war so voreilig, *mich* als Diebin zu bezeichnen! Kind, während du all diese Wochen damit verbracht hast, auf ihre dummen Fragen zu antworten und auf den Straßen um Almosen zu betteln, haben die Wissenschaftler im Clear Light Sanatorium einen Haufen Bücher aus den Informationen gemacht, die du ihnen in deiner Naivität kostenlos gegeben hast – und sie haben damit eine Menge verdient!«

»Sie haben …«

»Natürlich!« rief Wendi. »Im Gegensatz zu dir, meine kleine Arme, sind die ganz und gar nicht von vorgestern!«

Langsam verrauchte ihr Zorn, und sie setzte sich wieder neben mich und legte mir freundschaftlich eine Hand aufs Knie. »Keine Angst, Sunshine«, sagte sie mit erheblich ruhigerer Stimme, die aber immer noch nach geschliffenem Stahl klang. »Ich werde dir jetzt dabei helfen, mit diesen Halsabschneidern zu verhandeln. *Heiler* nennen die sich und berauben unschuldige Kinder!«

Indem sie es sagte, packte sie meine Hand und riß mich auf die Beine. *»Andale!«* sagte sie. »Wir werden diesen Urso mal besuchen.«

»Aber … die Matrix … dein Auftrag … was soll das alles …? Du hast mir *überhaupt* noch nichts gesagt …«, stammelte ich, während sie mich zur Tür schleppte.

»Im Schwebetaxi, Kleines. Ich werde dich so gut wie möglich aufklären, aber es scheint, als hättest du erheblich mehr zu lernen, als ich dich jemals lehren kann!«

Die Nacht hatte sich inzwischen gesenkt, und während das Schwebetaxi der Führungsschiene durch die fast leeren Straßen von Ciudad Pallas zum Clear Light Sanatorium folgte, erzählte Wendi Sha Rumi mir Dinge, die mir endlich Welten eröffnen sollten.

»Überleg doch, Sunshine«, sagte sie. »Seit die Ägypter ihre ersten Graffiti in die Wände ihrer Gräber ritzten oder spätestens seit Gutenberg sein erstes Buch druckte, hat unsere Art Berge von Papier, Bändern, Cines, Holos, Wortkristallen und so weiter ausgespuckt – über alle möglichen und alle denkbaren Themen. Und seit einigen Jahrhunderten vor dem Raumfahrenden Zeitalter wurden alle tausendfach kopiert, so daß bis heute, bis zu unserem Zweiten Raumfahrenden Zeitalter, kaum etwas von diesem Wissen und dieser

Kunst verloren wurde. Wir zählen jetzt einige hundert Milliarden auf fast dreihundert Welten, und immer noch geht dieser Prozeß mit großer Geschwindigkeit weiter.«

Sie schüttelte verwundert und erstaunt den Kopf. »Die Phantasie muß da einfach passen. Paradoxerweise gibt es soviel Wissen, daß es ebensogut verloren sein könnte, wenn wir nicht eine Ordnung hineinbringen. Deshalb die Matrix, in der das gesamte menschliche Wissen in subatomaren Codes gespeichert ist – so klein, daß ein Wortkristall daneben aussieht wie ein Ziegelstein. Oder besser, die Matrizen, denn jedes Sprungschiff besitzt eine Kopie, die immer wieder auf den neuesten Stand gebracht wird.«

»Jedes Sprungschiff verfügt über das gesamte menschliche Wissen?« rief ich äußerst erstaunt.

»Nein, nein, nein!« sagte Wendi. »Was wäre *das* für ein unmögliches, nutzloses Durcheinander! Die *Summe* des menschlichen Wissens, Kind, die *geordnete* Summe. So ist zum Beispiel Omars Ode in der Matrix, doch der größte Teil des gelehrten Geplappers der Wissenschaftler des Clear Light über dein Abenteuer ist nur im bibliographischen Index aufgeführt. Und selbst mit einer sehr scharfen Auswahl braucht man Jahre des Studiums, bis man lernt, wie man aus dem Chaos der Matrix genau das bekommt, das man braucht.«

Sie wandte sich zu mir und lächelte. »Und das bringt uns zu unserem Geschäft«, sagte sie. »Die Menschen, die über diese Dinge entscheiden, also der innere Kreis der Kosmokultur, sind zu der Ansicht gekommen, daß dein Aufenthalt auf dem Bloomenveldt von großem Interesse für die Nachwelt ist, so daß eine kurze und klare Version deiner Erlebnisse für würdig befunden wurde, in der Matrix gespeichert zu werden. Und deshalb wurde ich beauftragt, mit der *Mistral Falcon* nach Belshazaar zu reisen. Das Schiff wartet im Orbit, und dort sollst du deine Geschichte zusammen mit einigen Wissenschaftlern, die mich begleitet haben, vorbereiten. Dein Honorar wird zweitausend Einheiten betragen – zugegebenermaßen ein Trinkgeld, aber ich kann dir versichern, daß die Niederlegung einer Zusammenfasung in der Matrix auf keinen Fall den Verkauf des Romans, den du zweifellos eines Tages veröffentlichen wirst, behindern wird; im Gegenteil wird diese Auszeichnung sogar helfen …«

Sie unterbrach sich mitten im Satz, denn unser Schwebetaxi hatte vor dem Clear Light gehalten. »Da wir gerade von Krediteinheiten sprechen«, sagte sie. »Ich sehe, daß wir unser Ziel erreicht haben. Also laß uns dieses geschmacklose Geschäft so schnell wie möglich abschließen, damit wir zügig von diesem widerlichen Planeten verschwinden und unsere Zusammenarbeit auf der *Mistral Falcon* beginnen können, *no?*«

Und so wurde ich, während mir der Kopf von diesem Schnellfeuerbeschuß von Wundern und Enthüllungen schwirrte, von Wendi Sha Rumi durch die Flure des Clear Light gezerrt, die Hinz und Kunz anschrie, daß Urso Moldavia Rashid sofort in sein Büro gerufen werden sollte. Sie stellte ihre lautstarken Forderungen erst ein, als die ganze Klinik auf den Beinen war und endlich Urso im Büro erschien, wo wir ihn bereits erwarteten. Er starrte finster und murmelte halblaute Verwünschungen.

»Was ist das für ein Theater?« fragte er zornig. »Wie wagen Sie es, in unserem Sanatorium einen solchen Krach zu schlagen und mich vom Essen zu holen wie –«

»Wie einen Dieb, der auf frischer Tat ertappt wurde?« schlug Wendi mit kalter, harter Stimme vor. »Und was die Natur des Theaters angeht, so ist es an mir zu fragen und an Ihnen zu antworten, Urso Moldavia Rashid! Nämlich: Haben Sie diesem Kind die Autorenrechte aus bloßer dummer Ignoranz geraubt oder aus vorsätzlicher böser Absicht?«

»Wer *ist* diese Frau?« brüllte Urso mich an. »Rede, sonst werfe ich dich sofort hinaus!«

»Wie können Sie es wagen, diese Unschuldige so anzufahren?« bellte Wendi. »Und was den Hinauswurf aus dieser Anstalt angeht, so kann ich Ihnen versichern, daß sie bald genug verschwinden wird. Das heißt, sobald Sie fünftausend Krediteinheiten ausgespuckt haben, nämlich in etwa die Summe, die Sie erschlichen haben.«

»Erschlichen? *Ich?*« sagte Urso, während er zwischen angriffslustigem Zorn und verletzter Unschuld schwankte; letztere wäre völlig echt erschienen, wäre nicht die Verwandlung derart rasch vor sich gegangen. Er ließ sich hinter seinem Schreibtisch auf den Stuhl sinken und erhob keine Einwände, als ich mich vor ihn setzte. Wendi dagegen blieb stehen, eine Hand in die Hüfte gestemmt, während sie mit der anderen anklagend auf ihn zielte.

»Erschlichen, und zwar *Sie!*« erklärte sie. »Wie viele lange Wochen war Sunshine der Gegenstand Ihrer gelehrten Befragungen? Wieviele Monographien haben Sie auf dieser Grundlage veröffentlicht und damit den wissenschaftlichen Ruf des Instituts erhöht und alle Betroffenen bereichert – ausgenommen die Quelle besagter Bereicherungen?«

»Während eben dieser Wochen kam sie in den Genuß unserer therapeutischen Arbeit«, gab Urso zurück. »Sie kennen nur die Sunshine Shasta Leonardo, die *wir* zu voller geistiger Gesundheit zurückgebracht haben. Hätten Sie das plappernde Wesen getroffen, das aus dem Bloomenveldt kam, dann würden Sie unsere Arbeit nicht so auf die leichte Schulter nehmen.«

»Gut gesprochen!« wollte ich erklären, denn ich konnte nicht abstreiten, daß er etwas Wahres gesagt hatte.

Wendi jedoch verpaßte mir einen Tritt vors Schienbein und warf mir einen Blick zu, der ausreichte, um mich schweigen zu lassen.

»Ich unterschätze keineswegs Ihre therapeutischen Bemühungen«, erklärte sie Urso. »Ich habe sie bereits Ihrem karmischen und finanziellen Konto gutgeschrieben. Denn sonst hätte ich sicher dreimal soviel für die Rechte verlangt.«

»Die Übereinkunft wurde von beiden Seiten freiwillig geschlossen«, sagte Urso fast winselnd, während er sich um Unterstützung an mich wandte. »Das kannst du doch nicht bestreiten, Sunshine?«

Ehe ich antworten konnte, gebot Wendi uns mit erhobener Hand Schweigen. »*Freiwillig geschlossen?*« schnaubte sie. »Erst erklären Sie, Ihre Kunst sei verantwortlich für ihre augenblickliche Gesundheit, und dann erklären Sie, daß das arme, geistesgestörte Wesen fähig gewesen sein soll, freiwillig ein Geschäft abzuschließen, während sie obendrein arm war wie eine Kirchenmaus?«

Urso trommelte auf seinem Schreibtisch herum. Er zuckte die Achseln. Er seufzte. Sein Gesicht nahm einen fast unterwürfigen Ausdruck an. »Ich bin Heiler, kein Autor oder Anwalt«, sagte er unsicher. »Ich weiß in diesen Dingen nicht Bescheid. Vielleicht habe ich unwissend eine einschlägige Vorschrift verletzt, aber Arglist oder einen vorsätzlichen Verstoß kann man mir nicht vorwerfen ...«

»Gut gesprochen«, sagte Wendi zuckersüß und giftig. »Dann werden Sie zweifellos gern bereit sein, die unschuldigen Resultate Ihrer unwissenden Handlungen zu korrigieren, nicht wahr?«

Urso musterte sie mit zusammengekniffenen Augen. »Im Interesse der Harmonie und Gerechtigkeit könnte ich mich wohl von zweitausend Krediteinheiten trennen ...«, sagte er nachdenklich.

»Viertausend«, sagte Wendi. »Denn da wir nun festgestellt haben, was Sie sind, wäre es doch unangemessen, über den Preis zu hadern?«

»Dreitausend«, konterte Urso sofort.

»Dreitausendfünfhundert. Schließlich hat das Clear Light Sanatorium zwar einen gewissen wissenschaftlichen Ruf in den Menschenwelten erworben, was meiner jungen Freundin zu danken ist – und diesen Ruf will es sicher nicht dadurch gefährden, daß etwa der Inhalt dieses Gesprächs außerhalb dieser vier Wände bekannt wird ...«

»Einverstanden«, stöhnte Urso. »Sie verhandeln hart, *certainement.*«

»*Au contraire*«, dehnte Wendi Shasta Rumi. »Ich bin auf den Menschenwelten als gebildete Ästhetin bekannt, die kaum fähig ist, den schäbigen Details des Handels die rechte Aufmerksamkeit zu widmen.«

Urso wäre fast erstickt.

Wendi lachte.

Nachdem Urso die entsprechende Summe transferiert hatte, begleitete Wendi mich zu meinem früheren Zimmer, wo ich meine spärliche Garderobe in meinen Rucksack packte. Sie befummelte angewidert einen der Umhänge.

»Es ist kaum der Mühe wert, dieses Zeug einzupacken, Liebes«, sagte sie. »Kaum passend für die Gesellschaft, in die du jetzt aufgenommen wirst.« Sie beäugte mich abschätzend. »Wir haben fast die gleiche Größe«, sagte sie. »Es wird nicht schwierig sein, einen Teil meiner Sachen zu ändern, damit du angemessen bekleidet bist. Offenbar ist es sinnlos, auf diesem *nikulturni* Planeten nach etwas wie *haute couture* zu suchen.«

Mit genug Krediten auf meinem Chip für drei oder vier Elektrokoma-Fahrten fand ich endlich auch meinen psychischen Atem wieder, was heißen soll, daß ich mein eigenes Schicksal den zugegebenermaßen hilfreichen Händen meiner Freundin und Mentorin entriß; denn seit unserer Begegnung hatte ich kaum Gelegenheit gehabt, über meine eigenen Wünsche nachzudenken.

»Ich kann dir nicht genug für deine Hilfe danken, Wendi«, sagte ich. »Aber ich muß meinem eigenen Weg folgen, und dank dir habe ich nun die Mittel, um ihn zu beschreiten.«

»*Deinem eigenen Weg folgen?*« sagte Wendi gedehnt, als wäre dies ein völlig neuer Gedanke. »*Vraiment*, wir müssen alle unserem eigenen Stern folgen, *ma chère*«, stimmte sie bereitwillig zu. »Die Tatsache, daß ich von so weit her gekommen bin, um dich zu treffen, soll hier keine Rolle spielen. Aber was, wenn ich fragen darf, ist die Bestimmung, die dein Herz sich weigern läßt, deine Geschichte in der Matrix für die Nachwelt aufzuzeichnen? Ich habe noch nie gehört, daß jemand diese Ehre ablehnte ...«

»Meinem Weg als wandernde Geschichtenerzählerin zu folgen und die Menschenwelten zu besuchen«, erklärte ich.

»Wenn das alles ist, warum willst du dann nicht den ersten Schritt der Reise in einem angemessenen Rahmen tun?« fragte sie, während sie mich mit schmalen Augen musterte.

»Der Menschenwelten sind viele, und die Lebensspanne ist begrenzt«, gab ich zurück. »Ich will nicht Wochen damit verschwenden, als Geehrter Passagier zu reisen, denn ich will versuchen, sie alle zu sehen, indem ich die Jahrhunderte im Elektrokoma überspringe und dadurch soviel von der Geschichte unserer Art erfahre, wie ich nur kann, ehe ich sterben muß.«

Wendi schenkte mir ein seltsames kleines Lächeln. »Es scheint«, sagte sie, »als hätte ich diese Worte schon einmal gehört ...«

Ich erwiderte ihr Starren. »Dann hast du Pater Pan *wirklich* gekannt«, sagte ich.

»Das habe ich«, sagte Wendi. »Und es scheint, als hätte er uns beiden dieselbe Geschichte über seinen jahrtausendealten Herzenswunsch erzählt.« Sie musterte mich scharf. »Willst du seinem Beispiel nacheifern, oder bist du immer noch seinem Charme erlegen?«

»*Je ne sais pas*«, erwiderte ich aufrichtig. »Vielleicht ist es ein und dasselbe. Ich will auf dem Weg des Geistes reisen, den wir *certainement* teilen ...«

»Um am Ende, wenn dir die Vorsehung gewogen ist, den wirklichen Mann zu finden?«

»Vielleicht ...«, murmelte ich. »Wirklich, seit ich Guy Vlad Boca im Duftgarten verließ, war ich nicht in Versuchung, die Umarmung eines anderen Mannes zu suchen ...«

»Ist das das Eingeständnis eines langen Zölibats?« rief Wendi.

»Ich glaube wohl ...«, murmelte ich. »Wenn ich auch irgendwie noch nie so darüber gedacht habe.«

»*De nada,* Liebes, *de nada!*« rief Wendi, die mein Unbehagen ob dieses Eingeständnisses bemerkte. »Männer sind nun mal, was sie sind, und ich kann dir sagen, daß so was immer wieder mal passiert. Es geht vorbei, es kann wieder passieren, und es wird wieder vorbeigehen.«

»Du hältst mich doch nicht für ein dummes Mädchen, so geschlagen und geblendet, daß ihre Sexualität nicht mehr funktioniert, nur weil ich versuche, nach der Geschichte einer Gypsy Joker zu leben ...?«

»Was das erstere angeht – ich bin keine Heilerin, *ma chère,* aber meine weibliche Weisheit sagt mir, daß eine Frau, deren letzte tantrische Erfahrungen in einer Massenvergewaltigung durch geistlose männliche Tiere bestand, dieselben nicht so ohne weiteres aus der Arena verdrängen kann, in der sie sich anhimmelnd nach einem Lichtjahre entfernten Liebhaber sehnt«, versicherte Wendi mir. »Und wenn es darum geht, die Geschichte zu leben, dann hat dies sehr wohl mit meiner beruflichen Erfahrung zu tun. Und die sagt mir, daß du, ob du es weißt oder nicht, in Wirklichkeit einen angemessenen Abschluß für dein Wanderjahr suchst.«

»Wirklich?«

»*Vraiment*, und du hast recht damit! Denn wir müssen immer eine Geschichte wirklich beenden, ehe wir die nächste mit klarem Geist beginnen können – im Leben wie in der literarischen Kunst.«

Sie schüttelte den Kopf und lächelte in sich hinein, als wollte sie sich beglückwünschen. »Ich *wußte*, daß ich die Geschichte aus deinem Mund hören mußte, weil ich sonst das Wesentliche verpaßt hätte!« erklärte sie. »Aber ich wußte nicht, warum.«

»Und jetzt weißt du es?«

»*Vraiment*«, sagte Wendi. »Omars Ode endet mit deiner Flucht aus dem Bloomenveldt, und die wissenschaftliche Literatur behandelt deine Rückkehr zu geistiger Gesundheit als den Höhepunkt, doch während die Geschichte der Flötenspielerin des Bloomenveldts eben Geschichte bleibt, hat die Geschichte des Wanderjahrs von Sunshine Shasta Leonardo noch nicht ihren ästhetisch befriedigenden Abschluß gefunden, denn du hast die Erzählung noch nicht bis zu ihrem Ende erlebt. Ob aus Gründen des Herzens oder aus einem unbewußten, aber starken literarischen Instinkt, du suchst den rechten Abschluß, Liebes, und ein angemessener Schluß für diesen Roman verlangt eine triumphale Wiedervereinigung mit deinem lange verlorenen Geliebten. *Bon*! Dann laß uns gehen. Dies muß sowohl im Interesse des Kismet als auch der Kunst erreicht werden!«

Ich war mit Packen fertig, und nun schnappte Wendi meinen Rucksack und scheuchte mich durch die Glastür in den Garten. »Warte!« rief ich sie zurück. »Wohin gehen wir?«

Wendi blieb in der Tür stehen. »Zur *Mistral Falcon*, wohin sonst?« sagte sie.

»Aber du hast doch gerade selbst gesagt, daß ich Pater Pan zwischen den Sternen suchen soll ...«

»Und wie willst du das anfangen, meine Liebe?« fragte sie geduldig.

Ich zuckte die Achseln. »Indem ich so schnell wie möglich zwischen den Menschenwelten reise, um die Wahrscheinlichkeit einer zufälligen Begegnung zu erhöhen«, sagte ich. »Alles weitere liegt in den Händen der Vorsehung, oder?«

Wendi schüttelte wehmütig den Kopf. »Ich sehe, daß du sogar noch weniger über Mathematik weißt als ich«, sagte sie, während sie mich an der Hand in den Garten führte, über dem Tausende von Sternen in der klaren, dunklen Nacht strahlten. »Sieh dort hinauf und sieh, wie die Menschenwelten zwischen den Sternen verstreut sind«, sagte sie. »Ich kenne die Gleichungen nicht genau, aber die Chancen für eine zufällige Begegnung kann man sich ungefähr vorstellen, wenn man die Anzahl der Welten mit der Entfernung zwischen ihnen multipliziert.«

»Aber ... aber mein Weg muß doch nicht völlig zufällig sein ... ich würde natürlich versuchen, unterwegs Informationen zu bekommen ...«

»Dennoch würde eine solche Suche deine ganze Lebenszeit dauern, ohne daß sie ihren angemessenen Abschluß fände.«

»Ich verstehe dich nicht, Wendi«, beklagte ich mich verdrossen. »Erst sagst du mir, es sei künstlerisch recht und billig, daß ich versuche, Pater Pan wiederzusehen, und dann sagst du mir, daß ich unmöglich Erfolg haben kann!«

»Unmöglich?« rief Wendi. »Wann hast du je gehört, daß ich irgend etwas als unmöglich bezeichnet habe? Mit der Matrix der *Mistral Falcon* können wir den Burschen mühelos aufstöbern.«

»Mit der Matrix?«

»*Naturellement.* Wie sonst glaubst du, kann man Menschen im Zweiten Raumfahrenden Zeitalter finden? Pater Pan ist wohl kaum eine historisch so interessante Person, daß alle seine Wanderungen in der Matrix aufgezeichnet sind, aber *certainement* hat er eine ausreichend deutliche Spur von Geschichten, Legenden und kleinen Stämmen gelegt, die eine *maestra* der Matrix mühelos mit einem Suchprogramm zu seinem wahrscheinlichsten Aufenthaltsort verfolgen kann.«

»Wie ist so etwas möglich?« rief ich.

Wendi zuckte die Achseln. »Diese mathematischen Kunststücke gehen über meinen Horizont«, sagte sie. »Aber man braucht sich nicht den Kopf über sie zu zerbrechen, um sie anzuwenden – ebensowenig wie man ein Kosmophysiker sein muß, um mit einem Sprungschiff zu reisen.«

Wendi begann durch den stillen, leeren Garten zum Haupteingang der Nervenklinik zu marschieren, doch ich blieb immer noch zurück.

»Was ist jetzt noch, Kind?« fragte sie ungeduldig.

»Ich kann nicht mitkommen«, erklärte ich. »Denn die dreitausendfünfhundert Krediteinheiten, die ich jetzt besitze, plus die zweitausend Einheiten Honorar, die du erwähntest, werden höchstens eine Reise als Geehrter Passagier zum nächsten Planeten abdecken. Und was bin ich dann dort? Eine unbewegliche Arme, die abermals ihre Verschwendung verflucht!«

Wendis Zorn verflüchtigte sich. »Ich sehe, daß du ein Stück Unschuld gegen ein Päckchen Vernunft eingetauscht hast!« sagte sie zustimmend. »Nicht mehr die kultivierte Künstlerin, die unfähig ist, sich um die schäbigen Details des Handels zu kümmern!«

Sie blieb einen Augenblick im Garten stehen und überlegte. Dann rieb sie sich erfreut die Hände. *»Bien!«* sagte sie. »Nun werde ich dir etwas Unterricht in diesem Thema geben. Da ich damit beauftragt bin, die Vorbereitung deiner Matrixeingabe zu leiten, erkläre ich, daß dieselbe ohne ein angemessenes Finale nicht befriedigend abgeschlossen werden kann – wer könnte das leugnen, *no?* Und nach meiner literarischen Expertenmeinung erfordert dies als Höhepunkt eine Begegnung mit Pater Pan. Soviel zur künstlerischen Seite, *ma chère!«*

Sie wackelte vor meinem Gesicht mit einem Finger und setzte ein verschlagenes Gesicht auf. »Und nun achte auf die Tricks, mit denen wir Künstler uns für die Schliche der Händler rächen – die natürlich immer aus unserer kultivierten Unschuld ihren Vorteil schlagen wollen«, frohlockte sie. Offenbar fand sie sich selbst einfach umwerfend. »Da wir beide der Meinung sind, daß eine Wiedersehensszene mit Pater Pan für eine vernünftige Matrixeingabe unumgänglich ist, können die Kosten für dieselbe mit Fug und Recht als wissenschaftliche Forschung verbucht werden.«

»Meinst du damit, was ich glaube, das du meinst?« fragte ich – moralisch vielleicht etwas abgestoßen, doch insgeheim amüsiert über den Trick, der jedem Gypsy Joker zur Ehre gereicht hätte.

Wendi umarmte mich stolz. »Allerdings!« erklärte sie. »Auf diese Weise werden wir in angemessenem Rahmen reisen, bis du dein Ziel erreicht hast, und wenn es eine Weile dauert – tja, das ist das Geschenk der Vorsehung, denn wir reisen *gratuit*, Liebes, wie es sich für freie Geister der Künste geziemt!«

Doch immer noch hielt mich etwas zurück.

»Merde, was ist denn jetzt noch, Kind?« sagte Wendi, denn zweifellos stand mir meine letzte Angst offen im Gesicht geschrieben.

»Ich kann die Kosmokultur nicht ausstehen«, platzte ich düster heraus. »Ich bin schon mal so gereist, und ich hab' keine Lust, daß noch einmal so langweilige, leere Leute über ihre eleganten Nasen hinweg auf mich herabschauen!«

»Bin ich ein langweiliger, leerer Mensch?« sagte Wendi leise. »Hast du bemerkt, daß ich von der Höhe aristokratischer Blasiertheit auf dich herabblicke?«

»Natürlich nicht ... ich wollte nicht ...«

Sie nahm meine Hand und drückte sie fest, während sie mich ins Clear Light und zum Straßenausgang führte.

»*Je comprends*, Liebes, wirklich«, sagte sie. »Die Wahrheit ist, daß du zwar im Grand Palais warst, daß du aber nie wirklich in der Kosmokultur gereist bist, daß du nie ein *Geehrter Passagier* warst. Du wurdest als kleines dummes Mädchen betrachtet, und deshalb fühltest du dich wie ein Streuner, der in eine Feier eindringt, *no* ...«

»Ich glaube, so könnte man es ausdrücken ...«, räumte ich verdrossen ein.

»Ah, aber dies ist eine andere Sache, Sunshine«, sagte Wendi, als wir die Straße erreichten. »Denn du bist keine dumme Göre mehr! Denn nun wirst du auf Einladung und auf *Kosten* der Kosmokultur reisen, und nicht indem du dir den Eintritt erkauft hast.«

Mit einer kleinen Verbeugung bat sie mich in ein wartendes Schwebetaxi. »Denn du bist kein zerlumptes kleines Kind des Glücks mehr, sondern die Heldin einer Ode, eine Persönlichkeit, deren Worte für wert befunden werden, in der Matrix festgehalten zu werden, und keine geringere als Wendi Sha Rumi hilft dir dabei als Freundin und Patronin! Gewiß fehlt doch der, die allein durchs Bloomenveldt reiste, nicht der Mut, sich als geliebte Tochter derselben in die *haut monde* des Zweiten Raumfahrenden Zeitalters zu wagen?«

Ich lachte. Ich seufzte. Ich zuckte die Achseln. Ich stieg ins Schwebetaxi. »Ich sollte inzwischen wissen, daß man sich mit Wendi Sha Rumi nicht streiten kann«, sagte ich, als es uns davontrug.

»Das sagst du jetzt«, erklärte Wendi Sha Rumi. »Aber wenn unsere Reise vorbei ist, werden wir dir hoffentlich diese unpassende Demut ausgetrieben haben. Und dann werden wir *wirklich* Schwestern des Geistes sein, du und ich!«

27

Und so betrat ich abermals den Grand Salon eines Grand-Palais-Moduls, um an einer Abflugfeier teilzunehmen, während Belshazaars Flinger die *Mistral Falcon* für den ersten Sprung beschleunigte.

Die *Mistral Falcon* unterschied sich in Aufbau und Funktion nicht von der *Unicorn Garden*, doch der Stil des Grand Palais, soll heißen, das Ambiente, in dem ich diese Reise erleben sollte, war *naturellement* etwas ganz anderes als meine erste Erfahrung, wie man es von zwei Werken zweier *maestras* derselben Kunst auch erwarten konnte.

Die Traumkammern im untersten Deck unterschieden sich kaum von jenen, die ich auf der *Unicorn Garden* kennengelernt hatte, und ebensowenig waren die Zerstreuungen auf dem Unterhaltungsdeck etwas anderes – doch im Speisedeck, das die Domo der *Mistral Falcon*, Su Jon Donova, gestaltet hatte, kam ihr Stil voll zur Geltung.

Wände, Decken und Boden des formellen Speisesaals waren durchsichtige Schirme, auf die langsam wandernde Muster von Farben und Formen projiziert wurden, die wie die Tafelweine von Gang zu Gang wechselten. Häufig waren sie abstrakt, ab und zu jedoch gegenständlich, und dann tauchten Landschaften, Gesichter, berühmte Gemälde und so weiter aus dem gewundenen und gemessenen Tanz von Farben und Licht einen Augenblick auf, um sofort wieder zu schmelzen. Passend zu diesem Stil waren Tische und Stühle luftige Filigrane aus goldenem Draht, die beinahe aussahen, als wären sie von verzauberten Spinnen gewoben worden.

Das Refektorium dagegen war mit bläulichem, grob behauenem Holz verkleidet, und die langen Tische und Bänke waren mit groben Axtschlägen, deren Spuren man noch überall sehen konnte, aus der gleichen Substanz gehauen. Der Boden war mit Sägemehl bedeckt, und die Decke war hinter einem richtiggehenden Bloomenveldt aus hängenden Pflanzen verborgen.

Der dritte Salon war in einem Stil aufgemacht, der meinen ungeschulten Augen wie eine vollkommene Nachbildung der klassischen Eihonjin-Mode vorkam – glatte Wände und eine weiß tapezierte Decke, die mit hellbraunen Latten unterteilt wurde, der Boden mit Strohmatten bedeckt, schwarz und rot lackierte niedrige Tische, gepolsterte Kissen mit Rückenlehnen und überall freistehende Raumteiler, die umgestellt werden konnten, um Gruppen jeder Größe beim Speisen abzuschirmen.

Su Jon Donovas Vivarium bot einen starken Kontrast zu dem barocken Bombast, den Maria Magda Chan in der *Unicorn Garden* aufgeboten hatte, und entsprach viel eher meinem Geschmack.

Unter der Kuppel über dem Grand Palais erstreckte sich ein schlichtes, silbernes Meer aus flachen Wüstendünen in alle Richtungen zum Horizont, wo es mit einer kreisförmigen, schimmernden Fata Morgana verschmolz. Darüber beleuchtete eine surrealistisch strahlende Sternenlandschaft, wie man sie von einem Planeten im Zentrum der Galaxis sehen mochte, die Nacht, die sonst tiefschwarz gewesen wäre. Die Leuchtkraft der Sterne wurde verstärkt durch einen goldenen Dreiviertelmond, der ewig im Zenith stand, so daß der unheimliche Effekt einer Mitternacht entstand, die heller war als der Tag.

Der Boden des Vivariums war von kleinen Dünen aus richtigem Sand umgeben, die nahtlos aus der Hololandschaft aufstiegen, um die Gartenoase zu umschließen – eine weite Wiesenfläche mit hohen grünen Palmen, knorrigen Sukkulenten und gewaltigen Kakteen. Im Zentrum der Oase war *naturellement* ein klarer Teich, um den Baldachine mit Polstern und Lagerfeuern in Messingschalen aufgebaut waren.

Alles in allem schien dieses Vivarium sowohl eine geschickte Darstellung der Realität, durch die sich das Sprungschiff bewegte, als auch eine Flucht aus derselben zu sein. Denn trug nicht die *Mistral Falcon* tatsächlich unsere Karawane durch eine Sternennacht in der Wüste – unsere kleine Oase, in der wir lebten, durch den weiten und tödlichen Raum?

Im Grand Salon war Wasser das vorherrschende Motiv, ein pikanter Kontrast zum Vivarium darüber.

Von hinten mit feinem Aquamarin, Rosa, Umbra und Preußischblau beleuchtete Kaskaden schäumten Wände aus schwarzem Felsen, weißem Marmor, grob behauenem Quarz herab und umgaben den Grand Salon mit gleichmäßig rauschenden Wasserfällen. An der Decke hing ein gewaltiger, mit Wasser gefüllter Lüster, der im Innern golden lohte – ein seltsam umgekehrter Springbrunnen, dessen Spritzer und Fontänen, wider alle Physik von Schwerkrafterzeugern kontrolliert, vom Zentrum nach unten sprudelten, um am Außenrand wieder aufzusteigen, so daß ein zauberhafter, filigraner Baldachin aus Wasser entstand.

Wie Su Jon Donova – wenigstens was meinen Geschmack anging – ganz richtig unterstellt hatte, befriedigte ein solcher flüssiger Zauber den Hunger nach Wundern, so daß der Grand Salon mit recht gewöhnlichen Möbeln eingerichtet war; wenn es auch Möbel waren, die dem Haus eines Paschas oder Magnaten keine Schande gemacht hätten: unzählige Sofas, Lehnsessel und Stühle, sämtlich kräftig gebaut und gemütlich, mit abstrakt gemustertem Holz und gepolstert mit Samt, Leder und Tierfellen oder zumindest Nachbildungen der letzteren. Vor jedem Wasserfall standen Messingkamine, die den mythischen Verkörperungen der vier Windrichtungen nachgebildet waren, und diese waren die einzigen echten Belege für barocke Extravaganz.

Wendi hatte mich für mein Debüt mit einem einfach geschnittenen, schwarzen, enganliegenden Kleid zurechtgemacht, das mit aufgestickten Blumenmotiven aus bunten, von winzigen Lampen beleuchteten Juwelen geschmückt war. »Ein Gewand für unsere Dame der Bloomenkinder!« hatte sie erklärt, als sie mich darin sah. Sie selbst trug eine durchsichtige Creation aus vielschichtigen Schleiern aus Dutzenden von Pastelltönen, die bei jeder Bewegung hochtrieben und sich drehten, so daß sie in eine Wolke gehüllt schien, die von einem Sonnenuntergang beleuchtet wurde. Ihren gegenteiligen Aufforderungen zum Trotz hatte ich mir das Vielfarbige Tuch als Turban um den Kopf gelegt, denn ich war entschlossen, eine zarte Andeutung meiner Identität zu wahren – schließlich gehörte ich niemand außer mir selbst.

Auf diese Weise bekleidet und selbstbewußt im Wissen, daß ich nicht ausgefallener gewandet war als die meisten anderen Geehrten Passagiere, die sich, als wir eintraten, bereits im Grand Salon drängten, machte ich unter der Führung und dem Schutz meiner Mentorin eine Vorstellungsrunde. Sie schien mit jedem edlen Wesen im Raum intim vertraut zu sein.

»Ah, Kort, *ça va?* Dies ist Sunshine Shasta Leonardo, die das Bloomenveldt mit nicht mehr als einer Geschichte bewaffnet durchquerte. Kort Jaime Mustapha, Liebes, ist ein Dichter wie unser Omar; manche, er selbst eingeschlossen, sagen sogar, er sei besser, nicht wahr, Kort?«

»Dame der Bloomenkinder, aha? *Enchanté, muchacha,* man trifft nicht oft die mythischen Helden einer Ode, außer natürlich die der autobiographischen Spielart, der viele von uns leider verfallen sind.«

»Sunshine Shasta Leonardo, ich möchte dich mit der Domo unserer Feier bekannt machen«, erklärte Wendi, indem sie auf eine kleine, dunkle Frau in einem seltsam geschnittenen Anzug zusteuerte; das Gewand schien aus irisierenden roten Wolken Tausender von Insekten zu bestehen.

»Wie ich hörte, wurden Sie durch die Einladung geehrt, sich in der Matrix zu verewigen«, sagte Su Jon Donova. »*Please,* wie empfindet eine so ehrwürdige Person meine armselige Kunst, wenn ich so kühn sein darf zu fragen?«

»Ohne Zaudern und Zögern kann ich aufrichtig erklären, daß ich mich in all meiner Erfahrung an kein Grand Palais erinnern kann, das mir besser gefallen hätte«, dehnte ich.

Wendi versteckte ihr Gesicht hinter vorgehaltener Hand, um ein Grinsen zu verbergen, das sie mir zeigte, sobald wir weitergingen. »Gut gesprochen, Geschichtenerzählerin«, flüsterte sie mir ins Ohr. »*Certainement,* du hast die richtigen Instinkte, um in diesem Wasser zu schwimmen, Liebes!«

Vielleicht war es so; auf jeden Fall aber schien die Kosmokultur, von innen besehen und wenn man die richtige Eintrittskarte besaß, sehr elegant und gar nicht mehr ehrfurchtgebietend, und ihre Regeln schienen einfach genug, wenn man sie beispielsweise mit dem Leben der Edojin verglich, deren Umgangsformen und Komplexität ich bis auf den heutigen Tag nicht ergründen kann.

So erlaubte Wendi sich milde Späße auf Kosten ihrer Gesprächspartner, mußte aber andererseits die passenden Antworten gutmütig ertragen und ihre Rede von Zeit zu Zeit mit gleichermaßen trivialen Scherzen an ihre eigene Adresse würzen. Jüngere und unreifere Fische wie ich jedoch mußten sich an die respektvollere Umgangsweise halten, die sich für meinen Status geziemte – etwas schmeicheln, doch nicht kriecherisch werden, um dafür als Gegenleistung eine gewisse förmliche Höflichkeit zu erwarten, mit der die Älteren sich revanchierten.

»Dies ist mein *protégée,* Sunshine Leonarda Shasta. Sunshine, dies ist Dalta Evan Evangeline, literarische Archäologin, die uns bei der bildhaften Formulierung deiner Matrixeingabe helfen wird; denn es gibt wenige in den Menschenwelten, die besser als sie geeignet sind, sich durch den Müllhaufen alter mythischer Knochen zu wühlen.«

»Wirklich? Ich brenne darauf, mit Ihnen ausführlich über dieses Thema zu sprechen; denn ich bin Geschichtenerzählerin mit, wie ich hoffe, etwas Talent, doch wenig Erfahrung, wenn es um das uralte Wissen des Gewerbes geht ...«

»*Au contraire,* um offen zu sein bin ich es, die Erleuchtung von Ihnen wünscht, denn während ich vielleicht in der Kunde der Kunst der Geschichtenerzähler bewandert bin, sind doch die Schöpfer derselben die wahren Meister, ob vollkommen oder nicht, wogegen ich leider nur analysieren kann wie ein gelehrter Eunuche, der versucht, die Geheimnisse der tantrischen Kunst zu begreifen ...«

And so on.

Des Pudels Kern, wie ich in reiferen Jahren lernen sollte, war hier wie bei solchen Dingen allgemein die Tatsache, daß das Ansehen in einer beliebigen sozialen Umgebung hauptsächlich das Produkt der eigenen Wahrnehmung dieses Ansehens ist. Als Parvenü in der *Unicorn Garden*, als meine einzige Zutrittsberechtigung meine durch Guy Vlad Bocas Großzügigkeit erkaufte physische Gegenwart war, betrachtete ich die Kosmokultur mit überheblicher Geringschätzung, die vortrefflich die nörgelnd-leidende Haltung spiegelte, die ich eingenommen hatte. Doch nun, als *protégée* von Wendi Sha Rumi und als Persönlichkeit, deren Taten und Ruf respektvoll betrachtet wurde, fand ich *naturellement*, daß die Geehrten Passagiere nicht ganz so leer und abstoßend arrogant waren, wie ich einst angenommen hatte.

Anders gesagt, als ich, erschöpft und leicht berauscht von den Erfrischungen und der Gesellschaft, bereit war, die Feier zu verlassen und ins Bett zu gehen, war ich eher geneigt, mich als Prinzessin der Kosmokultur zu betrachten denn als Eindringling in ein Reich, das meinem Status nicht entsprach.

Naturellement lag, wie es für alle außer die höchsten und niedrigsten unserer Art gilt, die Wahrheit im weiten, widersprüchlichen Zwischenbereich.

Wenn ich bisher noch nicht erwähnt habe, welche Ziele die *Mistral Falcon* ansteuern würde – nun, damals achtete ich kaum auf derlei Dinge, denn die Tatsache, daß das Schiff nach Winthrope, Novi Mir, Flor del Cielo, Lebenswelt und so weiter fliegen würde, besaß für mich nicht die geringste Konsequenz; ich hatte nicht die Absicht, auf einer dieser Welten zu verweilen, und ebensowenig hatte ich ein letztes Ziel im Sinn, ausgenommen natürlich die im Augenblick unbekannte Welt, auf der Pater Pan schließlich zu finden wäre.

So hatte ich, ganz im Gegensatz zu meiner Reise von Edoku nach Belshazaar, die *Mistral Falcon* bereits im psychischen Zustand einer Bürgerin der Kosmokultur betreten, was heißen soll, als Reisende, für die die Reise selbst und kein irgendwie greifbares Ziel der Sinn der Sache war.

Und in der Tat achtete ich wegen dieser karmisch bedingten Fusion mit der Weltanschauung der Kosmokultur kaum auf die Dinge, die außerhalb des Universums des Grand Palais geschahen, und *vraiment*, wie es sich herausstellte, geschah auch der erste Sprung völlig ohne mein Wissen, denn in diesem Augenblick lernte ich gerade die Matrix kennen, in mehr als einer Hinsicht den *raison d'être* meiner Anwesenheit auf der *Mistral Falcon*.

Für ein so gewaltiges Werk war das Äußere der Matrix recht alltäglich – sogar täuschend archaisch. Eine Ecke der Schiffsbibliothek war einer ziemlich klobigen, etwa drei Meter langen und zwei Meter hohen Konsole vorbehalten, die ausgerüstet war mit einem Bildschirm, einem Holoprojektor, einem Wortkristallkopierer, einem kleinen Drucker, einem Mikrophon, einem Lautsprecher und sogar einer breiten Tastatur, mit der man von Hand Buchstaben und Zahlen eingeben konnte. Das ganze Ding sah aus wie ein alter Computer aus einem Holocine, der im Raumzeitalter spielte. Oder als hätte sich ein Bildhauer die Aufgabe gestellt, die ganze Geschichte der Datenspeicherungstechnologie unserer Art in einem einzigen Werk darzustellen.

Kein Wunder, daß ich so ein Ding nie auf der *Unicorn Garden* bemerkt hatte, denn zum einen hatte ich die Bibliothek nicht eben häufig besucht, und zum anderen hätte ich ohne zu wissen, welche Wunder des Wissens hier gespeichert waren, das Ding zweifellos für eine Art Skulptur gehalten, kaum mehr als ein Gegenstand, der den Raum schmücken sollte.

Willa Embri Janos war bereits dort, als Wendi und ich eintraten. Sie war eine etwas gesetzte Frau mit hellem Haar, die mir bei der Abflugfeier als bekannte Datenfinderin vorgestellt worden war – also eine Schülerin der nicht gerade leicht zu erlernenden Kunst, die Matrix dazu zu bringen, auszuspucken, was gewünscht wurde – eine recht komplizierte Angelegenheit, wie ich erfahren sollte.

»Wie ich bereits sagte, suchen wir den letzten bekannten Aufenthaltsort eines Mannes namens Pater Pan«, erklärte Wendi ihr.

Willa nickte und sprach den Namen in die Matrix. Sofort begann eine endlose Prozession von Worten und Zahlen über den Bildschirm zu rollen. »Löschen«, befahl Willa, und der Schirm wurde dunkel. »Wie erwartet gibt es keinen Haupteintrag, doch eine Überfülle von kleineren Querverweisen unter allen möglichen Rubriken und bibliographische Notizen, die sich auf einige obskure Bücher beziehen, die nicht in der Matrix sind. Wir brauchen so viele Bezüge wie möglich, damit ich einen Algorithmus konstruieren kann, der aus Sekundär- und Tertiärquellen extrahiert, was wir brauchen.«

Sie wandte sich an mich. »Bitte, *muchacha,* fangen Sie an …«

»*Womit* soll ich anfangen?« fragte ich verwirrt. »Ich fürchte, daß ich kein Wort von alledem verstanden habe …«

Darauf riß Willa Embri Janos die Augen auf und schüttelte etwas vorwurfsvoll den Kopf. »Wir müssen eine Liste von möglichen Querverweisen auf diesen Pater Pan entwickeln – Orte, Namen, Aktivitäten *and so on.* Nur Eigennamen, *por favor,* sonst werde ich unter unsortierten Daten begraben. Ins Mikrophon bitte …«

»Gypsy Joker … Kind des Glücks … Flötenspieler …?« begann ich unsicher. »Ist das richtig?«

Willa nickte. »Genau so«, sagte sie. »Aber vermeiden Sie bitte so schreckliche Verallgemeinerungen wie ›Kind des Glücks‹, sonst werden wir von einem Tsunami von Bezügen verschüttet …«

Ich fuhr achselzuckend mit diesem bizarren Geplapper fort. »König der Zigeuner … Funke der Arkies … Zauberstraße … Hippies … Arkies … Ronin …«, und so weiter *ad infinitum,* wie es schien, wenn auch in Wirklichkeit kaum mehr als fünf Minuten vergangen waren, ehe mir die Worte ausgingen. Ich fand diesen Versuch, Pater Pan auf eine begrenzte Liste von Hauptwörtern zu reduzieren, etwas geschmacklos, denn ich konnte nicht umhin zu erkennen, daß dieser reduktionistische Prozeß ebensogut auf mich selbst angewendet werden konnte, und zwar mit einer kaum halb so langen Liste.

»Ich glaube, ich bin fertig«, sagte ich schließlich. »Was passiert jetzt?«

»Sie müßten einige Monate eifrig studieren, um die Mathematik des Prozesses zu verstehen, den ich jetzt anwenden werde, wenn das auch *certainement* die Mühe wert wäre«, erklärte Willa mir. »Zuerst muß ich ein Programm entwerfen, das die Matrix veranlaßt, alle Bezugspunkte durchzugehen, so daß alle Daten, die mit dem Subjekt zu tun haben, freigegeben werden. Dann muß ich sie dazu bringen, auf einer Zeitachse eine Abfolge zu entwickeln, dann müssen Suchrichtungen hypothetisch entworfen und mit dem Datenfeld abgeglichen werden …«

Sie zuckte die Achseln. »Es soll reichen zu sagen, daß es Tage dauert, wenn wir Glück haben – und Wochen, wenn nicht …«

Ich fand den ganzen geheimnisvollen und langwierigen Prozeß ziemlich beängstigend, besonders im Lichte der Tatsache, daß ich jetzt auch selbst zu diesem ungeheuren Datenchaos beitragen sollte.

»Muß ich das alles lernen, um meinen eigenen Eintrag aufzuzeichnen?« fragte ich recht entsetzt.

Willa lachte. »Jeder kann Wissen in die Matrix eingeben, indem er einfach einen gewöhnlichen Wortkristall überspielt«, sagte sie. »Es ist das *Auffinden* von bestimmtem Wissen, das Erfahrung und Geschick verlangt!«

Sie betrachtete Wendi etwas verschlagen. »Hier ist eine Lektion für dich, Wendi Sha Rumi«, sagte sie. »Nämlich, daß wildes Geschwafel nicht im gleichen Maße zur Weiseheit beiträgt, wie es die Gesamtmenge der Daten erhöht. Deshalb achte darauf, daß du deiner jungen Freundin hilfst, einen passenden Eintrag zu formulieren, soll heißen einen, der kurz ist, prägnant, ohne übermäßige Verallgemeinerungen und verbale Ergüsse und so objektiv zutreffend wie möglich.«

»Ich habe schon mal Eingaben für die Matrix vorbereitet, Willa«, stellte Wendi trocken fest.

»In der Tat. Überreichlich. Aber bedenke, daß ich als Hüterin der Kohärenz der Matrix die Kompatibilität deiner Produkte beurteilen muß.«

»Haben meine Werke deine Prüfung jemals nicht bestanden?«

»Das ist schon lange nicht mehr vorgekommen«, räumte Willa ein. »Aber du *neigst* zur Weitschweifigkeit, also achte darauf, daß du nicht den Stil deiner jungen Freundin mit deinem eigenen Laster infizierst.«

Wendi lachte. »Abgesehen von ihrem Geschick als Datenfinderin betrachtet Willa sich außerdem als verkappte Literaturkritikerin«, erklärte sie mir. »Wenn es ums erste geht, verneige ich mich vor ihrem Können, doch beim letzteren ist sie im besten Fall Amateurin.«

»Wie dem auch sei«, gab Willa zurück, »es ist der Geschmack von uns *Amateuren*, dem ihr Verfasser von Romanen entsprechen müßt, um euer täglich Brot zu verdienen, *no?*«

Auf Wendis Vorschlag – sie bestand sehr nachdrücklich darauf – nahmen wir ein leichtes Mittagessen aus Sushi und Sake im Refektorium ein; denn, so erklärte sie, das Abendmahl würde ein feierliches Bankett mit vielen Gängen werden, bei dem ich hellwach sein mußte; sie hatte dafür gesorgt, daß wir am gleichen Tisch mit denen saßen, die bei der Verfeinerung meines Eintrags in die Matrix helfen sollten. Außerdem würde Raumkapitän Dana Gluck Sara bei uns sein, der sein Interesse geäußert hatte, die Geschichte der Flötenspielerin des Bloomenveldts von den Lippen der Heldin selbst zu hören.

Nach dem Mittagessen gingen wir in ihre Luxuskabine, wo sie mir die Prozedur erläuterte, nach der wir bei unserer Zusammenarbeit vorgehen würden.

Zuerst würde ich meine Geschichte frei und in meinem eigenen Stil auf Wortkristalle sprechen; ich sollte sogar mehrere Versionen aufzeichnen, denn zunächst kam es darauf an, die Möglichkeiten meiner eigenen spontanen Erzählweise auszuschöpfen.

Dann würden wir zusammen mit einigen Wissenschaftlern dieses Rohmaterial durchgehen, um die bildhaften Beschreibungen von

Ereignissen, der Flora, von psychischen Effekten und so weiter zu schärfen und wo nötig durch wissenschaftlich präzise und zutreffende Begriffe zu ersetzen, so daß der Eintrag für jeden denkbaren Menschen, der ihn abrief – auch noch Jahrhunderte später –, verständlich und einleuchtend war.

Als ich protestierte, daß mir eine solche Prozedur vorkam wie der sichere Tod der Kunst, lachte sie nur.

»Wirklich, als Autorin von Romanen kann ich wie niemand sonst deine Klage nachfühlen, Liebes«, erklärte sie. »Aber wir haben die Aufgabe, eine *Matrixeingabe* zu produzieren, nicht den Roman, den du schöpfen magst, wenn dich der Geist dazu bewegt, und mit dem du zweifellos zu Ruhm und Geld kommen wirst. Soweit es um den Schmerz geht, Kunst auf trockenen Lehrstoff zu reduzieren, wird das letzte Stadium noch schmerzlicher werden, denn wir müssen jedes Wort und jede Silbe mit kaltem und erbarmungslosem Herzen durchgehen. Denn während Willa Embri Janos eine Philisterin ist, wenn es um literarischen Stil geht, weiß sie, wovon sie spricht, wenn es um die letzte Zusammenfassung geht, die der Matrix erst das gibt, was sie braucht.«

Sie tätschelte mein Knie. »Ich hoffe, wir werden nach dem Abschluß dieser unerfreulichen Aufgabe immer noch Freunde sein«, sagte sie.

»Wir werden immer Freunde sein, Wendi, komme was da wolle!« erklärte ich mit offenem Herzen.

Wendi lachte wieder. »Sag das noch einmal, wenn wir in einem tödlichen Kampf um jedes Wort deiner kostbaren Prosa stecken, Liebes!« sagte sie.

»Du wirst feststellen, daß die von uns, die die Kosmokultur mit ihrer Gegenwart ehren – und nicht etwa anders herum –, an deiner einzigartigen Geschichte interessiert sind«, erklärte Wendi mir *sotto voce*, als wir den Speisesaal betraten. »Es ist ein guter Eintritt in ernsthafte Kreise, *ma petite*, aber glaube nicht, daß du damit der Mittelpunkt des Universums bist.«

Die innere Weisheit dieser Warnung entging mir zu jener Zeit völlig, doch als das Bankett vorbei war, hatte ich diese Lektion gut begriffen.

Am Tisch, den Wendi zusammengestellt hatte, saßen sechs weitere Gäste: Raumkapitän Dana Gluck Sara; Willa Embri Janos; Lazaro Melinda Kuhn und Dalta Evan Evangeline, die ich bereits kannte; Timothy Ben Bella, Psychopharmakologe und Yogischüler;

und Linda Yee Lech, die zu den kundigsten Wissenschaftlern der evolutionären Psychosomatik auf allen Menschenwelten zählte.

Es war eine gewichtige und gelehrte Gesellschaft, und eine, die Wendi offenbar um mein junges Selbst gruppiert hatte. Dieses Wissen verunsicherte mich etwas, denn einerseits kamen mir die endlosen Befragungen im Clear Light in den Sinn, und andererseits machte ich mir einige Sorgen, ob ich fähig wäre, bei diesen hochgestochenen Tischgesprächen mitzuhalten.

Glücklicherweise sollte ich bald herausfinden, daß die Manieren dieser Ehrengäste völlig anders waren als die der Wissenschaftler in der Nervenklinik. Der erste Gang, der uns aufgetragen wurde, bestand aus *crêpe de fruits de mer* in dicker Safransoße, dazu wurde ein süßer Weißwein gereicht. Danach kam ein scharf gewürztes Gemüseconsommé mit winzigen Stücken eingelegtem Fisch und einem starken, nach Anis schmeckenden Wodka. Dann gab es geräucherte schwarze Pilze, die mit duftendem Hack gefüllt waren und zu einem knochentrockenen roten Wein gegessen wurden.

Während dieses Vorspiels stellte Wendi mich den Geehrten Passagieren vor, die ich noch nicht kennengelernt hatte, und das Tischgespräch drehte sich um die Kunst unseres *chef maestro*, Escoffier Tai Bondi. Was mich anging, so nutzte ich die Gelegenheit, wenig zu sagen und eine ganze Menge zu schlucken, und als dann die Kalbsfilets à la Bordelaise serviert wurden – garniert mit gebratenen Maisnudeln und serviert mit einem Wein, der so tiefrot war, daß er fast schwarz schien –, hatten sich meine Befürchtungen völlig in Luft aufgelöst, meine Zunge funktionierte wie geschmiert, und ich war mehr als bereit, auf Wendis Aufforderung meine Erzählung darzubieten.

Während der nächsten zwanzig Minuten schlug ich dieses Publikum aus Wissenschaftlern und gelehrten Geistern mit einer ziemlich ausgefallenen Version der Geschichte der Flötenspielerin des Bloomenveldts in Bann; die Version war jener recht ähnlich, die ich in den Straßen von Ciudad Pallas entwickelt hatte, wenn auch etwas bereichert durch die edlen Weine, die ich getrunken hatte.

Ich glaube mich zu erinnern, daß während der Erzählung ein Barbecue aus verschiedenen Gemüsesorten und ein wunderbar gewürzter Weißwein serviert wurden; außerdem ein Goreng mit vielerlei Fleisch, das mit dunkelbraunem Bier hinuntergespült wurde. Allerdings ist meine Erinnerung an diese Phase des Mahls etwas getrübt durch die Getränke und den aufregenden Anblick von sieben klaren Augenpaaren, die aufmerksam und anerkennend auf mich gerichtet waren, und das Bewußtsein, daß sieben begierige Ohrenpaare an meinen Lippen hingen – jedenfalls schien es mir so.

Es soll reichen, daß ich mich wie die Königin aller Welten fühlte, als ich einen Fruchtsalat mit einer Creme aus geräucherten Nüssen verspeist hatte.

Doch ebenso wie dieser süße Gang nicht das vermutete Ende des Banketts war, führte der Abschluß meiner Erzählung zu zwei weiteren intellektuellen Gängen, bei denen ich mich nicht gerade wie die *chef maestra* fühlte. Als nächstes kam eine kalte rote, großzügig mit Kirschwasser gespritzte und mit winzigen Croutons aus Nußmehl garnierte Fruchtsuppe, und mit ihr begannen die Fragen.

»Sind Sie *ganz* sicher, daß diese wahren Bloomenkinder völlig unbewußt waren?« fragte Linda Yee Lech. »Welche Parameter haben Sie zu dieser Beurteilung benutzt? Die Menzies-Rademacher-Kriterien, die es seit Jahrhunderten gibt, oder meine eigene, neuere Entwicklung?«

»Es tut mir leid, daß mir der Unterschied zwischen beiden im Augenblick nicht gegenwärtig ist«, bluffte ich, denn natürlich hatte ich keine Ahnung, was sie meinte. *»S'il vous plaît,* wenn Sie so gut wären, meiner Erinnerung auf die Sprünge zu helfen ...«

»Die Menzies-Rademacher-Kriterien beziehen sich auf die Frage, ob nur in grammatischen Sequenzen eine Bedeutung transportiert wird oder ob jeder Laut eine eigene Bedeutung besitzt«, erinnerte Linda Yee Lech mich. »Wogegen meine Entwicklung, die auf einer Systemanalyse der Abwesenheit oder Gegenwart von sozialen Interaktionen beruht, ein weit schärferes Instrument ist.«

»Wie ich schon sagte, sind die Bloomenkinder völlig stumm«, erklärte ich ihr. »Und die sozialen Interaktionen erschienen zwar auf komplizierte Weise verwoben, doch nicht mehr als das Leben in einem Bienenstock.«

»Waren Sie in der Lage, eine ausreichende Zahl von Interaktionen zu katalogisieren, so daß Ihre Aussage durch eine Analyse auf eine höhere Wahrscheinlichkeit als fünfzig Prozent gebracht werden konnte?« fragte Linda Yee Lech scharf.

»Ich fürchte nein«, gab ich zu. »Aber wenn Sie gesehen hätten, wie ich es sah, wie Kinder an Blumenzitzen säugten, dann hätte es keinen –«

»Con su permiso«, unterbrach Timothy Ben Bella höflich. »Wenn es erlaubt ist, ich glaube, die Frage, der Linda sich anzunähern versucht, ist die, ob wir es mit unschuldigen Tieren zu tun haben, in denen nie das Bewußtsein erwachte, oder mit bewußten Menschen, deren höhere Zentren durch die Ausdünstungen der Blumen von der Ebene des gezielten Ausdrucks getrennt sind ...«

»Oder noch besser, ob man nicht den *Bloomenwald selbst* als bewußt bezeichnen könnte«, erklärte Larazo Melinda Kuhn. »Und wenn dies so ist, ob sich dieses Bewußtsein dann in Symbiose mit der Degeneration seiner menschlichen Befruchter entwickelte oder ob dieser Duftgarten ein schon vorher existierendes Phänomen war. Haben Sie eine starke Ausbreitung von Blumen in Übergangsstadien beobachtet? Hat eins der einheimischen Säugerwesen ein durch Blumen koordiniertes Verhalten auf einer etwas weniger komplexen Ebene gezeigt?«

»Was die Zwischenstufen der Organisation der Blumen zwischen isolierten Exemplaren und dem komplexen Duftgarten angeht, so hätte man *vraiment* schon blind sein müssen, um es nicht zu bemerken«, sagte ich. »Doch wenn es um die Beobachtung der Verhaltensweisen der einheimischen Säuger geht, so war es mir völlig unmöglich, nahe genug an sie heranzukommen, um sie deutlich zu sehen. Doch gewiß deutet das Säugen von Menschenkindern an Pflanzenzitzen darauf hin, daß letztere sich zum Dienst der ersteren entwickelt haben, *no?*«

»Eine wahrscheinliche Schlußfolgerung ...«, räumte Lazaro ein. »Aber haben Sie Junge einer einheimischen Art beim selben Verhalten beobachtet? Dies könnte Ihrem logischen Schluß erheblich mehr Substanz geben, Kind ...«

»Je ne sais pas«, gab ich lahm zu. »Ich hab' damals nicht daran gedacht, es zu untersuchen ...«

»Und was ist mit den Gerüchen, die Sie als ›Pheromone‹ und ›Düfte‹ bezeichnet haben?« fragte Timothy Ben Bella. »Ist das ein literarisches Bild, oder haben Sie Proben zur Analyse genommen?«

»*Vraiment*, wir haben Proben genommen, doch leider gingen sie mit unseren Rucksäcken verloren.«

»Merde! Quelle catastrophe!«

»Vielleicht ist nicht alles verloren, Timothy«, sagte Lazaro. »Wir wissen genug über die Botanik von Belshazaar, um die biochemische Klasse der Duftstoffe anhand der Morphologie der Organe, die sie aussenden, zu bestimmen. Also beschreiben Sie uns bitte die verschiedenen Blumenorgane, die für die Düfte verantwortlich sind, deren psychische Auswirkungen Sie erlebt haben ...«

»Es tut mir leid, aber in meinem damaligen psychischen Zustand war ich kaum in der Lage ...«

»Aber gewiß waren Sie doch wenigstens in der Lage, zwischen den Substanzen zu unterscheiden, die von Staubfäden, Stempeln und vielleicht spezialisierten Duftorganen abgesondert wurden?«

Ich konnte nur achselzuckend meine völlige Unwissenheit eingestehen.

»Nun hören Sie schon auf, das arme Kind mit diesen Dingen zu behelligen, Lazaro«, sagte Linda Yee Lech. »Es ist kaum ein moralischer Makel, wenn man kein geschulter Botaniker ist! Wenn es allerdings um die psychischen Erfahrungen geht, dann werden wir jedoch mit äußerster Aufmerksamkeit zuhören. Also erzählen Sie, Sunshine, in weniger anekdotischen Begriffen als bisher, ob Ihr Bewußtsein, als Sie ganz unter dem Bann der Blumen standen, völlig abwesend war oder ob es nur durch eine biochemische Überlagerung verdeckt war? Ich meine damit, ob Ihre höheren Zentren sich ihrer Ohnmacht bewußt oder ob sie sozusagen abwesend waren?«

»In meinen Erinnerungen scheint es keine zeitlichen Lücken zu geben, wenn es das ist, was Sie meinen ...«

»Hmmm ...«, grübelte Dalta Evan Evangeline. »Um uns aus einer möglicherweise ergiebigeren Richtung zu nähern – würden Sie sagen, daß der Stimulus der aufgehenden Sonne, der Sie aus diesem Zustand erweckte, von Anfang an eine bewußte mythische Bedeutung für Sie besaß, oder war es ein phylogenetisch primitiver Tropismus, auf dem die kompliziertere Struktur erst später errichtet wurde?«

»Qué?«

»Hoho, sehr gut, Dalta!« rief Linda Yee Lech bewundernd. »Wirklich, es muß das erstere gewesen sein, denn die Gefangenen des Bloomenveldts, die einst ein menschliches Bewußtsein besaßen, reagierten auf ihre Stichworte, wogegen die Bloomenkinder keine Reaktion zeigten.«

»Richtig«, sagte Lazaro. »Aber andererseits, wenn sie *wirklich* nur auf einen visuellen Tropismus reagierte, dann können diese Menschen ebenso auf einen bloßen auditiven Tropismus reagiert haben.«

»Aber wenn dies so ist, warum haben dann die *Bloomenkinder* nicht darauf reagiert?«

»Weil eben dieses Fehlen von Reaktionen beweist, daß sie kein menschliches Bewußtsein besitzen!«

»Pah! Eine Tautologie!«

»Ihr dreht euch ständig im Kreis«, mischte sich schließlich Wendi ein, nachdem sie untypisch lange geschwiegen hatte. »Aber den wirklich wichtigen Punkt verfehlt ihr.«

»Und der wäre, wenn ich fragen darf?« dehnte Lazaro.

»Daß es drei völlig verschiedene Reaktionen von Angehörigen unserer eigenen Art auf dieselben Chemikalien gab, *naturellement!«* erklärte Wendi.

»Gut gegeben!« rief Linda Yee Lech. »*Vraiment*, es ist eindeutig die Prägung durch das kollektive Unbewußte, die den Bloomenkindern fehlt! Ha, das könnte tatsächlich einen der ältesten Streitpunkte der Psychosomatik beilegen!«

»Wie das?« fragte Dalta Evan Evangeline.

»Es scheint recht schlüssig zu belegen, daß der Bereich, den wir als kollektives Unbewußtes bezeichnen, kulturell und verbal transportiert wird, statt im genetischen Code unserer Art verankert zu sein!«

»Unfug!« spottete Lazaro. »Wenn dies so wäre, wie wollen Sie dann die interkulturelle und zeitlich unabhängige Verbreitung desselben erklären?«

»Oh, wirklich? Wie würden *Sie* dann sein Fehlen bei den Bloomenkindern erklären, wo es doch in den Genen unserer Art verankert ist?«

»Wenn man dem Bloomenwald eine Art vegetatives Bewußtsein zugesteht, dann wurden die Gene, in denen das kollektive Unbewußte enthalten ist, vielleicht absichtlich durch Zucht ausgelöscht – genau wie wir die genetisch bestimmten Verhaltensweisen unserer Haustiere verändert haben.«

»Anthropozentrische Projektion!«

Und so weiter.

Als wir uns über einen grünen Salat mit gepfeffertem Öl und süßsaurem Essig hermachten, war das Gespräch in esoterische Bereiche der Biologie, der Genetik, Psychosomatik, Ästhetik und evolutionären Ökologie abgedriftet. Ich konnte seine allgemeine Richtung nur mit Anstrengung in etwa verstehen und vermochte kaum etwas Zusammenhängendes dazu beizutragen. Bei einem weiteren Dessert – Schokoladengebäck gefüllt mit Eierkreme mit Rosengeschmack – saß ich still da und lauschte den aufgeregten und gelegentlich auch erbitterten Diskussionen über die Psychopharmakologie des Bloomenveldts, über die theoretischen Parameter eines pflanzlichen Bewußtseins, über die Definition des *élan humain,* über die Ethik der Kontinentalsterilisation et cetera. Ich bemühte mich, die Bedeutungen der Begriffe zu verstehen, und ich verstand genug, um zu erkennen, daß meine eigene einfache Geschichte das zentrale Thema aller dieser Kommentare war.

Es war aufregend zu sehen, wie ernst so gebildete Geister meine Abenteuer nahmen, doch es war auch beängstigend zu erkennen, wieviel größeres und tieferes Wissen, welche Einblicke es auf jedem denkbaren Gebiet gab, das ich mir nur vorstellen konnte – besonders, wenn die Schlichtheit meines eigenen Geistes so deutlich demonstriert wurde, indem meine persönliche Erfahrung zum Thema wurde.

»Ich hätte nie gedacht, daß ich über die Zusammenhänge meiner eigenen Existenz so viel lernen könnte«, beklagte ich mich bei Wendi, als wir nach dem Bankett gingen. Mein Bewußtsein war von den gelehrten Gesprächen so ermüdet wie mein Magen von der *haute cuisine*. »Wie sollen wir das alles in meine einfache Geschichte packen?«

Wendi lachte. »Alles zu seiner Zeit, Liebes, eins nach dem anderen«, beruhigte sie mich fröhlich. »Jetzt mußt du gut schlafen, Sunshine, denn morgen beginnen wir mit der Arbeit.«

Das taten wir. Drei Tage lang sprach ich meine Geschichte in verschiedenen Versionen auf Wortkristalle, bis ich den Klang meiner eigenen Stimme zu hassen begann, und dann versuchten wir drei weitere Tage lang, sie zu einer Version zusammenzufassen, die unserer wissenschaftlichen Begleitgruppe vorgelegt werden konnte. Als dieser Prozeß zu Wendis Zufriedenheit abgeschlossen war, hämmerte mein Gehirn vor intellektueller Erschöpfung, und ich wollte nichts mehr mit der ganzen Sache zu tun haben. Die Wahrheit war, daß ich noch nie in meinem jungen Leben so angestrengte intellektuelle Arbeit verrichtet hatte; um ehrlich zu sein, war ich bis zu diesem Punkt in bezug auf wirkliche Arbeit eine Jungfrau gewesen.

Während der ganzen menschlichen Geschichte mußten sich die Jugendlichen unserer Art immer wieder endlose Vorträge über die Freuden der Arbeit anhören, über die Langeweile, die das unvermeidliche Resultat des Müßiggangs sei, über die psychische Befriedigung, die man durch die Hingabe an ein großes Werk gewinnen könne – je zehrender desto besser. Nun, diese Moralpredigten hin oder her, die Freuden der Arbeit gingen jedenfalls über meinen Horizont, bis die nächste Phase des Prozesses begann.

»Eins nach dem andern«, hatte Wendi versprochen, und so kam es auch. Denn statt mich ganzen Batterien von gelehrten Befragern auszuliefern, bekamen die Wissenschaftler Wortkristalle mit der Rohversion der Matrixeingabe zum Studieren, und ich traf sie einen nach dem anderen zum Mittag- oder Abendessen oder in ihren Suiten, und meist war Wendi dabei.

Nun war die Situation in gewisser Weise umgekehrt, denn während meine Lehrer *certainement* nie das Interesse daran verloren, in diesen Gesprächen wichtige Dinge für ihre eigene Weiterbildung zu finden, so blieben sie dennoch Lehrer und Quellen von Wissen, über die ich verfügen konnte – und wie gute Lehrer sie waren!

In der Suite von Lazaro Melinda Kuhn erfuhr ich die obskure und widersprüchliche Antwort auf eine Frage, die bisher noch nie mein Bewußtsein beschäftigt hatte. Als ich seine sanften, doch vorwurfsvollen Klagen über meine nicht gerade wissenschaftlich klaren Beschreibungen der Flora und Fauna des Bloomenveldts satt hatte, drang sie plötzlich in mein Bewußtsein vor.

»Warum verlaßt ihr euch dann auf die Anekdoten von Menschen wie mir?« fragte ich. »Warum wurde, obwohl Belshazaar seit Jahrhunderten von Menschen bewohnt wird, noch nie eine richtige wissenschaftliche Expedition ins Innere des Bloomenveldts ausgesandt ...?«

Ich unterbrach mich, als ich meine Worte hörte – genauer, als mir die schlimme Kränkung bewußt wurde, die in ihnen lag. Denn hatte ich mir nicht selbst versprochen, eines Tages mit einer solchen Expedition zurückzukehren, um Guy Vlad Boca zu retten, wenn ich in die Menschenwelten fliehen konnte? Und was hatte ich getan, um eben dies zu erreichen? Gar nichts!

»*Vraiment*, warum wird nicht heute noch eine ausgerüstet?« fragte ich schuldbewußt und drängend. »Wirklich, warum geht nicht eine Flotte von Schwebern über den Tiefen des Waldes nieder, um unsere menschlichen Kameraden aus diesem bösen vegetabilen Faschismus zu retten?«

Lazaros Miene verdunkelte sich. »Ich habe mich schon gefragt, wann Sie darauf kommen würden«, sagte er seufzend. »Ich hatte gehofft, daß nicht ich mit dieser Frage konfrontiert werden würde, denn die Antwort ist nicht gerade ein Ruhmesblatt für die Menschheit.«

»Was meinen Sie damit?« fragte ich verlegen, denn da ich Guy im Stich gelassen hatte, nahm ich an, daß er mit der Schande die meine meinte.

»Die Psychotropika, die aus dem Bloomenveldt gewonnen werden, sind eine Quelle für großen Profit, *no?*« sagte Lazaro. »Sie sind die ökonomische Grundlage des ganzen unschönen Planeten. Und wenn Sie die Literatur durchsehen, werden Sie eine ganze Menge verschlüsselte Hinweise auf die geheimnisvollen Bloomenkinder finden. Die unerfreuliche Wahrheit ist, daß die Existenz derselben schon seit Jahrhunderten vermutet wird.«

»Warum hat man dann nicht –«

»Denken Sie nach, meine junge Freundin, und denken Sie mit Geiz im Herzen! Wenn etwas Derartiges eindeutig bewiesen und den Menschenwelten kundgetan würde, was wäre das Ergebnis?«

»Was sonst außer Geschrei und Klagen und der Forderung an alle Männer und Frauen, die guten Willens sind, eine Rettungsexpedition –« Ich unterbrach mich. Ich starrte Lazaro an. Er antwortete mit einem seltsamen kleinen Achselzucken auf meinen Blick. »Sie meinen doch nicht ...?«

»Leider doch, meine junge Freundin«, sagte Lazaro unbehaglich. »Nicht nur würden sich die Bürger von Belshazaar moralisch verpflichtet fühlen, die Bloomenkinder zu retten, sondern viele würden zweifellos verlangen, daß der ganze Bloomenwald als angemessene Vergeltung für diese Schmach vernichtet wird. Und selbst wenn die Stimme der Wissenschaft einen solchen Genozid unter den Blumen verhindern könnte, scheint es mir, daß die Gegenwart der Bloomenkinder nötig ist, um die Blumen dazu zu bringen, eben jene Psychotropika zu entwickeln, die den Planeten bereichern. Eine unglückliche Symbiose vielleicht, aber eine echte – soll heißen, eine, von der beide Arten profitieren – die eine durch effizientere Befruchter, die andere durch gewaltigen finanziellen Gewinn.«

»Sie *wissen* es?« rief ich erschrocken und entsetzt. »Sie wissen es und tun dennoch nichts?«

Lazaro zuckte die Achseln. »Sie wissen es, sie wissen es nicht; *certainement* haben sie nicht den Wunsch zu wissen, was sie wissen.«

»*Merde,* ich hab' in Ciudad Pallas immer einen bösen Geist gespürt, aber ich hätte ihn nur mit dem Fehlen von Ästhetik erklärt!« murmelte ich. »Ich hab' mir nie vorgestellt, daß Wesen, die sich selbst Menschen nennen, ihre Gefährten auf so feige Weise um des Profits willen im Stich lassen!«

Ich konnte an nichts anderes denken, als ich ihn verließ, um meine Verabredung zum Essen mit Linda Yee Lech einzuhalten. »Da muß etwas passieren!« erklärte ich zornig, nachdem ich mich ausgiebig über das Thema ausgelassen hatte. »Wir müssen diese gemeinen Ausbeuter zwingen, die Bloomenkinder zu retten!«

»Sind Sie Ihrer moralischen Rechtschaffenheit in dieser Angelegenheit so sicher?« fragte sie mich gleichmütig. »Was haben Sie erreicht, wenn Sie die Bloomenkinder aus dem Wald holen? Sie hätten eine planetarische Wirtschaft ruiniert und den Fortschritt der Psychopharmakologie behindert, um sie aus der ökologischen Nische zu befreien, in der sie sich entwickelt haben, und danach würden sie dastehen wie Ausstellungsstücke im Zoo. Selbst wilde Menschen, die von anderen Säugern aufgezogen wurden, entwikkeln kein Bewußtsein, und noch weniger werden die Symbionten des Bloomenveldts je etwas anderes sein als Säuger in menschlicher Form *sans élan humain,* nicht wahr?«

»Aber ihre Kinder –«

»Wollen Sie die in Gefangenschaft aufziehen?«

»Nein, natürlich nicht, aber –«

»Dann würden Sie einen Völkermord an den Bloomenkindern und am Bloomenveldt gutheißen?«

»Völkermord? *Ich* bin doch nicht das Monster!«

Linda Yee Lech lächelte, und ihr Gesichtsausdruck wurde weicher. »So sprechen alle Menschen, und sie haben recht«, sagte sie. »*Vraiment,* dies ist eine Frage, die den Geist verwirren muß. Denn wer ist hier das Monster? Jene, die nur aus schon existierenden Bedingungen Profit schlagen, während sie es sorgfältig vermeiden, die Existenz derselben bewußt anzuerkennen? Die unschuldigen Bloomenkinder? Jene, die wie Ihr Guy willentlich ihren Geist den Blumen ausliefern? Die Blumen des Bloomenveldts, die nur ihrer natürlichen Evolutionsrichtung folgen, nämlich dem Weg zum Bewußtsein?«

»Diese Fragen, wer hier Schuld trägt oder ein Monster ist, mögen sein, wie sie wollen – ich spreche über praktisches Handeln, nicht über moralischen Dreisatz!« erklärte ich gereizt.

»*La même chose,* in diesem Fall«, sagte Linda tonlos. »Denn hier haben wir einerseits eine Art von menschlicher Gestalt, deren Bewußtsein schon lange einen anderen Weg geht als das unsere und das verlöschen wird, wenn ihm sein pflanzlicher Symbiont genommen wird, und andererseits einen floralen Symbionten, der sich vielleicht zu einem Bewußtsein entwickelt, das er nur mit Hilfe seiner menschlichen Befruchter erlangen kann. Wir können einen oder beide aus dem Universum ausradieren, doch wir werden den Bloomenkindern nie die volle Bürgerschaft eines bewußten Menschen geben können. Haben wir deshalb das moralische Recht, einen doppelten Genozid zu begehen, wenn eine solche wissenschaftliche und karmische Gewalttat keinen einzigen Vorteil bringt? Sind Sie wirklich bereit, etwas Derartiges zu unternehmen?«

»Wenn man es so ausdrückt, *je ne sais pas …*«, mußte ich zugeben. »Aber was ist mit den bewußten Menschen, die in den Bann der Blumen geraten sind? Wie Guy zum Beispiel?«

»Was ist mit denen, die sich ganz bewußt dafür entscheiden, in den Armen des pflanzlichen Nirwana zu sterben?« Linda Yee Lech war erbarmungslos. »Würden sie gerettet werden wollen? *Vraiment,* würde Ihr Guy Ihnen danken, wenn Sie ihn von seiner vollkommenen Blume reißen, damit er den Rest seines Lebens in einer Nervenklinik verbringt? Wenn wir, unseren eigenen Vorstellungen von Gut und Böse folgend, solchen Geistern unseren Willen aufzwingen – sind wir dann nicht genauso faschistisch wie die Blumen, die wenigstens keinen ganzen Kontinent sterilisiert haben?«

»Abermals ist jetzt, was einst klar schien, durch ein Übermaß von Weisheit bewölkt«, konnte ich nur erklären.

Linda Yee Lech lächelte. »Unglücklicherweise gibt es allzu viele Beispiele dafür, daß wir aus der Weisheit dies lernen sollen: Die Fähigkeit zu handeln ist nur die Kraft, alles schlimmer zu machen«, sagte sie.

Glücklicherweise waren andere Erleuchtungen weit weniger schlimm und dienten eher meiner Entwicklung als Geschichtenerzählerin und nicht dazu, meine Vorurteile über die Moral meiner Mitmenschen zu verstärken. Besonders Dalta Evan Evangeline, die literarische Archäologin, trug viel dazu bei, mein Bewußtsein für die unzähligen Nuancen zu öffnen, die in fast jedem Bild und jeder Figur in meiner Erzählung enthalten waren; denn sie zog Verbindungen zu einer mehrere Jahrtausende alten Geschichte von Mensch und Kunst und führte mich zu einem viel tieferen Verständnis gewisser Aspekte meiner eigenen Geschichte und der Erzählungen, die ich von den Geschichtenerzählern der Gypsy Joker gelernt hatte.

Diese Odyssee begann ganz unschudlig, als sie mir ein Exemplar der Geschichte von *Peter Pan* gab und andeutete, daß ein gründliches Studium des Buches von einiger Bedeutung für die bevorstehende Aufgabe sein könnte. Da ich ohnehin die Absicht hatte, mich damit zu befassen, seit ich von der Existenz des Buches gehört hatte, stimmte ich sofort zu.

Doch nachdem ich die Geschichte gelesen hatte, war ich völlig verwirrt. Natürlich war der Eigenname Pater Pan eine etwas plumpe Anspielung auf den *Peter Pan* der Geschichte, und ebenso deutlich konnte ich im Domo des Stammes der verlorenen Jungen einen guten Teil von Pater sehen. Doch das Ende der Geschichte widersprach dem Geist der Zauberstraße völlig; denn ich konnte mir kaum vorstellen, wie mein Pater die Moral guthieß, die durch das Buch verkündet wurde – als die verlorenen Kinder ihr Leben zugunsten der Alltagswelt der Erwachsenen aufgaben. Und die Wendi der Geschichte besaß nur flüchtige Ähnlichkeit mit der Wendi, die ich kannte und die diesen Eigennamen gewählt hatte.

Als ich bei einem Mittagessen aus *pasta*, sautiertem Gemüse und gratiniertem Käse mit Wendi und Dalta diese Angelegenheit zur Sprache brachte, zeigte sich letztere interessiert, als hätte ich sie auf völlig neue Gedanken gebracht, während erstere ironisch belustigt den Kopf schüttelte.

»Diese Verbindungen von Namen, Bildern und ihre tausendjährigen Veränderungen reichen noch viel tiefer und sind noch geheimnisvoller, als Sie jetzt annehmen, Sunshine«, sagte Dalta. »Allein der Name ›Pater Pan‹ könnte das Thema einer langen Abhandlung sein ...« Sie hielt inne und streichelte ihr Kinn. »Wirklich, ich glaube, ich habe Lust, ein solches Werk zu schreiben!«

»Vielleicht könntest du uns das Ganze etwas weniger ausführlich erklären?« fragte Wendi trocken. »Schließlich kannte ich den fraglichen Herrn auch einmal ...«

»Nun, wenn du mit einem Streifzug an der Oberfläche zufrieden bist«, sagte Dalta in ähnlichem Tonfall. »›Pater‹ zum Beispiel hat in einer lange nicht mehr benutzten Sprache des Lingo die Bedeutung ›Vater‹. ›Pan‹ war der priapische Ziegengott eines gewissen alten Mythos. Außerdem spielt das Wort auf ›Pan-Theismus‹ an, die Vorstellung, das Atman habe gleichförmig die Welt der Maja durchdrungen. Die Anspielung auf ›*Peter Pan*‹, die bereits erwähnt wurde, und ›Peter‹ selbst beziehen sich paradoxerweise auf den ersten Pontifex einer Religion, die der Doktrin des Pantheismus und des Phallus entgegengesetzt war. Außerdem bezeichnet ›Pater Pan‹ in einem anderen alten System von Bildern und ebenso in der Geschichte eine Persönlichkeit, die die Reife zugunsten ewiger Neotenie meidet ...«

»Hoppla!« rief Wendi. »Dann wäre die volle Übersetzung des Namens ... Papst Lingam, der Libidobock des Atman – ein feiner Beiname für den meisterhaften Geliebten, den wir beide kannten!«

Wendi und ich platzten heraus. »Glaubst du, die Geschichten, die der Bursche, den wir beide kannten, erzählte, entsprangen seiner großen Belesenheit?« fragte sie mich.

»Irgendwie bezweifle ich es«, sagte ich. »Aber wer könnte leugnen, daß er dennoch einen literarisch interessanten Eigennamen wählte?«

»Genau wie Sie, als Sie hin und wieder eben diese Nuancen in Ihre Geschichte woben«, sagte Dalta feierlich, denn sie verstand ebensowenig unser Gelächter, wie sie unsere intime Kenntnis des Objekts teilte.

»Wirklich ...?« fragte ich – mehr aus Höflichkeit denn aus lebhaftem Interesse.

»Oh, *vraiment*«, sagte Dalta. »Der gute Pan spielte verführerische Musik auf seiner Flöte, was heißen soll, daß er der Flötenspieler der

Libido war. Doch wenn er zum Flötenspieler wird, zum Rattenfänger, dann sind wir in einem anderen Mythos. Die Gypsies, die Zigeuner, waren eine frühe Verkörperung der Kinder des Glücks, und der Joker spielt auf eines der großen Arkana des Tarot an, auf den Narren der alten Könige, und der Gott des heiligen Unglücks in mehr als einem Zeitalter. Die *Gypsy Joker* jedoch waren ein wandernder Stamm motorisierter Barbaren wie die Hell's Angels, die Slaves of Satan und die Goldene Horde. Die aufgehende Sonne ist ein Symbol der alten Kaiser von Nippon, also für die Tugenden des Bushido, doch sie ist auch eine versteckte Anspielung auf den wiederauferstandenen Christus und an Prometheus, der unserer Art das Licht des Wissens brachte und der auch als Luzifer der Lichtbringer bekannt ist, und letzterer neigt auch dazu, sich in Satan zu verwandeln, den Fürsten der Finsternis ...«

»*Quelle chose!*« scherzte ich. »Ich bin überwältigt von den Ausmaßen meiner Bildung, die mir selbst noch gar nicht bewußt war! Leider scheint es in unserem Zweiten Raumfahrenden Zeitalter unmöglich, eine einfache Geschichte zu erzählen, ohne unbewußt ein ganzes Pantheon von versteckten Geistern zu beschwören! Wie soll ich denn eine *maestra* des Wortes werden, wenn jedes Bröckchen meines Lingo eine ganz eigene Geheimsprache besitzt?«

»Es erfordert Jahre eifrigen Studiums, *naturellement*«, sagte Dalta leidenschaftlich. »Wenn Sie wollen, lasse ich die Matrix eine bibliographische Ausgabe machen, damit Sie lesen können ...«

»Studiere die Knochen, wenn du willst; ich glaube, das kann nicht schaden«, sagte Wendi belustigt. »Aber nimm dieses Lernen nicht zu ernst. Es ist eine Art der Zauberei, die wir mit der Kraft unserer Worte bewirken, und es ist besser, wenn wir uns nicht verpflichtet fühlen, auch noch die letzte Nuance, die letzte Anspielung zurückzuverfolgen, denn sonst würden wir eine schöpferische Verstopfung bekommen!«

Darauf mußte selbst Dalta in das Gelächter auf ihre Kosten einstimmen.

Dennoch, als die *Mistral Falcon* Winthrope erreichte und dann Novi Mir, als die Arbeit sich dem Stadium näherte, da nichts mehr zu tun war außer zu warten, bis Willa Embri Janos Pater Pan gefunden hatte, und während sie das, was wir produziert hatten, in seine endgültige Form kleidete – die ›tödliche Schlacht um jedes Wort meiner unsterblichen Prosa‹, die Wendi versprochen hatte –, versenkte ich mich immer tiefer in diese Wissenschaft, indem ich mir sowohl

Daltas Erfahrung als auch die Abhandlungen, die sie vorschlug, zunutze machte; und als die Bearbeitung begonnen hatte, kämpfte ich tatsächlich um jede Streichung oder Änderung eines Wortes, die Wendi vorschlug.

Seltsamerweise, oder vielleicht war es unter den Umständen gar nicht so seltsam, hatte ich kein Interesse an erotischen Intrigen und ebensowenig an den zahlreichen Künsten und Zerstreuungen, die im Grand Palais zur Verfügung standen, und mein Gaumen entwikkelte gegenüber der *haute cuisine* und den edlen Weinen, die ich verzehrte wie rein funktionelles Fressen, eine gewisse Gleichgültigkeit. Denn alle diese Freuden schienen damals nur bleiche Schatten jener mächtigen Leidenschaft zu sein, die mich, ohne daß ich es selbst bemerkte, in das innerste Leben und den *raison d'être* der Kosmokultur gelockt hatte – die Lust auf Wissen.

Es ging nicht so sehr um bestimmte Wissensbereiche – wenn es auch *certainement* viel gab, von dem ich wünschte, ich hätte es früher gewußt –, sondern um die wachsende, glorreiche Vorstellung, wieviel Wissen es nach all diesen Jahrtausenden der Wissenschaft, Kunst und Geschichte in den Menschenwelten tatsächlich gab. Und ich bewunderte nicht nur die Breite und Unerschöpflichkeit dieses Wissens, sondern auch, wieviel echte Weisheit in den nüchternen Daten enthalten war, wie stark alles untereinander verbunden war und welche mächtigen Geister unser Zweites Raumfahrendes Zeitalter sogar für ein – gemessen am kosmischen Zusammenhang der Dinge – triviales Unterfangen wie die Geschichte meines Wanderjahrs als Kind des Glücks aufbieten konnte.

Und doch, gebrochen und geschärft durch die Ereignisse meines eigenen Lebens, schien das Wissen selbst etwas noch Grundlegenderes zu werden – genau wie die Ereignisse meines Lebens, verstärkt durch das Wissen, etwas mehr wurden als eine einfache Geschichte.

Und auf diese Weise, ohne je deutlich zu bemerken, daß ich diese karmische Schwelle überschritten hatte, begann ich meine karmische Position nicht als die eines Kinds des Glücks zu sehen, das sich dem Höhepunkt seiner Lebensgeschichte nähert, sondern als die Geschichte einer Frau, die, ohne es zu wissen, mit dem Unermeßlichen konfrontiert wird, das sie in der Zukunft werden würde.

Kurz gesagt, ich warf einen Blick in die Zukunft und sah mich als erwachsene Frau unserer Art, und ich hatte die erste Ahnung, daß dies ein Anfang war und kein Ende. Auf eine unscharfe Weise wußte ich, daß ich irgendwann während meiner Reise auf der *Mistral Falcon* dem Ich begegnet war, das ich sein wollte, wenn ich erwachsen war.

28

So war ich psychisch nicht ganz vorbereitet, als Wendi und ich fünf Tage vor Flor del Cielo von unseren beinahe abgeschlossenen Arbeiten in die Bücherei gerufen wurden, wo Willa Embri Janos verkündete: »Ich habe endlich unsere Beute gefunden. Pater Pan ist auf Alpa, oder wenigstens war er dort noch vor zwei Monaten.«

Sie gab mir eine Folie, auf der eine beachtliche Liste von Planeten stand, mindestens ein paar Dutzend, chronologisch von oben nach unten sortiert. Der älteste Eintrag war siebenhundert Jahre alt.

»Was diese überzogenen Behauptungen angeht, er sei ein Relikt des Ersten Raumfahrenden Zeitalters oder sogar noch älter, *je ne sais pas*«, sagte sie. »Aber *certainement* ist er in unserer Ära eine ziemlich lange Zeit ganz schön herumgekommen!«

»Gut gemacht!« rief Wendig. »Wie hast du es geschafft?«

»Es war nicht ganz leicht«, erklärte Willa. »Denn die Legenden, die zu verkörpern der Bursche behauptet, werden immer unbestimmter und allgemeiner, je weiter man zurückgeht, bis man das Gefühl bekommt, daß ganze Heere von Männern abwechselnd diese Rolle gespielt haben. Aber schließlich kam ich auf die Idee, diese wirre Masse durch ein Sieb zu filtern, das ich aus verifizierten Aufzeichnungen von Stämmen von Kindern des Glücks konstruierte, wobei ich die beschriebenen Parameter der Gypsy Joker zugrundelegte. Auf diese Weise, indem ich die Stammesgeschichten zu den Legenden in Bezug setzte, konnte ich einen Entwurf der Liste zusammenstellen, die jetzt vorliegt. Dann ging es nur noch darum, die Reihenfolge zu bestimmen, den Verlauf zu extrapolieren und zu verifizieren, daß ein solches Phänomen vor kurzem auf einem Planeten auftauchte, der in der Verlängerung dieser Bahn liegt – nämlich Alpa, und zwar mit einer Wahrscheinlichkeit von mindestens siebzig Prozent.«

»Wundervoll!« rief ich mit einer Begeisterung, die sogar in meinen Ohren etwas gezwungen klang. »Eines Tages muß ich dieses mächtige Handwerk lernen!«

Doch in Wirklichkeit herrschte Aufruhr in meinem Geist, denn es war Tage oder sogar Wochen her, seit ich das letzte Mal an das gedacht hatte, das mir ursprünglich wie mein *raison d'être* auf der *Mistral Falcon* erschienen war. In gewissem Sinne existierte das Mädchen nicht mehr, das ihrem Flötenspieler über das Bloomenveldt und in die Straßen von Ciudad Pallas und von dort auf eben diesem Schiff zu den Sternen gefolgt war. Während dieses Prozesses, während ich die ganze Zeit geglaubt hatte, ich wollte den goldenen Sommer meiner Vergangenheit wiederfinden, hatte ich statt dessen einen Vektor gefunden, der in meine eigene unbekannte, doch verlockende Zukunft führte. *Vraiment,* ich wollte immer noch dem Geist meiner Zauberstraße folgen, doch ihre Natur hatte sich verändert, denn nun war die Zauberstraße, der ich folgte, eine Version, die zu einem Erwachsenen paßte – eine Straße, die ich bisher noch nicht gekannt hatte, auf der meine Füße aber dennoch sicher standen.

Statt also Willas Erklärung mit der ungeheuchelten Freude aufzunehmen, die sie verdient gehabt hätte, empfand ich ein schlecht zu fassendes Gefühl eines Verlustes. Denn nun war das Ende dieser Reise in Sicht, und um ehrlich zu sein, mußte ich zu meiner eigenen Überraschung feststellen, daß es mir nicht gefiel.

Wendi Sha Rumi schien eine Ahnung zu haben, was in meiner Seele vorging. »Alpa ...«, sagte sie zu Willa Embri Janos. »Wie oft müssen wir umsteigen, um von unserem nächsten Haltepunkt aus dorthin zu kommen?«

»Das werden wir gleich haben«, sagte Willa. Sie begann mit der Konsole der Matrix zu arbeiten. »Flor del Cielo nach Alpa. Sprungschiffverbindung.«

Einen Augenblick später erschienen Worte und Zahlen auf dem Bildschirm.

»*Buena suerte,* wirklich!« rief sie, indem sie auf den Schirm deutete. »Seht her! Die *Arrow of Time* fliegt gerade Flor del Cielo an. Von dort aus fliegt sie nach Heimat und dann direkt nach Alpa.«

Mein Geist sank, und trotz meiner inneren Proteste, er möge sich heben, weigerte er sich. Meine Gefühle waren mir sicher deutlich anzusehen, denn Wendi beäugte mich mit einer wissenden Besorgnis.

»Das gefällt dir nicht, Liebes, *no?*« sagte sie. »*Je comprends.*« Sie nahm meine Hand. »*Con su permiso,* Willa. Komm, Sunshine, wir müssen reden.«

Wir gingen ins Vivarium, wo wir unter dem strahlenden künstlichen Himmel der Wüstennacht am Teich der Oase spazierengingen. Ich versuchte die Worte zu finden, um meiner Freundin und Mentorin meine Gefühle mitzuteilen und mir damit selbst über sie klarzuwerden.

»*Je ne sais pas* ... Es ist, als hätte ich eine neue Geschichte begonnen ... und plötzlich werde ich in der Zeit zurückgeworfen zur letzten … oder vielmehr … vielmehr glaube ich, in Wirklichkeit habe ich einen neuen Weg zu dem gefunden zu haben, das ich werden will, und vielleicht sollte ich auf ihm fortschreiten, statt …« Ich warf frustriert die Hände hoch.

Wendi lachte. »Vielleicht ist es doch nicht so geheimnisvoll, wie du denkst«, sagte sie. »Vielleicht ist es einfach so, daß du deine zukünftige Berufung als Geschichtenerzählerin für das Publikum aller Menschenwelten gefunden hast und nicht als wandernde Geschichten-
erzählerin leben willst, so daß du darauf brennst, deine neue Karriere ohne Umschweife oder Verzögerung zu beginnen …?«

Ich nickte. »Ganz genau«, sagte ich. »Oder besser, ich habe plötzlich gemerkt, daß ich bereits auf dem Weg *bin.*«

»Gut gesagt!« erklärte Wendi. »Aber nun nimm nicht an, du hättest alles nötige Wissen bereits erworben.«

»Oh, natürlich nicht!« rief ich. »*Vraiment,* ich habe auf dieser Reise mehr gelernt als in meinem ganzen vorherigen Leben, doch was ich am besten gelernt habe, ist, wieviel es noch zu lernen gibt, ehe ich mich mit allem Ernst als *maestra* der literarischen Kunst bezeichnen kann! Wissenschaftliche Kenntnis, die ausreicht, um geheimnisvolle Vorgänge und Gegenden genau zu beschreiben; die Annalen der Kunst selbst, damit ich nicht unbewußt die Geschichten anderer wiederhole; die tausendjährige Geschichte unserer Art, damit ich Wahrheit von Übertreibung trennen kann; die inneren Bedeutungen von Worten und Bildern; die Fähigkeit, die Matrix so kundig zu benutzen wie Willa, um mich über die Vergangenheit ins Bild zu setzen …«

Wir setzten uns unter einen Baldachin am Teich, und ich blickte zum künstlichen Horizont hinaus, wo die imitierten Dünen in einer schimmernden Fata Morgana mit dem gleichermaßen imitierten Himmel verschmolzen. Und ich stellte zu meiner Überraschung fest, daß es mir jetzt *gefiel* – das Vivarium, das Grand Palais, die Gesellschaft, die ich gefunden hatte, das Leben der Kosmokultur selbst, alles, was der Geschichtenerzählerin der Gypsy Joker einst wie arrogante Eitelkeit und leere Illusion erschienen war.

»Ha, Wendi, du hast wirklich die Wahrheit gesagt, aber ich konnte es nicht glaubten!« rief ich. »Denn ich hätte nie gedacht, daß ich selbst einmal diese Worte aussprechen würde. Ich glaube wirklich, daß ich das wahre innere Leben der Kosmokultur *liebe* – das Leben, das du mir gezeigt hast! *Certainement,* ich habe jetzt nicht den Wunsch, es zu verlassen!«

Wendi lachte. »Wie sehr du mich an mich selbst erinnerst!« sagte sie. »Aber auch du mußt lernen, wie ich es lernte, daß es in der

Kunst der Geschichtenerzähler mehr zu erlernen gibt, als in all den Annalen und Philosophien der Matrix aufgezeichnet ist, Sunshine. Du mußt die harte Wahrheit des inneren Wissens erlernen.«

»Das innere Wissen?«

»*Vraiment*. Zuerst mußt du lernen, wenn du wirklich eine Erzählerin der wahren Geschichten des Geistes werden willst, *ma petite*, daß du das Wissen um die Menschenwelten suchen mußt – *naturellement*. Aber darüber hinaus mußt du das innere Wissen deines eigenen Geistes suchen. Und dazu braucht man Geduld – eine Eigenschaft, die stets knapp ist –, aber ebenso rücksichtslose Aufrichtigkeit!«

»Meinst du, daß sie mir fehlt?« fragte ich eingeschnappt.

»Bisher gewiß nicht, Geschichtenerzählerin!« erklärte Wendi. »Aber die Autorin der wahren Lügen muß den Eid der Loge ablegen, nämlich daß, komme was wolle, um jeden Preis für die Frau oder gar den Geist selbst, die höchste Verpflichtung des Erzählers die Geschichte selbst sein muß …«

»*Je ne comprends pas* …«

»Nimm die fragliche Geschichte, Liebes, denn dies ist die Lektion, die du lernen mußt, ehe die Arbeit getan ist«, sagte Wendi. »Ist nicht die Matrixeingabe, die wir fertigstellen müssen, deine eigene Geschichte, *my dear*, an deren angemessenem Ende das Kind des Glücks, das war, einen Eigennamen für die Frau wählt, die sie geworden ist? Und wäre, was wir bisher aufgezeichnet haben, ein Roman und nicht die Geschichte deines eigenen Lebens, würdest du dann nicht den Wortkristall zornig gegen die Wand werfen, wenn er ohne die angemessene Schlußsequenz endete? Erfordert nicht *die Geschichte*, der du die Treue schwören mußt, ein Abschlußkapitel mit Pater Pan auf Alpa?«

»Vielleicht hast du recht …«, mußte ich einräumen.

»*Vielleicht* habe ich recht?« fragte Wendi amüsiert. »Kind, kennst du mich immer noch nicht gut genug, um zu wissen, daß ich *immer* recht habe und daß es kein Vielleicht dabei gibt?«

»Übergroße Bescheidenheit ist nicht gerade eine deiner Schwächen.«

Wir lachten beide, doch Wendi wurde bald wieder ernst. »Einerseits willst du deine Karriere keinen Augenblick aufschieben und nachdenken, und andererseits fürchtest du, der erste Anblick dieses herrlichsten deiner Liebhaber könnte deine neugefundene intellektuelle Leidenschaft unter einem Tsunami von *amour* verschütten, so daß du alles wieder aufgibst, um dich als Geliebte an ihn zu klammern, *no?*«

»Quelle chose!« protestierte ich. »Hältst du mich wirklich für eine Romantikerin, die ihr Leben für eine Liebe fortwirft?«

Wendi legte den Kopf schief, zuckte die Achseln und betrachtete mich jetzt, wie mir schien, eher wie eine gleichberechtigte Schwester. »*Quién sabe?*« sagte sie fast fröhlich. »Wer wüßte die Antwort, bis die Stunde der Wahrheit schlägt? Aber *certainement* ist die Geschichte deines Wanderjahrs nicht vorbei, ehe sie kommt, und ebensowenig kann die *Geschichte der Flötenspielerin des Bloomenveldts* ohne den Höhepunkt dieser Szene angemessen abgeschlossen und in die Matrix eingegeben werden.«

Wendi tätschelte mein Knie und sprach leise weiter. »Das erste sagte ich dir von Frau zu Frau, meine Liebe. Komme was da wolle, du wirst nie zufrieden sein, solange du nicht weißt, was in deinem Herzen ist. Was gibt es denn zu fürchten? Entweder wirst du eine romantische Wiedervereinigung als süßes Zwischenspiel genießen und dich damit von deiner erotischen Gleichgültigkeit befreien, um danach deinen eigenen Weg weiterzugehen, oder du wirst den ewigen Gefährten deiner Seele finden und den Vektor deines Lebens freudig und freiwillig ändern.«

Wendi rückte etwas von mir ab und sprach distanzierter. »Aber das letzte sagte ich dir aus meiner Erfahrung als Herausgeberin, die verpflichtet wurde, dafür zu sorgen, daß deine Geschichte in angemessener Form in die Matrix eingeht, und als solche spreche ich jetzt. Wir müssen unsere Erzählung damit abschließen, daß du Pater Pan auf Alpa wiedersiehst, selbst wenn dies bedeuten sollte, daß du für immer mit ihm davonläufst, innerhalb eines Jahres verlassen wirst, nie wieder eine Geschichte erzählst und als tantrische Künstlerin auf einer barbarischem Vorpostenwelt endest. Das ist es, was der Eid der Loge wirklich bedeutet, *ma chère*. Dein Leben und dein Glück kommen an zweiter Stelle, Geschichtenerzählerin; deine höchste Treue muß der Geschichte gelten.«

Ich wandte einen Moment den Blick von ihr ab und sah zu den künstlichen Sternen im Himmel des Vivariums hinauf, hinter denen die wirkliche Realität lag, der tiefe Raum, durch den wir unser Leben lang reisten; und in diesem beängstigenden Firmament verstreut lagen die Oasen unseres Geistes in der Nacht der Wüste – die weitverstreuten Menschenwelten. War es nicht eine Geschichte, der wir von den Bäumen unserer Vorfahren zu den Sternen gefolgt waren? Waren wir nicht zugleich Erzähler und Hauptpersonen? War nicht die Zauberstraße dasselbe wie der Weg des Geschichtenerzählers? Hatten nicht Pater Pan und Wendi Sha Rumi mit Recht erklärt, daß vor dem Sänger das Lied kommt?

»*Vraiment*, Wendi, du hast recht«, sagte ich schließlich. »Wir müssen das wahre Ende einer Geschichte finden, ehe wir eine andere wirklich beginnen können, *no*. Im Geiste unserer Berufung gibt es keine andere Möglichkeit.«

»In diesem Fall hast du noch viel besser gesprochen, als du es jetzt selbst verstehst, Sunshine«, sagte Wendi rätselhaft. »Denn da wir jetzt endlich von Kollegin zu Kollegin sprechen – wir haben zusammen eine lange Reise auf Kosten der Öffentlichkeit genossen, und die Begründung war, daß für unsere Zusammenarbeit ein Wiedersehen mit Pater Pan unumgänglich war. Doch selbst der schlimmste Elfenbeinturm-Künstler muß früher oder später auf die Idee kommen, daß wir Flötenspieler nicht die einzigen sind, die ihren gerechten Lohn verlangen.«

Seltsam zu sagen, aber nachdem ich mich auf diese Weise entschlossen hatte, dem Flötenspieler meines Wanderjahrs zu folgen, um die Geschichte abzuschließen, hob sich mein Geist wieder, und bald kam es mir vor, als hätte ich die ganze Zeit wie eine Närrin gegen Schatten gekämpft.

Denn was gab es zu befürchten? Glaubte ich wirklich, daß sich das Kind des Glücks, das ich gewesen war, beim ersten Anblick Pater Pans in seine Arme werfen und den neuen Weg aufgeben würde, den die Frau, die ich werden wollte, gefunden hatte? Oder daß diese Frau nicht fähig war, den Domo ihres goldenen Sommers als Kind des Glücks als einen ganz normalen Mann wahrzunehmen?

Vielleicht war das der Grund meiner Ängste gewesen, denn ich fand keinen anderen. Die Kosmokultur würde genau wie das Leben der Geschichtenerzählerin auf meine Rückkehr von Alpa warten – ein Leben, das existiert hatte, seit es bewußte Sprache gab, und das Bestand haben würde, solange es die Menschheit gab. Das einzige, das ich zu fürchten hatte, lag *certainement* in meinem eigenen Herzen, und kein Geschichtenerzähler und kein Autor von Wortkristallen konnte auf der Zauberstraße bleiben, wenn er sich weigerte, die Geheimnisse seines eigenen Herzens zu erforschen.

Und so warf ich mich auf die Vollendung unserer Arbeit, so gut ich es im Augenblick vermochte, und brütete nicht mehr über den fehlenden Höhepunkt, bis selbst Wendi erklärte, daß jedes Wort und jede Silbe auf den aufgezeichneten Wortkristallen so vollkommen war, wie es eben möglich war.

»Wirklich«, sagte sie, als wir ein spätes Abendessen aus gegrillten *fruits de mer* im Refektorium zu uns nahmen. Wir hatten gerade die letzte dieser knappen Sitzungen hinter uns. »Es gibt einen Punkt, über den man nicht hinausgehen darf, weil es sonst stilistisch bergab geht. Tja, kraft meiner herausgeberischen Fähigkeiten erkläre ich, daß wir diesen Punkt jetzt erreicht haben. *C'est fini!* Bis wir Alpa erreichen, gibt es keine sinnvolle Arbeit mehr zu tun. Nutze die Zerstreuungen, die das Grand Palais zu bieten hat, nimm einen Geliebten oder mehrere, betäube dich mit Drogen, genieße einen wohlverdienten Urlaub in der allerbesten Tradition unseres Gewerbes.«

Ich schüttelte den Kopf. »Nun, da ich mich entschlossen habe, die Geschichte angemessen zu beenden, und nun, da es nichts mehr zu tun gibt, außer den Schluß abzuwarten, fürchte ich, daß ich nur nervös durch dieses Grand Palais und dann durch das der *Arrow of Time* streifen kann, während ich darauf warte, daß die endlosen Tage vergehen ...«

»Nun, warum machst du dir dann Sorgen?« sagte Wendi ironisch.

»Sorgen?«

»Wäre dies ein Roman, den ich schriebe, dann würde ich einfach einen Zeitsprung zur nächsten wichtigen Szene machen, statt mein Publikum mit einer detaillierten Beschreibung der Langeweile dazwischen zu vergraulen«, sagte Wendi. »Warum bist du nicht genauso gnädig mit dir? Wir werden Flor del Cielo in ein oder zwei Tagen erreichen, und wenn wir dort sind, kannst du im Dormodul der *Arrow of Time* reisen. Während du im traumlosen Schlaf liegst, werde ich im Grand Palais reisen und mich um einige Pflichten kümmern, die ich etwas vernachlässigt habe, und wenn du wach wirst, sollte ich schon Pater Pans Aufenthaltsort für dich gefunden haben.«

Ich schnippte ein-, zwei-, dreimal mit den Fingern. »Wie der Rapid!«

Und so kletterte ich abermals im langen Zentralflur eines Dormoduls, das vom Boden bis zur Decke mit Glaskästen ausgestattet war, eine metallene Leiter hinauf und nahm zwischen den nicht ganz so geehrten Passagieren, die traumlos schliefen, meinen Platz ein.

Doch jetzt hatte ich keine Angst, als ich mich mit dem Gitterhelm hinter dem Kopf auf die gepolsterte Liege legte. Und keine klaustrophobische Angst, als hinter mir die Tür des Abteils zuglitt. Soviel war geschehen, seit ich zitternd meine erste Reise von Glade nach Edoku unternommen hatte. Ich hatte meine Geburtswelt verlassen, im großen Edoku selbst bestanden, im gefährlichen Bloomenveldt überlebt, war als Geehrter Passagier gereist, hatte meine wahre Berufung gefunden, und bald, *vraiment*, im nächsten Augenblick meines Wachbewußtseins, würde ich den Planeten erreichen, auf dem die Geschichte meines Wanderjahrs enden sollte. Und hatten mir nicht Pater Pans eigene Worte, von der Matrix bestätigt, gesagt, daß er eben diesen Prozeß Dutzende oder Hunderte Male überlebt hatte?

Vraiment, erforderte nicht die Ästhetik, daß ich genau auf diese Weise zu ihm reiste?

Und so fühlte ich nur Frieden, als die versteckten Maschinen zu summen begannen und mein Kopf von etwas Kühlem, Mechanischem zärtlich berührt wurde – die Versprechung einer blitzschnellen Versetzung zum triumphierenden Abschluß der Geschichte meines Wanderjahrs. Schnipp! Schnipp! Schnipp! Wie der –

– Rapid!

Die Tür meines Abteils ging auf, als ich erwachte. Ich rieb mir mit einer beiläufigen Geste den Schlaf aus den Augen, als sei ich aus einem kurzen Nickerchen erwacht, rollte von der Liege, kletterte die Leiter hinunter und erwartete, mich mitten im Gedränge der Leute wiederzufinden, die aussteigen wollten, wie ich es erlebt hatte, als ich im Dormodul der *Bird of the Night* bei meiner Ankunft auf Edoku erwacht war.

Statt dessen war der Gang des Dormoduls jedoch bis auf Wendi Sha Rumi und den Med Crew Maestro der *Arrow of Time* verlassen. Keine anderen Passagiere kletterten aus ihren Kammern, keine Schweber trugen Gepäck, keine Ankündigungen kamen über den Schiffslautsprecher, keine Spannung lag in der Luft – nur Wendi, der Med Crew Maestro und ich zwischen den Stapeln und Reihen stummer Schläfer.

Und als wäre dieses Erwachen noch nicht grob genug, war da auch noch Wendis Benehmen. Noch nie hatte ich sie so düster, so ängstlich gesehen. Wirklich, sie schien meinen Blicken auszuweichen.

»Was ist los?« wollte ich wissen.

»Ich kann Ihnen versichen, daß es bei der Wiedererweckung keine Anomalien gegeben hat«, platzte der Med Crew Maestro heraus. »Ich bin nur anwesend, weil es zum normalen Verfahren der –«

»Warum wurde dann keiner der anderen Passagiere aufgeweckt? Hat es eine Fehlfunktion gegeben bei –«

»Gewiß nicht!« schnappte der Med Crew Maestro beleidigt. »Fragen Sie lieber diese Person hier, warum die normale Prozedur gestört werden mußte, um *Sie* auf besondere Anweisung einen Tag früher zu wecken. Wir sind noch gut vierundzwanzig Stunden von Alpa entfernt!«

»Wirklich?« fragte ich Wendi. Sie nickte nur. »*Warum?*«

»Weil dir eine schwierige Entscheidung bevorsteht, Sunshine«, sagte sie mit uncharakteristischer Schwäche. »Wir brauchen Zeit zum Reden ...« Sie warf nervöse Seitenblicke zu den Reihen der schlafenden Reisenden, die uns umgaben, zum entrüsteten Med Crew Maestro. »Aber *certainement* nicht *hier!*«

Da konnte ich trotz meiner ängstlichen Neugier sofort zustimmen, denn das Ambiente des Dormoduls zwang zu ängstlichem Schweigen, der Med Crew Maestro konnte es kaum erwarten, daß wir verschwanden, Wendis Stimmung war mehr als genug, um mich mit Furcht zu erfüllen, und ich konnte mir kaum einen weniger geeigneten Raum vorstellen, um schlechte Neuigkeiten zu hören. Deshalb hielt ich den Mund und ließ mich von ihr aus dem Dormodul, durch den Mittelgang des Schiffs und in ihre Luxuskabine führen, ohne ein Wort zu sagen.

Als die Tür hinter uns geschlossen war und wir nebeneinander auf dem Bett saßen, legte Wendi mir eine Hand aufs Knie und begann, immer noch ohne meinem Blick voll zu begegnen, zu sprechen.

»Wie ich es versprach, habe ich Pater Pan ausfindig gemacht«, sagte sie. »Er wohnt in der Ferienstadt Florida an der Côte Grande des Äquatorialkontinents Solaria, wo er sozusagen der Domo eines Stammes von Kindern des Glücks ist.«

»Aber das ist ja wundervoll!« rief ich. »Warum dann das lange Gesicht? Warum –«

Wendi gebot mir mit erhobener Hand Schweigen, und endlich erwiderte sie direkt meinen Blick, wenn auch mit besorgtem Ausdruck. »Ich muß jetzt etwas tun, von dem ich genau weiß, daß es eine nutzlose Geste ist«, sagte sie. »Aus meinem Wissen als Herausgeberin kann ich dir erklären, daß der Eintrag in der augenblicklichen Form für die Matrix geeignet ist und daß eine Reise nach Florida jetzt schlimmer als überflüssig wäre.«

»*Was*? Aber du hast doch selbst darauf bestanden –«

»Von Frau zu Frau, von Freundin zu Freundin muß ich versuchen, dir den Rat zu geben, den Tatsachen ins Gesicht zu sehen und Alpa sofort wieder zu verlassen, wenn wir in den Orbit einschwenken – mit dem ersten Sprungschiff und ohne Rücksicht auf das Ziel«, sagte Wendi ohne wirkliche Überzeugung, wie mir schien.

»Was meinst du damit, Wendi?« fragte ich. »Solche Geheimnistuerei ist doch wirklich nicht dein Stil!«

»Sowohl als deine Herausgeberin als auch als Freundin deines Herzens muß ich dir sagen, daß das, was du in Florida finden würdest, alles andere als ein ästhetischer Ausgang der Geschichte deines Wanderjahrs wäre.«

»*Merde,* Wendi, spuck den faulen Bissen aus, egal wie schlecht er schmeckt«, sagte ich ärgerlich. »Glaubst du denn wirklich, die Geschichtenerzählerin oder die Frau könnte zulassen, daß du sie daran hinderst, das wahre Ende der Geschichte ihres Wanderjahrs zu finden? Warst du es nicht, die mich den Stammeseid schwören ließ, daß die erste Verpflichtung der Geschichte gilt?«

»*Vraiment*«, sagte Wendi mit einem kleinen Achselzucken. »Aber ich finde keine Möglichkeit, das, was du jetzt erfahren willst, als etwas anderes als eine Verletzung eben dieses Geistes zu bezeichnen.«

»Hör doch mit der Geheimnistuerei auf!« schrie ich. »Erwartest du wirklich, daß ich meine Neugier bei einer Angelegenheit, die für meinen Geist und meine Kunst so wichtig ist, zurückhalte und einfach glaube, daß Unwissenheit ein Segen wäre?«

Wendis Verhalten änderte sich völlig. »Ich sagte ja, daß ich eine vergebliche Geste machen müßte, Liebes«, sagte sie mit viel härterer Stimme, »denn du hättest mich für gemein gehalten, wenn ich es nicht wenigstens versucht hätte, nachdem du gehört hast, was du jetzt hören mußt. Also halte mich nicht für gemein, wenn ich dir von Kollegin zu Kollegin sage, daß ich nicht schlecht von dir gedacht hätte, wenn ich Erfolg gehabt hätte.«

»*Wendi –*«

»– Pater Pan ist ladersüchtig, das ist es kurz und bündig, meine *pauvre petite;* er folgt dem Weg des Auf und Davon.«

Ich muß geschrien haben, doch ich erinnere mich nur noch, daß ich plötzlich benommen auf dem Bett saß, als hätte ich einen Hammer vor dem Kopf bekommen.

Bilder aus meiner Erinnerung, keine Worte, ergossen sich in einer schäumenden Woge durch mein Bewußtsein. Pater Pans fröhlich lächelndes Gesicht, umgeben von seiner goldenen Mähne aus Sonnenlicht. Der strahlende Kreis der aufgehenden Sonne über dem Bloomenveldt. Der Anblick des Meeres bei meiner triumphierenden Rückkehr in die Menschenwelten. Guy Vlad Boca, der mich lüstern über unsere Reistafel im Crystal Palace anblickte, als wir glücklich mit Hinterlist und Vereinigung spielten. Guys schlaffes, leeres Gesicht unter dem Band des Laders im Hotel Pallas. Guy, der in vollkommenem Bloomenkind-Entzücken seinen Lotus anstarrte. Doch als Antlitz all dessen, gegen das sich mein glühendheißer Zorn richtete und Rache suchte, als Antlitz des Feindes, der jetzt den Geist Pater Pans genommen hatte, wie er im Duftgarten schließlich Guys genommen hatte, sah ich nur das gestaltlose Gesicht der Leere.

»Sunshine! Sunshine!« Wendi schüttelte mich an den Schultern. »Geht's dir nicht gut?«

Ich blinzelte. Ich schauderte. Irgendwo in mir wuchs eine kalte Entschlossenheit. Schließlich beantwortete ich diese dümmste aller Fragen. »Ich hab' noch alle Tassen im Schrank, wenn du das meinst«, sagte ich. »Natürlich wissen wir beide, daß ich nach Florida gehen muß, sobald das Schiff Alpa erreicht.«

Im Nachhall des Schocks verwischten sich die Emotionen zu etwas Kompliziertem, das ich kaum verstehen konnte. Einmal hatte ich Guy mit meiner Willenskraft und meinen Armen aus der bösen Umarmung des Laders gerissen, und doch hatten ihn alle meine Anstrengungen nicht vor seiner Blume der Vollkommenheit retten können, und ich war gezwungen gewesen, den Geist eines wahren Freundes und Geliebten aufzugeben, um meinen eigenen zu retten. Nun war der, dessen Geist Raum und Zeit überwunden hatte, um in der Traumzeit in meiner Stunde der Not auf dem Bloomenveldt bei mir zu sein, in derselben schlimmen Lage, aus der ich einst Guy gerettet hatte. Gewiß stand diesmal das Überleben meines eigenen Geistes kaum in Frage! Gewiß konnte ich nicht wieder einen Freund und Geliebten seinem erbarmungslosen Schicksal überlassen, welcher Dämon seines eigenen Geistes ihn auch immer zu diesem Harakiri der eigenen Seele verleitet hatte!

All dies kam in dieser kalten, entschlossenen Feststellung über meine Lippen, und Wendi schien den ganzen Gehalt zu begreifen. »Natürlich mußt du es tun, Liebes«, sagte sie mitfühlend und weich. »Wenn ich du wäre, würde ich mich schämen, wenn ich es nicht täte …«

Sie umarmte mich einen Augenblick und gab mich wieder frei. »Ich kann dich nach Florida begleiten, wenn du willst«, sagte sie, »aber dieses Angebot ist nur eine weitere vergebliche Geste im Interesse der Freundschaft, *no* …«

»In der Tat, Wendi«, erwiderte ich leise. »Aber verstehe, daß ich es mit demselben zärtlichen Geist zurückweise, mit dem es ausgesprochen wurde.«

»Gut gesprochen, Freundin und Kollegin«, sagte sie. »Ich werde also in Lorienne, das ist Alpas Metropole, auf deine Rückkehr warten, denn nun ist mein früheres Angebot, das auf meinen herausgeberischen Fähigkeiten fußte, erledigt, und wir müssen die Geschichte der Flötenspielerin des Bloomenveldts beenden – was auch immer in Florida passiert.«

»Ich will dir nichts versprechen, Wendi«, erklärte ich ihr aufrichtig. »Nicht einmal, daß wir uns je wiedersehen.«

»Hoppla – aber ich kann dir zum Ausgleich *zweierlei* versprechen, Liebes«, sagte Wendi Sha Rumi. »Erstens, daß die Geschichte enden wird wie jede andere, damit eine neue beginnen kann, wenn dein Herz es jetzt auch nicht glauben kann; und zweitens, daß ich, wenn du einen Weg findest, das Ende *dieser* Geschichte süß in deinem Geist klingen zu lassen, gern zugeben will, daß du die größere Meisterin unserer gemeinsamen Kunst bist.«

Die Stunden zwischen meinem Erwachen in diese bittere Wahrheit und der Ankunft der *Arrow of Time* im Orbit um Alpa verbrachte ich damit, alles, was greifbar war, über den Lader zu erfahren, denn ich war nicht mehr das naive junge Mädchen, das sich dumm und mit seliger Unschuld ins schreckliche Bloomenveldt gewagt hatte, ohne die psychischen Gefahren des Terrains studiert zu haben. Doch was ich beim Studium dieser Dinge lernte, tat leider wenig, außer mir den Mut zu nehmen.

Ich hatte schon vorher gewußt, daß der Lader das Elektrohologramm des menschlichen Bewußtseins verstärkte, ohne seine Topologie zu verändern, so daß das, was die Ladersüchtigen angeblich erlebten, eine Verstärkung des subjektiven Bewußtseins ohne Störung der vorher bestehenden Persönlichkeit war.

Doch da bei jeder Ladung die Verstärkung auf Kosten eines Stabilitätsverlustes des Gesamtmusters geschieht, wird die ›Persönlichkeit‹ des Süchtigen immer unbestimmter – ganz ähnlich der Auflösung eines Holobildes, das zwar durch die Zerstörung von Teilen des Trägers nicht gestört wird, aber immer schwächer wird, bis im Auf und Davon die tödliche Phase erreicht wird.

Alle Abhandlungen, die ich studierte, stimmten bis zu diesem Punkt überein, doch die Berichte über die Persönlichkeit des Ladersüchtigen selbst, das, was über die Natur der im Auf und Davon auftauchenden Dinge gesagt wurde, waren unbestimmter und fragmentarischer und immer nebulöser, je tiefer die Wissenschaftler in dieses fremdartige Reich einzudringen versuchten.

Einige nannten es eine Serie von »Pseudopersönlichkeiten«, die durch zufällige Anregung von Neuronen im Erinnerungsspeicher des Gehirns geschaffen wurden – jene Speicher, aus denen die Individualität des bisherigen Menschen gelöscht worden war. Andere behaupteten, genetische Codes unserer Art würden in den leeren elektroholographischen Bereich hinaufgetragen, so daß sich die Archetypen, die als kollektives Unbewußtes in unseren Genen gespeichert seien, manifestieren konnten.

Und über das Ende selbst wagten nur die Anhänger des Laders selbst zu spekulieren, und wie man erwarten konnte, waren sie einhellig der Meinung, daß das Atman selbst im Augenblick des Auf und Davon mit ihrem Geist verschmolz.

Kein Wunder, daß es Menschen gab, die delphische Verkündungen von den Lippen solcher Orakel erwarteten – denn beruhten nicht alle primitiven Religionen der Menschen im Grunde auf dem Glauben, daß man, indem man ihre Vorschriften, Praktiken und Rituale beachtete, schon auf dieser Seite des Todes ein lebendes Nirwana erreichen könne? *Vraiment*, waren nicht solche Psychonauten, die Betrachtungen über den Tod anstellten, schon immer unsere Schamanen gewesen?

Und gab es nicht solche Schamanen – oder wenigstens die Prätendenten auf den Thron – auch in unserem gebildeten und erleuchteten Zweiten Raumfahrenden Zeitalter? War nicht Cort, mein Psychonauten-Geliebter in Nouvelle Orlean, ein solcher? Und Raul? Und Imre? Und die sterbenden Babas des Bloomenveldts? Und vor allem Guy Vlad Boca, der das absolute Amüsement seiner kurzen, lebenslangen Suche im Duftgarten in seiner Blume der Vollkommenheit gefunden hatte.

Aber *Pater Pan?* Auch ein noch so intensives Studium konnte mich nicht dazu bringen, mir auch nur vorzustellen, wie der König der Gypsies und der Prinz der Joker der tödlichen Verführung des Laders zum Opfer gefallen war. Nicht der Flötenspieler Pan, dessen Ziel immer die Reise ohne letztes Ziel gewesen war, nicht er, der geschworen hatte, alle Menschenwelten und die Geschichte unserer Art zu sehen oder beim vergeblichen Versuch edel unterzugehen. Wie konnte sich ein solcher Mann entschlossen haben, seine Geschichte als böse Farce zu beenden, als Ladersüchtiger, der in einer kleinen Stadt auf einem kaum bekannten Planeten sein Leben aushauchte?

Ich wußte es nicht. Ich verstand es nicht. Doch bald genug würde ich mich der unausweichlichen Realität stellen müssen. Und alle Kräfte meines Geistes und alle meine Herzenswünsche sollten am Ende nicht gegen sie ankommen.

29

Florida war eine kleine Stadt, die an einer tropischen Bucht zwischen einem weiten, halbmondförmigen Strand und einem niedrigen, bewaldeten Gebirgszug, den Meeresalpen, lag – in Wirklichkeit waren letztere nur bessere Hügel, die scharf die Grenze der Stadt zum Inland umrissen, und wie erwartet lagen viele der teuersten Häuser auf dem Plateau, das knapp unter dem Kamm auf der Seeseite lag. Die Bucht war blau, der Sand verblüffend rosa, das Blattwerk der Hügel hatte rötlich-grüne Pastelltöne. Der Himmel war strahlend blau, und das Wasser der Bucht war gesprenkelt mit einem Dutzend oder mehr kleiner sandiger Inseln, auf denen nicht mehr wuchs als vereinzelte Büschel von purpurnem Salzgras.

Hier und dort ragten Vergnügungsmolen und gedeckte Pavillons in die Bucht hinaus, und auf dem Wasser waren allerlei Freizeitfahrzeuge unterwegs, wobei Segelboote den Vorzug zu genießen schienen, deren dominierende Färbungen Blau, Rosa und Weiß waren.

Es ginge vielleicht etwas zu weit, Florida als Stadt zu bezeichnen, denn in Wirklichkeit war es eher eine größere Gemeinde, die die Bucht mit einem Saum niedriger und bewußt unauffälliger Gebäude umgab und deren Bezirke man mit einem gemütlichen Nachmittagsspaziergang durchqueren konnte. Durch stillschweigende Übereinkunft, vielleicht auch von Gesetzes wegen, war kein Gebäude höher als vier Stockwerke, und die meisten waren in Weiß, Rosa und Blau gehalten, so daß sie sich harmonisch in die Landschaft einfügten. Nirgends waren Fabriken zu sehen, und die dem Gewerbe vorbehaltenen Gebäude waren kleine Gasthöfe, Restaurants, Boutiquen, Tavernen und so weiter. Einige kleine, offene Schwebetaxis standen zur Verfügung, doch die Bevölkerung schien überwiegend zu Fuß zu gehen.

Kurz gesagt, als ich am Strand aus dem Schweber ausstieg, der mich von Lorienne herübergebracht hatte, stand ich in einer grünen, stillen Szene, glücklich isoliert vom Gedränge in den Zentren der zivilisierten Welten; eine Gegend für Ferien und Sportler oder für jene, die ein gemütlich zurückgezogenes Leben dem komplizierten Stadtleben vorzogen. Seltsam, doch das Ambiente erinnerte mich irgendwie an Nouvelle Orlean, nachdem ich einerseits so viele Wochen in Baumwipfeln verbracht und andererseits die künstlichen Umwelten von Edoku und Ciudad Pallas und die der Sprungschiffe gesehen hatte, wenn *certainement* Florida auch ein bescheidenes Kleinformat von Nouvelle Orlean war.

Den Ort herauszufinden, wo Pater Pan sich höchstwahrscheinlich aufhielt, war ganz einfach, denn selbst vom Strand aus konnte ich deutlich ein Gesprenkel vielfarbiger Zelte auf einem Plateau etwa drei Viertel die Hügelflanke hinauf sehen.

Ich nahm kein Schwebetaxi, sondern ging zu Fuß durch die Straßen der Stadt zum betreffenden Hügel. Die Straßen waren gepflastert oder, besser, bestreut mit buntem Kies aus winzigen Muscheln und den Bruchstücken größerer Exemplare, die angenehm unter den Füßen knirschten, wenn man darauftrat.

Die Bürger der Stadt schienen in zwei Gruppen zu zerfallen: etwas bleiche Städter, offenbar auf Urlaub, und gut gebräunte Einheimische, die deutlich in der Minderzahl waren. Lendenschurze, Shorts, Badeanzüge und so weiter waren die bevorzugten Kleidungsstücke, doch auch völlig nackte Körper fehlten nicht, wenn auch *naturellement* der ästhetische Effekt all dieses nackten Fleisches bei den gutaussehenden Eingeborenen erheblich angenehmer war als bei den *turistas*. Seltsam – obwohl es hier viele junge Leute gab und obwohl ein solcher Ferienort ideal für solche Unternehmungen schien, sah ich keine organisierten Trupps von Straßensängern, Händlern, Geschichtenerzählern und so weiter auf diesen vielversprechenden Straßen.

Dennoch, die Sonne schien hell, die Stadt war angenehm, die linde Luft trug süße Düfte von Blumen und salzigem Tang heran, und mein Geist schwebte trotz aller Befürchtungen meines Verstandes, denn es war wirklich schwer, sich in einer solchen Umgebung solch dunkle, urbane Schrecken wie die Ladersucht vorzustellen.

Als ich schnaufend und leicht schwitzend den Vorsprung erreichte, auf dem sich das Lager befand, war mein Geist immer noch leicht. Dieses Camp besaß nicht die Größe und die Pracht, mit der sich die Gypsy Joker im großen Edoku eingerichtet hatten, aber dennoch füllte sein Anblick mein Herz mit einer rosigen, nostalgischen Sehnsucht nach dem goldenen Sommer, den ich als neugeborenes Kind des Glücks dort verbracht hatte. Und obwohl dieses Lager kaum mehr als ein oder zwei Dutzend Zelte in verschiedenen Größen, Formen und Farben umfaßte, stellte der Ausblick, den es bot, alles, was ich auf Edoku gesehen hatte, in den Schatten. Vom Rand des Lagers blickte ich über die bewachsenen Hügelflanken hinunter, über die winzigen Häuser der Stadt und den rosafarbenen Strand hinweg, zu einem azurblauen Meer, auf dem winzige blaue, weiße und rosafarbene Segel im Wind trieben wie ein Schwarm bunter Seemöwen.

Erst als ich das Lager selbst betrat, löste sich der Bann der friedvollen und vollkommenen Schönheit auf.

Einmal waren überwiegend sehr junge, halbstarke Alpaner anwesend, kaum alt genug, um als Kinder des Glücks auf ihrem Wanderjahr von anderen Planeten gekommen zu sein; einige trugen zwar das Vielfarbige Tuch, doch ihre Halstücher und Schärpen waren aus neuen Flicken zusammengesetzt statt aus den ehrlich erworbenen Abzeichen eines Wanderlebens.

Außerdem – und noch beunruhigender – waren praktisch keine Handwerker oder Imbißverkäufer zu sehen und keine tantrischen Künstler, als lebte das Lager – und ich sollte bald herausfinden, daß dies der Wahrheit entsprach – überwiegend von der Großzügigkeit nicht allzu weit entfernter Eltern. Die paar wahren Kinder des Glücks, die ich ausmachte, schienen ein ziemlich unangenehmer Haufen zu sein; offenbar schon lange unterwegs, hatten sie sich vielleicht wie Raubtiere gesammelt, um die Energien – vom Geld ganz zu schweigen – der jungen Alpaner anzuzapfen.

Die Aktivitäten, die dort stattfanden, waren kaum geeignet, dem Mythos zur Ehre zu gereichen. Viele junge Leute lagen rotäugig und betäubt herum. Andere schluckten große Becher Wein oder verschiedene Rauschgifte, und der Handel, den ich beobachten konnte, spielte sich hauptsächlich in diesen Bereichen ab. Hier und dort hatten sich Paare oder Gruppen zu ziemlich unbeholfenen tantrischen Figuren zusammengefunden – nicht sehr kunstvoll und ohne besondere Energie. Überall lagen Essensreste und leere Flaschen verstreut, über die kleine gelbe Insekten herfielen, und der allgemeine Duft war nicht gerade entzückend und erinnerte eher an verwesende organische Materie und ungewaschene Körper denn an duftenden Weihrauch und kulinarische Genüsse.

Ich fand das Ambiente des Lagers, das ich unter den gleichgültigen Blicken seiner Bewohner durchwanderte, ausgesprochen widerlich – soll heißen, ich fürchtete mich vor dem, das ich in seinem Zentrum entdecken würde, denn ich wußte nur zu gut, wer und wie es sein würde. Ich brauchte auch nicht lange, um den richtigen Ort zu finden, denn fast im Zentrum des Lagers stand das größte Zelt von allen, ein geschlossener Pavillon, der aus Vielfarbigem Tuch zusammengenäht war.

An der Plane, die das Innere abschirmte, wurde ich von einem zottigen, triefäugigen Burschen angesprochen, der vielleicht fünf Jahre älter war als ich. Er versperrte mir den Weg und hielt mir einen Chip-Umbucher unter die Nase. »Vier Krediteinheiten für eine Audienz beim Orakel«, sagte er.

»Was? *Quelle chose!* Was soll diese Unverschämheit?«

»Ein kleiner Preis für die wahre Stimme des Auf und Davon«,

sagte er überheblich. »Versuche, dasselbe irgendwo auf Alpa zu einem niedrigeren Preis zu bekommen, und du wirst sehen, wie weit du kommst.«

»Merde!« murmelte ich wütend, doch ich gab ihm lieber meinen Chip, statt noch länger mit diesem frechen Kerl über seine Bettelei zu streiten. Als die verlangten Einheiten transferiert waren, hielt er mir die Plane hoch und ließ mich in das dunkle Heiligtum ein.

Das Innere des Zeltes war mit staubigen, fadenscheinigen Polstern ausgelegt. Auf diesen saßen ein paar Dutzend Jünger zurückgelehnt und schläfrig in verschiedenen Rauschstadien, schluckten Wein und Bier, schnüffelten an Drogen und richteten ihre unterschiedlich benebelte Wahrnehmung auf die Gestalt, die im Zentrum des Zeltes auf einem großen Nest von Kissen saß wie ein Pascha.

Vraiment, es war Pater Pan.

Aber leider nicht der Pater Pan, den ich gekannt hatte.

Sein Traje de Luces hing in losen Falten über dem hageren Körper. Sein goldenes Haar und der Bart waren ungekämmt, verfilzt und grau durchsetzt. Seine Haut war faltig und bleich, die Wangen eingefallen, und unter den Augen hatte er dunkle, runzlige Ringe. Seine Augen ...

Seine wundervollen blauen Augen schienen größer und heller als je zuvor, doch nun lagen sie in tiefen, schattigen Höhlen und wirkten unscharf und irgendwie spröde wie Kugeln aus gebrochenem blauem Marmor. Um seine Stirn lag das Metallband des Laders, über Drähte mit der Konsole verbunden, die in seinem Thron aus Kissen verborgen war.

Vor ihm stand aufmerksam ein junges Mädchen, als erführe sie seine Weisheit. Und tatsächlich sprach Pater Pan, wenn auch mit Augen, die irgend etwas in mittlerer Entfernung zu fixieren schienen, und in einem leeren Vortragston, der sich an niemand besonders zu richten schien. »Verweile nicht in den gemeinen Straßen der Stadt Hameln, sondern folge mir zum Zauberberg ...«

»Heißt das, ich soll jetzt mein Wanderjahr beginnen?«

»Fürchte nicht den Zigeunerkönig, Mädchen, denn wir alle müssen eines Tages aus dem Haus unserer Eltern gestohlen werden und fortlaufen, um uns dem Zirkus anzuschließen ...«

»Aber nun sagst du, ich soll auf ein Zeichen warten?«

»Als Ronin erkenne ich keinen Meister an außer der Ehre ...«

»Aber –«

»Genug!« sagte ein älteres Mädchen, das zu Füßen Pater Pans hockte. »Du hast bereits mehr als genug für deine vier Kredite bekommen!«

Sofort erhob sich ein Junge aus der vordersten Reihe und schob sie mit den Ellbogen fort. »Wie kann ich die Zuneigung von Krista gewinnen, Pater Pan?« fragte er.

»Sei kein schweinischer Lohnsklave des Pentagon, sondern begebe dich zum Goldberg und reise durch die langen, langsamen Jahrhunderte zwischen den Sternen und folge dem Funken der Arkies in dir ...«

Ich stand viele Minuten hinten im Zelt – abgestoßen, entsetzt, gebannt und verzweifelt –, während nacheinander die zahlenden Kunden vor Pater Pan gelassen und hinausgedrängt wurden, nachdem sie ihn mit ihren kleinlichen Fragen behelligt und dafür sein delphisches Geplapper erhalten hatten.

Ich hatte mich weit genug in die Wissenschaft vertieft, um zu wissen, daß das, was ich sah, ein Mann war, der schon lange den *point of no return* auf dem Weg zum Auf und Davon überschritten hatte.

»Der König der Gypsies lebt nicht mehr, lang lebe der Prinz der Joker, wenn es auch natürlich sehr *kleine* Berge sind ...«

Denn während die Kadenzen und die Musik seiner Worte eine gewisse hypnotisierende Faszination besaßen, die das innere Ohr in die schlammigen Tiefen hinablockte, wußte ich genau, daß dies in Wirklichkeit isolierte und fragmentarische Erinnerungsbrocken waren, die freigegeben wurden, weil kein übergreifendes Muster mehr existierte. Kein Ladersüchtiger, der bis zu diesem Zustand fortgeschritten war, war je als bewußter Geist in die Menschenwelten zurückgekehrt; denn an diesem Punkt war die integrierende Persönlichkeit nicht nur unterdrückt, sondern für immer ausgelöscht – jedenfalls behaupteten das die Wissenschaftler –, so daß nur zusammenhanglose Speicherplätze im Gehirn übrigblieben, die willkürlich ihren Inhalt entluden.

»Vor dem Sänger war das Lied, dem wir auf der Zauberstraße von den Bäumen unserer Vorfahren folgten, um uns ins phantastische Leben zwischen den Sternen zu wagen ...«

Der Pater Pan, den ich gekannt und geliebt hatte, war für immer verschwunden – jedenfalls behauptete das die Wissenschaft –, und wollte ich ihm jetzt gegen den Widerstand all dieser verdammten Jünger das Band mit Gewalt vom Kopf reißen, dann würde ich dennoch nur ein Halbwesen retten, nicht anders als jenes, das ich jetzt sah, das noch ein paar Jahre in der Obhut von Heilern in einem Sanatorium vor sich hatte.

Ich war zu spät gekommen. Diese gesichtslose Kraft, die Guy Vlad Boca gepackt hatte, hatte irgendwie auch den edlen Pater Pan in ihre Gewalt bekommen, als wollte sie sich an mir rächen, nachdem ich auf einzigartige Weise als Flötenspielerin des Bloomenveldts triumphiert hatte – auf die häßlichste Weise, die ihr zur Verfügung stand.

Doch wenn ich auch im Grunde nichts tun konnte, so konnte ich es auch nicht lassen, denn wie Wendi gesagt hatte und wie ich jetzt mit einem Zorn, der jede Vernunft überstieg, erkannte, war der Augenblick für eine vergebliche Geste gekommen.

Ich schritt kühn und energisch weiter ins Zelt hinein, ging ohne Zögern an jenen vorbei, die darauf warteten, daß sie an der Reihe wären, das Orakel zu befragen, und anscheinend schritt ich mit solcher Energie aus, daß niemand Einwände machte.

»Pater! Ich bin's, Sunshine!« rief ich.

»Im Sommer der Liebe in der Stadt an der Bucht trugen wir alle Blumen im Haar …«

Seine übernatürlich hellen, doch völlig leeren Augen schienen durch mich hindurchzustarren, und sein Geplapper war, soweit ich sehen konnte, ebenso für diese oberflächlichen Wesen, die an seinen Lippen hingen, wie für mich bestimmt.

»Merde!« rief ich vor Wut zitternd. »Du bist Pater Pan, und ich bin Sunshine Shasta Leonardo, und einst im großen Edoku waren wir Freunde und Geliebte! Erinnerst du dich nicht an unsere gemeinsame Zeit?«

»Die Karawanen der Gypsies und Handwerker singen die einzige Geschichte, die es im schwarzen Wald der Nacht zu erzählen gibt …«

»Merde! Caga! Sprich zu mir, Pater, sprich als Mann und nicht als Stimme aus einem zerebralen Wirbelsturm!«

»Hör sofort auf, so mit dem Meister zu sprechen!«

»Du hast genug für vier Krediteinheiten bekommen!«

»Der nächste ist an der Reihe!«

Ich wirbelte herum, als sich das Gezeter hinter mir erhob, und fühlte in dieser Gesellschaft beinahe genauso viel persönliche Kraft, wie meine theatralisch überzogene Stimme vermuten ließ. *»Schweigt, ihr Flegel!«* befahl ich. »Ich bin Sunshine Shasta Leonardo, die Flötenspielerin des Bloomenveldts, und ich will mit meinem alten Kameraden und Geliebten ohne weitere ungebührliche Unterbrechungen von Euresgleichen sprechen!«

Die Wahrscheinlichkeit, daß einer der Anwesenden auch nur den Schimmer einer Ahnung hatte, wer die Flötenspielerin des Bloomenveldts war, war zwar verschwindend gering, doch diese geistlosen, traurigen Nachbildungen von Kindern des Glücks waren durch meine Worte so verblüfft, durch mein Verhalten und die Kraft dahinter so beeindruckt, daß sie eingeschüchtert verstummten.

Doch statt meinen Zorn zu mildern, indem sie eine respektvoll gehorsame Haltung einnahmen – sogar die Zeithüterin des Orakels fügte sich –, fühlte ich nur äußerste Verachtung, denn kein wahres Kind des Glücks, das ich je kennengelernt hatte, hätte sich so schwächlich vor der bloßen Darstellung von Autorität gebeugt.

»Erinnere dich, Pater, bitte, erinnere dich«, schmeichelte ich Pater Pan flehend; ich versuchte mit meinen Worten nach einer Stelle zu tasten, nach einem winzigen Halt, mit dem ich seine Schale aufreißen und den Mann im Innern erreichen konnte. »Erinnerst du dich, als du noch der König der Gypsies und der Prinz der Joker warst? Erinnerst du dich? Weißt du noch, die Zeit im Garten über dem Wasserfall? Weißt du nicht mehr, wie ich dein Lingam in einer Duschkabine packte? Erinnerst du dich nicht mehr an Sunshine, der du den Namen gabst? Erinnerst du dich nicht mehr an die Nacht, als du mir erzähltest, was im Herzen deines Herzens liegt?«

Endlich drehte Pater Pan sein Gesicht zu mir herum wie ein Blatt, das der Sonne folgt, doch immer noch schien sein Blick durch mich hindurchzugehen. »Erinnern ...?« sagte er. »Erinnern ...? Erinnern ...?«

»Ja, Pater, *erinnere dich!* Erinnere dich an Sunshine, oh, bitte, *kudasai*, Liebster, *erinnere dich an mich!*«

»An Sunshine erinnern ..... ich erinnere mich an eine Sunshine unter den gewaltigen roten Bäumen des großen Waldes ... ich erinnere mich an eine Sunshine in meinen Armen, die ich in den langen, langsamen Jahrhunderten zwischen den Sternen auf dem Flügel liebte ... ich erinnere mich an eine Sunshine auf Novi Mir ... ich erinnere mich an eine Sunshine auf Edoku ... ich erinnere mich an eine Sunshine auf Elysium ... ich erinnere mich an den Sonnenschein meines Lebens auf der Zauberstraße ...«

Das war mehr, als ich verkraften konnte! Wenn der Bann, den ich brechen mußte, die Macht der Elektronik des Laders über seine höheren Gehirnzentren war, wenn die Kraft des *Wortes* jetzt nicht half, dann mußte ich meine eigenen elektronischen Kräfte ins Spiel bringen. Ich mußte den Ring benutzen, dessen Kraft ich nicht mehr zu meiner Freude oder meinem Gewinn eingesetzt hatte, seit er mich im Duftgarten so schmählich verraten hatte. Ich mußte meine erotische Kunst augenblicklich wieder aufnehmen, trotz des Fehlens von süßem oder sonst irgendeinem Verlangen, denn ich sah keine andere Möglichkeit, als ihn an seiner kundalinischen Wurzel zu packen, die normalerweise alle anderen Wahrnehmungen überdeckt, wenn sie mit weiblicher Kraft ergriffen wird.

Ich schaltete also meinen Fühler ein und packte unter dem Oooh und Aaah der Voyeure im Zelt durch den Stoff seiner Hose seinen schlaffen Phallus. »Wenn du dich an sonst nichts erinnerst, *mon ami,* dann wirst du dich an *dies* erinnern!«

Riß er die glasigen Augen auf? Kehrte ein menschlicher Funke in sie zurück? *Certainement* – unendlich langsam fühlte ich unter meinem Griff den Saft der Männlichkeit aufsteigen. Seltsam war es zu spüren, wie sich nach meinem langen Zölibat ausgerechnet in dieser Umgebung wieder ein Lingam rührte! Und noch seltsamer und unheimlich war es zu spüren, wie sich die kundalinischen Knoten in meinen eigenen Lenden dabei auflösten, und bei diesem unnatürlichsten aller tantrischen Akte die Frau in mir wiederzufinden.

Lange Augenblicke stand ich dort und hielt seinen Phallus. Lange Augenblicke starrte ich ihm unbeirrt in die Augen, und lange Augenblicke glaubte ich, sein wahrer Geist erwiderte meinen Blick. War es nur Einbildung, oder spürte ich wirklich das Summen und Knistern der elektronischen Schlacht zwischen der dunklen Macht des Laders und der kundalinischen Kraft, die unter meinem Befehl stand?

Wie dem auch sei, schließlich begannen sich seine Lippen wieder zu bewegen, und als sie es taten, schien es, als spräche ein anderer Geist durch sie.

»Die Sunshine mit dem magischen Fühler ... sie, die den Joker hereinlegte ... irgendwo auf Edoku unter dem Regenbogen ...«

Seine Stimme wurde fester wie das Lingam in meiner Hand, wenn auch die erstere immer noch aus großer Entfernung zu sprechen schien, während das letztere reglos unter meinem Griff pulsierte. »Ich erinnere mich an einen Teich in einem Garten ... ich erinnere mich an eine Hand unter einer Duschkabine ... ich erinnere mich an die Schwester vom gleichen Geist ...«

»Ja, Pater, ja!« rief ich, indem ich sein Fleisch drückte.

»Ich erinnere mich an das große Edoku und die Ruinen von Uns-Die-Schon-Früher-Gegangen-Sind und an Babylon und Tyrus, ich erinnere mich an den Sommer der Liebe und die Nacht der Generäle, und ich erinnere mich, wie ich von den Bäumen kletterte und in neu erwachtem Staunen den Sonnenaufgang des Bewußtseins über der Ebene anstarrte ...«

Merde, er trieb wieder ab, oder vielleicht war er noch gar nicht da gewesen! War es nur eine zufällige Verbindung von Neuronen gewesen, die in einem verbrannten Gehirn aufblitzten und die ich einen Augenblick für den wirklichen Mann gehalten hatte? Wie dem auch sei, es war der Mann, mit dem ich sprechen wollte; nicht mit dem Orakel dieser anbetungsvollen Gören, sondern mit dem, der aus mir unbekannten Gründen beschlossen hatte, seinen Geist der zärtlichen oder sonstwie gearteten Gunst des Laders auszuliefern, und ich würde mich nicht zufrieden geben, ehe ich *diesen* Pater Pan wiedererweckt und nach dem Grund gefragt hatte.

»Hör auf mit diesem delphischen Geschwätz!« rief ich, indem ich an seinem Phallus riß, als könnte ich mit roher Gewalt den Mann erwecken. »Sprich aus deinem Herzen! Wie konntest du von allen Männern deinen Geist dem üblen Lader überlassen? Sprich im Namen des Geistes, den wir einst teilten!«

Bildete ich mir nur ein, daß ein blasser Geist des alten Funkens in seine Augen zurückgekehrt war? Spielte ein wehmütiges Lächeln um seine Lippen?

»Moussa …«, sagte er. »Meine Geschichtenerzählerin ist gekommen, um Lebewohl zu sagen …«

»Warum müssen wir Lebewohl sagen, Pater? Warum mußt du so etwas Schreckliches tun?«

»Je ne sais pas, muchacha«, sagte Pater Pan, und nun war ich sicher, daß er irgendwie wieder er selbst war. »Alle unsere Zauberstraßen müssen eines Tages enden, wenn uns auch noch niemand erklären konnte, warum …«

»Ist dies der Mann, der einst schwor, all die weitverstreuten Menschenwelten zu besuchen und als Zeuge die Geschichte unserer ganzen Art zu erleben?« fragte ich mit Tränen in den Augen.

»C'est moi, muchacha, er, der in traumlosem Schlaf den Funken der Arkies durch die langen, langsamen Jahrhunderte trug und der jetzt seinen Wettlauf gegen die Zeit verloren hat, den am Ende nicht einmal ich gewinnen konnte.«

Mit einem gräßlichen neuen Verständnis betrachtete ich diese eingesunkene Gestalt, das grau durchwirkte, zottige Haar, seine faltige, ledrige Haut. So hatten die sterbenden Babas des Bloomenveldts ausgesehen, als sie vor den Blumen ihrer Vollendung saßen. Die Zeit des Körpers hatte den Geist des ewigen Gypsy Joker doch noch eingeholt – die Hand des Todes lag auf seiner Schulter.

»Ich erinnere mich an alles, was ich je war, *muchacha*, und an alles, was ich nicht war, und ich erinnere mich, daß ich dir Lebewohl sagte, ehe du mich zurückriefst«, sagte Pater Pan mit schmerzerfüllter, klagender Stimme, während ich mein Schluchzen unterdrückte. »Und jetzt muß ich mich an das erinnern, das wir unser Leben lang zu vergessen suchten.«

»Oh, Pater, *warum?*« sagte ich unter Tränen. »Wenn unser aller Leben enden muß, warum muß dann die edle Geschichte deines Lebens auf diese Weise enden?«

»Der Inuit wandert gefaßt über das Eis, um eine letzte, ewige Nacht unter der gefrorenen Zeit der Sterne zu sitzen. Im Han der alten Zeiten gaben wir uns am Ende unserer Tage dem Atem der Lotusblume hin, wenn der Augenblick gekommen war, unseren Platz auf dem Rad zu verlassen. Der Arkie friert seinen Funken in den langen, langsamen Jahrhunderten zwischen den Sternen ein. Der Weise schluckt seinen psychotropen Schierling. Der Prinz der Joker reist, schnipp! schnipp! schnipp! wie der Rapid ins Auf und Davon.«

Vor meinem geistigen Auge sah ich die Babas des Bloomenveldts im Frieden mit sich selbst unter den Blumen ihrer Vollendung – ein Friede, der buchstäblich über das Verständnis jedes Menschen ging, dessen Geist und Körper auf Jahrhunderte der Jugend vorausblicken konnte, statt auf Wochen immer schnelleren Verfalls. Doch in meinem Herzen sah ich Guy Vlad Boca, einen Geist, der genau diesen Hinübergang vom wachen menschlichem Bewußtsein in der vollen Blüte abenteuerlustiger Jugend gewählt hatte.

»Weine nicht, Mädchen«, sagte Pater. »Mein Ich, das du kanntest, ist nicht mehr, und du sprichst mit dem Joker-Geist, den er zurückließ, um Lebewohl zu sagen. Aber ich bin real genug, um traurig zu sein, daß ich diese Welten verlassen muß – doch wenn du eine Schwester meines Geistes bist, dann wirst du mich gehen lassen.«

»Kann ich wirklich nichts tun?« fragte ich aus den Tiefen meines Geistes. Denn in diesem Augenblick war mir, als wandte ich mich wieder an Guy, wie damals, als ich ihm in den Tiefen des Bloomenveldts den Rücken gekehrt und den einsamen Pfad meiner eigenen Rettung gesucht hatte. Ich hatte mir damals gesagt, daß ich nichts weiter tun konnte, und ich hatte mir in der ganzen Zwischenzeit nachträglich keine vernünftigere Handlungsweise erdenken können, doch ich hatte im Grunde meines Herzens bis zu diesem Augenblick nie geglaubt, daß ich völlig ehrenhaft gehandelt hatte.

»Du kannst nur einen sterblichen Geist in tödlicher Qual festhalten«, sagte Pater Pan, »der, nachdem er daheim war, schon lange in unbekannte Reiche geflohen ist. Ich war glücklich, als ich ging; denn statt in Selbstmitleid und Pein zu sterben, entschloß ich mich zu einer letzten Reise auf der Zauberstraße, um zu sehen, was es dort im letzten Geheimnis des Auf und Davon zu sehen gibt.«

»Möge dein Weg sich erheben und dir entgegenkommen, *mi amor*«, sagte ich, während ich den Tränen freien Lauf ließ und den Hebel seines kundalinischen Getriebes, das dieses Echo des Mannes hervorgerufen hatte, freigab.

Lange hatte ich mich gescholten, weil ich nicht in einem verzweifelten Versuch meinen bewußten Geist aufs Spiel gesetzt hatte, um Guy aus seinen höchsten und letzten Freuden zu retten. Dort in den Tiefen des Bloomenveldts hatte ich ihm den Rücken gekehrt und den Geist eines Freundes und Geliebten ziehen gelassen, und nicht moralische Überlegung hatte mich zu dieser Entscheidung veranlaßt, sondern die Notwendigkeit meines Überlebens. Deshalb hatte ich mich insgeheim in meinem Herzen einen Feigling genannt.

Und nun, in diesem Vielfarbigen Zelt, lehrte mich die bitterste aller Lektionen doch, mir selbst zu verzeihen; denn nun erkannte ich zu meinem Entsetzen, daß es manchmal die größere Liebe und den größeren Mut des Geistes erfordert, mit schmerzendem und verständnislosem Herzen dabeizustehen und die Dinge geschehen zu lassen.

Mit Tränen in den Augen und zitternd, nicht wissend, was ich fühlte oder was ich angemessenerweise fühlen sollte, drehte ich mich um und wollte diesen Ort verlassen, um irgendwo allein zu sein – und sah mich etwa einem Dutzend anbetender Augenpaare gegenüber.

Sie starrten mich an, wie sie einst Pater Pan angestarrt hatten, als hätte ich mich zur Wahrsagerin ihres dunklen Kults gesalbt und mich als Begleiterin ihres Herrn erwiesen. Auf diese Weise hatte ich ironischerweise erreicht, was ich einst so begierig gesucht hatte, nämlich den Vorsitz über einen Karneval der Kinder des Glücks an der Seite des Königs der Gypsies! Und diese Erkenntnis verstärkte noch die Abscheu, die ich empfand, als ich mich im Zentrum dieses Miasmas von kriecherischer Unterwürfigkeit sah; eine Haltung, die diese verlorenen Kinder des Glücks verbreiteten wie klebrigen Dunst aus giftiger Melasse. Nicht einmal Rollo, Platte, Goldrute und meine Moussa hatten ihre Flötenspielerin in den Tiefen des Bloomenveldts auf diese Weise betrachtet!

»Was starrt ihr mich so an?« fragte ich wütend.

»Die Flötenspielerin des Bloomenveldts …«

»Beschwörerin mächtiger Geister …«

»Pater Pans wahre Geliebte …«

»Pah!« knurrte ich. »Und ihr nennt euch Kinder des Glücks? Beschwört lieber den Geist, der durch euren eigenen Körper spricht, und gebt eure Lust auf alle Gurus und Gottheiten auf, ihr unfähigen Gören!«

Mit diesen Worten hatte ich wenigstens für den Augenblick ihre geistlose Aufmerksamkeit zerstreut und stürmte wie ein Wirbelwind aus den tödlichen Schatten des Zelts in den klaren, sauberen Glanz des Tages.

Aber *naturellement* konnte ich das Lager nicht verlassen, ohne daß das letzte Kapitel von Pater Pans Geschichte erzählt war, und aus diesem Grund konnte ich mir nicht viele Augenblicke der Einsamkeit stehlen, denn die Einwohner umgaben mich ständig und behelligten mich mit völlig unerwünschten Ansuchen, sobald ich das Zelt verlassen hatte.

Kaum war ich ins Tageslicht getreten, da sah ich mich im Zentrum einer zerlumpten kleinen Bande von Jüngern, die mir Essen und Wein und Rauschgift vor die Nase hielten und die mir folgten wie dumme Hündchen. Ich wehrte sie mit ungeduldigen Gesten ab, doch mein Gefolge von Möchtegern-Jüngern ließ sich auch durch Rufe und Verwünschungen nur ein kurzes Stück verscheuchen, vielleicht ein Dutzend Meter, um mich von dort aus ständig zu beobachten und *en masse* aus respektvoller Entfernung alle meine Bewegungen zu beobachten – sogar wenn ich die stinkende Latrine des Camps aufsuchen mußte.

So ging es den ganzen ersten Nachmittag weiter, während ich ziellos durchs Lager wanderte, nichts hörte und nichts sah und nur versuchte, meine psychischen Ressourcen aufzubieten, um diese Geschichte bis zu ihrem Ende durchzustehen. *Vraiment,* praktisch gesehen hätte mich nichts davon abhalten sollen, auf der Stelle umzukehren und aus dieser ungesunden, traurigen Gegend zu fliehen, Alpa zu verlassen und mein neues Leben als Studentin der Kunst der Geschichtenerzähler zu beginnen, ohne einen Blick zurück zu werfen. Der Mann, der mein Pater Pan gewesen war, hatte mir Lebewohl gesagt und war in der letzten Leere verschwunden, aus der es keine Rettung gibt; und es gab nichts, was ich erreichen konnte, wenn ich hierblieb – außer den letzten Weg dessen zu beobachten, was im Vielfarbigen Zelt im Auf und Davon noch geblieben war.

Doch natürlich erwies sich dieser Grund als völlig ausreichend, um die Erzählerin der Geschichten zu bewegen, diese Geschichte bis zum bitteren Ende zu ertragen, denn ich wußte sehr gut, daß, wenn ich jetzt aufgab, mein Geist nie wieder Frieden finden würde. Denn während das Kind des Glücks, das ich gewesen war, die traurige Weisheit erworben hatte, den Geist ihres Geliebten aus jenem goldenen Sommer ziehen zu lassen auf seinem unbekannten letzten Weg, den er selbst gewählt hatte, mußte die Frau, die ich werden wollte und die den Logeneid der Geschichtenerzähler geleistet hatte, der ersten Verpflichtung des Handwerks gehorchen und durfte keine neue Geschichte beginnen, solange *diese* nicht in einer Weise abgeschlossen war, die das Herz wirklich zufriedenstellte.

Denn war dies nicht die Namensgeschichte meines Wanderjahrs? Wer würde ich werden, wenn ich sie jetzt ohne spirituell befriedigenden Schluß beendete – welchen passenden Eigennamen konnte ich wählen? Wem zu Ehren und mit welcher daraus zu ziehenden ästhetischen Moral? Nein, wenn ich jemand werden wollte, dann mußte es die Erzählerin sein, die sich jetzt dem Ende dieser Geschichte nähert und die deshalb in diesem Augenblick einer unausweichlichen Entscheidung die Frau wurde, die nun diese Worte festhält.

Und so hatte ich mich, als Alpas Sonne ihren Niedergang im Himmel begann, entschlossen, in diesem Lager zu bleiben, solange Pater Pans Körper noch lebte, und wenn die Wissenschaftler die Wahrheit sagten, wenn die Gene selbst oder das kollektive Unbewußte unserer Art oder *vraiment* das Atman selbst, wie die Ladersüchtigen behaupten, im Untergang dieses verstärkten Geistes einen Ausdruck fand, dann würde ich dieses Echo, diesen Urgeist oder dieses zufällige Entladungsmuster herausfordern, um einen Geistesfrieden zu finden, den keine menschliche Weisheit mir mehr geben konnte.

Nachdem ich diese Entscheidung getroffen hatte, erlaubte ich dem kühnsten der Kinder des Glücks, sich mir zu nähern – ein hübscher, goldhaariger und bronzehäutiger Junge, der mindestens zwei Jahre jünger war als ich und der mich mit der üblichen Anbetung betrachtet hatte. Seine Augen aber wurden von einer gewissen Nachdenklichkeit erhellt, die mich zu der Überzeugung brachte, daß seine Hörigkeit die gesündere und individualistischere Betrachtungsweise des werdenden Mannes noch nicht ganz überlagert hatte.

»Da ich nun völlig gegen meinen Willen zum Pontifex ernannt bin«, erklärte ich ihm, »kann ich mich auch seiner Vorrechte bedienen. Nämlich ein Zelt, in dem ich wenigstens in den Genuß von soviel Zurückgezogenheit komme, daß ich ohne Publikum schlafen und eine Mahlzeit einnehmen kann.«

»Pas probleme, o Flötenspielerin des Bloomenveldts«, sagte der Junge. »Mein Zelt und Bett sind deins.«

»Wirklich?« erwiderte ich trocken – sowohl entrüstet als auch bezaubert von seiner Offenheit und Kühnheit.

Er schien sich verlegen zu winden, wenn es auch etwas gespielt und unecht wirkte. »Ich werde natürlich vorübergehend woanders unterkriechen«, sagte er schnell. »Wenn du das lieber hast. Ich heiße Kim, und du kannst dich darauf verlassen, edle *maestra,* daß ich glücklich sein werde, dir jeden Wunsch zu erfüllen.« Nun schien seine gespielte Verlegenheit von der Wahrheit verdrängt zu werden, die dennoch mit einer gewissen bezaubernden jungenhaften Männlichkeit ausgesprochen wurde. »Selbst die Wünsche, die du jetzt noch nicht empfindest.«

Der Bann, unter dem ich diesen Jungen zu halten schien, war mir ziemlich gleichgültig, im Gegensatz zu den praktischen Zielen, zu denen ich ihn verwenden konnte. Da mir jedoch Kims Lebhaftigkeit im Gegensatz zur klebrigen Anbetung seiner Genossen auffiel, erlaubte ich ihm, in meine Dienste zu treten, und ließ mich dankbar in sein schlichtes kleines Zelt führen, ließ ihn mir Essen und Trinken besorgen und darauf achten, daß die anderen mich in Ruhe ließen.

Ich nahm ein elendes Mahl aus getrockneten *fruits de mer* und Gemüse zu mir, das ich mit reichlich saurem grünem Wein herunterspülte, und gedankenleer durch die Ereignisse des Tages, benommen vom Wein und schläfrig nach meinem bleiernen und ekligen Mahl, fiel ich bald auf Kims federnder Matte gnädig in Schlaf.

Die Sonne stand schon hoch im Himmel, als ich am nächsten Morgen erwachte, doch Kim erschien kurz darauf im Zelt und brachte ein Frühstück aus frischen Früchten und gewässertem Korn in Milch, was mir bewies, daß er stundenlang geduldig draußen gewartet hatte.

Er saß vor mir und beobachtete meine Bewegungen, während ich schweigend aß, und er sprach erst, als ich verschlungen hatte, was ich trotz meines Mangels an wirklichem Appetit zu verspeisen mich moralisch verpflichtet fühlte.

»Pater Pan schweigt, und wir sind verzweifelt«, sagte er. »Aber ich habe ihnen erzählt, *o mi maestra,* daß die Flötenspielerin des Bloomenveldts, die seine Gefährtin und die Schwester seines Geistes ist, den seinen beschwören wird, damit er wieder spreche.«

»Du hast kein Recht, für andere solche Versprechungen abzugeben!« erwiderte ich gereizt.

»Hab' ich was falsch gemacht?« rief er mit hinterlistiger Unschuld. »Hab' ich nicht die Wahrheit gesagt? Willst du wirklich hierbleiben und nichts tun? Bist du aus einem anderen Grund hier, als mit dem Geist deines großen Geliebten zu sprechen?« Er hob ironisch eine Augenbraue. »Kann es denn sein, daß du nur hier verweilst, weil du dem Charme eines geringeren Wesens erlegen bist?«

»Merde!« knurrte ich, wenn auch nur, um ein Lachen zu unterdrücken, das unter diesen schrecklichen Umständen äußerst unpassend gewesen wäre. »Nun gut, Kim«, erklärte ich. »Ich will versuchen, deine öffentliche Prophezeiung zu erfüllen, doch nur, weil es

keine andere Möglichkeit gibt, deinen unverschämten amourösen Absichten zu entgehen.« Insgeheim aber mußte ich mir eingestehen, daß er meine klare Absicht deutlich gesehen hatte und kaum dafür gescholten werden konnte, wenn er seinen Ruf unter seinen Gefährten verbessern wollte, indem er großartig weissagte, was ohnehin geschehen mußte.

Als ich im Vielfarbigen Zelt eintraf, war alles in Aufruhr. Gut zwei Dutzend Menschen hatten sich zwischen den Stoffwänden versammelt, plapperten und stritten direkt vor dem Kissenthron, auf dem Pater Pan saß wie ein versunkener Bodhi, während drei junge Männer und ein noch jüngeres Mädchen von der Zeithüterin des Orakels ihr Geld zurückverlangten.

»Vier Kredite für Schweigen!«

»Gib mir sofort mein Geld zurück!«

»Betrüger!«

»Nom de merde!«

Der Geruch zu vieler nicht gerade eifrig gewaschener Körper, das nervtötende Getöse, das Bild der gierigen Geldwechsler in einem Tempel, das mir ungebeten in den Sinn kam – all dies ließ meine Gleichgültigkeit gegenüber den Stammesangelegenheiten dieser armen Hunde in gerechtem Zorn versinken.

»Gebt diesen Tölpeln sofort ihr Geld zurück!« befahl ich, während ich ins Zelt trat. »Wahre Kinder des Glücks nehmen sich nicht gegenseitig aus, und es ist nicht gerade ehrenhaft, aus dem Hinübergang eines edlen Geistes aus dem Reich der Sterblichen Profit zu schlagen. Solange ich in diesem Lager bin, wird es keine derartigen gemeinen Geschäfte mehr geben!«

Darauf breitete sich ein verblüfftes Schweigen aus. Das Mädchen, das Pater Pans Zeit in Krediteinheiten gemessen hatte, und ihr Kollege mit dem Chip-Umbucher an der Tür waren die ersten, die es wagten, protestierend die Stimme zu erheben.

»Und wer sagt das?«

»Welches Recht hast du, unseren freien Handel zu unterbinden?«

»Mein Name ist Sunshine«, erklärte ich ihnen und allen anderen. »Ich nenne mich so als Kind des Glücks unter meinesgleichen. Ich befehle niemand außer mir selbst. Und ich selbst befehle mir, dieses Camp lieber zu verlassen, als meinen Augen noch einmal einen solchen Anblick zuzumuten.«

Ich sah mich im Zelt um, und nun war ich die Geschichtenerzählerin, die die Menge mit Augen und Stimme bearbeitete. »Aber wenn ihr mich als Flötenspielerin des Bloomenveldts ansehen wollt, wenn ihr darauf besteht, meine Worte als die eures vollkommenen Meisters zu verstehen, dann ist das eure Sache, ihr Gören, nicht die meine. Also hört mich, wie ihr wollt, und ich sage euch, daß weder Sunshine, das Kind des Glücks, noch jede andere seltsame Persönlichkeit, deren Mantel ihr um meine gleichgültigen Schultern legt, unter euch bleiben wird, wenn diese böse Praxis nicht aufhört.«

»Und solange die Flötenspielerin des Bloomenveldts mit ihren geheimnisvollen, mächtigen Kräften nicht die Stimme des Orakels beschwört, können wir sowieso kaum gewinnbringend weiterarbeiten«, fiel Kim strahlend ein.

»So spricht die Stimme des praktischen Verstandes«, sagte ich trocken.

»Und nun, da wir deinen Bedingungen zugestimmt haben, *mi maestra,* wirst du für uns den Geist des großen Pater Pan beschwören, *no?«* fragte Kim verschlagen.

»So spricht die Stimme des wahren Gypsy Joker«, murmelte ich halblaut, denn während ich seine Verschlagenheit mit Worten nicht anders als bewundern konnte, wollte ich ihn nicht unbedingt weiter ermutigen.

Und so setzte ich mich vor dem Kissenthron auf ein Polster und machte mich bereit, versuchte, meine unschöne Umgebung aus meinen Sinnen auszublenden, blickte in die leeren blauen Augen des zerbrechlichen Körpers und versuchte, mit den ektoplasmatischen Geistern des Auf und Davon in Einklang zu kommen.

Je ne sais pas, nicht einmal heute, wie die wahre psychosomatische Natur dessen aussah, was ich in diesem brennenden, elektronisch verstärkten Hirn beschwören wollte, und auch die vielfältigen Theorien der Wissenschaftler vieler Schulen konnten mich nicht völlig befriedigen.

Certainement, es gibt reichlich Beweise dafür, daß die Gene nichtbewußter Tiere mehr als strukturelle Schablonen enthalten; denn wir beobachten den Ausdruck dieser Daten im komplizierten Verhalten eines Bienenstocks und in den natürlichen komplizierten Sprachen wie zum Beispiel den Liedern von Vögeln. Wer könnte deshalb sagen, welche genetischen Botschaften im Genpool unserer Art kodiert sind, um vielleicht erst befreit zu werden, wenn die höheren Gehirnzentren des individuellen Bewußtseins ihre Souveränität aufgegeben haben?

Oder, *au contraire,* könnte nicht schließlich aus den elektronisch verstärkten Fragmenten der Erinnerungen, die vom wissenschaftlichen Können im leeren Hirn zusammengeschmolzen werden, ein neues Elektrohologramm erwachen? Denn während zwei lange Zeitalter der Raumfahrt im All zwar schon lange die ehrwürdige Vorstellung widerlegt haben, die Natur verabscheue jedes Vakuum von Masse und Energie, so scheinen die Kernkräfte gewiß ein Vakuum von *Struktur* zu verabscheuen, so daß es unvermeidlich scheint, daß die psychischen Fragmente, die im Gehirn eines Ladersüchtigen überlebt haben mögen, unter ausreichendem Einfluß des Laders abermals zu einem neuen holographischen Ganzen zusammenfinden.

War es in gewisser Weise noch Pater Pan, den ich schließlich beschwor? War es das kollektive Unbewußte, wie es in den Genen seines Körpers enthalten war, das endlich durch die Sprachzentren seines Gehirns, gestützt durch die Kraft des Laders, sprechen durfte? Waren es nur fragmentarische Erinnerungen, die im leeren Raum zu einem neuen Muster geronnen? Ein Geist oder eine elektronische Nachbildung eines solchen?

Vraiment, man könnte mit Fug und Recht sagen, daß die Wissenschaft die Götter und Dämonen, die Geister und Gespenster unserer ehemals abergläubischen Vergangenheit ins Reich der Metapher verbannt hat, wo alle diese mythischen Gestalten auch hingehören; aber hoppla, in unserem Zweiten Raumfahrenden Zeitalter sind in den Maschinerien der Zivilisation neue und noch geheimnisvollere Geister entstanden, und aus Materie und Energie erheben sich Doppelgänger des Geistes!

Ich saß den größten Teil einer Stunde schweigend da und kam mir wie eine Närrin vor. Und je dümmer ich mich fühlte, desto mehr schien es mir, als sei der Weg des Narren meine einzige Chance. Nämlich die Wahrsagerin zu spielen und zu sagen, was in meinem Herzen war.

»Sprich zu mir, wie du in der Traumzeit des Bloomenveldts zu mir gesprochen hast, Pater Pan«, sagte ich schließlich. »Denn wenn du damals eine Gestalt meiner Traumzeit warst, dann muß ich jetzt eine Gestalt deiner Traumzeit sein.«

Als ich das bange Schweigen brach, erhob sich hinter mir Gemurmel, doch die Gestalt auf dem Kissenthron blieb still und stumm.

»Sing mir das Lied der Zauberstraße, erzähl mir eine Geschichte, damit ich ich diesen Ort in Frieden verlassen kann, so wie ich deinen Geist ziehen ließ, statt ihn quälend an mich zu binden.«

Mir schien, als plapperte ich Stunden auf diese Weise weiter, ohne mit dem Intellekt zwischen Gefühl und Worten zu vermitteln. Und während dieser Stunden hätte ich meine zunehmend albernen Worte ebenso an eine Statue aus Stein richten können.

»*Merde,* warum mußt du die Geschichte deines edlen Lebens als unbewußte Hülle im Bann des Laders beenden, und warum hast du mir den Fluch auferlegt, sie zu erzählen, und warum sollte ich nicht aufhören, diesem tragischen Epilog beizuwohnen, und so weit von hier fliehen, wie mich das Schicksal bringt?« fauchte ich ihn schließlich an. »Wenn noch irgendein Geist in deinem armen Körper steckt, dann sprich jetzt, oder du sollst in Frieden ruhen!«

Ich stand auf und wandte mich zum Gehen, bewegte mich mit gespielter Langsamkeit und war, um ehrlich zu sein, ziemlich unsicher, ob ich diesen Bluff wirklich durchziehen sollte.

Doch ob es nun ernst gemeint war oder nicht, Pater Pans Lippen begannen sich zu bewegen, als kämpfte sich etwas in ihm herauf, um zu sprechen, und dann ertönte aus seinem Mund eine Stimme.

»Erinnere dich an mich«, sagte sie ganz deutlich.

Ich blieb wie erstarrt stehen, und im Zelt wurde es totenstill.

»*Vraiment,* ich bin aus keinem anderen Grund hier«, flüsterte ich zur Erscheinung vor mir, die durch das Fleisch eines alten Mannes sprach mit der Stimme des Menschen, der gegangen war; und doch irgendwie nicht mit der Stimme Pater Pans, denn obwohl Betonungen und Rhythmus der Musik dieselben waren, sang ein anderer Geist das Lied.

»Erinnere dich, wie du aus dem Nichtsein in eine Trillion einzelner Flocken zerplatzt bist«, begann diese Stimme, was auch immer sie war, zu deklamieren, während die Augen in Pater Pans verwittertem Gesich so leblos blieben wie zwei blaue Murmeln. »Erinnere dich, wie du aus weniger als einem Dunstschleier zu unzähligen Sonnen geronnen bist. Erinnere dich an die steinernen Sphären in der ewigen Nacht ...«

Wer oder was sprach da? *Je ne sais pas*. Das Atman, das den Urknall des Universums aus einem Zustand des Nichtseins beobachtet hatte? Eine Geschichte, die der Mann einmal erzählt oder gehört hatte? Die genetische Erinnerung unserer Art?

Wie dem auch sei, was nun sprach, konnte nicht das sein, das zuvor mit zufälligem Geplapper gesprochen hatte, denn *dieser* Geist des Auf und Davon fesselte meine Aufmerksamkeit so gründlich, wie die frühere Orakel-Verkörperung seine kraftlosen Jünger gefesselt hatte.

Vraiment, es war mir kaum bewußt, daß ich vor ihm wieder auf meinem Polster saß und unter den anderen meinen Platz zu seinen Füßen einnahm.

»Erinnere dich, wie du in den langen Helices des Lebens im Meer triebst ... erinnere dich, wie du keuchend an Land gekrochen bist ...

erinnere dich, wie du von den Bäumen unserer Vorfahren heruntergeklettert bist, um den Sonnenaufgang über der Ebene zu betrachten … erinnere dich an deine ersten Schritte auf Luna … erinnere dich an deine langen, langsamen Jahrhunderte zwischen den Sternen … erinnere dich an die Geheimnisse des Sprungs, die deine Art zu den weitverstreuten Menschenwelten gebracht haben … erinnere dich an dich … erinnere dich an mich.«

»Ich bin hier, um mich zu erinnern«, sagte ich, wenn mich mein Gedächtnis nicht trügt, doch ich schien wieder in die Traumzeit versetzt, denn abermals war ein Geist, von dem man in Alltagsbegriffen nicht sagen konnte, daß er anwesend war, vor mir erschienen – wie der Flötenspieler meines goldenen Sommers in der Stunde der Not auf dem Bloomenveldt bei mir gewesen war, wie man im Reich des Schlafes leicht mit verschiedenen Geistern und archetypischen Bildern sprechen kann.

»Erinnere dich an diesen Augenblick der Erinnerung«, sagte Pater Pan, und nun schien es fast, als wäre er wirklich er selbst, denn er hatte die Augen auf mich gerichtet, und ich konnte nicht leugnen, daß es eine Sunshine war, an die er sich erinnerte und zu der er jetzt sprach.

»Erinnere dich an Moussa … erinnere dich an Sunshine … erinnere dich, daß du gekommen bist, um die Geschichte zu erzählen …«

»*Vraiment*, ich kann nicht leugnen, daß mir diese Aufgabe anscheinend auferlegt ist«, räumte ich ein. »Aber dann sage mir, wie ich dieses Lied singen soll? Soll ich verdammt sein zu erklären, daß ich deinen Geist mit nichts Besserem als einem Ausgang ehren kann, der einer tragischen Farce gleicht? Wie kann ich diese Geschichte ehrenhaft beenden?«

Doch die Antwort war Schweigen, und wer immer gesprochen hatte, wollte an diesem Tag nicht mehr mit mir reden.

Und auch während der nächsten drei Tage gelang es mir nicht, auch nur eine Silbe zu beschwören. Ich erlaubte Kim, sich um die animalischen Bedürfnisse meiner Existenz zu kümmern, und verbrachte meine wachen Stunden damit, mit der schweigenden Sphinx im Zelt zu sprechen.

Was sagte ich zu Pater Pan in all diesen endlosen Stunden einseitigen Geplappers? *Vraiment* alles, das in meinem Herzen und meinem Geist lag, und in jeder denkbaren Form – von Wut zu Schmeichelei, von tränenerfülltem Schluchzen zu düsteren, morbiden Späßen, von der Geschichte meiner Reisen durchs Bloomenveldt bis zur Geschichte vom *Funken der Arkies* – und alles und jedes dazwischen.

Und all dies brachte mich nicht weiter. Pater Pan hatte schon Tage vor meiner Ankunft aufgehört, Nahrung zu sich zu nehmen, und jetzt wurden sogar meine Versuche, ihn mit Gewalt mit Nährflüssigkeiten zu füttern, von seinem Körper zurückgewiesen, als wäre, was an protoplasmatischem Willen noch in ihm steckte, fest entschlossen, sich zu Tode zu fasten. Tag um Tag, sogar Stunde um Stunde, mußte ich zusehen, wie sein Körper immer hagerer wurde, wie das Netz der Falten auf seiner Haut zu staubigem Pergament verwitterte, wie sein goldenes Haar dünner wurde und ausfiel, bis nur noch ein Gewirr grauen Strohs da war, das die bleiche Haut seines Schädels kaum mehr bedeckte.

Diese werdende Leiche bedrängte ich vergeblich, bis ich schließlich den Klang meiner eigenen dummen Stimme zu hassen begann.

Als Kim mich am Morgen des vierten Tages ins Vielfarbige Zelt schob, wußte ich, daß ich es nicht länger ertragen konnte, diese Sphinx zu befragen, und ebensowenig konnte ich den Anblick des Königs der Gypsies und des Prinzen der Joker ertragen, der auf diese Weise starb – ausgeschlossen von den Welten, durch die er so fröhlich gewandert war, umgeben von dieser saft- und kraftlosen Travestie der Gypsy Joker, die das wahre Lied des Mannes und des Flötenspielers, dessen Geist jetzt aus der Welt ging, Lügen strafte.

Und wenn auch kein Wort von mir diese Sphinx zum Sprechen bringen konnte, so sollte man dennoch nicht von mir sagen können, daß ich diese sterblichen Überreste in diesem stinkenden Zelt, in dem man an der Hitze und den Ausdünstungen des Todes zu ersticken glaubte, verfallen ließ.

»Genug!« rief ich. »Rollt diese Wände aus dem Vielfarbigen Tuch hoch und laßt das Morgenlicht herein. Schnell, schnell, laßt uns wieder natürliche Luft atmen!«

»Los, kommt«, lockte Kim, »laßt uns die Wände einreißen und die Sonne hereinlassen!« Und indem er es sagte, begann er sofort eine Plane von den Stangen zu lösen, und binnen weniger Minuten folgten genug Stammesmitglieder seinem Beispiel, so daß das spirituell und olfaktorisch erstickende Zelt in einen offenen Pavillon verwandelt wurde, von dem aus man durchs Lager blicken und die goldene Sonne über dem glänzenden Spiegel der azurblauen See aufgehen sehen konnte.

In der frischen Brise hingen die feine Süße der bewaldeten Hügelflanken und der stärkere Geruch des Meeres, und die organische Überreife des unsauberen Lagers, die flüchtigen Pheromone der

Ferienessenzen von den Straßen der Stadt weit unten – und die Ausdünstungen menschlicher Körper wurden von der Brise davongetragen und von der Hitze der Tropensonne verbrannt.

Vielleicht kombinierten sich alle diese zufällig heranwehenden Moleküle zu einem neuen Duft, der auf die biochemischen Sinne von Pater Pans Körper so nachhaltig wirkte wie auf die Nase meines Geistes, denn *certainement* sagen uns die Wissenschaftler und meine eigenen Erfahrungen in den Tiefen des Bloomenveldts, daß es der Geruchssinn ist, der uns am unmittelbarsten mit den Reizen der Außenwelt verbindet und tief im Kleinhirn Tropismen auslöst.

Denn seine Nasenflügel schienen sich in der ersten Brise dieser neuen Atmosphäre fast unmerklich zu weiten. Es schien, als blickten seine Augen über das Meer, und mit etwas gutem Willen konnte ich mir vorstellen, daß ein feines Lächeln um seine Lippen spielte, als er nach diesem langen Schweigen noch einmal sprach.

»Ich erinnere mich ...«, sagte die übernatürliche Stimme, die meine Aufmerksamkeit so gefesselt hatte, als sie sich das letztemal erhoben hatte. »Ich erinnere mich an einen Tag wie diesen vor langer Zeit, als die Sonne über der Bucht von San Francisco schien ... ich erinnere mich an die Hügel im großen Edoku, wo es immer Morgen war, als ich noch der König der Gypsies und der Prinz der Joker war ... ich erinnere mich, wie ich aus einem jahrhundertelangen Schlaf erwachte, um auf einer neuen Welt die Sonne aufgehen zu sehen und die lebendige Atmosphäre eines neuen Planeten zu atmen ...«

Quelle chose – welches neue Geheimnis des Laders war *das?* Denn während die ersten Worte mit dieser fremden, unpersönlichen Stimme gesprochen wurden, die mich an den genetischen Geist der kollektiven Erbmasse unserer Art denken ließ, wurden die folgenden Erinnerungen von drei völlig unterschiedlichen Stimmen ausgesprochen – von dem Pater Pan, den ich gekannt und geliebt hatte, und von zwei unbekannten Personen. Doch während jede dieser Stimmen so selbständig und menschlich erschien wie die Erinnerungsbilder, die sie hervorriefen, war der Gesamteindruck der eines einzigen, einheitlichen Geistes, der sich auf vielfältige Weise ausdrückte.

»Ich erinnere mich an die Arkologie *Goldberg* und an den Tag, als wir unsere Vermögen zusammenlegten, um unsere Bestimmung zu kaufen ... ich erinnere mich an einen Dienstag an einem sonnenbeschienenen Uferdamm ... ich erinnere mich an die Mardi-Gras-Parade ...«

Bilder strömten aus dem Mund des alten Mannes, der über die

Hügel zum Sonnenaufgang über der Bucht von Florida blickte, und jedes Bild wurde von der Stimme einer anderen Inkarnation begleitet, und jede sang von einer zärtlichen Erinnerung an die ewige Zauberstraße.

Doch irgendwie schienen all diese Fragmente verschiedener Sprachen Verkörperungen ein und desselben Lingo zu sein, als feuerte ein Geist tief unter der Großhirnrinde alles andere als zufällige Erinnerungsbrocken ab, um zu versuchen, seine Absicht ins Reich der bewußten Sprache durchsickern zu lassen.

Vraiment, man könnte ebensogut sagen – und die Wissenschaftler würden es zweifellos behaupten –, daß da keineswegs ein kollektiver Urgeist der Gene durch die Muster der freigesetzten Erinnerungen sprach, sondern daß die Worte, die wir alle vernahmen, vielmehr die Ordnung unserer eigenen Subjektivitäten waren, die wir der Stimme des zufälligen Chaos auferlegten, das aus einem bewußt aufgegebenen Gehirn plapperte.

Wer aber könnte sagen, ob dies nicht ein und dasselbe ist, denn *certainement* beobachten wir auch auf den tiefsten Ebenen der Existenz, wie sich solche Ordnung aus dem subatomaren Chaos erhebt; und so entstand auch der Makrokosmos durch die spontane Explosion von Sein und Ordnung im vollkommenen Nichts einer dimensionslosen Leere. Wer könnte sagen, daß das Chaos selbst nicht das letzte Prinzip ist, auf dem jede Ordnung fußt?

Da mir auf dieser Genze zwischen der atomaren Realität und der Metaphysik die wissenschaftliche Sicherheit fehlt, will ich nur sagen, daß ich nun bemerkte, daß etwas, nennen Sie es, wie Sie wollen, versuchte, durch die zahlreichen Bilder zu sprechen, die aus den verstärkten und getrennten Erinnerungsspeichern von Pater Pans sterbendem Gehirn sprudelten.

Je ne sais pas, ob die Kinder des Glücks, die sich im offenen Pavillon sammelten, dasselbe sahen oder ob jede beliebige Äußerung ihres schweigenden Orakels ausgereicht hätte, um ihre Ehrfurcht und Aufmerksamkeit zu erwecken. Wie dem auch sei – jene, die bereits am Ort des Geschehens waren, fielen in staunendes Schweigen, und eine nonverbale Mitteilung schien sich durch den Rest des Lagers auszubreiten. Vielleicht hätten auch allein das Öffnen des Zeltes, der kostenlose Anblick der Geheimnisse des Orakels ausgereicht, um eine Menschenmenge anzulocken. Auf jeden Fall dauerte es nur Minuten, bis ein paar Dutzend dieser elenden Stammesmitglieder in der Nähe herumlungerten und ihre Wahrnehmung mit Wein und Drogen verstärkten, während sie begierig jedes Wort aufsaugten.

Auch ich blieb eine Weile schweigend sitzen und lauschte dieser Vielfalt von Stimmen, die ein nostalgisches, prächtiges Loblied auf eine Abfolge goldener Augenblicke des Sommers auf einer endlosen Zauberstraße sangen. Wie süß sie von den vergangenen Jungen unserer Art sangen, als alle von ihnen und alle von uns ewig den freien Weg unseres Geistes gingen, als alle Tage des Sommers golden waren, als Liebe und Lachen die Sterne regierten. Gestalten erhoben sich und erinnerten sich an Edoku und Novi Mir, an Hind und Elysium, an Arkologien und Zigeunerkarawanen, an Orte und Zeiten, die Pater Pan erlebt haben konnte, und an Erlebnisse, die nur in der Traumzeit existieren mochten und mit denen er seine Namensgeschichte angereichert hatte.

Waren die Verse dieses Liedes nur die Erinnerungen an Geschichten? Oder wurden sie tatsächlich von einem Chor ehemals fleischlicher Inkarnationen eines tieferen Geistes gesungen?

Ich will diese nutzlosen Spekulationen beenden, denn der Sänger spielt keine Rolle, wenn das Lied das Herz berührt, wie dieses meins berührte.

Und als ich endlich zur schlichten Wahrheit dieser offensichtlichen Wahrnehmung vordrang, fand sie eine Stimme. Ob ich mich an ein zufälliges Knistern von Neuronen wandte oder nicht, ich mußte mich mitteilen, denn wenn dies wirklich wieder die Traumzeit war, dann mußte ich abermals die Weisheit zum Überleben aus ihrem Geist beschwören.

»Oh, ich höre dein Lied der Erinnerungen, Pater Pan, wenn wirklich du sein Sänger bist«, sagte ich. »Ich höre den Flötenspieler Pan, der uns von den Bäumen unserer Vorfahren herunterruft, und ich höre die Geschichte, der ich aus den Tiefen des Bloomenveldts zurück in die weitverstreuten Menschenwelten folgte. Ich höre das Lachen eines edlen Geliebten und das Prahlen eines Gypsy-Königs. Ich höre den Flötenspieler der Zauberstraße, der seine Geschichte nach ihrem Ende erzählt ...

Und nun höre mich, wer oder was auch immer du bist, und selbst wenn du nichts bist«, schrie ich, indem ich aufstand. »Es ist Moussa, das dumme kleine Mädchen, und Sunshine, deine Gypsy Joker, die Flötenspielerin des Bloomenveldts, die dir antwortet im gleichen Geist, in dem du singst! Wie kann ich diesen Geist sein eigenes, wahres Lied zu Ende singen hören, mit einer süßen Macht, die mir das Herz bricht, während ich mit verständnislosen Augen sehe, daß es keinen mehr anzieht außer den Trägen und Lahmen?«

Und so treffend war meine Charakterisierung für Pater Pans letzten Stamm, daß die fraglichen Trägen und Lahmen, die in verschiedenen Zuständen und Abstufungen von Berauschung diese Unterhaltung bestaunten, nicht einmal den Gemeinschaftsgeist besaßen, auch nur eine protestierende Stimme zu erheben, als sie sich vor dem Objekt ihrer Anbetung so bezeichnet sahen.

Doch bei jenem, der auf dem Kissenthron saß, mußte etwas in meinen Worten die Frequenz eines entsprechenden Gehirnzentrums zur Resonanz gebracht haben, oder vielleicht liegt, allen gängigen wissenschaftlichen Theorien zum Trotz, in jeder Folge von Worten ein wirklicher Geist.

Certainement, es war nicht meine subjektive Auferlegung von Ordnung auf ein zufälliges Chaos, als er die Augen von der Sonne abwandte und mich ansah. *Je ne sais pas*, ob mich etwas anderes als ein Doppelgänger durch sie betrachtete, doch zerebrales Echo hin oder her, er kannte mich gut genug, um meinen Namen zu nennen.

»Sunshine ... sing dein eigenes Lied, Geschichtenerzählerin, erzähl deine eigene Geschichte ...«

»Dies ist die einzige Geschichte, die ich zu erzählen habe, und ich tue mein Bestes«, erklärte ich der Erscheinung klagend, ganz als wäre er wirklich mein alter Freund und Geliebter; denn wenn dies die Traumzeit war, dann erlaubte ihre Logik solche Intimitäten. »Aber ich kann sie nicht auf diese Weise beenden!«

»Diese Geschichte endet nie, *muchacha*«, erinnerte mich Pater Pan in der Traumzeit. »Vor dem Sänger war das Lied, und wenn der Sänger geht, bleibt das Lied. Solange es noch jemanden gibt, der die wahre Geschichte erzählen kann.«

»Wie kann ich im wahren Geist der Zauberstraße erzählen, daß der Flötenspieler dieses Weges, nachdem er uns aus dem Wald der Unvernunft rief und unsere Mardi-Gras-Parade hinaus zu den Sternen führte, schließlich auf elende Weise starb und nur diese armen, verlorenen Bloomenkinder von Alpa hinterließ, diese widerwärtige Travestie des Geistes, den wir als Gypsy Joker teilten?«

»Waren wir nicht alle Bloomenkinder des Waldes der Unvernunft, ehe wir das Lied hörten, dem wir von den Bäumen zu den Sternen folgten?« sagte Pater Pan, und während die Stimme seine war, waren die Worte, die er mir zurückgab, wenn ich mich recht erinnerte, meine eigenen. »Wo immer es in den Menschenwelten Bloomenkinder des Geistes gibt, dort wirst du verlorene Kinder des Glücks finden, die auf ihren eigenen Flötenspieler warten.«

»Und du warst meiner, ehe wir uns überhaupt trafen!« schrie ich. »Du hast meinen Geist vor der Zerstörung im Bloomenveldt gerettet, in einer Traumzeit genau wie dieser!«

»Und wer wird jetzt meiner sein wenn nicht die, die jetzt unsere Geschichte erzählt?«

»Ich? Yo?«

»Wer ist die Flötenspielerin der Zauberstraße?« sagte Pater Pan; er sprach jetzt so deutlich in meiner oft wiederholten Sprache, daß ich in seinen Augen fast mich selbst sehen konnte, wie ich mich selbst verspottete.

»*Merde*«, seufzte ich in diesem Augenblick eines schwindelerregenden Satori. »Jeder, der die Geschichte erzählt!«

»Wirst du diese Fackel nicht aus der Hand legen, Geschichtenerzählerin?« sagte Pater Pan. »Denn wer sonst ist hier, um sie aus den schwachen Händen dieses liebenden Geistes aufzunehmen, der nur blieb, um sie weiterzugeben? Auf Wiedersehen, *mi vida*, alles Gute und Lebewohl.«

Ich spürte einen Geist vergehen, eine letzte Woge von Pater Pans Bewußtsein, die vom Lader Auf durch seine Sprachzentren und Davon in die Leere katapultiert wurde. Ich brauchte nicht mehr den Körper zu fragen, der jetzt blind zur See starrte, um mit absoluter Sicherheit zu wissen, daß diese Verkörperung nie wieder sprechen würde.

Denn mit dem Scheiden dieses Geistes endete auch die Traumzeit, und ich taumelte ins alltägliche Reich zurück und wußte nicht mehr, mit wem oder was mein Geist sich in ihr vereint hatte, doch ich wußte sehr genau, was ich zu tun hatte.

Ich wandte mich an die große Versammlung von zerlumpten und berauschten Gören, die inzwischen den Pavillon an allen Seiten umgaben – und was für ein erbärmliches Publikum sie waren, um das Scheiden eines solchen Geistes zu erleben!

»Ihr habt es gehört, nicht wahr?« rief ich. »Von den Lippen des Mannes, an dessen sterbenden Worten ihr so ergeben und verständnislos hängt! Und um euch den rechten Geist zu schenken, kam die Fackel des Geistes zu mir herab. Und wenn die Zeit gekommen ist, werde ich nicht erlauben, daß *ihr* sie im Dreck verlöschen laßt!«

Trotz meiner wortreichen Beschimpfung hätte ich genausogut zu meinen verlorenen Kindern des Waldes sprechen können, denn sie sahen mich an wie die Göttin aller verlorenen Kinder, wollten nur aus ihrem selbstgeschaffenen Abenteuer gerettet werden und warteten darauf, daß ich ihnen erzählte, was sie hören wollten. Selbst Kim schien kein Wort verstanden zu haben.

»Wer von euch kann ein Lied singen?« fragte ich. »Wer von euch kann eine Flöte spielen oder eine Saite anschlagen? Wer kann Holz schnitzen oder Draht zu Schmuck biegen? Wer weiß, wie man Essen kocht oder jongliert oder so etwas wie Akrobatik vorführt?«

Sie starrten mich verständnislos an, als spräche ich jetzt auch in Parabeln.

»*Merde!*« rief ich. »Ist denn keiner unter euch, der eine einzige Geschichte kennt? Mensch, ist denn nicht einmal einer unter euch, der damit prahlen könnte, in den tantrischen Künsten erfahren zu sein?«

»Ah, *mi maestra*, ich wußte, daß du früher oder später auf mein natürliches Talent zu sprechen kommen würdest!« erklärte Kim, während sich ein befreiendes Gelächter ausbreitete. »Laß mich der erste sein, der sich an das Unternehmen wagt, dem zu dienen du mir befiehlst!«

Nachdem diese kleine Frivolität die Atmosphäre entspannt hatte, erhoben sich auch andere Stimmen.

»Ich kann Flöte spielen, aber nicht sehr gut ...«

»Als Kind hab ich aus Ton Tiere gemacht ...«

»Ich glaube, ich weiß, wie man Törtchen aus Fleisch oder Früchten backt ...«

»Ich kenne eine Geschichte mit dem Titel *Der wandernde Holländer*, die ich immer in der Schule erzählt habe ...«

»Alle diese Dinge und mehr sollt ihr nun als wahre Kinder des Glücks tun«, erklärte ich ihnen. »Ich bin nicht gerade eine *maestra* der Kochkunst und keine Musikerin, und ich beherrsche kein Handwerk gut, und wenn ich für Ruegelt singen müßte, würde ich verhungern. Aber ich habe viele Geschichten, die ich gern beisteuern will, und ich bin auch nicht gerade unerfahren in den tantrischen Künsten. Nun laßt uns lernen, damit wir wieder Gypsy Joker werden und unser Ruegelt verdienen, wo wir können.«

»Wer sollte unsere primitiven Waren kaufen?«

»Wer sollte bezahlen, um unsere Lieder zu hören?«

»Florida hat reichlich Unterhaltungskünstler, die viel amüsanter sind als wir ...«

»Wir werden an den Palästen der *haute cuisine* gemessen ...«

»... und an den tantrischen Künstlern, die sogar aus Lorienne kommen.«

»Und wenn auch!« rief Kim mit einer ganz neuen Energie. »Ich würde lieber mein Glück in den Straßen herausfordern als zu sagen, daß ich es nie versucht habe!«

»Gut gesprochen, Gypsy Joker!« erklärte ich stolz. »Sprich nicht von der einschüchternden *haut monde* dieses kleinen Feriendorfs zu einer, die ein armes Kind des Glücks war und die ohne die Großzügigkeit eurer Eltern im großen Edoku lebte! Gewiß ist es auf jeder Welt dasselbe. Und doch können wir Kinder des Glücks auf jeder Welt überleben, wenn wir auch nicht unbedingt reich werden. Denn der wahre Kunde unseres Gewerbes ist nie der abgestumpfte Connaisseur, sondern die Erinnerung an das eigene Wanderjahr im Herzen jedes Menschen. Keine Angst, meine Gypsy Joker, das ist eine Großzügigkeit, die der wahre Geist sich immer bewahrt.«

Ich deutete über die Flanke unseres kleinen Berges zu den winzigen blauen, weißen und rosafarbenen Gebäuden der Stadt hinunter, zu den winzigen Gestalten am Strand, zu den hellen Segeln der Boote, die über die Bucht glitten.

»Unter uns liegt Florida, eine Stadt, die ganz den Ferien und dem Vergnügen vorbehalten ist«, erklärte ich. »Ich schwöre euch bei meiner Ehre als Gypsy Joker, meine Kinder, daß kein wahres Kind des Glücks hoffen kann, ein leichteres Feld zum Verdienen von Ruegelt zu finden als einen solchen Ferienort am Meer!«

Und so war der volle Kreis meines Wanderjahrs geschlossen, denn mit Tränen in den Augen, doch ohne das wahre Lied in meinem Herzen zu überhören, sah ich mich verpflichtet, die Flötenspielerin zu werden, die Wendi Shasta Leonardo, die diese Worte festhält, aber *certainement* nicht die Wendy, deren Geist ich in der *Geschichte von Peter Pan* so süßlich fand.

Statt diese verlorenen Kinder in die elterliche Geborgenheit zurückzuscheuchen, in die Alltagswelt der Maja und der pflichtbewußten Arbeit, versuchte der Geist *dieser* Wendi, ihre Füße auf die Zauberstraße zu setzen, die nie endet – in einer letzten Ehrerbietung an den goldenen Sommer meines eigenen Lebens, den mir einst der wahrste aller Freunde und der edelste aller Liebhaber geschenkt hatte.

30

Florida war nicht das große Edoku, die Gören in unserem Lager waren alles andere als Gypsy Joker, und *certainement* besaß ich nicht ein Zehntel der Kunde im Überleben auf der Zauberstraße, die Pater Pan besessen hatte.

Dennoch, während es vielleicht an Geschick, Erfahrung und Kunstfertigkeit ernsthaft mangelte, war der Geist jetzt da, und wie ich auf Edoku gelernt hatte, war es die zärtliche Erinnerung an diesen Geist der Tage als Kind des Glücks, die die Großzügigkeit erweckte – und nicht etwa kultivierte, kritische Bewunderung für die unbeholfen hergestellten Waren.

So wuchsen unter meiner Leitung und meinem Ansporn Unterhaltungszelte, in denen tantrische Figuren und Privatvorstellungen dargeboten wurden, linkische Musikaufführungen und sogar einige kurze und tolpatschige Theatervorstellungen. Mehrere Handwerkerbuden wurden errichtet, wo naive Skulpturen, Holz- und Drahtschmuck und, was am meisten einbrachte, diverse Taschen an Riemen, Gürteln oder gar Stirnbändern angeboten wurden; letztere waren bald in einem Ferienort, in dem Nacktheit oder minimale Kleidung so verbreitet waren, ein Renner.

Wir bereiteten verschiedene Leckereien im Lager zu: gebackene Törtchen, gedünstetes Gemüse, Brätlinge, und der letzte Schrei waren alle Arten von Gemüse-*lo-mein*, das in schmackhafte Teigröhren gestopft wurde, so daß man es beim Spazierengehen ohne Messer oder Stäbchen essen konnte. Die werdenden Musiker und Jongleure tollten im Camp herum und verstärkten den Eindruck einer Kirmes, wenn sie auch nicht gerade artistische Meisterleistungen vollbrachten.

Und wie ich es von Pater Pan gelernt hatte, wurden die Straßenhändler und Künstler hinunter in die Stadt geschickt, um Schmuck, Imbisse, Getränke und Taschen zu verkaufen und auf den Straßen und Stränden aufzutreten, um Ruegelt zu verdienen und Kunden ins Lager zu locken.

Besonders die Strände waren ein lukrativer Ort, denn während es in den Straßen der Stadt reichlich Tavernen und Restaurants gab, waren die Schwimmer und Sonnenanbeter erfreut, daß sie am Strand mit Getränken und Leckereien bedient wurden, und da die Zerstreuungen ohne ihr Zutun zu ihnen kamen, war ihre Kritikfähigkeit natürlich eingeschränkt.

Der raffinierte und unternehmungslustige Kim kratzte irgendwie genug Kapital zusammen, um ein Kanu zu mieten, von dem aus er die von anderen zubereiteten Speisen und Getränke direkt an die Vergnügungsboote in der Bucht verkaufte.

Was die Geschichtenerzähler anging, so fand sich zuerst niemand, der den Mut und das Standvermögen hatte, diesem Gewerbe in den Straßen nachzugehen – nicht einmal im Lager wagten sie es. Doch Kim ging mich bald an, ihn einige Geschichten zu lehren; zuerst, wie es mir schien, um so viele Stunden wie möglich in den Genuß meiner Gesellschaft zu kommen, denn seine offenen amourösen Angebote hatten sich schon lange zu einem gutmütigen Streit zwischen uns entwickelt; doch später wurde er ein ernsthafter Student, dessen offensichtliche Geschwätzigkeit nur das richtige Material brauchte, um mit Ruegelt belohnt zu werden.

Als ich heimlich seine Premierenvorstellung beobachtete – er erzählte den Müßiggängern am Strand die Geschichte vom *Funken der Arkies* –, durchflutete mich etwas mehr als nur der Stolz des Lehrers, und *vraiment*, wären nicht der sterbende Körper meines Geliebten im Zentrum des Camps gewesen und die Unangemessenheit solcher Gedanken unter diesen Umständen, dann wäre ich sicher gern bereit gewesen, am Ende der Geschichte seine Mühen mit der Erfüllung seiner so deutlich ausgedrückten priapischen Gelüste zu belohnen.

Kurz gesagt, binnen zehn Tagen waren die Unternehmungen und der Geist der Kinder des Glücks nach Florida gekommen. Urlauber wanderten in unserer Karawanserei herum, probierten dieses und jenes, und wenn sie auch nicht gerade in großen Massen strömten und uns mit Geld überhäuften, so gehörten unsere Händler und Künstler dennoch bald zum Inventar der Straßen und Strände der Stadt.

Was Pater Pan anging, so sprach nie wieder ein Geist durch ihn, und ich versuchte auch nicht, einen solchen zu beschwören; und nachdem die jungen Stammesleute den richtigen Kanal für ihre jugendlichen Energien gefunden hatten, trieben sich nur noch wenige vor der abgemagerten Gestalt im offenen Pavillon herum.

Tagsüber hielten wir das Vielfarbige Zelt offen, um die Wärme und die Sonne und den Wind einzulassen, um erst abends, wenn die Luft kühler wurde, die Planen herunterzulassen. Doch während Pater Pan für das innere Leben des Camps frei und unbehindert zu sehen war, hatten wir uns unausgesprochen verabredet, durch geschickte Ablenkung die *turistas* aus der Nähe unseres größten Geheimnisses zu halten.

Und trotz des beharrlichen Schweigens der Gestalt auf dem Kissenthron, die mit dem Lader durch die letzten Stunden des Auf und Davon ritt, blieb tatsächlich ein Geheimnis. Denn selbst als das Fleisch von Pater Pans hagerer Figur schmolz, bis ich mich wunderte, wie er noch aufrecht sitzen konnte, selbst als das Haar wie Herbstblätter in einem weniger milden Klima von seinem Kopf fiel, selbst als sein Gesicht gemeißelt war wie die knochige Ikone des Todes, schienen seine Augen immer größer und strahlender in den tiefen Höhlen zu liegen, so daß man fast glaubte, sie leuchteten von innen im Licht eines Gehirns, das sich in seiner Ekstase selbst verbrannte.

Welch seltsame Totenwache dies war – inmitten eines neugeborenen Karnevals, während die Augen dessen, der dies alles angeregt hatte, wie schwache blaue Sonnen glühten, während sich auf seinen Lippen ein Lächeln ausbreitete, das von so wundervoller Zufriedenheit zeugte, als wäre er Buddha unter seinem Bobaum!

Nur sein Fleisch strafte diese Aura der Verzücktheit, die er verströmte, Lügen; und doch, je schwächer und zerbrechlicher der Körper wurde, desto breiter wurde sein Lächeln, und desto stärker strahlte das innere Licht, das hinter diesen Augen zu brennen schien, die immer größer und größer wurden, je tiefer sie in den Höhlen versanken.

Vraiment, dies war ein Anblick, den nicht einmal ich lange ertragen konnte; denn einerseits ist der unmittelbar bevorstehende Tod, der die letzten Agonien des Körpers erstaunlich lange hinzieht, kein geeignetes Objekt zur Kontemplation junger Menschen, und andererseits schien sich in meinem Ohr flüsternd die Gewißheit zu manifestieren, daß ich nicht anders konnte als für meine unausweichliche letzte Reise dieselbe Art zu wählen, nachdem ich zur Zeugin dieses Übergangs ins Auf und Davon geworden war.

Doch das Schicksal oder die kosmische Gerechtigkeit wollte es so, daß ich mich zwar nie lange in Pater Pans Gegenwart aufhielt, aber zur Stelle war, als die letzten Augenblicke kamen.

Es war die Mittagsstunde, und ich ging, nachdem ich Kim eine neue Geschichte beigebracht hatte, am Vielfarbigen Zelt vorbei zu einem Kiosk, um mir etwas zu essen zu besorgen. Es war ein warmer, klarer Tag im Lager der Kinder des Glücks, und die Planen des Zeltes waren offen. Naiven Augen wäre es zweifellos erschienen, als betrachte die abgemagerte Gestalt auf dem Kissenthron mit zufriedenem Strahlen die wohlverdienten Früchte seiner Unternehmungen.

Meine Augen füllten sich mit Tränen, als ich einen Augenblick stehenblieb, um ihn zu betrachten, und doch kann ich nicht glauben, daß es Trauer war, die ich fühlte. Dort saß mein Pater Pan, blickte über den Hügel zu den winzigen Gebäuden der Stadt hinunter, wo gerade im Augenblick die Kinder seines Geistes den Gewerben nachgingen, die er uns gelehrt hatte, und jenseits davon hinaus auf das kristallklare Meer und in den hellen Sonnenschein.

Vraiment, wenn ein solcher Geist aus der Welt scheiden muß, wie sonst wenn nicht so – in einem Lager der Gypsy Joker, in dem es Lärm und Gelächter gab und das nach gekochtem Essen roch, umarmt vom ewigen Karneval, der das Lied seines Geistes gewesen war, während eine warme Seebrise die Überreste seines Haars zauste?

Und dann, als hätte das letzte Bröckchen des Geistes, das noch in diesem Schädel ausgeharrt hatte, auf genau diesen Augenblick gewartet, im Augenblick, als die Erzählerin der Geschichte am wenigsten wußte, daß sie dieser Geschichte eine süße Wendung geben konnte, begann das letzte Geheimnis des Auf und Davon.

Wenigstens in diesem Punkt stimmen die Weisen und die Anhänger des Laders überein: In den letzten Augenblicken des Auf und Davon geschieht ein Phänomen, das nirgends sonst vorkommt. Wenn genügend Neuronen durch die elektronische Verstärkung verbrannt sind, regt der nächste Schritt des Laders eine Art psychosomatische Kettenreaktion an. Jede verbliebene Erinnerungsspur wird im gleichen Augenblick aktiviert, alle noch funktionsfähigen Gehirnzentren werden im gleichen Augenblick in elektronisch verstärkte Erregung versetzt, und die im Körper verbliebene Energie wird vom Gehirn angesaugt, während es unter der Überlastung endgültig verbrennt.

Nun, die Behauptungen der Ladersüchtigen mögen sein, was sie wollen, die Wissenschaftler der Psychosomatik behaupten jedenfalls, daß dies die theoretische Grenze des menschlichen Bewußtseins ist, ein Zustand zerebraler Aktivierung, der nur in den kurzen Augenblicken, bevor das Gehirn stirbt, als unausweichlicher Preis seiner Existenz erreicht werden kann.

Könnte uns das ironische Schicksal einen grausameren Scherz spielen als diesen? Erst im Augenblick des Todes kann der Psychonaut des Geistes die Blume seiner Vollkommenheit erreichen.

Vraiment, die wissenschaftlichen Annalen zu studieren, selbst sich mit dem unausweichlichen Ende dieser Geschichte abzufinden, ist eine Sache, aber das Auf und Davon selbst zu beobachten war eine ganz andere.

Mit einem Mal, ohne jede Vorwarnung, begannen willkürliche Krämpfe durch die dünne Muskulatur von Pater Pans Körper zu laufen. Seine Arme und dann die Beine begannen zu rucken und zu zucken, als kämpfte eine bewußte Kraft in ihm um die Kontrolle. Und sein Gesicht ...

Seine Gesichtsmuskeln begannen zu tanzen, doch alles andere als zufällig, denn irgendwie begannen sie eine Serie von zusammenhängenden, doch ganz unterschiedlichen Gesichtern zu bilden, als rasten Wellenfronten von Persönlichkeitsmustern durch sie. Doch die Augen, die zum letztenmal durch all diese Masken der Menschlichkeit in die Welt hinausblickten, schienen Fenster eines einzigen Geistes zu sein, der sich in jeder vorübergehenden Verkörperung zu Hause fühlte und der dennoch übernatürlich hell und unveränderlich blieb.

Denn während die letzte Maske des Königs der Gypsies und Prinzen der Joker die Gesichter all der natürlichen Männer trug, die er gewesen war oder zu sein geprahlt hatte, während jedes einzelne seine eigene Vision von unaussprechlichem Entzücken war, verrieten die Augen des inneren Wesens, das durch sie strahlte, eine einzigartige Ekstase.

Es verging viel zu schnell, als daß sich eine Menge bilden konnte, denn in diesem Moment waren weniger als ein Dutzend Menschen in Blickweite, und als Pater Pan plötzlich aufstand, geschah es mit der Kraft und Energie seiner vollen männlichen Blüte.

Vraiment, die Heiler werden sagen, daß in einem so plötzlichen Auftauchen von hysterischer Kraft bei Todgeweihten nichts Geheimnisvolles ist, und es gab alte Kriegerkulte, die fähig waren, diese Kräfte durch primitive psychosomatische Rituale hervorzurufen. Der Geist kann dem Körper ansonsten unmögliche Kraftleistungen abverlangen, wenn das weitere Überleben keine Rolle mehr spielt.

Wie dem auch sei, der tatsächliche Anblick eines solchen Triumphs der Energie über so endgültige körperliche Hinfälligkeit war etwas, das weder ich noch einer der anderen je gesehen hatte, und keiner von uns konnte sich bewegen, als Pater Pan entschlossen an uns vorbeiging, unter dem Baldachin hervor und in die strahlend goldene Wärme des Mittags.

Er bewegte sich anscheinend völlig zielstrebig durchs Lager, ging mit langen, gemessenen Schritten, strahlte, als er die vielfältigen Unternehmungen sah – das ekstatische Lächeln all seiner Erinnerungen an solche Karnevals, durch die er gegangen war, auf den Lippen. Und als er sich einen Weg durch die Gänge zwischen den Zelten zum Rand des Camps bahnte, das die Stadt und das Meer überblickte, da führte er zum allerletzten Mal eine Mardi-Gras-Parade von Kindern des Glücks auf der Zauberstraße.

Man sage mir nicht, daß dies nur ein Abklatsch jener fröhlichen Parade im großen Edoku war, wie einige kleine Geister behaupten mögen – man sage mir nicht, daß wir nicht zur inneren Musik des Weges tanzten, als wir allem, was von Pater Pan geblieben war, unser letztes Lebewohl sagten.

Er trat an die Kante der steilen Klippe, und dann drehte er sich um und sah uns an. Die Muskulatur seines Körpers sackte reglos zusammen, als hätte er seine letzte weltliche Aufgabe mit Würde vollbracht und den Geist aufgegeben. Und durch seine Gesichtsmaske zogen keine Verkörperungen mehr.

Das Gesicht, so verwittert es war, wirkte jetzt alterslos, denn seine Muskulatur bewegte sich nicht mehr, so daß alles, was geblieben war, eine *tabula rasa* von perfekter Entspannung war, auf die die von innen brennenden Augen ein stahlendes Entzücken legten.

Ich blickte zum letztenmal in diese Augen, wenn ich sie auch in einem anderen Sinne immer sehen werde. Ich sah ihm ins Gesicht und bot ihm ein letztes Lebewohl und sah nicht den Schädel unter dem Fleisch herausplatzen, sondern das Gesicht des Geistes, der immer bei mir sein und mir immer ein letztes Gypsy-Joker-Lächeln schenken würde. Es spielte keine Rolle, daß alle Anwesenden später erklären sollten, er hätte dieses letzte Lächeln nur an sie gerichtet.

Dann spannte eine letzte Kontraktion die Muskeln seines Körpers, und er zog sich zusammen, als wollte er springen. Er breitete die Arme weit aus, als wollte er ein letztes Mal den ewigen Karneval umarmen, als wollte er die Flügel seines Geistes ausbreiten und sich in die Luft erheben.

Dann sprang er wirklich hoch, doch statt daß sein Körper die Erde verließ, schien sein Geist mit einem letzten ekstatischen Seufzen im höchsten Punkt aus seinem Körper Auf und Davon zu fliegen, und ehe sein Körper unter ihm zusammengebrochen war, war er fort, vom Wind getragen in den strahlenden Sonnenschein, in die Arme des Geistes, der nicht sterben würde, solange es Kinder des Glücks gab, die diesen Geist zu den weitverstreuten Menschenwelten trugen.

Je ne sais pas, wie lange ich dort stand, bevor mir wieder bewußt wurde, daß die Zeit verging; denn mein Blick war nicht vom Anblick des gestürzten, armseligen, vergänglichen Körpers gefesselt, sondern vom zeitlosen Mandala einer ewigen Sonne im strahlend blauen Himmel.

Wie ich einst in der Traumzeit des Bloomenveldts durch Pheromone und Hunger sein Gesicht in Belshazaars Sonne gesehen hatte, so versuchte ich ihn jetzt mit einem vollbewußten Willensakt zu sehen, wie er aus dem goldenen Anlitz von Alpas Sonne zu mir herablächelte.

Vraiment, und in *dieser* Traumzeit wußte ich ganz genau, daß der Anblick, den ich sah, nichts weiter war als der Spiegel des Geistes, der nur in meinem eigenen Herzen weiterlebte. Man konnte von diesem Geist nicht sagen, daß er aus unserer sterblichen Welt verschwunden war, solange ich ihn hier verehrte.

Schließlich wurde ich in den Zeitstrom zurückgezogen – nicht durch ein Geräusch, das die kristallene Ewigkeit dieses Augenblicks zerstörte, sondern durch den Druck der unnatürlichen Abwesenheit von Geräuschen, von einem Schweigen, das über meine Schultern gelegt schien wie ein bleierner Mantel.

Langsam, widerstrebend, wandte ich mich zu jenen um, die hinter mir versammelt waren, denn ich wußte nur zu gut, was ich sehen würde.

All jene, die im Lager gewesen waren und Pater Pans letztes Scheiden gesehen hatten, standen nun vor mir zwischen der Karawanserei und dem Rand der Klippe. In ihren Augen sah ich, was sie in meinen sehen mußten, und es erwärmte mein Herz.

Denn waren diese neugeborenen Kinder des Glücks nicht die wahren Nachkommen der Vereinigung unserer Geister? Wenn es der Flötenspieler Pan gewesen war, der sie zusammengebracht hatte, war es dann nicht die Flötenspielerin des Bloomenveldts gewesen, die sie tanzend über die Zauberstraße geführt hatte? Waren diese wahren Kinder im Geiste des Glücks nicht die Nachkommen, die ich meinem Geliebten geschenkt hatte, und waren sie nicht eben jenes süße Ende meiner Geschichte, das er mir hinterlassen hatte?

Doch in diesen Augen sah ich ebenso die anbetende Unterwürfigkeit, gegen die ich gewütet und mich gewehrt hatte, seit ich sie in diesem erstickend morbiden Zelt zum erstenmal auf mich gerichtet spürte, und das, um es vorsichtig auszudrücken, gefiel mir nicht, denn es schien, als ginge der letzte Scherz des Gypsy Jokers auf meine Kosten.

Denn hatte er nicht in ihrer Gegenwart die Fackel seines Geistes in meine widerspenstigen Hände gelegt? Und hatte ich nicht seinen Mantel im Zorn um mich gelegt, um diese verlorenen Kinder des Glücks aus ihrer tumben Anbetung zu reißen, damit ich nie wieder in ihren Augen dieses bewußtlose Sehnen nach einem vollkommenen Meister sähe, das ich jetzt sah?

Vraiment, ich hatte ihnen oft genug gesagt, daß Kinder des Glücks keinen Aufsichtsratsvorsitzenden und keinen König anerkennen! Und war ich nicht dennoch durch die karmische Gerechtigkeit verpflichtet, sie auf die Zauberstraße zurückzuführen, wie die Flötenspielerin des Bloomenveldts ihre unerwünschten Schutzbefohlenen in die Menschenwelten zurückbrachte?

Wirklich, hier stand ich wie Antonius über dem gefallenen Cäsar, wie die Freiheitsstatue mit ihrer Fackel, und hier hingen die zusammengekauerten Menschen an meinen Worten, die immer wichtiger zu werden drohten, je länger ich sie sprachlos anblickte.

Doch wie konnte ich sie schelten, wenn sie mich jetzt so betrachteten? Denn dies waren nicht die armseligen Gören, die ich gefunden hatte, sondern Gypsy Joker des wahren Geistes, die ich, wie widerstrebend auch immer, zu diesem Beginn geführt hatte, was heißen soll, daß ich von jenem Augenblick an bis zu diesem tatsächlich erfolgreich die Fackel von Pater Pans Geist getragen hatte.

Doch wenn ich nun diesem Geist treu bleiben wollte, wenn dieser Geist in ihren Herzen weiterleben sollte, dann mußte ich die Worte finden, um diese Fackel weiterzugeben – nicht an einen päpstlichen Nachfolger, sondern in die Hände jedes einzelnen, in die Hände der Republik dieses Geistes, wohin sie, zumindest nach der Einschätzung der Erzählerin dieser Geschichte, immer gehört hatte.

Ein letztes Mal suchte ich die Verbindung zu meinem Flötenspieler, und ein letztes Mal sprach er durch die Schleier der Zeit zu mir, als könnte selbst der König der Joker nicht in Frieden ruhen, ehe ich dieses letzte Koan gelöst hatte.

Denn plötzlich stand Pater Pan am Ende der Mardi-Gras-Parade meines goldenen Sommers vor mir, umschmeichelt von der Pracht des Sonnenuntergangs auf den Bonsai-Bergen von Edoku, und sagte das notwendige Lebewohl, das unsere Herzen brach. Während ich in einem seltsamen Zwiespalt der Perspektive zugleich diese Verkörperung geworden war, denn nun stand *ich* in diesem Augenblick des Abschieds vor unserem Stamm.

Vraiment, mein Wanderjahr hatte einen vollen Kreis beschrieben, denn dies war wirklich das Ende der Mardi-Gras-Parade meines goldenen Sommers.

Dann suchten meine Augen Kim, oder vielleicht hatten seine Augen in diesem Moment die Kraft, meinen Blick anzuziehen. Er stand ziemlich weit vorn, und nachdem mein Blick auf ihn gefallen war, konnte sein Gesicht deutlich zu mir sprechen. Und in diesem Gesicht glaubte ich zu sehen, was ich suchte, ein verwandtes Kind vom gleichen Geist, bereit, seine Fackel als sein eigener Flötenspieler weiterzutragen, wenn er es vielleicht auch noch nicht wußte.

Vraiment, dies war nicht das Ende des Tages, denn die Sonne schien hell in einem klaren blauen Himmel, vor mir flappten die bunten Zelte unseres Lagers wie stolze Banner auf der Zauberstraße, und die Flötenspielerin des Bloomenveldts war nicht die Königin der Gypsy Joker, was heißen soll, daß *ich* es war, die die Geschichte erzählte, und es lag nicht in meinem Herzen, für irgend jemand anders das Ende der Mardi-Gras-Parade zu verkünden.

»Was wollt ihr jetzt von mir hören?« fragte ich leise. »Vor dem Tod gibt es nichts als nichtige Worte der Weisheit, und im Leben haben wir nur die Weisheit unserer eigenen Herzen.«

Ein leises Murmeln lief durch das kleine Gedränge. »Was sollen wir jetzt tun?« rief jemand.

»Warum fragt ihr mich?« fragte ich ohne Zorn zurück. »Wer bin ich, wenn nicht eine von euch?«

»Du bist die Flötenspielerin des Bloomenveldts!«

»Du bist die wahre Geliebte Pater Pans!»

»Du bist die Königin der Gypsy Joker!«

Da spürte ich, wie Worte von meinen Lippen sprudelten, wie sie mir aus der Leere ins Gehirn stiegen, und das Lied, das unsere Art von den Bäumen unserer Vorfahren zu den weitverstreuten Menschenwelten gebracht hat, schien sich selbst durch mich zu singen, als ich aus meinem Herzen sprach.

»Kinder des Glücks *haben* keinen Aufsichtsratsvorsitzenden und keine Königin!« rief ich. »Habe ich euch das nicht oft genug gesagt? Habe ich nicht freigebig mein kümmerliches Wissen zur Kunstfertigkeit und zum Geschick unseres unsterblichen Stammes beigetragen? Wenn es um den Geist desselben geht, so muß ihn jeder von uns im eigenen Herzen finden. Deshalb sind die einzigen Worte, die ich zu Ehren des Geistes von Pater Pan sprechen kann, jene, die nun aus meinem kommen, und die habe ich bereits gesprochen. Wahre Kinder des Glücks haben keinen Aufsichtsratsvorsitzenden und keinen König. Wahre Kinder des Glücks suchen keinen Aufsichtsratsvorsitzenden und keinen König. *Certainement*, kein wahres Kind des Glücks will Aufsichtsratsvorsitzender oder König *sein!*«

Und ich kehrte ihnen den Rücken und begann mich langsam zu entfernen.

Einen langen Augenblick hörte ich nur Schweigen und dann die weit entfernte Musik unserer Kapellen, die von den Straßen der Stadt weit unten zum Lager heraufhallte.

Und dann hörte ich unterdrückte Geräusche und Gemurmel, als hätte das Lied der Zauberstraße abermals ihre Ohren erreicht. Und während die Musik näherkam, erhob sich Kims unverwechselbare Stimme.

»Kommt, laßt uns dieses traurige Überbleibsel eines fröhlichen Geistes an einen passenderen Ort bringen, *no*, und dann wollen wir mit unseren Unternehmen weitermachen, denn Kinder des Glücks haben keinen Aufsichtsratsvorsitzenden und keinen König, und wenn es ums Ruegelt geht, können wir nicht erwarten, daß uns die Großzügigkeit einer Firma oder eines Königs zur Verfügung steht!«

Darauf gab es Gelächter, und bald darauf trippelten Füße, so daß ich nicht zurückzusehen brauchte und keine Angst haben mußte, daß ich die Fackel, die Pater Pan mir anvertraut hatte, in Hände gegeben hatte, die nicht bereit waren. Vielmehr steuerte ich zu diesem Geist ein letztes, verstohlenes Lächeln bei, im Wissen, daß ich unter den Beschränkungen, die uns das Universum auferlegt, das wahre Ende der einzigen Geschichte, die es zu erzählen gibt, erreicht hatte – das Ende, das es uns Gypsy Jokern erlaubt, als letzte zu lachen.

Ich ging immer weiter, bis ich den Gipfel des Hügels über dem Lager erreicht hatte, wo ich mich allein hinsetzte und auf das Meer hinausstarrte, bis sich das Zwielicht sammelte, bis Alpas Sonne strahlende, purpurne und dunkelgelbe Lichtbalken in den Himmel malte und auf dem tropischen Ozean schimmerte. Einer nach dem anderen kamen die Sterne heraus, wie eins nach dem anderen die Lichter der Stadt die dichter werdende Nacht belebten.

Nicht weit unter mir begrüßte das Camp der Kinder des Glücks den Abend mit Musik und Gelächter und den Klängen fröhlicher junger Stimmen, und dies war, wie es sein sollte, denn der König der Gypsies und der Prinz der Joker sollte mit seinen eigenen Sakramenten beerdigt und nicht schmerzlich betrauert werden.

Ich konnte nicht anders als lachen über diese Musik des Karnevals, die der Seewind heraufwehte. Und doch, als ich dort saß, starrte ich die Sterne an, die mir von droben aus der Nacht des Universums hell und laut zuwinkten – jeder eine mächtige Sonne und wie eine Handvoll Samen zwischen ihnen die weitverstreuten Menschenwelten.

Und ich wußte, daß die Geschichte des Wanderjahrs von Sunshine Shasta Leonardo ihr Ende erreicht hatte.

Einst war ich die kleine Moussa gewesen, die großäugige Naive, die in den Anfang ihrer Geschichte gewandert war, einst war ich Sunshine die Geschichtenerzählerin gewesen, die nur ihre eigene Zauberstraße gesucht hatte, einst war ich die Flötenspielerin des Bloomenveldts gewesen, die gelernt hatte, die Geister ihrer ungewollten Schutzbefohlenen zu hüten – und war ich nicht zuletzt sogar die wahre Erzählerin der Geschichte geworden, als ich die Fackel weitergab?

Als ich in der dichter werdenden Dunkelheit saß und über diese Dinge nachdachte, kam Kim den Berg heraufgeschnauft, um sich mir anzuschließen, und ich stellte fest, daß ich seine Gesellschaft begrüßte, daß ich begrüßte, was ich in ihm vom Kind des Glücks sah, das ich gewesen war.

»Betrachtest du die Sterne, *mi maestra?*« sagte er, indem er sich neben mich hockte. »Bald wirst du zwischen ihnen sein, *no?*«

Ich betrachtete ihn erstaunt. »Mir war noch gar nicht klar, daß auch das Gedankenlesen zu deinen vielfältigen Talenten gehört!«

Kim strahlte angesichts meiner Anerkennung, doch er tat die erwähnte geistige Fähigkeit mit einem Achselzucken ab. »Warum solltest du dich noch länger auf Alpa aufhalten?« erklärte er. »Du hast keinen Geliebten, der dich hier halten könnte, und er, der dir mit Freuden als solcher gedient hätte, wird auch bald fort sein.«

»Willst du Alpa verlassen, Kim?« rief ich überrascht.

»Hast du nicht auch den Planeten deiner Geburt verlassen, um dem Weg eines Kinds des Glücks zu größeren Welten zu folgen? *Vraiment,* hast du mich nicht die Kunst der Geschichtenerzähler gelehrt, und habe ich nicht ein gewisses Geschick, wenn es ums Geschäft geht? Florida ist eine angenehme kleine Stadt für die Kinder von Alpa, die Kinder des Glücks spielen wollen, doch sobald ich damit meine Überfahrt verdient habe, werde ich mein wirkliches Wanderjahr draußen zwischen den Sternen beginnen!«

»Willst du meine Zustimmung zu diesem Unternehmen?« fragte ich, denn er lächelte mich erwartungsvoll an.

»Du wirst es mir doch gewiß nicht ausreden wollen!« erklärte er. »Du wirst doch gewiß nicht versuchen, mich mit einem Geständnis unsterblicher fleischlicher Liebe zu halten?«

Ich platzte laut heraus und konnte nicht anders, als ihn zu umarmen, und ich konnte nicht anders, als unter der Berührung seines offen entzückten Fleisches Freude zu empfinden, und ich konnte nicht anders, als verzaubert zu sein, als sich seine junge Männlichkeit regte.

Ich zog mich ein Stück zurück, ließ jedoch die Arme auf seinen Schultern und sah ihm in die lüsternen Augen. »Nun wirst *du* doch nicht *meine* Annäherungsversuche ausschlagen?« sagte ich, während ich mir mit der Zunge über die Lippen fuhr und über seine neue und völlig ungewohnte Schüchternheit lachte.

»Verstehe ich dich recht, *mi maestra?*« fragte er kleinlaut.

»Angesichts der Tatsache, daß wir bald beide von dieser Welt abreisen werden und uns vielleicht nie wiedersehen werden, und da ich in dir einen brüderlichen Geist sehe, brauchst du nur deinen Mut zusammenzunehmen und aufzuhören, mich mit Ehrenbezeugungen zu überschütten und wie ein Geliebter zur Geliebten zu sprechen, wie ein Mann zu Sunshine, und dir soll dein Herzenswunsch in dieser romantischen Umgebung erfüllt werden, hier draußen über dem Meer und unter den Sternen«, erklärte ich ihm, indem ich die Hände in die Hüften stemmte.

»Sunshine, Sunshine, Sunshine«, jauchzte er wie ein glücklicher Hund, und dann tollten wir beide wie Hündchen umeinander durchs Gras, während er sich meiner intimeren Bereiche mit mehr begieriger Begeisterung als männlicher Anmut und Geschicklichkeit zu bedienen suchte.

Es gab eine Verwirrung, als wir die Kleider ablegten, denn Kim versuchte uns beide gleichzeitig auszuziehen, während er fortfuhr, mich in jedem Augenblick mit beiden Händen zu streicheln.

Und während ich die pure, lustvolle Begeisterung dieses jungen Liebhabers genoß, erfreute sich zugleich mein Geist an Kims bezaubernden Naivität, die seine Behauptungen über seine tantrische Erfahrung Lügen strafte und mich zugleich seine Chuzpe mit um so größerem Entzücken schätzen ließ.

Als wir nach einer ganzen Menge erotischem Gebalge und Betatsche endlich nackt waren, zögerte Kim, stemmte sich über mir auf die Ellbogen und betrachtete mich unsicher, während sein stolzes Lingam wie aus eigenem Willen Eingang in mein Joni suchte.

»Probleme, Bürschchen?« fragte ich ihn so leichthin wie möglich.

»Ah ... oh ... um ehrlich zu sein, ich hab' übertrieben!« stammelte er. »Zweifellos wirst du entsetzt sein, wenn du hörst, daß ich in den tantrischen Künsten nicht ganz so erfahren bin, wie ich vorgegeben habe ...«

Ich lachte und zog ihn an mich und rollte mich auf ihn. »In diesem Augenblick könnte keine andere Erklärung meine Leidenschaft stärker entfachen, Liebster«, sagte ich und übernahm die Führung bei unserer tantrischen Figur, nahm die Dinge fest in die Hand, bis sie noch fester wurden, und gab ihm in dieser Kunst eine Serie von Lektionen, die er hoffentlich nie wieder vergessen würde.

Doch obwohl ich ihm die Bandbreite möglicher tantrischer Figuren detailliert und ausführlich zeigte, vermied ich die Anwendung meines Fühlers, denn einerseits hatte ich keine Lust, ihn zurückzulassen, damit er sich mit der Erinnerung an einen unmöglichen Augenblick der Ekstase plagte, den er nie wieder mit einer anderen Frau erleben konnte, und andererseits wäre ich gemein gewesen, so männlich zugegebene Unschuld mit geheimen elektronischen Kräften zu meistern.

Wirklich, als wir uns dort in den Armen lagen, nachdem er schließlich genug Lehren verstanden hatte, um mich mit seiner phallischen Standhaftigkeit in einem einzigen, die Seele befriedigenden Höhepunkt zu überwinden – in diesem Augenblick beschloß ich, den Fühler für den Handel meines Vaters freizugeben. Sollte er doch genutzt werden, um Fehlfunktionen zu heilen oder verbrauchte Energien der erotisch Müden zu sammeln – für sie wäre er eine wertvolle Gabe. Doch ich würde nie wieder so unnatürliche Maschinen in die offenherzige Intimität mit einem Mann einbringen.

Nach einer Weile zogen wir uns wieder an und standen einen letzten Augenblick beieinander und blickten zu den nahen Lichtern des Lagers und den ferneren der Stadt und den Lichtern im Himmel über dem Meer, die noch ferner und dennoch heller waren.

»Vielleicht werden sich unsere Wege dort draußen noch einmal kreuzen«, sagte Kim. Er lachte fröhlich. »Und wenn nicht, dann sei versichert, daß ich mich immer an diese Nacht mit dir erinnern werde.«

»Und das solltest du auch, mein kleiner Gypsy Joker!« erklärte ich. Wir lachten zusammen, und damit trennten wir uns; denn es gibt keinen schöneren Abschied zwischen Liebenden als diesen.

Ich sah Kim nach, der den Hügel zum Camp der Gypsy Joker hinunterging, seinem wahren Wanderjahr auf der Zauberstraße entgegen, auf der ich vor einem Lebensalter als Kind des Glücks den ersten Schritt getan hatte – bis er völlig aus meinem Blickfeld verschwunden war und mit dem Karneval verschmolz, in den sein erwachender Geist gehörte.

Dann begann ich die andere Seite des Berges hinunterzusteigen, der Stadt und meinem zukünftigen Leben in den Menschenwelten entgegen. Mein Schritt federte, und in meinem Herzen war kein Bedauern.

Denn in diesem Augenblick entschloß ich mich, den Namen Wendi Shasta Leonardo anzunehmen, zu Ehren meiner Freundin und Mentorin und dem Bild meiner neuen Version der Heldin des alten Mythos entsprechend, doch ebenso zu Ehren eben dieses zukünftigen Selbst, das nun, ein halbes Lebensalter später, zurückblickt zu ihrem goldenen Sommer als Kind des Glücks und im Geiste desselben diese allerletzten Worte ihrer Geschichte festhält.

ENDE

Über Norman Spinrad

Der am 15. September 1940 in New York geborene Norman Spinrad, den manche heute als das ›enfant terrible‹ der amerikanischen Science Fiction bezeichnen, begann, in New York aufgewachsen, wo er auch die Schule und später die Universität besuchte, 1963 SF zu veröffentlichen und betätigte sich zwischendurch auch als literarischer Agent und Drehbuchautor fürs Fernsehen, ohne allerdings mit seiner ersten veröffentlichten Story, ›The Last Of Romany‹ (1963) besonderes Aufsehen zu erregen. Auch mit seinen ersten beiden Romanen änderte sich daran nichts: *The Solarians* (1966) und *Agent Of Chaos* (1967) gehören der Gattung Space Opera an, und nicht unbedingt zu den besten Werken dieses Sub-Genres. Eine Wende in Spinrads Schaffen kündigt sich aber schon mit dem noch im selben Jahr veröffentlichten Roman. *The Men In The Jungle* [Die Bruderschaft des Schmerzes] an, in dem der Protagonist, Diktator des Asteroidengürtels, der von den vereinten Erdmächten angegriffen und besiegt wird, aus dem Sonnensystem flieht und sofort nach einem neuen Planeten mit möglichst hohem ›Revolutionspotential‹ sucht, um die dortige Bevölkerung zur Rebellion anzustacheln und selbst die Herrschaft zu übernehmen. Begleitet von seiner Freundin und einem Ex-Militär, findet er auch einen solchen Planeten, auf dem eine ›Bruderschaft des Schmerzes‹ als diktatorische Oberschicht herrscht, in ihrer Schreckensherrschaft unterstützt durch eine Rasse von ›Tötern‹, und die Bewohner des Planeten als eine Art Schlachtvieh hält. Doch obwohl das ›Revolutionspotential‹ hoch ist, gelingt es kaum, die Bewohner zum Aufbegehren zu bringen, da sie ihr Schicksal als naturgegeben und vorbestimmt akzeptieren. Um doch noch die Macht erlangen zu können, läßt Farden eigene Leute als Töter verkleiden und Blutbäder anrichten, was so weit geht, daß er die Ökologie des ganzen Planeten empfindlich stört, um den Bewohnern die Lebensgrundlage zu entziehen. Als es schließlich zur Revolution kommt, zeigt es sich, daß die mit allen Mitteln brutalisierten Bewohner nicht mehr imstande sind, dem selbstentfachten Blutbad ein Ende zu machen. Farden selbst muß, von seinem Freund verraten, fliehen und hinterläßt den Planeten völlig vernichtet. *The Men In The Jungle* ist stilistisch schlampig geschrieben und weist einige dramaturgische Mängel auf, dennoch beeindruckt das Buch als Lehrstück über die wechselseitige Eskalation von Gewalt. Schockierender als die Gewaltszenen aber (die dem Buch in Deutschland eine Indizierung einbrachten), ist Spinrads Darstellung machthungriger Militärs und Politiker, die ihre Untergebenen nicht nur – wie hier – im direkten, sondern auch im übertragenen Sinn als Schlachtvieh ansehen. Farden steht am Beginn einer ganzen Reihe von Anti-Helden, mit denen Spinrad konsequent den Mythos der ›Identifikationsfigur‹ für den Leser zunichte machte. Obwohl man dem Roman – s. o. – viele Mängel vorwerfen könnte, ist er nicht uninteressant, bildet er doch einen ersten Beweis für Spinrads Versuche, aus der herkömmlichen SF auszubrechen und nicht nur geschickte Unterhaltungsliteratur zu schreiben, sondern ernste Themen anzugeben.

Den größten Eindruck in der SF – aber auch außerhalb – hinterließ der Autor mit seinem vierten Buch, dem umfangreichen Roman *Bug Jack Barron* [Champion Jack Barron] (1969). Im britischen Magazin *New Worlds* abgedruckt, erhitzte der kompromißlose Roman durch seine obszöne Sprache die Gemüter und führte schließlich dazu, daß dem Magazin, Publikationsforum der ›New Wave‹ der SF, die finanzielle Unterstützung gestrichen wurde und die größte Vertriebskette in England sich weigerte, es weiter auszuliefern. Dennoch ist der Roman, vom schwedischen SF-Kritiker Sam Lundwall in völliger Verkennung der eminenten Bedeutung des Buches als ›praktisch eine Ansammlung von Obszönitäten‹ abgetan, ein Urteil das an sich schon falsch ist und lediglich von einer mangelnden Beschäftigung mit dem Text zeugt, ›gar nicht so schockierend, wie manche Ehrenmänner es gerne gesehen hätten‹. *(Lexikon der SF-Literatur)* Jack Barron, ehemaliges Idol der Hippie-Generation ist Showmaster einer Fernsehshow, die sich vordergründig um die Belange der ›Unterdrückten und Benachteiligten‹ kümmert, wodurch Barron zum Volkshelden geworden ist. In Wahrheit geht es ihm nur ums Geldverdienen. Das ändert sich, als der steinreiche Benedict Howards ihm Geld bietet, um einen Schwarzen aus der Sendung zu werfen, der seine Tochter verkauft hat. Es wird klar, daß Howard kleine Kinder kauft. Barron geht einen Handel mit Howards ein, der ihm die Unsterblichkeit verschafft, denn seinen Wissenschaftlern (ihm gehören Institutionen zum kryonischen Einfrieren von gut zahlenden Kunden) ist es gelungen, ein Mittel zur Erlangung der Unsterblichkeit zu finden, aber dazu müssen Kinder ermordet werden, deren Drüsen man Erwachsenen einsetzt. Als Barron das herausbekommt, liefert er Howards mit den Mitteln der Medien, in denen er sich bestens auskennt, ans Messer. Das große Aufsehen, das *Bug Jack Barron* in den USA und in Großbritannien erregte, liegt darin begründet, daß Spinrad erstmals unverblümt Sex und Politik in einen SF-Roman einbrachte, und dabei auch vor der Benützung obszönen Vokabulars nicht zurückschreckte. Spinrad enthüllt Politik als zynisches, menschenverachtendes Geschäft, bietet dem gegenüber aber auch mit Jack Barron keinen ›sauberen‹ Helden, sondern gleichfalls einen Zyniker, der stets den eigenen Vorteil im Auge hat.

Trotz des großen Aufsehens, das *Bug Jack Barron* verursachte, blieb Spinrad der große Durchbruch versagt, und erst 1972 erschien ein weiterer SF-Roman aus seiner Feder. *The Iron Dream* [Der stählerne Traum] ist eine Parallelweltgeschichte, in der Adolf Hitlers politische Ambitionen scheitern und er frustriert in die USA auswandert, wo er sich als Comiczeichner und SF-Autor betätigt und 1953, als Alterswerk, den Roman *The Iron Dream* schreibt. In dieser Rahmenhandlung bildet Hitlers Roman den größten Teil von Spinrads Buch, und hier erzählt der Autor in groben Zügen die Geschichte des Dritten Reiches nach, wobei Hitler (als fiktiver Verfasser) sich selbst als den Herrenmenschen Ferric Jagger verherrlicht. Spinrad hatte mit *The Iron Dream* in erster Linie vor, einen bösen Hieb gegen das Genre der ›Heroic Fantasy‹ zu führen, und tatsächlich setzt er seinem schwarzen Zynismus in dem Roman die Krone damit auf, daß er Hitler für das Buch, das stilistisch miserabel ist und voll faschistischer Grundideale steckt, mit dem Hugo auszeichnen läßt. Bemängeln ließe sich, daß Spinrad nicht selten Gefallen an seinen abscheulichen Schilderungen zu finden scheint (tatsächlich wirft ihm Franz Rottensteiner in einer Rezension des Buches vor, er habe ›nur einen schlechten SF-Roman schreiben wollen‹), und der satirische Grundgehalt nicht immer ersichtlich ist – letzteres mit ein Grund dafür, daß das Buch besonders in Deutschland vielfach mißverstanden und wegen ›Verherrlichung nationalsozialistischen Gedankenguts‹ indiziert wurde.* Genau das Gegenteil war beabsichtigt.

Der Zeitraum bis zur Veröffentlichung des nächsten SF-Romans ist noch länger. Erst 1979 erschien *A World Between* [Eine Welt dazwischen], in dem wieder ein kontroverses Thema angeschnitten wird, das der Gleichberechtigung der Geschlechter: Auf dem Planeten Pazifica landet das Schiff einer Bruderschaft von Gelehrten, die nur männliche Studenten zuläßt. Das Matriarchat von Pazifica kann das nicht hinnehmen und beginnt eine breitangelegte Medienkampagne gegen die ›Chauvis‹, die ebenso erbittert zurückschießen, bis sich schließlich ein Konflikt entwickelt, der sich durch keine Vernunft mehr eindämmen läßt. Spinrad stieß auch mit diesem Buch teilweise auf Unverständnis, und es wurde vielfach als frauenfeindlich abgelehnt.

Sein schwächster Roman bisher ist der 1980 veröffentlichte *Songs From The Stars* [Lieder von den Sternen], da er in vieler Hinsicht glorifizierend das darstellt, was der Autor in den sechziger Jahren, zu Zeiten der ›New Wave‹ vehement bekämpfte: Nach einem Atomkrieg hat sich die Menschheit in zwei Gruppen gespalten, die ›Grünen‹ leben in Eintracht mit der Natur und fast ganz ohne Technik, die als verderblich

* (Die Indizierung wurde inzwischen nach über fünfjährigem Rechtsstreit wieder aufgehoben. Anm. d. Hrsg.)

angesehen wird, die ›Techniker‹ versuchen, die Trümmer alter Technologie wieder aufzubauen und ins All vorzustoßen, wo kurz vor der Katastrophe an Bord einer Raumstation Signale von intelligenten Wesen aus dem All aufgefangen wurden. Zwei der ›Grünen‹ starten mit einem ›Techniker‹ ins All und empfangen die Botschaften, die ›Lieder von den Sternen‹, doch der Techniker zerbricht daran, da sein rationales Weltverständnis ins Wanken gerät, und begeht Selbstmord. Die beiden ›Grünen‹ kehren zur Erde zurück, um die Menschen darauf vorzubereiten, daß sie sich bald einem ›Galaktischen Bund‹ anschließen können. Spinrad bemüht sich in *Songs From The Stars,* die Polarität zwischen technologischem Denken einerseits und weltfremder Flucht zurück zur Natur andererseits zu beleuchten, worin er nicht immer erfolgreich ist und eindeutig Stellung nicht beziehen kann. So wird das Buch letztlich zur leeren Gegenüberstellung verschiedener Idelogien und enttäuscht schlußendlich durch die Bejahung von Technologie und Fortschritt auch um den Preis, daß eine weitere Verwüstung der Erde stattfinden könnte.

Von ganz anderer Art schließlich ist Spinrads bisher letzter SF-Roman, *The Void Captain's Tale* [Daß mich das große Nichts umfange] (1982). Hier greift der Autor auf einige Elemente aus seinem früheren Kurzroman ›Riding The Torch‹ (1974) zurück und schildert eine exotische, bizarre Kultur der Superreichen zwischen den Sternen, die ›flottierende cultura‹, deren Raumreisen durch Schiffe ermöglicht werden, in denen eine Frau als menschliches Relay eingeschaltet wird. Beim Lichtsprung erfährt sie, im Augenblick des Sprungs, einen transzendentalen Orgasmus ungeahnter Heftigkeit. Der Kapitän des Schiffes beginnt, sich in seine ungewöhnliche Pilotin zu verlieben, vernachlässigt seine Pflichten gegenüber Besatzung und Passagieren und begeht in letzter Konsequenz sogar das Verbrechen, einen ›unkontrollierten Sprung‹ zu befehlen, einen Lichtsprung ohne Endkoordinaten, der die Pilotin tötet und sie so, einer Legende nach, auf ewig im Augenblick des Orgasmus festhält. *The Void Captain's Tale* kann ohne Zweifel als Spinrads bisher bester Roman bezeichnet werden. Mit stilistischer Brillanz und überragender Ausdruckssicherheit in Form von Tagebuchaufzeichnungen des Kapitäns geschrieben, erschafft der Autor durch Verschmelzung vieler Sprachen ein kosmopolitisches Szenario ferner Zukunft, einen funkelnden Sternenfahrmythos, ein modernes Märchen des Raumfahrtzeitalters und schließlich eine faszinierend erzählte, abwechslungsreiche und unterhaltende Geschichte.

Unter Norman Spinrads kürzeren Texten bliebe zunächst der eingangs erwähnte, mit dem Jupiter Award ausgezeichnete Kurzroman ›Riding The Torch‹ [›Flammenritt‹] zu nennen, in dem eine Flotte von Generationsraumschiffen seit Jahrhunderten durchs All streift, um einen bewohnten Planeten zu finden, da die Erde verwüstet ist. Der Plan allerdings ist erfolglos, denn man findet nur öde, unbewohnbare Welten. Diese neuere Variante des Motivs vom Generationsraumschiff besticht durch ihre meisterliche stilistische Ausführung, wie sie dem Autor später nur noch in *The Void Captain's Tale* gelingen sollte.

Auch in vielen Kurzgeschichten entpuppt sich Norman Spinrad als harter Kritiker politischer und gesellschaftlicher Mißstände in den USA, namentlich in den von Ballards ›condensed novels‹ inspirierten Geschichten ›The Conspiracy‹ [›Die Verschwörung‹] und ›The Entropic Gang Bang Caper‹ [›Das entropische Multifick-Endzeitpanorama‹] (beide 1969), die in Form von fiktiven Zeitungsnotizen und knappen Szenarios ein Bild der Vereinigten Staaten Ende der sechziger Jahre zeichnen und viel vom Zeitgeist jener Epoche in optimaler Weise vermitteln. Mehr Zugeständnisse an das Lesepublikum und das traditionelle Erzählen macht Spinrad in anderen Geschichten. Berühmt wurde ›Carcinoma Angels‹ [›Die letzte Grenze‹] (1967), die Geschichte eines Mannes, der mittels Drogen in seinen eigenen Körper reist und dort die in Form böser Rocker in den Blutbahnen umherfahrenden Krebszellen bekämpft, jedoch schließlich den Rückweg nicht mehr findet; aber ungleich besser sind zum Beispiel ›The Big Flash‹ [›Der große Blitz‹] (1969), wo eine Rockgruppe dazu mißbraucht wird, den Atomkrieg zu propagieren – Exponent dafür, daß Spinrad auch der Subkultur des Underground, der er damals angehörte, nicht kritiklos gegenüberstand und sich die Mechanismen der Vermarktung und Kommerzialisierung durchaus im klaren war; oder aber ›Sierra Maestra‹ [›Sierra Maestra‹] (1975), das gelungene Stimmungsbild einer sterbenden Welt. Sprinrads vielleicht beste Kurzgeschichte ist ›A Thing Of Beauty‹ [›Das Schöne an sich‹] (1973), in der ein japanischer Großindustrieller die Brooklyn Bridge kauft, sie aus dem degenerierten und heruntergekommenen Amerika entfernt und in Japan in geeigneter Umgebung in seinem Privatgarten neu aufbauen läßt.

Norman Spinrad gehörte stets zu den unbequemen Autoren, seine Bücher wurden nicht für den schnellen Konsum oder zur Unterhaltung geschrieben, sondern handeln stets bestimmte Problemstellungen ab. Das Gesamtpanorama seines Werkes ist jedoch nicht ohne Höhen und Tiefen, und nicht immer gelingt es ihm, ein einheitliches Niveau zu wahren. Am besten ist er dort, wo er Salz in offene Wunden der Gesellschaft streut, in der er lebt, und ihr einen Spiegel vorhält, in den keiner gerne blickt, besonders nicht die von ihm stets voller Verachtung behandelten Politiker. In den sechziger Jahren gehörte er zur amerikanischen ›New Wave‹ und war als solcher deren einziger wahrhaft legitimer Vertreter, da er nicht, wie etwa Zelazny oder Harlan Ellison, lediglich Nachahmer des britischen Vorbilds war, sondern eigene, ›amerikanische‹ Impulse in seine Werke einfließen ließ.

Joachim Körber